La hermana sombra

Lucinda Riley (1965-2021) fue actriz de cine y teatro durante su juventud y escribió su primer libro a los veinticuatro años. Sus novelas han sido traducidas a treinta y siete idiomas y se han vendido más de cuarenta millones de ejemplares en todo el mundo. La saga Las Siete Hermanas, que cuenta la historia de varias hermanas adoptadas y está inspirada en los mitos en torno a la famosa constelación del mismo nombre, se ha convertido en un fenómeno global y actualmente está en proceso de adaptación por una importante productora de televisión. Sus libros han sido nominados a numerosos galardones, incluido el Premio Bancarella, en Italia; el Premio Lovely Books, en Alemania, y el Premio a la Novela Romántica del Año, en el Reino Unido. En colaboración con su hijo Harry Whittaker, también creó y escribió una serie de libros infantiles titulada The Guardian Angels. Aunque crio a sus hijos principalmente en Norfolk, Inglaterra, en 2015 Lucinda cumplió su sueño de comprar una remota granja en West Cork, Irlanda, el lugar que siempre consideró su hogar espiritual y donde escribió sus últimos cinco libros.

Biblioteca

LUCINDA RILEY

La hermana sombra
La historia de Star

Traducción de
Sergio Lledó Rando
y **Ana Isabel Sánchez Díez**

DEBOLS!LLO

Papel certificado por el Forest Stewardship Council

MIXTO
Papel procedente de
fuentes responsables
FSC® C117695
FSC
www.fsc.org

Penguin
Random House
Grupo Editorial

Título original: *The Shadow Sister*

Primera edición en Debolsillo: julio de 2019
Decimoprimera reimpresión: abril de 2022

THE SHADOW SISTER (Book 3)
Copyright © 2016, Lucinda Riley
© 2017, 2019, Penguin Random House Grupo Editorial, S. A. U.
Travessera de Gràcia, 47-49. 08021 Barcelona
© 2017, Sergio Lledó Rando y Ana Isabel Sánchez Díez, por la traducción
Diseño de la cubierta: Penguin Random House Grupo Editorial / Yolanda Artola
Imagen de la cubierta: © Getty Images

Printed in Spain – Impreso en España

ISBN: 978-84-663-4363-3
Depósito legal: B-10.823-2019

Impreso en Novoprint
Sant Andreu de la Barca (Barcelona)

P 3 4 3 6 3 B

Para Flo

Mas dejad que en vuestra unión crezcan los espacios.
Y dejad que los vientos del cielo dancen
entre vosotros.

KHALIL GIBRAN

Listado de personajes

ATLANTIS

Pa Salt – padre adoptivo de las hermanas (fallecido)
Marina (Ma) – tutora de las hermanas
Claudia – ama de llaves de Atlantis
Georg Hoffman – abogado de Pa Salt
Christian – patrón del yate

LAS HERMANAS D'APLIÈSE

Maia
Ally (Alción)
Star (Astérope)
CeCe (Celeno)
Tiggy (Taygeta)
Electra
Mérope (ausente)

Star

Julio de 2007

Astrantia major
(astrancia mayor — familia Apiaceae)

Nombre en latín del que deriva Star, «estrella» en inglés

1

Siempre recordaré con exactitud dónde me encontraba y qué estaba haciendo cuando me enteré de que mi padre había muerto...»

Con la pluma aún suspendida sobre la hoja de papel, levanté la mirada hacia el sol de julio... o al menos hacia el pequeño rayo de luz que se las había ingeniado para colarse entre el cristal y la pared de ladrillos rojos que tenía a pocos metros de distancia. Todas las ventanas de nuestro minúsculo apartamento daban directamente a su insipidez, así que, a pesar del fantástico tiempo que hacía aquel día, el interior estaba oscuro. Era muy diferente al hogar de mi infancia, Atlantis, a orillas del lago de Ginebra.

Me di cuenta de que, cuando CeCe entró en nuestro triste saloncito para decirme que Pa Salt había muerto, estaba sentada exactamente en el mismo lugar que en aquel momento.

Dejé la pluma sobre la mesa y fui a servirme un vaso de agua del grifo. El ambiente era húmedo y sofocante a causa del calor pegajoso, de manera que bebí con avidez mientras sopesaba el hecho de que en realidad no necesitaba hacer todo aquello, someterme al dolor del recuerdo. Había sido Tiggy, mi hermana pequeña, quien me había sugerido la idea cuando la vi en Atlantis justo después de la muerte de Pa.

«Star, cariño —me dijo cuando varias de las hermanas salimos a navegar por el lago con el único objetivo de intentar distraernos de nuestra pena—, sé que te cuesta hablar de cómo te sientes. También sé que estás llena de dolor. ¿Por qué no pruebas a escribir lo que piensas?»

Hacía dos semanas, durante el vuelo de regreso a casa desde

Atlantis, había reflexionado sobre las palabras de Tiggy. Y aquella era la tarea que había emprendido esa mañana.

Clavé la vista en la pared de ladrillos y pensé que era una metáfora perfecta de mi vida en aquellos precisos instantes, cosa que al menos me hizo sonreír. Y la sonrisa me llevó de vuelta a la mesa de madera arañada que nuestro turbio casero debía de haber conseguido casi gratis en una tienda de segunda mano. Volví a sentarme y agarré de nuevo la elegante pluma que Pa Salt me había regalado cuando cumplí veintiún años.

—No comenzaré con la muerte de Pa —me dije en voz alta—. Empezaré con cuando llegamos aquí, a Londres.

Me sobresalté con el estrépito de la puerta de entrada al cerrarse y enseguida supe que se trataba de mi hermana, CeCe. Todo lo que hacía era estruendoso. Parecía ser superior a sus fuerzas posar una taza de café sin estamparla contra la superficie y derramar su contenido por todas partes. Tampoco había llegado nunca a comprender el concepto de «voz de interior» y hablaba a gritos, hasta el punto de que una vez, cuando éramos pequeñas, Ma se preocupó tanto que la llevó a que le examinaran el oído. Por supuesto, le dijeron que CeCe no tenía ningún problema de audición. Al igual que tampoco me detectaron ningún problema a mí cuando, un año más tarde, Ma me llevó a un logopeda intranquila por mi falta de habla.

—Las palabras están ahí, pero prefiere no usarlas —le había explicado el terapeuta—. Ya lo hará cuando esté lista.

En casa, en un intento por comunicarse conmigo, Ma me había enseñado los rudimentos del lenguaje de signos francés.

—De esta forma, siempre que quieras o necesites algo —me dijo—, podrás utilizarlo para decirme cómo te sientes. Y así es como me siento yo ahora mismo respecto a ti. —Se señaló a sí misma, cruzó las palmas de las manos sobre su corazón y luego me señaló a mí—. Te quie-ro.

CeCe también lo aprendió enseguida y las dos adaptamos y expandimos lo que había comenzado como una forma de comunicación con Ma hasta transformarla en nuestro propio idioma secreto, una mezcla de signos y palabras inventados que utilizábamos cuando había gente a nuestro alrededor y necesitábamos hablar. Las dos habíamos disfrutado con las caras de asombro de nuestras hermanas cada vez que yo le signaba un comentario malicioso durante el desayuno y las dos estallábamos en carcajadas incontenibles.

Al mirar hacia atrás, me daba cuenta de que CeCe y yo nos habíamos ido convirtiendo en antitéticas mientras crecíamos: cuanto menos hablaba yo, más alto y más a menudo hablaba ella por mí. Y cuanto más lo hacía ella, menos necesitaba hacerlo yo. En pocas palabras, nuestras personalidades se habían exagerado. Era algo que no parecía importar cuando éramos niñas, apiñadas como estábamos en el medio de nuestra familia de seis hermanas: siempre podíamos recurrir la una a la otra.

El problema era que ahora sí importaba...

—¿A que no sabes qué? ¡Lo he encontrado! —CeCe irrumpió en el salón—. Y podemos mudarnos dentro de unas semanas. El constructor todavía tiene que rematar los acabados, pero cuando lo termine será increíble. Dios, qué calor hace aquí dentro. Qué ganas tengo de salir de este sitio.

CeCe se dirigió a la cocina y oí el ruido del grifo cuando se abre a tope. Supe que, muy probablemente, el agua habría salpicado todas las encimeras que yo había limpiado con tanta meticulosidad hacía un rato.

—¿Quieres un poco de agua, Sia?

—No, gracias.

Aunque CeCe solo lo usaba cuando estábamos a solas, me reprendí mentalmente por permitir que el apodo que mi hermana me había puesto cuando éramos pequeñas me molestara. Procedía de un libro que Pa Salt me había regalado por Navidad, *La historia de Anastasia*, que trataba de una joven que vivía en los bosques de Rusia y descubría que era una princesa.

—Se parece a ti, Star —había dicho una CeCe de cinco años mientras contemplábamos los dibujos del cuento—. A lo mejor tú también eres una princesa; desde luego, con ese pelo dorado y esos ojos azules, eres tan guapa como una de ellas. Voy a llamarte «Sia». ¡Y, además, queda perfecto con «Cee»! Cee y Sia, las gemelas.

Y se puso a dar palmas, encantada.

Solo más tarde, cuando descubrí la verdadera historia de la familia real rusa, comprendí lo que les había ocurrido a Anastasia Romanova y sus hermanos. No tenía nada que ver con un cuento de hadas.

Y por otra parte yo ya no era una niña, sino una mujer de veintisiete años.

—Estoy completamente segura de que te va a encantar el apartamento. —CeCe reapareció en el salón y se desplomó sobre el rasguñado sofá de cuero—. He concertado una cita para que vayamos a verlo mañana por la mañana. Es un montón de pasta, pero ahora puedo permitírmelo, sobre todo teniendo en cuenta que el agente inmobiliario me ha comentado que la City está revuelta. No puede decirse que los sospechosos habituales estén haciendo cola para comprar en estos momentos, así que hemos acordado un precio rebajado. Ya es hora de que nos busquemos un hogar como es debido.

«Ya es hora de que me busque una vida como es debido», pensé yo.

—¿Vas a comprarlo? —pregunté.

—Sí. Mejor dicho, lo compraré si te gusta.

Me quedé atónita, no sabía qué decir.

—¿Estás bien, Sia? Pareces cansada. ¿No has dormido bien esta noche?

—No.

A pesar de todos mis esfuerzos, se me llenaron los ojos de lágrimas al pensar en las largas horas de insomnio que se desbordaban hasta el amanecer mientras lloraba a mi adorado padre, pues seguía siendo incapaz de creer que se hubiera marchado.

—Todavía estás en estado de choque, ese es el problema. Al fin y al cabo, solo han pasado un par de semanas. Te sentirás mejor, te lo prometo, especialmente cuando mañana veas nuestro nuevo apartamento. Lo que te está deprimiendo es este lugar asqueroso. A mí me deprime, eso está clarísimo —añadió—. ¿Has escrito ya al tipo del curso de cocina?

—Sí.

—¿Y cuándo empieza?

—La semana que viene.

—Bien. Así tendremos tiempo de ir eligiendo los muebles para nuestra nueva casa. —CeCe se acercó a mí y me dio un abrazo espontáneo—. Estoy impaciente por enseñártela.

—¿No es increíble?

CeCe abrió los brazos de par en par para abarcar el espacio cavernoso; su voz retumbó contra las paredes mientras se dirigía al frontal acristalado y deslizaba una de las puertas hasta abrirla.

—Y mira, este balcón es para ti —anunció al tiempo que me hacía gestos para que la siguiera.

Salimos al exterior. «Balcón» era una palabra demasiado humilde para describir el lugar donde nos hallábamos. Se trataba más bien de una terraza larga y preciosa suspendida sobre el río Támesis.

—Puedes llenarla de todas tus hierbas y de esas flores con las que te gustaba entretenerte en Atlantis —agregó CeCe cuando se acercó a la barandilla para examinar el agua gris que se divisaba mucho más abajo—. ¿No te parece espectacular?

Asentí, pero mi hermana ya estaba regresando al interior, así que eché a andar tras ella.

—La cocina aún no está montada, pero en cuanto haya firmado tendrás total libertad para escoger qué fogones quieres, qué frigorífico y todo lo demás. Para eso vas a ser profesional —dijo guiñándome un ojo.

—Lo dudo, CeCe. No voy a hacer más que un curso corto.

—Pero tienes mucho talento; estoy segura de que conseguirás trabajo en algún sitio cuando vean lo que eres capaz de hacer. Como sea, pienso que es perfecto para nosotras dos, ¿no crees? Puedo utilizar ese extremo para mi estudio. —Señaló una zona aprisionada entre la pared más alejada y una escalera de caracol—. La luz es simplemente fantástica. Y tú te quedas con una cocina enorme y el espacio exterior. Es lo más cercano a Atlantis que he podido encontrar en el centro de Londres.

—Sí. Es precioso. Gracias.

Me daba cuenta de lo emocionada que estaba con su hallazgo, y lo cierto era que el apartamento era impresionante. No quise reventar su burbuja diciéndole la verdad: que vivir en lo que equivalía a una caja de cristal inmensa e impersonal con vistas a un río turbio no podría ser más distinto a vivir en Atlantis ni aunque lo hubiera intentado.

Mientras CeCe y el agente inmobiliario hablaban de los suelos de madera clara que iban a instalarse, sacudí la cabeza para alejar mis pensamientos negativos. Sabía que me estaba comportando como una cría caprichosa. A fin de cuentas, en comparación con las calles de Nueva Delhi o con los poblados chabolistas que había visto a las afueras de Nom Pen, un apartamento a estrenar en el centro de Londres no era exactamente una desdicha.

Pero el caso era que en realidad yo habría preferido una cabaña diminuta y sencilla —que por lo menos tendría los cimientos asentados con firmeza en la tierra—, con una puerta principal que diera directamente a un pequeño terreno exterior.

Sin prestar atención, oí a CeCe charlar acerca de un mando a distancia que abría y cerraba las persianas y otro que activaba los invisibles altavoces de sonido envolvente. A espaldas del agente inmobiliario, mi hermana me signó «Marrullero» y puso los ojos en blanco. Conseguí dedicarle una leve sonrisa a modo de respuesta, a pesar de que me sentía desesperadamente claustrofóbica por no poder abrir la puerta y salir corriendo… Las ciudades me asfixiaban; el ruido, los olores y las hordas de gente me abrumaban. Pero al menos el apartamento era amplio y espacioso…

—¿Sia?

—Perdona, Cee, ¿qué has dicho?

—¿Vamos al piso de arriba a ver nuestra habitación?

Subimos por la escalera de caracol hasta el cuarto que CeCe había dicho que compartiríamos pese a que había otro dormitorio. Y sentí que un escalofrío me recorría de arriba abajo aun cuando me puse a contemplar las vistas, que desde allí arriba sí que eran espectaculares. Después examinamos el maravilloso cuarto de baño adjunto y me convencí de que CeCe había hecho todo lo posible por encontrar un apartamento bonito que nos fuera bien a las dos.

Pero la verdad era que no estábamos casadas. Éramos hermanas.

Después, CeCe insistió en arrastrarme hasta una tienda de muebles en King's Road; a continuación, cogimos el autobús para volver cruzando el río sobre el Albert Bridge.

—Este puente lleva el nombre del marido de la reina Victoria —le dije por costumbre—. Que también tiene un monumento conmemorativo en Kensington…

CeCe me interrumpió realizando el signo de «fanfarrona» delante de mi cara.

—En serio, Star, ¿no me digas que todavía vas por ahí arrastrando una guía de viaje?

—Sí —reconocí, e hice nuestro signo para «empollona».

Me encantaba la historia.

Nos bajamos del autobús cerca de nuestro apartamento y CeCe se volvió hacia mí.

—¿Por qué no vamos a picar algo al final de la calle? Deberíamos celebrarlo.

—No tenemos dinero.

«O al menos —pensé—, está claro que yo no lo tengo.»

—Yo invito —me tranquilizó CeCe.

Fuimos a un pub de la zona y CeCe pidió una cerveza para ella y una copa de vino pequeña para mí. Ninguna de las dos bebíamos mucho; mi hermana, en particular, era casi incapaz de tolerar el alcohol, algo que había aprendido por las malas después de una fiesta adolescente especialmente escandalosa. Mientras ella esperaba junto a la barra, yo reflexioné acerca de la misteriosa aparición de los fondos a los que CeCe había accedido al día siguiente de que Georg Hoffman, el abogado de Pa, nos hubiera entregado a todas las hermanas unos sobres de parte de nuestro padre. CeCe había ido a Ginebra a verlo. Le había suplicado a Georg que me dejara entrar en la reunión con ella, pero él se había negado rotundamente.

—Lo lamento, tengo que seguir las instrucciones de mi cliente. Vuestro padre insistió en que cualquier reunión que pudiera mantener con sus hijas se llevara a cabo de manera individual.

Así que yo esperé en recepción mientras ella entraba a hablar con él. Cuando salió, me percaté de que estaba tensa y emocionada.

—Lo siento, Sia, pero he tenido que firmar una estúpida cláusula de privacidad. Seguro que es otro de los jueguecitos de Pa. Lo único que puedo decirte es que tengo buenas noticias.

Hasta donde yo sabía, aquel era el único secreto que CeCe me había ocultado a lo largo de nuestra relación, y yo seguía sin tener ni idea de la procedencia de todo aquel dinero. Georg Hoffman nos había explicado que el testamento de Pa dejaba claro que las hermanas tan solo continuaríamos recibiendo nuestras muy ajustadas asignaciones. Pero también que teníamos la posibilidad de acudir a él para solicitar dinero extra si era necesario. Así que quizá solo tuviéramos que pedirlo, tal como presumiblemente había hecho CeCe.

—¡Chinchín! —CeCe entrechocó su botella de cerveza con mi copa—. Por nuestra nueva vida en Londres.

—Y por Pa Salt —dije levantando mi vino.

—Sí —convino—. Lo querías mucho, ¿no es así?

—¿Tú no?

—¡Pues claro que sí, muchísimo! Era… especial.

Observé a CeCe cuando llegó nuestra comida y empezó a comérsela con ganas. Pensé que, a pesar de que las dos éramos sus hijas, el dolor por la muerte de Pa parecía ser solo mío, no de ambas.

—¿Crees que deberíamos comprar el apartamento?

—CeCe, es decisión tuya. Yo no voy a pagarlo, así que no me corresponde hacer comentarios al respecto.

—No seas tonta, ya sabes que lo que es mío es tuyo y viceversa. Además, si alguna vez decides abrir la carta que te dejó, a saber qué te encuentras dentro —me alentó.

No había parado de insistir desde que nos habían entregado los sobres. Ella había abierto el suyo de inmediato, y esperaba que yo hiciera lo mismo.

—Venga, Sia, ¿no piensas abrirlo? —me había instado.

Pero yo era simplemente incapaz… Porque, hubiera lo que hubiese dentro, significaría aceptar que Pa se había ido. Y yo todavía no estaba preparada para dejarlo marchar.

Cuando terminamos de comer, CeCe pagó la cuenta y volvimos a nuestro apartamento, desde donde llamó por teléfono al banco para que transfirieran el depósito del piso nuevo. Después se acomodó ante su ordenador portátil sin dejar de quejarse de los fallos de la banda ancha.

—Ven y ayúdame a elegir sillones —me gritó desde el salón mientras yo me dedicaba a llenar con agua tibia nuestra bañera amarillenta.

—Estoy dándome un baño —contesté, y eché el pestillo.

Me metí en el agua y hundí la cabeza hasta sumergir los oídos y el pelo. Escuché los sonidos acuosos —«sonidos uterinos», pensé— y decidí que tenía que escapar antes de volverme completamente loca. Nada de todo aquello era culpa de CeCe y, sin duda, no quería terminar pagándolo con ella. La quería. Había estado a mi lado cada día de mi vida, pero…

Veinte minutos después, tras haber tomado una determinación, entré en el salón.

—¿Te ha sentado bien el baño?

—Sí. CeCe...

—Mira, fíjate qué sillones he encontrado.

Me hizo gestos para que me acercara a ella. Obedecí y miré sin ver los distintos matices de un color crema.

—¿Cuál prefieres?

—El que más te guste a ti. El diseño de interiores es lo tuyo, no lo mío.

—¿Qué te parece ese? —CeCe señaló la pantalla—. Por supuesto, tendremos que ir a probarlo, porque no puede reducirse todo a un asunto de estética. También tiene que ser cómodo. —Apuntó el nombre y la dirección del distribuidor—. ¿Crees que podríamos ir mañana?

Respiré hondo.

—CeCe, ¿te importaría que regresara a Atlantis durante un par de días?

—Claro que no, Sia; si es lo que quieres, miraré vuelos para las dos.

—La verdad es que estaba pensando en ir sola. Es decir... —Tragué saliva y cogí fuerzas para no perder el impulso—. Ahora mismo tú estás muy liada aquí con el asunto del apartamento, y sé que tienes todo tipo de proyectos artísticos que estás deseando poner en marcha.

—Sí, pero un par de días fuera no serían un problema. Y si es lo que necesitas, no pasa nada, lo entiendo.

—En serio —repuse con firmeza—, creo que preferiría ir sola.

—¿Por qué?

CeCe se volvió hacia mí con los ojos almendrados desmesuradamente abiertos a causa de la sorpresa.

—Solo porque... sí. Simplemente quiero sentarme en el jardín que ayudé a Pa Salt a plantar y abrir su carta.

—Entiendo. De acuerdo, muy bien —dijo encogiéndose de hombros.

Sentí que una capa de escarcha caía sobre nosotras, pero esta vez no pensaba ceder ante ella.

—Me voy a la cama. Me duele muchísimo la cabeza —anuncié.

—Te llevaré un analgésico. ¿Quieres que te mire los vuelos?

—Ya me he tomado uno. Y sí, me harías un gran favor, gracias. Buenas noches.

Me agaché y le di un beso a mi hermana en la reluciente cabeza oscura, con el pelo rizado cortado, como siempre, en un estilo masculino. Después me encaminé hacia el minúsculo escobero con dos camas que llamábamos nuestra habitación.

La cama era dura y estrecha, y el colchón muy fino. Aunque las dos habíamos disfrutado del lujo de una infancia privilegiada, habíamos pasado los últimos seis años viajando alrededor del mundo y durmiendo en vertederos, pues ninguna de las dos habíamos querido pedirle dinero a Pa Salt ni siquiera cuando estábamos realmente necesitadas de él. CeCe siempre había sido muy orgullosa, razón por la que me sorprendía tanto que ahora diera la sensación de estar gastando a espuertas un dinero que únicamente podía proceder de Pa.

Tal vez le preguntase a Ma si sabía algo más, pero era consciente de que la discreción prevalecía como su principal característica cuando se trataba de difundir rumores entre las seis hermanas.

—Atlantis —murmuré.

«Libertad.»

Y aquella noche me quedé dormida casi de inmediato.

2

Christian ya me estaba esperando con la lancha cuando el taxi me dejó en el embarcadero en el lago de Ginebra. Me saludó con su habitual sonrisa cálida y, por primera vez en mi vida, me pregunté qué edad tendría realmente. Aunque estaba segura de que había sido el patrón de nuestra lancha desde que yo era pequeña, con aquel pelo oscuro y la piel olivácea y bronceada recubriendo un físico atlético, seguía sin aparentar más de treinta y cinco años.

Iniciamos la travesía por el lago y yo me recosté en el cómodo banco de cuero de la popa del bote pensando en que daba la sensación de que el personal que trabajaba en Atlantis no envejecía jamás. Mientras dejaba que el sol me bañara con su luz y aspiraba el aire fresco que tan familiar me resultaba, me planteé que tal vez Atlantis estuviera encantada y que quizá a aquellos que vivían dentro de sus paredes se les hubiera concedido el don de la vida eterna y permanecerían allí para siempre.

Todos excepto Pa Salt...

Apenas podía soportar pensar en la última vez que había visitado Atlantis. Mis cinco hermanas y yo —todas adoptadas y trasladadas hasta allí desde los rincones más lejanos del planeta por Pa Salt, quien además nos puso los nombres de las Siete Hermanas de las Pléyades— nos habíamos reunido en la casa donde crecimos porque él había muerto. Ni siquiera se había celebrado un funeral, momento en el que habríamos podido llorar su pérdida. Ma nos explicó que había insistido en que lo despidieran íntimamente en el mar.

Lo único que tuvimos fue lo que a primera vista semejaba un elaborado reloj solar que había aparecido de la noche a la mañana en el jardín especial de Pa. Pero su abogado suizo, Georg Hoffman, que fue quien nos lo mostró, nos explicó que era algo llamado una esfera armilar y que señalaba la posición de las estrellas. Y grabados en los anillos que rodeaban su dorado globo central estaban nuestros nombres y unas coordenadas que nos dirían con exactitud dónde nos había encontrado Pa a cada una, además de una inscripción en griego.

Maia y Ally, mis dos hermanas mayores, nos habían facilitado a las demás las ubicaciones de las coordenadas señaladas y los significados de nuestras inscripciones griegas. Yo aún no había leído ninguna de las dos cosas. Las había guardado en una carpeta de plástico junto con la carta que Pa Salt me había escrito.

La lancha comenzó a aminorar la marcha y, entre el velo de árboles que la ocultaban a la vista, atisbé la hermosa casa en la que todas habíamos crecido. Parecía un castillo de cuento de hadas con su exterior rosado y sus cuatro torrecillas, con los rayos del sol reflejándose en las ventanas.

En cuanto nos mostraron la esfera armilar y nos entregaron las cartas, CeCe se había mostrado ansiosa por marcharse. Yo no; a mí me habría apetecido pasar al menos algún tiempo de duelo por Pa Salt en la casa donde nos había criado con tanto amor. Y ahora, dos semanas más tarde, regresaba en una búsqueda desesperada de la fuerza y la soledad que necesitaba para asimilar su muerte y seguir adelante.

Christian acercó la lancha al embarcadero y aseguró las amarras. Me ayudó a bajar y vi a Ma cruzando el césped para recibirme, como hacía cada vez que volvía a casa. El mero hecho de verla hizo que se me llenaran los ojos de lágrimas, así que me dejé envolver en un cálido abrazo.

—Star, qué alegría tenerte aquí de nuevo conmigo —susurró Ma antes de besarme en ambas mejillas y apartarse para mirarme—. No voy a decirte que estás demasiado delgada, porque tú siempre estás demasiado delgada —dijo con una sonrisa mientras me conducía hacia la casa—. Claudia te ha preparado tu postre favorito, tarta de manzana, y la tetera ya está hirviendo. —Señaló la mesa de la terraza—. Siéntate ahí y disfruta de los últimos rayos del sol. Yo llevaré tu bolsa dentro y le pediré a Claudia que te sirva el té y la tarta.

La observé mientras desaparecía en el interior de la casa y luego me volví para admirar los frondosos jardines y el césped inmaculado. Vi que Christian recorría el discreto sendero que llevaba al apartamento construido sobre el cobertizo de los botes, acurrucado en una ensenada más allá de los jardines principales de la casa. La maquinaria bien engrasada que era Atlantis continuaba funcionando a pesar de que su inventor original ya no estuviera allí.

Ma regresó con Claudia, cargada con la bandeja del té, tras ella. Le sonreí, pues sabía que Claudia hablaba aún más rara vez que yo y jamás iniciaría una conversación.

—Hola, Claudia. ¿Cómo está?

—Estoy bien, gracias —contestó con su marcado acento alemán.

Todas las hermanas éramos bilingües, pues Pa había insistido en que habláramos francés e inglés desde pequeñas. Solo hablábamos en inglés con Claudia. Ma era francesa de los pies a la cabeza. Su herencia se reflejaba en las sencillas pero impecables blusa de seda y falda que llevaba, en su pelo recogido en un moño bajo. Comunicarnos con ambas mujeres supuso que todas nosotras creciéramos siendo capaces de cambiar de idioma instantáneamente.

—Veo que todavía no te has cortado el pelo —dijo Ma con una sonrisa y señalando mi largo flequillo rubio—. Bueno, ¿cómo estás, *chérie*?

Sirvió el té mientras Claudia se retiraba.

—Bien.

—Bueno, sé que eso no es verdad. Ninguna estamos bien. ¿Cómo íbamos a estarlo cuando acaba de ocurrirnos algo tan terrible?

—Es cierto —convine cuando me pasó mi té.

Le añadí leche y tres cucharadas de azúcar. A pesar de que mis hermanas se burlaban de mí por mi delgadez, era muy golosa y no solía privarme de los dulces.

—¿Cómo está CeCe?

—Dice que está bien, pero en realidad no sé si es así.

—El dolor nos afecta a todos de maneras muy diferentes —musitó Ma—. Y a menudo da lugar a cambios. ¿Sabías que Maia se ha marchado a Brasil?

—Sí, nos envió un correo electrónico a CeCe y a mí hace unos días. ¿Sabes por qué se ha ido?

—Supongo que tiene algo que ver con la carta que vuestro padre le dejó. Pero, sea cual sea la razón, me alegro por ella. Habría sido terrible para Maia quedarse aquí sola a llorarlo. Es demasiado joven para vivir escondida. A fin de cuentas, tú sabes mejor que nadie que viajar puede ampliar los horizontes de cualquiera.

—Así es. Pero ya he tenido suficientes viajes.

—¿Ah, sí?

Asentí, y de pronto noté todo el peso de la conversación sobre mis hombros. Normalmente, CeCe habría estado a mi lado para hablar por las dos. Pero Ma guardó silencio, así que tuve que continuar por mí misma.

—Ya he visto bastante.

—¡Seguro que sí! —exclamó Ma con una risa suave—. ¿Hay algún sitio que no hayáis visitado las dos a lo largo de los últimos años?

—Australia y el Amazonas.

—¿Por qué esos lugares en particular?

—Porque a CeCe le dan pánico las arañas.

—¡Es verdad! —Ma dio una palmada cuando lo recordó—. Sin embargo, de pequeña parecía que no hubiera nada que la asustara. Seguro que te acuerdas de que siempre saltaba al mar desde las rocas más altas.

—Y de que no paraba de trepar por ellas —añadí.

—¿Y recuerdas que era capaz de contener la respiración bajo el agua durante tanto tiempo que me preocupaba que se hubiera ahogado?

—Sí —respondí muy seria, pensando en cuánto había insistido para que me uniera a ella en la práctica de deportes extremos.

Esa era una de las cosas en las que me había mantenido firme. Durante nuestros viajes por Extremo Oriente, CeCe se había pasado horas buceando o tratando de escalar los vertiginosos tapones volcánicos de Tailandia y Vietnam. Pero aunque mi hermana estuviera bajo la superficie del agua o en las alturas, yo permanecía inmóvil tumbada en la arena leyendo un libro.

—Y siempre odió llevar zapatos… Tenía que obligarla a ponérselos cuando era una cría —comentó Ma con una sonrisa.

—Una vez los tiró al lago. —Señalé la tranquila masa de agua—. Tuve que convencerla de que fuera a recuperarlos.

—Siempre fue un espíritu libre —suspiró Ma—. Y muy valiente… Pero entonces, un día, cuando CeCe tenía alrededor de siete años, oí un grito procedente de vuestra habitación y pensé que la estaban matando. Pero no, tan solo había una araña del tamaño de una moneda en el techo. ¿Quién iba a imaginárselo?

—También tiene miedo de la oscuridad.

—Vaya, pues eso no lo sabía.

La expresión de Ma se ensombreció y sentí que, de alguna manera, había menoscabado sus habilidades como madre, las de una mujer contratada por Pa Salt para atender a unos bebés adoptados que se convirtieron en niñas y después en jóvenes bajo su cuidado; para actuar *in loco parentis* cuando él estaba de viaje. No tenía vínculos genéticos con ninguna de nosotras, y sin embargo significaba muchísimo para todas.

—Le da vergüenza contarle a la gente que tiene muchas pesadillas.

—Entonces ¿esa es la razón por la que te mudaste a su habitación? —preguntó comprendiéndolo al cabo de muchos años—. ¿Y por la que poco después me pediste que te pusiera una luz quitamiedos?

—Sí.

—Pensé que era para ti, Star. Supongo que esto tan solo revela que nunca conocemos a las personas que hemos criado tanto como creemos. Bueno, ¿qué te parece Londres?

—Me gusta, pero todavía no hemos pasado mucho tiempo allí. Y…

Dejé escapar un suspiro, incapaz de ponerle palabras a mi desolación.

—Estás pasando el duelo —concluyó Ma por mí—. Y tal vez sientas que en estos momentos no importa demasiado dónde estés.

—Sí, pero tenía ganas de venir aquí.

—Y, *chérie*, es un placer tenerte en casa, y toda para mí. No es algo que haya sucedido muy a menudo, ¿verdad?

—No.

—¿Te apetece que ocurra con más frecuencia, Star?

—Yo… sí.

—Es una evolución natural. Ni CeCe ni tú sois ya unas niñas. Eso no significa que no podáis seguir estando unidas, pero es importante que cada una de vosotras tenga su propia vida. Estoy convencida de que CeCe también siente lo mismo.

—No, Ma, no es así. Me necesita. No puedo dejarla —solté de repente, cuando toda la frustración, y el miedo, y la… rabia que sentía contra mí misma y contra la situación se amotinaron en mi interior.

A pesar de mi capacidad de autocontrol, no pude contener el súbito y enorme sollozo que brotó desde las profundidades de mi alma.

—Oh, *chérie*. —Ma se puso de pie y una sombra atravesó el sol cuando se arrodilló ante mí para cogerme las manos—. No te avergüences, es saludable sacarlo fuera.

Y eso hice. No podría llamarlo llorar, porque, cuando todas las palabras y los sentimientos inexpresados contenidos en mi interior salieron en tromba, mi llanto se pareció mucho más a un aullido.

—Lo siento, lo siento… —mascullé cuando Ma se sacó un paquete de pañuelos de papel del bolsillo para contener la avalancha de lágrimas—. Solo estoy… disgustada por lo de Pa…

—Es completamente lógico, y de verdad, no hay razón para disculparse —dijo con cariño mientras yo permanecía allí sentada sintiéndome como un coche cuyo depósito de gasolina acaba de vaciarse—. Siempre me ha preocupado que te guardaras tantas cosas dentro, así que ahora estoy más contenta —sonrió—, aunque tú no sientas lo mismo. En cualquier caso, ¿puedo sugerirte que subas a tu habitación a refrescarte antes de la cena?

Entré tras ella. El interior de la casa tenía un olor muy particular que yo había intentado deconstruir muchas veces para poder reproducirlo en mis hogares temporales: una pizca de limón, madera de cedro, pasteles recién horneados… Pero, por descontado, aquel aroma era más que la simple suma de sus partes y exclusivo de Atlantis.

—¿Quieres que te acompañe arriba? —me preguntó Ma cuando empecé a subir por la escalera.

—No, estaré bien.

—Volveremos a hablar más tarde, *chérie*, pero si me necesitas, ya sabes dónde estoy.

Llegué al último piso de la casa, donde todas las hermanas teníamos nuestros dormitorios. Ma también tenía una suite al final del pasillo, con un pequeño salón y un baño privado. La habitación que yo compartía con CeCe estaba entre la de Ally y la de Tiggy. Abrí la puerta y sonreí al ver el color de tres de las paredes. CeCe había atravesado una etapa «gótica» a los quince años y se había empeñado en pintarlas de negro. Yo me negué y le propuse que lo dejáramos en morado. Mi hermana insistió en decorar ella misma la cuarta pared, la que estaba junto a su cama.

Después de todo un día encerrada en nuestra habitación, CeCe salió de ella justo antes de medianoche con los ojos vidriosos.

—Ya puedes verla —dijo invitándome a pasar.

Clavé la vista en la pared y me quedé impresionada por la intensidad de los colores: un vívido fondo azul noche salpicado con pinceladas de un cerúleo más claro, y en el centro, un grupo de estrellas doradas, hermosamente relucientes y llameantes. La forma me resultó familiar de inmediato: CeCe había pintado las Siete Hermanas de las Pléyades… a nosotras.

Cuando me fijé con detenimiento, me di cuenta de que cada una de las estrellas estaba formada por puntos diminutos y precisos, como pequeños átomos combinados para dar vida al todo.

Sentí la presión de su presencia a mi espalda, su respiración ansiosa sobre mi hombro.

—CeCe, ¡esto es asombroso! Increíble, de verdad. ¿Cómo se te ha ocurrido?

—No se me ha ocurrido. Simplemente… —se encogió de hombros—, sabía lo que tenía que hacer.

Desde aquel momento, yo había tenido mucho tiempo para contemplar la pared desde mi cama, y continuaba encontrando pequeños detalles en los que no había reparado antes.

Aun así, a pesar de que nuestras hermanas y Pa la habían elogiado por el mural, CeCe no había vuelto a emplear aquel estilo.

—Bueno, eso es solo algo que me surgió así. He avanzado desde entonces —me dijo.

Al mirarlo en aquel momento, pese a que habían transcurrido doce años, volví a pensar que el mural era la obra de arte más imaginativa y hermosa que CeCe había creado.

Vi que ya habían deshecho mi bolsa de viaje y que las pocas prendas de ropa que había llevado estaban cuidadosamente dobladas sobre la silla, así que me senté en la cama sintiéndome repentinamente a disgusto. Apenas había nada «mío» en la habitación. Y no podía culpar a nadie sino a mí.

Me acerqué a mi cómoda, abrí el último cajón y saqué la vieja lata de galletas en la que había atesorado mis más preciados recuerdos. Tras sentarme de nuevo en la cama me la coloqué sobre las rodillas y quité la tapa para coger un sobre. Después de diecisiete años metido en la lata, noté su tacto reseco pero suave en los dedos. Al extraer su contenido, vi la pesada tarjeta de vitela que todavía tenía la flor prensada adherida a ella.

Bueno, mi querida Star, al final logramos cultivarla.

PA X

Acaricié los delicados pétalos con los dedos: eran tan finos como una telaraña, pero todavía retenían un recuerdo desvaído del vibrante matiz burdeos que había adornado la primerísima floración de nuestra planta en el jardín que yo había ayudado a Pa a crear durante mi época escolar.

Había implicado levantarme pronto, antes de que CeCe se despertara. Mi hermana dormía muy profundamente, sobre todo después de las pesadillas —que tendían a producirse entre las dos y las cuatro—, así que nunca se percató de mis ausencias al amanecer. Pa se reunía conmigo en el jardín con aspecto de llevar horas levantado, y quizá fuera así. Yo iba con cara de sueño, pero entusiasmada por lo que fuera que él quisiera enseñarme.

A veces no eran más que unas cuantas semillas que escondía en la mano; en otras ocasiones, un brote delicado que había llevado a casa desde allá donde hubiera estado de viaje. Nos sentábamos en el banco de la pérgola de rosas con su enorme y muy antigua enciclopedia botánica, y sus manos fuertes y morenas pasaban las páginas hasta que encontrábamos la procedencia de nuestro tesoro. Después de leer acerca de su hábitat natural, sus gustos y preferencias, recorríamos el jardín y decidíamos entre los dos el mejor lugar donde plantarla.

En realidad, pensándolo ahora, él sugería un lugar y yo aceptaba su sugerencia. Pero nunca me había dado esa sensación. Siempre había sentido que mi opinión importaba.

Solía recordar a menudo la parábola de la Biblia que Pa me había contado una vez mientras trabajábamos: que todo ser viviente necesitaba ser celosamente cuidado desde el comienzo de su vida. Y si se hacía así, terminaría por crecer fuerte y durar muchos años.

—Claro está, los humanos somos exactamente iguales que las semillas —me había dicho Pa mientras yo inclinaba mi regadera de tamaño infantil y él se sacudía la turba de aroma dulzón de las manos—. Con el sol, la lluvia y… el amor, tenemos todo lo que necesitamos.

Y, en efecto, nuestro jardín floreció, y a lo largo de aquellas especiales mañanas de jardinería con Pa, aprendí el arte de la paciencia. Cuando algunas veces, unos días después, volvía al lugar elegido para ver si nuestra planta había empezado a crecer y descubría que no se había producido ningún cambio o que la planta estaba marrón y mustia, le preguntaba a Pa por qué no germinaba.

—Star —me decía sujetándome la cara entre las palmas marchitas—, cualquier cosa de valor duradero necesita tiempo para fructificar. Y una vez que lo haga, te alegrarás de haber perseverado.

«Mañana me levantaré temprano —pensé al cerrar la lata— y regresaré a nuestro jardín.»

Ma y yo cenamos juntas aquella noche a la luz de las velas en la mesa de la terraza. Claudia nos había preparado un costillar de cordero perfectamente guisado con zanahorias baby glaseadas y brócoli fresco del huerto de la cocina. Cuanto más empezaba a entender de cocina, más cuenta me daba del verdadero talento que poseía Claudia.

Cuando terminamos de cenar, Ma se volvió hacia mí.

—¿Has decidido ya dónde te vas a asentar?

—CeCe tiene su curso de arte en Londres.

—Ya lo sé, pero te estoy preguntando por ti, Star.

—Va a comprar un apartamento con vistas al Támesis. Nos mudaremos el mes que viene.

—Entiendo. ¿Te gusta?

—Es muy… grande.

—No te he preguntado eso.

—Puedo vivir en él, Ma. Es un sitio realmente fantástico —añadí sintiéndome culpable por mis reticencias.

—¿Y tú harás tu curso de cocina mientras CeCe hace el de arte?

—Sí.

—Cuando eras más pequeña pensaba que a lo mejor te convertías en escritora —dijo—. Al fin y al cabo, te licenciaste en Literatura Inglesa.

—Me encanta leer, sí.

—Star, te subestimas. Todavía recuerdo los cuentos que solías escribir de niña. Pa me los leía a veces.

—¿Ah, sí?

Aquello me llenó de orgullo.

—Y no te olvides de que te ofrecieron una plaza en la Universidad de Cambridge, pero la rechazaste.

—No.

Hasta yo misma noté la brusquedad de mi tono. Era un momento que aún me dolía recordar, incluso pasados nueve años…

—No te importa que pruebe suerte con Cambridge, ¿verdad, Cee? —le pregunté a mi hermana—. Mis profesores creen que debería intentarlo.

—Claro que no, Sia. Eres muy inteligente, ¡estoy segura de que entrarás! Yo también echaré un vistazo a las universidades de Inglaterra, aunque dudo que me ofrezcan una plaza en alguna. Ya sabes lo zopenca que soy. Si no consigo plaza, iré contigo de todas formas y buscaré trabajo en un bar o algo así —dijo encogiéndose de hombros—. Me da igual. Lo más importante es que estemos juntas, ¿no es así?

En aquel momento, yo también estaba absolutamente convencida de que lo era. En casa y en el internado, donde el resto de las chicas percibían nuestra intimidad y nos dejaban arreglárnoslas solas, lo éramos todo la una para la otra. Así que nos pusimos de acuerdo en un grupo de universidades que tenían carreras que nos gustaban a las dos, pues así podríamos permanecer juntas. Probé suerte en Cambridge y, para mi sorpresa, me ofrecieron una plaza en Selwyn College, condicionada a las notas de mis exámenes finales.

En Navidad me senté en el despacho de Pa para verle leer la carta de la oferta. Levantó la mirada hacia mí y me deleité en el orgullo y la emoción que reflejaban sus ojos. Señaló el pequeño abeto engalanado con decoraciones antiguas. Colocada en lo más alto del mismo, brillaba una estrella plateada.

—Ahí estás —dijo con una sonrisa—. ¿Vas a aceptar la oferta?

—No… no lo sé. Quiero ver qué ocurre con CeCe.

—Bueno, tiene que ser decisión tuya. Lo único que puedo decirte es que en algún momento tienes que hacer lo que es bueno para ti —añadió con intención.

Posteriormente, CeCe y yo recibimos dos ofertas para universidades en las que tanto ella como yo habíamos solicitado plaza. Después, ambas nos presentamos a los exámenes finales y esperamos los resultados con nerviosismo.

Dos meses más tarde, las dos nos hallábamos sentadas con nuestras hermanas en medio de la cubierta del *Titán*, el magnífico yate de Pa. Estábamos disfrutando de nuestro crucero anual —aquel año navegábamos por la costa del sur de Francia— y nos aferrábamos con inquietud a los sobres que contenían nuestras notas medias de la educación secundaria. Pa acababa de encontrarlos entre la pila de correo que nos llevaban en lancha en días alternos hasta dondequiera que estuviéramos navegando.

—Bueno, chicas —nos dijo Pa con una sonrisa al ver nuestras caras de nervios—, ¿queréis abrirlas aquí o en privado?

—Creo que es mejor que nos lo quitemos de encima cuanto antes —contestó CeCe—. Abre la tuya primero, Star. Total, yo ya sé que lo más probable es que haya suspendido.

Bajo las atentas miradas de todas mis hermanas y Pa, rasgué el sobre con los dedos temblorosos y saqué las hojas de papel que contenía.

—¿Y bien? —preguntó Maia al ver que tardaba bastante en leer los resultados.

—He sacado un nueve de media… y un diez en inglés.

Todos estallaron en vítores y aplausos, y mis hermanas me envolvieron en un fuerte abrazo.

—Ahora te toca a ti, CeCe —dijo Electra, la más pequeña de nuestras hermanas, con los ojos brillantes.

Todas sabíamos que CeCe había tenido dificultades en el colegio a causa de su dislexia, mientras que Electra era capaz de aprobar cualquier examen que se propusiera, pero era una vaga.

—Me da igual lo que digan estos papeles —replicó CeCe a la defensiva, y yo le signé «buena suerte» y «te quiero».

Rasgó el sobre y yo contuve la respiración mientras mi hermana leía los resultados a toda velocidad.

—He... ¡Dios mío! He...

Todos estábamos sin aliento.

—¡He aprobado, Star! ¡He aprobado! Y eso quiere decir que iré a Sussex a estudiar Historia del Arte.

—Es maravilloso —contesté, pues sabía lo mucho que se había esforzado para conseguirlo, pero también vi la expresión inquisidora de Pa al mirarme.

Porque sabía la decisión que me correspondería tomar entonces.

—Enhorabuena, cariño —la felicitó Pa con una sonrisa—. Sussex es un lugar precioso y, además, allí se encuentran los acantilados de las Siete Hermanas.

Más tarde, CeCe y yo nos sentamos en la cubierta superior del yate para contemplar un glorioso atardecer en el Mediterráneo.

—Sia, entiendo perfectamente que prefieras aceptar la oferta de Cambridge en lugar de venir a Sussex a estudiar conmigo. No me gustaría interponerme en tu camino ni nada así. Pero... —El labio inferior empezó a temblarle—. No sé qué voy a hacer sin ti. A saber cómo me las ingenio para redactar los trabajos que me manden sin tu ayuda.

Aquella noche en el barco, oí a CeCe revolverse y gimotear levemente. Enseguida supe que se acercaba una de sus terribles pesadillas. A aquellas alturas, ya era una experta en reconocer los síntomas, así que me levanté de la cama y me eché en la suya murmurando palabras tranquilizadoras, pero totalmente convencida de que sería incapaz de despertarla. Sus gemidos se habían vuelto más intensos y había comenzado a gritar palabras indescifrables que yo ya había desistido de intentar entender.

«¿Cómo voy a abandonarla? Me necesita... Y yo la necesito a ella.»

Y así era, en aquella época.

De manera que rechacé la plaza en Cambridge y acepté la oferta de Sussex con mi hermana. Y a mitad del tercer trimestre de su carrera de tres años, CeCe me anunció que la abandonaba.

—Lo entiendes, ¿verdad, Sia? —me dijo—. Sé pintar y dibujar, pero no sería capaz de redactar un ensayo sobre los pintores renacentistas y sus infinitos trabajos sobre la dichosa Madonna ni aunque me fuera la vida en ello. No puedo hacerlo. Lo siento, pero no puedo.

Después de aquello, CeCe y yo dejamos la habitación que compartíamos en el colegio mayor y alquilamos un piso destartalado. Y mientras yo asistía a las clases, ella tomaba el autobús para ir a Brighton a trabajar de camarera.

A lo largo del siguiente año, me sentí al borde de la desesperación pensando en el sueño al que había renunciado.

3

Después de la cena, me disculpé ante Ma y subí a nuestra habitación. Saqué el móvil de mi mochila para comprobar los mensajes y vi que tenía cuatro y unas cuantas llamadas perdidas, todos de CeCe. Tal como le había prometido, le había enviado un mensaje cuando mi avión aterrizó en Ginebra, y en aquel momento le mandé una respuesta breve diciéndole que estaba bien, que iba a acostarme ya y que hablaríamos al día siguiente. Apagué el teléfono, me metí debajo de mi edredón y me quedé allí tumbada, escuchando el silencio. Me di cuenta de lo raro que me resultaba dormir sola en una habitación, en una casa vacía que una vez había estado llena de una vida ruidosa y activa. Aquella noche no me despertarían los murmullos de CeCe. Podría dormir de un tirón hasta por la mañana si así lo deseaba.

Aun así, cuando cerré los ojos, hice cuanto pude para no echarla de menos.

Al día siguiente me levanté temprano, me puse unos vaqueros y una sudadera con capucha, cogí la carpeta de plástico y bajé la escalera de puntillas. Abrí con mucho cuidado la puerta principal de la casa y tomé el sendero que salía a mi izquierda para dirigirme al jardín especial de Pa Salt. Bien asida en la mano, llevaba la carpeta de plástico que contenía su carta, mis coordenadas y la traducción de la inscripción en griego.

Muy despacio, paseé entre los arriates que habíamos plantado juntos para comprobar la evolución de nuestra progenie. En julio alcanzaban su plenitud: zinnias multicolores, asteres morados, guisantes de olor apelotonados como mariposas minúsculas y las rosas que trepaban por toda la pérgola para dar sombra al banco.

Me di cuenta de que ahora solo quedaba yo para cuidarlas. Aunque Hans, nuestro anciano jardinero, era el «canguro» de las plantas cuando Pa y yo no estábamos allí para encargarnos de ellas, jamás podría estar segura de que las quisiera tanto como nosotros. En realidad era una estupidez pensar en las plantas como si fueran niños. Pero, como solía decirme Pa, el proceso de crianza era similar.

Me detuve para admirar una planta a la que le tenía mucho cariño y que lucía unas delicadas flores magenta suspendidas sobre unos tallos finos sobre una masa de hojas verde oscuro.

—Se llama *Astrantia major* —me dijo Pa hacía casi dos décadas mientras plantábamos las minúsculas semillas en macetas—. Se cree que su nombre deriva de la palabra *aster*, que quiere decir «estrella» en latín. Y cuando brota, tiene unas espléndidas flores con forma de estrella. Debo advertirte que a veces es difícil de cultivar, sobre todo teniendo en cuenta que estas semillas han viajado conmigo desde otro país y están viejas y secas. Pero si lo conseguimos, no requiere muchos cuidados, solo un poco de tierra de calidad y algo de agua.

Unos cuantos meses después, Pa me llevó a un rincón sombreado del jardín para plantar los esquejes que habían brotado milagrosamente después de muchos cuidados, entre los que se incluyó una breve estancia de las semillas en el frigorífico, pues Pa dijo que sería necesaria para «darles un empujón» y devolverles la vida.

—Ahora debemos tener paciencia y esperar que les guste su nueva casa —comentó mientras nos limpiábamos la tierra de las manos.

La *Astrantia* tardó otros dos años en dar flores, pero desde entonces se había multiplicado alegremente, autorreproduciéndose en cualquier lugar del jardín que se le antojaba. Sin dejar de mirarla, arranqué una de las flores y acaricié los pétalos frágiles con las yemas de los dedos. Y extrañé a Pa más de lo que era capaz de soportar.

Me di la vuelta y me encaminé hacia el banco cobijado bajo la pérgola de rosas. La madera todavía estaba empapada de rocío y la sequé con la manga. Me senté y me sentí como si aquella humedad se me estuviera filtrando en el alma.

Miré la carpeta de plástico que contenía los sobres. Y en aquel instante me pregunté si habría cometido un error al ignorar la súplica de CeCe de que abriéramos nuestras cartas juntas.

Me temblaron las manos al coger el sobre de Pa y, tras respirar hondo, rasgarlo. Dentro había una carta y, además, lo que parecía un joyero pequeño y fino. Desdoblé la carta y empecé a leer.

Atlantis
Lago de Ginebra
Suiza

Mi queridísima Star:

Por algún motivo, me resulta de lo más apropiado estar escribiéndote, ya que ambos sabemos que es tu medio de comunicación preferido. Hasta hoy conservo con gran cariño las largas cartas que me escribías cuando estabas fuera, en el internado y en la universidad. Y, posteriormente, en tus muchos viajes por los cuatro confines del globo.

Como es posible que ya sepas a estas alturas, he intentado proporcionaros a todas la información adecuada acerca de vuestros verdaderos orígenes. Aunque me gusta creer que tus hermanas y tú sois realmente mías, y tan parte de mí como podría haberlo sido cualquier criatura naturalmente concebida por mí, puede que llegue un día en que la información que poseo te resulte útil. Dicho esto, también acepto que es un camino que no todas mis hijas querrán recorrer. Especialmente tú, mi querida Star, tal vez la más sensible y compleja de todas mis chicas.

Esta carta es la que he tardado más tiempo en redactar, en parte porque la he escrito en inglés, no en francés, y sé que tu dominio de las reglas gramaticales y de puntuación en este idioma es muy superior al mío, así que, por favor, disculpa los errores que pueda cometer. Pero también porque debo confesar que me está costando encontrar una forma directa de facilitarte los mínimos datos necesarios para ponerte sobre la pista de tus orígenes y, sin embargo, no alterar tu vida si decides no continuar investigando sobre ellos.

Es curioso que las pistas que he podido entregarles a tus hermanas sean sobre todo inanimadas, mientras que las tuyas implicarán comunicación de tipo verbal, simplemente porque el rastro que conduce hasta tu historia original ha estado muy bien escondido a lo largo de los años y necesitarás la ayuda de otras personas para despejarlo. Yo mismo acabo de descubrir los verdaderos detalles hace muy poco, pero si hay alguien capaz de conseguirlo eres tú, mi brillante Star. Ese cerebro tan ágil que tienes, combinado con tu profunda comprensión de la naturaleza humana —lograda mediante años de paciente observación y, aún más importante, escucha—, te irá muy bien si decides seguir el rastro.

De modo que te he facilitado una dirección —está escrita en una tarjeta sujeta al dorso de esta carta—. Y si decides visitarla, pregunta por una mujer llamada Flora MacNichol.

Por último, antes de terminar y despedirme, siento que debo decirte que a veces en la vida hay que tomar decisiones difíciles y a menudo muy dolorosas que, en ese momento, tal vez sientas que hacen daño a personas a las que quieres. Y es posible que así sea, al menos durante un tiempo. No obstante es habitual que los cambios que se deriven de tal determinación acaben convirtiéndose en lo mejor también para los demás. Y que los ayuden a avanzar.

Mi querida Star, no ofenderé tu inteligencia abundando en este tema; los dos sabemos a qué me refiero. A lo largo de los años que he pasado en este mundo, he aprendido que nada puede permanecer inamovible para siempre. Y esperar lo contrario es, por supuesto, el mayor error que cometemos los humanos. Los cambios se producen queramos o no, de mil formas distintas. Y aceptar esto es fundamental para alcanzar la dicha de vivir en este magnífico planeta nuestro.

Cuida con esmero no solo del maravilloso jardín que creamos juntos, sino tal vez del tuyo propio en algún otro lugar. Y, por encima de todo, cuida de ti. Y sigue tu propia estrella. Ha llegado el momento.

Tu padre, que te quiere,

Pa Salt X

Levanté la mirada hacia el horizonte y vi que el sol aparecía tras una nube y espantaba las sombras del lago. Me sentía aturdida y aún más deprimida que antes de abrir la carta. Tal vez se debiera a las expectativas que había albergado, porque en realidad en aquellas palabras había muy poco que Pa y yo no hubiéramos discutido cuando aún estaba vivo. Cuando podía mirarlo a los ojos bondadosos y sentir la suave caricia de su mano en mi hombro mientras trabajábamos juntos en el jardín.

Despegué la tarjeta de visita sujeta con un clip a la carta y leí las palabras que tenía impresas:

Libros Arthur Morston
Kensington Church Street, 190
Londres W8 4DS

Recordé que una vez había pasado por Kensington en un autobús. Al menos si decidía ir a ver a Arthur Morston no tendría que viajar muy lejos, al contrario de lo que le había ocurrido a Maia. Entonces saqué la cita de la esfera armilar que ella me había traducido: «Ni el roble ni el ciprés crecen el uno a la sombra del otro».

Sonreí, porque nos describía a CeCe y a mí a la perfección. Ella: tan fuerte e intratable, con los pies firmemente enraizados en la tierra. Yo: alta pero endeble, sacudida por la más ligera brisa. Ya conocía la cita. Provenía de *El profeta*, obra de un filósofo llamado Khalil Gibran. Y también sabía quién permanecía —al menos en apariencia— en la sombra...

Simplemente no tenía ni idea de cómo echar a andar hacia el sol.

Después de doblarla de nuevo con mucho cuidado, saqué el sobre que contenía las coordenadas que Ally había descifrado. Mi hermana había apuntado la ubicación que señalaban. De todas las pistas, aquella era la que más me asustaba.

¿Deseaba saber dónde me había encontrado Pa?

Decidí que, al menos de momento, no me apetecía. Seguía queriendo pertenecer a Pa y a Atlantis.

Tras guardar de nuevo el sobre en la carpeta de plástico, cogí el joyero y lo abrí.

Dentro había una figurita negra, tal vez de ónice, que representaba un animal descansando sobre una fina base de plata. La saqué de la caja y la examiné. Sus esbeltas líneas indicaban claramente que se trataba de un felino. Miré la base y vi que había un sello y un nombre grabado en él: «Pantera».

En cada una de las cuencas oculares tenía una minúscula y brillante joya ambarina que centelleaba bajo el débil sol de la mañana.

—¿A quién pertenecías? ¿Y qué tenían que ver tus dueños conmigo? —susurré a la nada.

Volví a guardar la pantera en su caja y a continuación me puse de pie para acercarme a la esfera armilar. La última vez que la había visto, todas mis hermanas se hallaban apelotonadas a su alrededor preguntándose qué significaba y por qué Pa había escogido dejarnos tal legado. Escudriñé el interior e inspeccioné el globo dorado y los anillos de plata que lo encerraban en una elegante jaula. Estaba exquisitamente diseñada, los contornos de los continentes del planeta destacaban con orgullo sobre los siete mares que los rodeaban. Di una vuelta a su alrededor fijándome en los nombres originales griegos de todas mis hermanas: Maia, Alción, Celeno, Taygeta, Electra... y por supuesto en el mío, Astérope.

«¿Qué hay en un nombre?», cité a la Julieta de Shakespeare preguntándome —como ya había hecho muchas veces en el pasado— si todas nosotras habríamos adoptado las características de los personajes mitológicos cuyos nombres llevábamos o si nuestros nombres nos habrían adoptado a nosotras. A diferencia de lo que ocurría con el resto de mis hermanas, al parecer se sabía muy poco de la personalidad de mi homóloga. Algunas veces me había planteado si sería esa la razón por la que me sentía tan invisible entre mis hermanas.

Maia, la belleza; Ally, la líder; CeCe, la pragmática; Tiggy, el amparo; Electra, la bola de fuego... y luego yo. Supuestamente, yo era la pacificadora.

Bueno, si permanecer en silencio significaba que reinaba la paz, puede que sí, que ese fuera mi papel. Y quizá, si un padre te definía desde la cuna, entonces, a pesar de tu verdadera personalidad, intentaras vivir de acuerdo con esa imagen. Aun así, no había duda de que mis hermanas encajaban a la perfección con sus características mitológicas.

«Mérope...»

De repente mi mirada se topó con el séptimo anillo y me agaché para estudiarlo con mayor detenimiento. Pero, al contrario que en el resto de ellos, allí no había coordenadas. Ni inscripción. La hermana ausente; el séptimo bebé que todas habíamos esperado que Pa Salt llevara a casa pero que nunca había llegado. ¿Existía? ¿O acaso Pa había pensado —siendo tan perfeccionista como era— que la esfera armilar y su legado para nosotras no estarían completos sin su nombre? Tal vez si alguna de nosotras tuviera un bebé y ese bebé fuese una niña, podríamos llamarla Mérope para que los siete anillos se completaran.

Me dejé caer pesadamente sobre el banco al tiempo que trataba de recordar si a lo largo de los años Pa me había mencionado en alguna ocasión a una séptima hermana. Y, hasta donde me alcanzaba la memoria, no había sido así. De hecho, casi nunca hablaba de sí mismo; siempre le había interesado mucho más lo que estaba sucediendo en mi vida. Y pese a que lo quería tanto como cualquier hija puede querer a su padre y él era —aparte de CeCe— la persona a la que más cariño le tenía en el mundo, allí sentada me di cuenta de repente de que apenas sabía nada de él.

Lo único que sabía era que le gustaban los jardines y que, obviamente, había acumulado una inmensa fortuna. Pero el cómo había llegado a obtenerla me resultaba tan misterioso como el séptimo anillo de la esfera armilar. Sin embargo, jamás había tenido la sensación de que nuestra relación no fuera estrecha. O de que me ocultara información cuando le preguntaba algo.

Puede que nunca le formulara las preguntas correctas. Puede que ninguna de las hermanas lo hubiéramos hecho.

Me levanté y paseé por el jardín estudiando las plantas y haciendo una lista mental para Hans, el jardinero. Me reuniría allí con él más tarde, antes de dejar Atlantis.

Mientras regresaba hacia la casa me di cuenta de que, después de lo desesperada que había estado por volver a Atlantis, ahora tenía ganas de marcharme a Londres. Y continuar con mi vida.

4

A finales de julio, el clima de Londres era caluroso y húmedo. Sobre todo teniendo en cuenta que yo me pasaba el día en una cocina sofocante y sin ventanas en Bayswater. En las escasas tres semanas que permanecí allí, me sentí como si estuviera aprendiendo toda una vida de habilidades culinarias. Corté verduras en brunoise, en bastón y en juliana hasta llegar a creer que mi cuchillo de chef era una extensión de mi propio brazo. Trabajé masa de pan hasta tener agujetas y me deleité en ese momento del proceso de fermentación en el que, tras la subida, me daba cuenta de que ya estaba lista para hornear.

Todas las noches nos enviaban a casa a planear menús y calcular tiempos, y todas las mañanas realizábamos nuestra *mise en place* —preparar los ingredientes y colocar los utensilios en nuestra zona de trabajo antes de comenzar—. Al final de la clase, limpiábamos las superficies hasta dejarlas relucientes, y yo sentía una íntima satisfacción al saber que CeCe jamás entraría en aquella cocina para ensuciarla.

Mis compañeros de curso eran un grupo variopinto: hombres y mujeres entre los que se contaban tanto privilegiados jóvenes de dieciocho años como amas de casa aburridas que querían darles vida a las cenas que ofrecían en Surrey.

—He sido camionero durante veinte años —me comentó Paul, un corpulento divorciado de cuarenta años mientras colocaba hábilmente la pasta choux en una bandeja de hornear para formar delicados *gougères* de queso—. Siempre quise ser cocinero, y por fin voy a conseguirlo. —Me guiñó un ojo—. La vida es demasiado corta, ¿no crees?

—Sí —convine con vehemencia.

Afortunadamente, el ritmo del curso apartó de mi mente los pensamientos acerca de mi propio estancamiento personal. Y el hecho de que CeCe estuviera tan ocupada como yo también ayudó. Cuando no estaba absorta en escoger muebles para nuestro nuevo apartamento, estaba fuera de casa recorriéndose Londres de arriba abajo en los autobuses rojos que serpenteaban por la ciudad, en busca de inspiración para su nuevo fetiche creativo: las instalaciones físicas. Eso implicaba que mi hermana recogiera todo tipo de cachivaches por toda la ciudad y los tirara de cualquier manera en nuestro minúsculo salón: trozos de metal retorcidos que había encontrado en chatarrerías, un montón de tejas rojas, latas de gasolina vacías y apestosas y —lo más inquietante de todo— un muñeco de tamaño natural medio chamuscado y hecho de retales y paja.

—En noviembre, los ingleses queman en hogueras efigies de un hombre llamado Guy Fawkes. Nunca sabré por qué esta ha conseguido sobrevivir hasta julio —me dijo mientras cargaba una grapadora—. Al parecer tiene algo que ver con que el tipo intentó volar el Parlamento por los aires hace cientos de años. Estaba chalado —añadió con una carcajada.

Durante la última semana del curso, nos dividieron en parejas y nos pidieron que preparáramos un menú de tres platos.

—Todos sabéis que el trabajo en equipo es fundamental para gestionar una cocina con éxito —nos explicó Marcus, nuestro ostentosamente gay instructor del curso—. Tenéis que ser capaces de trabajar bajo presión y no solo de dar órdenes, sino también de recibirlas. Bien, estas son las parejas.

Se me cayó el alma a los pies cuando me emparejaron con Piers, más que un hombre, un muchacho de pelo lacio. Hasta el momento, había contribuido muy poco a los debates en grupo, aparte de los típicos comentarios graciosillos e infantiles.

La única buena noticia era que Piers era un cocinero naturalmente dotado. Y a menudo, para enfado de los demás, el que recibía más elogios por parte de Marcus.

—Es solo porque le atrae —había escuchado a Tiffany, una de las integrantes del grupo de chicas pijas inglesas, quejarse en el baño hacía unos cuantos días.

Le sonreí mientras me lavaba las manos. Y me pregunté si los seres humanos maduraban en algún momento o si la vida no era más que un eterno patio de colegio.

—O sea que hoy es tu último día, Sia. —CeCe me dedicó una sonrisa aquella mañana mientras me tomaba una apresurada taza de café en la cocina—. Buena suerte con ese rollo de la competición.

—Muchas gracias, te veo luego —le dije mientras salía del apartamento.

Caminé por Tooting High Street para coger el autobús —el metro era más rápido, pero me gustaba ver Londres durante el trayecto—. Me recibieron unos carteles que anunciaban que habían variado la ruta de mi autobús debido a unas obras en Park Lane. Así pues, cuando cruzamos el río en dirección norte, no seguimos el itinerario habitual, sino que atravesamos el barrio de Knightsbridge, junto con todos los demás londinenses desviados, hasta que el autobús consiguió liberarse del tráfico para terminar pasando ante la magnífica cúpula del Royal Albert Hall.

Aliviada de que al fin pareciéramos recuperar nuestra dirección, me puse a escuchar mi música habitual: «La mañana» de Grieg, que tanto me recordaba a Atlantis, y *Romeo y Julieta* de Prokofiev. Pa Salt fue la primera persona que me hizo oír ambas obras. Di gracias a Dios por la invención del iPod, puesto que, debido al gusto de CeCe por el rock duro, el viejo reproductor de CD de nuestra habitación solía vibrar hasta el borde de la explosión con el estruendo de las guitarras y las voces estridentes. Cuando el autobús se detuvo de nuevo, escudriñé la calle en busca de algún punto de referencia que me resultara familiar, pero no reconocí nada. Excepto el nombre colocado sobre un escaparate de la acera izquierda cuando el autobús comenzó a alejarse de la parada: ARTHUR MORSTON.

Me volví para mirar atrás preguntándome si estaría sufriendo alucinaciones, pero ya era demasiado tarde. Cuando el autobús giró a la derecha vi las palabras KENSINGTON CHURCH STREET estampadas en el cartel de la calle. Un escalofrío me recorrió de pies a cabeza cuando me percaté de que acababa de ver la encarnación física de la pista de Pa Salt.

Seguía pensando en ello cuando entré en la cocina con el resto de los alumnos.

—Buenos días, encanto. ¿Lista para cocinar como los ángeles?

Piers se acercó para situarse a mi lado y se frotó las manos, expectante. Yo tragué saliva con dificultad. Me consideraba feminista en el más estricto sentido de la palabra: creía en la igualdad de ambos géneros, sin preponderancia de ninguno de ellos sobre el otro. Y era justo decir que detestaba que se refirieran a mí como «encanto», con independencia de que quien lo hiciera fuera un hombre o una mujer.

—Bien. —Marcus apareció en la cocina y nos entregó a cada una de las parejas lo que parecía ser una tarjeta en blanco—. En el reverso de esa tarjeta está el menú que deberéis preparar entre cada dos. Espero que todos los platos estén sobre vuestra superficie de trabajo y listos para que yo los pruebe a las doce en punto. Tenéis dos horas. Muy bien, queridos, buena suerte. Ya podéis darle la vuelta a la tarjeta.

Sin perder un instante, Piers me arrebató la tarjeta de las manos. Tuve que mirar por encima de su hombro para poder echarle un vistazo a lo que teníamos que cocinar.

—Mousse de fuagrás con tostadas Melba, salmón hervido con patatas dauphinoise y judías verdes salteadas. Seguidos de Eton mess de postre —leyó Piers en voz alta—. Está claro que yo haré la mousse de fuagrás y herviré el salmón, porque la carne y el pescado son lo mío. Te dejaré a ti las verduras y el postre. Ya sabes que es un revuelto de fresas, crema y merengue. Tendrás que empezar por este último.

Quise replicarle que la carne y el salmón también eran lo mío. Y, con mucho, los componentes más impresionantes de aquel menú estival. Sin embargo, me dije que no importaba que Piers llevara la voz cantante —como había explicado Marcus, aquella prueba se basaba en el trabajo en equipo— y me concentré en mezclar las claras de huevo con el azúcar extrafino.

Cuando el plazo de dos horas iba a finalizar, yo estaba tranquila y preparada, mientras que a Piers se lo veía histérico, volviendo a meter en la manga el fuagrás que había decidido rehacer en el último minuto. Le eché un vistazo al salmón, que continuaba hirviendo en la cazuela, consciente de que mi compañero lo había

48

dejado demasiado tiempo allí dentro. Cuando había intentado advertírselo, me había despachado con impaciencia.

—Muy bien, se ha acabado el tiempo. Por favor, dejad todo lo que estéis haciendo —gritó Marcus.

Su voz resonó por toda la cocina y se produjo un estruendo metálico cuando los demás cocineros soltaron sus utensilios y se apartaron de sus platos. Piers ignoró la indicación y se apresuró a servir el salmón en la fuente junto a mis patatas y judías.

Por fin, tras haber alabado y aniquilado a partes iguales los otros cinco menús, Marcus se detuvo ante nosotros. Tal como sabía que haría, elogió la presentación y la textura de la mousse de fuagrás dedicándole un guiño a su chef favorito.

—Maravilloso, buen trabajo —lo felicitó—. Ahora pasemos al salmón.

Lo observé mientras probaba un bocado, fruncía el cejo y después clavaba su mirada en mí.

—Esto no está bien, no funciona en absoluto. Está recocido. Sin embargo, las patatas y las judías… —comentó tras degustar ambas cosas— están perfectas.

Una vez más, sonrió a Piers, así que me volví hacia mi compañero esperando que corrigiera el error de Marcus. Piers apartó su mirada de la mía y no dijo ni una sola palabra mientras el instructor se disponía a probar mi Eton mess.

Más que un revuelto, mi postre parecía un tulipán a punto de abrirse. El propio merengue formaba el recipiente en el que se escondían las fresas —maceradas en licor de grosella negra— y la crema chantillí. No había nada «caótico» en mi postre, y estaba segura de que Marcus lo adoraría o lo odiaría.

—Star —comenzó tras haber degustado una cucharada—, la presentación es original y el sabor increíblemente delicioso. Buen trabajo.

A continuación, Marcus nos concedió el primer premio por el entrante y también el del postre.

En el vestuario, abrí mi taquilla con algo más de fuerza de la necesaria y saqué mi ropa de calle para poder quitarme la vestimenta de chef.

—Me sorprende que hayas sido capaz de mantener la calma ahí dentro.

Levanté la mirada, pues aquellas palabras acababan de expresar mis propios pensamientos. Se trataba de Shanthi, una bellísima mujer india a la que le calculaba más o menos mi misma edad. Era el único miembro del grupo que, como yo, no se había sumado a los demás para tomar algo en un pub todos los días al terminar las clases. Aun así, gozaba de mucha popularidad entre los alumnos, ya que siempre transmitía una energía serena y positiva.

—He visto que ha sido Piers quien recocía el salmón. Estaba en la mesa de trabajo contigua a la mía. ¿Por qué no has dicho nada cuando Marcus te ha culpado a ti?

Me encogí de hombros y negué con la cabeza.

—No importa. Solo era un trozo de salmón.

—A mí me habría importado. Has sido víctima de una injusticia. Y las injusticias siempre deberían enmendarse.

Saqué mi bolso de la taquilla, sin saber muy bien qué decir. Las demás alumnas ya se marchaban para tomarse una última copa de despedida del curso juntas. Fueron diciéndonos adiós desde la puerta hasta que en el vestuario solo quedamos Shanthi y yo. Mientras me ataba los cordones de las zapatillas de deporte, la observé cepillarse la espesa melena color ébano y después aplicarse un carmín rojo intenso con los dedos largos y elegantes.

—Adiós —dije mientras me dirigía hacia la puerta del vestuario.

—¿Te apetece ir a tomar algo? Conozco un pequeño bar especializado en vinos muy cerca de aquí. Es un lugar nada bullicioso. Creo que te gustaría.

Titubeé un instante —las conversaciones de tú a tú no eran en absoluto mi fuerte— y sentí el peso de su mirada sobre mí mientras lo hacía.

—Sí —acepté finalmente—. ¿Por qué no?

Llegamos caminando y nos acomodamos con nuestras copas en un rincón tranquilo del bar.

—Bueno, Star la Enigmática —me sonrió Shanthi—, cuéntame quién eres.

Dado que aquella era la pregunta que siempre me temía, tenía una respuesta preparada de antemano.

—Nací en Suiza, tengo cinco hermanas, todas adoptadas, y fui a la Universidad de Sussex.

—¿Y qué estudiaste?

—Literatura Inglesa. ¿Y tú? —pregunté para desviar hábilmente la pelota de la conversación a su tejado.

—Pertenezco a la primera generación británica de una familia india. Trabajo como psicoterapeuta y sobre todo trato a adolescentes deprimidos y con tendencias suicidas. Por desgracia, son muy numerosos en estos tiempos —dijo con un suspiro—. Especialmente en Londres. La presión que los padres ejercen hoy en día sobre sus hijos para que alcancen logros es algo que me resulta demasiado familiar.

—Entonces ¿por qué has hecho el curso de cocina?

—¡Porque me encanta! Es mi mayor placer. —Esbozó una enorme sonrisa—. ¿Y tú?

En aquel momento entendí que aquella mujer estaba acostumbrada a lograr que las personas se abrieran, y aquello hizo que me sintiera aún más cauta.

—A mí también me gusta mucho cocinar.

—¿Pretendes convertirlo en tu profesión?

—No. Creo que me gusta porque se me da bien, aunque suene un poco egoísta.

—¿Egoísta? —Shanthi se echó a reír y el musical timbre de su voz resonó con calidez en mis oídos—. Opino que alimentar el cuerpo es también una forma de alimentar el alma. Y no es egoísta ni por asomo. Está bien disfrutar de lo que a uno se le da bien, en realidad. De hecho, es algo que contribuirá enormemente a la calidad del producto final. La pasión siempre ayuda. Bueno, ¿qué más cosas te «apasionan», Star?

—Los jardines y…

—¿Sí?

—Escribir, me gusta escribir.

—Y yo adoro leer. Es lo que más me ha abierto la mente y enseñado. Nunca he tenido dinero para viajar, pero los libros me llevan a otros lugares. ¿Dónde vives?

—En Tooting. Pero vamos a mudarnos a Battersea.

—¡Yo también vivo en Battersea! Justo al lado de Queenstown Road. ¿Lo conoces?

—No. Todavía soy prácticamente nueva en Londres.

—Ah, y entonces ¿dónde has vivido desde que terminaste la universidad?

—La verdad es que en ningún sitio. He viajado mucho.

—¡Qué suerte! —exclamó Shanthi—. Espero poder conocer más mundo antes de morir, pero hasta el momento nunca he tenido dinero para pagármelo. ¿Cómo pudiste permitírtelo tú?

—Mi hermana y yo buscábamos empleo allá donde fuéramos. Ella solía trabajar de camarera y yo hacía limpiezas.

—Vaya, Star, eres demasiado inteligente y guapa para andar todo el día con una fregona en las manos, pero bien hecho. Me da la sensación de que estás siempre en una búsqueda continúa, que eres incapaz de echar raíces.

—Tenía más que ver con mi hermana que conmigo. Yo me limité a seguirla.

—¿Y dónde está ella ahora?

—En casa. Vivimos juntas. Es artista, y el próximo mes empezará un curso de arte en el Royal College of Art.

—Muy bien. Y… ¿hay alguien especial en tu vida?

—No.

—Yo tampoco tengo pareja. ¿Alguna relación previa significativa?

—No. —Miré mi reloj sintiendo que su aluvión de preguntas hacía que se me enrojecieran las mejillas—. Debería marcharme ya.

—De acuerdo.

Shanthi apuró su copa y después me siguió hacia la salida del bar.

—Ha sido genial poder conocerte mejor, Star. Toma mi tarjeta. Mándame algún mensaje de vez en cuando para contarme cómo te va. Y si en alguna ocasión necesitas hablar, cuenta conmigo.

—Lo haré. Adiós.

Me alejé de ella con paso rápido. No me sentía cómoda hablando de «relaciones». Con nadie.

—¡Por fin! —CeCe me esperaba, con los brazos en jarras, en la atestada entrada de nuestro apartamento—. ¿Dónde demonios has estado, Sia?

—He ido a tomar una copa rápida con una amiga —contesté al pasar a su lado de camino al cuarto de baño, donde me encerré a toda prisa.

—Bueno, pues podrías haberme avisado. Te he cocinado algo para celebrar el final de tu curso. Pero probablemente ya se haya echado a perder.

CeCe no «cocinaba» casi nunca, o nunca. En las pocas ocasiones en las que yo no había estado cerca para alimentarla, había sobrevivido a base de comida para llevar.

—Lo siento, no lo sabía. Saldré dentro de un segundo.

Me acerqué a la puerta para escuchar y oí que se alejaba. Después de lavarme las manos, me aparté el flequillo de la cara y flexioné ligeramente las rodillas para contemplarme en el espejo.

—Algo tiene que cambiar —le dije a mi reflejo.

5

En agosto, Londres parecía una ciudad fantasma. Los que se lo podían permitir habían escapado del inestable clima del Reino Unido, que parecía oscilar incoherentemente entre el tiempo húmedo y nuboso, el soleado y el lluvioso. La «verdadera» Londres estaba dormida, esperando a que sus ocupantes regresaran de las playas extranjeras para que sus quehaceres diarios pudieran reanudarse una vez más.

Yo también experimentaba una extraña sensación de sopor. Si durante los días posteriores a la muerte de Pa Salt no había conseguido dormir, ahora a duras penas lograba levantarme de la cama por las mañanas. Por el contrario, CeCe era toda actividad, e insistía en que la acompañara a elegir un frigorífico determinado o las baldosas perfectas para el alicatado de la cocina del nuevo apartamento.

Un sábado bochornoso en el que yo me habría quedado tranquilamente tumbada en la cama con un libro, mi hermana me exigió que me levantara y me arrastró en autobús hasta una tienda de antigüedades, convencida de que me encantarían los muebles que vendían en ella.

—Ya hemos llegado —dijo mirando por la ventanilla, y presionó el botón de parada para que el autobús se detuviera en la siguiente—. La tienda está en el número 159, así que es aquí al lado.

Nos bajamos y ahogué una exclamación al ver que, por segunda vez en cuestión de un par de semanas, había terminado a pocos metros de la puerta de Libros Arthur Morston. CeCe giró a la izquierda para dirigirse a la tienda de al lado, pero yo me quedé rezagada observando brevemente el escaparate. Estaba lleno de libros antiguos, de aquellos que yo soñaba con poder coleccionar algún día, cuando tuviera dinero suficiente para poder permitírmelos, y que adornarían mis propias estanterías a ambos lados de mi chimenea imaginaria.

—Date prisa, Sia, ya son las cuatro menos cuarto. No sé a qué hora cierran aquí los sábados.

La seguí hasta el interior de una tienda que estaba llena de mobiliario oriental: mesas teñidas de carmesí y lacadas, armarios negros con delicadas mariposas pintadas en las puertas y budas dorados que sonreían con serenidad.

—¿No hace que te entren ganas de haber comprado un cargamento entero cuando estábamos viajando? —CeCe enarcó las cejas al mirar una de las etiquetas con los precios y después colocó las manos en la posición de «muchísimo dinero»—. Seguro que somos capaces de encontrarlos más baratos en algún otro sitio.

Encabezó la marcha para salir de la tienda y, después de examinar con detenimiento los escaparates de las demás pintorescas tiendas de antigüedades de la calle, regresamos a la parada del autobús. Mientras esperábamos a que llegara, no podía hacer más que contemplar la librería de Arthur Morston desde la otra acera. Mi hermana Tiggy me habría dicho que era el destino. En el mejor de los casos, yo pensaba que era, como mínimo, mucha coincidencia.

Una semana más tarde, mientras CeCe iba al apartamento a comprobar los avances de los albañiles cuando apenas quedaban unos días para que nos mudáramos, yo me acerqué a la tienda de comestibles del barrio a comprar un cartón de leche. Mientras esperaba junto al mostrador a que me devolvieran el cambio, bajé la mirada hacia un titular en la parte inferior derecha de *The Times*: EL CAPITÁN DEL *TIGRESA* SE AHOGA DURANTE UNA TORMENTA EN LA FASTNET.

Me dio un vuelco el corazón. Sabía que mi hermana Ally estaba participando en la Fastnet Race en aquellos momentos, y el nombre del barco me resultaba terriblemente familiar. La fotografía que aparecía debajo del titular era de un hombre, pero aquello no disminuyó mi ansiedad. Compré el periódico y ojeé con nerviosismo el artículo mientras regresaba al apartamento. Y, tras hacerlo, exhalé un suspiro de alivio porque, al menos hasta el momento, no había noticias de más víctimas. La climatología, sin embargo, era al parecer terrible, y tres cuartas partes de los barcos habían sido obligados a abandonar la competición.

Sin perder ni un segundo, le envié un mensaje a CeCe y volví a leer el artículo en cuanto entré en el apartamento. A pesar de que mi hermana mayor llevaba años dedicándose a la navegación profesional, la idea de que muriera en una regata jamás se me había pasado por la cabeza. Todo lo que tenía que ver con Ally era tan… vital. Vivía su vida con una intrepidez que yo solo podía admirar y envidiar.

Le envié un breve mensaje diciéndole que había leído la noticia del desastre y pidiéndole que se pusiera en contacto conmigo urgentemente. Mi móvil empezó a sonar cuando pulsé «enviar», y vi que era CeCe.

—Acabo de hablar con Ma, Sia. Me ha llamado ella. Ally estaba en la Fastnet Race y…

—Lo sé, acabo de leerlo en el periódico. Dios mío, CeCe, espero que Ally esté bien.

—Ma me ha dicho que alguien la ha llamado para decirle que está perfectamente. Como no podía ser de otra manera, el barco se ha retirado de la competición.

—¡Menos mal! Pobre Ally, perder a un compañero de tripulación así…

—Es terrible. Bueno, saldré para casa dentro de nada. La cocina nueva está quedando estupenda. Te va a encantar.

—Seguro que sí.

—Ah, y también han llegado nuestras camas y la de matrimonio para la otra habitación. Por fin lo estamos consiguiendo. Estoy impaciente por que nos mudemos. Te veo luego.

CeCe colgó y yo me maravillé ante su facilidad para centrarse tan rápidamente en lo práctico después de haber recibido una mala noticia, a pesar de que sabía que aquella era, simplemente, su manera de lidiar con tales asuntos. Reflexioné acerca de si debería ser valiente y decirle a CeCe que, a la más que madura edad de veintisiete años, tal vez fuera más apropiado que cada una tuviera su propia habitación en lugar de compartir una. Si alguna vez teníamos invitados, no me costaría nada mudarme a su dormitorio durante unos días. Me parecía ridículo tener que compartirlo cuando quedaba uno libre.

«Algún día, Star, tendrás que enfrentarte a ello…»

Pero, como siempre, no sería aquel día.

Mientras estaba organizando mis escasas pertenencias para la mudanza que tendría lugar un par de días más tarde, recibí una llamada de Ma.

—¿Star?

—¿Sí? ¿Va todo bien? ¿Cómo está Ally? No ha contestado mis mensajes —dije con nerviosismo—. ¿Has hablado con ella?

—No, no he conseguido comunicarme con ella, pero sé que no está herida. He hablado con la madre de la víctima. Seguro que ya sabes que era el patrón del barco de Ally. Su madre es una mujer encantadora… —Oí que un suspiro escapaba de los labios de Ma—. Parece ser que su hijo le dejó mi número para que me llamara en caso de que le sucediera algo. Cree que tal vez tuviese algún tipo de premonición.

—¿Quieres decir que presintió su propia muerte?

—Sí… Verás, Ally y él se habían comprometido en secreto. Se llamaba Theo.

Guardé silencio mientras asimilaba la noticia.

Creo que Theo imaginaba que Ally estaría demasiado afectada para poder ponerse en contacto con nosotras por sí misma —prosiguió Ma—. Sobre todo porque todavía no os había contado a ninguna que mantenía una relación seria con él.

—¿Tú lo sabías, Ma?

—Sí, y estaba muy enamorada. Hace tan solo unos días que se marchó de Atlantis. Me dijo que Theo era «el definitivo». Yo…

—Ma, lo siento muchísimo.

—Perdóname, *chérie*, aunque sé que la vida tan pronto da como quita, que esto haya ocurrido tan poco tiempo después de la muerte de vuestro padre hace que la situación sea especialmente trágica para Ally.

—¿Dónde está ella? —pregunté.

—En Londres, en casa de la madre de Theo.

—¿Debería ir a visitarla?

—Creo que sería maravilloso que pudierais asistir al funeral. Celia, la madre de Theo, me ha dicho que se celebrará el próximo miércoles a las dos en punto en la iglesia de la Santísima Trinidad, en Chelsea.

—Allí estaremos, Ma, te lo prometo. ¿Has avisado al resto de las hermanas?

—Sí, pero ninguna de ellas puede ir.

—¿Y tú? ¿Puedes venir?

—Yo… Star, no puedo. Pero estoy segura de que CeCe y tú podéis representarnos a todas. Decidle a Ally que le enviamos todo nuestro cariño.

—Así lo haremos.

—Encárgate tú de decírselo a CeCe. ¿Cómo estás tú, Star?

—Estoy bien. Es solo que… no puedo ni imaginarme lo que estará pasando Ally.

—Yo tampoco, *chérie*. No esperes que te responda a ninguno de los mensajes que le mandes, ahora mismo no contesta a nadie.

—No te preocupes. Gracias por avisarme, Ma. Adiós.

Cuando CeCe llegó a casa le expliqué lo más calmadamente que pude lo que había sucedido. Y le comuniqué la fecha del funeral.

—Supongo que le habrás dicho a Ma que no podremos ir. Tan pocos días después de la mudanza, aún estaremos enterradas en cajas.

—CeCe, tenemos que ir. Tenemos que acompañar a Ally en esos momentos.

—¿Y qué pasa con nuestras hermanas? ¿Dónde están ellas? ¿Por qué tenemos que ser nosotras las que alteremos nuestros planes? Por el amor de Dios, si ni siquiera conocíamos a ese tipo.

—¿Cómo puedes decir eso? —Me puse de pie sintiendo que toda la rabia latente que había ido acumulando en mi interior estaba a punto de estallar—. ¡Esto no tiene nada que ver con su prometido, sino con Ally, nuestra hermana! ¡Las dos hemos podido contar con ella en todo momento a lo largo de nuestras vidas y ahora es ella la que necesita poder contar con nosotras el próximo miércoles! ¡Y allí estaremos!

Después me marché y me dirigí hacia el baño, que al menos tenía un pestillo en la puerta.

No tenía ganas de que CeCe me viera temblando de rabia, así que pensé que bien podría quedarme allí dentro y darme un baño. En la claustrofóbica jungla de hormigón que me rodeaba, la bañera amarillenta solía proporcionarme un refugio al que podía escapar.

Me sumergí, y entonces pensé en Theo y en el hecho de que él no había conseguido escapar del agua. Me incorporé de inmediato, con la respiración entrecortada a causa del pánico, y las pequeñas olas que levanté salpicaron todo el barato suelo de linóleo.

Llamaron a la puerta.

—¿Sia? ¿Estás bien?

Tragué saliva con dificultad y traté de coger aire varias veces. Theo no había sido capaz de encontrar aquel aire, y ya nunca podría volver a respirar.

—Sí.

—Tienes razón. —Se produjo un silencio prolongado—. Lo siento mucho. Por supuesto que debemos acompañar a Ally.

—Sí. —Quité el tapón y estiré la mano para coger mi toalla—. Debemos hacerlo.

A la mañana siguiente, el camión de mudanzas con conductor que CeCe había contratado aparcó delante de nuestro apartamento. Tras cargar nuestras pocas pertenencias —que básicamente incluían todos los cachivaches de CeCe para su nuevo proyecto artístico—, nos pusimos en marcha para recoger los muebles que mi hermana había comprado en distintas tiendas repartidas por el sur de Londres.

Tres horas más tarde, llegamos a Battersea. Y, después de que CeCe firmara lo que tuviera que firmar en la oficina de ventas de la planta baja, las llaves de nuestro nuevo hogar pasaron a estar en sus manos. Mi hermana abrió la puerta para que ambas pudiéramos entrar y luego se paseó por la resonante estancia.

—No puedo creerme que todo esto sea mío. Y tuyo, claro —agregó con generosidad—. Ahora ya estamos a salvo, Sia, para siempre. Tenemos nuestro propio hogar. ¿No es alucinante?

—Sí.

Acto seguido, me tendió los brazos y, consciente de que aquel era su momento, me dejé estrechar por ellos. Nos quedamos en el centro de aquel espacio cavernoso y vacío y nos abrazamos, riéndonos como las niñas que una vez fuimos por lo ridículo que nos resultaba ser ya tan mayores.

En cuanto nos mudamos, CeCe empezó a levantarse y salir temprano todas las mañanas para recoger más materiales para sus instalaciones antes de que, a principios de septiembre, comenzara el primer trimestre del curso.

Así que yo me quedaba sola en el apartamento todo el día. Me mantuve ocupada deshaciendo las cajas de ropa de cama, toallas y utensilios de cocina que CeCe había encargado. Mientras guardaba unos cuchillos de chef letalmente afilados en su bloque de madera, me sentí como una mujer recién casada organizando su primera casa. Pero no era el caso. Ni de lejos.

Cuando terminé con las cajas, me puse a trabajar para transformar la larguísima terraza en un jardín en el aire. Utilicé los pocos ahorros que me quedaban y casi toda la asignación mensual de Pa Salt para comprar cualquier cosa que pudiera crear todo el color y frondosidad posibles de manera inmediata. Mientras observaba al hombre del establecimiento de jardinería arrastrar la gigantesca maceta de terracota —ocupada por una enorme camelia cubierta de minúsculas flores blancas— hasta la terraza, supe que Pa Salt se estaría retorciendo en su tumba ante semejante extravagancia, pero aparté el pensamiento de mi mente diciéndome que, en aquella ocasión, mi padre lo habría entendido.

El miércoles siguiente, rebusqué prendas apropiadamente oscuras para las dos. CeCe tuvo que arreglárselas con un par de vaqueros negros, puesto que en su vestuario no había ni una sola falda o vestido.

Todas nuestras hermanas se habían puesto en contacto con nosotras por medio de mensajes de móvil o correos electrónicos para pedirnos que le transmitiéramos todo su cariño a Ally. Tiggy, probablemente la hermana a la que más unida me sentía después de CeCe, me llamó para decirme que le diera un abrazo enorme.

—Ojalá pudiera estar allí —dijo con un suspiro—. Pero por aquí ha empezado la temporada de caza y tenemos un montón de ciervos heridos.

Le prometí que le daría el abrazo a Ally y sonreí al pensar en mi dulce hermana pequeña y su amor por los animales. Trabajaba en un refugio de ciervos en Escocia, y cuando aceptó el empleo pensé en lo bien que encajaba con ella. Tiggy era tan rápida y ágil como los propios ciervos; recordaba a la perfección haber ido a verla bailar en una función del colegio cuando era más pequeña y haberme quedado hechizada por su elegancia.

CeCe y yo cruzamos el puente en dirección a Chelsea, donde iba a celebrarse el funeral de Theo.

—Vaya, aquí hay incluso cámaras de televisión y fotógrafos de prensa —susurró CeCe mientras hacíamos cola para entrar en la iglesia—. ¿Crees que deberíamos esperar hasta que llegue Ally para saludarla?

—No. Sentémonos en algún banco del fondo. Estoy segura de que podremos verla después.

La enorme iglesia estaba llena hasta los topes. Unas personas muy amables se apretaron en uno de los bancos del fondo para que pudiéramos estrujarnos en un extremo. Me incliné hacia un lado para ver el altar, a más de veinte pasos de donde nos encontrábamos. Me sentí asombrada y empequeñecida al observar lo querido que debía de haber sido Theo para llevar hasta allí a cientos de personas para despedirse de él.

Un silencio repentino acalló los murmullos y la congregación se volvió cuando ocho hombres jóvenes empezaron a recorrer el pasillo cargados con su ataúd. Los seguía una diminuta mujer rubia que se apoyaba en el brazo de mi hermana.

Contemplé el rostro macilento de Ally y vi la tensión y el dolor reflejados en sus rasgos. Cuando pasó junto a mí, sentí deseos de levantarme y abrazarla allí mismo y en aquel mismo instante; de decirle lo orgullosa que estaba de ella. Y cuánto la quería.

La ceremonia fue uno de los momentos más inspiradores y sin embargo dolorosos de mi vida. Escuché los panegíricos dedicados a aquel hombre que ni siquiera había conocido pero al que mi hermana había amado. Cuando nos pidieron que rezáramos, enterré la cara entre las manos y lloré por la desaparición de una vida tan joven, y por mi hermana, cuya vida asimismo había quedado paralizada por aquella pérdida. También derramé lágrimas por la muerte de Pa Salt, que no les había concedido a sus hijas la oportunidad de llorarlo del modo tradicional. Fue en aquel instante cuando entendí por primera vez en mi vida por qué aquellos rituales antiguos eran tan importantes: aportaban equilibrio en un momento de caos emocional.

Observé a Ally desde la distancia cuando llegó a los escalones del altar, rodeada por una pequeña orquesta, y atisbé su sonrisa forzada cuando se llevó a los labios la flauta a la que tantos años de práctica había dedicado. La famosa melodía de «Sailor's Hornpipe» resonó en la iglesia. Imité a todos los que me rodeaban cuando empezaron a ponerse en pie y cruzarse de brazos antes de comenzar los tradicionales movimientos de rodilla. Finalmente, toda la congregación acabó moviéndose arriba y abajo al ritmo de la música. Cuando sonó la última nota, toda la iglesia estalló en aplausos y vítores. Me di cuenta de que sería un momento que jamás olvidaría.

Me volví hacia CeCe cuando nos sentamos y vi que las lágrimas le resbalaban por las mejillas. El hecho de que mi hermana, que en rara ocasión mostraba sus emociones, estuviera llorando como un bebé, me conmovió aún más.

Le agarré la mano.

—¿Estás bien?

—Ha sido precioso —masculló mientras se secaba los ojos bruscamente con el antebrazo—. Simplemente precioso.

Cuando cargaron el ataúd de Theo hasta el exterior del templo, Ally y su madre salieron tras él. Mi mirada se cruzó brevemente con la de Ally y vi que la sombra de una sonrisa le iluminaba el rostro. CeCe y yo nos sumamos a la fila que formaban el resto de los asistentes para seguir el féretro y permanecimos inmóviles en la acera, pues no teníamos muy claro qué debíamos hacer.

—¿Crees que deberíamos marcharnos sin más? Hay muchísima gente. Seguramente Ally tenga que hablar con todos ellos —sugirió CeCe.

—Tenemos que saludarla. Darle al menos un abrazo rápido.

—Mira, allí está.

Vimos que Ally, con los rizos cobrizos rodeando su rostro

extrañamente pálido, se apartaba de la multitud y se acercaba a un hombre que permanecía solo a un lado. El lenguaje corporal de ambos me dijo que sería mejor que no los interrumpiéramos, pero nos aproximamos para que nuestra hermana pudiera vernos cuando acabara.

Al cabo de unos instantes, le dio la espalda al hombre y se le iluminó el rostro al echar a andar hacia nosotras.

Sin pronunciar una sola palabra, CeCe y yo la rodeamos con los brazos. Y la estrechamos entre ellos con todas nuestras fuerzas.

CeCe fue la primera en hablar para decirle cuánto lo sentíamos. Yo no fui capaz de dirigirme a ella; me di cuenta de estaba de nuevo al borde de las lágrimas. Y sentía que no me correspondía a mí derramarlas.

—¿Verdad, Star? —trató de hacerme reaccionar CeCe.

—Sí —conseguí articular—. Ha sido un funeral precioso, Ally.

—Gracias.

—Me ha encantado oírte tocar la flauta. No has perdido tu magia —añadió CeCe.

—Escuchad, debo irme con la madre de Theo, pero os espero en la casa —dijo Ally.

Me temo que no podemos ir. Pero nuestro apartamento está justo al otro lado del río, en Battersea. Cuando estés mejor, danos un toque y ven a vernos, ¿de acuerdo? —propuso CeCe.

—Nos encantaría verte, Ally —dije dándole otro abrazo—. Todas las demás te envían su cariño. Cuídate mucho.

—Lo intentaré. Y gracias de nuevo por venir. No imagináis lo importante que ha sido para mí.

Con una sonrisa de agradecimiento, Ally nos dijo adiós con la mano por última vez y se dirigió hacia la limusina negra que las esperaba a ella y a la madre de Theo junto a la acera.

—Será mejor que nosotras también nos pongamos en marcha.

CeCe empezó a alejarse calle abajo, pero yo me quedé rezagada para ver cómo el coche se desplazaba del bordillo. Ally, mi maravillosa, valiente, hermosa y —como la había considerado hasta aquel momento— invencible hermana mayor. Y, sin embargo, qué frágil parecía ahora, como si una ráfaga de viento pudiera hacerla salir volando. Mientras corría para alcanzar a CeCe, me di cuenta de que había sido el amor lo que había mermado la fuerza de Ally.

Y en aquel momento me prometí a mí misma que algún día yo también experimentaría tanto la dicha como el dolor de su intensidad.

Me sentí aliviada cuando, un par de días más tarde, Ally cumplió su palabra y me llamó por teléfono. Quedamos en que iría a comer y a ver el apartamento a pesar de que CeCe estaría fuera haciendo fotos de la central eléctrica de Battersea para uno de sus proyectos artísticos. Y aquella tarde me puse a trabajar en el menú.

Cuando el timbre sonó al día siguiente, el apartamento estaba invadido por lo que esperaba que fuera el tranquilizador olor de la comida casera. Shanthi tenía razón, pensé: quería alimentar el alma de Ally.

—Hola, cariño, ¿cómo estás? —le pregunté al abrir la puerta y abrazarla.

—Voy tirando —contestó siguiéndome hacia el interior.

Pero me di cuenta de que mentía.

—¡Uau! ¡Este lugar es fantástico! —dijo cuando se acercó a los grandes ventanales para admirar la vista.

Había preparado la mesa en la terraza, pues calculé que hacía el calor justo para poder comer al aire libre. Mi hermana admiró mi jardín improvisado mientras yo servía la comida y se me partió el corazón cuando me preguntó por CeCe y por mí, pues estaba claro que su propio corazón no paraba de partirse una y otra vez. Pero comprendí que su forma de enfrentarse a la situación era seguir adelante como siempre y no pedir compasión jamás.

—Esto está muy bueno, Star. Hoy estoy descubriendo todos tus talentos ocultos. Yo solo sé cocinar cosas básicas y no sabría ni plantar una margarita, así que de todo esto mejor ni hablar.

Señaló mis plantas con las manos.

—Últimamente me he estado preguntando qué es en realidad el talento —me atreví a comentar—. Es decir, las cosas que haces con facilidad ¿son un don? Por ejemplo, ¿tuviste que esforzarte para tocar la flauta tan bien?

—Supongo que no, por lo menos al principio. Pero para mejorar tuve que practicar mucho. No creo que el mero hecho de poseer un talento te libre de tener que trabajar duro. Mira a los grandes compositores: no basta con escuchar la melodía en tu cabeza, has de aprender a orquestarla y a plasmarla sobre el papel. Eso requiere años de práctica y aprendizaje. Estoy segura de que millones de personas poseemos una habilidad natural para algo, pero si no la desarrollamos y nos dedicamos a ella, nunca alcanzaremos nuestro verdadero potencial.

Asentí mientras asimilaba sus palabras, aunque sintiéndome completamente perdida respecto a cuáles podrían ser mis posibles talentos.

—¿Has terminado, Ally? —le pregunté.

Me di cuenta de que apenas había tocado su plato.

—Sí. Lo siento, Star, está delicioso, en serio, pero últimamente no tengo mucho apetito.

A continuación hablamos de nuestras hermanas y de lo que estaban haciendo. Le hablé de CeCe, de su curso de arte y de lo ocupada que estaba con sus «instalaciones». Ally mencionó el traslado sorpresa de Maia a Río y lo fantástico que era que finalmente hubiera encontrado la felicidad.

—Me alegro mucho de verte, Star. Me ha levantado el ánimo.

—Y yo de verte a ti. ¿Adónde tienes pensado ir ahora?

—Lo cierto es que puede que vaya a Noruega e investigue el lugar donde las coordenadas de Pa Salt dicen que nací.

—Muy bien —dije—. Creo que eso es justamente lo que debes hacer.

—¿Tú crees?

—¿Por qué no? Las pistas de Pa podrían cambiarte la vida. Han cambiado la de Maia.

Después de que Ally se marchara, con la promesa de volver pronto, subí lentamente a la habitación y saqué mi carpeta de plástico de una cajonera con forma de escalera —elección de CeCe, no mía.

Quité el clip que sujetaba la tarjeta al dorso de la carta de Pa Salt y volví a estudiarla una vez más. Y recordé la esperanza que acababa de ver en la mirada de Ally mientras me explicaba lo de Noruega. Respiré hondo y por fin cogí el sobre que contenía las coordenadas que Ally me había buscado. Y lo abrí.

A la mañana siguiente me levanté para descubrir una ligera neblina cerniéndose sobre el río. Cuando salí a ocuparme de mis plantas, encontré la terraza empapada de rocío. Dejando a un lado mis pequeños arbustos y mis rosas, que iban marchitándose a gran velocidad, era imposible divisar algo de vegetación si no era utilizando unos binoculares, pero me deleité en los cambiantes olores de la estación y sonreí.

No cabía duda de que el otoño se acercaba. Y a mí me encantaba el otoño.

Subí al piso de arriba, cogí mi bolso y saqué mi carpeta de plástico del último cajón. Y después, sin permitir que mi cerebro hiperanalítico procesara el camino que mis pies se disponían a recorrer, me dirigí a la parada de autobús más cercana.

Media hora más tarde, me bajaba de nuevo delante de Libros Arthur Morston. Eché un vistazo al escaparate, que albergaba una exposición de libros de mapas antiguos extendidos sobre una desgastada tela de terciopelo morado. Me fijé en que el mapa del Sudeste Asiático que se mostraba todavía se refería a Tailandia como «Siam».

En el centro de la exposición, había un pequeño y amarillento globo terráqueo sobre una plataforma que me recordó al que Pa Salt tenía en su despacho. No veía nada más allá de aquella muestra de mapas, pues en la calle brillaba el sol, pero el interior estaba tan oscuro como el de las librerías dickensianas sobre las que había leído. Me quedé un rato merodeando por el exterior, pues sabía que entrar sería el inicio de un viaje que no tenía claro si estaba preparada para emprender.

Pero ¿qué más tenía en aquellos momentos? Una vida vacía y sin dirección que no producía nada de valor para nadie. Y yo deseaba con todas mis fuerzas hacer algo de valor.

Saqué la carpeta de plástico de mi mochila de cuero y pensé en las últimas palabras de Pa Salt con la esperanza de que me insuflaran la fuerza que necesitaba. Finalmente, abrí la puerta de la tienda y una campanilla tintineó en algún punto del interior. Tardé un rato en ajustar la vista a la penumbra de la librería. Me hizo pensar en una biblioteca antigua, con sus suelos de madera oscura y, en mitad de una de las paredes, una chimenea con repisa de mármol que constituía el elemento central en torno al que se habían distribuido un par de sillones orejeros de cuero. Entre ellos descansaba una mesa de café baja atestada de libros.

Me agaché para abrir uno y, al hacerlo, las motas de polvo se alzaron y dispersaron como minúsculos copos de nieve bajo la luz del sol. Cuando me incorporé de nuevo, vi que el resto del local estaba invadido por infinitas estanterías abarrotadas de libros.

Eché un vistazo a mi alrededor, encantada. Puede que algunas mujeres sintieran lo mismo al dar con una boutique llena de prendas elegantes. Para mí, aquel lugar era un nirvana similar.

Me acerqué a una estantería en busca de un título o de un autor que conociera. Muchos de aquellos libros estaban escritos en idiomas extranjeros. Me detuve para examinar lo que parecía ser un Flaubert original y después seguí adelante para encontrar los volúmenes en inglés. Di con una copia de *Sentido y sensibilidad* —tal vez mi favorita entre las novelas de Jane Austen— y hojeé sus páginas amarillentas acariciando con mucho cuidado el papel envejecido.

Estaba tan absorta que no me percaté de que un hombre alto me observaba desde el umbral de una puerta situada al fondo de la librería.

Al verlo di un respingo y cerré el libro de golpe, preguntándome si —tal como acababa de leer en Austen— abrirlo era una «indecencia».

—Fan de Austen, ¿no? Yo tengo que reconocer que soy más entusiasta de Brontë.

—Me gustan mucho las dos.

—Sin duda, debe de saber que Charlotte no fue precisamente una gran admiradora del trabajo de Jane. Detestaba el hecho de que los suplementos literarios se extasiaran con la prosa más... digamos «pragmática» de su competidora. Charlotte escribía con sus románticas emociones a flor de piel. O, mejor dicho, de pluma.

—¿De verdad?

Mientras hablaba, intenté distinguir los rasgos del hombre, pero las sombras eran demasiado espesas para atisbar algo más aparte de que era muy alto y delgado, con el pelo cobrizo, que llevaba gafas de carey y lo que parecía una levita eduardiana. En cuanto a su edad, con aquella luz podría haberlo situado en cualquier punto entre los treinta y los cincuenta años.

—Sí. Bueno, ¿está buscando algo en concreto?

—Yo… la verdad es que no.

—De acuerdo, siga investigando. Y si encuentra cualquier otra cosa que le apetezca sacar de la estantería y leer, no dude en sentarse en uno de los sillones para hacerlo, por favor. Verá, nuestro establecimiento es tanto una biblioteca como una librería. Soy de la opinión de que la buena literatura debe compartirse, ¿usted no?

—Por supuesto que sí —convine con entusiasmo.

—Llámeme si necesita ayuda para encontrar algo. Y si no lo tenemos, seguro que soy capaz de encargárselo en algún sitio.

—Gracias.

Sin más, el hombre desapareció por la puerta del fondo y me dejó a solas en la tienda. «Esto no sucedería jamás en Suiza —pensé—, porque en cualquier instante podría robar un libro de una estantería y salir corriendo con él.»

Un ruido repentino perforó el silencio polvoriento y me di cuenta de que era mi móvil, que sonaba. Avergonzada, me abalancé sobre él para ponerlo en silencio, pero no antes de que el hombre reapareciera llevándose el dedo a los labios.

—Le pido disculpas, pero es la única regla que tenemos aquí. Los móviles están prohibidos. ¿Sería mucha molestia que respondiera la llamada fuera?

—Claro que no. Gracias. Adiós.

Con la cara ardiendo a causa de la vergüenza, salí de la librería sintiéndome como una adolescente traviesa a la que hubieran pillado mandándole mensajes a su novio debajo del pupitre. Además era irónico, porque mi móvil casi nunca sonaba, a no ser que fueran Ma o CeCe las que llamaban. Ya en la acera, miré la pantalla y vi que se trataba de un número que no conocía, así que escuché el buzón de voz.

«Hola, Star, soy Shanthi. Le he pedido tu número a Marcus. Solo quería saber cómo estabas. Dame un toque cuando puedas. Adiós, preciosa.»

Me sentí irracionalmente molesta porque su llamada me hubiera llevado a realizar una salida poco digna de la librería. Después de haber dedicado tanto tiempo a armarme de valor para entrar, sabía que aquel día sería incapaz de volver a lograrlo. Cuando vi el autobús que me llevaría de vuelta a Battersea, crucé la calle y me subí a él.

«Eres patética, Star, verdaderamente patética —me regañé—. Deberías haber vuelto a entrar sin más.» Pero no lo había hecho. Incluso había disfrutado de la breve conversación que había mantenido con el hombre, cosa que ya de por sí constituía un milagro. Y ahora estaba de vuelta a mi apartamento vacío y mi vida vacía.

Cuando llegué a casa, me quedé mirando la pared desnuda y decidí que tenía que comprar una estantería para ella.

«Una habitación sin libros es como un cuerpo sin alma», cité mentalmente.

Pero como estaba absolutamente arruinada hasta el mes siguiente después de haber comprado las plantas de la terraza, también me di cuenta de que tenía que ponerme a buscar trabajo. Depender de la financiación póstuma de Pa Salt no me estaba ayudando en nada, y mucho menos en lo que a mi autoestima se refería. Puede que al día siguiente me diera una vuelta por la calle comercial del barrio y preguntara en los bares y restaurantes si necesitaban a alguien que les hiciera la limpieza. Dada mi falta de habilidades comunicativas, resultaba obvio que no estaba hecha para trabajar de cara al público.

Subí al piso de arriba a ducharme y me di cuenta de que el último cajón de mi cómoda seguía abierto desde que había cogido la carpeta de plástico que protegía la carta de Pa Salt, las coordenadas y la cita. Horrorizada, di un respingo porque no recordaba cuándo la había visto por última vez. Bajé corriendo a buscarla, con el corazón retumbándome en el pecho como un tambor mientras vaciaba todo contenido de mi mochila de cuero, pero no estaba allí. Intenté recordar si la llevaba en las manos cuando entré en la librería y me di cuenta de que así era. Pero después de aquello…

Tan solo me cabía esperar que la hubiera dejado sobre la mesa de la tienda mientras merodeaba entre las estanterías.

Me acerqué a mi portátil y busqué la página web de la librería para localizar un número de teléfono. Cuando lo marqué, tras varios tonos de llamada se activó un contestador automático. La característica voz del hombre que había conocido me dijo que alguien me llamaría en cuanto le fuera posible si dejaba un número de contacto. Lo hice, y después recé por que me llamaran de verdad. Ya que, si aquella carpeta de plástico se había perdido, mi vínculo con el pasado también se había desvanecido. Y, tal vez, mi futuro.

6

Al día siguiente me desperté y comprobé mi móvil de inmediato para ver si había algún mensaje de la librería. Como no me habían llamado, me di cuenta de que no tenía más alternativa que desandar el camino hasta Kensington Church Street.

Una hora después, entré en Libros Arthur Morston por segunda vez. Nada había cambiado desde el día anterior y, por suerte, mi carpeta de plástico descansaba sobre la mesa que había delante de la chimenea. No pude evitar que se me escapara un pequeño grito de alivio cuando la recogí y repasé sus contenidos, todos ellos presentes y en impecable estado.

La librería estaba desierta y la puerta del fondo cerrada, así que me habría resultado perfectamente posible marcharme sin molestar a quienquiera que se encontrase tras ella. Pero, a pesar de lo mucho que me apetecía hacerlo, tenía que recordar el motivo por el que había acudido originalmente a aquel lugar. Además, el tintineo de la campanilla debía de haber alertado a alguien de mi presencia. Y era una cuestión de mera educación avisar de que había encontrado lo que necesitaba antes de irme.

Una vez más, mi móvil aniquiló el silencio y eché a correr para salir de la tienda antes de contestarlo.

—¿Dígame?

—¿Es usted la señorita D'Aplièse?

—¿Sí?

—Hola, la llamo de la Librería Arthur Morston. Acabo de recibir su mensaje. Bajaré ahora mismo para ver si encuentro su objeto perdido.

—Ah —dije algo confusa—. La verdad es que ahora mismo

estoy en la puerta de la tienda. Hace unos segundos estaba dentro y, sí, he encontrado la carpeta sobre la mesa donde me la había dejado ayer.

—Perdóneme, no debo de haber oído la campanilla. He bajado a abrir y luego he vuelto a subir enseguida. Hoy va a salir un libro a subasta… —El timbre de un teléfono lo interrumpió—. Es mi representante, que me llama al fijo. Discúlpeme un instante, por favor…

Se hizo el silencio al otro lado de la línea, hasta que al final volví a oír su voz.

—Lo siento, señorita D'Aplièse, tenía que tomar una decisión respecto a mi precio máximo por una primera edición de *Anna Karénina*. Es un ejemplar fabuloso, el mejor que he visto en mi vida, y además está firmado por el autor, aunque me temo que lo más probable es que los rusos y sus rublos venzan a mis exiguas libras. Aun así, merecía la pena una puja, ¿no cree?

—Eh… sí —contesté desconcertada.

—Como ya está aquí, por decirlo de alguna manera, ¿quiere volver a entrar y tomarse un café?

—No… estoy bien, gracias.

—Bueno, vuelva a entrar de todas formas.

Interrumpió la conexión y yo me quedé una vez más deambulando por la acera, reflexionando sobre la extraña forma en que se gestionaba aquella librería. Pero como él mismo había dicho, yo ya estaba allí, y además ahora me habían invitado abiertamente a volver y hablar con el hombre que podía ser, o no, Arthur Morston.

—Buenos días. —El hombre estaba franqueando la puerta del fondo de la tienda cuando yo entré por la delantera—. Siento todo lo ocurrido, y mis más sinceras disculpas por no haberme puesto antes en contacto con usted en referencia a sus pertenencias extraviadas. ¿Está segura de que no puedo persuadirla para que se tome un café?

—Completamente. Gracias.

—¡Vaya! No será una de esas jovencitas que equiparan la cafeína a la heroína, ¿verdad? Debo decirle que no confío en la gente que bebe descafeinado.

—No, no lo soy. Si no me tomo el café de la mañana empiezo el día con mal pie.

—Exacto.

Lo observé mientras se sentaba. Ahora que estaba más cerca y había más luz, calculé que rondaría los treinta y cinco años y vi que era alto y delgado como un palo, igual que yo. Aquel día iba vestido con un inmaculado traje de terciopelo de tres piezas; los puños de la camisa sobresalían bajo las mangas de la chaqueta, almidonados y precisos; a la altura de la garganta lucía una pajarita que hacía juego con un pañuelo de cachemira doblado impecablemente en el bolsillo del pecho. Era de tez pálida, como si nunca hubiera visto la luz del sol, y tenía los largos dedos entrecruzados en torno a la taza de café que sujetaba en las manos.

—Tengo frío, ¿y usted?

—No mucho.

—Bueno, ya casi es septiembre, y por lo que han dicho en la previsión meteorológica de la radio, estamos por debajo de los trece grados. ¿Encendemos el fuego para animar nuestros sentidos en esta neblinosa mañana gris?

Antes de que pudiera contestarle, se levantó y se dispuso a encender la chimenea. Al cabo de unos minutos, las brasas del hogar estaban encendidas y un delicioso calor comenzó a emanar de ellas.

—¿Por qué no se sienta?

Me señaló un sillón y obedecí.

—No habla mucho, ¿verdad? —comentó, pero antes de que tuviera oportunidad de responderle prosiguió—: ¿Sabe que lo peor del mundo para la conservación de los libros es la humedad? Verá, se han resecado a lo largo del verano y hay que cuidarlos a ellos y a sus frágiles interiores para que no cojan hongos que amarilleen el papel.

Entonces se quedó callado y yo permanecí obnubilada mirando el fuego.

—Por favor, no dude en marcharse cuando lo desee. Discúlpeme si la estoy entreteniendo.

—No se preocupe, de verdad.

—Por cierto, ¿por qué vino ayer a la librería?

—Para echar un vistazo a los libros.

—¿Simplemente pasaba por aquí?

—¿Por qué me lo pregunta? —dije sintiéndome repentinamente culpable.

—Solo porque hoy en día la mayor parte de mi negocio se gestiona por internet. Y las personas que vienen a la tienda son básicamente vecinos del barrio a los que conozco desde hace años. Además del hecho de que usted no tiene más de cincuenta años, no es china ni rusa... En resumidas cuentas, no se parece a mi cliente medio. —Me escudriñó con intensidad desde detrás de sus gafas de carey—. ¡Ya sé! —Satisfecho, se dio una palmada en el muslo—. Es usted diseñadora de interiores, ¿a que sí? ¿Tiene que amueblar el suntuoso piso de Eaton Square de algún oligarca y le exigen que incluya veinte metros de libros para que el dueño pueda mostrarles a sus amigos analfabetos lo culto que es?

Solté una risita.

—No, no soy decoradora.

—Bueno, pues mucho mejor, ¿no? —dijo con auténtico alivio—. Perdóneme por ver como hijos a mis ejemplares. La idea de que sean un mero adorno para una sala, ignorados y jamás leídos, es algo que simplemente no puedo soportar.

Aquella conversación iba camino de convertirse en una de las más extrañas que hubiera mantenido en mi vida. Y al menos esa vez no era solo culpa mía.

—Pues entonces rebobinemos. ¿Por qué está aquí? O mejor dicho, ¿por qué vino ayer, se olvidó algo y ha tenido que volver?

—Me... han enviado aquí.

—¡Ajá! ¡Así que está trabajando para un cliente! —exclamó el hombre con tono triunfal.

—No, la verdad es que no. Fue mi padre quien me dio su tarjeta.

—Entiendo. ¿Era cliente nuestro?

—No tengo ni idea.

—Entonces ¿por qué iba a darle mi tarjeta?

—El caso es que en realidad no lo sé.

Una vez más, me entraron ganas de reírme ante el caos en el que parecía estar sumiéndonos aquella conversación. Decidí explicarme.

—Mi padre murió hace aproximadamente tres meses.

—Mi más sentido pésame, señorita D'Aplièse. Un apellido maravillosamente inusual, por cierto —añadió como si acabara de ocurrírsele—. No lo había oído nunca. No es que eso compense el hecho de que su pobre padre acabe de fallecer, claro está. De hecho, ha sido un comentario sumamente inapropiado. Le pido disculpas.

—No pasa nada. ¿Puedo preguntarle si es usted Arthur Morston?

Abrí la carpeta de plástico y busqué la tarjeta para enseñársela.

—Dios mío, no —dijo mientras estudiaba la tarjeta—. Arthur Morston murió hace más de cien años. Verá, fue el primer propietario de la librería. La abrió en 1850, mucho antes de que la familia Forbes, mi familia, se hiciera cargo de ella.

—Mi padre también era bastante mayor. Tenía más de ochenta cuando murió. O eso creemos, al menos.

—¡Madre mía! —exclamó sin dejar de mirarme—. Entonces eso demuestra que los hombres conservan la fertilidad hasta bien entrados en años.

—En realidad me adoptó, al igual que a mis cinco hermanas.

—Vaya, eso sí que parece una historia interesante. Pero, dejando esa cuestión a un lado, ¿por qué la envió aquí su padre a hablar con Arthur Morston?

—Lo cierto es que no me dijo que necesitara hablar con Arthur Morston en concreto, solo lo supuse porque es el nombre que aparece en la tarjeta.

—¿Qué le pidió que hiciera cuando llegase aquí?

—Que preguntara por... —consulté rápidamente la carta de Pa para asegurarme de que decía bien el nombre— una mujer llamada Flora MacNichol.

El hombre me estudió con detenimiento. Finalmente dijo:

—¿Eso le pidió?

—Sí. ¿La conoce?

—No, señorita D'Aplièse. Ella también murió antes de que yo naciera. Pero sí, claro que he oído hablar de ella...

Esperé a que continuara, pero no lo hizo. Se limitó a permanecer sentado, mirando al vacío, claramente perdido en sus propios pensamientos. Al final el silencio se hizo incómodo, incluso para mí. Tras asegurarme de que cogía la carpeta de plástico de la mesa, me puse de pie.

—Siento muchísimo haberlo importunado. Tiene mi número de teléfono, así que si...

—No, no... debo disculparme de nuevo, señorita D'Aplièse.

En realidad estaba pensando si debería aumentar mi oferta máxima para el *Anna Karénina*. Son ejemplares muy escasos, ¿sabe? Mouse va a estrangularme, pero me muero de ganas de tenerlo. ¿Qué era lo que me había preguntado?

—Le había preguntado por Flora MacNichol —contesté despacio, perpleja ante el modo en que su mente parecía saltar de un asunto al siguiente a la velocidad del rayo.

—Sí, claro, pero por el momento me temo que tendrá que perdonarme, señorita D'Aplièse, porque he decidido que sin duda no debería dejar que esos rusos ganen. Voy a subir un momento y llamar a mi agente para que aumente mi puja antes de que comience la subasta. —Se levantó del sillón y se sacó del bolsillo un reloj dorado que abrió como si fuera el Conejo Blanco de *Alicia en el país de las maravillas*—. Justo a tiempo. ¿Le importaría cuidar de la librería mientras estoy fuera?

—Claro que no.

—Gracias.

Vi que sus largas piernas recorrían rápidamente la distancia que lo separaba de la puerta del fondo. Y luego me quedé allí sentada, preguntándome si estaba loca o era él el perturbado. Pero al menos había conseguido mantener una conversación y había pronunciado las palabras que necesitaba decir. «Y levantado la liebre...»

Pasé un rato de lo más agradable familiarizándome con la colección, haciendo una lista mental definitiva de todo aquello que me gustaría tener en la estantería de mis sueños. Shakespeare, claro está, y Dickens, por no hablar de F. Scott Fitzgerald y Evelyn Waugh... Y después algunos de los libros modernos que también me encantaban y todavía no habían tenido tiempo de pasar a formar parte del canon; sabía, sin embargo, que al cabo de un par de cientos de años serían tan valiosos para cualquier coleccionista como los clásicos, aunque no estuvieran tan bellamente encuadernados en cuero como solían estarlo estos.

Ni una sola persona entró en la tienda mientras paseaba entre las estanterías. Curioseando en la sección de libros infantiles, encontré una colección de libros de Beatrix Potter. *El cuento de la señora Bigarilla* siempre había sido mi favorito.

Me senté junto al fuego y empecé a pasar sus páginas. Y de pronto recordé vívidamente una Navidad en la que todavía debía de ser muy pequeña. Había encontrado un ejemplar de aquel libro debajo del árbol como regalo de Papá Noel, y aquella noche Pa Salt me había cogido en su regazo delante del fuego que ardía alegremente en nuestro salón durante todo el invierno y me había leído la historia. En mi cabeza, rememoré haber mirado por las ventanas hacia las cimas montañosas cubiertas de nieve sintiéndome calentita, contenta y muy, muy querida.

—En paz conmigo misma —susurré. «Eso es lo que quiero volver a encontrar.»

—Todo solucionado —dijo la voz del hombre, que me arrancó bruscamente de mis recuerdos—. Llámeme insensato, pero simplemente tenía que hacerme con ese libro. Llevo años buscándolo. No me cabe duda de que Mouse me soltará una buena reprimenda, y será totalmente merecida por hundirnos aún más en la bancarrota. ¡Madre mía, qué hambre tengo! Es por el estrés. ¿Y usted?

Miré mi reloj de pulsera y vi que había pasado más de una hora desde que el librero había desaparecido escaleras arriba, y que ya era la una menos cinco.

—No lo sé.

—Bueno, ¿podría tentarla? Hay un restaurante excelente justo enfrente que, muy amablemente, me proporciona lo que quiera que haya en el menú del día. Verá, es un menú cerrado —aclaró como si se tratara de un detalle importante—. Siempre es emocionante no saber muy bien qué van a darte en lugar de elegirlo tú mismo, ¿no cree?

—Supongo.

—¿Por qué no cruzo de una carrera para recoger la comida y ver si puedo convencerla? Le debo al menos un almuerzo por haber tenido la gentileza de quedarse aquí abajo mientras yo sudaba a mares en la subasta.

—De acuerdo.

—Beatrix Potter, ¿eh? —dijo echándole un vistazo al libro que sujetaba entre las manos—. Qué irónico. Es tremendamente irónico. Ella conoció a Flora MacNichol, pero, claro, en esta vida nada es una coincidencia, ¿verdad?

Sin más, se marchó de la librería, y si yo hubiera tenido alguna intención de desaparecer mientras él estaba fuera, sus últimas palabras me lo habrían impedido. Avivé el fuego tal como Pa Salt me había enseñado a hacerlo: amontonando las brasas para que no se consumieran demasiado rápido y se malgastaran, sino que emitieran un calor uniforme y constante.

Una vez más, la librería permaneció desierta, así que leí *El cuento de Jemima Pata-de-Charco* y *El cuento del gato Tomás* mientras esperaba a que el hombre volviera. Estaba a punto de empezar con *Jeremías Pescador*, cuando mi anónimo compañero de almuerzo volvió a cruzar la puerta cargado con dos bolsas de papel marrón.

—Hoy tiene un aspecto excelente —comentó mientras echaba la llave a su espalda y giraba el cartel para que leyera CERRADO—. No me gusta que me molesten mientras como. Es malo para la digestión, ¿no lo sabía? Subiré un momento a por unos platos. Ah, y una buena copa de vino blanco de Sancerre para acompañar el pescado —añadió mientras atravesaba la tienda con grandes zancadas y lo oía subir la escalera dando brincos.

Me divertía su forma amanerada y anticuada de utilizar el lenguaje. A pesar de que me había acostumbrado al acento del inglés de las clases altas de Londres, mi nuevo amigo lo llevaba a otro nivel. «Un verdadero inglés excéntrico», pensé, y me cayó bien por ello. No le daba miedo ser exactamente quien era, y yo sabía más que de sobra la firmeza de carácter que eso requería.

—Bueno, espero que le guste el lenguado, y no me cabe duda de que las judías verdes frescas están perfectamente salteadas —dijo cuando reapareció con una botella de vino que goteaba a causa de la condensación, platos, cubiertos y dos servilletas de lino blanco almidonadas de manera impecable.

—Sí, me encanta. Y sí —convine—, es sorprendentemente complicado cocinar bien las judías verdes.

—¿Es cocinera? —me pregunto mientras les quitaba la tapa a dos bandejas de aluminio.

Me recordaron a la comida de los aviones. Solo podía esperar que lo que contenían supiera mejor.

—No, pero me gusta la cocina. Hice un curso hace unas cuantas semanas y tuve que servir judías verdes.

—Debe entender que no soy un esnob de la comida, al menos en el sentido moderno; no me importa lo que me echo al gaznate, pero sí insisto en que esté bien cocinado. El problema es que estoy malacostumbrado. Clarke's es uno de los mejores restaurantes de Londres y es en su cocina donde nos han preparado esto hoy. Pero, bueno, ¿le apetece una copa de vino? —preguntó mientras trasladaba la comida a un plato de porcelana y lo colocaba cuidadosamente ante mí.

—No suelo beber a la hora de la comida.

—Siempre he pensado que es bueno romper los malos hábitos, ¿usted no? Tome.

Me sirvió una copa y me la pasó desde el otro lado de la mesa.

—¡Chinchín! —brindó conmigo antes de beberse un generoso trago y comenzar a devorar su pescado cogiendo grandes pedazos con el tenedor.

Yo pinché el mío con delicadeza.

—Es realmente excelente, señorita D'Aplièse —me animó—. No me diga que está a dieta…

—No. Es solo que tampoco estoy acostumbrada a comer a mediodía.

—Bueno, como recomienda el dicho: «Desayuna como un rey, come como un príncipe y cena como un mendigo». Es una máxima sencillísima de seguir, y sin embargo la raza humana la ignora y luego se queja cuando es incapaz de deshacerse de su grasa. Aunque no es que el peso parezca ser un problema para nosotros dos.

—No.

Me sonrojé mientras continuaba comiendo, consciente de que él ya había vaciado su plato dejándolo reluciente. Tenía razón: la comida era excelente. Me observó con detenimiento mientras comía, cosa que me resultaba extremadamente desagradable. Cogí mi copa de vino y di un sorbo que me ayudara a reunir el valor para formular las preguntas que necesitaba hacerle. Había ido allí para encontrar respuestas, me recordé.

—¿Ha dicho que Flora MacNichol conoció a Beatrix Potter? —intenté darle pie.

—En efecto, en efecto. Por supuesto que la conoció. De hecho, la señorita Potter fue una vez la dueña de esta tienda. ¿Ha terminado? —Clavó la mirada en el último pedazo de pescado que me quedaba en el tenedor—. Subiré los platos sucios para quitarlos del medio. Detesto con todas mis fuerzas estar viéndolos, ¿usted no?

En cuanto volví a depositar el tenedor en el plato, lo retiró, junto con la botella de vino. También cogió su copa vacía y, al darse cuenta de que la mía estaba a medio beber, la dejó sobre la mesa y desapareció por la puerta del fondo.

Tomé otro sorbo de vino, que realmente no me apetecía, y recordé que cuando regresara debía preguntarle cómo se llamaba. Obtener información de aquel hombre era una operación delicada.

Cuando volvió en aquella ocasión, llevaba una bandeja de té con dos tazas de porcelana y una cafetera.

—¿Toma azúcar? —inquirió mientras la depositaba peligrosamente sobre un viejo diccionario. Durante un breve instante, me pregunté cuánto costaría aquel libro—. A mí me encanta.

—A mí también me gusta mucho. Tres, por favor.

—Ah, yo siempre tomo cuatro.

—Gracias —le dije cuando me pasó mi taza, y me sentí como si me hubieran arrastrado hasta la fiesta del Sombrerero Loco—. Entonces ¿cómo conoció Flora MacNichol a Beatrix Potter? —volví a preguntar.

—En tiempos fue vecina de la señorita Potter.

—¿Al norte, en el Distrito de los Lagos?

—En efecto —contestó con tono de aprobación—. ¿Tiene usted conocimientos acerca de los libros y sus autores, señorita D'Aplièse?

—Por favor, llámeme Star. ¿Y usted es…?

—¿Te llamas «Star»?

—Sí. —La expresión de su rostro no me dejaba claro si mi nombre le agradaba o no—. Es la abreviatura de «Astérope».

—¡Ah! ¡Ajá! —Las comisuras de sus labios se torcieron en una sonrisa y empezó a reírse—. ¡De nuevo, qué deliciosamente irónico! Astérope, la esposa, o la madre, según el mito, del rey Enómao de Pisa. Eres una de las Siete Hermanas de las Pléyades, la tercera de las hijas de Atlas y Pléyone, después de Maia y Alción y antes de Celeno, Taygeta, Electra y Mérope… «Muchas noches vi a las Pléyades, alzándose a través de la suave sombra, relucir como un enjambre de luciérnagas enredadas en una trenza de plata…»

—Tennyson —dije de inmediato al reconocer la cita gracias a uno de los libros de Pa.

—Correcto. Mi querido y difunto padre, que fue el propietario de esta librería antes que yo, estudió Filología Clásica en Oxford, así que mi infancia estuvo llena de mitos y leyendas... Aunque no fui yo el hijo que recibió el nombre de un mítico rey griego, pero esa es otra historia... —Se sumió en el silencio y temí que hubiera vuelto a distraerse y perder la atención—. No, a mí me bautizó mi santa madre, que en gloria esté, que estudió literatura en Oxford. Allí fue donde mis padres se conocieron y enamoraron. Podría decirse que llevo los libros en la sangre. Puede que ese sea también tu caso. Entonces ¿sabes algo de la familia de la que te adoptaron?

Estiré una mano para coger la carpeta de plástico.

—Lo cierto es que esa es la razón por la que estoy aquí. Mi padre me dejó unas... pistas para que averiguara de dónde vengo.

—¡Vaya! ¡El juego está en marcha! —El hombre dio una palmada—. Me encantan los buenos misterios. ¿Las pistas están ahí dentro?

—Sí, pero el único dato del que dispongo, aparte de la tarjeta de la librería diciéndome que pregunte por Flora MacNichol, es el lugar donde nací. Y esto.

Posé el joyero sobre la mesa delante de él, lo abrí y saqué la pantera. Tenía el corazón desbocado de miedo por la confianza que estaba depositando en aquel extraño, por compartir con él información que ni siquiera le había desvelado aún a CeCe.

Se recolocó las gafas sobre la nariz con sus largos dedos y escrutó las supuestas señas de mi nacimiento y después la pantera con gran empeño. Me las devolvió y se recostó en su sillón. Abrió la boca para hablar y yo me eché hacia delante para escuchar sus pensamientos.

—Es el momento de comer tarta —dijo finalmente—. Aunque, ¿no es siempre el momento?

Desapareció escalera arriba y volvió con dos pedazos de jugosa tarta de chocolate.

—¿Quieres un poco? Está terriblemente rica. La compro por las mañanas en la confitería de esta misma calle. Noto que entre las tres y las cinco me bajan los niveles de azúcar, así que es esto o una siesta.

—Sí, por favor —respondí—. A mí también me encantan las tartas. Por cierto, ¿cómo te llamas?

—¡Cielo santo! ¿No te lo he dicho? Seguro que te lo he mencionado en algún momento.

—No, no lo has hecho.

—Vaya, vaya... un gran error, y pido disculpas. Mi madre me puso un nombre relacionado con sus libros favoritos. Por lo tanto, soy o un gato naranja exageradamente gordo o la personificación ficticia de una famosa escritora que huyó a Francia con su amante femenina y se presentó como un hombre. Así pues —me retó—, ¿cómo me llamo?

—Orlando.

«Y es perfecto», pensé.

—Señorita D'Aplièse —me dedicó una reverencia—, estoy profundamente impresionado por tus conocimientos literarios. Entonces ¿soy más bien un gato naranja rechoncho o una mujer que se hace pasar por un hombre?

Contuve una carcajada.

—Creo que ninguna de las cosas. Eres simplemente tú.

—Y yo creo, señorita D'Aplièse —se inclinó hacia delante y apoyó la mejilla izquierda en una mano—, que tú sabes mucho más de literatura de lo que dejas translucir.

—La estudié en la carrera, pero, de verdad, no soy ninguna experta.

—Te infravaloras. Hay pocos seres humanos en el planeta que sepan lo del gato naranja y la famosa novela biográfica de...

Lo observé mientras trataba de dar con el nombre de la autora, perfectamente consciente de que continuaba poniéndome a prueba.

—Virginia Woolf —contesté—. Encontró inspiración para la historia en la vida de Vita Sackville-West y su aventura con Violet Trefusis. Y *Orlando the Marmalade Cat* es de Kathleen Hale. Una de sus mejores amigas era Vanessa Bell, la hermana de Virginia Woolf, que también tuvo una aventura con Vita Sackville-West. Pero lo más probable es que ya sepas todo eso...

Fui bajando la voz y de pronto me sentí avergonzada por haber soltado todos aquellos datos. Simplemente me había dejado arrastrar por el entusiasmo de haber encontrado a otro amante obsesivo de los libros como yo.

Orlando guardó silencio durante un rato, mientras asimilaba mis palabras.

—Sabía parte de esa información, sí, pero no toda. Y nunca

había establecido la conexión entre las autoras de esos dos libros tan absolutamente diferentes. ¿Cómo la encontraste tú?

—Escribí mi tesina sobre el Círculo de Bloomsbury.

—¡Ajá! Pero, bueno, como es posible que ya hayas notado, señorita D'Aplièse, mi mente salta de un asunto a otro como si revoloteara. Es una abeja que busca néctar y, una vez que lo encuentra, sigue adelante. La tuya, por el contrario, no es así. Creo que estás escondiendo tu luz bajo un celemín. Palabra que todavía me duele que haya desaparecido del uso habitual de la lengua, ¿a ti no?

—Yo...

—Dime —prosiguió—, ¿cómo es que sabes tanto y muestras tan poco? Eres como el ribete de una luna nueva, e igual de misteriosa... Señorita D'Aplièse, Star, Astérope, cualquiera que sea el seudónimo que desees utilizar, ¿te gustaría trabajar aquí?

—Sí, me gustaría. Necesito un empleo, porque estoy arruinada.

Intenté no parecer desesperada.

—¡Ja! Y yo también, al igual que mi negocio, después de la pequeña compra de hoy. Por supuesto, el salario sería terrible, pero te alimentaría bien.

—¿Cómo de malo sería exactamente el salario? —le pregunté en un esfuerzo por mantenerlo anclado a la conversación antes de que saliera zumbando en otra dirección.

—Oh, no lo sé. El último estudiante al que empleé se llevaba a casa lo suficiente para mantener un techo sobre su cabeza. Dime lo que necesitas.

Sabía que en realidad estaría dispuesta incluso a pagarle yo a él por estar allí todos los días.

—¿Doscientas cincuenta libras a la semana?

—Hecho. —Entonces Orlando sonrió. Y fue una sonrisa enorme que dejó al descubierto sus dientes irregulares—. Debo advertirte que no se me da precisamente bien la gente. Sé que piensan que soy un tanto extraño. Parece que ahuyento un poco a los clientes cuando entran aquí. Se me da mejor trabajar por internet, ¿sabes? Soy incapaz de venderle un cacahuete a un mono, pero mis libros son buenos.

—¿Cuándo quieres que empiece?

—Mañana, si es posible.

—¿A las diez?

—Perfecto. Subiré un momento arriba y te traeré un juego de llaves.

Se puso de pie de nuevo y estaba a punto de precipitarse hacia la escalera cuando lo detuve.

—¿Orlando?

—¿Sí?

—¿Quieres ver mi currículum?

—¿Y por qué diantres iba a querer verlo? —replicó mientras se daba la vuelta—. Acabo de someterte a la entrevista más exhaustiva posible. Y la has superado con creces.

Unos cuantos minutos después, había vuelto a guardar mis pistas en la carpeta de plástico y Orlando me había puesto un pesado juego de llaves de latón en la mano. Después me acompañó hasta la puerta.

—Gracias, señorita... ¿cómo quieres que te llame?

—Star servirá.

—Señorita Star. —Me abrió la puerta y yo la franqueé—. Hasta mañana.

—Sí.

Ya había echado a andar calle abajo cuando me llamó.

—Y ¿señorita Star?

—¿Sí?

—Recuérdame que te cuente más cosas acerca de Flora Mac-Nichol. Y su conexión con esa figurita animal suya. Adiós, por el momento.

Me sentía como si alguien acabara de sacarme de Narnia a través del armario. Ya en el exterior, Libros Arthur Morston me pareció un universo paralelo. Pero tras coger el autobús de regreso a casa e insertar en la cerradura la tarjeta de acceso que me permitía entrar en el apartamento, sentí una pequeña burbuja de felicidad y expectación. Tarareé mientras preparaba la cena y reflexioné sobre si debería contarle o no a CeCe mi extraordinario día. Al final solo le comenté que había encontrado trabajo en una librería y que empezaría al día siguiente.

—No está mal de momento, supongo —dijo—. Pero está claro que no vas a ganar una fortuna vendiendo libros viejos para otra persona.

—Lo sé, pero me gusta el sitio.

En cuanto pude, me excusé, me levanté de la mesa y salí a la terraza a ocuparme de mis plantas. Puede que mi nuevo trabajo no hubiera sido gran cosa para cualquier otra persona, pero para mí significaba muchísimo.

7

Mis dos primeras semanas en Libros Arthur Morston siguieron prácticamente el mismo patrón que el día de mi llegada. Orlando pasaba casi toda la mañana en el piso superior —el espacio que se ocultaba detrás de la puerta del fondo y lo que había arriba continuaron siendo un misterio para mí— y me dijo que lo llamara si algún cliente quería ver alguno de los libros más raros y valiosos, que se guardaban en una enorme caja fuerte herrumbrosa en el sótano, o si me realizaban una consulta que no pudiera solucionar. Pero rara vez se producían... las consultas y las visitas de clientes.

Empecé a reconocer a los que Orlando llamaba sus «habituales»: principalmente jubilados que cogían un libro de la estantería y, con mucha educación, me preguntaban el precio, que siempre estaba apuntado en una tarjeta en la parte de atrás. Después, concluidas las formalidades, se llevaban el libro a uno de los sillones de cuero y se sentaban a leerlo junto al fuego. A menudo pasaban horas antes de que volvieran a levantar la cabeza y se marcharan con un cortés «gracias». Un caballero especialmente anciano, vestido con una harapienta chaqueta de tweed, entró cada día durante una semana para coger *La casa de la alegría* y sentarse a leerlo. Me fijé en que incluso había puesto un trocito de papel para marcar hasta dónde había llegado antes de devolver la novela a la estantería todos los días.

Orlando me había dejado la cafetera para que preparara café en una especie de nicho al fondo de la tienda y se lo ofreciera a cualquiera de los «clientes» que entraran. Una de mis obligaciones era comprar leche de camino al trabajo, pero casi todas las jornadas la tiraba intacta porque no había nadie que la tomara.

Y fue sobre la estantería del nicho donde vi un cuadro que me llamó la atención, pues el estilo de las ilustraciones me resultaba tan familiar como la palma de mi propia mano. Me puse de puntillas para estudiarlo más de cerca y por la escritura —ya desvaída hasta convertirse en un suspiro fantasmagórico del original— deduje que se trataba de una carta. Las diminutas acuarelas que salpicaban la página se habían conservado mejor y me maravillé ante su perfección. Con la nariz casi pegada al cristal para descifrar bien las palabras, distinguí una fecha y el desgastado contorno de un nombre.

«Mi querida Fl…» El resto del nombre estaba demasiado borroso para considerarse concluyente. Pero ese no era el caso de la firma que había al final de la página, de caligrafía pequeña y clara. Sin dejar lugar a dudas, proclamaba que la autora de aquella carta era «Beatrix».

—Fl… —murmuré para mí.

¿Podría ser que aquella carta estuviera dirigida a «mi» Flora MacNichol? Orlando me había dicho que Beatrix Potter y Flora se habían conocido. Estaba decidida a preguntarle.

A la una en punto exactamente, Orlando bajaba la escalera a toda prisa y desaparecía por la puerta principal. Aquello parecía ser una señal invisible de que había que marcharse para quienquiera que estuviera leyendo frente al fuego. Cuando regresaba, Orlando cerraba la puerta con llave a su espalda y ponía el cartel de CERRADO.

Los platos de porcelana, los cubiertos y las almidonadas servilletas de lino blanco se bajaban del piso de arriba y empezábamos a comer.

Aquel era mi momento favorito del día. Me encantaba escucharlo mientras su mente saltaba de un tema a otro, normalmente impulsada por una cita literaria. Para mí se convirtió en un juego intentar averiguar qué asunto en concreto conduciría al siguiente. Sin embargo, no solía adivinarlo, pues se desviaba por tangentes disparatadas y extrañas. Entremedias me las ingenié para enterarme de que su «santa» madre, Vivienne, había fallecido en un trágico accidente de tráfico cuando Orlando tenía apenas veinte años y estaba cursando su segundo año en Oxford. Su padre, con el corazón completamente roto, se había marchado de inmediato a Grecia para «ahogarse en la tristeza de sus dioses mitológicos y en *ouzo*». Había muerto de cáncer hacía tan solo unos años.

—Así que ya ves —había añadido Orlando en tono dramático—, yo también soy huérfano.

Su conversación, además, se veía salpicada por esporádicas preguntas acerca de mi infancia en Atlantis. Pa Salt parecía fascinarlo especialmente.

—Entonces ¿quién era? Saber lo que supo... —farfulló Orlando una vez después de que le hubiera confesado que ni siquiera conocía el país de nacimiento de Pa.

Sin embargo, a pesar de su obsesión con Pa, nunca volvió a ofrecerme más información sobre el asunto de Flora MacNichol. Cuando mencioné la carta enmarcada de Beatrix Potter, no se produjo la reacción que yo había esperado.

—Ah, esa vieja cosa. —La señaló con un vago gesto de la mano—. Beatrix escribió muchísimas cartas a niños.

Y pasó al siguiente tema antes de que me diera tiempo a contenerlo.

Un día no muy lejano, me prometí a mí misma, encontraría el arrojo necesario para formular más preguntas. Pero aunque no descubriera más cosas sobre Flora MacNichol, mis días estaban repletos de libros espléndidos; el mero hecho de olerlos y tocarlos mientras catalogaba las nuevas adquisiciones escribiendo con una pesada pluma en un inmenso volumen encuadernado en cuero me llenaba de placer. Tuve que superar un examen de caligrafía antes de que Orlando me permitiera aplicar tinta al papel. Siempre me habían felicitado por mi letra clara y elegante, pero jamás habría pensado que algún día una habilidad que se estaba tornando arcaica y obsoleta a pasos agigantados se transformaría en un valor.

Sentada en el autobús de camino a la librería al comienzo de mi tercera semana, me planteé si debería haber nacido en otra época. Una época en la que el ritmo de la vida hubiera sido más lento y las misivas a los seres queridos tardaran días —si no meses— en alcanzarlos, en lugar de llegarles en cuestión de segundos por medio del correo electrónico.

—¡Dios mío! ¡Detesto vehementemente la tecnología moderna! —Orlando dio voz a mis pensamientos cuando entró por la puerta principal, caja de la confitería en mano, a las diez y media, como de costumbre—. Ayer por la noche, a causa de una tormenta monstruosa, todas las líneas telefónicas de Kensington se bloquearon y arrastraron con ellas la conexión a internet. Así que no pude presentar mi puja por un ejemplar particularmente espectacular de *Guerra y paz*. Me encanta ese libro —suspiró volviéndose hacia mí con expresión alicaída—. Pero bueno, Mouse se alegrará al saber que no voy a gastarme un dinero que no tenemos. A todo esto, le hablé de ti el otro día.

Había oído mencionar a «Mouse» en varias ocasiones, pero nunca había sido capaz de determinar con exactitud qué relación guardaba aquella persona con Orlando. Ni siquiera si se trataba de un hombre o de una mujer.

—¿Ah, sí?

—Sí. ¿Estás ocupada este fin de semana, señorita Star? Tengo que viajar a High Weald para el cumpleaños de Rory. Mouse también irá. He pensado que podrías visitar la casa, conocer a Marguerite y charlar con ella sobre Flora MacNichol.

—Sí… estoy disponible —dije, consciente de que tenía que asir la oportunidad mientras estuviera a mi alcance.

—Resuelto, entonces. Nos veremos el sábado en Charing Cross, en el vagón de primera clase del tren de las diez a Ashford. Ya te habré comprado el billete. Y ahora, debo subir para averiguar si el wifi, nuestro gran dios moderno, se ha dignado a comparecer ante nosotros, pobres mortales.

—¿Adónde iremos, exactamente?

—¿No te lo he dicho?

—No.

—A Kent, claro está —dijo despreocupadamente, como si hubiera tenido que resultarme obvio.

Durante el resto de la semana me sentí dividida entre la emoción y el miedo a lo desconocido. Había visitado Kent una vez, en un viaje de estudios a Sissinghurst, la casa y los fantásticos jardines que una vez habían sido el hogar de la novelista y poeta Vita Sackville-West. Lo recordaba como un condado llano y apacible: el «jardín de Inglaterra», tal como uno de mis compañeros de universidad me había dicho que lo llamaban.

Tal como había prometido, Orlando ya estaba en el vagón cuando llegué a la estación de Charing Cross el sábado por la mañana. Su chaqueta de terciopelo azul noche y su fular de cachemira —por no hablar de la enorme cesta de pícnic que ocupaba toda la mesa que se suponía que debíamos compartir con los demás pasajeros— constituían un panorama discordante en el moderno tren.

—Mi querida señorita Star —me saludó cuando me senté a su lado—. Perfectamente a tiempo, como siempre. La puntualidad es una virtud que debería alabarse más a menudo de lo que se la alaba. ¿Un café?

Abrió la cesta y sacó un termo y dos tazas de café de porcelana, seguidas de platos de cruasanes recién hechos, todavía calientes, envueltos en servilletas de lino. Mientras el tren salía de la estación y Orlando me servía el desayuno charlando, como de costumbre, acerca de todo y de nada, me di cuenta de que los pasajeros cercanos nos miraban con perplejidad. Agradecí sobremanera que nadie ocupara los asientos que teníamos enfrente.

—¿Cuánto tiempo dura el trayecto en tren? —le pregunté cuando extrajo dos platos más con fruta cortada y perfectamente colocada y les quitó el film transparente.

—Una hora aproximadamente. Marguerite nos recogerá en la estación de Ashford.

—¿Quién es Marguerite?

—Mi prima.

—¿Y Rory?

—Un niñito encantador que mañana cumplirá siete años. Mouse también estará allí, aunque, al contrario de lo que sucede con tu bondadosa persona, la pobre criatura no tiene ningún concepto de la puntualidad. Y ahora, si me disculpas —dijo tras devolver los platos a la cesta de pícnic y después recoger meticulosamente en una servilleta cada una de las migas que habían caído sobre la mesa o encima de él—, necesito echarme una siesta.

Y sin más, Orlando cruzó los brazos sobre el pecho como si quisiera protegerse de un posible disparo y se quedó dormido.

Treinta minutos más tarde, justo cuando comenzaba a ponerme nerviosa porque la parada de Ashford se acercaba y me incomodaba tener que molestar a Orlando, mi acompañante abrió los ojos repentinamente.

—Dos minutos, señorita Star, y descenderemos.

Una suave luz otoñal bañaba el andén mientras lo recorríamos esquivando a otros viajeros.

—El progreso va cobrándose sus constantes peajes —se lamentó Orlando—. Con la estación del Eurotúnel que están construyendo, aquí nunca volverán a reinar la paz y la tranquilidad.

Cuando salimos al exterior de la estación, me percaté de que la noche anterior había helado y distinguí el vago rastro humeante de mi aliento.

—Allí está —dijo Orlando, y echó a andar a toda velocidad hacia un destartalado Fiat 500—. Queridísima Marguerite, es muy amable por tu parte venir a recogernos —dijo cuando una mujer imponente, tan alta como él, sacó con mucha dificultad las largas extremidades de detrás del volante de aquel coche minúsculo.

—Orlando —dijo la mujer titubeando mientras él la besaba en ambas mejillas. Señaló la inmensa cesta de mimbre—. ¿Cómo diantres vamos a meter eso en el coche? Sobre todo teniendo en cuenta que has traído una invitada.

Sentí que la mirada de sus enormes ojos oscuros me recorría de arriba abajo. Eran de un color impresionante, casi violetas.

—Permite que te presente a la señorita Astérope D'Aplièse, más comúnmente conocida como Star. Señorita Star: mi prima, Marguerite Vaughan.

—Qué nombre tan extraño —dijo la mujer mientras se acercaba a mí, y, por las leves arrugas que se marcaban en su piel pálida, me di cuenta de que era mayor de lo que había pensado en un principio, probablemente superara los cuarenta—. Es un placer conocerte —prosiguió—. No puedo sino pedirte disculpas por la inconsciencia de mi primo al traer esa ridícula cesta junto a la que ahora tendrás que estrujarte. Solo Dios sabe qué tiene de malo el café comprado —dijo poniendo los ojos en blanco tras mirar a Orlando, que estaba intentando encajar la cesta en el asiento trasero—. Pero estoy segura de que ya sabes cómo es.

Me sonrió con calidez.

—Así es —dije, y me sorprendí esbozando también una sonrisa.

—Personalmente, opino que, como penitencia, deberíamos hacerlo caminar los ocho kilómetros que hay hasta la casa, así tú podrías sentarte cómodamente. —Me dio unas palmaditas cómplices en el brazo—. Vamos, Orlando, tengo muchas cosas que hacer cuando lleguemos a casa. La ternera aún no está hecha.

—Te pido disculpas, señorita Star. —Orlando parecía un niño arrepentido—. He sido un desconsiderado.

Me abrió la portezuela del coche mientras yo me introducía con esfuerzo en el asiento trasero y me encajaba en el minúsculo espacio que quedaba junto a la cesta, con los brazos pegados a los costados.

Comenzamos a circular por carreteras rurales llenas de hojas secas. Marguerite y Orlando iban delante, ambos tan altos que casi rozaban el techo con la cabeza. Yo volví a sentirme casi como una niña, pero me centré en mirar por la ventana para admirar la belleza de la campiña inglesa.

Orlando habló sin cesar de los libros que había comprado y vendido, y Marguerite lo regañó un poco por gastarse más dinero de la cuenta en *Anna Karénina* —al parecer, Mouse se lo había contado—, pero me percaté de que su voz rezumaba cariño. Sentada detrás de ella, me encontraba lo bastante cerca para captar el olor de su perfume, un consolador aroma almizclado que invadía el coche.

La melena de rizos naturales, espesa y oscura, le caía sobre los hombros, y cuando se volvió hacia Orlando para hablarle vi que tenía lo que Pa Salt habría denominado una «nariz romana», que destacaba en su llamativo rostro. Estaba claro que la suya no era una belleza clásica y, a juzgar por el aspecto de sus vaqueros y su viejo jersey, tampoco se preocupaba mucho por aparentar lo contrario. Sin embargo, tenía algo que resultaba muy atractivo y me di cuenta de que deseaba caerle bien, un sentimiento poco habitual en mí.

—¿Cómo vas ahí atrás? —me preguntó—. Ya no queda mucho.

—Bien, gracias.

Apoyé la cabeza contra el cristal de la ventanilla mientras los frondosos setos, de altura magnificada por la pequeñez del coche, pasaban volando a mi lado y las carreteras rurales se tornaban más estrechas. Era maravilloso estar fuera de Londres, con tan solo alguna que otra chimenea de ladrillo rojo asomando desde detrás del muro de vegetación. Giramos a la derecha y atravesamos un par de viejas verjas que daban paso a un camino de entrada tan lleno de baches que las cabezas de Marguerite y Orlando golpeaban contra el techo.

—Está claro que, antes de que llegue el invierno, tengo que pedirle a Mouse que traiga el tractor y rellene estos agujeros con grava —le comentó a Orlando—. Ya hemos llegado, Star —añadió cuando detuvo el coche ante una casa enorme y elegante, con paredes de ladrillo rojo apagado y las ventanas irregulares rodeadas de hiedra y glicinias.

Los cañones de las chimeneas, altos y estrechos, resaltaban la arquitectura Tudor y se alzaban hacia el frío y despejado cielo de septiembre. Mientras me comprimía para salir del asiento trasero del Fiat, me imaginé que el interior de la vivienda sería más laberíntico que impresionante; estaba claro que no se trataba de una casa señorial, sino que más bien tenía aspecto de haber envejecido poco a poco y haberse hundido lentamente en el paisaje que la rodeaba. Hablaba de una época pasada, de unos tiempos acerca de los que me encantaba leer en los libros, así que sentí una punzada de añoranza.

Seguí a Marguerite y Orlando hacia la magnífica puerta de roble y vi que un niño pequeño se tambaleaba hacia nosotros montado en una reluciente bicicleta roja. Dejó escapar un extraño grito contenido, intentó saludarnos con la mano y, acto seguido, se cayó de la bicicleta.

—¡Rory!

Marguerite corrió hacia él, pero el niño ya se había levantado solo. Volvió a hablar, y me pregunté si sería extranjero, pues fui incapaz de entender lo que decía. La mujer le dio unas palmaditas para sacudirle el polvo, el niño recogió la bici y los dos echaron a andar hacia nosotros.

—Mira quién ha venido —dijo Marguerite volviéndose totalmente hacia el niño para hablarle—. Son Orlando y su amiga Star. Intenta decir «Star».

Hizo especial hincapié en la pronunciación de las dos primeras letras de mi nombre.

—Ss-t-aahh —repitió el niño mientras se acercaba a mí con una sonrisa en los labios; después, alzó la mano y abrió los dedos para imitar los destellos de luz de una estrella resplandeciente.

Me fijé en que Rory tenía un par de ojos verdes y curiosos enmarcados por unas pestañas oscuras. Su pelo ondulado y cobrizo brillaba bajo el sol y en las mejillas sonrosadas se le formaban hoyuelos de pura felicidad. Me di cuenta de que era el tipo de niño al que uno nunca querría decirle que no.

—Prefiere que se refieran a él como «Superman», ¿a que sí, Rory?

Orlando soltó una risita y levantó el puño en el aire como si fuera Superman tratando de echar a volar.

Rory asintió, me estrechó la mano con toda la dignidad de un superhéroe y luego se volvió hacia Orlando para abrazarlo. Después de estrujarlo con fuerza y hacerle cosquillas, Orlando dejó al niño en el suelo, se acuclilló ante él y utilizó las manos para signarle al tiempo que articulaba las palabras con claridad.

—¡Feliz cumpleaños! Tengo tu regalo en el coche de Marguerite. ¿Quieres venir conmigo a cogerlo?

—Sí, por favor —dijo y signó Rory, y entonces supe que era sordo.

Rebusqué en mi oxidado catálogo mental de lo que había aprendido de Ma hacia más de dos décadas. Los observé mientras los dos se incorporaban y caminaban agarrados de la mano hacia el vehículo.

—Entra conmigo, Star —me invitó Marguerite—. Puede que tarden un rato.

La seguí hasta un vestíbulo que alojaba una gran escalera Tudor y, gracias a la barandilla maravillosamente curvada y tallada, me percaté de que no se trataba de una imitación. Mientras recorríamos el pasillo, cuyas viejas e irregulares losas de piedra crujían bajo mis pies, inspiré el aire, que olía a polvo y humo de leña, imaginándome los miles de fuegos que se habían encendido a lo largo de los siglos para mantener a sus ocupantes calentitos. Y sentí una envidia indiscutible por la mujer que vivía en aquella fantástica casa.

—Me temo que voy a llevarte directamente a la cocina, porque tengo que seguir haciendo cosas. Por favor, perdona que esté todo hecho un desastre… tenemos no sé cuántos invitados para la comida de cumpleaños de Rory y ni siquiera he pelado aún las patatas.

—Te ayudaré —me ofrecí cuando entramos en la estancia de techo bajo y repleto de travesaños.

Una chimenea encastrada con un fogón de hierro colado en el interior constituía el centro de la cocina.

—Bueno, sí que me vendría bien que nos sirvieras una copa a ambas —sugirió, y su mirada franca reflejó la calidez y la belleza de su hogar—. La despensa está por ahí. Sé que hay una botella de ginebra, y rezo con todas mis fuerzas por que haya algo de tónica en el frigorífico. Si no es así, tendremos que echarle imaginación. Vaya, ¿dónde demonios habré puesto el pelador de patatas?

—Está aquí. —Lo encontré sobre la larga mesa de roble, invadida por periódicos, cajas de cereales, platos sucios y un calcetín de deporte embarrado—. ¿Por qué no preparas tú las bebidas y yo me encargo de las verduras?

—No, Star, eres nuestra invitada…

Yo ya había cogido la bolsa de patatas y sacado una sartén de un estante. Aparté un periódico con fecha de hacía una semana para poner las mondas encima y me senté a la mesa de la cocina.

—Bueno —sonrió Marguerite agradecida—, entonces iré a buscar la ginebra.

A lo largo de aproximadamente la siguiente hora, pelé todas las verduras, preparé el asado de ternera y lo puse en el fogón; después, me puse a recoger la cocina. Tras haber encontrado la ginebra y haberle añadido un poco de tónica sin apenas gas, Marguerite me dejó a cargo mientras ella entraba y salía para atender a su hijo, saludar a los invitados que iban llegando y poner la mesa para el almuerzo. Yo tarareaba mientras me afanaba en la que —sin los residuos desperdigados por todas partes que la ocupaban en aquellos momentos— era la cocina de mis sueños. El calor de los fogones caldeaba la habitación y, cuando levanté la mirada hacia las grietas del techo, me imaginé las viejas paredes amarillentas con una nueva capa de pintura blanca. Tras despejar la mesa de roble, que estaba salpicada de cera de velas derretida, fregué los que probablemente fueran los platos y cacerolas acumulados durante una semana.

Una vez que lo tuve todo bajo control, miré por la ventana, con sus cristales desnivelados, hacia un huerto que antaño debía de haber abastecido la casa de hortalizas. Salí por la puerta de la cocina para observarlo con más detenimiento y vi que estaba descuidado y desorganizado, pero encontré una resistente planta de romero y le arranqué unas cuantas ramitas para darles sabor a las patatas asadas.

«Podría vivir aquí», pensé cuando regresó Marguerite, que se había cambiado de ropa y llevaba una blusa de seda de color miel bastante arrugada y un pañuelo morado que resaltaba sus ojos.

—Madre mía, Star, ¡has obrado un milagro! ¡Hacía años que no veía la cocina así! Gracias. ¿Quieres trabajar aquí?

—Ya trabajo para Orlando.

—Lo sé, y me alegra mucho que pueda contar contigo. Tal vez puedas disuadirlo de vez en cuando de gastarse grandes cantidades de dinero en financiar lo que se está convirtiendo en su biblioteca personal.

—En realidad vende bastantes libros a través de internet —repliqué para defenderlo mientras Marguerite se servía otro trago de ginebra.

—Lo sé —dijo con cariño—. Bien, Rory se lo está pasando en grande abriendo todos sus regalos en la sala de estar y Orlando ha bajado a la bodega para subirles más vino a nuestros invitados, así que puedo sentarme cinco minutos. —Miró su reloj antes de soltar un suspiro—. Mouse llega tarde otra vez, pero no retrasaremos la comida. Supongo que antes te habrás dado cuenta de que Rory es sordo, ¿no?

—Sí, lo he notado —contesté pensando que el cerebro de Marguerite, justo igual que el de su primo, revoloteaba de un tema a otro como una mariposa.

—Es sordo de nacimiento. Tiene algo de audición en el oído izquierdo, pero la ayuda de sus audífonos es limitada. Yo solo... —Guardó silencio y me miró a los ojos—. No quiero que jamás se sienta como si no pudiera hacer algo, como si valiera menos que todos los demás. A veces la gente dice cosas... —Negó con la cabeza y suspiró—. Es el niñito más maravilloso e inteligente del mundo.

—Orlando y él parecen estar muy unidos —comenté.

—Orlando fue quien le enseñó a leer cuando tenía cinco años, después de aprender la lengua de signos británica para poder comunicarse con Rory y enseñarle. Lo hemos integrado, es decir, lo hemos matriculado en la escuela primaria de la zona, y hasta está enseñando a otros niños a signar. Tiene un logopeda fantástico que trabaja todas las semanas con él para animarlo a hablar y a leer los labios, y le está yendo genial. Los niños de su edad aprenden muy rápido. Y ahora, debería estar llevándote a conocer al resto de los invitados en lugar de tenerte encerrada en la cocina como a Cenicienta.

—No te preocupes, de verdad. Voy a ver cómo va la ternera. —Me acerqué a los fogones y me agaché para sacar la carne y las patatas asadas—. Espero que no te importe, pero he añadido un poco de miel y unas semillas de sésamo que he encontrado en la despensa para darles a las zanahorias un poco de sabor.

—¡Cielos! No me importa en absoluto. Nunca se me ha dado muy bien cocinar, así que ha sido una gozada que te hayas encargado del almuerzo. Con Rory y todos los problemas que da esta casa, por no hablar ya del trabajo que necesito desesperadamente para pagar las facturas, me paso el día corriendo como pollo sin cabeza. Me han ofrecido un encargo maravilloso para pintar un mural en Francia, pero no sé si puedo dejar a Rory... —Marguerite fue bajando la voz hasta quedarse en silencio—. Te pido disculpas, Star; nada de esto es problema tuyo.

—¿Eres artista?

—Sí, me gustaría pensar que lo soy, aunque hace poco alguien me dijo que lo único que hago es diseñar papeles de pared. —Enarcó una ceja—. En cualquier caso, gracias por lo de hoy.

—No me importa ayudar, de verdad. ¿A qué hora queréis comer? La ternera está hecha, solo necesita reposar.

—Cuando tú digas. Todo el que viene a High Weald está acostumbrado a esperar durante el tiempo que haga falta.

—¿Qué te parece dentro de media hora? Si tienes unos cuantos huevos, puedo hacer pudin de Yorkshire.

—Vaya, claro que tenemos huevos. Las gallinas corren a sus anchas por el huerto. Aquí nos alimentamos básicamente de tortillas. Yo te los traigo —dijo de camino a la despensa.

—¡Mag! ¡Tengo hambre!

Me di la vuelta y vi que Rory entraba en la cocina.

—Hola —le signé, y después intenté imitar los movimientos que Orlando había hecho antes con las manos, dando dos palmadas y después colocando las palmas de las manos hacia arriba y deslizándolas hacia delante—. Feliz cumpleaños —conseguí decir.

El niño pareció sorprenderse y después sonrió.

—Gracias —me contestó por signos.

Después señaló los fogones y se dio unos golpecitos en la muñeca como si llevara un reloj. Finalmente, se encogió de hombros interrogativamente.

—La comida estará lista dentro de treinta minutos.

—De acuerdo.

Rory se acercó a mirar la ternera.

—Vaca —signé llevándome los dedos a la cabeza como si fueran cuernos.

El muchacho estalló en carcajadas y realizó el signo colocando los dedos correctamente. Cogí un cuchillo y corté un trocito de carne para dárselo justo en el momento en que Marguerite salía de la despensa. Rory se metió la ternera en la boca y la masticó.

—Buena.

Levantó los dedos pulgares en un gesto de aprobación.

—Gracias —signé poniéndome los dedos en la barbilla y después apartando la mano.

Albergaba la esperanza de que los signos franceses y británicos fueran parecidos.

—¿No me digas que también conoces el lenguaje de signos, Star? —dijo Marguerite.

—Aprendí un poco cuando era pequeña, pero no se me da muy bien, ¿verdad, Rory?

El niño se volvió hacia su madre y, muy rápidamente, le dijo algo mediante signos que le arrancó una risotada.

—Dice que tus signos son terribles, pero que tu «vaca» lo compensa. Al parecer eres mucho mejor cocinera que yo. Eres un caradura.

Le alborotó el pelo.

—Mouse aquí —dijo Rory mirando por la ventana.

Hizo un movimiento rápido con una mano, como el de un animal que se escabulle.

—Ya era hora. Star, ¿te importa si te dejo aquí un rato y voy a ocuparme de mis invitados?

Puso los huevos para el pudin de Yorkshire sobre la mesa.

—Claro que no —dije mientras Rory agarraba a su madre de las manos y la arrastraba hacia el exterior de la cocina.

—Prometo estar de vuelta para ayudarte a servir —dijo volviendo la cabeza por encima del hombro.

—No te preocupes —la tranquilicé, y me dirigí a la despensa en busca de harina.

A lo largo de la siguiente media hora, puse en práctica algunos de los trucos que había aprendido en mi curso de cocina y, para cuando Marguerite regresó, la comida estaba lista. Había encontrado platos para servir en el aparador de pino y mi anfitriona alzó las cejas sorprendida cuando empecé a pasarle platos para llevarlos a la mesa.

—Madre mía, me había olvidado de adónde había ido a parar esta vajilla. Star, te estás portando como un verdadero ángel con todo eso.

—No me importa. Me lo he pasado bien.

Y era cierto. No tenía muchas ocasiones de cocinar para alguien que no fuera CeCe. Estaba pensando que tal vez debería poner un cartel anunciando mis servicios en el quiosco de nuestro barrio cuando un hombre entró en la cocina.

—Hola, me han enviado a trinchar la ternera. ¿Dónde está? —dijo sin más preámbulos.

Me quedé mirando su pelo alborotado, ligeramente encanecido en las sienes, y sus poderosos rasgos faciales, dominados por un par de vigilantes ojos verdes cuya mirada me recorrió de arriba abajo. Llevaba un apolillado jersey con cuello de pico sobre una camisa de cuello raído y unos vaqueros. Cuando se acercó, me di cuenta de que era mucho más alto que yo. Era obvio que se parecía a Orlando, pero aquel hombre era una versión mucho más tosca —y, sin duda, desaliñada—, así que me pregunté si se trataría del hermano del que Orlando me había hablado.

Recuperando la compostura, contesté a su pregunta.

—Está ahí, en los fogones.

—Gracias.

Lo estudié disimuladamente cuando pasó a mi lado y noté la tensión con la que se desenvolvía al sacar un cuchillo del cajón. El silencio en el que se sumió cuando empezó a trinchar la carne me dijo que no poseía ni un ápice de la calidez natural de sus posibles parientes. Me puse a merodear por la cocina sintiéndome repentinamente incómoda, como si él pensara que yo era una intrusa, y me pregunté si debería intentar encontrar el comedor yo sola. Estaba a punto de hacerlo cuando Marguerite reapareció.

—¿Te queda mucho, Mouse? Van a comerse los platos si no te das prisa.

—En estas cosas se tarda lo que se tarda —fue su respuesta, igual de fría que la primera frase que me había dedicado.

—Bueno, tú vente ya conmigo, Star, así dejaremos que Mouse haga su magia.

De todos los personajes que había imaginado mentalmente que tal vez pudieran ser el famoso «Mouse», ninguno era aquel hombre, que, aunque atractivo, podía congelar un escenario en cuestión de segundos. Mientras seguía a Marguerite desde la cocina hasta un comedor de techo bajo con un fuego que chisporroteaba alegremente en la chimenea, recé para no terminar sentada a su lado durante el almuerzo.

—Aquí estás, querida niña —me saludó Orlando, cuyas mejillas encendidas indicaban que había estado dando buena cuenta del vino que había subido de la bodega—. Esto tiene un aspecto absolutamente espléndido.

—Gracias.

—Ven a sentarte junto a mí. Mouse se pondrá también a tu lado, he pensado que así podrías charlar con él acerca de Flora MacNichol. Últimamente ha estado investigando sobre ella.

—Star, ¿puedo presentarte a todos los que nos acompañan? —preguntó Marguerite.

Lo hizo y yo saludé mecánicamente con un «hola» a la media docena de caras nuevas, tratando sin éxito de asimilar todos sus nombres y cuál era su conexión con Rory.

—¿Mouse es pariente tuyo? —le pregunté a Orlando en voz baja.

—Pues claro que sí, querida niña —contestó entre risas—. Es mi hermano mayor. ¿No te lo había dicho? Estoy seguro de que te lo he comentado en algún momento.

—No.

—Y, antes de que lo digas, soy consciente de que él se quedó con toda la belleza y la inteligencia de nuestros padres dejándome a mí el papel de piltrafa de la camada. Un papel que desempeño cómodamente.

«Sí, pero tú eres la personificación de la calidez y la empatía, mientras que tu hermano nunca ha oído hablar de ellas…»

Mouse rodeó la mesa dando grandes zancadas para sentarse a mi lado. Cuando lo hizo, Orlando se puso de pie.

—Lores, damas y caballeros, concédanme el honor de proponer un brindis por el Maestro Rory con ocasión de su séptimo cumpleaños. Salud y riqueza, jovencito —le signó al muchacho mientras hablaba.

Orlando alzó su copa junto con todos los demás y vi que Rory resplandecía de verdadera felicidad. Todo el mundo levantó las manos en el aire para aplaudir y, arrastrada por el buen ambiente de la mesa, yo hice lo mismo.

—Feliz cumpleaños —masculló Mouse a mi lado sin hacer el menor esfuerzo por signar las palabras.

—Muy bien, todos a comer, por favor —urgió Marguerite.

Estaba emparedada entre los dos hermanos: uno que, como de costumbre, devoró su comida como un triturador de residuos humanos, y otro que apenas parecía interesado en el proceso. Echando un vistazo en torno a los comensales relajados por el vino, experimenté un repentino escalofrío de placer y me permití pensar en lo lejos que había llegado en los meses transcurridos desde la muerte de Pa. El hecho de hallarme sentada a una mesa para comer rodeada de extraños era casi un milagro.

«Pasito a pasito, Star, pasito a pasito…»

También me sentí trasladada a las muchas comidas de domingo en Atlantis con Pa Salt, cuando todas éramos más pequeñas y vivíamos en casa. No recordaba ninguna ocasión en que hubiera habido extraños presentes, pero la verdad es que Ma, Pa y nosotras seis ya sumábamos ocho: gente más que de sobra para generar el tipo de cordialidad y cháchara que se estaban dando en aquellos instantes. Echaba de menos formar parte de una familia.

Me di cuenta de que, a mi derecha, el Hombre de Hielo me estaba hablando.

—Orlando me ha dicho que trabaja para él.

—Sí, así es.

—Dudo que sobreviva mucho tiempo más. No suele ocurrir.

—Tranquilo, compañero —lo interrumpió Orlando con aire amistoso—. Star y yo nos entendemos bastante bien, ¿verdad?

—Cierto —dije con un tono de voz mucho más elevado y decidido que el que utilizaría normalmente, pues quería defender a mi extraño pero bondadoso jefe.

—Bueno, necesita que alguien le ponga los puntos sobre las íes. La librería lleva años dando pérdidas, pero se niega a escucharme. Sabes que tendrás que cerrarla pronto, Orlando. Está en una de las calles más caras de Londres. Se vendería a muy buen precio.

—¿Sería posible que discutiéramos esto en otro momento? Ocurre que mezclar los negocios con el placer de la comida siempre termina por producirme indigestión —contraatacó Orlando.

—¿Ve? Siempre encuentra alguna excusa para no enfrentarse a ello. —Aquellas palabras fueron un murmullo, así que me volví para ver que Mouse tenía su mirada de ojos verdes directamente clavada en mí—. Tal vez usted pueda hacerlo entrar en razón. El negocio podría gestionarse por completo a través de internet. Los impuestos sobre la tienda son astronómicos y el número de clientes, como ambos sabemos, insignificante. Las cifras no cuadran, así de sencillo.

Aparté la vista con dificultad de una mirada que me resultaba extrañamente hipnótica.

—Me temo que no sé nada acerca del negocio —conseguí articular.

—Perdóneme, no es apropiado hablarle de esto a un empleado.

«Y mucho menos cuando el empleador puede oírlo todo a la perfección», pensé con enfado.

De algún modo, se las había ingeniado para tratarme con condescendencia y subestimarme, lo cual invalidaba su tibia disculpa.

—Entonces ¿qué relación tiene exactamente con Flora Mac-Nichol, señorita…?

—D'Aplièse —contestó Orlando por mí—. Y puede que te interese saber que su verdadero nombre de pila es Astérope —anunció despacio y meneando las cejas en dirección a su hermano como una lechuza inquieta.

—¿Astérope? ¿Como una de las Siete Hermanas de las Pléyades?

—Sí —contesté secamente.

—Se hace llamar Star. Que, en mi opinión, es un apodo que le va a las mil maravillas, ¿no te parece? —intervino Orlando amablemente.

No me dio la sensación de que Mouse estuviera de acuerdo. Tenía el cejo fruncido, como si algo relacionado conmigo le pareciera un enorme misterio.

—Mi hermano me ha dicho que su padre ha muerto recientemente, ¿es así? —dijo al final.

—Sí.

Junté mi cuchillo y mi tenedor con la esperanza de dar por finalizado aquel tema de conversación.

—Pero no era su verdadero padre —afirmó Mouse.

—No.

—Aunque la trataba como si lo fuera.

—Sí, se portaba muy bien con todas nosotras.

—En ese caso, no estaría de acuerdo con la afirmación de que los lazos de sangre generan un vínculo inextricable entre un padre y un hijo, ¿verdad?

—¿Cómo iba a estarlo? Nunca he conocido ese tipo de lazos.

—No, supongo que tiene razón.

Mouse se sumió en el silencio y yo cerré los ojos, sintiéndome repentina y ridículamente al borde de las lágrimas. Aquel hombre no sabía nada de mi padre y su interrogatorio había estado totalmente desprovisto de empatía. Noté que alguien me daba un apretón en la mano, pero desapareció con la misma rapidez con que había llegado cuando Orlando apartó su propia mano a toda prisa al tiempo que me dedicaba una mirada de solidaridad.

—Estoy seguro de que Orlando le habrá comentado que he estado intentando investigar la historia de nuestra familia —me dijo Mouse—. Siempre ha habido mucha confusión respecto a las varias… facciones, y pensé que debía resolverla de una vez por todas. Y, por supuesto, me he topado con Flora MacNichol.

Me percaté del tono despectivo de su voz al pronunciar su nombre.

—¿Quién era?

—La hermana de nuestra bisabuela, Aurelia —contestó Orlando, pero a mi derecha se produjo un nuevo silencio sombrío y, al cabo de unos segundos, un suspiro profundo.

—Orlando, sabes perfectamente que esa no es toda la historia, pero ahora no es el momento —intervino Mouse.

—Te pido disculpas, señorita Star, me han reclutado para ayudar a Marguerite a recoger la mesa —anunció Orlando al ponerse de pie.

—Yo también puedo ayudar —dije incorporándome a su lado.

—No. —Con delicadeza, me obligó a sentarme de nuevo—. Tú ya nos has preparado un almuerzo exquisito y no se te permitirá bajo ninguna circunstancia ser también la fregona de la cocina.

Cuando se marchó, decidí que frotar todos los váteres de aquella enorme casa sería más agradable que continuar sentada junto a aquel hombre llamado Mouse. Mi imaginación ya lo había degradado a la categoría de enorme rata de alcantarilla.

—¿Tiene alguna idea de cuál es la conexión entre su padre y Flora MacNichol?

La Rata de Alcantarilla hablaba de nuevo. Le contestaría. Educadamente.

—No. No creo que tuvieran ninguna conexión. Mi padre nos entregó a todas las hermanas pistas relacionadas con nuestros propios orígenes, no con los de él. Por lo tanto, en caso de que exista alguna conexión, lo más probable es que sea entre ella y yo.

—¿Quieres decir que tal vez seas otra intrusa oportunista en High Weald? —me espetó tuteándome—. Permite que te diga que ya ha habido unos cuantos en la historia de los Vaughan y los Forbes.

Agarró su copa de vino y la vació de un trago, y yo me pregunté qué habría sucedido en su vida para que estuviera tan furioso. Ignoré su insinuación y me negué a darle el gusto de ver que me había molestado. Sirviéndome de mi pulida técnica de contrarrestar el silencio con silencio, me recosté en la silla con las manos cruzadas sobre el regazo. Sabía que podía ganar cualquier batalla que quisiera disputar en ese frente. Y, finalmente, fue él quien habló.

—Supongo que debo disculparme por segunda vez en nuestra efímera relación. Estoy seguro de que no eres una cazafortunas, que solo sigues el rastro que te dejó tu padre. Orlando también me ha comentado que te dejó algo más a modo de indicio.

Antes de que tuviera oportunidad de contestarle, Orlando cruzó la puerta del comedor llevando en las manos una enorme tarta repleta de velas. Los invitados atacaron el estribillo de «Cumpleaños feliz» y les hicieron fotos a Marguerite y Orlando sonriendo sobre los hombros de Rory. Me arriesgué a lanzarle una mirada a la Rata de Alcantarilla y descubrí en su rostro lo que en principio pensé que se trataba de una expresión malhumorada y más tarde, mirándolo a los ojos mientras él observaba a Rory, me di cuenta de que era tristeza.

Después de que nos comiéramos la jugosa tarta de chocolate que Orlando había llevado en la cesta de pícnic nada más y nada menos que desde Londres y tomado café en un salón que, para acrecentar mi envidia hacia los inquilinos de aquella casa, ostentaba dos enormes estanterías de roble a sendos lados de la inmensa chimenea, Orlando se puso de pie.

—Hora de marcharse, señorita Star. Debemos coger el tren de las cinco en punto. Marguerite —se acercó a ella y la besó en ambas mejillas—, un placer, como siempre. ¿Pido un taxi?

—Yo os llevaré —anunció una voz desde el sillón de enfrente.

—Gracias, amigo —le dijo Orlando a su hermano.

Marguerite se puso de pie con esfuerzo y vi el agotamiento que reflejaban sus ojos cuando se volvió hacia mí.

—Star, por favor, prométeme que volverás pronto a visitarnos y que dejarás que sea yo quien te prepare la comida.

—Me encantaría —contesté sinceramente—. Gracias por acogerme.

Rory apareció a nuestro lado abriendo y cerrando las manos con entusiasmo y me di cuenta de que estaba signando mi nombre una y otra vez.

—Vuelve pronto —añadió con su extraña vocecilla, y después me rodeó la cintura con sus bracitos.

—Adiós, Rory —me despedí cuando se apartó, y al levantar la mirada por encima de su cabeza vi que la Rata de Alcantarilla nos observaba atentamente.

—Gracias por esa increíble tarta —oí que Marguerite le decía a Orlando—. Al final parece que ha merecido la pena venir cargado hasta aquí con esa ridícula cesta.

A continuación, seguimos a la Rata de Alcantarilla hasta un Land Rover tan viejo y destartalado como el Fiat de su prima.

—Siéntate delante, señorita Star. Tú tienes mucho más de lo

que hablar con Mouse que yo. Se hace muy aburrido cuando uno sabe todo lo que necesita saber acerca de una persona —dijo Orlando mientras se introducía en el asiento trasero con su cesta.

—No me conoce —gruñó en voz baja la Rata de Alcantarilla mientras ocupaba el asiento del conductor y arrancaba el motor—. Aunque crea que sí.

No hice ningún comentario, pues no quería meterme en una guerra entre los dos hermanos, y el coche comenzó a alejarse de High Weald inmerso en un espeso silencio que se prolongó durante todo el trayecto. Yo me distraje mirando por la ventanilla hacia el tranquilo atardecer otoñal que bañaba los árboles en un resplandor ambarino y que poco a poco iba convirtiéndose en crepúsculo. Y pensé en las pocas ganas que tenía de volver a Londres.

—Te lo agradecemos encarecidamente, Mouse —dijo Orlando cuando llegamos de nuevo a la entrada de la estación y bajamos del vehículo.

—¿Tienes teléfono móvil? —preguntó la voz surgida de la penumbra de la Rata de Alcantarilla.

—Sí.

—Apunta aquí el número —dijo tendiéndome su móvil.

Percibió mi titubeo momentáneo.

—Me disculparé por tercera vez en un día, y prometo que si me das tu número te llamaré para hablarte de Flora MacNichol.

—Gracias. —Tecleé mi número a toda prisa pensando que, casi sin duda, aquello no era más que una muestra de buenos modales y que nunca volvería a saber de él. Le devolví el teléfono—. Adiós.

En el tren de regreso a Londres, Orlando se quedó dormido inmediatamente. Yo también cerré los ojos para revivir los acontecimientos de la jornada y pensar en los extraños e interesantes parientes de Orlando.

Y en High Weald…

Por lo menos, aquel día había encontrado la casa en la que podría vivir felizmente durante el resto de mi existencia.

8

Triunfaste bastante con mi descarriada familia —comentó Orlando cuando llegó a la librería a la mañana siguiente con su tarta de las tres en punto.

—Bueno, con tu hermano no mucho.

—Oh, no tomes en cuenta a Mouse. Siempre se muestra suspicaz con todo aquel al que no puede encontrarle defectos. Uno nunca sabe lo que se oculta detrás de la reacción de otro hasta que, bueno, hasta que lo sabe —declaró Orlando con ambigüedad—. Y en cuanto a tu majestuoso almuerzo, me estoy planteando acabar con las bandejas de aluminio y que sea tu bondadosa persona la que suministre el catering a nuestro humilde establecimiento. Aunque dudo que consideres que las instalaciones culinarias del piso de arriba estén a la altura de tu profesionalidad. —Me miró pensativamente—. ¿Hay algún otro talento oculto que me estés escondiendo?

—No.

Noté que me sonrojaba, como siempre que alguien me elogiaba.

—La verdad es que eres una persona terriblemente capaz, ¿sabes? ¿Dónde aprendiste el lenguaje de signos?

—Mi niñera me enseñó los rudimentos de la variedad francesa cuando era pequeña. Pero, básicamente, mi hermana y yo nos inventamos nuestros propios signos. Todo vino a que no me gustaba mucho hablar.

—He ahí otro de tus talentos. Si uno no tiene nada útil que decir, no debería decir nada en absoluto. Por eso disfruto tanto hablando con Rory, es un gran observador del mundo. Y ahora su capacidad de habla está mejorando muy rápido.

—Marguerite me dijo que te has portado muy bien con él.

En aquel momento fue Orlando quien se sonrojó.

—Es muy amable por su parte decir algo así. Le tengo mucho cariño a mi sobrino. Es más listo que el hambre y le va muy bien en el colegio, aunque, por desgracia, no cuenta con una figura paterna que lo guíe. No es que se me haya pasado por la cabeza pensar que soy digno de asumir ese papel, pero hago lo que puedo.

Me moría de ganas de preguntar quién era el padre de Rory, y también que dónde estaba, pero no quería entrometerme.

—Y ahora debo marcharme, Star, aunque estoy seguro de que quería decirte algo... Da igual, ya me acordaré.

Me di cuenta de que la atención de Orlando —centrada durante mucho más tiempo del habitual en una sola línea de pensamiento— se había desviado. Así que encendí el fuego, preparé el café que nadie se bebería y después pasé el plumero por las estanterías recordando los comentarios de la Rata de Alcantarilla acerca de los elevados impuestos sobre la tienda. Y acerca de la gran suma de dinero que obtendrían si vendieran el edificio. No podía ni imaginármelo. Cada vez que Orlando salía, su librería era como un nido sin pájaro; aquel era su hábitat natural y ambos estaban inextricablemente unidos.

El día era frío y lluvioso, así que deduje que ninguno de los clientes habituales acudiría a la librería y saqué el *Orlando* de una estantería para sentarme a releerlo junto al fuego. Extrañamente, no fui capaz de concentrarme en sus páginas, pues mi cerebro no paraba de retroceder hasta el día anterior para tratar de desentrañar las dinámicas familiares. Y, todavía con mayor intensidad, la imagen de High Weald y su serena belleza me invadía la cabeza una y otra vez.

No tuve noticias de la Rata de Alcantarilla, tal como me había imaginado. Poco a poco, fui resignándome a la idea de no volver a ver High Weald nunca más, así que decidí dedicar mi energía a dilucidar cómo podría ingeniármelas para, algún día, adquirir una casa de características similares.

Cuando los días fueron acortándose y una gruesa capa de hielo empezó a saludarme todas las mañanas de camino al trabajo, las visitas de nuestros clientes habituales pasaron a ser aún más escasas. Así pues, con mi nuevo objetivo en mente, un día en que no había nada más que hacer, me senté frente al fuego y empecé a tomar notas sobre la novela que quería escribir. Permití que las alentadoras palabras de Pa Salt combatieran mis dudas respecto a mi capacidad y me abstraje tanto en mis ideas que no oí a Orlando bajar la escalera. Solo cuando se aclaró la garganta con estruendo levanté la vista y lo vi de pie ante mí.

—Lo siento, lo siento…

Cerré la libreta de golpe.

—No importa. Señorita Star, solo he venido a preguntarte si has adquirido ya algún compromiso para este próximo fin de semana.

La formalidad de «el idioma de Orlando» me obligó a reprimir una sonrisa.

—No. No voy a hacer nada.

—Bueno… ¿podría proponerte algo?

—Sí.

—A Marguerite le han ofrecido un encargo importante en Francia. Tiene que marcharse allí un par de días para discutir las condiciones y «reconocer el terreno», como dirían algunos.

—Sí, me lo comentó.

—Me ha pedido que vayamos a pasar el fin de semana a High Weald para hacernos cargo de Rory durante su ausencia. Me ha dicho que estaría más que dispuesta a pagarte…

—No es necesario que me pague —repliqué ligeramente ofendida por que pudiera considerarme un «miembro del personal».

—No, claro que no, discúlpame; debería haberte explicado que su primera idea fue que a Rory le caíste bien y que quizá tú podrías aportar el toque maternal que a mí se me escapa mientras ella no está.

—Me encantaría —contesté, y el mero hecho de pensar en volver a High Weald me levantó el ánimo.

—¿De verdad? Vaya, esto sí que me hace feliz. Nunca he tenido que cuidar de un niño por mí mismo. No sabría ni por dónde empezar con la hora del baño, etcétera. ¿Puedo, entonces, contestarle a Marguerite que sí?

—Puedes.

—Resuelto, entonces. Saldremos mañana por la tarde en el tren de las seis. Reservaré nuestros asientos en primera clase. Hoy en día los desplazamientos, especialmente los viernes, son una pesadilla. Bien, llego tarde a recoger nuestras delicias en bandeja de aluminio. Pero en cuanto vuelva, comeremos, y después pasaremos el resto de la tarde repasando tus habilidades para signar.

Una vez que la puerta se cerró a su espalda, me puse de pie en mitad de la librería y me rodeé el cuerpo con los brazos, encantada. Aquello era mejor de lo que podría haberme imaginado. Un fin de semana entero, dos noches, en la casa de mis sueños.

—Gracias —le dije al techo de la tienda—. Gracias.

El tren con destino a Ashford estaba abarrotado y había gente de pie incluso en nuestro vagón de primera clase. Por suerte, esta vez Orlando se había abstenido de llevar su cesta de pícnic y la había cambiado por una maltrecha maleta de cuero y una bolsa de lona llena de suministros de la que sacó una botella de champán y dos copas de flauta.

—Siempre celebro así el final de la semana. A tu salud, señorita Star —brindó cuando el tren salió de Charing Cross.

En cuanto se hubo bebido su copa de champán, Orlando cruzó los brazos sobre el pecho y se quedó dormido. Mi móvil emitió un repentino pitido y vi que se trataba de un mensaje de texto. Supuse que era de CeCe, que se había disgustado cuando le dije que me iba de nuevo a Kent a pasar el fin de semana con mi jefe.

Pero el mensaje era de un número desconocido.

Me han dicho que vienes a High Weald con mi hermano. Espero que podamos fijar una hora para vernos y hablar de Flora MacNichol. E.

Poco más de una hora después, salimos de la estación. Orlando se encaminó hacia un taxi que nos llevó hasta High Weald por unas carreteras tan oscuras como boca de lobo.

—¡Lando! ¡Staah!

Rory estaba esperando para saludarnos.

Con su sobrino colgado del cuello como un chimpancé, Orlando pagó al taxista. Me volví para ver en el umbral una silueta que ya hacía tintinear las llaves de su coche.

—Me marcho ya, entonces —dijo Mouse cuando Orlando y yo avanzamos hacia él cargados con nuestras maletas de fin de semana—. Le he dado de comer lo que había dejado Marguerite, pero me temo que no ha comido mucho. Estoy seguro de que se alegra de que ambos estéis ya aquí. Si necesitas cualquier cosa, ya sabes dónde estoy —le dijo a su hermano. Después, dirigiéndose a mí, añadió—: Tienes mi número. Ponte en contacto conmigo cuando te resulte conveniente. Si es que se da el caso.

Con un breve gesto de la cabeza, echó a andar hacia su coche, se subió en él y se marchó.

—Madre mía, me siento como si fuéramos padres —me susurró Orlando cuando arrastró tanto a Rory como su maleta hasta el interior de la casa y yo lo seguí cargada con la comida y mi bolsa de viaje.

—¿Te gustan las tortitas? —intenté signar.

Orlando se echó a reír cuando Rory me miró con cara de no entender nada. Así que signé con gran cuidado todas las letras de la frase, una por una.

Rory asintió entusiasmado.

—¿Acompañadas de chocolate y helado? —añadió deletreándolo pacientemente para mí antes de zafarse de los brazos de Orlando y agarrarme la mano.

—Veremos si hay. Ve a deshacer la maleta —le sugerí a Orlando por encima de la cabeza de Rory, pues sabía que preferiría organizarse.

—Gracias —me contestó agradecido.

No había salsa de chocolate, pero encontré una chocolatina Mars en la despensa y la derretí para servirla con el helado sobre las tortitas. Rory las devoró mientras yo le explicaba muy despacio que tendría que ayudarme con la lengua de signos porque iba muy por detrás de él. Después de que le limpiara las manchas de chocolate, el niño bostezó.

—¿Dormir? —signé.

A modo de respuesta, frunció el cejo con disgusto.

—¿Vamos a buscar a Orlando? Apuesto a que cuenta los mejores cuentos.

—Sí.

—Vas a tener que enseñarme dónde está tu habitación.

Rory me hizo subir la grandiosa escalera y me condujo a lo largo de un pasillo largo y chirriante hasta que llegó a la última puerta.

—Mi habitación.

Cuando me invitó a entrar, lo primero que me llamó la atención entre los pósteres de fútbol, el colorido edredón de Superman y el desorden general, fueron las pinturas pegadas con Blu-Tack a las paredes sin orden ni concierto.

—¿Quién las ha hecho? —le pregunté mientras se metía en la cama.

—Yo. —Se señaló con el dedo.

—Uau, Rory, son fantásticas —comenté mientras me paseaba por el dormitorio estudiándolas.

Orlando llamó brevemente a la puerta antes de entrar.

—En el mejor momento. Rory quiere que le cuentes tu mejor cuento —le dije con una sonrisa.

—En ese caso, ¡con mucho gusto! ¿Qué libro?

Rory señaló *El león, la bruja y el armario* y Orlando puso los ojos en blanco.

—¿Otra vez? ¿Cuándo podremos pasar al resto de la serie? Te he dicho muchas veces que *La última batalla* es probablemente mi libro favorito de todos los tiempos.

No quería inmiscuirme en su ritual de antes de acostarse, así que me encaminé hacia la puerta, pero, cuando pasé junto a la cama de Rory, el niño abrió los brazos ostensiblemente para que lo abrazara. Y yo obedecí.

—Buenas noches, Stah.

—Que descanses, Rory.

Con una sonrisa y diciéndole adiós con la mano, salí de la habitación.

Dejando a Rory y Orlando felizmente entretenidos, bajé a la planta baja y vagué hasta el salón en penumbra, donde me detuve a observar las fotografías diseminadas por las mesitas auxiliares de la estancia. La mayoría eran imágenes granuladas en blanco y negro de gente con trajes de noche, y sonreí cuando vi una de Rory orgullosamente sentado sobre un poni con Marguerite de pie a su lado.

Seguí explorando la casa y, tras recorrer un pasillo, llegué a una sala que parecía ser un despacho. Había un antiguo escritorio con dos puestos de trabajo enfrentados y abarrotado de papeles, un montón de libros apilados en el suelo y un cenicero y una copa de vino vacía precariamente posados sobre el prominente brazo de un raído sillón de cuero. De la pared, cuyo desgastado papel de rayas me dejó claro que hacía mucho tiempo que no remodelaban aquella estancia, colgaban varios grabados. Encima de la chimenea pendía un retrato de una hermosa mujer rubia con ropaje eduardiano. Esquivé una papelera rebosante para observarlo con más detenimiento. Poco después, di un respingo cuando oí pisadas en el piso de arriba y me escabullí a toda prisa hacia la cocina. No quería que Orlando supiera que había estado husmeando por la casa.

—Un sobrino sano y salvo en la cama. Y ahora… —Me entregó una botella de vino tinto y seis huevos—. Yo puedo ocuparme de la una si tú conviertes los otros en una tortilla para los dos.

—Por supuesto —dije y, dado que ya conocía aquella cocina a la perfección, no pasaron más de quince minutos antes de que nos sentáramos a la mesa para cenar amigablemente. «Igual que un viejo matrimonio», pensé. Puede que como hermano y hermana fuera una analogía más apropiada.

—Bien, mañana Rory y yo te enseñaremos la finca. Teniendo en cuenta tu declarada inclinación hacia la botánica, no me cabe duda de que gritarás horrorizada ante el estado de los jardines. Pero a mí su desorden me resulta bastante hermoso. Los restos de una época pasada y todo eso —suspiró—. Y la raíz de todo ello, para utilizar una metáfora apropiada, es la falta de fondos.

—Yo creo que esta casa es perfecta tal como está.

—Eso, mi querida niña, es porque tú no tienes que vivir en ella ni pagar su mantenimiento. Por ejemplo: el Gran Salón de High Weald, antaño escenario de elegantes reuniones sociales, lleva años cerrado debido a la falta de fondos para restaurarlo. Y estoy seguro de que después de pasar un fin de semana en un colchón de crin de caballo lleno de bultos y sin agua caliente para asearte, sumado a que los dormitorios están turbadoramente helados a causa de la ausencia de un sistema de calefacción moderno, puede que tal vez cambies de opinión. Estéticamente, estoy de acuerdo, pero desde el punto de vista práctico vivir en esta casa es una pesadilla. Sobre todo en invierno.

—No me importa. Estoy acostumbrada a dormir a la intemperie —le recordé encogiéndome de hombros.

—Eso era en países cálidos, cosa que, te lo aseguro, es completamente distinta. Lo cierto es que, después de la guerra, como muchas otras familias, los Vaughan conocieron tiempos difíciles. Me resulta bastante irónico que el pequeño Rory vaya a convertirse algún día en «lord» cuando no tiene más que una mansión decrépita y achacosa que administrar.

—¿En lord? No tenía ni idea. ¿De quién heredará el título? ¿De su padre?

—Sí. Bueno —Orlando cambió de tema a toda velocidad—, ¿qué podemos rescatar de la despensa para el postre?

Me desperté a la mañana siguiente en una habitación que tenía la sensación de haber visto antes en una película de época de la televisión. La cama en la que había dormido estaba hecha de latón y, cada vez que me daba la vuelta, los remates de los cuatro postes tintineaban como campanas de Navidad debido a lo desvencijado de la estructura. El colchón, además, estaba tan lleno de bultos como Orlando me había advertido que lo estaría. El papel de pared estampado se estaba despegando en algunos puntos y las cortinas que cubrían las ventanas tenían desgarrones. Cuando bajé de la cama, hasta mis largas piernas quedaron colgando unos cuantos centímetros por encima del suelo de madera, y cuando me dirigí al cuarto de baño de puntillas, miré con ansia hacia la chimenea de hierro fundido y deseé poder encender un fuego para protegerme del frío.

Me había pasado la noche atormentada por sueños extraños, algo poco habitual en mí. Solía dormir plácidamente, sin recordar en absoluto las maquinaciones nocturnas de mi cerebro al despertarme. Al pensar en CeCe y sus pesadillas, busqué mi móvil para avisarla de que había llegado bien, pero me di cuenta de que no tenía nada de cobertura.

Miré por la ventana y vi las delicadas frondas de escarcha que trepaban por los pequeños cuadrados de cristal. A través de ellos, los destellos de la temprana luz del sol anunciaban el amanecer de un despejado día de otoño, precisamente mis favoritos. Me vestí con tantas capas de ropa como había llevado y bajé la escalera.

Cuando llegué a la cocina, Orlando ya estaba allí, bostezando y vestido con una bata de seda con estampado de cachemira, una bufanda de lana en torno al cuello y un par de extravagantes zapatillas de seda de color azul pavo real.

—¡Y aquí está la cocinera! Rory y yo hemos encontrado salchichas y beicon en el frigorífico y, por supuesto, tenemos huevos en abundancia. ¿Te apetece un desayuno inglés completo para coger fuerzas para el día?

—Buena idea —contesté.

Todos nos pusimos manos a la obra, incluso Rory removió la mezcla para las torrijas, algo que dijo que nunca había probado y que calificó de «delicioso» en cuanto lo hizo.

—Entonces, joven Rory, esta mañana llevaremos a la señorita Star a conocer la finca, o al menos lo que queda de ella, y espero que la comida del domingo no nos caiga sobre la cabeza desde los cielos —añadió Orlando.

—¿Qué quieres decir? —pregunté.

—Es la época de caza del faisán, me temo. Mouse va a traer un par para que obres tu magia para la comida de mañana. —Orlando se puso de pie—. Tal vez, mientras los hombres llevamos a cabo nuestras abluciones, tú podrías escribir una lista de todo lo que necesitas para acompañar las aves; lo encargaré en la tienda del pueblo para que nos lo traigan. Por cierto —dijo deteniéndose cuando llegó a la puerta de la cocina—. Los árboles del huerto todavía dan fruta que se echa a perder en el suelo. Si no es demasiada molestia, puede que te apetezca hacernos una tarta con ella.

Encontré un trozo de papel y un rotulador en un cajón, así que me senté a escribir la lista. No había cocinado faisán en toda mi vida, así que tuve que registrar la cocina en busca de algún libro de recetas, pero no encontré ninguno y llegué a la conclusión de que tendría que inventarme una propia.

Media hora más tarde, empezamos a recorrer el camino de entrada, endurecido por el hielo. Orlando había planeado una ruta que, al parecer, nos llevaría hasta los rincones más recónditos de los terrenos y, más tarde, hasta lo que él llamaba «la joya de la Corona de High Weald».

—O al menos lo era hace setenta años —puntualizó.

Rory iba delante de nosotros, montando en bicicleta, y cuando llegó a la verja Orlando le gritó que parara antes de la carretera, pero él niño no lo hizo.

—¡Dios mío! ¡No me oye! —gritó mientras echaba a correr detrás de él.

En ese momento me hice una idea de los peligros a los que Rory se iría enfrentando a medida que crecía y de la constante supervisión que necesitaba ahora. Yo también rompí a correr, con el corazón desbocado, para encontrarme a Rory sonriéndonos con descaro tras salir de detrás de uno de los verdes arbustos que bordeaban el camino.

—¡Escondido! ¡Os pillé!

—Sí, está claro que nos has pillado, amigo —signó Orlando con vehemencia al tiempo que intentábamos recuperar el aliento y el equilibrio—. No debes ir nunca en bicicleta por la carretera. Hay coches.

—Lo sé. Mag me lo ha dicho.

Orlando apoyó la bicicleta de Rory en la parte interior de la verja.

—Ahora cruzaremos todos juntos.

Y así lo hicimos, con Rory entre los dos, agarrándonos a ambos de la mano. Me había sorprendido el hecho de que el niño se refiriera a su madre por un diminutivo de su nombre; una familia verdaderamente bohemia, pensé mientras Orlando nos hacía pasar por una abertura en el seto del otro lado. Ante nosotros se extendían interminables campos cercados de setos y vi que Rory giraba la cabeza para contemplar las vistas que lo rodeaban. Lo primero que vio fueron las moras tardías, así que recogimos unas cuantas, la mayoría de las cuales terminaron en la boca del niño.

—Este es el camino de herradura que bordea la vieja finca —me explicó Orlando cuando nos pusimos en marcha de nuevo—. ¿Montas a caballo, señorita Star?

—No. Me dan miedo los caballos —confesé recordando mi primera y única clase de equitación con CeCe, cuando ni siquiera fui capaz de subirme al animal de lo aterrorizada que estaba.

—Yo tampoco soy muy de rocines. Mouse monta extraordinariamente, por supuesto, con la misma excelencia con que hace todo lo demás. No creas, a veces sufro por él. Soy de la opinión de que tener demasiados talentos puede ser tan malo como no tener ninguno, ¿no te parece? Todo con moderación, ese es mi lema. Si no, la vida siempre encuentra la manera de devolvértela con creces.

Continuamos paseando y vi que los setos estaban repletos de pajaritos; el aire olía a fresco y limpio, y me deleité inspirando su pureza tras semanas respirando la polución de la ciudad. Los destellos cobrizos que el sol le arrancaba al pelo de Rory imitaban la tonalidad de los árboles, que se aferraban a su último y espléndido color antes de la llegada del invierno.

—¡Mirad! —gritó al ver un tractor rojo a lo lejos—. ¡Mouse!

—En efecto, es él —dijo Orlando protegiéndose los ojos del sol con una mano y entrecerrándolos para escudriñar los campos—. Rory, tienes vista de halcón.

—¿Decimos hola?

Rory se volvió hacia nosotros.

—No le gusta que lo molesten cuando va en el tractor —advirtió Orlando cuando una repentina ráfaga de disparos resonó en la distancia—. Y la caza ha comenzado. Deberíamos regresar. Los faisanes van a empezar a caer a nuestro alrededor con fuerza y deprisa, y tienen la horrible costumbre de abollar cualquier cosa que encuentren debajo, sea animada o no.

Orlando reanudó la marcha a buen paso, desandando el camino hacia la casa.

—Entonces ¿tu hermano es agricultor?

—Yo no lo definiría como tal, dadas las demás habilidades que posee, pero debido a la constante falta de personal provocada por la crisis financiera de la familia, es habitual que no le quede más remedio que serlo.

—¿Es el propietario de estos terrenos?

—Ambos lo somos, aunque no lo parezca. La finca se dividió entre hermano y hermana en los años cuarenta. Nuestra rama, la de nuestra abuela, Louise Forbes, se quedó con los terrenos de este lado de la carretera y con Home Farm, mientras que nuestro tío abuelo, Teddy Vaughan, el abuelo de Marguerite, heredó la casa principal y los jardines. Y, por supuesto, el título. Todo muy feudal, pero así es Inglaterra, señorita Star.

Cruzamos la carretera y recorrimos el camino de entrada de

High Weald en sentido contrario. Me pregunté qué rama de la familia habría sacado el palito más corto cuando se dividió la finca, pero no tenía ni idea del precio de las tierras de labranza en comparación con el de las propiedades en aquella zona.

—¡Rory! —Una vez más, Orlando echó a correr para alcanzar a su sobrino, que había salido disparado hacia la casa en su bicicleta—. Ahora vamos a enseñarle los jardines a Star.

Rory levantó los pulgares para mostrar su acuerdo y se alejó de nuevo a gran velocidad para desaparecer por un sendero que llevaba a un lateral de la casa.

—Cielo santo, me voy a alegrar mucho cuando todo esto acabe —dijo Orlando—. Vivo con miedo a que le pase algo a ese precioso niño mientras está a nuestro cargo. Me alegro tremendamente de que estés conmigo, Star. No me habrían permitido venir sin ti.

Su comentario me sorprendió mientras lo seguía por el sendero hacia la parte de atrás de la casa. Llegamos a una amplia terraza de losas de piedra y contuve el aliento cuando vi el enorme jardín cercado.

Era como si hubiera aterrizado en los jardines del castillo de la Bella Durmiente y ahora tuviera que abrirme camino a través del bosque de espinas y gigantescas malas hierbas que lo asediaban. Cuando bajamos los escalones y caminamos por las sendas cubiertas de vegetación que serpenteaban por el laberinto de lo que debían de haber sido unos arbustos espectaculares, vi los esqueletos de madera de pérgolas que una vez habían sostenido magníficas rosas trepadoras. Los incontables parterres y arriates mantenían aún su estructura original, pero ya no podían contener las plantas y arbustos que se habían desbordado de sus límites y cuyas entrañas secas y marrones invadían los senderos.

Me detuve para mirar un anciano y majestuoso tejo que dominaba el jardín y cuyas decididas raíces habían fracturado los caminos de piedra que lo rodeaban. Todo el entorno tenía un poético aspecto agreste y sin embargo desierto. Y también, pensé, una remota posibilidad de que los especímenes que, contra todo pronóstico, habían sobrevivido pudieran salvarse.

Cerré los ojos y evoqué una imagen del jardín plagado de rosas, magnolias y camelias, con líneas rectas de podados setos de boj dando paso a ceanotos azul ceniza… todos y cada uno de los recovecos y grietas llenos de vida abundante y hermosa…

—Puedes ver lo magnífico que debió de ser un día —comentó Orlando como si leyera mis pensamientos.

—Oh, claro que lo veo —murmuré.

Vi a Rory serpenteando por los senderos invadidos por la maleza, manejando su bicicleta con pericia en torno a las plantas colgantes, como si estuviera sometiéndose a algún tipo de prueba de aptitud.

—Tengo que enseñarte los invernaderos donde mi bisabuelo cultivaba y cuidaba especímenes de todo el mundo. Pero ahora —dijo Orlando—, ¿crees que podrías improvisar algo para comer? Para esta noche he encargado filetes de solomillo. La carne de ternera de esa tienda es sin duda la mejor que conozco. —Bostezó largamente—. Madre mía, el paseo me ha dejado exhausto. Gracias a Dios que vivo en la ciudad. En el campo hay poco que hacer, aparte de caminar, ¿verdad? Y uno se siente muy culpable si no lo hace.

Después de comer, Orlando se levantó de la mesa.

—Espero que sepáis perdonarme si me echo una pequeña siesta. Estoy seguro de que los dos os las arreglaréis muy bien en mi ausencia.

—Me gusta cómo cocinas, Star —signó Rory cuando su tío abandonó la cocina.

—Gracias. ¿Me ayudas a lavar los platos?

Señalé el atestado fregadero y Rory esbozó un mohín.

—Si me echas una mano, te enseñaré a hacer brownies de chocolate. Están buenísimos.

Nos enfrascamos en la tarea y, justo cuando le dije a Rory que podía lamer el cuenco, la puerta de atrás se abrió y oí los pasos de unas botas pesadas en el exterior. Pensando que debía de ser el repartidor de la tienda del pueblo, me di la vuelta y vi a la Rata de Alcantarilla franquear la puerta de la cocina. Rory y yo lo miramos con sorpresa.

—Hola.

—Hola —dije.

—Rory. —Saludó al niño con un gesto de la cabeza y él hizo lo propio con la mano, aún concentrado en los últimos restos de la mezcla de chocolate—. Algo huele bien.

—Estamos haciendo brownies.

—Entonces estoy seguro de que Rory está en el paraíso.

—¿Puedo ofrecerte algo? ¿Una taza de té? —mascullé, pues su presencia me ponía nerviosa.

—Solo si tú me acompañas.

—De acuerdo. —Encendí el hervidor—. Rory —dije volviéndome hacia él—, hay que limpiarte.

Mientras le quitaba al niño el chocolate de la boca con un paño, la Rata de Alcantarilla no se movió; se limitó a quedarse allí parado mirándonos de hito en hito.

—Star, ¿puedo ver *Superman*?

—¿Le dejan ver películas? —le pregunté a la Rata de Alcantarilla.

—¿Por qué no? Ya voy yo a ponértela, Rory.

Para cuando la Rata de Alcantarilla regresó, el té estaba reposando sobre la mesa, en una enorme tetera de barro cocido.

—En ese salón hace un frío horrible. He encendido el fuego. Gracias por el té —dijo al tiempo que se sentaba, aún con el Barbour puesto—. Supongo que Orlando está echándose su siesta. Mi hermano es un animal de costumbres.

Vi que el atisbo de una sonrisa cariñosa cruzaba sus facciones, pero desapareció antes de alcanzar todo su potencial.

—Sí.

—En realidad, no es a Orlando a quien he venido a ver, sino a ti —prosiguió—. En primer lugar, para darte las gracias por estar aquí este fin de semana. Me has salvado de tener que hacer de niñera después de la cacería.

—Estoy segura de que Orlando se las habría arreglado igual de bien sin mí.

—Marguerite no se lo habría permitido jamás.

—¿Por qué no?

—¿No te lo ha dicho? Además de ser asmático, Orlando padece una grave epilepsia. La tiene desde que era adolescente. Ahora mismo ya está más o menos bajo control, pero a Marguerite le preocupaba que pudiera sufrir un ataque, porque Rory no puede hacerse entender por teléfono. Está aprendiendo a mandar mensajes, claro, pero como aquí, en High Weald, no hay nada de cobertura, no es que le resulte muy útil.

—No lo sabía.

Me puse de pie y me acerqué a los fogones para ver cómo iban los brownies y ocultar mi sorpresa.

—Pues es una buena noticia, porque eso quiere decir que Orlando se está portando bien y tomándose sus medicinas como es debido. Dado que estás trabajando con él, creo que es importante que lo sepas, solo por si acaso. Orlando se avergüenza de ello. En cualquier caso, la conclusión es que si sufre un ataque y no recibe atención médica inmediata, podría morir. Ya estuvimos a punto de perderlo un par de veces cuando era más joven. Y la otra cosa es…

Se interrumpió y yo contuve el aliento mientras aguardaba a que continuara.

—Quería disculparme por mi más que descortés comportamiento hacia ti la otra vez que estuviste aquí. Por unos motivos u otros, tengo muchas cosas en la cabeza en estos momentos.

—No pasa nada.

—Sí, claro que pasa. Pero, como estoy seguro de que ya habrás deducido, no soy una persona muy amable.

De todas las excusas narcisistas, autocompasivas y generalmente egoístas que había oído a lo largo de mi vida, aquella se llevaba la palma. Sentí que la rabia me invadía, como si estuviese absorbiendo el calor de los fogones.

—Pero, bueno, te he traído esto. Es mi transcripción abreviada de los diarios de Flora MacNichol, los que ella misma escribió entre los diez y los veinte años.

—Bien. Gracias —logré decir finalmente, sin apartar la vista de los brownies que se cocían delante de mí.

—Muy bien, te dejaré en paz.

Oí sus pasos atravesando la cocina en dirección a la puerta. Y luego un silencio.

—Solo una pregunta más…

—¿Qué?

—¿Has traído contigo la figurita del animal? Me gustaría verla.

Sabía que era una reacción inmadura, pero sus exasperantes modales me irritaron profundamente.

—No… estoy segura. Ya lo miraré —contesté.

—De acuerdo. Volveré mañana. Por cierto, nuestra comida del domingo está en el vestíbulo. Adiós.

En cuanto me recuperé y me bebí dos vasos de agua casi sin respirar para apaciguar el calor abrasador de la rabia que me había provocado mi invitado indeseado, ignoré el montón de páginas perfectamente colocadas sobre la mesa y me dirigí al vestíbulo. Allí encontré un par de faisanes junto a una caja de frutas y verduras frescas.

Me avergüenza admitir que el faisán de mayor tamaño cargó con la peor parte de mi rabia mientras le arrancaba las plumas con saña, lo destripaba y le cortaba la cabeza, las patas y las alas. Una vez hecho eso, me senté a la mesa agotada y preguntándome por qué una persona que no significaba absolutamente nada para mí podía generarme una rabia y una frustración tan intensas como sentía.

Toqueteé el manuscrito que tenía delante, y el mero hecho de que sus dedos hubieran rozado aquellas páginas me provocó un escalofrío. Pero ahí estaba, una posible pista al pasado que había estado buscando. Y sintiera lo que sintiese hacia su transcriptor, lo que me había llevado hasta High Weald era una causa mucho más noble.

Cogí un plato, le puse tres brownies encima y me acomodé el manuscrito debajo del otro brazo. Después me fui a buscar a Rory, al que encontré pegado a la pantalla del televisor, viendo a Christopher Reeve surcar el cielo.

Le di unos golpecitos en el hombro para captar su atención y le señalé el plato de brownies.

—¡Gracias!

Lo observé mientras se servía y volvía a concentrarse en su película. Y tras ver que estaba felizmente entretenido, aticé el fuego y me senté en el sillón bajo que había frente a la chimenea. Me puse el manuscrito en el regazo y comencé a leer.

Flora

Esthwaite Hall, Distrito de los Lagos

Abril de 1909

9

Flora Rose MacNichol avanzaba a todo correr por la hierba, con el bajo de la falda absorbiendo la humedad del alba como si de una hoja de papel secante se tratara. La suave luz del amanecer centelleaba en el lago y hacía brillar las frondas escarchadas, restos de una helada tardía.

«Puedo llegar a tiempo», se dijo cuando se acercó al lago y giró a la derecha. Sus sufridas botas negras danzaban con ligereza sobre los conocidos montículos de la dura tierra del Distrito de los Lagos, que se negaba tercamente a fingir que era un césped delicado y no prestaba atención alguna a los constantes cuidados de la jardinera.

Justo a tiempo, Flora arribó al peñasco que había al borde del agua. Nadie sabía cómo había llegado hasta allí, ni tampoco por qué; no era más que un huérfano solitario separado de sus abundantes hermanos y hermanas, que poblaban los pedregales y valles de los alrededores. Se parecía bastante a una inmensa manzana a la que alguien le hubiera dado un mordisco y había constituido un práctico lugar de descanso para generaciones de traseros MacNichol que se sentaban en ella a admirar el espectáculo del sol que se alzaba tras las montañas al otro lado del lago.

En cuanto se sentó, los primeros rayos del sol iluminaron el acuoso cielo azul. Una alondra volaba en perfecta sincronía con su reflejo sobre el lago que se extendía debajo de ella: una silueta plateada de sí misma. Flora dejó escapar un suspiro de placer e inhaló el aire. Por fin había llegado la primavera.

Enfadada consigo misma por haberse olvidado, a cuenta de las prisas, de llevar el bloc de dibujo y la lata de acuarelas para capturar el momento, vio que el sol se liberaba de sus ataduras en el horizonte y proyectaba su luz sobre las dos cimas cubiertas de nieve hasta bañar el valle que las separaba con un brillo dorado. Después, al darse cuenta de que también se había olvidado el chal y de que el aire cortante de la mañana hacía que le castañetearan los dientes, se puso de pie. Tuvo la sensación de que minúsculas quemazones le picoteaban la delicada piel del rostro, como púas disparadas por un arco celestial. Levantó la mirada y se percató de que había comenzado a nevar.

—La primavera, sin duda.

Flora soltó una risita mientras se volvía para regresar, colina arriba, hasta la mansión, consciente de que todavía tenía que quitarse las faldas húmedas y las botas embarradas antes de presentarse a la mesa del desayuno. Aquel último invierno le había parecido más largo que ningún otro y tan solo le cabía esperar que los fuertes vientos que hacían caer la nieve en un ángulo cruel pronto fueran solo un recuerdo. Y cuando los humanos, los animales y la naturaleza salieran de la hibernación, también su universo cobraría vida y se llenaría de la viveza y el color que tanto había anhelado.

Durante los interminables meses de días cortos y oscuros, se había sentado junto a una de las ventanas de su habitación para aprovechar la poca luz que había y pintar el paisaje al carboncillo, pues sentía que aunque lo pintara habría sido en blanco y negro de todas formas. Y, al igual que la reciente sesión fotográfica en la que su madre había insistido que su hermana pequeña, Aurelia, y ella participaran, habría dado como resultado un opaco facsímil de la realidad.

Aurelia… la hermosa y rubia Aurelia… Su hermana, con sus enormes ojos azules rodeados de pestañas negras como el carbón presidiendo su perfecto rostro, le recordaba a una muñeca de porcelana que le habían regalado una vez por Navidad.

—Melocotones con nata frente a unas gachas —masculló Flora, satisfecha de la acertada descripción de sus apariencias opuestas.

Volvió a pensar en la mañana de la sesión fotográfica, cuando las dos se habían puesto sus mejores vestidos en la habitación de Flora. Cuando contemplaron sus reflejos en el espejo de marco dorado, Flora se percató de que Aurelia era todo contornos suaves y redondeados mientras que, en comparación, su propia cara y su cuerpo parecían afilados y angulosos. Su hermana era inherentemente femenina, desde los diminutos pies hasta los dedos delicados, e irradiaba dulzura. A pesar de comer gachas mezcladas con nata, Flora parecía ser incapaz de lograr las celestiales curvas de su hermana y su madre. Cuando había expresado tal pensamiento, Aurelia le había dado un ligero golpecito en el costado con el dedo.

—Querida Flora, ¿cuántas veces tengo que decirte que eres preciosa?

—Me veo con total claridad en el espejo. Mi único punto a favor son los ojos, y obviamente eso no es suficiente para que la gente se vuelva a mirarme.

—Son como faros de zafiro brillando en el cielo nocturno —había asegurado Aurelia dándole un cálido abrazo a su hermana.

A pesar de la bondad de Aurelia, le resultaba complicado no sentir que no encajaba. Su padre tenía el pelo cobrizo y la piel pálida de sus antepasados escoceses y su hermana había heredado la serena belleza rubia de su madre. Y luego estaba Flora, con lo que su padre llamaba con cierta crueldad una nariz «germánica», la piel cetrina y una cabellera oscura y espesa que se negaba por completo a mantenerse recogida en un moño.

Se detuvo cuando, a lo lejos, oyó el débil balido de una oveja que pastaba entre los robles del oeste del lago y se permitió esbozar una sonrisa burlona. «La oveja negra. Esa soy yo.»

Caminando con ligereza sobre las matas de hierba basta, Flora se acercó a los desgastados escalones de piedra que ascendían hasta la terraza. Sus pesadas losas, similares a las de una tumba, estaban cubiertas por todo un invierno de musgo y hojas. La casa se erguía sobre ella, con sus muchas ventanas reluciendo bajo la pálida luz de la mañana. Andrew MacNichol, su tatarabuelo, había construido Esthwaite Hall hacía ciento cincuenta años no para que fuera una casa bella, sino para proteger a sus ocupantes de los crueles inviernos de la Tierra de los Lagos, así que sus paredes robustas estaban hechas de las irregulares rocas de esquisto extraídas de las montañas cercanas. Era un edificio gris y austero, de tejados defensivos, muy inclinados y de bordes afilados e intimidantes. La casa se cernía sobre el lago Esthwaite Water, firme e inamovible en medio del paisaje agreste.

Bordeando la casa, Flora entró por la puerta de atrás hasta la cocina, donde el chico de los recados ya había entregado las provisiones de la semana. En el interior, la señora Hillbeck, la cocinera, y Tilly, la ayudante de cocina, ya estaban preparando el desayuno.

—Buenos días, señorita Flora. Supongo que esas botas suyas estarán empapadas de nuevo, ¿no? —le preguntó la señora Hillbeck observándola mientras se las desataba.

—Sí. ¿Podría ponerlas a secar sobre el fogón?

—Si no le importa que huelan a los arenques ahumados del desayuno de su padre... —contestó la cocinera mientras cortaba gruesos pedazos de morcilla y los depositaba en una sartén.

—Gracias —dijo Flora al entregarle las botas—. Vendré a recogerlas más tarde.

—Si yo fuera usted, iría pidiéndole a su madre un par nuevo, señorita Flora. Estas han visto días mejores. Las suelas se han desgastado por completo —masculló la señora Hillbeck cuando cogió las botas por los cordones y las colgó para que se secaran.

Flora salió de la cocina pensando que, en efecto, sería estupendo tener unas botas nuevas, pero sabiendo que no podía pedirlas. Mientras recorría el largo pasillo oscuro, un intenso olor a moho le invadió las fosas nasales. Al igual que no había dinero para botas nuevas, tampoco lo había para reparar las humedades que habían empezado a calar en los gruesos muros de piedra y a estropear el papel de estilo chinesco de más de cien años de antigüedad —un derroche de flores y mariposas— que adornaba las paredes de la habitación de su madre.

Los MacNichol eran «aristocracia empobrecida», una expresión que Flora había oído que un cliente le susurraba a otro mientras esperaba a que la atendieran en la tienda del pueblo de Near Sawrey. Y esa fue precisamente la razón por la que el año anterior no se había sorprendido cuando su madre, Rose, le había anunciado que simplemente no había fondos disponibles para que Flora hiciera su debut en Londres y fuera presentada en la corte.

—Lo entiendes, ¿verdad, Flora querida?

—Claro que sí, mamá.

Flora se había emocionado íntimamente por haberse ahorrado el embrollo de que la acicalaran, la perfumaran y la vistieran como si fuera una muñeca durante el resto de la temporada social. Se estremecía ante la mera idea de verse rodeada de jóvenes estúpidas que reían tontamente y ni siquiera entendían que toda aquella parafernalia era poco más que una subasta de ganado en la que la novilla más hermosa iba a parar al mejor postor masculino. Lo cual, en términos humanos, significaba echarle el guante al hijo de un duque que a la muerte de su padre heredaría un buen patrimonio.

Y además aborrecía Londres. En las escasas ocasiones en las que había acompañado a su madre a visitar a la tía Charlotte en su grandiosa casa de Mayfair, Flora se había sentido abrumada por las calles abarrotadas y el continuo ruido de las pezuñas de los caballos, mezclado con el estruendoso trajín de los coches a motor que tan populares se estaban haciendo incluso allí arriba, en su amado Distrito de los Lagos.

Sin embargo, Flora también era consciente de que, dado que no había sido presentada junto con el resto de las jóvenes de la aristocracia, sus oportunidades de encontrar un marido apropiado, de categoría y estatus, se reducían mucho.

—A lo mejor muero como una vieja solterona —murmuró para sí mientras subía la inmensa escalera de caoba y cruzaba el rellano a toda prisa antes de que su madre pudiera verla con las faldas mojadas—. Y tampoco es que me importe —añadió en tono desafiante cuando entró en el dormitorio y vio numerosos pares de ojos minúsculos escrutándola desde el interior de sus jaulas—. Siempre os tendré a vosotros, ¿verdad? —dijo suavizando la voz cuando se acercó a la primera jaula y quitó el seguro para permitir a Posy, una enorme coneja gris, que saltara a sus brazos.

Flora había rescatado a Posy de las fauces de uno de los perros de caza de su padre, y se había convertido en el miembro más longevo de su colección de animales. La joven acunó a Posy en su regazo y le acarició las largas orejas sedosas; a la izquierda le faltaba la punta de cuando se la había arrancado al sabueso de la boca. Dejó a Posy saltando alegremente en el suelo y fue a saludar al resto de sus compañeros de habitación, entre los que se contaban dos lirones, un sapo llamado Horacio que vivía en un vivero improvisado y Alberto, una lustrosa rata blanca heredada del hijo del mozo de cuadra y llamada así en honor al fallecido marido de la reina Victoria. Su madre se había escandalizado.

—De verdad, Flora, no tengo ningún deseo de privarte de tu

pasión por los animales, ¡pero que compartas voluntariamente tu dormitorio con una alimaña roza el absurdo!

Rose no le había contado a Alistair, su marido, lo de Alberto, aunque se había negado rotundamente a que Flora metiera en casa una culebra que había encontrado en el bosque. Sus gritos al verla habían reverberado por todo el salón y Sarah, la única doncella que les quedaba, tuvo que salir corriendo en busca de las sales aromáticas.

—¡Vaya susto que nos has dado a todos con ese bicho! —la había regañado Sarah, cuyo característico acento de la Tierra de los Lagos se marcaba aún más bajo presión.

La culebra, pues, había sido debidamente devuelta a su hábitat natural.

Flora se quitó la ropa hasta quedarse en pololos y les preparó a sus animales sus distintos desayunos tras servir montoncitos de avellanas y pipas de girasol en cuencos, junto con heno y hojas de col. Para Horacio, el sapo, tenía un puñado de los gusanos de la harina que su padre utilizaba como cebo de pesca. Volvió a vestirse a toda prisa enfundándose en una blusa de popelín limpia abotonada hasta el cuello y una falda azul con estampado de flores. Después se miró en el espejo. Al igual que tanto el resto de su vestuario de diario como el de su hermana, la tela se veía un poco raída y el estilo no era ni por asomo el del último grito en *haute couture*, pero al menos, debido a la insistencia de su madre, las prendas estaban bien cortadas.

Se ajustó el cuello ceñido y estudió sus facciones.

—Me parezco a Sybil —masculló recordando al insecto palo que había tenido casi un año en su vivero antes de que pasara a ocuparlo Horacio, y en la enorme alegría que se había llevado al darse cuenta de que la pequeña Sybil había dado a luz.

Las crías se habían mimetizado tan bien con el ambiente que Flora no había reparado en su presencia hasta que ya eran prácticamente adultas.

Criaturas fantasma… Justo igual que a ella, se les daba bien ser invisibles.

Se prendió un mechón de pelo rebelde en el moño bajo que se había hecho en la nuca, volvió a meter a Posy en su madriguera y fue a reunirse con su familia para el desayuno.

Cuando entró en el sombrío salón, sus padres y su hermana ya estaban sentados a la desgastada mesa de caoba. En cuanto se sumó a ellos, un nítido chasquido de desaprobación surgió de detrás del diario *The Times*.

—Buenos días, Flora. Me alegro de que al fin te hayas decidido a acompañarnos. —Su madre bajó inmediatamente la mirada hacia los pies de la chica para comprobar que solo llevaba las medias. Enarcó una ceja, pero no dijo nada—. ¿Has dormido bien, querida?

—Sí, gracias, mamá —contestó Flora al tiempo que Sarah, con una alegre sonrisa, le ponía delante un cuenco de gachas.

Sarah había cuidado de las hermanas desde que eran bebés, así que sabía que el olor de la carne cocinada bastaba para revolverle el estómago a la joven. En lugar del habitual desayuno de arenques ahumados, morcilla y salchichas que tomaba el resto de la familia, al final se había llegado al acuerdo, tras años de rotundas negativas por parte de Flora a ingerir nada de aquello, de que ella solo tomaría gachas. Juraba que cuando administrara su propia casa jamás se servirían animales muertos en un plato.

—Aurelia, querida, estás pálida. —Rose desvió la mirada hacia la hija en cuestión—. ¿Te encuentras bien?

—Estoy bien, gracias —contestó Aurelia, que a continuación se llevó un pequeño bocado de salchicha a la boca y lo masticó con delicadeza.

—Debes descansar todo lo posible a lo largo de las próximas semanas. La temporada social puede resultar agotadora y tú acabas de recuperarte de ese molesto resfriado invernal.

—Sí, mamá —respondió la joven, siempre paciente con las desazones de su madre.

—Yo creo que Aurelia está verdaderamente radiante —aseguró Flora, y su hermana le dedicó una sonrisa de agradecimiento.

De pequeña había sido muy enfermiza, así que sus padres y todo el personal de la casa trataban a Aurelia como la muñeca a la que tanto se parecía. Y en aquel momento, especialmente, nadie podía permitirse que la muchacha se pusiera enferma. Su madre había anunciado hacía un mes que Aurelia sí debutaría en Londres y sería presentada en la corte ante el rey y la reina. Sus progenitores abrigaban la esperanza de que llamara la atención de algún hombre adinerado y perteneciente a una familia tan buena como la suya. Es decir, que su carácter dulce y su belleza tuvieran mayor peso que la escasez de patrimonio familiar.

A pesar de que Flora no tenía ninguna gana de «vestirse de largo», sí se sentía menospreciada por el hecho de que la tía Charlotte, la hermana de su madre, que iba a correr con los gastos del debut de Aurelia, no hubiera pensado en hacer lo mismo por su sobrina mayor.

El desayuno continuó en su habitual silencio casi absoluto. A Alistair no le gustaban las conversaciones ociosas en la mesa, pues decía que lo desconcentraban mientras leía acerca de los acontecimientos mundiales. Flora miró a su padre de soslayo. Lo único que vio fue su calva sobresaliendo como una media luna por encima del periódico y unos cuantos mechones pelirrojos encanecidos que le brotaban justo por encima de las orejas. «Cómo ha envejecido desde la guerra de los Bóeres», pensó con tristeza. Alistair había recibido una herida de bala y, aunque los cirujanos habían sido capaces de salvarle la pierna derecha, la grave cojera lo obligaba a caminar apoyándose en un bastón. La más terrible consecuencia de su herida era que el ex oficial de caballería, que se había pasado la vida montando a caballo, ahora padecía demasiados dolores para salir a cabalgar con los cazadores de la zona.

Pese a que habían vivido bajo el mismo techo durante diecinueve años, Flora no recordaba más que una o dos conversaciones con su padre que hubieran proseguido más allá de las formalidades básicas. Alistair utilizaba a su esposa como emisaria para transmitir cualquier deseo que pudiera albergar respecto a su hija o para expresar su descontento. Por enésima vez, la joven se preguntó por qué su madre se habría casado con él. Sin duda, con la belleza, la inteligencia y el buen nombre de la familia de Rose —antes de contraer matrimonio había ostentado el título de «honorable»—, debía de haber tenido gran cantidad de posibles pretendientes entre los que elegir. Flora tan solo podía suponer que su padre poseía fortalezas ocultas que ella nunca había tenido la suerte de descubrir.

Alistair plegó su periódico meticulosamente, señal de que el desayuno había llegado a su fin. Un sutil gesto de la cabeza de Rose les indicó a las dos hermanas que podían levantarse de la mesa. Ambas echaron sus sillas hacia atrás e hicieron ademán de levantarse.

—Recordad que los Vaughan vendrán mañana por la tarde a tomar el té, así que las dos tendréis que bañaros esta noche. Sarah, ¿puedes prepararles los baños antes de la cena?

—Sí, señora.

La doncella hizo una reverencia.

—Y Aurelia, tú te pondrás el vestido rosa de muselina.

—Muy bien, mamá —convino la muchacha cuando abandonaba el comedor junto a su hermana.

—La hija de los Vaughan, Elizabeth, va a hacer su debut conmigo —explicó Aurelia mientras cruzaban el vestíbulo.

Sus pasos resonaban en el silencio, mientras que los pies descalzos de Flora apenas rozaban las frías losas de granito.

—Mamá dice que fuimos a visitarlos en Kent cuando éramos más pequeñas pero, por más que lo intento, soy incapaz de recordarlo. ¿Tú te acuerdas?

—Sí, por desgracia —contestó Flora ya subiendo la escalera—. Su hijo, Archie, que por aquella época debía de tener seis años, dos más que yo, me bombardeó con manzanas silvestres en su huerto. Me llenó de magulladuras. El niño más cruel que he conocido en mi vida.

—Me pregunto si habrá mejorado —dijo Aurelia entre risas—. Ahora debe de tener veintiuno, si tú tienes diecinueve.

—Bueno, ya veremos, pero si decide volver a lanzarme manzanas silvestres, me limitaré a retornarle el favor con piedras.

Su hermana rio de nuevo.

—Por favor, no lo hagas. Lady Vaughan es la amiga más antigua de mamá, y ya sabes que la adora. Bueno, al menos así conoceré a una persona antes de irme a Londres. Espero caerle bien a Elizabeth, porque estoy segura de que las jóvenes de mi edad son mucho más sofisticadas en el sur. Comparada con ellas, me sentiré como una campesina de pueblo.

—Y yo estoy absolutamente segura de que esa no será la imagen que darás cuando te vistas con tus mejores galas. —Flora abrió la puerta de su dormitorio y Aurelia la siguió hasta el interior del mismo—. Serás la debutante más deslumbrante de la temporada social, Aurelia, estoy convencida de ello. Aunque no te envidio —añadió mientras atravesaba la habitación para abrir la jaula de Posy y dejar que la coneja campara a sus anchas por el cuarto.

—¿Estás completamente segura de que es así, Flora? —Aurelia se sentó en un extremo de la cama—. A pesar de tu insistencia en lo contrario, me preocupa que te moleste. Al fin y al cabo, no es justo que yo vaya a debutar cuando tú no lo hiciste.

—¿Qué harían todos mis animales sin mí?

—Cierto, aunque me gustaría ver la cara de tu futuro esposo cuando te empeñes en compartir el dormitorio conyugal con tu colección de animales.

Aurelia cogió a Posy en brazos.

—Si se porta mal, le azuzaré a Alberto la rata.

—Entonces ¿podré tomarla prestada si la necesito?

—Será un placer. —Flora hizo un mohín—. Aurelia, las dos sabemos que el único sentido de la temporada social es encontrarte un marido. ¿Tú quieres casarte?

—Para serte sincera, no estoy muy segura de lo del matrimonio, pero sí me gustaría enamorarme, la verdad. ¿No es lo que quiere toda joven?

—¿Sabes? Estoy empezando a pensar que la vida de solterona no me iría nada mal. Viviré en una casita de campo rodeada de mis animales, cuyo amor hacia mí será incondicional. Me parece bastante menos arriesgado que querer a un hombre.

—Pero muy aburrido, ¿no te parece?

—Tal vez, pero el caso es que creo que yo misma soy bastante aburrida.

Flora cogió a los lirones, Maisie y Ethel, con la palma de una de las manos y los animalillos se acurrucaron satisfechos, con las colas peludas enroscadas alrededor de la cabeza, mientras la chica limpiaba su jaula con la otra mano.

—Por Dios, Flora, ¿cuándo piensas dejar de menospreciarte? Destacabas en la escuela, hablas francés con fluidez y dibujas y pintas de maravilla. Comparada contigo, soy una cabeza hueca.

—¿Quién es la que se está menospreciando ahora? —bromeó Flora—. Además, las dos sabemos que ser bella es una cualidad mucho más valorada en una mujer. Son las chicas hermosas y divertidas las que se casan bien, no las feas y aburridas como yo.

—Pues yo te echaré muchísimo de menos cuando me case. Tal vez puedas venirte conmigo a mi nueva casa, porque la verdad es que no sé qué voy a hacer sin ti. Bueno, tengo que bajar ya.

—Aurelia dejó que Posy saltara al suelo—. Mamá quiere hablar conmigo acerca de la agenda de Londres.

Cuando su hermana salió de la habitación, Flora se imaginó merodeando por el futuro hogar de Aurelia: la tía soltera que tan a menudo aparecía en las novelas que había leído. Bajó de la cama, se dirigió a la cómoda y abrió la cerradura del último cajón para sacar su diario forrado en seda. Se remangó la blusa para no mancharse de tinta los puños de encaje y comenzó a escribir.

10

A la mañana siguiente, Flora enganchó a su poni, Myla, a la carreta y puso rumbo a Hawkshead para recoger la caja de hojas
de col desechadas y de zanahorias mustias que el señor Bolton, el
verdulero, tenía la amabilidad de guardarle. Sabía que sus padres
no aprobaban que fuera ella misma quien condujera, pues consideraban inapropiado que la hija mayor de Esthwaite Hall fuera vista
en cualquier otro vehículo que no fuera un carruaje, pero no iba a
permitir que la disuadieran.

—A fin de cuentas, mamá, desde que papá y tú despedisteis al
conductor, solo puede llevarme Stanley, y pienso que es terriblemente injusto pedírselo porque siempre tiene muchísimo que hacer en
los establos.

Su madre no había podido rebatir sus argumentos y al final
había cedido. Últimamente, incluso había cogido la costumbre de
pedirle a Flora que le hiciera recados mientras estaba en el pueblo.

«Pobre mamá», pensó Flora con un suspiro, e imaginando lo
difícil que debía de ser para ella el continuo descenso hacia la miseria. La joven todavía recordaba haber visitado de pequeña la casa
donde había crecido su madre, que, a sus cuatro cándidos años, le
había parecido un verdadero palacio. Decenas de lacayos, doncellas
y un mayordomo cuyo rostro daba la sensación de estar tallado en
mármol los recibieron en formación cuando la hija de la casa entró
en compañía de su familia. La vieja niñera de su madre se había
llevado a toda prisa a las niñas al cuarto de juegos, de manera que
Flora ni siquiera llegó a ver a sus abuelos. Sin embargo, si no recordaba mal, a Aurelia, que por entonces tenía tres años, sí la habían
sacado brevemente de aquella sala para que fuera a conocerlos.

Tras completar sus encargos, Flora le dio un penique al niño al que le había pedido que vigilara el poni y volvió a encaramarse al banco de madera, con un cajón lleno de verduras y una bolsa de papel con las gominolas favoritas de Aurelia a su lado.

El día era claro y, cuando salió con la carreta de Hawkshead, decidió tomar el camino más largo, que rodeaba el lago de Esthwaite Water a través del pueblo de Near Sawrey para poder ver los azafranes silvestres y los narcisos empezando a florecer. Incluso el aroma del aire era más ligero, y la breve nevisca de aquella mañana a duras penas había besado el suelo antes de deshacerse. Cuando tomó el camino que salía de Near Sawrey en dirección a su casa, levantó la vista hacia la granja que apenas se atisbaba en lo alto de la loma que había a su izquierda.

Por enésima vez, Flora pensó en parar, presentarse a su solitaria inquilina y recordarle que se habían conocido hacía muchos años. Y en explicarle que, desde aquel momento, se había convertido en una gran inspiración para ella.

Como de costumbre, tras haber hecho parar a Myla, le faltó el valor. «Un día me pararé», se prometió a sí misma. Pues detrás de aquellas robustas paredes de granja vivía la personificación de todas sus esperanzas y sueños de futuro.

Myla echó a trotar dejando atrás Hill Top Farm; Flora iba tan absorta en sus pensamientos que, cuando cruzó con la carreta el puente abombado del arroyo —que burbujeaba estruendosamente sobre su lecho de guijarros—, no oyó el estrépito de unas pezuñas que se acercaban a ella a toda velocidad por el campo abierto que había a su izquierda. Cuando dobló la curva que había justo al otro lado del puente, un caballo y un jinete aparecieron tan solo unos metros por delante de ella. Myla se asustó y se encabritó tanto que las ruedas delanteras de la carreta se levantaron del suelo durante unos segundos y Flora se resbaló por el banco cuando el vehículo se inclinó peligrosamente hacia un lado. Aferrada al lateral, la joven trató de recuperar su posición cuando el jinete detuvo su propia montura a escasos centímetros de las ensanchadas fosas nasales de Myla.

—¿Qué diantres cree que está haciendo? —gritó Flora mientras trataba de calmar a su aterrorizado poni—. ¿Acaso no tiene ningún sentido del civismo?

En ese instante, Myla decidió regresar a casa galopando lo más rápido posible para alejarse del inquieto semental castaño que le bloqueaba el camino. Flora sufrió una gran sacudida y perdió el control de la carreta, pues las riendas se le escaparon de las manos. Myla pasó a toda prisa junto al caballo y el jinete en busca de refugio. La joven vislumbró fugazmente la expresión de sorpresa que reflejaban los oscuros ojos marrones del hombre.

Flora tuvo que hacer acopio de todas sus fuerzas para aferrarse con una mano al banco mientras usaba la otra para tirar de las riendas sin obtener resultado alguno. Myla solo redujo un poco la velocidad, con los flancos empapados de sudor, cuando franquearon las verjas de la casa. Flora llegó a los establos alterada y contusionada.

—¡Señorita Flora! ¿Qué ha ocurrido? —le preguntó Stanley, el mozo de cuadra, cuando se fijó en los blancos de los ojos del animal e intentó calmarlo.

—Un jinete ha aparecido de la nada; se nos ha cruzado en el camino y Myla se ha asustado —contestó Flora, a punto de echarse a llorar, mientras le entregaba las riendas a Stanley y aceptaba su mano para que la ayudara a bajar de la carreta.

—Señorita Flora, está pálida como un fantasma —le dijo el hombre.

Una vez en tierra firme, Flora se sintió repentinamente débil y se apoyó en el fornido hombro de Stanley para mantenerse de pie.

—¿Quiere que llame a Sarah para que la ayude a llegar a la casa?

—No, deja que me siente un rato en el granero. ¿Serías tan amable de traerme un poco de agua?

—Sí, señorita.

Tras acompañarla hasta el granero y acomodarla sobre una bala de heno, Stanley se marchó para ir a buscarle una taza de agua. Flora se dio cuenta de que estaba temblando.

—Aquí tiene, señorita —le dijo Stanley cuando volvió—. ¿Está segura de que no quiere que vaya a buscar a Sarah? Tiene un color raro, de eso no cabe duda.

—No —contestó Flora con toda la firmeza que fue capaz de reunir. Cualquier rumor que sugiriera que la habían visto perder el control de la carreta en público significaría que sus excursiones y, por lo tanto, su libertad serían restringidas de inmediato—. Por favor —pidió cuando sus miembros trémulos se recuperaron y pudo ponerse en pie—, no digas nada.

—Como usted quiera, señorita.

Flora se alejó del granero con la cabeza bien alta, pero sintiéndose como si alguien hubiera agitado todos sus huesos dentro de la bolsa de piel que los contenía. Mientras caminaba por el césped en dirección a la casa, se dio cuenta de que ni un solo parpadeo de sus ojos debía revelarles a sus padres lo que había sucedido.

Entró en la cocina y vio la expresión de agobio de la señora Hillbeck cuando sacó una pata de cordero del horno.

—¿Dónde demonios ha estado, señorita Flora? Su madre ha bajado hace apenas diez minutos a preguntarnos si la habíamos visto. Ya están sentándose a la mesa en el comedor.

—Estaba… fuera.

—¿Señorita Flora?

Sarah se acercó a ella.

—Sí.

—Tiene una mancha en la nariz y el pelo hecho un desastre.

—¿Tienes un paño?

—Claro.

Sarah le acercó un trozo de tela a la cara y se la limpió igual que cuando era una niña.

—¿Se ha ido?

—Sí, pero su pelo…

—No tengo tiempo, gracias.

Flora salió corriendo de la cocina pasándose los dedos por los mechones sueltos y tratando de recogérselos, sin verse, en el moño. Se detuvo ante la puerta del comedor y prestó mucha atención al monótono murmullo de la conversación que se mantenía al otro lado. Después respiró hondo y entró. Seis cabezas se volvieron para mirarla.

—Por favor, perdónenme, papá, mamá, lady Vaughan, señorita Vaughan y Ar…

Flora fue desplazando la mirada en torno a la mesa a medida que hablaba, hasta que se topó con un par de ojos oscuros abiertos desmesuradamente a causa del espanto y la sorpresa provocados por el reconocimiento mutuo.

—… Archie —espetó.

O sea que aquel era el desgraciado que había estado a punto de tirarla de la carreta, el niñito maleducado que la había aporreado con manzanas silvestres hacía tantos años. Ahora era un adulto, pero igual de molesto.

—Mi hijo ya es mayor de edad, así que ahora hay que dirigirse a él como «lord Vaughan» —la corrigió lady Vaughan.

—Perdóneme, no lo sabía. Lord Vaughan —consiguió articular mientras se sentaba.

—¿Dónde te habías metido, Flora? —le preguntó su madre en tono dulce, aunque la expresión de su rostro dejaba bien claro todo aquello que no podía decir con palabras.

La joven se percató de que su madre llevaba puesto su mejor vestido.

—Me he… retrasado de camino a casa debido a que… un carro había volcado y bloqueaba el camino. —Flora optó por una media verdad—. Por favor, discúlpame, mamá, he tenido que llevar la carreta por los caminos secundarios.

—¿Tu hija conduce sola la carreta? —preguntó lady Vaughan con una mueca de desaprobación en sus afiladas facciones.

—Normalmente no, claro está, querida Arabella, pero esta mañana nuestro conductor se encontraba mal y Flora tenía que ocuparse de unos asuntos urgentes en Hawkshead.

—Perdóname, mamá —repitió Flora cuando al fin sirvieron la comida.

A pesar de que hizo cuanto estuvo en su mano para concentrarse en la sin duda insulsa hermana de Archie, Elizabeth, que estaba sentada a su lado, y en su cháchara acerca de su fastuoso armario para la inminente temporada social, sentía la mirada arrepentida de «lord» Archie clavándose en ella desde el otro lado de la mesa. A Aurelia la habían sentado a su lado y hacía cuanto podía para darle conversación, pero el joven parecía tan distraído como la propia Flora. Mientras superaba con dificultad el plato principal haciendo a un lado la carne de cordero, se consolaba con la idea de arrastrar a Archie hasta los establos y asestarle entonces un puñetazo rápido en su arrogante y aristocrática nariz. Por fin, Alistair apartó su silla y anunció que iba a retirarse a su despacho para ocuparse de unos documentos.

—Arabella, Elizabeth y yo pasaremos al salón. —Rose se puso de pie—. Tenemos mucho que contarnos, ¿no es así, querida?

—En efecto —contestó lady Vaughan.

—Aurelia, tal vez te apetezca acompañar a Archie a pasear por los jardines. El día parece bastante cálido, siempre y cuando te abrigues. Aurelia estuvo convaleciente debido a un terrible resfriado hace unas semanas, pero es lo que pasa cuando vives en el norte, perdido de la mano de Dios —le explicó Rose a lady Vaughan.

Flora fue el único miembro del grupo al que no se le dieron más instrucciones, así que se levantó y los siguió hasta el exterior del comedor. Mientras recorría los pasillos, vio que Rose, lady Vaughan y Elizabeth ya habían desaparecido en el salón y que Aurelia y Archie habían salido a los jardines por la puerta principal.

Dolorida, subió despacio a su habitación. Una vez que se encontró a salvo dentro, cerró la puerta con llave y se dejó caer, agradecida, sobre su cama.

Comenzaba a anochecer cuando la despertaron unos suaves golpecitos en la puerta de su dormitorio.

Con mucho cuidado, se incorporó en la cama hasta quedar sentada.

—¿Quién es?

—Soy yo, Aurelia, ¿puedo entrar?

Flora se obligó a ponerse de pie y, caminando con dificultad, fue a quitar el pestillo de la puerta.

—Hola.

—Archie me ha contado lo que ha pasado antes. ¿Cómo te encuentras? —Los ojos de Aurelia destilaban preocupación—. Estaba muy preocupado por ti y se sentía fatal. No ha sido capaz de hablar de otra cosa durante todo nuestro paseo. Incluso ha insistido en escribirte una nota de disculpa y yo le he prometido que te la entregaría. Toma.

Aurelia le tendió un sobre.

—Gracias.

Flora se guardó la nota en el bolsillo.

—¿No vas a abrirla?

—Más tarde.

—Flora, entiendo que los encuentros que los dos habéis tenido hasta el momento han sido… desafortunados, pero, de verdad,

Archie es muy agradable. Creo que te caería bien si le dieras una oportunidad. A mí me gusta… mucho.

Flora vio que Aurelia desviaba la mirada hacia la ventana como si estuviera soñando.

—¡Dios santo, Aurelia! No estarás ya enamorada de él, ¿verdad?

—Yo… no, claro que no, pero incluso tú debes admitir que es tremendamente atractivo. Y muy brillante, además. Parece haber leído todos y cada uno de los libros jamás escritos y pasó un año viajando por Europa, así que es un hombre muy culto. Me he sentido bastante tonta durante nuestra conversación.

—Archie ha tenido el privilegio de recibir una educación como es debido, algo de lo que, por desgracia, las mujeres no parecemos ser merecedoras —replicó Flora.

—Bueno… —Aurelia sabía que cuando su hermana se ponía de mal humor era inútil tratar de discutir con ella—. Las cosas son así y no podemos hacer nada por cambiarlas, tenemos que aceptarlo. A veces me da la sensación de que no te gusta ser una mujer.

—Tienes razón, puede que no me guste. Da igual —prosiguió Flora, que relajó el semblante al percibir la incomodidad de Aurelia—. No me hagas caso, querida, mi orgullo está tan herido como mi cuerpo. Supongo que nuestros invitados se habrán marchado ya, ¿no?

—Sí, pero espero verlos mucho durante la temporada social. Su casa de Londres está en la plaza vecina a la de la casa de la tía Charlotte. Y Elizabeth ha sido muy amable conmigo al hablarme de todas las chicas que se vestirán de largo con nosotras. Hasta Archie ha dicho que tal vez asista a un par de bailes este año.

«Ahí está esa mirada de nuevo», pensó Flora cuando la voz de su hermana se perdió en un ensueño íntimo.

—¿Vas a bajar a cenar? —le preguntó Aurelia al final—. Siempre puedo decirle a mamá que te duele la cabeza para que le pida a la señora Hillbeck que te suba una bandeja. Estás muy pálida.

—Gracias. Creo que será mejor que me quede en la cama, no me encuentro del todo bien esta noche.

—Volveré a ver cómo estás después de la cena. ¿Estás segura de que no quieres que le diga la verdad a mamá?

—No. No haría más que preocuparse. En serio, Aurelia, no pasa nada.

Cuando su hermana se marchó de la habitación, Flora se llevó la mano al bolsillo y toqueteó el sobre que contenía. Tras sacarlo, se planteó si debería romperlo y tirarlo al fuego sin más, porque lo que Archie hubiera escrito en aquella nota difícilmente cambiaría nada. Pero la curiosidad le ganó la mano y lo abrió. Después de fijarse en la preciosa caligrafía, empezó a leer.

Mi querida señorita MacNichol:

Le suplico que me perdone por el desafortunado incidente de hoy. Me costó sobremanera recuperar el control de mi caballo y, en cuanto lo logré, traté de alcanzarla para ver si necesitaba ayuda, pero no pude encontrarla.

También deseo disculparme por mi despreciable comportamiento con las manzanas silvestres. Antes de la catástrofe de hoy, me había decidido a pedirle perdón retrospectivamente y a darle las gracias por no hacer lo que la mayor parte de las niñas de su edad habrían hecho: acudir corriendo a su mamá envueltas en un mar de lágrimas. Me ahorró una azotaina.

Si puedo hacer algo para redimirme ante usted, me gustaría mucho intentarlo. Hasta el momento nuestra breve amistad ha sido turbulenta, pero espero que en el futuro pueda concederme la oportunidad de comenzar de cero. A la tercera va la vencida, como suele decirse.

La veré, estoy seguro de ello, en Londres durante la temporada social. Hasta entonces, su humilde y arrepentido servidor,

ARCHIE VAUGHAN

Flora lanzó la carta hacia el otro extremo de la habitación. La observó revolotear brevemente por el aire como una mariposa en apuros antes de aterrizar en el suelo y decidió que Archie Vaughan debía de haber practicado mucho escribiendo prosa refinada y elegante a las mujeres. Aunque detestaba admitirlo, Aurelia tenía razón. El joven poseía una complexión fuerte y unos rasgos marcados que los hoyuelos que se le formaban en las mejillas no hacían sino resaltar. El cabello oscuro y ondulado le colgaba descuidadamente sobre la frente y, cuando esbozaba su relajada sonrisa, los ojos marrones se le achinaban. Era verdadera y fastidiosamente atractivo.

Pero su carácter era un asunto completamente distinto.

—Da por sentado que siempre van a perdonarlo. Bueno, pues esta vez no —masculló mientras se dirigía hacia las jaulas y convencía a su dolorido cuerpo para que se agachara ante ellas.

El alboroto generalizado que reinaba en el interior de las mismas la había alertado de que hacía mucho tiempo que había pasado la hora de la cena de sus mascotas. Cuando estiró el brazo para alcanzar la caja que utilizaba para almacenar las semillas y verduras, dejó escapar un gruñido de desesperación.

—¡Y después de todo esto, vuestra comida ha debido de caerse de la carreta!

11

Flora, querida, creo que deberíamos hablar acerca del próximo verano.

—Sí, mamá.

Flora estaba de pie en los aposentos de su madre mientras Rose, sentada frente a su mesa de tocador de triple espejo, se ponía los pendientes de perlas para la cena.

—Por favor, siéntate.

Flora se acomodó en una banqueta de damasco azul y esperó tranquilamente a que su madre hablara. El rostro de Rose continuaba estando tan terso y hermoso como debía de estarlo en sus días de joven debutante de la temporada social, pero Flora percibió la tensión que le fruncía los labios y una ligera arruga de preocupación entre sus cejas rubias.

—Como ya sabes, Aurelia y yo nos iremos a Londres dentro de una semana. Y tu padre va a marcharse a las Highlands para su viaje anual de caza con sus primos. La cuestión es qué hacer contigo. —Rose guardó silencio y contempló el reflejo de Flora en el espejo—. Soy consciente de que odias la ciudad y de que no querrías acompañarnos a Londres.

«Ni siquiera me lo has preguntado», pensó Flora.

—Pero, por algún motivo —prosiguió Rose—, en Escocia las mujeres no son bien recibidas en las cacerías masculinas. Así pues, he hablado con el personal y tu padre y yo creemos que lo mejor es que te quedes aquí, en la casa. ¿Qué opinas?

Al margen de las emociones opuestas que le pasaron por la mente a la velocidad del rayo, Flora supo que su madre solo deseaba escuchar una respuesta.

—Me encantaría, mamá. Al fin y al cabo, si no me quedo, la salud de mis animales sería una preocupación.

—Cierto.

Una breve expresión de alivio cruzó el rostro de su madre.

—Aunque, por supuesto, os echaré de menos a Aurelia, a papá y a ti.

—Y nosotros a ti. Pero al menos el asunto está zanjado. Informaré a tu padre de nuestra decisión.

—Sí, mamá. Te dejo para que te prepares para la cena.

—Gracias.

Flora se levantó y se encaminó hacia la puerta. Estaba a punto de abrirla cuando vio que su madre le había dado la espalda al espejo para mirarla.

—¿Flora?

—¿Sí, mamá?

—Te quiero mucho. Y lo lamento.

—¿El qué?

—Yo…

La joven se dio cuenta de que su madre recuperaba la compostura.

—Nada —susurró Rose—. Nada.

—Estás radiante —declaró Flora una semana más tarde, mientras esperaba en el umbral junto a su hermana para desearles a ella y a su madre un buen viaje hasta Londres.

—Gracias —dijo Aurelia, que esbozó un ligero mohín—. Debo confesarte que este traje de viaje de terciopelo me resulta muy pesado e incómodo, y que el corsé me aprieta tanto que no creo que pueda respirar hasta llegar a Londres y quitármelo.

—Pues te queda muy bien, y estoy convencida de que serás la debutante de la temporada social. —Flora la abrazó con fuerza—. Haz que me enorgullezca de ti, ¿de acuerdo?

—Hora de irse, Aurelia. —Rose apareció a sus espaldas y besó a Flora en ambas mejillas—. Cuídate, querida mía, e intenta no descontrolarte demasiado por aquí mientras nosotros no estamos.

—Haré cuanto esté en mi mano, mamá.

—Adiós, querida Flora.

Aurelia le dio un último abrazo y después le lanzó un beso mientras su madre y ella subían al viejo carruaje que las llevaría hasta la estación de Windermere; más adelante, harían transbordo en Oxenholme para coger el tren a Londres.

Incluso para los inexpertos ojos de Flora, aquel carruaje parecía una reliquia. Sabía que, para gran disgusto de su padre, no podían permitirse comprar un automóvil. Aurelia se asomó por la ventanilla para decirle adiós con la mano cuando el caballo empezó a alejarse por el camino de entrada. Flora le devolvió el gesto y continuó saludándola hasta que el carruaje desapareció más allá de las verjas. Después, volvió al interior de la casa sombría, que parecía compartir su sensación de abandono. Su padre se había marchado a las Highlands el día anterior y, al oír el eco de sus pasos en el vestíbulo, Flora sintió un repentino pánico ante los dos próximos meses de silencio casi absoluto.

Arriba, en su habitación, sacó a Posy de su jaula y le acarició las sedosas orejas en busca de consuelo. Decidió que aquella situación sería un buen ensayo para su futuro de solterona. Debía aceptarla.

Desprovista de la rutina que había acatado desde pequeña, Flora había comenzado a crearse la suya propia. Se levantaba al amanecer, se vestía a toda prisa y, prescindiendo incluso de la mera idea de tomar un desayuno formal a solas en el comedor, se sumaba a la señora Hillbeck, Sarah y Tilly en la cocina para beberse una taza de té, comer pan con mermelada y cotillear. Después se marchaba de la casa con unos sándwiches de queso envueltos en papel encerado y guardados, junto con su material de dibujo, en una gran cartera de lona.

Flora siempre había pensado que conocía bien los campos que rodeaban la casa de su familia, pero en realidad hasta aquel verano no descubrió verdaderamente su milagrosa belleza.

Trepaba por las colinas que rodeaban Esthwaite Water recogiéndose las sufridas faldas para superar los bajos muros de piedra seca que dividían las tierras de labranza desde hacía siglos. Con la dedicación de una naturalista experimentada, catalogaba todos y cada uno de los tesoros con los que se topaba, como la pequeña cosecha de saxífraga morada que encontró enclavada en un peñasco. Aguzaba el oído para captar el penetrante piar de los picogordos y los trinos de los ampelis, y acariciaba delicadamente con los dedos la hierba puntiaguda y las ásperas piedras del valle, recalentadas por el sol.

Durante uno de los días más calurosos de junio, Flora recorrió la orilla de un lago de montaña fresco y cristalino con la esperanza de encontrar una flor que solo había podido ver en sus libros de botánica. Tras horas de búsqueda bajo un calor abrasador, por fin dio con las corolas de color fucsia brillante de la atrapamoscas alpina. Las flores se aferraban a las rocas ricas en minerales y, maravillada por el contraste entre los pétalos ondulados y su pedregoso hogar, Flora se tumbó en el suelo caldeado por el sol para dibujarlas.

Debió de quedarse dormida a causa del calor soporífero, porque se sorprendió despertándose cuando los suaves dedos del sol del ocaso se posaron sobre su espalda. Al incorporarse, alzó la vista hacia las ramas de los pinos silvestres que se cernían sobre ella y distinguió la excepcional silueta de un halcón peregrino posado en una de las ramas más altas.

Sin casi atreverse a respirar, observó el reflejo de la luz sobre su lustroso plumaje y el pico curvado que se levantaba hacia la brisa. Durante un instante, ni la humana ni el ave se movieron. Entonces, con un majestuoso batir de las alas, el halcón se elevó en el aire haciendo temblar la rama y comenzó a planear hacia el sol poniente.

Flora volvió a casa al anochecer y se puso inmediatamente a pintar el breve esbozo que había hecho del halcón en pleno vuelo.

Pasaba la mayor parte de las noches leyendo con gran atención su libro de flores favorito —escrito por Sarah Bowdich—, comparando los ejemplares que había recogido con las imágenes del volumen y añadiendo sus nombres en latín a su álbum de recortes, junto con la flor ya prensada. Se sentía irracionalmente culpable por confinar algo tan vibrantemente vivo a las páginas de un libro, pero al menos así su belleza quedaba preservada más allá de su ciclo de vida natural.

También añadió a su colección de animales un gatito gimoteador que había encontrado medio ahogado junto a un lago. Era tan diminuto que le cabía en la palma de la mano y, dado que todavía no había abierto los ojos, Flora calculó que tan solo tenía unos días de vida. De alguna manera, el animalillo se las había ingeniado para escapar de lo que sin duda habría sido su acuático lecho de muerte. Su determinación de sobrevivir había hecho que se ganara el corazón de Flora con mayor facilidad que cualquiera de las demás criaturas que la joven había adoptado y, sin nadie que la detuviera, el precioso gatito negro compartía el calor de su cama.

Después de encontrárselo un día observando a Posy con avidez a través de las rejas de su jaula, a pesar de que la coneja era cinco veces más grande que el gatito, Flora decidió llamar Pantera a su nueva adquisición. Pronto se recuperó por completo y comenzó a ejercitar sus minúsculas y afiladas uñas trepando por las cortinas de la habitación. La muchacha sabía que, en cuanto comenzara a tomar alimentos sólidos, tendría que bajar al gatito a la cocina si no quería que la mitad de sus mascotas terminasen en su barriga.

Aurelia le escribía una vez a la semana informándola acerca de sus aventuras en Londres.

Me alegro de que la presentación en sí haya terminado ya. Pasé muchos nervios mientras esperaba en la cola para que me presentaran ante el rey y la reina. Entre nosotras, Flora, Alejandra es mucho más delicada y hermosa de lo que parece en las fotografías, ¡y el rey es más feo y gordo! Me sorprende que no me falten parejas de baile en las fiestas a las que he asistido, y dos de ellos ya han solicitado visitarme en casa de la tía Charlotte. Uno de ellos es un vizconde que, según mamá, es dueño de medio Berkshire, así que puedes hacerte una idea de lo contenta que está. Yo no estoy tan entusiasmada; mide poco más que yo —y ya sabes lo bajita que soy— y cojea debido a que, por lo que me han dicho, sufrió poliomielitis cuando era pequeño. Me da pena, pero está claro que no es ningún príncipe azul, aunque no sea culpa suya.

Hablando de «príncipes», la semana pasada Archie Vaughan acudió como acompañante de su hermana, Elizabeth, a un baile. Y, ay, no cabe duda de que es el hombre más atractivo de Londres. El resto de las debutantes se pusieron verdes de envidia cuando me pidió que bailara con él no una, ¡sino tres veces! ¡La tía Charlotte dijo que era casi indecente! Hablamos un rato después y me preguntó por ti. Se sorprendió mucho de que no estuvieras con nosotras en Londres. Le expliqué que odiabas la vida en la ciudad y que por eso te habías quedado en Esthwaite Hall. Me dijo que esperaba que lo hubieras perdonado. Te confieso que es posible que esté un poco enamorada de él, aunque tiene algo que me pone bastante nerviosa.

Y estas son todas mis noticias de momento. Mamá te envía recuerdos. Estoy segura de que comprenderás lo mucho que está disfrutando de su regreso a la vida social. Aquí todo el mundo parece conocerla y resulta evidente que fue una debutante muy popular antes de casarse con papá. Dice que te escribirá pronto.

Te echo de menos, mi queridísima hermana.

AURELIA

—¡Madre mía! —exclamó Flora frustrada dirigiéndose a Pantera, que había trepado por sus faldas y se había acomodado en su regazo mientras leía la carta—. Sería típico de mi suerte acabar con Archie Vaughan de cuñado.

Pocos días después, una cálida tarde de julio, Flora estaba sentada a la mesa del jardín con su cuaderno de dibujo. Había encontrado un sombrero de lona de ala ancha y de origen desconocido abandonado en el zaguán y lo estaba utilizando para protegerse de los fuertes rayos del sol de primera hora de la tarde. Pantera brincaba por el césped persiguiendo mariposas, y a Flora le pareció tan adorable que abandonó las flores que había estado bosquejando y se sentó en la hierba para retratar al gato.

Se sobresaltó al captar el repentino sonido de unas pisadas a su espalda. Se volvió esperando ver a Tilly que volvía a casa tras visitar el mercado semanal. Sin embargo, una sombra alta la cubrió momentáneamente cuando se topó con la mirada de ojos oscuros de Archie Vaughan.

—Buenas tardes, señorita MacNichol. Le pido disculpas si la he molestado, pero tengo los nudillos pelados de llamar a la puerta principal, así que he dado la vuelta a la casa en busca de algún ser humano.

—Dios mío, yo… —Flora se incorporó lo más rápido que

pudo; a Pantera se le erizó el pelaje y comenzó a bufar con ferocidad a aquel extraño—. Todo el personal está fuera. Y, como ya sabe, mi familia está ausente —le espetó con brusquedad.

—O sea que es una verdadera huérfana en su propio hogar.

—No soy huérfana de ninguna de las maneras —replicó—. Simplemente se trata de que no me gusta Londres y preferí quedarme.

—De ese modo, al menos, compartimos la misma opinión. Especialmente en la temporada de emparejamiento, cuando una nueva hornada de inocentes jovencitas debe pestañear con la mayor coquetería posible en su intento por superar a sus rivales en la competición por el mejor galardón masculino.

—¿Y usted se considera un «galardón» masculino, lord Vaughan? Me he enterado por mi hermana de que asistió a un baile la semana pasada.

—Más bien todo lo contrario —contestó él—. A pesar de nuestro linaje y de nuestro antiquísimo apellido, estamos completamente arruinados. Tal vez ya sepa que mi padre murió hace siete años en la última guerra de los Bóeres y que el barco de los Vaughan ha permanecido varado desde que yo cumplí la mayoría de edad hace unos meses. No obstante, le aseguro que estoy esforzándome al máximo para mantenerme fuera del alcance de las garras de cualquier heredera rica con la que me tope.

Flora no se esperaba una respuesta tan sincera a su frívolo comentario.

—¿Puedo preguntarle qué está haciendo aquí?

—Vengo de regreso de las Highlands. He pasado unos días allí cazando con su padre y sus acompañantes. Hay un camino muy largo hasta Londres, así que he pensado en matar dos pájaros de un tiro.

—¿Y quiénes o qué son esos «pájaros», exactamente?

—En primer lugar, tomarme un descanso del viaje y, en segundo lugar, pasar por aquí por si daba la casualidad de que usted estaba en casa y me concedía el honor de disfrutar de su compañía durante unos minutos. Deseo disculparme en persona por lo que sucedió en abril. Y quizá, también, que me ofrezcan un refrigerio. Aunque puede que esto último no sea posible, dado que en estos momentos no hay ningún miembro del personal en la casa.

—Esa es la más sencilla de sus peticiones, lord Vaughan. Yo soy perfectamente capaz de preparar té, y tal vez incluso llegue a hacerle un sándwich.

—¡Una lady que sabe hacer té y sándwiches! Dudo que mi hermana y mi madre tengan la menor idea de ello.

—No puede decirse que sea difícil —masculló Flora tras ponerse en pie—. ¿Querrá quedarse en el jardín mientras se lo preparo?

—No, la acompañaré y aplaudiré sus habilidades culinarias con asombro.

—Como desee —contestó la joven con rapidez.

Ambos subieron los escalones hasta la terraza y Flora se sintió furiosa consigo misma por permitir que su rabia hacia aquel hombre se disolviera, al parecer, en su aluvión de encanto y honestidad. Decidida a aferrarse a ella, Flora aceleró el paso cuando entraron en la cocina. Vio que la tetera ya estaba llena, así que la puso a hervir en los fogones y después se afanó sobre la mesa con una rebanada de pan, mantequilla y queso.

—Es usted toda un ama de casa rural, ¿no? —comentó Archie antes de coger una silla y sentarse en ella.

—Por favor, no me trate con condescendencia, lord Vaughan. Y menos aún cuando le estoy preparando la comida.

—¿Puedo implorarle un favor, señorita MacNichol? Teniendo en cuenta que nos encontramos en unas circunstancias tan informales, ¿podría tratar de llamarme Archie? ¿Y yo podría referirme a usted como Flora?

—Pues claro que no le doy permiso para llamarme Flora. Apenas nos conocemos. —Estampó los sándwiches contra un plato—. Los hombres de por aquí se los comen con la corteza sin quitar. ¿Le va bien así?

—Madre mía, sí que tiene usted carácter. —Sonrió con suficiencia cuando Flora le entregó el plato como si prefiriera tirarlo—. ¡Ay! —gritó de pronto dándole un empujón a la pequeña amenaza peluda que acababa de morderle el tobillo—. A su gatito tampoco parezco caerle bien.

Flora contuvo una sonrisa cuando cogió a Pantera en brazos y se volvió para servir el té.

—Señorita MacNichol, ¿hay alguna manera de que podamos empezar de nuevo? Sobre todo porque el primer incidente, el de las manzanas silvestres, tuvo lugar cuando yo no era más que un mocoso de seis años y el segundo fue un lamentable accidente.

—Lord Vaughan —Flora se volvió bruscamente hacia él—, no tengo ni idea de por qué está aquí ni de por qué parece importarle lo que yo piense de usted cuando, a juzgar por lo que cuenta mi hermana, la mitad de las jóvenes de Londres están continuamente alabando sus cualidades. Si se debe tan solo a que no es capaz de soportar que haya una sola mujer en el mundo a la que no puede seducir, entonces, lo siento por usted, pero así son las cosas. Y ahora, ¿sacamos la bandeja a la terraza?

—Yo la llevaré. Y usted llévelo a él. —Archie señaló a Pantera—. Ese tigre salvaje disfrazado de gatito tiene que estar bajo control por si vuelve a atacarme. Ha elegido su mascota a la perfección, señorita MacNichol.

Archie tomó la bandeja del té y se encaminó hacia la puerta.

Ya en la terraza, el sol brillaba con alegría, marcando un profundo contraste con el manto de silencio que los envolvía a ellos. Flora sirvió el té y ambos se sentaron juntos mientras Archie devoraba los sándwiches sin quitarles la corteza, consciente de que su anfitriona estaba comportándose con una descortesía intolerable. Si su madre pudiera verla, Rose la habría reprendido severamente por su actitud, pero Flora era incapaz de obligarse a entablar una conversación educada. Y, por lo que parecía, el joven Archie tampoco podía.

—Si me disculpa un momento —dijo ella al final—, debo ir a recoger mi bloc de dibujo antes de que se humedezca.

Se levantó de la mesa señalando hacia el césped.

—Por supuesto. —Archie asintió—. Y por favor, llévese ese tigre con usted.

Cuando Flora regresó, su invitado estaba de pie.

—Gracias por su hospitalidad. Me entristece mucho que se haya llevado una impresión equivocada de mí y que no pueda convencerla de lo contrario. Nos veremos pronto, señorita MacNichol.

—Estoy segura de que no tengo una impresión equivocada de usted, pero mi hermana se alegrará mucho de atenderlo si vuelve a presentarse por estos lares.

Flora dejó su libreta de dibujo sobre la mesa y Archie la siguió con la mirada.

—¿Puedo echar un vistazo?

—No hay nada que merezca la pena ver. No son más que bocetos toscos, que…

Pero Archie ya había abierto el bloc y estaba hojeando los dibujos al carboncillo.

—Señorita MacNichol, subestima su talento. Algunos de estos dibujos son impresionantes. Este halcón… y el retrato de su tigre negro…

—Se llama Pantera.

—Perfecto —reconoció—. Bueno, es soberbio. Realmente soberbio. Tiene muy buen ojo para la naturaleza y los animales.

—Dibujo solo porque disfruto haciéndolo.

—Por supuesto que sí, pero ¿no es esa la razón por la que lo hacen todos los grandes artistas? La pasión surge del interior, de la necesidad de expresarse a través de cualquiera que sea el medio artístico que uno elija.

—Sí —convino Flora de mala gana.

—Cuando estuve viajando por Europa, vi muchísimas obras de arte increíbles. Sin embargo, muchos de sus creadores pasaron gran parte de su vida sumidos en la pobreza, como esclavos de sus musas. Al parecer hubo pocos que no padecieran de uno u otro modo. —Archie apartó la mirada del bloc y la levantó hacia Flora—. ¿Usted también sufre, señorita MacNichol?

—¡Vaya pregunta! El hecho de que me dedique a dibujar y pintar difícilmente puede significar que padezca de algún tipo de enfermedad mental o emocional.

—Bien. Porque no me gustaría que sufriera. Ni que se sintiese sola. Sin duda, pasarse el día dando vueltas por este viejo mausoleo vacío debe de ser muy solitario, ¿no? —la presionó Archie.

—No estoy sola. Tengo al personal y toda una colección de animales que me hacen compañía.

—Su hermana me habló de su… muestrario de fauna la última vez que hablamos en Londres. Por lo que me dijo, una vez incluso se hizo amiga de una serpiente.

—Sí, de una culebra inofensiva —admitió Flora, que se sentía casi jadeante ante la repentina salva de preguntas de Archie; eran casi como las manzanas silvestres que ya le había lanzado una vez—. No me permitieron quedármela.

—Creo que hasta yo me opondría a la idea de que una serpiente viviera bajo mi techo. Es una mujer muy poco corriente, señorita MacNichol. Tengo que admitir que me fascina.

—Me alegra que mis rarezas lo diviertan.

—Bueno, me descubro ante usted, señorita MacNichol —dijo Archie al cabo de unos segundos de silencio—. Es una experta en convertir hasta el comentario más positivo en uno negativo. ¿Qué más puedo hacer para ganarme su perdón? Lo he intentado prácticamente todo, incluso conducir arriba y abajo por todo el país cuando bien podría haber cogido el Scotch Express directamente hasta Edimburgo y hacer lo mismo a la vuelta. Ahí la tiene —añadió, y Flora se percató de su frustración—, ya le he dicho la verdad.

Como si aquella confesión lo hubiera dejado agotado, Archie se dejó caer de golpe sobre una silla.

—Me he marchado antes de la cacería para venir a verla. Pero como es evidente que no puedo ganarme su favor por mucho que me esfuerce, continuaré mi camino y me detendré más al sur, en un hotel.

Flora lo estudió con detenimiento, pues su falta de experiencia con los hombres —especialmente con hombres de tanto mundo como Archie— obstaculizaba su intuición natural. Era simplemente incapaz de entender por qué lord Vaughan se había tomado tantas molestias para disculparse con ella cuando, al parecer, podía tener a cualquier mujer de Londres que deseara.

—No… sé qué decir.

—Tal vez podría plantearse permitirme pasar unos días en su compañía. Así, durante ese tiempo, podríamos hablar de todos los temas que su hermana me ha dicho que la apasionan. Porque a mí también me atraen.

—¿Como por ejemplo?

—Soy un botánico entusiasta, señorita MacNichol, y aunque dudo mucho que mi saber sea tan extenso como el que usted posee, me gusta pensar que estoy sentando las bases de un buen aprendizaje. Pese a que nuestro jardín de High Weald no cuenta con el trasfondo de belleza agreste que ustedes tienen aquí, es igual de hermoso, a su delicada manera. ¿Ha estado alguna vez en los Jardines de Kew?

—No. —Flora se iluminó al escuchar aquellas palabras—. Pero

siempre he querido visitarlos. He leído que albergan especies de todos los rincones del mundo, incluso de lugares tan lejanos como América del Sur.

—En efecto, así es, y el nuevo director, sir David Prain, es un genio. Ha tenido la amabilidad de prestarnos su ayuda en nuestros propios jardines. Gracias a la benevolente climatología del sur de Inglaterra, he descubierto que, resguardadas, las plantas de otros climas pueden prosperar en la zona. También disfrutaría viendo la flora indígena que debe de crecer en abundancia por aquí. Estoy ansioso por crear una inusual colección de plantas originarias de toda Inglaterra... ¡Ay!

Pantera había trepado por la pata del pantalón de Archie, con las uñas afiladas como agujas agujereando la tela, y en aquellos momentos estaba ronroneando y acicalándose en el valle que se formaba entre sus muslos. Al ver que incluso su gato lo había perdonado, Flora al fin se ablandó.

—Si cree que podría servirle de ayuda en sus estudios, entonces supongo que me alegraría enseñarle todo lo que pueda.

—Gracias —dijo Archie, y la joven se dio cuenta de que sus facciones se relajaban mientras alzaba una mano dubitativa para acariciar a Pantera—. Le agradecería mucho cualquier conocimiento que deseara compartir conmigo.

—Pero ¿dónde va a quedarse?

—Ya he reservado una habitación en el pub que hay cerca de Near Sawrey. Y ahora —dijo levantándose y ofreciéndole a Flora el brazo con el que no sujetaba al satisfecho gatito—, ¿tendría la amabilidad de mostrarme este hermoso jardín?

Al principio, cuando comenzaron su paseo, Flora hizo todo lo posible por poner a prueba los conocimientos de Archie, puesto que aún dudaba si aquella no sería otra de las típicas estratagemas del joven lord para insultarla y menospreciarla. Pero no tardó en darse cuenta de que su interés y, efectivamente, sus conocimientos eran auténticos. Archie fue capaz de nombrar sin titubear muchas de las plantas extrañas que había en los lechos, todas menos una que ella le dijo que se llamaba flor estrella o estrella del pantano, la *Parnassia palustris*.

—Creo que es poco común y que prefiere el clima de aquí, del norte de Inglaterra, razón por la cual no la reconoce.

Mientras deambulaban junto a los arriates, Archie le contó que cuando era niño, seguía al jardinero de su casa a todas partes, como si fuera un perrito faldero.

—Por desgracia, él también murió durante la guerra de los Bóeres. Yo volví de Oxford hace un año y sin dinero para mantener a todo el personal, así que tuve que formarme solo. Y en el proceso descubrí que la jardinería me apasionaba. Debería verme en casa, vestido con un mono de trabajo —dijo con una sonrisa—. La próxima vez que venga a visitarla, me lo pondré si quiere. Nunca debería juzgarse un libro por la cubierta, señorita MacNichol —la regañó agitando el dedo con que la señalaba.

—Pero es su «cubierta» la que lo ha convertido en el favorito de las ladies de Londres.

Flora lo miró con suspicacia.

—¿Acaso eso impide que me apasionen las plantas? ¿O más bien se trata de que usted pensaba que no era más que un libertino que se dedicaba a irse de juerga y fundirse su fondo fiduciario?

Flora bajó la mirada, avergonzada.

—Por supuesto —prosiguió él al ver su expresión—, solo tengo veintiún años y disfruto asistiendo a alguna que otra fiesta y de la compañía de las mujeres hermosas. Por desgracia, como también sabe, las grandes familias antiguas de Inglaterra ya no son tan ricas como lo fueron en su día y mi herencia adoptó la forma de una deteriorada finca llamada High Weald y no la de una cuenta bancaria abultada. Quiero hacer cuanto esté en mi mano por mantener su esplendor, al menos exteriormente. El jardín amurallado es célebre por su belleza. Y si eso quiere decir que debo ensuciarme las manos, que así sea.

Aquella misma tarde, a última hora, Flora se sentó a su escritorio para escribir en su diario, con la mente confusa a causa del insólito giro de los acontecimientos. Tras acabar de registrar todas y cada una de las palabras que podía recordar de sus conversaciones, guardó el diario en su secreter. Extrañamente, la joven no fue capaz de conciliar el sueño aquella noche, pues seguía dándole vueltas al

Archie dicotómico que había descubierto aquel día. Y al hecho de que, de alguna manera, antes de marcharse hubiera conseguido convencerla de que al día siguiente lo llevara de excursión a conocer los picos Langdale.

—Es un verdadero enigma —le dijo en un susurro a Pantera, que tenía la diminuta cabeza apoyada sobre la almohada, a su lado—. Y me odio a mí misma por empezar a apreciarlo.

12

Buenos días, señorita MacNichol —la saludó Archie cuando se reunieron, tal como habían acordado, en el establo—. He traído el almuerzo para los dos. Y no se preocupe, no le he quitado la corteza a ninguno de los sándwiches.

Metió la cesta de pícnic en la carreta y le tendió la mano para ayudarla a subir.

Cuando Archie se sentó a su lado y ella cogió las riendas, el atuendo del joven le arrancó una sonrisa a Flora. Llevaba unos viejísimos pantalones de sarga y una camisa de cuadros burdamente remendada. Calzaba un par de pesadas botas de trabajo.

—Le he pedido la ropa prestada al tabernero que me aloja en el pueblo —le explicó cuando la vio mirarlo—. Los pantalones me quedan enormes, así que me los he atado con un trozo de cuerda. ¿Tengo un aspecto apropiado?

—Por supuesto que sí, lord Vaughan —concedió ella—. Un verdadero hombre de campo.

—Dado que vamos a pasar el día siendo personas distintas a las que normalmente somos, ¿sería posible que prescindiéramos de una vez de las formalidades? Yo solo soy Archie, el aprendiz del jardinero, y tú eres Flora, la lechera.

—¡La lechera! ¿Tan mala pinta tengo? —fingió ofenderse la joven cuando sacudió las riendas e iniciaron la marcha—. ¿No podría ser al menos una doncella... o incluso la doncella de la señora?

—Pero es que en todas las historias que he leído siempre es a la lechera a la que describen como la más hermosa. No era un insulto, sino un cumplido.

Flora se concentró en conducir la carreta, agradecida de que el sombrero le escondiera el rostro, pues sintió que una oleada de calor le subía por las mejillas. Era el primer halago directo sobre su apariencia física que un hombre le había dedicado en toda su vida, y no tenía ni idea de cómo reaccionar.

El valle de Langdale estaba emplazado entre los majestuosos picos que se elevaban hacia el cielo hasta ocultarse entre las nubes. Se alzaban, casi bíblicamente divididos, para abarcar el verde del suelo del valle, que se desvanecía paulatinamente a medida que la cara de pura roca se reafirmaba cuanto más ascendía la vista.

Archie ayudó a Flora a bajar de la carreta y ambos se quedaron inmóviles mirando hacia arriba.

—«En las combinaciones que crean, cerniéndose los unos sobre los otros, o alzándose en riscos como las olas de un mar tumultuoso...»

—«... y en la belleza y variedad de sus superficies y colores, nada puede superarlos» —concluyó Flora por él—. Soy una chica de los Lagos, conozco muy bien la obra de Wordsworth.

La joven se encogió de hombros ante la evidente sorpresa de Archie.

—Esto es lo que adoro de venir a las montañas —suspiró él—. Percibes tu propia insignificancia. No somos más que un grano de arena en este inmenso cosmos.

—Sí, y tal vez por eso los de Londres parecen tan pagados de sí mismos.

—Se sienten los amos de su propio universo en sus ciudades artificiales, mientras que aquí... —Archie no terminó la frase, se limitó a inspirar con fuerza el aire fresco—. ¿Has escalado alguna vez una de estas montañas, Flora?

—Claro que no. Soy una chica. A mi madre le daría un ataque si se lo sugiriese.

—¿Te gustaría hacerlo? ¿Mañana? —Archie la agarró de una mano—. Sería una aventura. ¿Cuál deberíamos elegir, en tu opinión? ¿Esa? —Tras soltarle la mano, señaló hacia el otro lado del paso—. ¿O tal vez aquella otra?

—Si subimos a alguna, debería ser a la más alta, por supuesto. Y la más alta es el pico de Scafell. —Flora indicó la montaña de mayor altitud, cuyo pico se ocultaba en aquellos momentos bajo un halo de nubes—. Es el más alto de Inglaterra, y mi padre dice que las vistas desde la cima son incomparables.

—Entonces ¿subiremos?

—¡No puedo escalar con un vestido!

Archie se echó a reír.

—Pues tendrás que mendigar o pedir prestado un par de pantalones. ¿Te apuntas?

—Siempre y cuando mantengamos el secreto entre nosotros.

—Claro que sí. —Archie estiró una mano para meterle un mechón de pelo rebelde detrás de la oreja—. Te recogeré mañana por la mañana en la verja de entrada a las seis y media en punto.

Aquella tarde Flora hizo algo que no había hecho nunca y entró en el vestidor de su padre. Abrió la puerta con indecisión a pesar de que sabía que allí no había nadie que pudiera verla; Sarah estaba en la pequeña casita de campo que compartía con su madre y Tilly y la señora Hillbeck permanecían encerradas en la cocina disfrutando de sus cotilleos nocturnos. Cuando franqueó el umbral, se estremeció ligeramente por la repentina bajada de temperatura. Y se percató de que la habitación olía a polvo y a humedad, todo ello aderezado con un rastro de la colonia de su padre. La estancia estaba invadida por las sombras del anochecer, que se derramaban sobre la estrecha cama de madera. En la mesilla de noche había un reloj que contaba los segundos de ausencia de su dueño.

Flora abrió las pesadas puertas de roble del armario, revolvió con las manos en el estante de los pantalones y finalmente se decidió por un par de bombachos de tweed pensados para ir de caza. Se dio cuenta de que también necesitaría unos calcetines, de manera que abrió un cajón de la cómoda de caoba donde le pareció que podría encontrarlos. Sin embargo, descubrió que estaba lleno de papeles. En un rincón del mismo había un pequeño manojo de sobres color crema fuertemente atados con un cordel. Flora reconoció la caligrafía de su madre y se preguntó si serían cartas de amor de su época de cortejo. Se sintió enormemente tentada de abrirlos, pues tal vez pudieran ayudarla a entender el misterio que ocultaba el matrimonio de sus padres, así que cerró el cajón con firmeza antes de que sus dedos traidores pudieran acercarse a ellos. Dio con los calcetines, añadió una camisa a la pila de ropa que cargaba sobre el brazo y se encaminó de nuevo hacia la puerta.

Tan solo rozó el pomo con los dedos antes de que la tentación venciera a la sensatez y regresara a la cómoda. Tras dejar la ropa sobre la cama, abrió el cajón y sacó el montón de cartas. Cogió la primera de la pila sin desatar el cordel y se puso a leerla.

Cranhurst House
Kent
13 de agosto de 1889

Mi querido Alistair:

Dentro de una semana estaremos casados. No puedo agradecerte lo suficiente que seas mi caballero de la brillante armadura y me salves de la desgracia. A cambio, juro que seré la esposa más diligente y fiel que cualquier hombre pudiera desear. Mi padre me ha dicho que ya ha realizado la transferencia, así que confío que haya llegado a tu cuenta.

Espero con alegría el momento de verte y de conocer mi nuevo hogar.

Afectuosamente,

Rose

Flora leyó y releyó la carta intentando encontrarle un sentido a la palabra «desgracia». ¿Qué podría haber hecho su madre que fuera tan terrible?

—Bueno, sea lo que sea, explica su matrimonio —le dijo al vestidor vacío.

Lo más probable era que su madre se hubiera enamorado de un hombre inapropiado; sin duda, eso era lo que ocurría en muchos de los libros que ella había leído. Flora se preguntó de quién podría tratarse. Aunque su madre nunca hablaba de sus años de juventud, Aurelia le había mencionado hacía poco en sus cartas que todo el mundo parecía conocerla. Aquello tan solo resaltaba el hecho de que debía de haber tenido un pasado. Flora volvió a guardar la carta en su sobre y la metió de nuevo con mucho cuidado bajo el cordel antes de devolver el manojo al cajón. Recogió las prendas de su padre de encima de la cama y salió del vestidor.

A la mañana siguiente, la joven se levantó a las seis y se vistió a toda prisa con los pantalones, la camisa y los calcetines de su padre. Bajó de puntillas hasta el zaguán y tomó prestadas las robustas botas de Sarah —que le quedaban bastante pequeñas, pero tendría que conformarse— y una gorra de tweed de su padre. Dejó una nota para el personal diciendo que se había ido a pasar el día fuera para recoger flores que pintar y después se escabulló de la casa. Tras recorrer el camino de entrada y atravesar las verjas, vio un automóvil Rolls-Royce plateado y totalmente nuevo aparcado en el arcén. Archie le abrió la portezuela y Flora subió al coche.

—Buenos días. —Lord Vaughan sonrió al ver su aspecto—. Hoy estás particularmente atractiva, Flora la lechera. Ataviada a la perfección para que te den un paseo en el Silver Ghost.

—Al menos es práctico —replicó ella.

—La verdad es que con esa gorra en la cabeza podrían confundirte con un chico. Toma, ponte estas gafas de conducción para completar el atuendo.

Flora se las colocó sobre los ojos con el cejo fruncido.

—Me alegra que nadie de la zona vaya a reconocerme.

—¿Te imaginas lo que dirían tu madre o tu hermana si pudieran verte en este instante? —le preguntó Archie al arrancar el motor.

—Preferiría no hacerlo. ¿Y qué diantres haces tú con un coche como este después de decirme que tu familia está totalmente arruinada? Mi padre me ha dicho que cuestan un ojo de la cara.

—Por desgracia, no es mío. El propietario de la finca vecina me lo ha prestado a cambio de poder usar una casita de campo en los terrenos de High Weald. Le prometí no hacer ninguna pregunta respecto a para qué la necesitaba. Aunque cierto es que la esposa del pobre hombre está actualmente embarazada de su sexto hijo en el mismo número de años, ya sabes a qué me refiero.

—No, no sé qué quieres decir —contestó ella con recato.

—En cualquier caso, me alegro de poder darle al coche un buen paseo por las montañas. He traído un pícnic en una vieja mochila del ejército que el señor Turnbull, mi muy servicial tabernero, me ha prestado, junto con un par de mantas por si acaso.

Flora miró por la ventanilla y alzó la mirada hacia el cielo que, a lo lejos, cubría los picos. Frunció el cejo ante la densidad de las nubes.

—Espero que no hayamos escogido el único día desde hace semanas en que se ponga a llover.

—Por suerte, esta mañana aprieta el calor.

—Puede ser, pero mi padre suele decir que la temperatura cae de golpe en las zonas altas. Él ha subido a la mayor parte de los picos durante los años que ha pasado aquí.

—En ese caso, tendremos que buscar un granero donde aparcar el coche. Le he prometido a Felix por mi vida que se lo devolvería en buen estado, así que no puedo arriesgarme a que le caiga un chaparrón encima.

Un granjero de la zona accedió amablemente a guarecer el Rolls-Royce y Archie les dedicó una mirada asesina a los asombrados hijos del hombre —por no hablar de las gallinas— que parecían impacientes por encaramarse al automóvil.

—Mi padre me dijo que él tardó unas cuatro horas en alcanzar la cima —comentó Flora cuando se pusieron en camino hacia el valle sobre la hierba áspera.

—Tu padre es un montañero experimentado, creo que nosotros tardaremos bastante más —dijo Archie mientras sacaba un mapa de la mochila—. El tabernero me ha sugerido el que cree que sería el mejor camino para nosotros. Mira. —Tras coger un palo, dibujó una línea en un trozo de tierra seca—. Tenemos que dirigirnos hacia el sur, hacia Esk Hause, y luego seguir hacia Broad Crag Col.

Archie encabezó la marcha con el mapa en la mano.

—¿Qué son todos esos minúsculos puntos blancos que hay en la ladera de la montaña? —preguntó.

—Ovejas. Hay excrementos suyos por todas partes.

—A lo mejor podemos pedirle a alguna que nos lleve si estamos muy cansados. Son unos animales muy útiles, además, pues proporcionan unos deliciosos guisos para nuestras mesas y nos cubren el cuerpo con su lana.

—Odio el sabor del cordero —aseguró Flora—. Ya he decidido que no ofreceré carne cuando dirija mi propia casa.

—¿De verdad? ¿Y qué servirás entonces?

—Pues verduras y pescado, claro.

—En tal caso no estoy seguro de querer ir a cenar a tu casa.

—Tú mismo.

Flora se encogió de hombros y le tomó la delantera.

La marcha les resultó sencilla durante el primer par de horas, durante las que recorrieron las pendientes más bajas de la montaña. De vez en cuando, se detenían junto a los arroyos que se precipitaban hacia el valle para beber el agua fresca que cogían con las manos y refrescarse los rostros congestionados. Siguieron los senderos bien trillados por los montañeros que los habían recorrido con anterioridad, hablando animadamente acerca de todo, desde sus libros favoritos hasta de piezas de música. Después el ascenso se tornó más complicado y la charla cesó, pues tenían que conservar el aliento para trepar por encima de las abruptas rocas que salpicaban la ladera.

—Calculo que ya hemos recorrido unos dos tercios del camino —dijo Archie parado sobre un afloramiento mineral y mirando hacia arriba—. Vamos, te echo una carrera hasta el risco siguiente.

Una hora más tarde, llegaron a la cresta del pico. Jadeantes y sin aliento, se quedaron inmóviles el uno al lado del otro, entusiasmados por su logro. Flora paseó tranquilamente por la cima, admirando las magníficas vistas que se extendían a sus pies.

—Ayer por la noche leí en un libro que, en los días claros, desde aquí se ven Escocia, Gales, Irlanda y la isla de Man —dijo Archie situándose a su lado—. Es una lástima que no tengamos un fotógrafo para inmortalizar el momento. ¿Quieres que te ayude a subir al hito que marca la cumbre?

—Gracias.

Archie la tomó de la mano y le sirvió de apoyo mientras trepaba al enorme montón de piedras. Después la soltó y Flora extendió los brazos con la vista clavada en el azul del cielo.

—¡Me siento en la cima del mundo!

—Lo estás… al menos en Inglaterra —bromeó Archie, que tendió los brazos cuando Flora comenzó a descender hacia él. La tomó por la cintura y la ayudó a saltar hasta el suelo. Continuó sujetándola durante unos instantes y la miró—. Flora, te aseguro que estás simplemente preciosa cuando eres feliz.

La joven volvía a sentir que el calor le arrasaba las mejillas, cuando, de pronto, una neblina húmeda se arremolinó en torno a ellos y las vistas desaparecieron.

—Me muero de hambre —anunció para ocultar su sonrojo.

—Yo también. ¿Qué te parece si bajamos de nuevo hasta un lugar soleado y nos tomamos allí nuestro pícnic? El señor Turnbull me ha dicho que deberíamos dirigirnos hacia el noroeste, camino de Lingmell; la ruta está bien indicada con hitos. Según él, las vistas de Wasdale son espectaculares. Podemos pararnos a comer allí.

—Entonces ponte en marcha hacia nuestros sándwiches —dijo Flora.

Él recogió su mochila y ambos abandonaron la cima.

Veinte minutos más tarde, la joven dejó muy claro que ya no podía dar ni un paso más, de manera que se acomodaron sobre una roca plana y Archie desempaquetó su almuerzo.

—Nunca unos sándwiches de queso me habían sabido tan ricos —murmuró la chica—. Ojalá se me hubiera ocurrido traerme el bloc de dibujo y el carboncillo. Tengo que intentar recordar esta vista para poder plasmarla en papel.

Flora se quitó la gorra para que la melena le cayera sobre los hombros y levantó la vista hacia los cálidos rayos del sol.

—Debo decirte que tienes un cabello maravilloso —dijo Archie acariciándole un mechón y enredándose un bucle en el dedo.

En el interior del cuerpo de la joven, algo se estremeció ligeramente ante aquel gesto tan íntimo.

—Es tan espeso y fuerte como una cuerda de remolque, y mi madre no tiene ni idea de cuál es su procedencia —explicó ella—. Si de regreso te resbalas y te caes, te lanzaré una trenza y podrás utilizarla para trepar de nuevo.

Flora sonrió y se dio la vuelta para toparse con Archie mirándola fijamente, con una expresión extraña en los ojos.

—¿Qué pasa?

—Sería inapropiado contarte lo que estaba pensando. Solo diré que, ahora que estás de tan buen humor, tu compañía me resulta encantadora.

—Gracias. Y yo quiero decirte que por fin te he perdonado por haber estado a punto de matarme. Dos veces.

—Entonces ¿somos amigos?

Durante un instante, el rostro de Archie estuvo muy cerca del suyo.

—Sí, lo somos.

166

Cuando ambos se recostaron sobre la roca caldeada por el sol, Flora decidió que nunca se había sentido tan relajada en compañía de otro ser humano, cosa que suponía un giro de los acontecimientos bastante radical, teniendo en cuenta las circunstancias.

—¿De dónde crees que proviene tu talento para dibujar y pintar? —preguntó él.

—No tengo ni idea. Lo que sí tengo claro es quién me sirvió de inspiración. Lo más seguro es que su granja se vea desde aquí.

—¿De quién se trata?

—Es una escritora de libros infantiles llamada Beatrix Potter. Cuando yo tenía siete años, vino a Esthwaite Hall con sus padres a tomar el té. Yo estaba sentada en el jardín intentando dibujar una oruga que acababa de encontrar en una hoja, pero me estaba quedando más bien como una babosa. Ella se sentó a mi lado en la hierba, admiró mi oruga y me preguntó si podía enseñarme a dibujarla. Luego, una semana más tarde, me llegó un sobre por correo. Me hizo mucha ilusión; nunca había recibido nada a mi nombre. Y dentro había una carta de la señorita Potter. Pero no era una carta normal, porque narraba la historia de Cedric la Oruga y su amigo Simón la Babosa, acompañada de minúsculas acuarelas. Es mi posesión más preciada.

—He oído hablar de la señorita Potter y de sus libros. En los últimos años se ha hecho famosa gracias a ellos.

—Cierto, pero cuando yo la conocí aún no lo era. Y ahora vive en Near Sawrey, en Hill Top Farm, muy cerca de la hospedería donde te estás alojando.

—¿Y has tenido relación con ella desde que vive aquí?

—No. Ahora mismo es tan célebre y está tan ocupada que no me parece apropiado presentarme en su casa sin haber sido invitada.

—¿Vive sola?

—Creo que así es, sí.

—Entonces puede que se sienta sola. El mero hecho de que sea famosa no quiere decir que no desee compañía. Especialmente la de una joven a la que una vez sirvió de inspiración.

—Puede ser, pero todavía no he conseguido reunir el valor. Es, simple y llanamente, mi heroína. Espero que un día mi vida se parezca a la suya.

—¿Qué? ¿La de una solterona con animales y plantas como única compañía?

—Querrás decir la de una mujer independiente con recursos que ha sido capaz de escoger su propio destino —replicó Flora.

—¿Crees que tu destino es estar sola?

—Como mis padres no consideraron oportuno presentarme en la corte como a mi hermana pequeña, me he hecho a la idea de que probablemente no me casaré nunca.

—Flora... —Archie tendió una mano titubeante hacia la de la joven—, el hecho de que no te presentaran no excluye la posibilidad de que te enamores y compartas tu vida con un hombre. Tal vez hubiera motivos...

—Sí. Mis padres no contaban con los fondos necesarios ni con el apoyo de la tía Charlotte, al contrario de lo que ha ocurrido con Aurelia.

—No era exactamente a eso a lo que me refería. A veces hay... circunstancias de las que quizá no seamos del todo consciente y que afectan a las acciones de los demás.

—¿Quieres decir que no soy una belleza como Aurelia?

—¡Por supuesto que no hablaba de eso! No tienes ni idea del brillo que posees. Tanto por fuera como por dentro.

—Por favor, Archie, entiendo que estás intentando ser amable, pero yo sé a qué se debió. Y ahora, tenemos que bajar de la montaña. ¿Ves las nubes que se están acumulando sobre nosotros? Creo que se acerca una tormenta.

Flora se puso de pie, de pronto deseosa de que aquella conversación no se hubiera producido nunca. Se sentía inexplicablemente vulnerable y su humor había cambiado con la misma rapidez con que las nubes habían oscurecido el sol.

Quince minutos más tarde, ambos estaban tendidos bocabajo sobre la hierba áspera y los excrementos de oveja mientras los cielos se abrían y el viento, cada vez más fuerte, les clavaba afilados aguijonazos de lluvia.

—Toma —propuso Archie mientras rebuscaba en su mochila—, coge el extremo de la manta para que podamos refugiarnos debajo.

Flora la agarró por una esquina para echársela sobre la cabeza. Archie sujetó el otro extremo y los dos permanecieron allí tumbados, en la oscuridad. Su precario refugio no tardó mucho en empaparse.

—Hola —susurró él, y Flora sintió su aliento en la mejilla.

—Hola.

—¿Nos hemos visto antes en algún lugar? Soy Archie, el granjero.

—Y yo soy Flora, la lechera.

No pudo evitar esbozar una sonrisa.

—Aquí dentro huele bastante a caca de oveja, ¿no?

—Creo que es el perfume que más gusta en esta zona del mundo.

—¿Flora?

—¿Sí?

Entonces Archie buscó sus labios con los suyos y la besó. Pequeñas punzadas de deseo le atravesaron el cuerpo partiendo de su boca y, aunque Flora trató de que sus labios le hicieran caso y se apartaran, su boca se negó a obedecerla. Archie se acercó aún más a ella y la envolvió fuertemente con sus brazos y su calor. El beso pareció durar muchísimo tiempo, mientras que las intenciones de Flora de envejecer sola se disiparon a la misma velocidad que algunas de las furiosas nubes que tenían encima. Al final dejó de llover y, con un gran esfuerzo, la joven logró apartar su rostro del de Archie.

—Dios mío, Flora —jadeó él—, ¿qué me has hecho? ¡Eres un milagro! Te adoro…

Trató de abrazarla de nuevo, pero esta vez Flora se zafó y después levantó la manta y se sentó, turbada tanto por la conmoción como por el placer. Archie también se incorporó unos segundos más tarde y los dos guardaron silencio.

—Mis más sinceras disculpas, me temo que mis sentimientos me han jugado una mala pasada. Estoy seguro de que ahora añadirás este reciente mal comportamiento a mi lista de fechorías. Por favor, Flora, te lo suplico, no me lo tengas en cuenta. No he podido evitarlo. Me reafirmo en lo que he dicho y, por muy inapropiado que sea, te adoro. De verdad, no he pensado en otra cosa ni en otra persona desde que te vi en abril…

—Yo…

—Déjame hablar. —Archie le tomó una mano entre las suyas—. Será una de las últimas oportunidades que tengamos de estar a solas. La razón por la que acompañé a Elizabeth a aquel baile en Londres fue que pensaba que te vería allí con tu hermana. Después me acordé de que tu padre me había invitado a sumarme a su cacería en las Highlands y me di cuenta de que sería la excusa perfecta para parar a verte de camino a casa. Estos tres últimos días contigo han sido… sublimes. Si alguna vez hubo dos personas que encajaran a la perfección, esos somos nosotros. Estoy convencido de que tú también lo sientes.

Flora hizo ademán de levantarse, pero Archie se aferró a su mano.

—Por favor, créete lo que te estoy diciendo —le rogó—. Necesito que recuerdes todas y cada una de las palabras que te he dicho, y que me mires y sepas que son verdad. Esta noche tengo que coger el coche y regresar a casa, porque le he prometido a mi madre que mañana estaré de vuelta. Pero te juro que te escribiré y que volveremos a vernos. —Le apretó la mano con más fuerza, con la mirada oscura pero transparente—. Quiero que confíes en mí. Ocurra lo que ocurra, debes confiar en mí.

Flora se volvió hacia él, abrumada por aquella repentina descarga de sentimientos. Después de apenas tres días juntos, ¿cómo podía confiar en él?

Apartó su mirada de la de Archie.

—Será mejor que nos vayamos o Sarah se preguntará dónde me he metido.

—Sí, claro.

El joven le soltó la mano como si su brazo fuera una cuerda partida por la tensión, dejándola extrañamente huérfana.

Bajaron de la montaña en silencio, el ambiente entre ellos tan frío como su ropa empapada.

Cuando por fin llegaron al coche, Flora apenas podía mantener los ojos abiertos, pues la fatiga física y la confusión emocional le pesaban en igual medida. Mientras Archie conducía, ambos permanecieron sentados a escasos centímetros el uno del otro, cada uno sumido en sus propios pensamientos. Finalmente, llegaron a las verjas de Esthwaite Hall y el joven detuvo el automóvil.

—Flora, tengo que regresar a casa y solucionar un terrible error que ahora sé que he cometido. Pero te juro que lo haré. Y te lo suplico, no desdeñes lo que ha pasado entre nosotros a lo largo de los tres últimos días. Por muy quimérico que pueda parecerte a medida que pase el tiempo, trata de recordar que ha sido real. ¿Me lo prometes?

Flora lo miró con fijeza y suspiró hondo.

—Sí, te lo prometo.

—Entonces adiós, mi querida Flora.

—Adiós.

La joven se bajó del Rolls-Royce, cerró la portezuela con fuerza y cruzó las verjas de la finca caminando con bastante inestabilidad, con la sensación de que el suelo que pisaba no era sólido. Al llegar a la cocina, se encontró a Sarah con los pies apoyados en la chimenea y mordisqueando un trozo de pastel y a la señora Hillbeck sentada a la mesa con Pantera acurrucado en los brazos. Las dos levantaron la vista, sobresaltadas, antes de estallar en carcajadas.

—¡Señorita Flora! ¿Dónde diantres ha estado? ¿Y qué lleva puesto? Parece que está medio ahogada —exclamó Sarah cuando consiguió serenarse.

—Lo estoy —contestó ella, agradecida de que le proporcionaran la sensación de normalidad que necesitaba para recuperar la compostura física y emocional. Sarah ya le estaba frotando el cabello con un paño de muselina para secárselo—. He estado en las montañas —dijo con tono ensoñador.

—Y ha diluviado —masculló Sarah—. Dios mío, niña. Suba a su habitación a quitarse esa ropa empapada. Le llevaré una bandeja con el té y le prepararé la bañera.

—Gracias.

Flora se dirigió con parsimonia hacia el zaguán para quitarse las botas mojadas de los doloridos pies. Tras renquear por el vestíbulo y escalera arriba hasta su dormitorio, fue recibida por un disgustado alboroto de animales hambrientos. Se quitó la ropa calada y se puso la bata antes de meter a toda prisa hojas y semillas entre los barrotes. De pronto el agotamiento la venció y se tambaleó hasta la cama para dejarse caer sobre ella.

Cuando Sarah llegó a la habitación con la bandeja del té, vio que la señorita Flora se había quedado profundamente dormida.

13

Flora se pasó la semana siguiente en la cama aquejada de un resfriado terrible. Cuando le subía la fiebre, todo lo sucedido con Archie adquiría un matiz onírico, y aquello hizo que empezara a cuestionarse si no se habría imaginado el episodio entero.

Cuando al fin se sintió lo bastante bien para salir de la cama, bajó a la planta principal con las piernas temblorosas y se encontró varias cartas dirigidas a ella sobre la bandeja de plata que había en el vestíbulo para tal propósito. Gracias a la caligrafía reconoció que dos de ellas eran de Aurelia y otra de su madre, pero la cuarta estaba escrita con la elegante letra de Archie. Se sentó en el último escalón y abrió el sobre con las manos trémulas, débiles no solo a causa de la reciente enfermedad, sino también del miedo a lo que pudiera contener.

High Weald
Ashford, Kent
5 de julio de 1909

Mi queridísima Flora:

Espero que te encuentres bien cuando recibas esta carta, aunque yo mismo he pasado un resfriado espantoso durante los días posteriores a nuestra escapada de montaña. Quería recordarte que todo lo que te dije era sincero. Te pido que por favor tengas paciencia conmigo, puesto que hay una situación complicada que debo esforzarme por resolver. No es responsabilidad tuya —ni, en realidad, particularmente mía—, sino que surgió tan solo de mi disposición a hacer lo correcto para todos mis seres queridos.

Sé que parece un acertijo, pero, por desgracia, los planes se pusieron en marcha antes de que te viera y ahora debo hacer todo lo posible por desembarazarme de ellos, por despejar una vía de escape. Te sugiero, debido a lo delicado de la situación en estos momentos, que quemes esta carta, pues sé que tales misivas tienden a caer en las manos equivocadas. Y no desearía ponerte en peligro.

Entretanto, te suplico que confíes en mí y continúo siendo tu amigo y ferviente admirador,

ARCHIE VAUGHAN

P. D.: Por favor, dale recuerdos de mi parte a Pantera. Espero que esté cuidando de ti.

Flora leyó y releyó sus palabras tratando de encontrarles un sentido. Cuando comenzaron a bailar sobre la hoja delante de ella, la joven dobló la carta con un suspiro y volvió a guardarla en su sobre.

Para distraerse, se centró en las cartas de Aurelia. La primera de ellas estaba plagada de cotilleos entusiasmados.

Ya se han anunciado dos compromisos y a mamá y a mí nos han invitado a asistir a ambas fiestas de pedida de mano. La verdad es que por aquí hay varios jóvenes que me solicitan, pero ninguno de ellos me ha llegado al corazón. Me ha supuesto una desilusión que tu némesis, Archie Vaughan, haya estado al parecer enfermo y, por tanto, que haya tenido que cancelar la visita a Londres que tenía planeada. Ahora dudo que vuelva a verlo antes de que termine la temporada social y todo el mundo se marche a pasar el verano a casa o, en algunos casos, al extranjero. Confieso que regresar a Esthwaite después de pasar este tiempo en Londres tal vez me resulte un tanto aburrido, pero tengo muchas ganas de verte, mi querida hermana. No tienes ni idea de lo mucho que te he echado de menos.

—«Némesis»… ¡ja!

Flora dejó la carta y pensó en todo lo que había cambiado desde la última vez que había visto a Aurelia. Y entonces, con el corazón en un puño, se dio cuenta de que debía reconocer los sentimientos de su hermana hacia Archie. Aurelia solo deseaba que a Flora le cayera bien y que lo perdonara. ¿Hasta qué punto se horrorizaría si supiera la verdad?

Subió a su habitación, metió las cartas en el bolsillo de seda que había en la parte de atrás del diario que estaba usando en aquellos momentos y después lo guardó todo bajo llave en su secreter. Elevó una plegaria silenciosa —y bastante egoísta— para que algún hombre… para que cualquier hombre que no fuera Archie, le robara el corazón a Aurelia en lo poco que quedaba de la temporada social. Había muchas cosas que estaba deseando compartir con su hermana, pero era dolorosamente consciente de que su recién descubierta pasión por Archie Vaughan jamás podría ser una de ellas.

Se tumbó en la cama y abrió la segunda carta de Aurelia.

Grosvenor Square, 4
Londres
7 de julio de 1909

Queridísima hermana:

Te escribo con una mezcla de tristeza y alegría para decirte que, al final, no voy a reunirme en casa contigo tan pronto como pensaba. ¡Lady Vaughan me ha invitado a pasar unas semanas en High Weald! Elizabeth me ha hablado de lo hermosa que es la casa y estoy impaciente por ver los legendarios jardines que me ha descrito. Como podrás imaginarte, lo que me hace tener más ganas de ir es el hecho de que Archie estará allí. Según me han dicho, todavía está convaleciente de su resfriado, razón por la cual no se le ha visto en Londres, donde todo el mundo lo echa mucho de menos. Mamá volverá a Esthwaite sola, así que espero que me perdones por prolongar mi estancia en el sur y que, asimismo, entiendas mis motivos. Volveré a casa en septiembre y, hasta entonces, continuaré escribiéndote.

Con todo mi cariño, querida hermana,

AURELIA

Una punzada de dolor le atravesó el corazón a Flora. Aquel dolor superó el de cualquier ampolla en los pies, fiebre o sufrimiento pasado por la muerte de alguno de los miembros de su colección de animales. Aurelia iba a pasar el verano en High Weald. Vería con sus propios ojos la casa que Archie le había descrito y, aún peor, sus adorados jardines.

La mente traidora de Flora se imaginó a Aurelia, ataviada con uno de sus preciosos vestidos y una enorme pamela adornada con flores en lo alto de la rubia cabellera, paseando por los jardines en compañía de Archie. Cuando volvió a derrumbarse sobre sus almohadas, pensó que iba a vomitar sobre el pelaje sedoso y negro de Pantera.

Una hora más tarde, Sarah llamó a la puerta para ver qué le apetecía comer, pero Flora fingió estar dormida. Dudaba que volviera a sentir hambre en toda su vida.

Su madre retornó de Londres la primera semana de agosto. Flora se dio cuenta de que Rose estaba tensa y lo achacó a su tristeza por regresar a casa después de las brillantes luces de la capital. Tres días más tarde, su padre, que en opinión de Flora siempre era desdichado, volvió de las Highlands. Puede que también se debiera a la ausencia de Aurelia y al hecho de que la vívida imaginación de Flora se perdía cada pocos minutos en oscuros pensamientos sobre su hermana y Archie en High Weald, pero toda la casa parecía envuelta en un sudario de silencio.

Ya totalmente repuesta de su resfriado, Flora recuperó su rutina habitual levantándose pronto por las mañanas para buscar comida para sus animales, llevándose la carreta a hacer recados en Hawkshead y dibujando bajo el templado sol de la tarde cualquier nuevo tesoro que hubiera encontrado durante sus desplazamientos. Cuando estaba en casa oía susurros apagados detrás de la puerta del despacho de su padre y la conversación durante la cena era aún más forzada que de costumbre.

Cuando agosto empezó a agonizar y se llevó con él el verano hasta el año siguiente, Rose le pidió a su hija que fuera a verla después del desayuno. Flora experimentó una extraña sensación de alivio en cuanto se encaminó hacia el gabinete y llamó a la puerta; fuera lo que fuese lo que su madre tenía que decirle, sería un chaparrón bienvenido tras las semanas de presión acumulada.

—Hola, mamá —la saludó al entrar.

—Ven a sentarte, Flora.

La joven tomó asiento en la silla que su madre le indicaba. La luz clara entraba a raudales por las ventanas e iluminaba los colores desvaídos de la vieja alfombra Mahal que había en el suelo. Habían encendido un fuego en la chimenea, señal de que la estación estaba a punto de cambiar.

—Flora, a lo largo de las últimas semanas tu padre y yo hemos estado debatiendo el futuro de… nuestra familia.

—Entiendo.

—Confío en que lo que tengo que decirte no te provoque demasiada extrañeza. Aunque no digas mucho, soy consciente de que te das cuenta de todo.

—¿Ah, sí?

A la muchacha le sorprendió el comentario de su madre.

—Sí. Eres una joven inteligente y perspicaz.

Flora supo entonces que lo que iba a decirle debía de ser muy malo, porque a duras penas recordaba que un cumplido así hubiera salido antes de los labios de su madre.

—Gracias, mamá.

—No hay otra forma de decírtelo, así que tu padre va a vender Esthwaite Hall.

A su hija se le formó un nudo en la garganta y Rose evitó mirarla a los ojos mientras proseguía:

—Durante los últimos años, hemos destinado cada penique a su mantenimiento, razón por la cual vivimos con tal frugalidad. El caso es que, simplemente, no hay más dinero. Y, con gran juicio, tu padre se niega a acumular deudas para financiar las reparaciones necesarias. Hay un comprador que está dispuesto a pagar un buen precio y que cuenta con fondos para restaurar la mansión. Tu padre nos ha encontrado una casa en las Highlands, junto al lago Lee, y allí será adonde nos mudemos en noviembre. Lo lamento, Flora. Sé muy bien que, de todos nosotros, tú eres la que más cariño le tiene a esta casa y su entorno. Pero no podemos hacer nada.

Flora no habló… era incapaz de hacerlo.

—No es lo ideal, lo reconozco y… —Flora observó a su madre mientras tragaba saliva con dificultad para mantener la compostura—. Ciertamente, la mudanza me resultará difícil, pero no hay más opción. En cuanto a ti, Flora, tu padre y yo sentimos que sería un error llevarte con nosotros a un lugar tan apartado, puesto que aún eres joven y necesitas la compañía de otras personas. Así que te he conseguido un trabajo que creo que podría encajar a la perfección contigo en una casa de Londres.

Durante un instante, Flora se vio a sí misma limpiando los fogones o pelando patatas en una cocina subterránea.

—¿Y de qué se trata, mamá? —consiguió articular al final pese a la sequedad de su boca.

—Una buena amiga mía necesita que sus dos hijas amplíen sus estudios. Le he hablado de tu dominio del dibujo y la pintura, así como de tus conocimientos de botánica. Me ha preguntado si te gustaría sumarte a su personal e instruir a sus hijas en tus capacidades.

—¿Voy a ser su institutriz?

—No, no en el sentido más literal. La familia a la que vas a unirte es adinerada y cuenta con un amplio personal para hacerse cargo de las niñas y educarlas. Yo vería tu papel como el de una tutora.

—¿Podría preguntar cómo se llama esa amiga tuya?

—Su nombre es señora Alice Keppel. Es muy respetada en la sociedad londinense.

Flora asintió, aunque, teniendo en cuenta que vivía en los parajes de los Lagos, no conocía el nombre de ninguna persona que residiera en Londres, respetada o no.

—Es una mujer que se mueve en los círculos más altos y es un honor que te tome en consideración para tal puesto. —Una expresión extraña cruzó fugazmente el rostro de su madre—. Bueno, y eso es todo. Te incorporarás a la plantilla a principios de octubre.

—¿Y qué hay de Aurelia? ¿Va a mudarse con vosotros a las Highlands?

—Aurelia vivirá con la tía Charlotte en Londres cuando regrese de Kent. Al menos temporalmente. Tenemos la esperanza de que no pase mucho tiempo antes de que Aurelia se encuentre dirigiendo su propia casa.

A Flora le dio un vuelco el corazón.

—¿Va a casarse? ¿Quién es él?

—Estoy segura de que tu hermana te lo contará en cuanto se confirme el compromiso. Bien, Flora, ¿tienes alguna pregunta?

—No.

¿Qué sentido tenía? Su destino ya estaba sellado.

—Querida… —Rose le tendió una mano titubeante—. Lo siento muchísimo. Me encantaría que las cosas fueran distintas para nosotras. Pero no lo son, y debemos sacarles el mayor provecho posible.

—Sí. —Flora sintió una repentina empatía hacia su madre, que parecía tan apesadumbrada como ella—. Me… adaptaré a mis nuevas circunstancias, estoy convencida. Dile a la señora Keppel… dile que se lo agradezco mucho.

Y antes de que pudiera ponerse en ridículo estallando en sollozos atronadores y desesperados, Flora abandonó el gabinete a toda velocidad. Ya en el piso de arriba, cerró con llave la puerta de su habitación, se dejó caer sobre la cama, se tapó la cabeza con las mantas y lloró lo más silenciosamente que pudo.

«Todo se ha desvanecido… mi casa, mi hermana, mi vida…»

Pantera también se había colado bajo las mantas y el tacto de su pelaje suave y cálido la hizo llorar con más fuerza.

—¿Y qué será de ti? ¿Y de Posy y del resto dc mis animales? No me imagino que la señora Keppel —escupió el nombre como si fuera veneno— quiera que un sapo viejo y una rata estropeen su prístino hogar. ¡Tengo que enseñar a críos! Cielo santo, Pantera, si apenas conozco niños, ¿cómo voy a ser capaz de educarlos? Ni siquiera estoy segura de que me gusten mucho, la verdad.

Pantera escuchó pacientemente, ronroneando al oído de Flora a modo de respuesta.

—¿Cómo han podido papá y mamá hacerme algo así?

Flora apartó las mantas de golpe y se incorporó para contemplar la magnífica vista de Esthwaite Water desde la ventana. La rabia había sustituido al dolor, así que se puso de pie y comenzó a recorrer la habitación de un lado a otro con nerviosismo, tratando desesperadamente de dar con una forma de salvar su amado hogar sin ayuda de nadie. Cuando agotó todas las posibles opciones —que simplemente eran inexistentes—, Flora abrió las puertas de todas las jaulas. Sus animales abandonaron el cautiverio correteando y saltando y se arremolinaron en torno a su dueña en actitud protectora.

—Ay, Dios. —Flora dejó escapar un suspiro largo y profundo al atraerlos hacia sí—. ¿Qué diantres voy a hacer?

La niebla empezó a cernirse sobre el lago al amanecer y el crepúsculo a adelantarse un poco cada día. Flora pasaba la mayor cantidad de tiempo posible fuera de casa. Su padre todavía no le había mencionado directamente que planeaba vender su hogar, ni tampoco el inminente traslado de la joven a Londres. Las horas de las comidas continuaban tal y como siempre habían sido, y Flora se preguntaba si su padre llegaría a despedirse de ella cuando se marchara dos semanas más tarde.

La única señal de que algo estaba a punto de cambiar se produjo cuando varias furgonetas se presentaron ante la casa y se marcharon cargadas de mobiliario. Flora no supo si su destino era una empresa de subastas o la nueva morada de sus padres en Escocia. Cuando vio que los hombres comenzaban a llevar cajas vacías a la biblioteca, entró en la sala a toda velocidad y, como una ladrona, recogió tantos de sus libros favoritos como pudo sujetar entre los brazos y después se escabulló escalera arriba con su botín.

Era la época de la cosecha de heno en Esthwaite y alrededores, y el desacostumbrado buen tiempo hizo que todo el pueblo saliera a la vez a trabajar en los campos para recolectarlo antes de que lloviera. Flora paseaba por las veredas con su cesta saludando a rostros familiares a los que pronto diría adiós y cortando muestras de tantas especies de plantas diferentes como encontraba. Se imaginaba que en Londres habría escasez de flora y fauna interesantes para que sus nuevas pupilas las dibujaran y pintaran.

El problema más apremiante de todos era qué hacer con sus animales. Si los soltaba, ninguno de ellos sobreviviría en libertad después de sus años de pensión completa en Esthwaite Hall. Pero ¿qué otra cosa podía hacer?

Y entonces, una mañana en que se despertó muy temprano, se le ocurrió la respuesta. Después del desayuno, Flora se puso su mejor sombrero y se dirigió al establo para enganchar el poni a la carreta.

—Bien —le dijo a Myla cuando agitó las riendas y se pusieron en marcha—, lo peor que puede hacer es negarse.

Flora detuvo la carreta delante de Hill Top Farm y ató el poni a un poste. A continuación se alisó el vestido y se ajustó el sombrero y abrió la verja de madera. De camino hacia la casa se fijó en los parterres bien cuidados, llenos de los azafranes morados del otoño y de dalias. A su izquierda, al otro lado de una verja de hierro forjado verde, había un huerto en el que atisbó coles enormes y las matas de hojas de la parte superior de las zanahorias. Una enredadera de glicina trepaba por la fachada de la casa, cuyas paredes grises también se animaban gracias a los membrillos japoneses en proceso de maduración.

Se detuvo y supo que lo único que se interponía entre ella y su heroína era aquella puerta de roble panelada. Cuando sintió que estaba a punto de perder el valor, pensó en el innegable destino de sus animales si ni siquiera lo intentaba y golpeó la puerta con el llamador de latón. Al cabo de unos segundos, oyó unos pasos que se acercaban. La puerta se abrió y un par de ojos brillantes y curiosos escrutaron a su visitante.

—Hola. ¿En qué puedo ayudarla?

Flora reconoció a la señorita Potter de inmediato y, como se esperaba que fuera una doncella quien atendiera la puerta, se quedó sin palabras en cuanto la vio. Su heroína tenía un aspecto bastante desaliñado, pues iba secándose las manos en un delantal cubierto de manchas de fruta y atado sobre una falda lisa de lana gris y una sencilla blusa blanca.

—Seguramente no me recordará —comenzó tímidamente—, pero me llamo Flora MacNichol y vivo en Esthwaite Hall, no muy lejos de aquí. Vino a tomar el té con sus padres una vez y después me escribió una carta que incluía la historia de una oruga y una babosa…

—¡Vaya, sí, claro que me acuerdo! Madre mía, señorita MacNichol, cómo ha crecido desde entonces. ¿No quiere pasar? Estoy preparando mermelada de moras y debo vigilarla cuando comience a hervir. Verá, es la primera vez que la hago…

—Gracias —dijo Flora, apenas capaz de creerse que la célebre señorita Potter la estuviera invitando a entrar en su casa.

La recibió un vestíbulo profusamente decorado que contradecía el sencillo exterior de la vivienda. Un reloj de pie marcaba los segundos junto a la escalera y una enorme cómoda de roble reposaba contra la pared, llena de pequeños tesoros. Todo estaba limpio como una patena casi como en una casa de muñecas, y de hecho

Flora casi podía imaginarse a los ratones de los cuentos de la señorita Potter correteando por allí y sembrando el caos en la casita. Disimuladamente, la joven se pellizcó para asegurarse de que aquello era real.

—¡Ay, ya se me ha vuelto a pegar al fondo! —exclamó la señorita Potter abalanzándose hacia una cazuela suspendida sobre el fuego abierto y cuyo contenido borbotaba demasiado alegremente. El fuerte aroma del azúcar quemado impregnó la habitación—. Debe disculparme mientras sigo removiendo. Normalmente es la señora Cannon quien hace estas cosas, pero he pensado que debería aprender a hacerlo yo misma. Pero, por favor, siéntese y dígame a qué debo el placer de su visita.

—Yo… bueno, la verdad es que he venido a pedirle un favor o, al menos, consejo.

Flora se sentó a la mesa, como le habían pedido, y oyó un maullido contrariado cuando un gato atigrado de gran tamaño se apartó de la silla. Aquella no sería la mismísima doña Milagros de Miau, ¿verdad?

—No le haga caso a Tom, le encanta montar alboroto. ¿Y en qué consistiría exactamente ese favor?

—Yo… bueno… —Flora se aclaró la garganta—. He rescatado a unos cuantos animales que ahora mismo residen en mi habitación de Esthwaite Hall.

—¡Yo también lo hacía cuando era niña! —La señorita Potter rio encantada—. ¿Qué tipo de animales tiene?

Flora repasó su colección mientras su anfitriona removía la mermelada y la escuchaba con atención.

—Sí, yo también tuve todos los animales que ha mencionado, excepto tal vez un sapo. Aunque puede que tuviera uno en algún momento… En cualquier caso, aún no me ha explicado cuál es el favor.

—Tal vez ya se haya enterado, pero van a vender Esthwaite Hall. Yo voy a trasladarme a Londres y a trabajar en una casa enseñando a unas niñas botánica, dibujo y pintura. Y la verdad es que no tengo ni idea de qué hacer con mis pobres mascotas huérfanas.

—¡Ajá! —La señorita Potter apartó la cazuela del fuego y la depositó sobre un panel de corcho en la mesa—. La respuesta es muy sencilla: tienen que venirse a vivir a Hill Top Farm conmigo.

181

No puedo asegurar que vayan a recibir la atención a la que están acostumbrados, porque parece que últimamente estoy muy ocupada. Escribo libros, ¿sabe?

—Sí, señorita Potter, tengo todos los que ha publicado hasta el momento.

—¿De verdad? Es muy amable por su parte. Bueno, en cuanto a su problema, tengo un cobertizo grande en el jardín que es cálido y seco y que utilizo a menudo para albergar pájaros heridos y cosas así. Estaré encantada de que sus animales se muden allí. En el cobertizo hay muchos insectos para su sapo. Y siempre tenemos semillas a mano para nuestros otros animales, aunque ya he aprendido a no darles semillas de cáñamo a los conejos: a mi pobre Benjamin le provocaron una crisis bastante curiosa una vez. ¿Dice que tiene una rata blanca? Tendría que tener cuidado de que Tom no consiga entrar nunca en el granero.

Mientras la señorita Potter elaboraba una lista verbal de cómo podría salvaguardar a los recién llegados, Flora sintió un alivio y una gratitud inmensos.

—También tengo un gatito llamado Pantera —añadió esperanzada.

—Me temo que eso sí podría causar un problema, porque mi querido Tom lleva la batuta desde hace tanto tiempo que no creo que acepte de buen grado un competidor. ¿Se le ocurre algún otro lugar adonde pudiera ir Pantera?

—No soy capaz de pensar en ninguna opción que me dé verdadera confianza.

—Bueno, preguntaré por ahí y seguro que encuentro a alguien dispuesto a quedárselo.

—Gracias —dijo Flora, aunque aquella palabra le parecía insuficiente para la generosidad de la señorita Potter.

—¿Podría pedirle que me ayude a colar y envasar la mermelada en los tarros?

—Por supuesto.

Flora se puso de pie de inmediato y la escritora acercó a la mesa una bandeja llena de frascos de cristal. La una junto a la otra, colaron la mermelada sirviéndose de una muselina para librarse de las pepitas de mora. Después, comenzaron a verterla en los botes.

—Es un fruto de lo más agradecido —comentó la señorita Potter—. Madura bajo la lluvia, y, como ya sabe, por aquí no andamos faltos de ella. Entonces ¿tiene ganas de marcharse a Londres?

—Para nada. No sé cómo voy a soportar alejarme de Esthwaite —confesó Flora—. Todo lo que quiero está aquí.

—Bueno, debe soportarlo, y seguro que lo logrará. —La señorita Potter rascó los últimos restos de mermelada del fondo de la cacerola—. Yo me crie en Londres y hay muchos parques y jardines bonitos, y, por supuesto, el Museo de Historia Natural... ¡Bueno, y también los Jardines de Kew! Mi consejo, querida, es que saque el máximo provecho de lo que experimente allí. Un cambio vale tanto como un descanso, como suele decirse.

—Lo intentaré, señorita Potter.

—Bien. —La mujer asintió mientras comenzaban a cubrir la mermelada con discos de papel de parafina y después a apretar las tapas de los tarros—. Creo que nos merecemos un poco de refresco de flor de saúco por nuestros esfuerzos. ¿Sería tan amable de servirnos un vaso a cada una mientras yo guardo esto en la despensa para que se enfríe?

Flora hizo lo que le pedía mientras pensaba que ojalá pudiera explicarle a la señorita Potter que la vida que ella llevaba era todo lo que deseaba para sí. Le daba miedo que sonara a tópico, así que se limitó a tenderle el vaso de refresco a su heroína cuando ambas se sentaran a la mesa. Intentó grabarse aquel momento en la memoria para que la consolara en su incierto futuro.

—¿Sigue dibujando, señorita MacNichol? Recuerdo que lo hacía cuando era más pequeña.

—Sí, pero básicamente la naturaleza y algún que otro animal.

—¿Y qué otra cosa puede retratarse? —dijo entre risas la señorita Potter—. Y la flora y la fauna no son temibles críticos de arte como los seres humanos. Entonces, va a ser una especie de institutriz. ¿No desea llevar una vida de casada? No cabe duda de que es lo bastante hermosa para atraer a un marido.

—Yo... tal vez. Pero la vida todavía no me ha ofrecido esa oportunidad.

—Querida, ¡yo tengo cuarenta y tres años y todavía estoy esperando a que me la ofrezca a mí! Y, por desgracia, los corazones rotos tardan muchos años en sanar. —Una repentina tristeza ensombreció la mirada azul de la escritora—. Dígame —prosiguió—, ¿para quién va a trabajar en Londres?

—Para una tal señora Alice Keppel. Creo que las niñas a las que daré clases se llaman Violet y Sonia.

Al oír aquellas palabras, la señorita Potter echó la cabeza hacia atrás y soltó una carcajada.

—Por favor, señorita Potter, ¿qué le resulta tan divertido?

—Perdóneme, me estoy comportando como una cría. Pero, querida, seguro que la han prevenido acerca de las… conexiones de la señora Keppel.

Flora no quiso parecer ingenua, así que ocultó su confusión.

—Yo… sí.

—Bueno, sin duda, si hay algo por lo que merezca la pena abandonar la belleza de los Lagos, ¡no se me ocurre ninguna otra casa en la que trabajar tan interesante como esa! Ahora debo ponerme en marcha, pues yo también tengo que volver a Londres mañana para ver a mi pobre madre enferma y todavía me queda mucho que hacer por aquí antes de marcharme. Por favor, venga a dejar a sus animales algún día de estos. Si yo no he regresado, el señor y la señora Cannon, que viven en la otra ala de la granja, estarán encantados de hacerse cargo de ellos. Quédese tranquila, porque ellos saben que, al menos en mi casa, los animales van primero. Sus mascotas recibirán un tratamiento casi… real.

La señorita Potter se echó a reír de nuevo y acompañó a Flora hasta la puerta.

—Adiós, señorita Potter. No sé cómo darle las gracias por su amabilidad.

—Los amantes de los Lagos y de los animales debemos ayudarnos, ¿no cree? Adiós, señorita MacNichol.

14

Los pocos días que le quedaban en su hogar de la infancia pasaron volando, y la tristeza del corazón de Flora iba haciéndose cada vez más profunda a medida que veía cómo empaquetaban las posesiones de la familia. Le regalaron un enorme baúl en el que guardar sus pertenencias personales y sus tesoros, que después viajarían con sus padres hasta Escocia. Mientras recogía sus diarios forrados de seda —un registro detallado de su vida en Esthwaite— para envolverlos en papel de embalar, no pudo evitar echar un vistazo entre las tapas y leer fragmentos de los mismos, llorando por todo lo que estaba a punto de perder.

Sus padres se mostraban tan ensimismados que rara vez le dedicaban alguna palabra amable. Aunque Flora había llegado a acostumbrarse a su actitud, su sensación de aislamiento creció rápidamente y pensó que tal vez incluso se sintiera aliviada cuando llegara el día de su traslado a Londres.

Además, tampoco había vuelto a recibir noticias de Archie, así que Flora había decidido que, por mucho que le hubiera pedido que confiara en él, el recuerdo de los días que los dos habían pasado juntos estaba mejor empaquetado con el resto de su pasado. Teniendo en cuenta los evidentes sentimientos de Aurelia hacia él, expresados en las cartas que su hermana le había escrito desde High Weald, era la única opción sensata. Aunque no es que aquella resolución le valiera de mucho. La joven continuaba pensando en él casi a cada instante del día.

Lo más doloroso de todo fue decirles adiós a sus queridos animales tras acomodarlos en el cobertizo de la señorita Potter e informar a la señora Cannon de sus necesidades. La despedida solo se le hizo ligeramente más soportable al ver la alegría de Ralph y Betsy, los hijos mayores de la señora Cannon, que cogieron de inmediato a Maisie y Ethel, los dos lirones, y prometieron que los cuidarían tan bien como la propia Flora.

En cuanto a Pantera, Sarah, que se había negado a ir a las Highlands «debido a todos esos ácaros y garrapatas», se lo llevaría a vivir a la acogedora casita de campo que compartía con su madre en Far Sawrey. Al menos Flora estaba tranquila porque todos sus animales se encontraban seguros y a salvo, aunque ella no lo estuviera.

La mañana de su partida hacia Londres, con el corazón tan pesado como el peñasco situado a orillas de Esthwaite Water, Flora bajó a la planta principal para contemplar por última vez el amanecer de la Tierra de los Lagos.

Fuera, el exterior le había concedido un postrero y maravilloso recuerdo. Los cielos otoñales estaban iluminados por vetas de color escarlata y morado y, cuando se sentó sobre el peñasco, la niebla baja espesaba el aire. Saboreando todos y cada uno de los trinos del coro del amanecer, inspiró profundamente el aire fresco y puro.

—Adiós —murmuró cerrando los ojos como el obturador de una cámara fotográfica para grabar la imagen indeleblemente en su memoria.

De vuelta en su habitación, Flora se vistió a toda prisa para partir y, tras echarse sobre los hombros su capa de viaje, llamó a Pantera. Normalmente, el gato salía adormilado de debajo de las mantas, estirándose con languidez y transmitiendo, con su mirada de ojos ambarinos, irritación por que lo hubieran molestado. Aquel día no apareció y, tras registrar su habitación de arriba abajo, Flora dedujo que debía de haberse dejado la puerta del dormitorio abierta antes de marcharse y que Pantera la había seguido escalera abajo.

Tilly y la señora Hillbeck ya estaban atareadas en la cocina.

—Su madre nos ha pedido que le preparemos comida para llevar. El viaje hasta Londres es largo —anunció Tilly mientras abrochaba las correas de cuero de la cesta.

—¿Habéis visto a Pantera? —les preguntó mirando debajo de la mesa—. Lo he buscado por todas partes y no lo encuentro. Tengo que despedirme de él…

—No puede haber ido muy lejos, señorita Flora, estoy segura, pero su madre ya la está esperando junto a la puerta. Yo me encargaré de localizarlo, no se preocupe —dijo Sarah cuando salió de la despensa.

—Adiós, señorita Flora, y buena suerte en esa ciudad de bárbaros a la que va. Mejor usted que yo —resopló la señora Hillbeck—. Le he preparado unas empanadillas de pasas… sé que le gustan mucho.

—Gracias y, por favor, prometedme que daréis con Pantera y que me escribiréis para decirme que se encuentra bien.

—Por supuesto que sí, querida. Cuídese mucho. La echaremos de menos —añadió la señora Hillbeck con lágrimas en los ojos.

—Lo haré. Adiós.

Flora echó una última mirada desesperada en torno a la cocina y después se marchó para reunirse con su madre.

—Flora, tenemos que marcharnos ya o llegaremos tarde al tren.

Su madre la aguardaba en el vestíbulo con actitud regia y las manos cubiertas por un manguito de piel que la protegía del frescor matinal. Flora se dirigió hacia la puerta, seguida de Sarah, que llevaba la cesta de pícnic.

—Despídete de tu padre. Te esperaré en el carruaje.

Para sorpresa de la joven, su padre había bajado la escalera hasta el vestíbulo, apoyándose en su bastón con mayor pesadez de la habitual.

—Flora, querida.

—¿Sí, papá?

—Y… bueno, el caso es que… lamento mucho cómo ha terminado todo.

—No es culpa tuya que no tengamos dinero para mantener la casa, papá.

—No, bueno… —Alistair se miró los pies—. No me refería exactamente a eso, pero gracias de todos modos. Estoy seguro de que escribirás a tu madre con regularidad y de que me enteraré de tus aventuras. Te deseo suerte en el futuro. Adiós, querida.

—Gracias, papá. Adiós.

Flora se dio la vuelta y sintió una repentina y profundísima tristeza ante la irrevocabilidad de las palabras de despedida de su padre. Después de subir al carruaje, le lanzó una última mirada a Esthwaite Hall. Cuando cruzaron las verjas, se preguntó si volvería a ver aquella casa. O a su padre.

Una vez acomodada en su vagón de primera clase para el largo viaje hasta Londres, Flora permaneció en silencio observando la rápida transformación del paisaje, que abandonaba las colinas escarpadas y los valles por una lisura que le resultaba poco familiar, y llorando internamente por todo lo que acababa de perder. Por el contrario, a medida que los kilómetros transcurrían y el tren separaba a sus pasajeros cada vez más de sus casas, el humor de Rose comenzó a mejorar.

—Quizá debería hablarte un poco de la familia Keppel.

—Sí, mamá.

Flora escuchó solo a medias mientras Rose le describía la hermosa casa de Portman Square, el alto estatus social de la familia y a las dos niñas, Violet y Sonia, que tenían quince y nueve años respectivamente.

—Sin duda, Violet es una belleza y Sonia... bueno, pobrecita, digamos que posee otras cualidades que compensan su fealdad. Es una niña con un carácter bastante dulce, pero Violet da muchos problemas. Aunque, la verdad —Rose miró por la ventanilla y esbozó una leve sonrisa—, tampoco se la puede culpar, teniendo en cuenta la vida que ha llevado.

—¿Qué vida, mamá?

—Ah —Rose se estremeció visiblemente—, puede que solo sea que al primogénito siempre se le mima demasiado.

Entonces fue a Flora a quien le tocó desviar la mirada. Pero no antes de percatarse de que un ligero rubor cubría las mejillas de su madre. Las dos sabían que ese no había sido el caso en su propia familia.

A la una en punto, Rose anunció que tenía hambre y Flora, obedientemente, abrió la cesta de pícnic.

—La comida del vagón comedor me resulta totalmente incomestible —añadió la mujer cuando Flora le pasó una servilleta y un plato.

Las dos soltaron un pequeño grito cuando un minúsculo demonio negro salió de la cesta de un salto y, tras echar un breve vistazo a su alrededor, desapareció bajo las faldas de su dueña.

—¡Cielo santo! ¿Qué diantres está haciendo aquí ese gato? Flora —Rose la fulminó con la mirada—, ¿no se te habrá ocurrido esconderlo ahí?

—¡Pues claro que no, mamá! «Ese gato» —se le llenaron los ojos de lágrimas de alegría cuando sacó a Pantera de su escondite y lo estrechó contra su pecho— se ha escondido solo.

—No tengo ni idea de qué vamos a hacer con él cuando lleguemos a Londres. Estoy segura de que los Keppel no querrán animales en su casa, teniendo en cuenta las amistades que frecuentan.

—Mamá, entiendo que Pantera pueda ser una molestia, pero, hasta donde yo sé, a la mayor parte de los niños les encantan los gatitos, así que puede que a Violet y Sonia también.

—Bueno, no es un buen comienzo —suspiró Rose—. No es un buen comienzo en absoluto.

Con Pantera profundamente dormido dentro de la cesta de pícnic —casi daba la sensación de que entendiera el juego que debía seguir—, madre e hija bajaron del tren en la estación de ferrocarril de Euston.

—Mi querida Alice dijo que enviaría a su chófer a recogernos con el automóvil. Ah, mira, ahí está Freed.

Flora siguió a su madre por la atestada terminal mientras la mujer avanzaba a buen paso hacia un hombre de baja estatura con un bigote muy pulcro y ataviado con un elegante abrigo de color verde oscuro y botones de latón brillante. Freed se quitó la gorra y se inclinó ante ellas. El olor y el incesante ruido tanto de los motores como de la multitud hacían que Flora se sintiera mareada y agobiada. Incluso Pantera dejó escapar un temeroso maullido de disgusto desde las profundidades de la cesta.

—Buenas tardes, señora, señorita, y bienvenidas a Londres —las saludó, y llamó a un mozo para que las ayudara con las maletas—. Espero que el viaje les haya resultado agradable —comentó cortésmente mientras Flora y su madre lo seguían hasta el exterior de la estación, con el mozo empujando tras ellos el carrito del equipaje.

Las esperaba una berlina eléctrica cuyos paneles de madera relucían bajo la luz de media tarde. Las dos subieron y se acomodaron sobre la suave tapicería de cuero antes de que Freed arrancara el motor con un ligero zumbido y se pusieran en marcha por las amplias calles de Londres.

La joven observó por la ventanilla a los elegantes hombres y mujeres que paseaban por Marylebone Road y los imponentes edificios que parecían prolongarse infinitamente hacia el cielo. Un maullido constante y lastimero emanaba de la cesta, pero Flora no se atrevía a abrirla para consolar a Pantera mientras su madre estuviera sentada a su lado.

La berlina rodeó un magnífico parque circundado por altos edificios de ladrillo y se detuvo delante de uno de ellos. La puerta se abrió inmediatamente y un lacayo se acercó para ayudarlas a bajar. Entraron en la casa y el lacayo se ofreció a librar a Flora del peso de la cesta de pícnic.

—No, gracias, señor, dentro tengo… regalos para la familia —mintió Flora a toda prisa.

Se llevaron sus sombreros y sus capas y las invitaron a subir un estrecho tramo de escaleras y a entrar en una salita que, a primera vista, se parecía más a un invernadero que a una habitación interior, pues estaba llena de fragantes orquídeas, lirios y enormes rosas Souvenir de la Malmaison en jarrones de cristal tallado.

En medio de los cojines de encaje de un sofá estaba sentada la mujer más hermosa —y sin duda la mejor vestida— que Flora hubiera visto en toda su vida. Su espesa melena cobriza brillaba en una elaborada cascada de rizos, los collares de perlas que le rodeaban el cuello resaltaban su piel de alabastro y el profundo escote revelaba la turgencia de un busto impresionante. Sus ojos eran de un azul reluciente y Flora se quedó paralizada cuando la mujer se puso de pie y atravesó la espléndida sala para saludarlas.

—Mi querida Rose —dijo mientras abrazaba a su madre—. ¿El viaje ha sido muy cansado? Espero que no.

—No, Alice, nos ha resultado muy cómodo, pero tanto Flora como yo nos alegramos de haber llegado.

—Por supuesto. —La penetrante mirada de Alice Keppel recayó entonces sobre Flora—. Entonces, esta es la célebre Flora. Bienvenida a mi hogar, querida. Espero que seas muy feliz aquí. Las niñas están deseosas de conocerte. Su niñera me ha dicho que la pequeña Sonia se ha pasado el día dibujándote. Para disgusto de ambas, ahora mismo las están bañando para irse a la cama, así que les he prometido que te las presentaré mañana a primera hora.

Un quejido lastimero surgió del interior de la cesta de pícnic y una minúscula pata negra apareció bajo la tapa.

—¿Qué llevas ahí dentro? —preguntó la señora Keppel cuando todas las miradas de la sala se volvieron hacia la cesta.

—Es un… gatito —contestó Flora sin apartar la vista del horrorizado rostro de su madre—. Por favor, señora Keppel, no tenía intención de traerlo, pero se metió él solo en la cesta.

—¿De verdad? Debe de ser un animal de muchos recursos. —Dejó escapar una carcajada—. Echémosle un vistazo a ese polizón. Estoy segura de que las niñas estarán encantadísimas.

Flora se agachó para desabrochar las correas de cuero de la cesta mientras Rose mascullaba azoradas disculpas. Sin prestarles la más mínima atención, la señora Keppel se acuclilló junto a la muchacha, y cuando Pantera quedó libre lo levantó con mano firme y experta.

—Eres toda una belleza, jovencito, y también muy travieso, no me cabe duda. Tuve un gato parecido durante mi infancia en Duntreath. Estoy segura de que será muy bien recibido en las habitaciones de las niñas.

Cuando la señora Keppel le devolvió el inquieto gato a su dueña, Flora podría haberse postrado ante ella para besarle los pies.

—Bien, la cena es a las ocho y he invitado a unos cuantos viejos amigos tuyos, querida Rose. Le pediré a nuestra ama de llaves, la señorita Draper, que os acompañe a vuestros dormitorios para cambiaros. Flora, te he puesto en una habitación contigua a la de tu madre. Espero que te guste. —Acto seguido, la señora Keppel tomó entre sus manos las de Flora y se las apretó con fuerza—. Bienvenida.

Mientras las guiaban hacia el siguiente piso por otro tramo de escaleras, Flora se preguntó si el generoso recibimiento de la señora Keppel sería auténtico o solo para guardar las apariencias. Porque, si era real, se trataba de la bienvenida más cálida que hubiera recibido en su vida por parte de un extraño. Cuando Rose estaba a punto de desaparecer en el interior de su habitación, Flora se dio cuenta de una cosa e hizo a su madre a un lado para que pudieran hablar sin que las escucharan.

—Mamá, no tengo nada apropiado que ponerme para la cena —le susurró mientras el ama de llaves y la doncella se detenían unos pasos por detrás de ellas.

—Tienes razón —concedió Rose—. Perdóname, Flora, debería haberlo tenido en cuenta, pero no sabía que la señora Keppel quisiera presentarte en sociedad. Le diré que estás agotada por el viaje y pediré que una de las sirvientas te suba la cena en una bandeja. Cuando mañana vuelva a casa, te dejaré el traje de noche que he traído para mí. Tendrán que arreglártelo, pero estoy segura de que habrá una costurera entre el personal de la casa. El armario de la señora Keppel es inmenso, como podrás imaginarte.

—Gracias, mamá.

El ama de llaves acompañó a Flora hasta la siguiente puerta del pasillo y la abrió para revelar una habitación enorme, profusamente amueblada y de techos altos. Sobre la cómoda descansaba un jarrón con flores frescas y había toallas limpias colgadas en el lavamanos.

—Si necesita cualquier cosa, señorita, toque la campanilla y pregunte por Peggie —le dijo el ama de llaves señalando a la doncella que tenía a su espalda y que le dedicó una reverencia—. Peggie también bajará a su gato al sótano para que haga sus… cosas.

—Gracias —contestó Flora, a punto de añadir que no tenía ningún problema en bajar al gato ella misma, pero las dos sirvientas ya se habían marchado de la habitación.

Se acercó a la ventana y vio que ya había oscurecido y que las lámparas de gas iluminaban la plaza que se extendía ante ella. Varios carruajes se detenían delante de otras casas y sus pasajeros se apeaban ataviados con relucientes sombreros de copa negros o con tocados de ala ancha y rodeados de plumas.

Cuando le dio la espalda a la ventana, vio que Pantera ya se había puesto cómodo y estaba acicalándose en mitad de la gran cama de latón. La joven se sentó a su lado y después se tumbó para mirar el techo inmaculado, que no tenía ni una sola grieta o mancha de humedad que lo ensombreciera.

—Madre mía, tienen que ser muy ricos si hasta sus «criados» duermen en habitaciones como esta —murmuró Flora justo antes de que los ojos se le cerraran involuntariamente y se quedara traspuesta.

Más tarde, se despertó sobresaltada cuando alguien llamó a la puerta. Se incorporó desorientada y luchando por recordar dónde estaba.

—Hola, querida, ¿te he despertado? —preguntó Rose al entrar en el dormitorio.

Llevaba un vestido verde esmeralda y la tiara de la familia, que normalmente languidecía en la caja fuerte de Esthwaite Hall, puesto que había muy pocas ocasiones para lucirla. Aquella noche, Rose parecía resplandecer con tanta intensidad como los diamantes que llevaba en la cabeza.

—Debo de estar cansada del viaje, mamá. Espero que la señora Keppel no se ofenda porque no baje a cenar.

—Lo entiende perfectamente. Bueno, te he traído algo. He pensado que podrían irte bien —dijo Rose ofreciéndole un joyero a su hija.

Flora ahogó un grito al abrirlo y ver el collar y los pendientes de perlas de su madre desplegados sobre el terciopelo. Rose cogió el collar y lo abrochó en torno al cuello de Flora. Juntas, admiraron el reflejo de la joven en el espejo.

—Mi madre me lo regaló cuando hice mi debut en Londres —dijo Rose con voz queda—. Lo he guardado con cariño desde entonces, pero ha llegado el momento de que pase a ser tuyo.

Con delicadeza, posó una mano sobre el hombro de su hija.

—Gracias, mamá.

Flora se sentía verdaderamente conmovida.

—Espero que te encuentres a gusto aquí. La señora Keppel parece haberse encariñado ya contigo.

—Estoy segura de que estaré bien. La señora Keppel ha sido tremendamente amable.

—Sí. Ahora debo bajar a cenar. La señora Keppel me ha pedido que te diga que se reunirá contigo en la sala de día de las niñas, que está un piso más arriba, mañana a las ocho en punto para presentarte a tus pupilas y al resto del personal. Nosotras nos despediremos después. Tomaré el tren hacia las Highlands mañana mismo

para empezar a preparar la nueva casa para la llegada de tu padre.
—Le dio un beso a Flora en la coronilla—. Peggie te subirá una
bandeja con la cena. Que duermas bien, Flora.

—Sí, mamá. Buenas noches.

15

Al día siguiente, Flora se despertó debido a los desconocidos sonidos de la casa y sus ruidosos alrededores. A las siete en punto oyó unos golpecitos en su puerta y Peggie entró con la bandeja del desayuno y encendió el fuego de la chimenea.

Mientras sorbía su té, Flora se maravilló ante el esplendor de una casa que tenía sirvientes para atender a los sirvientes. Una vez que Peggie se marchó con Pantera firmemente sujeto bajo el brazo, la joven se puso lo mejor de su escasa colección de ropa: un vestido de lino azul con flores bordadas a mano por Sarah en el bajo. Cuando estaba recogiéndose el rebelde cabello en un moño, la puerta se abrió y Peggie y Pantera entraron de nuevo en la habitación.

—¿Está lista, señorita? La están esperando en la sala de día de las niñas.

Flora cogió a Pantera en brazos y siguió a Peggie por otro nuevo tramo de escaleras. La doncella la hizo pasar a la sala y la joven vio que tenía unas paredes blanquísimas y unos enormes ventanales con maravillosas vistas al parque. La señora Keppel estaba de pie junto al fuego, con sus dos hijas a su lado. Sonia, la más pequeña de las dos, lucía un vestido blanco recién almidonado y unos zapatos de charol negros con hebilla. Su hermana mayor, Violet, que, según le había dicho su madre, tenía quince años, llevaba una falda con lo que parecía una camisa de hombre… rematada con una corbata.

—Bien, queridas, saludad a la señorita MacNichol.

—Encantada de conocerla, señorita MacNichol —dijeron las dos muchachas a coro y educadamente.

—Hola.

Flora les sonrió y se dio cuenta de que Violet, a pesar de su extraña vestimenta, ya era una copia exacta de su madre: toda rizos femeninos y ojos azules. Sonia era más morena, estrecha y de complexión similar a la de la propia Flora. El contraste entre ambas hermanas le recordó de inmediato al de Aurelia y ella misma.

—¿Cómo se llama el gato? —Violet señaló a Pantera, que descansaba en brazos de Flora—. ¿Se deja coger? Sus uñas parecen bastante peligrosas, así que a lo mejor araña.

—Este es Pantera, y os aseguro que es muy manso. Pero no le sientan muy bien las bromas —añadió Flora intuyendo que Violet tenía un temperamento caprichoso.

—¿Podría acariciarlo? —preguntó Sonia acercándose al animal y estirando una mano precavida.

—Claro que sí —respondió Flora, que le puso al gato en los brazos y se encariñó de inmediato con la niña, pues Pantera le restregó la cabeza contra los dedos con los ojos entrecerrados de puro placer.

—Ahora, señorita MacNichol, permite que te presente a la niñera y a mademoiselle Claissac —dijo la señora Keppel cuando dos mujeres entraron en la sala de día.

Una era una mujer corpulenta con un vestido gris y un delantal sin una sola arruga; la otra, una rubia bajita y regordeta que miró a Flora como si tuviera algo de olor desagradable justo delante de la nariz.

—Es un placer conocerlas —dijo Flora, que, por alguna razón, tuvo la sensación de que debía hacerle una reverencia a la niñera, pues no le quedó duda de que aquella mujer era la fuerza de la naturaleza que gobernaba las dos plantas de la casa destinadas a las niñas.

—Igualmente, señorita MacNichol —contestó en un tono mucho más suave del que Flora había imaginado y con un ligero dejo de acento escocés.

—*Enchantée* —dijo mademoiselle Claissac—. Puede referirse a mí como «Moiselle» —añadió con arrogancia.

—Moiselle es la maestra de Sonia en casa —explicó la señora Keppel—. Y Violet asiste a la escuela de la señorita Wolff en South Audley Street.

—Y no debo llegar tarde, mamá —comentó Violet desviando la mirada hacia el reloj de la pared—. Vita estará esperándome fuera.

—Por supuesto, querida. Ahora, las dejaré a las tres para que cuadren el mejor horario posible para incluir la hora diaria de las niñas con la señorita MacNichol.

—Sí, señora —contestó la niñera dedicándole una reverencia respetuosa pero extraña.

Violet estornudó de pronto y su madre se volvió hacia ella con el ceño fruncido.

—Espero que no te estés resfriando, querida Violet.

—No, estoy casi segura de que es eso.

La muchacha señaló a Pantera, que continuaba felizmente acurrucado entre los brazos de Sonia.

Flora contuvo la respiración hasta ver si prohibían la entrada del gatito a la sala de día de las niñas, pero la señora Keppel se limitó a encogerse de hombros.

—No creo en eso que llaman «alergias», y en mi opinión lo mejor que puedes hacer, querida, es permitir que tu cuerpo se acostumbre al pelaje de los animales.

A Flora la señora Keppel le caía cada vez mejor.

Violet se marchó a la escuela y a Pantera tuvieron que arrancarlo a regañadientes de los brazos de Sonia, que siguió a Moiselle hacia el aula para las clases de la mañana. Flora se quedó a solas con la niñera y entre las dos trataron de encontrar una hora diaria para que Flora enseñara a las niñas. Lo cual —entre clases de danza, de gimnasia y visitas culturales a museos y galerías con Moiselle, por no mencionar los numerosos compromisos sociales de las tardes— parecía casi imposible.

—¿Tal vez a las seis?

Una Flora desesperada señaló un hueco en la agenda.

—Puede que a veces, señorita MacNichol, pero muchos días se las requiere en la planta baja para tomar el té con… un visitante de su madre.

—Bueno, tenemos que empezar por algún sitio. Si no, no las veré nunca.

—Hablaré con Moiselle y veré si puede prescindir de Sonia durante un par de horas a la semana por las mañanas —la tranquilizó la niñera—. Y, por supuesto, la recibiremos encantadas durante el almuerzo y la cena en la sala de día de las niñas, pero me atrevería a decir que no tardará mucho en empezar a tomar esta última en la planta baja. Bien. —La mujer se puso en pie—. Debo continuar con mis tareas.

Como no había recibido instrucciones respecto a lo que debía hacer, Flora bajó de nuevo a su habitación. Se sentó en la cama preguntándose por qué diantres la habría invitado la señora Keppel a sumarse a una plantilla donde resultaba evidente que no la necesitaban.

Llamaron a la puerta y entró Peggie.

—Señorita MacNichol, su madre está esperando para verla en el salón de la señora Keppel.

—Gracias, Peggie.

Flora bajó la escalera para encontrarse a su madre con la capa de viaje ya puesta.

—Hola, Flora. ¿Qué te han parecido las niñas?

—Las dos parecen buenas chicas, aunque hasta el momento tan solo he pasado unos minutos con ellas.

—Bien, bien —dijo con un gesto de asentimiento de la cabeza—. Estoy segura de que aquí serás feliz, Flora. La señora Keppel es una mujer muy amable y comprensiva. Y conocerás a muchas de las personas más importantes de la sociedad. Espero que no me decepciones.

—Haré cuanto esté en mi mano por evitarlo, mamá.

—¿Tienes nuestra nueva dirección?

—Sí, y escribiré a menudo.

—Entonces confiaré en ti para que me cuentes todos los cotilleos de Londres. Debo confesar que me das envidia; ojalá fuera yo la que se quedara aquí. Adiós, mi querida Flora, rezo por que esta decisión haya sido la correcta. Para todos nosotros.

Rose besó a su hija en ambas mejillas y después abandonó el salón a toda velocidad.

Flora sintió que se le llenaban los ojos de lágrimas. Se acercó a la ventana para ver a su madre, ya en la calle, subirse al carruaje. A pesar de que había sido a ella a quien habían apartado de su adorado hogar, la muchacha no podía evitar sentir que era a su madre a quien estaban desterrando.

—¿Estás bien, querida?

La señora Keppel había entrado en el salón.

—Sí, gracias.

Flora se secó las lágrimas rápidamente.

—Debe de ser difícil abandonar los Lagos y a tu familia. Pero, por favor, considera esta casa como tu nuevo hogar y a todos nosotros como una familia suplente. Bien, mi modista te visitará mañana a las diez de la mañana. Debemos hacerte un vestuario nuevo antes de que se te pueda ver en público y... —la señora Keppel rodeó a Flora como un águila observando a su presa— esa magnífica cabellera también necesita un buen corte.

—De verdad, señora Keppel, puedo arreglármelas con lo que tengo, y hace solo unas semanas que me corté el pelo.

—¡Mi querida niña, ¡puede que tú sí seas capaz de arreglártelas, pero yo, desde luego, no!

—Pensé que tal vez me facilitarían un uniforme.

—¡Un uniforme! Cielo santo, ¿crees que estás aquí para convertirte en criada? —La señora Keppel dejó escapar una repentina y musical carcajada—. Mi querida Flora, ¡esta situación se vuelve más absurda a cada segundo que pasa! Creo que voy a apodarte «Cenicienta» —añadió mientras conducía a la joven hasta la chaise longue y tiraba de ella con delicadeza para que se sentara a su lado—. Que te quede claro, tú no has venido aquí a servir, sino que eres una joven amiga de la familia que va a pasar una temporada como invitada en nuestra casa. ¡Espera a que se lo cuente a Bertie! Le va a parecer divertidísimo. De momento, sin embargo, hasta que tu vestuario esté listo, debo confinarte a los pisos superiores con las niñas. Como mínimo, te dará la oportunidad de familiarizarte con ellas. Sonia es un encanto y Violet... bueno —suspiró la señora Keppel—. Creo que necesita la orientación de una joven mayor que ella. Está en una edad muy vulnerable e impresionable.

—Haré todo lo que pueda por ayudarlas a ambas, señora Keppel.

—Gracias, querida. Y ahora, debo cambiarme. Tengo invitados para comer.

Flora salió del salón de la señora Keppel sin entender por qué aquella mujer iba a gastar tiempo y dinero en ella. Había llegado pensando que no iba a ser más que una especie de institutriz, pero ya no tenía ningún indicio claro de cuál iba a ser su lugar en la casa.

No obstante, por lo poco que había visto, ya se había dado cuenta de que aquella casa no era muy normal. Y de que Alice Keppel tampoco era una mujer corriente.

Flora aceptó el ofrecimiento de la niñera y comió en la sala de día de las niñas con Moiselle y Sonia. La pequeña no paró de charlar, contenta de tener nueva compañía con la que hablar.

—Moiselle dice que tal vez usted me enseñe a pintar. Y cosas sobre las flores, ¿es así?

—Sí, me encantaría, si encontramos tiempo para ello.

—Por favor, encuéntrelo —susurró Sonia cuando Moiselle se levantó a coger el pudin del carrito—. Odio a Moiselle y odio sus clases.

—Haré todo lo posible —le contestó Flora también en un susurro.

—¿Tiene una hermana, señorita MacNichol?

—Sí.

—¿Le cae bien?

—Mucho. De hecho, la quiero.

—Hasta la tata dice que Violet está un poco loca. Y no se porta muy bien conmigo.

—Algunas hermanas hacen esas cosas, pero en el fondo te quieren.

Sonia abrió la boca para decir algo más, pero entonces, cuando Moiselle regresó a la mesa, se lo pensó mejor.

—Intentaré querer más a mi hermana —dijo en tono grave.

Después de comer, la niñera acompañó a Sonia a lavarse y peinarse antes de que se la llevaran a una clase de danza, de manera que Flora se retiró a su habitación a leer. Después, sintiendo que necesitaba un poco de aire fresco, bajó la escalera con Pantera para buscar una salida para ambos.

Ya en la planta baja, acababa de abrir una puerta del pasillo de atrás, tras la que había unos escalones que parecían indicar la presencia de algún tipo de jardín trasero, cuando el señor Rolfe, el mayordomo, la agarró del brazo.

—¿Adónde va, señorita MacNichol?

Flora le explicó su misión y el mayordomo pareció aturdirse sobremanera al lanzar una mirada hacia el reloj de mesa que descansaba sobre un mueble auxiliar.

—Llamaré a Peggie para que recoja al gatito y después se lo devuelva cuando haya estado fuera.

—Había pensado en tomar un poco el aire yo también.

—En estos momentos no es posible. La señora Keppel está esperando un invitado para tomar el té que llegará en cualquier momento.

El señor Rolfe llamó a Peggie, que apareció al cabo de unos segundos para quitarle a Pantera de los brazos a Flora.

—No se preocupe, señorita, yo me haré cargo de él. Me encantan los gatos, de verdad.

La doncella se alejó a buen paso y el señor Rolfe acompañó a Flora de vuelta a la escalera principal, sin dejar de mirar constantemente hacia la puerta de entrada. Flora ya había empezado a subir cuando oyó que un carruaje se detenía en la puerta.

—Ya está aquí, Johnson. Abra la puerta, por favor —le dijo el señor Rolfe al lacayo, que obedeció de inmediato.

Deseando poder quedarse para ver quién era aquel invitado especial pero demasiado asustada para desobedecer las órdenes del mayordomo, Flora corrió escaleras arriba dejando atrás el salón de la señora Keppel, del que emanaba un fuerte perfume floral. Ya en el santuario del piso superior, echó un vistazo por encima de la barandilla y captó el sonido de una voz masculina y el de unas pisadas fuertes que subían la escalera. Quienquiera que fuese tenía una tos profunda y ronca, y un intenso tufo impregnó el hueco de la escalera. Flora se asomó aún más para tratar de atisbar al hombre, pero notó que una mano se posaba sobre su hombro y tiraba de ella hacia atrás.

—Venga, señorita MacNichol, es mejor que no espiemos a nadie en esta casa —dijo la niñera dedicándole una mirada divertida.

Una puerta se cerró en el piso de abajo y las pisadas se desvanecieron tras ella.

—Jamás se debe molestar a la señora Keppel cuando tiene visitas por la tarde, ¿lo entiende?

—Sí, por supuesto.

Flora, colorada de vergüenza, se retiró de nuevo a su habitación.

16

Dos semanas más tarde, con la ayuda de Barny, la doncella de la propia señora Keppel, Flora contuvo la respiración mientras le apretaban el corsé de ballenas y pensó que la presión iba a partirle las costillas.

—Bien, ya está hecho.

—Pero no puedo respirar.

—No, ninguna de las damas que lo llevan puede hacerlo, pero mire —dijo Barny señalando el espejo—, ahora tiene cintura. Se acostumbrará a ello, señorita MacNichol, como todas las damas. Cederá con el tiempo. Solo es que ahora mismo es nuevo.

—Apenas puedo moverme... —masculló Flora cuando Barny cogió una tira de seda de color azul hielo y le hizo gestos a la joven para que se colocara en medio.

—La señora Keppel tiene razón cuando dice que este color resalta su cutis. Bueno, en realidad tiene razón en todo —aseguró Barny en tono de aprobación mientras abrochaba los minúsculos botones de aljófar de la espalda del vestido.

—Sí —convino Flora con total sinceridad.

Si ella era Cenicienta, la señora Keppel era sin duda el hada madrina del número 30 de Portman Square. Desde la ayudante de la cocina hasta los invitados elegantemente vestidos que se presentaban casi todas las noches a cenar en las plantas de abajo, todo el mundo la adoraba. Parecía arrastrar con ella un aura de calma casi mágica. Jamás tenía que alzar la voz para conseguir lo que necesitaba; por lo general, bastaba una palabra.

—Es como una reina —le había comentado Flora a la niñera un día de la semana anterior tras regresar, con mirada soñadora, de su primera salida de compras con la señora Keppel y las niñas. Habían visitado la juguetería Morrell, donde todos los empleados se habían plegado a todas y cada una de sus peticiones.

La mujer, normalmente muy formal, había estallado en carcajadas ante la expresión de Flora.

—Sí, tiene razón, señorita MacNichol, ¿quién iba a dudarlo?

Flora había empezado a aprender los ritmos de la casa y quiénes eran las personas que la dominaban. Al igual que la propia señora Keppel, quienes trabajaban para ella eran, por lo general, empleados encantadores, y daba la sensación de que consideraban un honor formar parte del servicio de los Keppel. El señor Rolfe y la señora Stacey, la cocinera, llevaban la batuta, mientras que la señorita Draper, el ama de llaves, y Barny tenían el privilegio de preparar a la señora Keppel y su salón privado para recibir visitas, cosa que implicaba horas de arreglos florales, limpieza, vestuario y embellecimiento.

Flora había visto muy poco al marido de la señora Keppel, «el señor George», como lo llamaba el personal, un hombre gigantesco de rostro amable y voz dulce, pero le había caído bien. Todas las noches, Sonia desaparecía en la sala de su padre para acurrucarse en su regazo y que le contara historias de aventuras que la niña le narraba después a ella.

A lo largo de las dos últimas semanas, la joven había pasado la mayor parte de su tiempo en la planta de las niñas intentando ayudar a la niñera y a Moiselle, puesto que no tenía otra cosa que hacer. Por las tardes, sus pupilas y ella se apiñaban frente al fuego de la sala de día para tostar bollitos mientras Flora les contaba anécdotas de su infancia en Esthwaite. Violet fingía desinterés con la cabeza enterrada en una libreta en la que escribía bastante menos de lo que mordía el extremo del lápiz, pero Flora sabía que prestaba mucha atención.

—¿Manejaba sola una carreta tirada por un poni? —quiso confirmar cuando les habló de Myla.

—Sí.

—¿Sin conductor? ¿Ni sirvientes o niñera?

—Sí.

—Vaya, cómo ansío ese tipo de libertad —suspiró Violet, y después volvió a centrar rápidamente su atención en el cuaderno.

Al menos, pensó Flora, obligándose a volver al presente, en aquellos momentos poseía ropa suficiente para vestir sin problema a toda una corte real, así que esperaba que la señora Keppel se mostrara de acuerdo en que saliera a pasear por el parque que había delante de la casa, y puede que incluso por otras zonas más lejanas de Londres. Después de pasar tanto tiempo dentro de la casa, Pantera no era el único que se sentía como un animal enjaulado.

—¿Quiere que le arregle el pelo, señorita MacNichol?

—Gracias.

Flora se sentó frente al espejo de su tocador y Barny empezó a cepillarle la larga y espesa melena con un cepillo con el mango de plata.

Aunque todo lo demás relacionado con la casa estaba ya razonablemente claro en la mente de Flora, todavía le quedaba un misterio por resolver: la identidad del invitado vespertino de la señora Keppel. Flora siempre sabía cuándo estaba previsto que llegara porque toda la casa parecía sumirse en un estado de tensión palpable. Lo primero que anunciaba la llegada del invitado eran los ruidos de Mabel y Katie puliendo las barras de latón de la escalera justo cuando Flora se levantaba de la cama a las siete de la mañana. Comenzaban por la parte más alta de la casa e iban bajando. A mediodía, el florista acudía para llenar el salón de rosas fragantes y, después de comer, Barny desaparecía en los aposentos de la señora Keppel para preparar a su señora para la visita.

Cuando llegaba el invitado, todo el mundo se escabullía para no ser visto y el silencio se apoderaba de la casa mientras el hombre de la tos ronca entraba y subía la escalera dejando un olor a humo de puro rancio tras de sí. Algunas tardes, a las seis en punto, Violet y Sonia, ataviadas con sus vestidos más bonitos, bajaban al salón de la señora Keppel a tomar el té.

Cuando el invitado se marchaba en un carruaje enormemente lujoso —Flora había divisado el techo del vehículo desde la ventana de su habitación—, daba la impresión de que toda la casa dejaba escapar un suspiro de alivio y las cosas regresaban a la normalidad. Flora se moría de ganas de sacarle información a cualquiera de las niñas respecto a quién era el hombre con el que se reunían detrás de la puerta firmemente cerrada del salón, pero le parecía grosero fisgonear.

—Ya está, señorita Flora. ¿Le gusta?

Barny se apartó para admirar su obra.

Flora estudió el peinado alto que Barny había elaborado, pero dudó de que las peinetas fueran lo bastante resistentes para aguantar su cabello durante más de unos minutos. Muy a su pesar, estaba sorprendida de la diferencia que podían marcar las prendas elegantes y los peinados bien hechos.

—Estoy… distinta.

—Yo diría que está guapa, señorita —dijo Barny con una sonrisa—. Creo que ya está lista para bajar. La señora Keppel quiere verla en su salón.

Flora se levantó y el polisón de la parte de atrás de su vestido y la opresión del pecho por culpa del corsé dificultaron su avance hacia la puerta.

—Gracias, Barny —consiguió articular cuando salió al rellano.

Justo en ese momento, la niñera acompañaba a Sonia escalera abajo.

—¡Caray!

Aquella era la nueva expresión favorita de Sonia, que se la había escuchado a Mabel, una de las doncellas, cuando una enorme araña negra había salido arrastrándose del cubo del carbón.

—¡Estás muy guapa, Flora! De hecho, no te habría reconocido ni por asomo.

—Gracias.

Se echó a reír y le dedicó una torpe reverencia a Sonia.

—¿Adónde vas?

—Tu madre está celebrando una tertulia en el salón y me ha invitado.

—Ah, eso quiere decir que hay un montón de señoras tomando té y comiendo pasteles, ¿no, tata?

—Sí, mi amor.

—Será terriblemente aburrido, Flora. ¿Por qué no te vienes mejor con nosotras al parque a escuchar al organillero, acariciar al mono y tomarte un helado?

—Ojalá pudiera —susurró al oído de Sonia antes de dirigirse hacia el salón de la señora Keppel.

El rostro de la anfitriona fue la viva imagen de la satisfacción ante la aparición de Flora.

—Querida, ahora sí tienes el aspecto de una joven dama refinada. Bueno, vayamos a saludar a los invitados que he traído para que te conozcan.

La señora Keppel le ofreció el brazo y ambas bajaron la escalera unidas.

—Tengo una sorpresa para ti. Tu hermana ha venido.

—¿Aurelia? ¡Qué maravillosa noticia! Ni siquiera sabía que ya había regresado a Londres.

—Bueno, tengo la sensación de que quizá se haya cansado un poco de esperar en Kent algo que nunca parecía llegar. —La señora Keppel bajó la voz cuando entraron en el salón principal—. Aunque ha insistido en traer a esa amiga suya tan aburrida, la señorita Elizabeth Vaughan. He oído que se ha comprometido con nada más y nada menos que un cultivador de té y que se marchará a Ceilán poco después de casarse. ¿A ti te resulta aburrida, Flora?

—No... la conozco lo suficiente para valorar su carácter, pero siempre me ha parecido bastante agradable.

—Eres una joven muy discreta. Es una característica que te irá bien en Londres —le contestó la señora Keppel en tono de aprobación justo cuando el reloj dio las tres y un carruaje se detuvo ante la puerta—. Y ahora, mostrémosle a tu hermana y a todo Londres cómo has florecido.

—¡Flora! ¿De verdad eres tú? —dijo Aurelia cuando entró en el salón y la abrazó—. Estás... ¡preciosa! Y ese vestido... —Escudriñó el caro encaje del cuello y los puños y el intrincado bordado de las faldas—. Vaya, es exquisito. —Acercándose a su hermana, le susurró al oído—: Parece que tú también cuentas ahora con una benefactora, querida. Y se trata nada menos que de la señora Keppel; es una de las mujeres más influyentes de Londres.

Tras saludar a una exultante Elizabeth, que presumía con engreimiento de su muy consistente anillo de compromiso de zafiro, Flora se llevó a Aurelia a un lado para que pudieran hablar en privado.

—En efecto, la señora Keppel está comportándose con una

amabilidad pasmosa —dijo señalándole una chaise longue—. ¿Nos sentamos? Quiero que me cuentes tu verano con todo lujo de detalles.

—Entonces será mejor que me quede a cenar, y a desayunar mañana por la mañana —suspiró Aurelia no muy contenta. Iban llegando otras mujeres y las hermanas observaron a la señora Keppel mientras las saludaba, una por una, con cariño e interés—. Ojalá mamá pudiera vernos ahora: sus dos hijas sentadas entre la flor y nata de la sociedad londinense. Creo que se sentiría muy orgullosa.

—Bueno, excepto por un día que fuimos de compras, esta es mi primera «salida». La señora Keppel era reacia a que se me viera antes de que llegara mi nuevo vestuario.

—No me sorprende. Dirige la tertulia más elegante de Londres.

—Debo reconocer que estoy bastante confusa con este giro de los acontecimientos. Creía que venía aquí para trabajar como tutora de las niñas, pero la señora Keppel parece tener otras ideas.

—Si ha decidido respaldar tu presentación en sociedad, no podrías haber deseado nada mejor. Aunque debes saber que cuenta con unos cuantos detractores y que algunas puertas están cerradas para ella; estoy segura de que, viviendo bajo su techo, ya te has enterado de que…

—¡Flora, mi querida muchacha!

La tía Charlotte se plantó delante de ellas y Flora se puso en pie con intención de dedicarle a la mujer un rápido saludo de respeto, pero su nuevo estado de compresión se lo impidió.

—Tía Charlotte, ¿cómo estás?

—Agotada de la temporada, por supuesto. Pero tú, mi querida sobrina, estás totalmente divina. Londres debe de sentarte bien.

—Acabo de empezar a aprender cómo funcionan las cosas por aquí, tía.

—La verdad es que es todo un milagro que la señora Keppel haya decidido acogerte. Pero bueno, supongo que puede comprenderse el porqué. Tienes que hacernos una visita en Grosvenor Square muy pronto. Ha sido un placer tener a nuestra querida Aurelia en casa. Lo lamentaremos mucho cuando nos deje para volver a casa con vuestros padres. Y ahora, disculpadme, pero debo ir a hablar con lady Alington acerca de nuestra organización benéfica para los huerfanitos.

—¿Regresas a Escocia? —preguntó Flora volviéndose hacia su hermana.

—Sí.

A Aurelia se le ensombreció la mirada de inmediato.

—¡Pero si seguro que hay docenas de jóvenes desesperados por pedir tu mano en matrimonio!

—Los había, sí, pero me temo que rechacé sus atenciones y desde entonces han dirigido sus afectos hacia otras personas. Mi vizconde de Berkshire se ha comprometido con una amiga mía. Se publicó en *The Times* a principios de esta semana.

—¿De verdad no hubo nadie que te llegara al corazón?

—Sí, claro, ese fue el problema. Y debería decir que aún lo es.

—¿Qué quieres decir?

Flora, con el corazón en un puño, ya conocía la respuesta.

—Bueno, cuando me llegó la invitación para pasar el verano con los Vaughan en High Weald, pensé que… que Archie me propondría matrimonio. Había estado de caza en las Highlands con papá en julio y sabía que… ambos habían comentado ciertas cosas. Así que rechacé las demás propuestas que había recibido suponiendo que me habían invitado a Kent para que Archie pudiera pedírmelo. Pero, a pesar de que he pasado un mes bajo el mismo techo que él, daba la sensación de que hacía cuanto estuviera en su mano por evitarme. De hecho, apenas lo veía fuera de las horas de las comidas. Y… —Aurelia se mordió el labio cuando los ojos se le llenaron de lágrimas—. Flora, estoy tan enamorada de él…

Su hermana la escuchó con el corazón traidor inundado por un alivio espontáneo, pero también por una culpa corrosiva, pues quizá ella hubiese desempeñado un papel importante en la infelicidad de su hermana.

—Yo… puede que simplemente esté esperando el momento adecuado.

—Querida Flora, eres muy dulce al intentar consolarme, pero no podrían haberse dado más oportunidades si él hubiera querido aprovecharlas. Su madre lo animaba constantemente a llevarme a pasear por los jardines, que sin duda son los más hermosos que he visto en mi vida. Y de lo único que hablaba era de sus planes para renovarlos con todo tipo de plantas exóticas de las que yo no había oído hablar. Luego volvíamos a la casa y él desaparecía en su preciado invernadero y… —Aurelia volvió a morderse el labio—. Al final decidí que tenía que regresar a Londres.

—Tal vez se dé cuenta de que te echa de menos y te siga hasta aquí —sugirió Flora con voz monótona.

La carta que Archie le había enviado estaba empezando a cobrar un terrible sentido.

—No. No puedo seguir viviendo de la generosidad de la tía Charlotte, así que debo marcharme a casa.

—Oh, Aurelia. Lo siento muchísimo. Quizá Archie no sea de los que se casan.

—No puede tratarse de eso. Una de las razones por las que papá decidió vender Esthwaite Hall era proporcionarme una dote adecuada que ayudara a los Vaughan a mantener High Weald, que se habría convertido en el hogar de mi familia. Ya sabes que lady Vaughan y mamá fueron amigas íntimas durante su infancia. —Aurelia bajó aún más la voz al ver que Elizabeth se encontraba a tan solo unos metros de ella—. Lo planearon entre las dos, y por eso papá lo habló con Archie en Escocia.

—Entiendo.

Y era verdad. Lo entendía con total claridad.

—No tengo más opción que aceptar que me envíen a Escocia. Es bastante irónico, ¿verdad? —Aurelia le dedicó a su hermana la más leve de las sonrisas—. Yo vuelvo a casa convertida en un fracaso y tú te quedas aquí, en Londres, bajo la protección de la señora Keppel. Aunque no es que te envidie ni lo más mínimo, querida.

—Aurelia, créeme, se me rompió el corazón cuando mamá me dijo que teníamos que marcharnos de Esthwaite. Ya sabes cuánto me gustaba. Lo echo de menos con cada poro de mi piel. Daría cualquier cosa por volver.

—Lo sé, mi querida hermana —dijo Aurelia tomándole la mano—. Perdona la tristeza de mi semblante, pero si no puedo hablar contigo de esto, ¿quién me queda?

—Pero, si papá y él llegaron a un acuerdo, Archie tendrá que cumplirlo, ¿no es así? —preguntó Flora con el cejo fruncido.

—Y estoy segura de que aunque lo hiciera yo ya no querría casarme con él. Después de sus más que considerables atenciones al inicio de la temporada social, cuando llegué a Kent parecía totalmente ausente. La intuición me dice que hay alguien más que le ha robado el corazón. Pero, por más que lo pienso, no tengo ni idea de quién es.

Aurelia dejó escapar un profundo suspiro y Flora deseó que la tierra se los tragara a ella y a su hipócrita corazón llevándose a Archie Vaughan con ellos.

—Bueno, querida, no hablemos más de mis problemas. Explícame cómo es tu vida con los Keppel.

Flora se esforzó por contarle a Aurelia cosas de Violet y Sonia y de su rutina diaria, pero la traición de la que había sido una parte inocente pero voluntariosa había enlodado sus pensamientos. Se sintió muy agradecida cuando la señora Keppel se acercó para presentar a Flora ante sus amigas.

—Están impacientes por conocer a la joven componente más reciente y hermosa de nuestra casa.

La señora Keppel sonrió cuando agarró a Flora del brazo y comenzó a guiarla por el salón, presumiendo de ella como si fuera un trofeo personal. La verdad es que muchas de las damas se mostraron verdaderamente deseosas de conocerla. De vez en cuando, Flora miraba de soslayo a Aurelia, que permanecía sentada con abatimiento en la chaise longue tratando de entablar conversación con una anciana vestida de negro de la cabeza a los pies y con, al parecer, tan pocos amigos allí como la propia Aurelia.

Finalmente, cuando las invitadas comenzaron a despedirse, Flora se excusó ante la condesa Torby, que le entregó una invitación para la velada que iba a celebrar muy pronto.

—Nellie Melba, Dama Comendadora de la Orden del Imperio Británico, actuará para nosotros. Acaba de regresar de su gira por Australia, querida, y vendrá directa a Kenwood House —informó la condesa ante el círculo de admiradores que rodeaba a Flora.

Aurelia se acercó para darle un beso de despedida.

—¿Cuándo te marchas a Escocia?

—A finales de esta semana. Cuanto antes mejor, creo —masculló la joven—. A Londres no le hacen mucha gracia los fracasos.

—¿Vendrás a visitarme antes de irte?

—Claro que sí, y por favor, no te preocupes por mí. A lo mejor conozco a un terrateniente en las Highlands y me convierto en la señora de una hermosa finca en Escocia. —Aurelia esbozó una sonrisa débil—. Ya es hora de que me olvide por completo de Archie Vaughan. Adiós, mi queridísima hermana.

En cuanto se marchó todo el mundo y Mabel y el lacayo recogieron las tazas de té y los platos de exquisiteces intactas, la señora Keppel le pidió a Flora que se sentase en el sillón que había frente al suyo junto al fuego.

—Bueno, Flora, ¡tu primera incursión en la sociedad londinense parece haber sido un éxito total! Creo que vas a estar muy ocupada a lo largo de las próximas semanas. Has recibido muchísimas invitaciones. Todas me han comentado que les pareces encantadora.

—Gracias. Sin embargo, no debo descuidar mis deberes para con sus hijas.

—Querida muchacha, ¿acaso no ves que eso no fue más que un pretexto que os di a tu madre y a ti para que pudieras venir a vivir bajo mi techo? Claro, como no te había visto nunca, no estaba segura de qué… impresión causarías… así que quería tener preparado un plan alternativo. ¡Y entonces llegaste tú, tan elegante, culta y absolutamente sublime! Después de esta tarde, de una cena espléndida a finales de semana y de una merienda mucho más… íntima muy poco después de eso, no habrá ni una sola casa en Londres que no desee que la honres con tu presencia. ¡Toda la ciudad habla de ti!

Flora, completamente aturdida, clavó la mirada en aquella extraordinaria mujer.

—Señora Keppel, soy incapaz de entender por qué iban a querer invitarme a sus casas. Al fin y al cabo, ni siquiera fui presentada ante la corte.

—¿No te das cuenta de que eso es lo que te hace aún más fascinante?

—Para serle sincera, no —confesó Flora—. Por favor, no piense que soy una ingrata, pero, después de haber aceptado mi suerte en la vida, que todo cambie repentinamente a mi alrededor sin motivo aparente es un poco… raro.

—Lo comprendo, querida. Algún día te lo explicarán todo, pero siento que no me corresponde a mí hacerlo. Lo único que te pido de momento es que confíes en mí. No te llevaré por el mal camino. Y, aunque no puedes saberlo, hay muchas similitudes entre nosotras. Mientras pueda hacerlo, quiero ayudarte.

Flora, que seguía sin entender nada, no pudo sino ceder.

Aquella noche se tumbó con cuidado, aliviada de que le hubieran quitado el corsé de ballenas. Se miró las costillas y contó los diminutos moratones que le habían aparecido allí, preguntándose cómo podían soportar aquel dolor todos los días de sus vidas las mujeres reunidas en el salón de la señora Keppel.

Tras apartar a Pantera cuando intentó treparle al pecho, lo acarició.

—Siento que me merezco este dolor por lo que he hecho. A no ser que Archie nos haya mentido a las dos hermanas y no sea más que el canalla que una vez pensé que era. Mi única esperanza es no haberme equivocado al decirle a Aurelia que no es de los que se casan —le dijo al gato mientras le rascaba las orejas aterciopeladas—. Y en cuanto a lo demás, admito que me siento bastante como Alicia al caer por la madriguera, así que supongo que eso te convierte en el gato de Cheshire. La pregunta es, querido Pantera, ¿por qué diantres estamos aquí, en esta casa?

A modo de respuesta, Pantera se limitó a ronronear con satisfacción.

17

Señorita Flora, debe bajar de inmediato al salón de la señora Keppel.

—¿Por qué?

—Tiene visita.

—¿De verdad? ¿Es mi hermana?

—No, es un caballero.

—¿Cómo se llama?

—Perdóneme, señorita Flora, pero no lo sé.

Flora siguió a Peggie escalera abajo, recogiéndose las pesadas faldas de lana para no tropezarse con ellas. Se encontró a la señora Keppel de pie junto al fuego con Archie Vaughan.

—Flora, querida, ¿no es de lo más adorable por parte de lord Vaughan venir a visitarnos para preguntar si te encuentras a gusto y feliz en tu nuevo hogar? Le he asegurado que no te he tenido encerrada en el sótano alimentándote de agua y ratones muertos, pero ha insistido en que se lo demuestre. Y aquí está Flora, lord Vaughan.

A Flora se le ocurrían muchos adjetivos para describir la razón de la presencia de Archie en aquella casa, pero «adorable» sería el último que habría utilizado.

—Hola, señorita MacNichol.

—Hola, lord Vaughan.

—Tiene un aspecto extremadamente… saludable.

—Sí, me encuentro bien de salud, gracias. ¿Y usted?

—Me he recuperado del resfriado, sí.

Flora esquivó su mirada y la señora Keppel, como el hada madrina que realmente era, intervino para llenar el silencio que se hizo a continuación.

—¿Te apetece un poco de jerez, Flora? Mantendrá los resfriados a raya, te lo aseguro.

—Gracias.

La joven aceptó la copa y los tres brindaron... aunque a Flora no le quedó muy claro por qué.

—Señora Keppel, veo que ha aumentado su colección de adornos Fabergé. Esa es una pieza preciosa —comentó Archie educadamente señalando con la cabeza un pequeño huevo cubierto de joyas que había sobre la mesa.

—Es muy amable por haberse fijado, lord Vaughan —dijo la señora Keppel—. Ahora, tendrán que disculparme, pero debo ir a hablar con la señora Stacey sobre el menú de la cena de mañana por la noche y el florista está a punto de llegar. Por favor, dele recuerdos a su madre de mi parte.

—Lo haré, por supuesto.

La señora Keppel salió de la habitación, pero no sin antes lanzarle una mirada de complicidad a Flora.

Los dos permanecieron en silencio, Flora mirando a cualquier parte menos a él, pero aun así sabedora de que Archie no apartaba la vista de ella. Al final, en una agonía de corsé de ballenas y zapatos nuevos, se rindió.

—¿Nos sentamos?

Prácticamente derrumbándose sobre un sillón junto al fuego, le señaló a Archie que ocupara el que había frente al suyo. Bebió un sorbo de reconfortante jerez y esperó a que él hablara.

—Perdóneme, señorita MacNichol... ¿puedo llamarla Flora?

—No, no puede.

Archie tragó saliva con dificultad.

—No... debo explicarle... no lo entiende.

—Se equivoca, vi a mi hermana ayer mismo. Lo entiendo todo.

—Ya. ¿Podría preguntarle qué le contó su hermana?

—Que mi padre y usted habían llegado al acuerdo de que Esthwaite Hall tendría que venderse para proporcionarle a Aurelia una dote y a High Weald una más que necesaria inyección de fondos cuando usted se casara con ella.

Archie desvió la mirada.

—Sí, es una valoración precisa de la situación.

—Si no fuera, lord Vaughan, porque mi hermana me ha dicho

que, a pesar de que tuvo muchas oportunidades en High Weald, todavía no le ha pedido la mano. Y Aurelia, tras haber rechazado numerosas proposiciones tentadoras, se halla ahora sin más alternativa que recluirse en la casa de nuestros padres en las Highlands escocesas. Su reciente traslado se ha debido estrictamente al hecho de que nuestro hogar de la Tierra de los Lagos se vendió para financiar la continuación de su futuro... y el de mi hermana.

—Sí —contestó él tras un prolongado silencio.

—Entonces, lord Vaughan, haga el favor de explicarme exactamente qué está haciendo sentado conmigo en el salón de la señora Keppel cuando debería salir corriendo a impedir que mi hermana regrese a casa para entregarse al futuro de soledad y aislamiento al que usted la ha condenado.

—¡Por Dios, Flora! Podrías matar a un hombre con tus palabras a veinte pasos de distancia. ¿Has pensado alguna vez en plasmarlas en papel?

—No estoy de humor para ocurrencias, lord Vaughan. Y por favor, deje de tutearme.

—Ya había reparado en ello, al igual que había reparado en su elegante vestimenta y en lo guapa que está...

—¡Basta! —Flora se puso de pie, temblando de rabia—. ¿No piensa decirme por qué ha jugado con nosotras dos como lo habría hecho Pantera con un ratón? Y, además de eso, ¿por qué engañó a mi padre para que vendiera una casa que llevaba cinco generaciones en nuestra familia?

—¿No se lo imagina?

—Me cuesta bastante, lord Vaughan.

—Bueno, entonces deje que le cuente algo que no sabe. —Archie se levantó y se puso a pasear con nerviosismo por la sala, deteniéndose solo para volver a llenarse la copa con el contenido del decantador de jerez—. Cuando vi a su hermana por primera vez, en Esthwaite, había tomado la determinación de que no importaba mucho con quién me casara después de todas las novias potenciales que mi madre había hecho desfilar ante mí. Sé que conoce de sobra mi reputación, y no voy a negarla. He conquistado a varias mujeres a lo largo de los años. En mi defensa debo decir que no lo hice por alimentar mi ego, sino por pura y desesperada necesidad de encontrar una compañera que pudiera robarme el corazón. Puede que piense, señorita MacNichol, al igual que parecen pensarlo muchas mujeres, que los hombres no albergan ideas románticas respecto al amor como lo hacen ustedes. Pero le aseguro que, al menos en mi caso, se equivocan. Yo también leo a Dickens, Austen, Flaubert... y desearía encontrar el amor.

Flora, que no apartaba la mirada del fuego, se bebió el último trago de jerez y no dijo nada.

—Para cuando conocí a su hermana, ya había abandonado, con total sinceridad, la esperanza de dar con tal mujer. Y mi madre, como podrá imaginarse, apoyaba con gran entusiasmo la idea de que Aurelia, la hija de su más antigua amiga, se convirtiera en mi pretendida. Su madre y ella ya habían comentado la posibilidad, y su madre incluso había accedido a hablar con su padre acerca de vender Esthwaite. Es posible que ya sepa que ella siempre ha detestado la casa, pues la consideraba un castigo por... sus faltas pasadas. Creo que la idea de tener una excusa para visitar a su hija y a su gran amiga en Kent cada vez que quisiera y de quedarse durante todo el tiempo que le apeteciese compensaba con creces la molestia de tener que mudarse a las Highlands, un lugar que sin duda sabía que su padre adora.

—¿Qué «faltas pasadas»? —contraatacó Flora—. ¿Está dispuesto a insultar también el carácter de mi madre?

—Perdóname, Flora, solo estoy intentando explicarte qué nos ha traído hasta hoy. Te suplico que me dejes continuar.

La joven volvió a concentrarse en el fuego y encogió sutilmente los hombros en un gesto de resignación.

—Seré franco, me gustó tu hermana cuando la vi en Londres, me pareció guapa y de carácter dulce, y tuve la sensación de que al menos sería una persona con la que podría vivir. Así que durante la cacería acordé con tu padre que le propondría matrimonio a Aurelia y que Esthwaite se vendería.

—Entonces ¿por qué demonios vino a visitarme cuando volvía?

—La verdad es que... no lo sé. —Archie la miró con fijeza—. Lo único que puedo decirte, y sé que no basta, es que hubo algo en mi interior que me empujó a hacerlo. Flora: la niñita a la que había atacado con manzanas silvestres y a la que después había estado a punto de matar cuando galopaba con mi caballo hacia Esthwaite Hall. Y, aun así, la que nunca se había «chivado», como habría hecho cualquier otra muchacha. Y ahora, convertida en toda una mujer, y tan inteligente, intrépida y orgullosa, con una fuerza en el alma que jamás había percibido en ninguna otra mujer. Y sí, también hermosa. Perdóname, Flora, a fin de cuentas soy un hombre.

—Tiene razón. Esa respuesta no basta —sentenció al fin.

—Me cautivaste —prosiguió Archie—. Tanto que fui a verte pese a que había hecho un trato con tu padre solo un día antes. Y todo lo que había imaginado cuando pensaba en la mujer que quería que fuera mi esposa se materializó ante mis ojos durante aquellos días que pasamos juntos. Y me di cuenta de que lo que llevaba buscando toda mi vida había estado siempre delante de mis narices.

Flora no se atrevía a respirar; se limitó a permanecer concentrada en las llamas que danzaban con gran ligereza en el hogar, contrastando con el peso de la intensa mirada de Archie sobre ella.

—Así que me marché de Esthwaite y te dije que había una situación que debía solucionar. Pero para entonces los engranajes ya se habían puesto en funcionamiento y Aurelia llegó a High Weald pocos días después. Hice todo lo posible por evitarla, pero me di cuenta de que tanto ella como mi familia estaban empezando a frustrarse. No obstante, me mantuve en mis trece y me las ingenié para no proponerle matrimonio, de manera que terminó por marcharse. Noté su aflicción, pero ni mi determinación ni mi corazón pueden cambiarse. Porque es a ti a quien amo.

Archie se dejó caer pesadamente sobre la chaise longue. El silencio se apoderó del salón.

—¿No va a contestar a mi sentida declaración, señorita MacNichol? —suplicó Archie.

Flora al fin levantó la mirada hacia él y se incorporó.

—Sí, le daré una respuesta. Y es la siguiente: dice que todo lo que ha hecho ha sido por mí. Eso no es cierto. Todo lo que ha hecho ha sido por usted. Por alguna razón equivocada, cree que yo soy la clave de su felicidad. Y, en su búsqueda de la misma, ha provocado la venta de nuestro hogar familiar, que debo recordarle que yo adoraba, forzando a mis padres a vivir en el exilio en Escocia. Pero, aún más importante, también ha humillado a mi hermana ante la sociedad londinense y le ha roto el corazón. Le haré una pregunta, lord Vaughan, ¿cómo es posible que alguna de esas cosas haya sido por mí?

Flora comenzó a caminar de un lado a otro a medida que la rabia crecía en su interior.

—¿No se da cuenta de lo que ha hecho? ¡Al perseguir sus propios deseos egoístas ha destruido a mi familia!

—Es cierto que la búsqueda del amor es a menudo egoísta. Yo creía… tenía la sensación de que mis sentimientos eran correspondidos.

—Se equivoca, pero aunque así fuera, jamás pondría mis propias emociones por encima de las necesidades de mis seres queridos.

—Entonces eres la persona que creía que eras —susurró él casi para sí—. Y por supuesto, Flora —suspiró con fuerza—, tienes razón. Así que, ¿qué sugieres que hagamos?

—¿«Hagamos»? No hay un «nosotros» —replicó ya cansada—. Y nunca podrá haberlo. Pero, si de verdad desea demostrar que me ama y recuperar un ápice de integridad, irá a ver a Aurelia de inmediato y le hará su tan esperada propuesta de matrimonio. Y, además, la convencerá de que la ama.

—¿Eso es lo que quieres que haga?

—Sí.

—¿Y no puedes admitir que sientes algo por mí?

—No.

Archie miró a Flora a los ojos y no vio más que rabia en la expresión de la chica.

—Pues que así sea —dijo en voz baja—. Si es lo que deseas, haré lo que me pides.

—Es lo que deseo.

—Entonces me marcharé y te desearé buena suerte en el futuro.

—Y yo a usted.

Flora lo observó abandonar el salón.

—Yo también te quiero —susurró tristemente en la habitación vacía cuando oyó que el carruaje de Archie se alejaba con estrépito de la puerta principal.

18

Por suerte, los planes de la señora Keppel para introducirla en el torbellino social de Londres supusieron que Flora no tuviese mucho tiempo para mortificarse por el hecho de que había arrojado voluntariamente a Archie de vuelta a los brazos de su hermana.

Al día siguiente por la noche, la campaña de la señora Keppel comenzó en serio. Flora, engalanada con un vestido azul cobalto de satén duquesa y con unos zafiros prestados rodeándole el cuello, fue presentada como invitada de honor en una cena formal. Durante el cóctel celebrado en el salón, un mar de rostros se arremolinó en torno a ella para admirar su porte y su belleza y para felicitar a la señora Keppel por haber llevado a Flora a Londres.

—Tengo la sensación de que sería de justicia que tenga su propio debut. Simplemente estoy haciendo cuanto está en mi mano para proporcionárselo —decía la señora Keppel a sus invitados con una sonrisa.

A Flora se los habían presentado en tal confusión de nombres y títulos que la cabeza le daba vuelta por el esfuerzo que le suponía intentar recordarlos todos —«Te presento a lady No Sé Cuántos», «Este es lord Tal de Allí»—, así que sintió alivio al reconocer a la condesa Torby de la tertulia celebrada hacía unos días. Y, por supuesto, a los Alington, que vivían al otro lado de la plaza y cuyos hijos eran compañeros de juegos de Sonia y Violet.

La cena se sirvió en un magnífico comedor situado en el mismo piso que el salón. Flora se alegró de que la sentaran al lado de George Keppel. El hombre se volvió hacia ella con una sonrisa dibujada bajo el cuidadosamente ondulado bigote.

—Señorita MacNichol, Flora, qué placer tenerte a mi lado en

la cena de esta noche —dijo, y contribuyó a calmar los nervios de la joven sirviéndole un vino de color rubí en la copa—. Aunque debe de haberte supuesto un impacto tremendo venir a vivir a una ciudad dejando atrás la belleza de la Tierra de los Lagos, espero que hayas encontrado aquí grandes estímulos para tu pasión por la botánica y el arte. Las muchas galerías que tenemos en Londres pueden enseñarte mucho más que cualquier libro. Debes intentar despertar en nuestras hijas una pasión similar.

—Haré todo lo posible, por supuesto.

Flora tan solo escuchó a medias al señor George, pues lady Alington, sentada frente a ella, comentó que parecía que «la chica de los Vaughan ha encontrado un pretendiente satisfactorio. En cuanto a ese casquivano hijo que tienen, ha habido rumores...».

—¿Flora? ¿Te encuentras bien? Te has puesto muy pálida.

La voz del señor George reclamó su atención.

—Discúlpeme, señor, debo de estar cansada de las actividades del día.

—Claro que lo estás, querida. Espero que Violet no te haya estado importunando con su última idea para un poema.

—Tiene una personalidad fuerte —aseguró Flora con cautela—. Es de admirar.

Oyó una risa desdeñosa a su izquierda. Los prominentes ojos de lady Sarah Wilson brillaban de júbilo.

—Mi querida Alice ya me había dicho que tenía buena mano para la diplomacia, señorita MacNichol.

Flora se sentía sobrepasada en aquellas mordaces conversaciones de Londres.

—Solo hablo por lo que he observado, lady Sarah. ¿Qué le está pareciendo el fuagrás?

Hubo diez platos, por lo menos siete de más, en opinión de Flora. La joven apenas tocó la carne, escandalizada ante el número de animales que la señora Stacey debía de haber asado, estofado o guisado aquel día.

Cuando al fin el señor George se llevó a los hombres a tomar una copa de brandy y fumar puros, Flora siguió a las mujeres hasta el salón y se bebió su café en silencio mientras los cotilleos infundados circulaban por encima de su cabeza, referidos sobre todo a mujeres que habían sido vistas por la ciudad en compañía de hombres que no eran sus maridos. Los escuchaba con una mezcla de fascinación y horror. Tal vez fuera demasiado ingenua, pero siempre había asumido que el matrimonio era sacrosanto.

—Entonces ¿tienes algún joven en mente para Flora? —le preguntó lady Alington a la señora Keppel.

—Es posible que Flora tenga sus propias ideas al respecto —replicó su benefactora lanzándole una mirada penetrante a la joven.

—Vaya, ¿y quién es el afortunado caballero?

—Yo… cielos, acabo de llegar a Londres —contestó Flora con diplomacia.

—Bueno, estoy segura de que no pasará mucho tiempo antes de que alguien te eche el guante, contando como cuentas con la protección de la señora Keppel. Hay muchísimos bailes de invierno en los que tendrás la oportunidad de echar un vistazo. Aunque la mayor parte de los pretendientes decentes ya están cogidos.

Desde la forzosa salida de Archie de su vida el día anterior, Flora estaba perfectamente feliz de regresar a su plan original y pasar sola el resto de sus días.

Cuando todo el mundo se hubo marchado, la señora Keppel la besó en ambas mejillas.

—Buenas noches, querida mía, y permite que te diga que te has desenvuelto muy bien. Esta noche me he sentido orgullosa de ti. ¿Ves, George? No me equivocaba con ella —le dijo a su esposo mientras este la acompañaba hacia el exterior de la habitación.

—Cierto, querida, pero ¿es que acaso te equivocas alguna vez? —le oyó decir Flora mientras ambos subían la escalera.

Flora le había pedido a Moiselle y a la señora Keppel permiso para llevarse a Sonia a pasar el día a los Jardines de Kew. El señor Rolfe ya había dado instrucciones para que el automóvil las llevara hasta allí y Flora se estremecía de emoción solo de pensar en estar rodeada de naturaleza y estudiar especímenes raros. A pesar de que era muy probable que la distracción que había ideado le recordara a Archie.

«No permitiré que me lo eche a perder», se dijo con firmeza.

—Lo siento, señorita Flora —se disculpó Peggie al entrar en la habitación con su bandeja del desayuno—, pero la señora Keppel quiere que se sume a ella y a un invitado para tomar el té esta tarde. Dice que tendrá que ir a sus jardines otro día.

—Ah. —Flora se mordió el labio—. ¿Sabes quién es el invitado?

—Lo descubrirá muy pronto, señorita, pero yo me encargaré de arreglarla antes de que baje al salón de la señora Keppel. La veré aquí a las tres en punto.

—No te preocupes —le dijo Flora a Sonia cuando la vio en la sala de día de las niñas y la pequeña expresó su disgusto por la cancelación de la salida—. Estoy segura de que a Moiselle no le importará que esta mañana, en lugar de a los jardines, vayamos a dar un paseo por St. James's Park. Tendremos que prometerle que hablaremos en francés durante todo el camino de ida y de vuelta. —Flora le guiñó un ojo—. ¿Cómo te encuentras hoy, Violet? —preguntó volviéndose hacia la muchacha.

—Estoy bien, gracias. Mi mejor amiga, Vita, vendrá a comer conmigo después de las clases. Hoy solo tenemos media jornada en la escuela.

—Entiendo.

—Espero que estés aquí a la una en punto, tata —dijo Violet.

Mientras la niña salía de la habitación, la niñera enarcó una ceja ante el tono imperioso de Violet.

—Le aseguro que la señorita Sackville-West es harina de otro costal —le susurró la mujer a Flora—. No puedo sino alegrarme de que no sea responsabilidad mía. Debería oírlas a las dos debatiendo de libros y literatura como si fueran auténticas profesoras. Esa muchacha se toma a sí misma muy en serio, no cabe duda. Y Violet está completamente obsesionada con ella, es innegable.

—Entonces estoy impaciente por conocerla.

—Vaya, señorita Flora, diría que, de una forma u otra, le espera una jornada de lo más interesante.

El paseo por St. James's Park con Sonia fue exactamente lo que Flora necesitaba. El día, ya de octubre, era claro, aunque frío, y las hojas comenzaban a volverse de todos los tonos de ámbar, dorado bruñido y rojo, y caían para formar una alfombra vibrante bajo sus pies.

—Mira. —Flora señaló un tejado que se alzaba a gran altura sobre ellas al borde del parque—. ¿Ves cómo se reúnen las golondrinas? Se están preparando para migrar hacia el sur, a África. El invierno ya está en camino.

—¡Madre mía, a África! —exclamó Sonia mientras observaba a las golondrinas cotorreando entre ellas—. Eso está terriblemente lejos. ¿Qué pasa si se sienten cansadas cuando están sobrevolando el mar?

—Buena pregunta, y la respuesta es que en realidad no lo sé. Puede que desciendan y se posen en un barco para que las lleve. Mira, ahí hay una ardilla. Lo más probable es que esté recogiendo frutos secos para almacenarlos en su casa durante el invierno. Muy pronto se irá a dormir; no volveremos a verla hasta la primavera.

—Ojalá fuera una ardilla. —Sonia frunció la naricilla—. A mí también me gustaría pasarme el invierno dormida.

Llegaron a casa justo a tiempo para comer en la sala de día de las niñas y Flora se sentó a la mesa con el personal y las pequeñas. Violet apenas desvió la atención de la conversación que mantenía en intensos susurros con su amiga, una muchacha de ojos oscuros, piel cetrina, cabello castaño y corto y un torso escuálido. Si no hubiera sabido que se trataba de una chica, Flora bien podría haberla tomado por un niño. La extraña intimidad que compartían la impresionó: Violet le tocaba la mano a Vita constantemente y, en un momento dado, incluso posó la mano ligeramente sobre la rodilla de la otra muchacha.

—Tata, Vita y yo nos retiraremos ahora a mi habitación. Quiere leerme sus nuevos poemas.

—¿Ah, sí? —murmuró la mujer casi para sí—. Bien, aseguraos de estar aquí de vuelta a las tres en punto para cuando la niñera de la señorita Vita venga a buscarla. El invitado especial de tu madre llega a las cuatro y la casa debe estar tranquila. Usted debe sumarse a ellos a las cinco, señorita Flora —añadió mientras se llevaba a Sonia a lavarse la cara y Vita y Violet abandonaban la sala tras ellas agarradas del brazo.

A las tres en punto, la doncella entró en el dormitorio de Flora con un vestido colgado del brazo.

—La señora Keppel quiere que se ponga este para el té, así que me lo llevé abajo para airearlo.

Flora se sentó al tocador para permitir que la doncella le arreglara los rebeldes bucles y se los recogiera cuidadosamente con unas peinetas de nácar de púas afiladas. Después, tras someterse al temible corsé de ballenas, consideró que, a pesar de la patente generosidad de la señora Keppel, estaba empezando a sentirse como una enorme muñeca a la que vestían según el capricho de su dueña. Aunque tampoco es que pudiese hacer mucho al respecto sin parecer desagradecida en extremo. Mientras la doncella le abrochaba el vestido de rayas color crema y azul, Flora pensó que, por mucho que la sociedad insistiera en que los hombres deseaban que sus mujeres estuvieran encorsetadas, pintadas y engalanadas, ella recordaba haber subido al Scafell vestida con los pantalones de su padre. Y que a Archie no había parecido importarle lo más mínimo...

—¿Señorita Flora?

—¿Sí?

Se obligó a abandonar su ensueño.

—Le estaba preguntando si podía apretarse más los pendientes. ¡Que el Señor nos ayude si se le cae uno en la taza de té esta tarde!

—Dios mío, sería un desastre —convino tratando de reprimir una sonrisa.

—Le pondré un poquito de crema de rosas en las mejillas para darles un toque de color y estará preparada para bajar cuando la llamen. Siéntese tranquilamente con uno de sus libros y la señorita Draper vendrá a buscarla cuando estén listos.

—Gracias.

—Buena suerte, señorita.

Flora frunció el cejo cuando la doncella salió de la habitación, y se preguntó por qué iba a necesitar «suerte» para tomarse una taza de té con aquel misterioso invitado al que oyó llegar diez minutos más tarde. Para matar el tiempo, Flora se acercó a su escritorio y sacó su diario para continuar documentando la terrible conversación con Archie. El mero hecho de plasmarla en papel hizo que le entraran ganas de llorar. Al final, llamaron a la puerta y apareció la señorita Draper.

—A la señora Keppel le gustaría que se reuniera con ella en su salón ahora mismo.

—Muy bien.

Flora siguió al ama de llaves hasta el piso inferior y sintió el tenso silencio de la casa que siempre anunciaba la presencia del invitado especial de la señora Keppel.

—¿Preparada? —le preguntó la señorita Draper.

—Sí.

—Muy bien.

Levantó la mano para llamar a la puerta del salón y Flora se percató de que le temblaba ligeramente.

—Adelante —les llegó la voz de la señora Keppel desde el interior.

—Y por lo que más quiera, no se olvide de hacer una reverencia cuando la presente —le advirtió la señorita Draper en un susurro antes de agarrar el pomo de la puerta y abrirla.

—Flora, querida. —La señora Keppel se acercó a ella—. Qué hermosa estás hoy, ¿verdad, Bertie?

Tomó a Flora de la mano y la guio hasta un caballero de barba gris cuya enorme complexión ocupaba todo el sofá de dos plazas.

La joven notó que una mirada penetrante la escrutaba mientras la señora Keppel la acercaba hasta situarla a apenas treinta centímetros del hombre. La sala estaba invadida por una nube de humo de puro y el caballero dio otra calada sin dejar de observarla. Flora se sobresaltó cuando algo se movió junto a la pierna del hombre; enseguida vio que se trataba de un fox terrier blanco con las orejas marrones que se había espabilado con su llegada y que ahora se aproximaba para saludarla.

—Hola.

Flora sonrió al perrillo e, instintivamente, estiró la mano para acariciarlo.

—Flora, este es mi queridísimo amigo Bertie. Bertie, permite que te presente a la señorita Flora MacNichol.

Tal como le habían dicho que hiciera, Flora le dedicó una reverencia profunda y —esperaba— elegante. Cuando se incorporó con la mayor gracilidad que pudo, se dio cuenta de que aquel caballero le resultaba conocido. Durante los instantes de silencio que se siguieron, a lo largo de los que aquellos ojos inquisidores no dejaron de mirarla de la más perturbadora de las maneras, Flora cayó al fin en la cuenta. Y comenzaron a temblarle las rodillas.

—¿No te había dicho que era una belleza? —rompió el silencio la señora Keppel—. Ven, Flora, siéntate a mi lado.

Siguió a la señora Keppel hasta la chaise longue situada frente al hombre, que al parecer se llamaba «Bertie». Flora agradeció mucho poder sentarse, porque de otro modo podría haberse caído al suelo de la impresión.

El hombre continuaba sin hablar; se limitaba a mirarla con fijeza.

—Llamaré para que nos traigan un poco de té. Estoy segura de que a todos nos vendría bien una taza recién hecha.

Cuando la señora Keppel tocó la campanilla que había al lado de la chimenea, Flora percibió que incluso la legendaria serenidad de su benefactora parecía alterada por el silencio. Al final, Bertie volvió a coger su puro, lo encendió de nuevo y se lo llevó a la boca.

—¿Qué le está pareciendo Londres, señorita MacNichol? —le preguntó.

—Me está gustando mucho, gracias…

Perdió la voz al darse cuenta de que no sabía cómo debía dirigirse a él.

—Por favor, mientras estemos en privado, puede llamarme Bertie, como hace mi querida señora Keppel. Aquí todos somos amigos. Y puede que usted sea ya demasiado madura para referirse a mí como «reyecito», como hacen Violet y Sonia.

Entonces esbozó una sonrisa de aprobación, sus ojos azules se alegraron y la tensión que reinaba en el salón se atenuó ligeramente.

—Bien —dijo dándole otra calada al puro—, ¿cómo está su encantadora madre?

—Yo… está bien, gracias. O al menos creo que lo está, porque no la he visto desde que se marchó a Escocia.

—¿Recuerdas, Bertie, que te conté que los padres de Flora se han trasladado desde su casa de los Lagos hasta las Highlands? —intervino la señora Keppel.

—Ah, sí, y tomaron una decisión condenadamente buena. Escocia es, sin lugar a dudas, mi parte preferida de las islas Británicas. Especialmente Balmoral. ¿Ha visitado ya las Highlands, señorita MacNichol?

—Cuando era mucho más pequeña fui a visitar a mis abuelos paternos, y recuerdo que me pareció una zona preciosa.

A Flora le costaba mantenerse lo suficientemente calmada para formar oraciones coherentes. Le sorprendía el sonido de la voz de Bertie, el hecho de que sus palabras resonaran con un timbre casi teutónico que hacía que pareciera extranjero.

La señorita Draper y el lacayo entraron con el té y un carrito lleno de sándwiches, tartas y pastas. Una sombra negra pasó a toda velocidad junto a los pies del ama de llaves y el terrier, que se había mostrado extraordinariamente tranquilo hasta el momento, se abalanzó sobre ella con una serie de ladridos ensordecedores. Sin pensárselo, Flora se puso en pie de un salto y cogió en brazos al gato, que bufaba y gruñía.

Una carcajada estruendosa interrumpió los ladridos del perro.

—¡César, ven aquí! —ordenó, y el perro retrocedió para sentarse de nuevo junto a su amo—. Vaya, ¿quién es ese, señorita MacNichol?

—Este es pantera —contestó la joven tratando de calmar al tembloroso gato.

—Qué espécimen tan espléndido —afirmó Bertie—. ¿Cómo dio con él?

—Lo salvé de ahogarse cuando acababa de nacer, cerca de mi casa en los Lagos.

—Flora, por favor, saca a Pantera de la habitación —dijo la señora Keppel.

—No lo haga por mí, señora Keppel. Como bien sabe, yo adoro los animales.

Flora, obedientemente, dejó a Pantera en el pasillo y cerró la puerta con firmeza; después volvió a sentarse en su sitio. Mientras la señora Keppel le servía el té, supo que sería incapaz de tomárselo por miedo a que las manos le temblasen tanto que terminara vertiéndoselo por encima del precioso vestido.

—Señorita MacNichol, me da la sensación de que la señora Keppel se ha convertido para usted en una astuta e inteligente compañera de armas. Pues —Bernie le dio una calada a su puro sonriendo cariñosamente a la señora Keppel— puedo decirle con total sinceridad que nunca pensé que vería el día en que…

Flora jamás llegaría a saber a qué día se refería, porque la inhalación del humo del puro le provocó al hombre un descomunal ataque de tos y asfixia. Su rostro ya de por sí rubicundo se puso del color de la remolacha y las lágrimas le rodaban por las mejillas mientras su pecho pugnaba por recuperar la respiración necesaria. La señora Keppel sirvió un vaso de agua y se apretujó junto a él en el sofá. Le acercó el vaso a los labios y le obligó a beber un sorbo.

—¡Maldita seas, mujer! ¡No necesito agua, necesito una copa de brandy!

Se sacó un enorme pañuelo de cachemira del gabán y, apartando el agua tan bruscamente que la derramó sobre las faldas de la señora Keppel, se sonó la nariz con gran estrépito.

—Bertie, vas a tener que dejar los puros de una vez por todas —lo regañó la señora Keppel antes de ponerse de pie y acercarse al decantador que descansaba en el aparador—. Sabes que todos los médicos que te ven te dicen lo mismo. Esas cosas terminarán contigo, de verdad que lo harán.

Le tendió el brandy, que él se bebió de un solo trago antes de devolverle el vaso para que le sirviera otro.

—¡Tonterías! No es más que este maldito clima británico, con su interminable humedad. ¿Te acuerdas de lo bien que estuve en Biarritz?

—Bertie, sabes que eso no es verdad. Solo es que la última vez que estuvimos allí, tú…

—¡Basta! —rugió, y se bebió a toda prisa el segundo brandy. Hecho eso, su mirada recayó de nuevo en Flora—. ¿Ve lo que tengo que aguantar, señorita MacNichol? Recibo el mismo trato que un crío en una guardería.

—Recibes el mismo trato que una persona a la que se quiere —replicó la señora Keppel con firmeza.

Flora esperó que se produjera una explosión de rabia aún mayor, pero cuando la señora Keppel se sentó a su lado y le tomó una mano entre las suyas, el hombre asintió plácidamente.

—Lo sé, querida. Pero tengo la impresión de que últimamente todo el mundo está empeñado en estropearme la diversión.

—Todo el mundo está empeñado en asegurarse de que ninguno tengamos que soportar el dolor de perderte.

—Ya es suficiente. —Hizo un gesto con la mano en dirección a la señora Keppel, como si estuviera espantando una mosca—. Difícilmente podría decirse que le estoy causando una buena impresión a la señorita MacNichol. Bueno, cuénteme cosas de usted. ¿De qué aficiones disfruta?

—Me gusta el campo. —La joven contestó lo primero que se le ocurrió—. Por supuesto —añadió a toda prisa—, es lo único que he conocido, y tal vez si me hubiera criado aquí la vida en la ciudad me habría gustado igual. Estoy descubriendo que Londres es un lugar muy hermoso.

—No tiene que disculparse, señorita MacNichol. Si el destino hubiera sido más benévolo yo también habría elegido el campo. Dígame, ¿monta a caballo?

—Sí —contestó Flora, incapaz de dirigirse a él simplemente como «Bertie»—. Aunque confieso que estaría totalmente perdida en Rotten Row. He aprendido a montar en terrenos escabrosos y no soy nada elegante sobre la montura.

—¡Ah, qué días aquellos! —Juntó las manos dando una palmada, como si fuera un niño—. Cuando era joven, nada me gustaba más que cabalgar por los páramos escoceses. ¿Qué otras ocupaciones le desbocan el corazón, señorita MacNichol?

—Ojalá pudiera decirle que la poesía, o la costura, o que toco el piano a la perfección, pero lo cierto es que todo lo que me gusta tiende a estar relacionado con el aire libre. Los animales, por ejemplo...

—¡No podría estar más de acuerdo! —Señaló con cariño al perro que meneaba la cola a sus pies—. En lo que se refiere a las artes... Bueno, en mi posición debo tolerarlas y aplaudirlas. Aun así, no puede imaginarse las interminables noches que he pasado sentado en la ópera o en obras de teatro a las que se supone que debo de encontrarles algún significado espiritual o psicológico, o en recitales de poesía en los que no entiendo ni una sola palabra...

—¡Bertie! No te estás haciendo justicia —lo interrumpió la señora Keppel—. Eres un hombre extremadamente leído.

—Solo porque tengo que serlo. Es parte de mi trabajo.

Le guiñó un ojo a Flora.

—A mí me encanta dibujar animales, aunque parece que soy incapaz de captar a los humanos. Me parecen mucho más... complicados.

Flora esperaba que su respuesta los aplacara a los dos.

—¡Bien dicho!

Bertie se dio una palmada en la montaña que tenía por muslo.

—Bertie, tu carruaje está esperando abajo. Ya sabes que esta noche tienes un compromiso y...

—Sí, por desgracia lo sé perfectamente. —Puso los ojos en blanco mirando a Flora en un gesto de tácito compañerismo—.

Señorita MacNichol, la señora Keppel tiene razón. Debo marcharme para servir al país y a la reina.

Flora se levantó de inmediato, y ya estaba a punto de ofrecerle otra reverencia profunda cuando él le hizo un gesto para que se acercara.

—Venga aquí, querida.

La muchacha salvó la escasa distancia que los separaba y se detuvo ante él. Se quedó pasmada cuando Bertie le tomó las manos entre las suyas y sintió el peso de sus dedos cargados de anillos de rubíes en cabujón y blasones de oro.

—Ha sido un placer conocerla, señorita MacNichol. No ha hecho más que confirmarme que la intuición de la señora Keppel nunca se equivoca. Y ahora, ven y ayúdame a levantarme, mujer, ¿quieres?

Se levantó del sofá con el apoyo de la señora Keppel. Y, a pesar de que Flora era una mujer alta, Bertie se alzó sobre ella como una torre.

—Espero que podamos compartir más tiempo juntos en el futuro. Especialmente en el campo. ¿En Duntreath, tal vez?

Miró a la señora Keppel, que asintió.

—Por supuesto.

—Y ahora, señorita MacNichol, Flora, debo marcharme ya. Adiós, querida.

—Adiós.

—Ven, Bertie, te acompañaré al piso de abajo.

Y tras aquellas palabras, la señora Keppel, el perro y el rey del Reino Unido de Gran Bretaña e Irlanda y de los dominios británicos de ultramar, defensor de la fe y emperador de la India salieron del salón.

19

¿Has conocido a Reyecito?

Sonia, ya preparada para irse a la cama con el pelo lleno de tiras de papel para rizarlo, la detuvo en el rellano de la planta de las niñas dos horas más tarde.

—Sí, así es.

—¿No te parece que es un encanto? Aunque da bastante miedo y está muy gordo, en realidad es un caballero muy amable.

—Estoy totalmente de acuerdo —dijo Flora entre risas antes de darle un beso en la coronilla—. Buenas noches.

—¿Flora?

—¿Sí?

—¿Quieres venir a contarme una de tus historias, por favor? Son mucho más interesantes que los libros ilustrados que me lee la tata.

—Lo haré mañana.

—Eso es lo que los mayores decís siempre.

Sonia esbozó un mohín cuando la niñera se acercó a ella dispuesta a llevarla escalera arriba hasta su habitación.

—Te lo prometo, Sonia. Y ahora, buenas noches y dulces sueños.

Flora, que necesitaba distraerse después de aquella abrumadora tarde, continuó hacia la sala de día de las niñas, donde encontró a Violet hecha un ovillo leyendo un libro en un sillón junto al fuego.

—¿Te molesto? —preguntó Flora en voz baja.

Violet dio un respingo y la miró por encima de su libro.

—Sería de mala educación contestar que sí.

—Entonces me marcho.

—No.

Violet le señaló el sillón que había frente al suyo.

—¿Estás segura?

—Sí, completamente —contestó Violet con decisión.

Flora cruzó la sala y tomó asiento.

—¿Qué estás leyendo?

—A Keats. Vita me lo regaló por mi cumpleaños.

—Un gesto muy generoso por su parte. Debo reconocer que yo no sabría distinguir la buena poesía de la mala.

—Es tan solo una opinión personal, claro está, pero sin duda con los poetas románticos como Keats no importa lo bien versado que esté uno en literatura. Importa más lo bien versado que se esté en el amor.

—No estoy segura de lo que quieres decir, Violet —contestó Flora, aunque en realidad pensaba que sí la entendía.

—Bueno, antes de conocer a Vita y de que ella me explicara la poesía, a mí también me parecía algo bastante aburrido —comentó Violet con la mirada clavada en el fuego—. Pero ahora, leo los libros que él escribió y veo que son una expresión universal de amor para aquellos que son incapaces de expresarlo por sí mismos. ¿Lo entiendes?

—Creo que sí, Violet. Por favor, continúa.

—Bueno, el mero hecho de que Vita me regalara esta antología indica que quiere que lea las palabras que ella se siente incapaz de pronunciar.

—¿Quieres decir que crees que te quiere?

—Igual que yo la quiero a ella. —La directa mirada de ojos azules de Violet, tan parecida a la de su madre, desafió a Flora—. ¿Opinas que está mal?

Después de todo un día tratando de meditar lo que decía antes de hablar, Flora contestó con sinceridad.

—Creo que hay muchas formas de amor, Violet. Se puede querer a un padre de una manera, a un hermano de otra, a un amante, a un amigo, a un animal… a cada uno de un modo.

Flora contempló el rostro de Violet mientras sus facciones parecían suavizarse y un velo se le apartaba de los ojos.

—¡Sí, sí! Pero, Flora, ¿cómo vamos a elegir a quién amamos cuando es la sociedad la que nos lo impone?

—Bueno, aunque externamente debemos hacer lo que marca la

sociedad, los sentimientos que guardamos en nuestro interior pueden contradecir sus dictados por completo.

Violet guardó silencio durante un momento, pero después sonrió y, por primera vez desde que Flora la conocía, pareció feliz.

—¡Lo entiendes! —La muchacha cerró su libro, se levantó y caminó hacia Flora—. Al principio no estaba segura de qué era lo que mamá veía en ti, pero ahora ya lo sé y me alegro de que estés aquí. Tú también has estado enamorada. Buenas noches, Flora.

Cuando Violet se marchó, Barny apareció en la puerta.

—Perdone, señorita Flora, la señora Keppel se pregunta si le importaría reunirse con ella en su tocador antes de que salga a cenar.

La joven se puso de pie y siguió a Barny hasta el otro extremo del pasillo, donde el señor y la señora Keppel tenían sus aposentos privados.

—Flora, entra y siéntate a mi lado.

La señora Keppel estaba sentada a la mesa de su tocador como una emperatriz.

—Gracias —dijo Flora, y se acomodó en el borde de una silla forrada de terciopelo admirando el cabello cobrizo de su benefactora, cuyos rizos sueltos y naturales le llegaban más abajo de los hombros color crema. Ataviada con una bata de encaje chantilly y el corsé debajo, su busto se derramaba generosamente por encima del mismo. Flora pensó que nunca había visto a la señora Keppel más bella.

—Quiero contarte que a Bertie le has caído muy bien hoy.

—Y él a mí —contestó Flora con cautela.

—Bueno, él ya no es lo que era —comentó la señora Keppel percatándose de su tono—. Está enfermo y aun así no quiere hacer nada para remediarlo. Sin embargo, es un hombre bueno y sabio y extremadamente querido para mí.

—Sí, señora Keppel.

—Barny, ¿serías tan amable de dejarnos a solas unos minutos?

—Sí, señora.

La doncella, que había permanecido a unos pasos de la mujer esperando la señal para que comenzara a arreglarle el pelo, salió y la señora Keppel se volvió hacia Flora.

—Querida. —Le agarró las manos a Flora y se las apretó con fuerza—. No estaba segura de si presentarte a Bertie era sensato, pero habría sido sencillamente imposible que te desenvolvieras mejor.

—¿De verdad? Estaba muy nerviosa.

—Has sido tú misma y, tal como me ha comentado el rey al marcharse, con la misma naturalidad que una flor silvestre escocesa que crece entre la aulaga.

—Me… alegro de haber logrado su aprobación.

—Oh, Flora —dijo la señora Keppel con un suspiro profundo—. No sabes de qué manera. Ni lo agradecida que te estoy por ser… simplemente como eres. Me ha advertido que no te eche a perder, que no te convierta en otra dama de la sociedad, que me asegure de que tu naturaleza pura no se deteriore por estar aquí en la ciudad. Alberga grandes esperanzas de volver a pasar tiempo contigo. Sin embargo, como no has sido presentada oficialmente, yo preferiría, al igual que él, que mantuviéramos en secreto el encuentro de hoy, así como cualquier otra interacción que se produzca entre vosotros dos en el futuro.

—De acuerdo, aunque tanto Sonia como Violet saben que lo he visto.

—¡Anda, por supuesto que lo saben! —exclamó entre risas la señora Keppel—. No me refería a las personas que viven bajo este techo. Una de las razones por las que a Bertie le encanta venir a visitarnos aquí, a Portman Square, es por la discreción y la privacidad absolutas que encuentra y que tan ausentes están del resto de su vida. ¿Lo entiendes, Flora?

—Sí, señora Keppel.

—Bien. Entonces estoy segura de que Bertie y tú podréis llegar a conoceros mejor en el futuro.

—Sí, me encantaría. Yo…

—¿Qué ocurre, querida?

—Solo me preguntaba si el señor George está… incluido en el secreto de las visitas del rey a esta casa.

Flora sintió que se sonrojaba violentamente ante su insinuación.

—¡Vaya, claro que sí! Bertie y él son grandes amigos, y los dos salen a cazar juntos a menudo cuando el rey viene a pasar una temporada en Duntreath durante el otoño.

Sintiéndose tonta por haberlo preguntado, Flora se ruborizó todavía más.

—Dentro de esta casa, nadie oculta secretos a los demás. Ahora debo llamar a Barny porque tenemos que marcharnos a cenar a Marlborough House dentro de treinta minutos. —La señora Keppel hizo sonar la campanilla que había junto al tocador—. El primer ministro nos acompañará esta noche, y eso quiere decir que nos pasaremos la velada hablando de las últimas travesuras del káiser Guillermo.

Flora admiró a aquella mujer que dejaba caer nombres famosos como si fueran huesos de cereza.

—Espero que lo pase bien.

—Gracias, estoy segura de que no será así. Acabo de recordar que mañana tienes que visitar a tu hermana Aurelia y a tu tía en su casa de Grosvenor Square. Yo tengo otros compromisos, pero Freed te llevará y te traerá en el coche.

—Gracias.

—Y ahora, querida, te doy una vez más la enhorabuena por tu comportamiento durante el té de esta tarde. Estoy convencida de que no será tu último encuentro con Bertie.

—¡Hermana querida!

Flora fue recibida con un enorme abrazo junto a la puerta del salón de la tía Charlotte. Cuando la franquearon, Aurelia la cerró tras ellas.

—Le he pedido a la tía Charlotte que nos concediera un poco de intimidad, puesto que necesito urgentemente tu consejo —aclaró Aurelia.

Invitó a Flora a tomar asiento en el sofá y ella se acomodó a su lado. Su hermana pensó en lo distinta que estaba Aurelia respecto a la última vez que la había visto. Sus preciosos ojos destellaban de vida y su cutis resplandecía. Y Flora sabía perfectamente cuál debía de ser la razón.

«Por favor, Dios, que no se me note el dolor...»

—Te he pedido que vengas porque, desde la última vez que nos vimos, he recibido una visita.

—¿Sí? ¿Y de quién se trata?

—¡De Archie Vaughan! —exclamó—. Vino a verme hace dos días, justo cuando estaba acabando de rematar mi equipaje. Tengo previsto marcharme a Escocia pasado mañana, ¿sabes? Ya te imaginas lo sorprendida que me quedé al verlo.

—¡Madre mía! —Flora fingió sorpresa—. Sí, me lo imagino.

—Claro está, supuse que simplemente había venido a despedirse de mí por educación. Entró aquí, cerró la puerta a su espalda e, inmediatamente, me tomó las manos entre las suyas y me dijo que había cometido un terrible error. Podrías haberme tirado al suelo con el roce de una pluma.

—No me extraña, estoy segura de que así habría sido.

—Le pregunté que a qué tipo de «error» se refería y me explicó que la responsabilidad del matrimonio lo había asustado de repente, que quizá solo se tratara de que él no era de los que se casan, ¡justo lo que me dijiste tú!, y que temía decepcionarme como marido, razones por las cuales no me había pedido en matrimonio mientras estuve en High Weald.

—Entiendo.

—Me dijo que solo se había dado cuenta de cuánto me echaba de menos después de que me marchara de High Weald.

Tras aquellas palabras, la mirada de Aurelia se perdió en el infinito mientras revivía el momento.

—Dios mío, qué… romántico.

—Y también me dijo que, cuando su madre le informó de que ya estaba todo a punto para que abandonara Londres camino de Escocia cualquier día de estos, supo que tenía que venir a detenerme. Y eso es exactamente lo que hizo.

—Entonces ¿ha pedido tu mano?

—¡Sí! Oh, Flora, me preguntó si podría perdonarlo alguna vez por cometer un error de juicio tan horrible, y enseguida hincó una rodilla en el suelo y me ofreció un deslumbrante anillo de compromiso de esmeraldas.

—¿Y qué le has contestado?

—Bueno… y espero que ahora sea cuando te sientas orgullosa de mí, le dije que, debido al brusco giro de los acontecimientos, necesitaba unos días para pensármelo. Y por eso te he pedido que vinieras a verme. Tú eres muy sensata en los asuntos del corazón, querida Flora. ¿Qué crees que debería hacer?

La joven se tragó toda opinión personal que pudiera tener sobre la cuestión.

—Tal vez la primera pregunta que haya que hacer sea por qué no aceptaste su proposición de inmediato. ¿Qué te contuvo?

—Bueno, Flora, ya te dije hace solo unos días que rechazaría cualquier proposición que pudiera hacerme en el futuro, pero quizá solo se debiera a que me estaba protegiendo a mí misma, y también mi orgullo. Además, todavía no estoy segura de que él me ame como yo a él.

—¿Te ha dicho que te quiere?

—Sí… o al menos me dijo que su vida estaría vacía sin mí.

—Bueno, entonces ¡ahí está! —Flora forzó una sonrisa radiante—. Equivale a lo mismo, con independencia de las palabras que Archie eligiera para decirlo.

—¿En serio? —Aurelia la miró suplicante—. Tal vez mis expectativas sean demasiado altas y tenga demasiadas ideas románticas en la cabeza, pero su vacilación inicial hace que piense, a pesar de todas las razones que me ha dado, que tenía sus dudas.

—Dudas que ahora ha resuelto y que no tenían nada que ver contigo.

—Le pregunté si había alguien más que le hubiera robado el corazón. Me juró que no.

A Flora se le aceleró el corazón.

—Entonces no cabe duda de que todo lo que te ha dicho es suficiente para que aceptes su petición.

—Sí, pero ya sabes que tuve otros pretendientes al inicio de la temporada social y que se mostraban apasionados en su cortejo. —Aurelia se puso en pie y comenzó a pasear por el pequeño salón—. Me colmaban de flores y cartas de amor, y aunque yo no los quería, estaba totalmente convencida de que ellos me querían a mí. Con Archie, me siento más bien como si yo fuera la pretendiente apasionada que corteja a un hombre que siempre ha parecido… indiferente hacia mí.

—Pero aun desde mi limitada experiencia con los hombres, sé que muchos de ellos enfocan el amor de un modo muy distinto al de las mujeres. Algunos son manifiestamente románticos, pero la mayoría no. Fíjate en nuestro padre —dijo Flora buscando un ejemplo—. Pese a que resulta obvio que adora a mamá, no es y nunca ha sido abiertamente romántico con ella.

—¿De verdad crees que la adora? —Aurelia detuvo sus paseos—. Yo siempre lo he dudado. Y tengo muy claro que no deseo un matrimonio de ese tipo.

Flora se dio cuenta de que había perdido al utilizar la distante unión de sus padres como ejemplo.

—A lo mejor simplemente se trata de que a los hombres se les enseña que no deben mostrar sus emociones. Y Archie Vaughan es uno de esos hombres.

Aurelia miró a su hermana con fijeza y cierta suspicacia.

—Sé que nunca te ha caído bien, y tampoco podría decirse que confiaras en él. Me sorprende bastante que parezcas ansiosa por defenderlo en esta situación.

—Mis sentimientos hacia él son irrelevantes. Solo intento ser lo más pragmática y honesta posible contigo. Me has pedido mi opinión y te la he dado. Se ha dado cuenta de lo equivocado de sus formas y desea casarse contigo. Dudo que puedas pedir más, sobre todo teniendo en cuenta cuál es la alternativa…

—Lo sé. Hasta que Archie se declaró, creía que iba a morirme de tristeza tan solo de pensar en ser desterrada a Escocia con papá y mamá.

—Pues ahí tienes tu respuesta.

—Sí, si no fuera porque no sería capaz de soportarlo si pensara que Archie no me ama realmente y que solo se casa conmigo para quedarse con mi dote y salvar la casa de su familia.

—Queridísima Aurelia, opino que lord Vaughan ha demostrado más que satisfactoriamente que es un hombre de ideas propias y que no se le puede obligar a hacer nada que no quiera.

—¿De verdad crees que debería decir que sí?

Flora le contestó con la mentira más grande que le había dicho hasta el momento:

—Sí.

—Y a pesar de tus sentimientos negativos hacia él, ¿accederás a ser mi dama de honor principal y a bailar en mi boda?

—Por supuesto.

—Entonces… —la nube que cubría el rostro de Aurelia se disipó—, me has convencido. Mañana por la tarde, cuando venga a visitarme, le diré que acepto su proposición. Gracias, querida hermana, no sé qué haría sin ti. Ahora que la decisión está tomada, pidamos que nos traigan el té. Me siento débil a causa del nerviosismo.

Una hora más tarde, Flora aceptó la mano que Freed le tendía para subir al carruaje, pues estaba exhausta por la tensión del engaño. Había hecho lo correcto al persuadir a Aurelia para que aceptara la proposición de matrimonio de Archie. Sin embargo, la duda la corroyó durante todo el camino de regreso a Portman Square. Lo único que Aurelia deseaba era que Archie correspondiera el amor que ella sentía hacia él.

Flora sabía que eso era lo único que él no podría darle jamás.

—Supongo que ya conocías la noticia del *Times* de esta mañana, ¿no?

La señora Keppel le pasó el periódico y Flora leyó el texto.

—Sí, Aurelia me había contado que lord Vaughan le había propuesto matrimonio.

—¿Y te alegra que vayan a casarse antes de Navidad? Es un compromiso inusualmente corto.

—Puede que ambos se sientan como si hubieran desperdiciado un tiempo precioso. Me alegro infinito por los dos, se quieren mucho.

La señora Keppel entornó los ojos con astucia.

—Entonces yo también estoy contenta y les enviaré una nota de felicitación a ambos de parte de toda la familia inmediatamente.

—Yo haré lo propio.

—Esta mañana, por casualidad, han entregado en persona una carta para ti procedente de la casa de los Vaughan en Londres. Le he dicho al señor Rolfe que yo misma te la daría.

—Gracias.

Tan serenamente como pudo, Flora tomó el sobre que le ofrecía la delicada mano blanca de su benefactora.

La señora Keppel la observó mientras lo toqueteaba.

—Querida Flora, esta tarde voy a estar en casa y no recibiré visitas, por si, después de leer la carta, te apetece acompañarme durante el té…

—Yo… gracias.

Flora salió del salón y subió corriendo la escalera hasta su habitación. Después de cerrar la puerta con firmeza, se sentó sobre la cama y se quedó mirando la carta. El mero hecho de ver la caligrafía de Archie hizo que los ojos se le llenaran de lágrimas. Rasgó el sobre y, con los dedos temblorosos, desdobló el papel.

Berkeley Square, 18
Mayfair
19 de octubre de 1909

He hecho lo que me pediste aun si sé que es malo para los tres. Ahora que se ha llegado a un acuerdo, he propuesto que nos casemos lo antes posible.

A pesar de todo, te amo.

ARCHIE

—Ah, Flora, te estaba esperando.

—¿Ah, sí?

La joven se quedó parada junto a la puerta del salón de la señora Keppel más adelante aquella misma tarde.

—Claro —contestó escuetamente—. Cierra la puerta. Ya te han servido el té para que no nos moleste nadie.

Flora obedeció y caminó despacio hacia la señora Keppel, en una agonía de indecisión. Nunca había sido demasiado dada a confiar en los demás, pero aquel día…

—Siéntate, querida, y caliéntate junto al fuego. —La señora Keppel le tendió a Flora una taza de té que la joven sorbió agradecida—. Y ahora podemos quedarnos aquí sentadas, tomar el té y cotillear o podemos hablar de la verdadera razón por la que has venido a verme esta tarde. ¿Qué prefieres?

—No… no lo sé.

—El amor es muy confuso, ¿verdad? Y tú, como yo, prefieres guardártelo todo dentro. Mi querido Bertie siempre me dice que el conocimiento es poder y que, por muy tentador que sea cederle ese poder a otro a cambio de consuelo, no es sensato hacerlo. Y tanto tú como yo hemos decidido no hacerlo.

—Sí.

Flora se quedó asombrada por la perspicacia de su benefactora.

—Bueno, Flora, tú has tenido acceso a mi secreto. En Londres todo el mundo cree que comprende la naturaleza de mi relación con el rey y la crítica. Pero sus cotilleos maliciosos y su ansia de desacreditarme los vuelven ciegos ante el simple hecho de que quiero a Bertie. Alguien ajeno podría asegurar que mi relación con el rey no es más que una farsa para alcanzar mis propias ambiciones, al igual que podrían pensar que haber rechazado las atenciones de lord Vaughan es cruel por tu parte. Pero yo sé que tu verdadera motivación surge del amor hacia tu querida hermana.

—Señora Keppel, ¿qué está diciendo? Yo... Nadie tiene ni la menor idea de que exista una relación entre lord Vaughan y yo...

—Soy consciente de ello, y dudo que en Londres haya alguna otra persona, aparte de mí, que haya descubierto la situación. Vi vuestras caras después de que os reunierais aquí hace unos días. Y el... dilema se reflejaba en ellas con total claridad. Tu secreto está a salvo conmigo. Por favor, Flora, confía en mí y sácatelo de dentro antes de que te vuelvas loca.

Flora terminó por ceder. Y mientras la señora Keppel le servía una copa de jerez y le ofrecía un pañuelo de encaje limpio y ella le hablaba de todo lo que había sucedido entre ellos, no le cupo duda de que se sentía más ligera.

—No serás la primera ni la última que envía al hombre que ama a los brazos de otra porque siente que es lo que debe hacer —le dijo la señora Keppel—. Yo me encontré una vez en una tesitura muy similar antes de casarme con mi querido George y de conocer a Bertie. Has actuado correctamente por la más noble de las razones, y ahora tienes que pasar página.

—Lo sé. Pero eso es lo más difícil.

—Bueno, la mejor manera de conseguirlo es mantenerte distraída, y yo estaré más que encantada de proporcionarte la oportunidad de estarlo. —La señora Keppel sonrió—. Pronto se celebrarán varios bailes, y te aseguro que antes de que asistas a la boda de tu hermana te habrán hecho por lo menos dos proposiciones de matrimonio.

—Gracias, pero en estos momentos no estoy interesada en tener pretendientes.

—Eso es porque todavía no los has conocido. —Los ojos de la señora Keppel relucieron—. Comenzaremos con un baile en Devonshire House, y luego hay una fiesta bastante suntuosa en Blenheim, que está muy lejos, pero creo que deberíamos ir y...

—¿Señora Keppel?

—¿Sí, querida?

—¿Por qué está haciendo todo esto por mí?

La mujer desvió la mirada hacia el fuego y luego volvió a centrarla en Flora.

—Porque siento que eres la hija que nunca tuvimos.

Star

Octubre de 2007

Ceanothus
(lila de California — familia Rhamnaceae)

20

Sentí que una mano me tocaba repetidamente el hombro y me obligué a regresar al presente. Levanté la mirada y vi los créditos de cierre de *Superman* en la pantalla y a Rory de pie a mi lado.

—¿*Superman II* ahora?

Le eché un vistazo a mi reloj de pulsera y me di cuenta de que eran más de las cinco y media de la tarde.

—No. —Negué con la cabeza—. Creo que ya has tenido bastante por un día. ¿Quieres ver el faisán? —le pregunté para distraerlo.

Asintió con entusiasmo y me arranqué de la silla y del pasado, consciente de que aquel no era el momento adecuado para empezar a analizar lo que había leído y si tenía algún tipo de relevancia en mi propia existencia. En la cocina, Orlando estaba revisando la entrega de la tienda del pueblo.

—Te mereces un premio por el exhaustivo trabajo que has llevado a cabo desplumando el faisán —dijo—. Te aliviará saber que acabo de recuperar el perdigón que terminó con su vida, así que mañana no habrá ningún diente roto.

Alzó una pequeña salsera en cuyo centro había tres perdigones. Inmediatamente, Rory cogió uno y lo estudió.

—Pobre pájaro.

—Sí, cierto, pero qué afortunados seremos nosotros mañana. Señorita Star, esto es para el banquete de esta noche.

Vi un espléndido solomillo de ternera de color rojo sangre descansando sobre la encimera de mármol que había delante de él.

—No conozco a ninguna otra persona que pueda hacerle justicia a su perfección. Si no te importa, me gusta cenar a las ocho en punto de la tarde. Así tienes tres horas largas para digerir la comida antes de acostarte —comentó Orlando mirando el reloj.

—Entonces será mejor que me ponga manos a la obra.

—Mientras tú te ocupas de eso, yo me voy a llevar a este pequeño a jugar una partida de ajedrez. El que pierda lava los platos después de la cena.

—Pero tú siempre ganas, tío Lando —se quejó Rory mientras salían en tromba de la cocina.

Preparé la carne y las verduras, y después me senté para inhalar el aroma de la comida y disfrutar de la maravillosa calidez de la cocina. Cavilando acerca de lo que había leído, me di cuenta de que la figurita que Pa me había dado debía de ser el adorado gato de Flora y no una pantera de verdad, como yo había supuesto. Y después pensé en Flora, que según las indicaciones de Pa Salt tenía algo que ver conmigo. Definitivamente, había similitudes entre las dos: por ejemplo, nuestro interés compartido en la botánica y nuestro amor por la naturaleza. Pero millones de personas gozaban con esas aficiones, y por lo que había leído era mucho más probable que estuviera emparentada con Aurelia. Al fin y al cabo, parecía que era ella la que iba a casarse con un miembro de la familia Vaughan.

Lo peor era lo desesperadamente que deseaba encontrar un vínculo, algo que me uniera de manera inextricable a High Weald y que me permitiera formar parte de aquella extraordinaria familia, a dos de cuyos miembros en particular iba cogiéndoles más cariño cada día.

Una vez que nos comimos el solomillo y que Orlando lo hubo calificado de «heroico», me llevé a Rory al piso de arriba para bañarlo, sin tener muy claras las normas respecto a tales rutinas. Le dejé llevar la voz cantante cuando vi que se quitaba los audífonos y los dejaba con mucho cuidado sobre un estante.

—¿Quieres que me vaya? —le pregunté cuando entró en la bañera llena de espuma que le había preparado.

Pero él negó con la cabeza.

—Háblame. Cuéntame alguna historia sobre tu familia, Star.

Así que me senté sobre la anticuada tapa de madera del retrete y, apoyándome en gran medida en la mímica y las expresiones faciales cuando mi lenguaje de signos flaqueaba, le conté a Rory la versión más resumida de mi infancia en Atlantis que fui capaz de tejer, aderezada con unas cuantas anécdotas de CeCe y yo metiéndonos en líos.

—¡Hermanas traviesas! —rio el niño mientras salía de la bañera y se envolvía en la toalla que yo le tendía. Entonces sus ojos verdes se tornaron serios—. Yo también quiero una hermana o un hermano. Parece divertido.

Lo ayudé a ponerse el pijama y le pasé los audífonos. Se los ajustó en sendas orejas y después me rodeó los hombros con los brazos y me besó en la mejilla.

—¿Quieres ser mi hermana, Star?

—Claro que sí —contesté cuando recorríamos el pasillo de camino a su habitación.

Unos minutos más tarde, Orlando apareció en el umbral, donde se detuvo con aire indeciso.

—¿Abluciones terminadas?

—Sí. Buenas noches, ángel —dije dándole un beso a Rory.

—Buenas noches, Star.

Al día siguiente después de desayunar, doré las patas del faisán en una enorme cazuela de hierro forjado antes de añadirles bayas, hierbas y un poco de vino tinto con la esperanza de que se redujeran hasta formar una salsa sabrosa. A continuación, envolví las pechugas en panceta y las reservé para asarlas más tarde. Rory se sentó a la mesa de la cocina a dibujar y los dos trabajamos tranquilamente juntos cuando comencé a estirar con el rodillo la masa para una tarta de frutas. Yo había observado a CeCe mientras pintaba cientos de veces, pero sus obras tendían a ser muy precisas, mientras que Rory mezclaba las acuarelas para obtener el tono que necesitaba y luego las aplicaba con liberalidad. Cuando puse la tarta en los fogones, vi que había compuesto un paisaje otoñal que yo no habría sido capaz de reproducir ni aunque hubiera tenido meses para hacerlo.

—Asombroso —dije cuando lo firmó con su nombre y me percaté de que trazaba las letras con torpeza, en total contraste con la fluidez de sus pinceladas.

—Me gusta pintar.

—A todos nos gustan las cosas que se nos dan bien —le contesté con una sonrisa.

Orlando había salido más temprano aquella mañana. No había dicho adónde iba, pero me había dado la sensación de que no le apetecía mucho. Volvió con Mouse pisándole los talones justo cuando estaba triturando las patatas.

—Mirad. —Rory señaló su acuarela—. Para Star.

Orlando la alabó solícitamente mientras que Mouse apenas le dedicó una mirada somera.

—¿Qué os parece si traigo la botella de Vacqueyras que he decantado para complementar el faisán de Star? —le preguntó Orlando a nadie en particular cuando ya se dirigía a la despensa para coger el vino.

—¿Has leído mi transcripción? —me preguntó Mouse de pronto.

—Sí, gracias.

Señalé el ordenado montón de papeles que había junto al teléfono.

—¿Te ha parecido instructiva?

—Mucho.

—Me gustaría ver la figura, si la tienes.

—Bueno, es que al final resulta que no la he traído conmigo —mentí esperando que la cara no se me pusiera muy colorada, como solía ocurrirme cada vez que decía algo que no era cierto.

—Es una pena. Orlando cree que es de Fabergé.

—Echaré otro vistazo para ver si la encuentro antes de marcharme.

—Hazlo.

El teléfono sonó y Mouse estiró el brazo para contestarlo.

—Hola, Marguerite. Sí, por aquí todo va bien. Rory también está bien, ¿verdad?

—¡Sí! —gritó el muchacho para que su madre pudiera oírlo—. ¡Bien!

—¿A qué hora está previsto que vuelvas?

Me concentré en los fogones para que no diera la impresión de que estaba escuchando la conversación.

—Entiendo. Bueno, está claro que yo no puedo hacerlo, pero les preguntaré a Orlando y a Star si pueden ellos. ¿Orlando?

—¿Sí?

Salió de la despensa con el vino.

—A Marguerite le han pedido que se quede más tiempo en Francia. Quiere saber si Star y tú podéis pasar unos días más aquí para cuidar de Rory.

—Por desgracia, eso es imposible. En Londres van a celebrarse dos subastas importantes a las que debo asistir. ¿Qué hay de ti, Mouse?

—Ni hablar. Ya sabes todo lo que tengo que hacer en la granja en estos momentos. Además, Rory está a mitad de trimestre y…

Miré a Rory, que estaba sentado en medio de los dos hermanos moviendo la cabeza de un lado a otro como si estuvieran disputando un partido de tenis verbal. Y probablemente sintiéndose poco más importante que la pelota metafórica que se lanzaban el uno al otro.

—Yo me quedaré —solté de pronto—. Es decir, si puedes arreglártelas sin mí en la librería, Orlando.

—Puedo pensármelo, sin duda.

Rory le dio unos golpecitos a Orlando en las manos y signó con entusiasmo.

—¡Sí, por favor, deja que Star se quede! ¡Buena comida!

Se hizo un silencio momentáneo cuando las miradas de los dos hermanos se clavaron en mí.

—Dada la carestía de clientes en la tienda, probablemente no tenga mucho que hacer aparte de limpiar el polvo —dijo Mouse.

Su comentario provocó que se me erizara el vello de la nuca, pero me esforcé por controlarme. Me di cuenta de que Orlando estaba haciendo lo mismo.

—Por supuesto, lo más importante es que Rory esté contento —sentenció al fin.

—Muy bien, ¿has oído algo, Marguerite? Star se quedará y Rory está encantado con el arreglo —explicó Mouse por el auricular—. Yo pasaré de vez en cuando para echarles un ojo. Avísanos de a qué hora llegas el miércoles, ¿vale? De acuerdo, adiós.

—La comida está lista —le dije a Orlando, que nos había servido una copa de vino a todos.

—Maravilloso. Comeremos aquí, ¿os parece? Y estoy… estamos —Orlando le lanzó una mirada a su hermano— tremendamente agradecidos por tu ofrecimiento.

—No hay problema —dije volviéndome hacia los fogones.

Después de la comida, que, aunque está mal que sea yo quien lo diga, fue todo un triunfo, teniendo en cuenta que nunca había preparado un faisán, Mouse llevó a Orlando a Ashford en su Land Rover para que cogiera el tren hacia Londres. El distanciamiento entre los dos hermanos resultaba obvio, y supuse que tenía que ver con su encuentro anterior y con la conversación con Marguerite.

Mouse había dicho que volvería para darle las buenas noches a Rory, pero ya eran más de las ocho y no había ni rastro de él. Arranqué a Rory de su película de *Superman*, lo bañé y lo metí en la cama.

De vuelta en mi dormitorio, busqué en mi mochila la carta de Pa Salt y el gato negro. Examiné cuidadosamente la pequeña criatura recordando las vívidas descripciones que Flora hacía de Pantera.

—¿Eres tú? —le pregunté a la nada y, al no recibir respuesta, volví a guardar la figura.

Si se trataba de una obra de Fabergé, tal como Mouse había sugerido, sabía que era de gran valor. Tal vez la señora Keppel, que también se había deleitado con las creaciones de Fabergé, le hubiera regalado el gato a Flora…

Solo había una forma de averiguarlo, y era enseñárselo a la Rata de Alcantarilla… A Mouse, me corregí. No se me podía escapar bajo ninguna circunstancia mi propio apodo de su apodo.

Fui al aseo y me sumergí lo más rápido que pude en el baño de burbujas que le había preparado antes a Rory, pues la noche anterior había aprendido que la caldera de agua caliente solo tenía capacidad para una bañera al día. Después volví a toda prisa a la habitación para ponerme la bata antes de bajar a la planta inferior.

Me había detenido frente a la puerta principal preguntándome si debería echar la llave para la noche cuando una figura surgió de la oscuridad a mi espalda y me asustó tanto que me hizo gritar.

—Soy yo —dijo Mouse—. He entrado por la puerta de atrás mientras estabas arriba. Solo quería darte esto.

Me tendió dos enormes llaves de latón en una argolla.

—Gracias.

—Y gracias por quedarte. Es obvio que Rory ya te ha cogido

cariño. Marguerite dice que llamará mañana. No es nada propio de ella que haya accedido a quedarse. Debe de ocurrir algo —masculló—. Normalmente trabaja solo por esta zona para al menos poder regresar a casa por las noches con Rory. Pero parece que su fama ha aumentado. En cualquier caso, necesitarás suministros para manteneros durante los próximos días. Si me haces una lista, me pasaré mañana por la mañana a recogerla. Aunque será bastante temprano.

—No importa —contesté—. ¿Te importaría que utilizara el teléfono para avisar a mi hermana de que no voy a volver esta noche? Mi móvil no tiene cobertura aquí.

—Adelante. Y si estás desesperada por enviar un correo electrónico puedes venir a mi casa. Gira a la derecha tras la verja y cruza al otro lado de la carretera. Hay un cartel que dice HOME FARM unos cientos de metros más adelante, a la izquierda. Puede que no sea un lujo, pero al menos tiene wifi.

—No creo que lo necesite.

—Y si consigues encontrar esa figurita, me encantaría verla, de verdad. Hay unos cuantos huecos en la historia de nuestra familia que tengo muchas ganas de rellenar.

—Echaré otro vistazo en mi bolsa de viaje.

—Espero que al final la encuentres. Buenas noches, entonces.

—Buenas noches.

Lo acompañé hasta la puerta y después la cerré con llave. A continuación me encaminé hacia la cocina, descolgué el teléfono y marqué el número de CeCe.

—Hola, soy yo.

—¡Sia! ¿Dónde estás? ¿Y por qué me llamas desde un número desconocido?

Se lo expliqué lo mejor que pude y se hizo un prolongado silencio.

—¿O sea que esa familia no solo te está pagando una miseria por trabajar un montón de horas en una librería, sino que ahora también te utiliza como niñera y chef no remunerada?

—Orlando me ha dicho que cobraría de todas maneras, y además Marguerite también me pagará por otro lado.

—Tu problema es que eres demasiado buena.

—Ha sido una emergencia, y yo era la única que podía ayudar.

Y la verdad es que no me importa en absoluto. Me encanta estar aquí —contesté con sinceridad.

—Asegúrate de que te pagan lo que te deben. Te echo de menos, Sia. Este apartamento es demasiado grande para solo una persona.

—Volveré pronto y, si me necesitas, estaré en este número.

—El miércoles me saltaré la última clase en la universidad para que podamos cenar juntas. Tengo la sensación de que apenas te he visto a lo largo de las últimas semanas.

—Lo sé, lo siento. Que duermas bien, CeCe.

—Lo intentaré. Adiós.

La llamada terminó abruptamente al otro lado de la línea y yo suspiré mientras me dirigía hacia el salón para asegurarme de que no había posibilidad de que el fuego provocara un incendio durante la noche, otra de las reglas de oro de Pa. Apagué las luces y subí a acostarme. Me asomé a la habitación de Rory, que dormía plácidamente, y di las gracias al cielo porque me hubieran concedido dos noches más en aquella maravillosa casa.

21

Al día siguiente me levanté pronto, pues Rory me despertó saltando encima de mí sobre la cama y diciendo que tenía hambre. Para cuando Mouse apareció en la cocina a recoger mi lista de la compra ya estábamos sentados desayunando.

—Algo huele bien —dijo Mouse para sorpresa mía.

Era raro oírlo pronunciar un comentario positivo.

—¿Quieres probarlas? No son más que unas torrijas.

—No he vuelto a comerlas desde que era un crío. Sí, si no es mucha molestia.

—Hay café recién hecho en la cafetera, sobre la mesa —señalé.

Rory le dio unos golpecitos a Mouse en el brazo y signó.

—¿Puedo salir contigo en el tractor?

—¿Qué?

Mouse apenas había levantado la mirada hacia él.

—Rory quiere saber si puede salir contigo en el tractor —le dije mientras le colocaba el plato delante con algo más de fuerza de la necesaria.

—Dios, claro que no —dijo, y empezó a devorar las torrijas con un apetito que sin duda le había faltado en el último par de ocasiones en que había cocinado para él—. Qué ricas están, me encanta la comida de niños pequeños. Bien. —Se bebió el café de un trago, se levantó y cogió la lista de la mesa—. Volveré cuando pueda a dejar todo esto.

Y sin más, se marchó.

—¿Tractor no?

Rory me miró con una expresión lastimera que me rompió el corazón.

—Hoy no, Rory, no. Pero ¿qué te parece si te vistes y vamos a dar una vuelta con esa bici tuya?

Rory pedaleó hasta el huerto y allí recogimos todas las manzanas y ciruelas damascenas que pudimos cargar. Los antiquísimos árboles necesitaban desesperadamente una poda, pero sabía que tendría que esperar hasta finales del invierno.

—No podremos comernos todo esto —signó Rory mientras acarreábamos la fruta en una carretilla chirriante que yo había encontrado.

—No, pero quedarán riquísimas en tartas y mermeladas.

—¿Tú haces mermelada?

—Sí.

Su sorpresa me arrancó una carcajada, puesto que hizo que me diera cuenta de que aquel muchacho debía de haber crecido pensando que la mayor parte de las cosas que comía procedían de una invisible hada de supermercado.

Me pasé la tarde haciendo tartas, y Rory me pidió ver su habitual sesión de *Superman*. Después de ponerle el DVD, volví a la cocina para prepararme una taza de té y comprobar el estado de la masa en los fogones. Me moría de ganas de reorganizar la despensa y los armarios, pero me contuve, consciente de que no me correspondía hacerlo.

Consulté el reloj y vi que eran casi las seis, hora de preparar la cena de Rory. Dado que no había rastro de las compras prometidas, miré a ver qué podía encontrar.

Estaba sacando la última tarta del horno cuando se abrió la puerta de atrás y Mouse apareció con dos bolsas de plástico llenas de provisiones.

—Aquí tienes —dijo al tirarlas sobre la mesa de la cocina—. ¿Estás planeando celebrar una fiesta? —preguntó señalando las tartas.

—Solo intento aprovechar la fruta caída del huerto.

Sacó una cerveza de una de las bolsas y la abrió.

—¿Quieres una? —ofreció.

—No, gracias.

—¿Rory está bien?

—Perfecto —contesté.

Metí la mano en una de las bolsas y saqué unas salchichas. Las coloqué sobre una bandeja de horno y las introduje en el horno para que se asaran.

—Voy a hacer patatas fritas caseras —añadí tras abrir una bolsa de patatas y sacar un pelador del cajón—. Espero que a Rory le gusten.

—Teniendo en cuenta que Marguerite y él viven básicamente de huevos y latas de judías con tomate, estoy seguro de que le sentarán bien. Y a mí también, si hay suficientes.

Disimulé una sonrisa ante su repentino entusiasmo.

—Por supuesto. —Señalé la gran bolsa de patatas—. Iré a decirle a Rory que estás aquí.

Eché a andar hacia la puerta.

—Antes de que lo hagas... —Su tono hizo que me detuviera, y me volví para ver una expresión repentinamente sombría en su rostro—. Quiero que me digas sinceramente si tienes aquí esa figura de Fabergé. O de verdad no la has traído o simplemente no quieres enseñármela. Entiendo por qué es posible que sientas que no puedes confiar en mí —prosiguió—. Al fin y al cabo, no puede decirse que te haya acogido con los brazos abiertos. Yo no me preocuparía, Star, todo el mundo piensa que soy un mierda. Y no se confunden. Lo soy.

O sea que habíamos vuelto a la autocompasión. Pues si esperaba que lo contradijera, se había equivocado.

—De todas maneras —continuó al notar mi silencio—, ¿y si hacemos un trato? Yo te contaré el resto de lo que he descubierto acerca de la historia de nuestra familia y tú me enseñarás el gato. Porque si es un Fabergé, tengo una idea clara de quién pudo dárselo a Flora MacNichol.

—Yo...

—¡Mouse!

Rory entró en la cocina y el momento se desvaneció.

Durante la cena, Mouse estuvo sin duda más animado que en cualquiera de las ocasiones previas en que lo había visto. No tenía ni idea de si se debía a que estaba haciendo todo lo posible por inspirarme un falso sentimiento de seguridad antes de convertirse de nuevo en su habitual versión malhumorada o a las patatas fritas caseras. Pero me alegraba por Rory que Mouse al menos estuviera haciendo el esfuerzo de comunicarse con él. Les sugerí que jugaran al tres en raya, pero Rory no sabía. Una vez que le expliqué el juego, el muchacho le cogió el gusto y gritaba de alegría cada vez que ganaba. Me di cuenta de que Mouse lo estaba dejando ganar, y aquello también suponía una mejora.

—Hora de acostarse —soltó Mouse de pronto.

Miré el reloj y vi que eran poco más de las siete, pero Rory ya se había puesto de pie como un soldado novato que acaba de recibir órdenes de un sargento mayor.

—Subiré contigo para bañarte —anuncié al niño tendiéndole la mano.

—Buenas noches, Mouse —se despidió Rory.

—Buenas noches, Rory.

Después de que le llenara la bañera, Rory jugueteó un rato y luego se recostó y cerró los ojos para que le enjabonara la cabeza. Se sumergió debajo del agua y, cuando salió de nuevo a la superficie, abrió los ojos.

—¿Star?

—¿Sí?

Sacó las manos del agua para signar:

—No creo que a Mouse le caiga muy bien.

—Yo creo que sí le caes bien, pero que esto se le da fatal.

Señalé nuestras manos.

—No es difícil. Nosotros le enseñaremos.

—Sí —dije, y extendí la toalla ante mí para que pudiera salir de la bañera y mantener el recato.

Lo ayudé a ponerse el pijama y lo llevé por el pasillo hasta su habitación.

—Bueno, ¿quieres que te lea un cuento o se me da demasiado mal? —bromeé haciéndole cosquillas.

—Se te da mucho mejor que a Mouse, así que sí, por favor.

Rory se dio la vuelta antes que yo para ver a Mouse de pie en el umbral. En esos momentos, agradecí que no entendiera la lengua que hablaban nuestras manos.

—¿Quieres que te arrope, Rory? —preguntó.

—Sí, por favor —contestó él enseguida.

—Buenas noches.

Le di un beso al niño en la frente y me marché de la habitación.

—Eres muy buena con Rory, se te da bien tratarlo —dijo Mouse más tarde al entrar en la cocina justo cuando estaba terminando de lavar los platos.

De todas las comodidades modernas que desearía para High Weald, la primera sería un lavavajillas.

—Gracias.

—Supongo que ya habías trabajado antes con niños sordos.

—No, nunca.

—Entonces ¿cómo...?

Le expliqué brevemente cómo había aprendido a signar. Él sacó una cerveza del frigorífico y la abrió.

—Es curioso que Rory y tú os hayáis conocido y hayáis estrechado lazos tan pronto, porque está claro que eres una mujer de pocas palabras. Él no extraña su ausencia como lo haría una persona oyente. No eres muy dada a revelar mucho de ti misma, ¿no es así?

«Tú tampoco», pensé.

—Vives con tu hermana, ¿verdad?

O sea que se acordaba.

—Sí.

—¿Novio? ¿Alguien especial?

—No. —«Aunque tampoco es que sea asunto tuyo»—. ¿Y tú? —contraataqué.

—Soy perfectamente consciente de que nadie me soportaría, y no pasa nada.

No iba a permitir que me provocara para que le contestase. En silencio, recogí los platos y los cubiertos.

—De hecho —dijo al final, desvelando, como le ocurría a todo el mundo tras un silencio prolongado, más información de la que pretendía dar en un principio—, hace tiempo estuve casado.

—Ah.

—A ella parecía gustarle.

De nuevo, guardé silencio.

—Pero entonces...

Seguí callada.

—Murió.

Supe que me había vencido. Era imposible no dar respuesta a una declaración como aquella.

—Lo siento.

Me di la vuelta y lo vi de pie junto a la mesa, incómodo.

—Yo también lo sentí. Pero así es la vida... y la muerte, ¿no?

—Sí, así es —contesté pensando en Pa Salt.

Se produjo otra ligera pausa antes de que Mouse mirara el reloj de la pared y dijese:

—Debería irme. Tengo que enfrentarme a tres meses de cuentas pendientes. Gracias por la cena.

Y dejándose la cerveza a medio beber sobre la mesa, se marchó por la puerta de atrás.

Aquella noche no pude dormir. Me sentía fatal por su súbita marcha, pues sabía que la había provocado mi fría reacción después de que me confesara que su esposa había muerto. Por muy mal educado que fuera normalmente, Mouse había compartido una confidencia emocional. Y yo le había contestado con un tópico insensible.

Básicamente, me había permitido rebajarme a su nivel.

Al final, agotada de estar agotada, me levanté tambaleándome con el alba a las seis y media, me puse la bata y bajé a la cocina.

Entonces hice lo único que sabía que me calmaría: preparé un bizcocho.

Después del desayuno, le pregunté a Rory si podía llevarme a casa de Mouse, a lo que el niño accedió entusiasmado.

—He pensado que tal vez podríamos llevarle este bizcocho y regalárselo —propuse.

—Sí. —Rory hizo un gesto de aprobación levantando un pulgar—. Mouse se siente solo.

Rory se montó en la bicicleta, yo cogí el recipiente en el que había metido el bizcocho y los dos recorrimos el camino de entrada y después cruzamos la carretera. Rory me guio por el estrecho arcén de hierba y yo inhalé el evocador e inconfundible aroma de pleno otoño en Inglaterra: el intenso olor de la fermentación cuando el campo desecha los restos de otro verano, listo para renovarse de nuevo en primavera.

—Aquí.

Rory señaló un cartel que nos condujo hacia un camino de entrada invadido por la maleza. El niño salió disparado, pero yo avancé más tranquilamente con el bizcocho. Finalmente la casa apareció ante mi vista. Era un robusto edificio de ladrillo rojo que no disponía de ninguno de los ornamentos de su vecino de enfrente. Si High Weald era aristocrática, Home Farm era práctica y acogedora.

En el centro de la casa había una puerta enorme que una vez había estado pintada de color rojo cereza, pero que en aquel momento era una versión desconchada y desvaída de su antigua naturaleza. A lo largo de la fachada había arbustos de lavanda que habían visto mejores tiempos y que debían reemplazarse, pero su aroma sereno continuaba impregnando el aire. Rory rodeó la vivienda a toda velocidad y se dirigió directamente a la puerta de atrás.

—¿Puedes llamar? —le dije por gestos, y el niño la golpeó disfrutando de las vibraciones.

No hubo respuesta.

—Llama otra vez —sugerí.

—Siempre abierta. ¿Dentro?

—Vale.

Con la sensación de ser una intrusa culpable, seguí a Rory hasta el interior de la casa y me encontré en una cocina que era una versión en miniatura de la que acabábamos de abandonar. Solo que aquella era todavía más caótica. La mesa de pino apenas se veía bajo las tazas de café usadas, los periódicos y lo que parecían libros de contabilidad con recibos y facturas sobresaliendo de entre sus páginas. La corriente que levantó la puerta al cerrarse detrás de nosotros hizo que un par de papeles revolotearan hasta el suelo. Dejé el bizcocho y me agaché para recogerlos justo cuando Mouse entró en la cocina desde la puerta interior.

Clavó la mirada en los recibos que yo tenía en la mano y frunció el cejo.

—Estaban en el suelo —dije tímidamente al volver a ponerlos sobre la mesa—. Te hemos traído un regalo. Rory, dale el recipiente a Mouse.

—Lo ha hecho Star —signó el niño—. Para ti.

—Es un bizcocho de limón —añadí.

Mouse se quedó mirando el recipiente como si contuviera una bomba.

—Gracias.

—De nada.

Nos quedamos allí de pie, incómodos, y me estremecí por el frío que hacía en la cocina. La calefacción no estaba encendida y la hospitalidad que prometía el exterior de la casa se hallaba claramente ausente en el interior.

—¿Todo bien? —preguntó Mouse.

—Sí.

—Bien. Bueno, si me perdonáis, ahora tengo que ponerme en marcha.

—De acuerdo.

Rory y yo deshicimos el camino hasta la puerta de atrás. Me detuve con la mano ya en el pomo, pues había decidido que debía ser una buena persona.

—Vamos a cenar pastel de carne y patatas esta noche, por si te apetece acompañarnos.

Después abrí la puerta y salimos a la relativa calidez del gélido día de octubre.

Rory y yo nos pasamos la tarde jugando interminables partidas de tres en raya. Cuando se aburrió de eso, le enseñé a jugar a hundir la flota. No me quedó muy claro si el muchacho había entendido el concepto; en lugar de poner una cruz que representara su barco en el cuadrado concreto, dibujaba los barcos, cosa que al menos nos ayudó a matar el tiempo, puesto que insistía en que cada nave en miniatura fuera perfecta, y las borraba cuando no lo eran.

Después de ponerle su adorado DVD de *Superman*, bostecé mientras ponía la tetera a hervir. Y no era solo por mi falta de sueño de la noche anterior, sino por mi primera experiencia de tener que entretener a un niño a tiempo completo.

Me puse a pensar en Atlantis y en lo que mis hermanas y yo solíamos hacer para divertirnos durante las vacaciones. Me maravillé al darme cuenta de cómo Ma había conseguido lidiar con las seis, cada una en una etapa distinta de nuestro desarrollo. Me percaté de que no podía recordar ni un solo segundo de aburrimiento: siempre había tenido a CeCe y al resto de mis hermanas. Como hijo único, Rory no tenía con quién jugar. Y si en algún instante había existido una diminuta parte de mí que se hubiera sentido resentida por encontrarme en el medio de nuestro enorme nido femenino y por la falta de atención individual, en aquel momento me sentí bendecida.

Preparé el pastel de carne y lo dejé en los fogones para que terminara de hacerse. Después subí al piso de arriba a hacer las camas. Me senté en la mía, con los dedos agarrotados por el frío, y busqué la caja que contenía a Pantera. Como el bizcocho de limón no parecía haber solucionado el distanciamiento y todavía me sentía culpable por permitir que la rabia sustituyera a la empatía la noche anterior, me guardé la caja en el bolsillo trasero de los vaqueros y bajé a la planta inferior, consciente de que era lo único que podía ofrecerle a Mouse que tal vez consiguiera redimirme.

Dieron las siete y después las ocho. Bañé a Rory, lo acosté y a continuación bajé de nuevo la escalera para recoger los cacharros de la cena. Estaba a punto de apagar las luces de la cocina y sentarme ante el fuego a leer cuando se abrió la puerta de atrás.

—Siento llegar tarde. Me he entretenido —dijo Mouse—. ¿Queda pastel de carne?

—Sí. —Fui a la despensa a cogerlo y después lo puse sobre el fogón—. Tardará unos minutos en calentarse.

Sin saber muy bien cómo actuar, me quedé parada junto a la mesa de la cocina durante unos segundos.

—Daría cualquier cosa por una cerveza. ¿Quieres una copa de vino? —preguntó.

—De acuerdo.

Mouse sirvió las bebidas.

—Salud.

Entrechocó su lata de cerveza con mi copa cuando nos sentamos.

—Gracias por el bizcocho, por cierto. He comido un poco a la hora del almuerzo, estaba muy bueno. También he venido a decirte que mañana no estaré por aquí. Me voy a Londres a presionar a Orlando para que venda la librería.

—Le romperá el corazón —dije horrorizada—. Es toda su vida.

—¿Crees que no lo sé? —me espetó—. Pero no podemos seguir así. Como ya te dije, y también se lo he dicho a él, el negocio puede dirigirse por internet. El dinero de la venta del edificio cubriría por lo menos las deudas que hemos acumulado. Y yo tengo que comprar maquinaria nueva para mantener la granja en funcionamiento. Entiendo tus sentimientos, pero me temo que la vida es cruel, Star, y que así son las cosas.

—Lo sé —dije mordiéndome el labio para controlar las lágrimas que amenazaban con inundarme los ojos.

—Por desgracia, uno de los dos hermanos tiene que vivir en la realidad y, para serte sincero, si no hago algo ya, corremos el riesgo de que el banco declare el negocio en bancarrota y nos embargue la librería como garantía de nuestra deuda. Y eso quiere decir que la venderían por una décima parte de lo que realmente vale y que nosotros apenas veríamos un céntimo de los fondos que quedaran después de la venta.

—Sí, lo entiendo. Pero debes darte cuenta de la pérdida que supone. Es un legado…

—¿Legado? —repitió con un bufido desdeñoso—. Esta familia nunca ha tenido mucha suerte, o tal vez debería decir «cabeza», en lo que a dinero se refiere. Hemos conseguido conservar High Weald por los pelos. No es que sea de mi incumbencia, pero sé que Marguerite también está con el agua al cuello.

—Vaya —dije débilmente, y me levanté para coger el pastel de carne, sin saber muy bien qué otra cosa decir.

—En cualquier caso, no es problema tuyo, ya lo sé. Excepto por el hecho de que tal vez tengas que buscarte otro empleo en algún momento a lo largo de los próximos meses. Como no podría ser de otra manera teniendo en cuenta nuestra suerte, las propiedades comerciales están a la baja debido a la situación económica mundial. Las desgracias nunca vienen solas, como suele decirse.

—No te preocupes por mí, es Orlando quien va a sufrir.

—Le tienes mucho cariño, ¿verdad?

—Sí, mucho.

—Él también a ti. No hay muchas personas capaces de tolerar sus excentricidades. Hoy en día, probablemente le diagnosticarían algún tipo de trastorno, TOC o algo por el estilo, y eso sin tener en cuenta su determinación de vivir como si hubiera nacido hace cien años. —Negó con la cabeza—. Cuando éramos pequeños, siempre era Orlando quien acaparaba la atención de mi madre. Era su preferido; lo educó en casa desde que cumplió los nueve años porque su asma era muy grave. Juntos se encerraban en la biblioteca a leer a su querido Dickens. Mi hermano nunca ha tenido que vivir en la realidad. Como él mismo dice siempre, el pasado era una época mucho más civilizada y amable.

—Dejando a un lado las continuas y terribles guerras —apunté—. Y la falta de antibióticos y de atención sanitaria para los pobres.

Me miró, sorprendido, y después me regaló una carcajada repentina.

—Cierto. Por no hablar de la prisión por deudas.

—A Orlando no le iría muy bien si lo encerraran en una.

—No hay Sancerre ni camisas almidonadas en los albergues para pobres.

Compartimos una sonrisa burlona cuando le puse el plato delante pensando en lo diferentes que eran aquellos dos hermanos, tanto como CeCe y yo.

—Mucha gente, no solo Orlando, quiere idealizar el pasado. Yo también lo hago —masculló con vehemencia al coger el tenedor para comer.

—¿Qué edad tenía tu mujer cuando murió? —pregunté con precaución, pues tenía la sensación de que debía abordar el tema y hacer cuanto pudiera por reparar mi comportamiento de la noche anterior.

—Veintinueve. Éramos muy felices.

—Mi hermana perdió a su prometido en un accidente de navegación hace un par de meses, poco después de que nuestro padre muriera. Como tú dices, la vida es cruel.

Me estaba forzando a hablar, a decir mucho más de lo que era habitual en mí, como penitencia.

—Lo siento mucho por tu hermana. No le desearía a nadie que perdiera a su compañero y a su padre uno detrás de otro. A mí también me pasó —suspiró—. Remontándonos de nuevo al pasado, ¿tienes alguna teoría respecto a cómo podrías estar emparentada con esta familia?

—Ninguna.

—¿Qué? ¿Quieres decir que no te has pasado los tres últimos días en High Weald registrando los cajones en busca de alguna conexión?

—No, yo...

Sentí que un rubor culpable me caldeaba las mejillas. Mouse era tan complicado de entender que no tenía ni idea de si estaba bromeando o reprendiéndome.

—Pues si yo fuera tú, no me cabe duda de que lo habría hecho —añadió—. Hablemos claro, si hubieras encontrado un vínculo, podrías haber optado a heredar lo que tal vez pensaras que era una importante cantidad de dinero. Pero, según están las cosas, podemos incluirte en la declaración de quiebra.

—No he registrado la casa y no soy pobre —repliqué desafiante.

—Vaya, qué suerte la tuya. Y para que conste en acta, Star, te estaba tomando el pelo.

—Ah.

Odiaba que me hubiera leído el pensamiento.

—Por favor, ya sé que mi sentido del humor es desconcertante, pero te prometo que estaba de broma. Un mecanismo de defensa, *n'est-ce pas?* Para mantener a la gente alejada. Todos tenemos alguno. Fíjate en ti. Es muy complicado descifrarte… A veces tengo la sensación de que sé lo que estás pensando por la expresión de esos ojos azules… pero la mayor parte de las veces no tengo ni la menor idea.

Inmediatamente, aparté la mirada de él y Mouse soltó una risotada antes de beber otro sorbo de cerveza.

—Como sea, la verdad es que tenía bastantes esperanzas de que durante tu estancia encontraras algo que hace mucho, muchísimo, que no veo.

—¿A qué te refieres?

—Como ya has deducido, Flora MacNichol fue una prolífica diarista durante gran parte de su vida. Sus diarios, unos cuarenta o cincuenta, estuvieron muchos años en una estantería del despacho de Home Farm. Mi padre los encontró en un baúl en el desván cuando se puso a limpiar la casa después de la muerte de sus padres. Así fue como se enteró de la… anomalía que me explicó cuando se estaba muriendo.

—¿Qué «anomalía»?

—Tenía que ver con la herencia, con la división de High Weald en la década de los cuarenta. Simplificando: creía que a nuestra línea familiar, es decir, a los Forbes, le habían estafado lo que les pertenecía por derecho.

—Entiendo.

—Naturalmente, cuando me puse a investigar la historia de nuestra familia, bajé los diarios y empecé a trabajar a través de ellos.

Pero he llegado a un punto muerto: todos sus diarios a partir de 1910 están desaparecidos. Star, sé que había muchos más de los que quedan en esa estantería. Antes ocupaban más de dos baldas y ahora menos de una. —Se encogió de hombros—. El problema es que esos años que faltan pueden contener las pruebas de la teoría de mi padre. No es que hoy ya fuera a poder hacer nada al respecto, pero me gustaría saberlo con seguridad, para bien o para mal.

—Lo comprendo —dije.

—A todo esto, ¿has encontrado tu figurita?

—Sí.

Decidí que no tenía mucho sentido seguir mintiendo.

Ya me lo imaginaba. ¿Puedo verla?

Me llevé la mano al bolsillo de los vaqueros y saqué la caja.

—Toma.

Se la pasé por encima de la mesa.

La abrió con solemnidad y luego hurgó en el bolsillo de su camisa para sacar unas gafas de ver de cerca. Estudió la figura con detenimiento.

—Vaya, vaya —murmuró, y después se quitó las gafas—. ¿Puedo tomarla prestada durante más o menos una semana?

—¿Por qué?

—Quiero que la autentifiquen.

—No estoy segura…

—¿No confías en mí, Star?

—Sí, es decir…

—O confías en mí o no —dijo con una sonrisa—. Así que, Astérope, Star… parece que estamos jugando al gato…

—Y al ratón. —Sin más, los dos empezamos a reírnos y aquello acabó con la tensión generada entre nosotros—. Puedes llevarte la figura si me juras que me la devolverás. Es muy valiosa para mí —le dije.

—Te lo prometo. Y, ah, por cierto, Marguerite ha llamado y me ha dicho que no volverá hasta muy tarde mañana por la noche.

—No pasa nada. Me quedaré hasta el jueves por la mañana e iré directa a trabajar en Londres.

—Gracias. Bueno —dijo tras beber otro trago de cerveza—, me temo que debo irme. Tengo que terminar la contabilidad esta noche para enseñarle mañana a Orlando todo lo que no quiere ver.

—Trátalo con delicadeza, ¿vale? —le supliqué al entregarle la figurita.

—¿A Orlando o al gato? —bromeó mientras se guardaba la caja en el bolsillo del Barbour—. Haré todo lo posible. —Se levantó y se encaminó hacia la puerta de atrás—. Pero a veces la verdad duele. —Guardó silencio—. Me lo he pasado bien esta noche. Gracias.

—De nada.

—Hablaremos pronto. Buenas noches, Star.

—Buenas noches.

22

Al día siguiente, una mujer se presentó en la puerta de atrás y anunció que había ido a recoger a Rory para su clase de equitación. Bombardeé al niño a preguntas para ver si aquello era normal, pero la calidez del beso y el abrazo con los que la saludó me dejó claro que no se trataba de un secuestro. El niño volvió con las mejillas coloradas por el frío y la euforia y, cuando nos sentamos juntos a la mesa de la cocina, le pedí que pintara un autorretrato para mí. Me dijo que no mirara mientras lo hacía, así que le preparé un par de tandas de brownies, una para el congelador y la otra para comérsela ya.

Observé su cabeza cobriza aplicadamente inclinada sobre el dibujo y sentí una oleada de amor protector hacia aquel muchachillo que, de algún modo, había conseguido hacerse un hueco en mi corazón. A saber qué le depararía el futuro, teniendo en cuenta lo que Mouse me había explicado. ¿Seguiría High Weald siendo suyo cuando fuera lo suficientemente mayor para llevar las riendas? La buena noticia era que apenas parecía ser consciente de los problemas de los adultos, y que tenía un carácter optimista y abierto que gustaba a la gente.

«Confía en la humanidad…»

—Para ti, Star.

Rory me dio unos empujoncitos suaves cuando, muy orgulloso, me entregó el autorretrato.

Lo cogí y lo examiné. Y noté que se me formaba un nudo en la garganta. El niño nos había pintado a los dos juntos en el jardín: él agarrándome la mano y yo agachada contemplando unas flores. Había conseguido plasmar mi postura, el modo en que el pelo me caía por las mejillas e incluso los largos dedos que en aquellos instantes sujetaban la pintura.

—Rory, es maravilloso. Gracias.

—Te quiero, Star. Vuelve pronto.

—Lo conservaré para siempre —le dije mientras me esforzaba por recuperar la compostura—. Y ahora, ¿qué te parecen un brownie y un rato de *Superman*?

Hizo un entusiasmado gesto de asentimiento y, agarrados de la mano, nos dirigimos al salón.

Después de contarle el último cuento para antes de dormir, dejé lista la mochila para marcharme temprano a la mañana siguiente; esperaba que a Marguerite no le importara acercarme en coche a la estación para que pudiera llegar a tiempo a la librería. Intenté no pensar en la conversación que casi con total seguridad había tenido lugar entre los dos hermanos a lo largo de aquel día. Cuando bajé la escalera, acaricié la barandilla e intenté grabarme en la memoria su sólida belleza para que me durase hasta la próxima vez que visitara la casa.

A las diez en punto vi que los faros de un coche iluminaban el camino de entrada. Unos segundos después, la puerta principal se cerró y fui a saludar a la actual señora de High Weald.

—Mi querida Star. —Marguerite me rodeó con los brazos—. ¿Rory está bien? Muchísimas gracias por quedarte aquí con él. Mouse me ha dicho que has estado maravillosa. ¿Hay algo de comer? Me muero de hambre —dijo sin siquiera respirar.

—Sí, Rory está bien. Profundamente dormido, pero con ganas de verte. Y sí, te he dejado algo en el horno.

—Genial. Dios, necesito una copa de vino. ¿Y tú? —dijo Marguerite mientras se dirigía al frigorífico de la despensa.

—No, gracias.

Se sirvió una copa generosa e, inmediatamente, se bebió un buen trago.

—Me siento como si llevara todo el día en la carretera. El palacete está en mitad de la nada. Y luego, cómo no, el avión ha llegado con retraso.

A pesar de sus protestas, Marguerite tenía un aspecto magnífico. El brillo de sus ojos y el rubor de su piel me decían que, con independencia de donde hubiera estado y del tiempo que hubiera tardado en volver, estaba feliz.

—¿Cómo van las cosas por Francia?

—Estupendamente —contestó con aire soñador—. Ah, y el mural también.

Rio suavemente.

—Rory también tiene mucho talento. Debe de haberlo heredado de ti.

—Lo dudo. —Marguerite enarcó las cejas—. Sus obras juegan en una categoría totalmente distinta. Su don procede de otra persona —añadió como si acabara de llegar a esa conclusión—. ¿Sabes que Mouse ha ido hoy a la librería a hablar con Orlando? —Rebuscó en su voluminoso bolso de cuero y sacó un paquete de Gitanes—. ¿Un cigarro?

—Gracias. —Cogí uno del paquete y Marguerite me lo encendió. Hacía mucho que no me fumaba un cigarrillo francés—. Mouse me dijo anoche que iba a ir a Londres.

—Orlando está desconsolado, claro. —Marguerite le dio una calada profunda a su cigarro y sacudió la ceniza en una desventurada maceta de cactus que había sobre la repisa de la ventana de la cocina—. Al parecer se ha negado en redondo incluso a mirar las cuentas.

—Qué ganas de verlo mañana, entonces —masculló casi para mí mientras servía un poco de *coq au vin* en un plato.

—Si te soy sincera, me alegro mucho de que vayas a estar con él. Y Mouse también. Me ha recogido en Gatwick cuando volvía de Londres. Aunque es poco probable que Orlando cometa alguna estupidez, nunca se sabe. Madre mía, el dinero es realmente la raíz de todos los males, ¿verdad?

—Sí —convine al ponerle el plato delante.

Después me hice una infusión de manzanilla y me senté.

—Star, eres mi heroína, de verdad. Esto tiene una pinta exquisita. Qué placer llegar a casa y que alguien me ponga una cena tan rica delante. —Comió un poco de pollo y me lanzó una mirada guasona—. Cuando la librería se venda, te quedarás sin trabajo. No te plantearías venirte aquí y ayudarme en la casa y con Rory, ¿no?

Me di cuenta de que lo decía medio en broma, pero me encogí de hombros.

—Tal vez.

—Por supuesto, tus capacidades son muy superiores a las que

exige el puesto; por favor, no te sientas insultada por la sugerencia. Es solo que me resulta muy difícil encontrar a alguien en quien confiar para que se haga cargo de Rory, y Mouse ha encomiado lo bien que habéis encajado los dos. Además, Hélène, la dueña del palacete, me ha ofrecido que pinte otra habitación. Me encantaría aceptar el encargo. Es un lugar alucinante, y adoro estar allí.

Permanecí sentada en silencio, consciente de que Marguerite no tenía ni la menor idea de que me estaba ofreciendo un sueño. Vivir allí, en High Weald, cuidando de Rory, de la casa y de los jardines y pudiendo cocinar a diario para aquella familia inusual y fascinante. Sabía que tenía que aprovechar la oportunidad antes de que el cerebro de Marguerite saltara hacia otro asunto u otra persona.

—En serio, me encantaría ayudarte en cualquier momento. Estoy muy a gusto aquí —dije—. Y también me gusta estar con Rory.

—¿De verdad? —Marguerite enarcó una ceja—. Madre mía, ¿lo dices en serio? No podría pagarte mucho, como estoy segura de que ya habrás deducido, pero tendrías cama y comida… Sería preciso que le preguntara a Orlando, pero quizá incluso podríamos compartirte… Si acepta, significaría que yo podría aceptar ese encargo. Hélène está ansiosa porque empiece lo antes posible…

Se quedó callada y atisbé la emoción de la posibilidad en su mirada.

—No querría fallarle a Orlando, claro está, ni que se sintiera como si lo estuviese abandonando. Y menos ahora. Pero en realidad no me necesita continuamente.

—Orlando querrá lo mejor para Rory, estoy segura. Y además —a Marguerite le brillaron los ojos—, comentó que podrías estar emparentada con nosotros.

—No lo tengo claro. Al menos no de momento —maticé.

—Bueno, no cabe duda de que te las has ingeniado para hacerte un hueco en todos nuestros corazones desde que llegaste, Star. Estoy impaciente por averiguar cómo encajas en esta familia. Mouse ya debe de haberte contado lo complicado que era el árbol genealógico de la familia Vaughan/Forbes. Y sigue siéndolo.

De pronto dejó de hablar y dio un enorme bostezo; sus labios sensuales y carnosos tardaron en volver a cerrarse. No había nada delicado en aquella mujer, pero su atractivo residía precisamente en sus rasgos demasiado grandes y en la fuerza que sugerían.

—Hora de acostarse —dijo poniéndose en pie.

—Ya cierro yo —me ofrecí.

—¿De verdad? Fantástico.

—¿Te importaría dejarme en la estación mañana por la mañana? Tengo que coger el tren de las ocho a Londres.

—Mouse me ha dicho que te llevaría él. Creo que quiere informarte sobre Orlando. Buenas noches, Star, y gracias de nuevo.

Al día siguiente me levanté pronto para poder prepararles el desayuno a Marguerite y Rory antes de marcharme.

Escribí una nota para decirle a Marguerite que las salchichas, el beicon y las tortitas estaban en el horno para que no se enfriaran y avisándola de que había cuatro tartas en la parte baja del congelador. Mouse llamó a la puerta de atrás y yo cogí mi mochila y lo seguí hasta el coche.

—¿Viste anoche a Marguerite cuando llegó? —me preguntó cuando nos pusimos en marcha por el camino de entrada.

— Sí.

—Entonces debió de contarte que Orlando no se ha tomado bien las noticias.

—Así es.

—Escucha, Star, si hubiera alguna manera de que pudieras hacerlo entrar en razón, te lo agradecería mucho. Intenté explicarle que el banco intervendrá de todas maneras si no vendemos la librería nosotros mismos, pero se puso las manos en los oídos, literalmente, y salió disparado escalera arriba. Y luego se encerró en su dormitorio.

—Como un niño con una rabieta.

—Exacto. Puede que Orlando parezca una persona dulce y amable, pero no conozco a nadie más terco cuando se trata de decisiones difíciles que no quiere tomar. La conclusión es que no tenemos alternativa. Debe darse cuenta de ello.

—Haré todo lo posible, pero dudo que me escuche.

—Por lo menos merece la pena probarlo. Le caes bien y confía en ti. Inténtalo, en cualquier caso.

—Lo haré —dije cuando nos acercamos a la estación.

—¿Podrías llamarme para contarme cómo está? Anoche no contestaba ni al móvil ni al teléfono fijo.

—Te llamaré —prometí al bajarme del Land Rover—. Gracias por traerme.

—Es lo mínimo que podía hacer. Y cuando vuelvas a High Weald, te contaré el siguiente capítulo de los diarios de Flora —gritó por la ventanilla—. Prepárate para alucinar. Adiós, Star. —Y entonces, una enorme sonrisa invadió sus labios, se extendió poco a poco hasta sus ojos y le iluminó el hermoso rostro—. Cuídate.

Le dediqué un pequeño gesto de despedida con la mano y entré en la estación.

Llegué a Kensington Church Street y, al abrir la puerta de la librería, noté que estaba muy nerviosa. No solo porque no tenía ni idea de qué iba a encontrarme dentro, sino también a causa de los infinitos mensajes de texto y de voz de CeCe que había recibido en cuanto mi móvil había recuperado la cobertura en el tren. Había estado tan embelesada en High Weald que me había olvidado por completo de llamarla y decirle que iba a quedarme una noche más. Su último mensaje decía:

> Star, si no se nada de ti pro la mañana, llamaré a la policía arpa dinunciar tu desaparición. ¿Dónde estás?

Me sentía fatal y le había dejado la misma cantidad de mensajes de texto y de voz disculpándome, diciéndole que estaba bien y que la vería en el apartamento aquella tarde.

Me consoló darme cuenta de que en la librería no había cambiado nada y, como Orlando nunca solía estar allí cuando yo llegaba, me concentré en mi habitual rutina. Sin embargo, cuando vi que a las once de la mañana todavía no había llegado, empecé a preocuparme. Miré hacia la puerta del fondo de la tienda, la que llevaba a la escalera y al piso superior. Nunca había subido, pero no podía sino suponer que era donde vivía Orlando. Tal vez estuviera allí arriba dirigiendo alguna de sus subastas… Pero como todavía no había aparecido por la puerta cargado con su tarta de las tres, el desaliento se apoderó de mí. Sabía que la rutina de Orlando era sacrosanta.

Me pasé la siguiente media hora caminando con agitación de un lado a otro, alternando entre mirar por la ventana hacia la calle y vacilando al acercarme a escuchar a la puerta del fondo.

A mediodía ya estaba desquiciada y decidí que no me quedaba más opción que mirar si estaba en el piso de arriba. Abrí la puerta, que crujió cuando la toqué y delató mis movimientos. Subí por la empinada escalera y llegué a un pequeño rellano para toparme con tres puertas delante de mí. Llamé con indecisión a la que quedaba a mi derecha.

—¿Orlando? Soy Star. ¿Estás ahí?

No obtuve respuesta, así que agarré el pomo y la empujé. Descubrí una minúscula cocina con un fregadero viejísimo, un hornillo portátil y un frigorífico cuya forma, típica de hacía cincuenta años, volvía a estar de moda, aunque estaba casi segura de que aquella era la versión original. Me aparté y realicé la misma operación en la puerta siguiente. Encontré un cuarto de baño igualmente anticuado con un horrible suelo de linóleo que me recordó al apartamento en el que CeCe y yo habíamos vivido antes de mudarnos. Me resultaba un misterio cómo se las ingeniaba Orlando para lucir siempre un aspecto tan impecable teniendo en cuenta las instalaciones de las que disponía.

Me acerqué a la última puerta y volví a llamar.

—Orlando —llamé con más energía esta vez—. Soy yo, Star. Por favor, si estás ahí dentro, dímelo. Estoy preocupada por ti. Todos lo estamos —añadí en tono lastimero.

Aun así, nada. Intenté girar el pomo, pero se resistió a mis esfuerzos. No cabía duda de que la puerta estaba cerrada con llave. De pronto, oí un golpe seco en el interior, como si un libro voluminoso hubiera caído al suelo. Una oleada de terror me recorrió el cuerpo. «¿Y si no se ha tomado la medicación?»

Me abalancé sobre la puerta con mayor urgencia.

—Por favor, sé que estás ahí dentro, Orlando. ¿Estás bien?

—Vete —dijo una voz apagada.

El alivio me invadió. Si estaba lo bastante bien como para comportarse como un maleducado, no tenía que preocuparme.

—De acuerdo, me iré —dije a través de la puerta—. Pero estoy en la tienda si quieres hablar.

Bajé de nuevo la escalera, avivé el fuego y salí a la calle para enviarle un mensaje de texto a Mouse y avisarle de que, como mínimo, Orlando estaba vivo, aunque se negara a salir.

A la una en punto, hora a la que esperaba que apareciera para llenar su permanentemente demandante estómago, no oí pasos que se arrastraran por los peldaños. Cogí mi bolso y mis llaves, salí de la librería cerrando la puerta detrás de mí y me encaminé hacia las tiendas cercanas. Si había algo que pudiera hacer salir a Orlando era el olor de la comida.

Veinte minutos más tarde, después de regresar con mis ingredientes, subí a la minúscula cocina. La falta de utensilios resultó ser un problema, pero encontré una pequeña cazuela en la que salteé chalotes y ajo para hacer una salsa; después añadí nata, hierbas y un chorrito de brandy. También había una sartén deformada para los dos *filets mignon*, a los que asimismo añadí champiñones y trozos de tomates corazón de buey. Una vez todo estuvo bajo control, dejé la cocina y salí al rellano para notar con deleite que estaba impregnado de los tentadores aromas del ajo y los jugos de la carne.

Llamé a la puerta de Orlando.

—La comida está lista —grité alegremente—. Voy a emplatarla y a llevármela abajo. Tú podrías bajar el vino, que se está enfriando en el frigorífico.

Después serví los filetes y las guarniciones en los platos y me detuve al inicio de la escalera.

—No tardes mucho, no hay nada peor que un *filet mignon* tibio —dije, y bajé la escalera cuidadosamente con mi cebo.

Pasaron alrededor de tres minutos antes de que oyera sus pisadas en la escalera. Y un triste y desaliñado doble de Orlando apareció en el umbral con una botella de Sancerre y dos copas de vino. Tenía el pelo alborotado y la sombra de una barba incipiente le oscurecía la barbilla. Llevaba la bata de cachemira que le había visto en High Weald y sus zapatillas de seda de color azul pavo real.

—¿La puerta está cerrada? —me preguntó mirándola con nerviosismo.

—Por supuesto. Es la hora de la comida —contesté tranquilamente.

Avanzó arrastrando los pies y, por primera vez en mi vida, vi con mis propios ojos el cliché de una persona que había envejecido años de la noche a la mañana.

—Espero que te guste el filete. Está lo menos hecho posible, y la salsa que lo acompaña es de hierbas —lo animé, e incluso yo misma me di cuenta de que le hablaba como una enfermera lo habría hecho con un niño.

—Gracias, Star —masculló al posar el Sancerre y las dos copas.

Después se apalancó en la silla como si le dolieran los huesos. Tras dejar escapar un prolongado suspiro, reunió la energía necesaria para alcanzar la botella y servir una generosa cantidad de vino en ambas copas.

—Por ti —brindó—. Al menos conservo una amiga y aliada.

Lo observé mientras se bebía de un solo trago el contenido de la copa y la rellenaba sin perder un solo segundo. Me pregunté con angustia cómo sería Orlando estando borracho.

—Come —ordené.

Fue la primera vez a lo largo de nuestra breve historia que yo dejaba el cuchillo y el tenedor sobre la mesa antes que él. Comió como un paciente achacoso, cortando la carne en minúsculos trocitos y después masticándolos interminablemente uno por uno.

—La comida está perfecta, como muy bien sabes, Star. Soy yo quien no…

Se le apagó la voz cuando se metió otro diminuto pedazo de *filet mignon* en la boca. Después de tragárselo, bebió otro gran trago de vino y me regaló la sombra de una sonrisa al tiempo que soltaba los cubiertos.

—Hoy me derrota incluso la comida. Supongo que te habrás enterado por mi hermano.

—Sí.

—¿Cómo puede hacerme algo así? Es decir… ¡qué crueldad! Este —hizo un movimiento circular con los brazos en torno a la librería— es mi mundo. Mi único mundo.

—Lo sé.

—Dice que entraremos en quiebra o, más exactamente, que el banco destruirá todo lo que tenemos a menos que vendamos. ¿Te lo puedes creer?

—Por desgracia, sí, me lo creo.

—Pero ¿cómo es posible? Esa… persona del banco no se atreverá a robarnos lo que es nuestro, ¿verdad? Sin duda, mi hermano está exagerando.

La expresión de su rostro era tan desgarradora que tuve que tragarme el nudo de la garganta antes de poder contestarle.

—Me temo que no. Al parecer existen deudas...

—Sí, pero no son nada en comparación con el precio que este edificio alcanzaría si lo vendieran. Tienen que darse cuenta de que es una garantía.

—Creo que el problema es que los bancos tampoco están precisamente en muy buena forma. Ellos también están —sabía que tenía que elegir mis palabras con cautela— nerviosos. La situación económica mundial no es demasiado próspera en estos momentos.

—¿Me estás diciendo que la venta de Libros Arthur Morston, por no hablar de la de mi alma, va a resolver su crisis? Dios mío, Star, esperaba más de ti. Creía que estabas de mi lado.

—Y lo estoy, Orlando, de verdad. Pero a veces en la vida las cosas no salen como quieres. Es horrible, pero cierto. La vida, simplemente, no es justa. Y por lo que deduzco, la granja también está sufriendo.

—¿Qué? —La tez pálida de Orlando adquirió un tono rosáceo, luego rojo y por fin morado—. ¿Eso es lo que te ha dicho?

—Sí. Necesita comprar maquinaria nueva para que la granja tenga una oportunidad de salir adelante.

Entonces me pregunté si finalmente Orlando explotaría de rabia. Sus dulces facciones se deformaron con tal ira y desdén que resultaba difícil creer que un cuerpo humano pudiera controlar semejante cantidad de emociones.

—¡Ja! ¡Ja ja ja! ¿Y te contó por casualidad por qué la granja está en apuros?

—No.

—¿O sea que no ha mencionado el hecho de que rara vez salía de su habitación durante los tres primeros años tras la muerte de Annie? ¿Que dejó que todo el terreno se echara a perder porque era incapaz de levantarse, arrastrarse escalera abajo y hablar con el gerente de la granja, que lo esperó durante días y semanas con las facturas sin pagar hasta que todos los proveedores se negaron a servirle los elementos básicos que toda granja necesita y el gerente no tuvo más opción que dimitir? Muchos animales murieron estando bajo la responsabilidad de mi hermano, señorita Star, por malnutrición y negligencia. Y eso por no hablar de las cosechas que se dejaron pudrir durante años hasta que ya ni siquiera ellas fueron capaces de encontrar las ganas de vivir... Permite que te diga que esta situación es casi por completo culpa de mi hermano. No mía.

—Estoy segura —dije al fin, aventurándome por una vez en el silencio cuando Orlando se llenó la copa de vino— de que entiendes por qué.

—Por supuesto que sí. Había perdido al amor de su vida. No soy insensible a tal trance. Pero —su rostro se ensombreció una vez más— hay cosas que tú no sabes, que no soy libre de contarte y que, por lo menos para mí, son imperdonables. Llega un punto en la vida de todo ser humano en el que uno ha de olvidarse de su propia tragedia y estar a la altura para aquellos que te necesitan. Mi hermano estuvo regodeándose en la autocompasión durante años y esa es la verdad. Todos hicimos cuanto estuvo en nuestra mano por darle amor y apoyo, pero incluso el más tierno y comprensivo de los corazones puede endurecerse cuando se ve que una persona está decidida a destruirse a sí misma.

Entonces Orlando se puso de pie, con las manos hundidas en los bolsillos de la bata, y se puso a pasear de un lado a otro.

—Puedo asegurarte, señorita Star, que su familia lo respaldó de todas las maneras posibles. Como bien sabes, la gente elige convertirse en víctima o en héroe. Él escogió la primera opción. Y ahora, por culpa de eso, yo... y todo esto —volvió a señalar la habitación llena de motas de polvo que flotaban a su alrededor como ángeles minúsculos bajo la débil luz solar de octubre— somos los corderos sacrificiales.

Sin más, se desplomó sobre el suelo y rompió a llorar.

—Por Dios, qué desastre... —lo oí farfullar para sí—. Todos somos un desastre. Todos y cada uno de nosotros.

Me arrodillé a su lado y, vacilante, lo abracé. Al principio se resistió, pero después se acurrucó entre mis brazos y lo mecí como si fuera un niño pequeño.

—No entiendes lo que esto significa para mí. No lo entiendes...

—Orlando, claro que sí. Y si pudiera, te dejaría quedarte aquí para siempre, te lo prometo.

—Eres una buena persona, Star. Estás de mi lado, ¿verdad?

Levantó hacia mí una mirada de ojos angustiados.

—Claro que sí. Y cuando estés más calmado, tal vez pueda contarte algunas ideas que he tenido.

—¿En serio? Haré cualquier cosa, lo que sea…

Era cierto que se me habían ocurrido unas cuantas ideas, pero eran racionales y tenían en cuenta las circunstancias, así que dudaba que fueran del agrado de Orlando.

—Bueno, soy todo oídos. —Se apartó de mí y se puso de pie con esfuerzo, mirándome como si estuviera a punto de ofrecerle el vellocino de oro—. ¿Y si subo y me aseo? En estos momentos estoy *déshabillé*, y me repugno incluso a mí mismo —admitió contemplando su estado de desaliño.

Fue a recoger los platos, pero yo negué con la cabeza.

—Hoy es un día poco habitual y limpiaré yo.

—Que así sea. —Se dirigió hacia la puerta del fondo y después se volvió, como si se lo hubiera pensado mejor—. Gracias por todo, señorita Star. Sabía que serías la única persona en quien podría confiar. Y cuando baje de nuevo, te contaré un secreto.

Después se quedó inmóvil y soltó una risita exacta a las de Rory.

—¿Qué? —no pude evitar preguntar.

—Yo sé dónde están.

Orlando esbozó una enorme sonrisa y después se dio la vuelta y desapareció tras la puerta.

Esperé hasta que lo oí alcanzar el piso de arriba; después me puse a recoger los restos de nuestro almuerzo y lo seguí con la sensación de que se había superado otra barrera, pues me había permitido acceder a su enclave privado. Mientras lavaba los platos en el diminuto fregadero, reflexioné acerca de las últimas palabras de Orlando. Estaba prácticamente segura de a qué se refería: solo podía tratarse de los diarios de Flora MacNichol. Me sentía dividida entre los dos hermanos enfrentados.

De regreso en el piso de abajo, le di la vuelta al cartel de CERRADO para que leyera ABIERTO, pues eran más de las dos, y después me planté en el medio de la sala para estudiar las estanterías. Sabía que había visto un grupo de libros —forrados de seda marrón— al coger otro que descansaba a su lado en la balda. También conocía a Orlando y su mente juguetona. ¿Qué mejor sitio para camuflar lo que se había llevado de Home Farm que en un lugar que contenía miles de objetos similares?

Recorrí las estanterías con la mirada y después cerré los ojos para tratar de recordar el volumen exacto que había cogido de la estantería y dónde estaba ubicado...

Y allí estaba. Tan claro como un archivo virtual sacado de mi banco de memoria.

—*Orlando* —mascullé de camino hacia la sección de inglés y dirigiendo la mirada hacia el tercer estante comenzando por abajo. Allí estaban, en la estantería marcada como FICCIÓN BRITÁNICA, 1900-1950.

Me agaché, saqué un libro delgado y lo abrí por la primera página: «El diario de Flora MacNichol, 1910».

Lo cerré de golpe y lo volví a meter en el estante, pues oí unos pasos pesados en la escalera. Orlando bajaba más rápido que de costumbre, así que apenas había conseguido llegar hasta el fuego para avivarlo cuando, a su espalda, cerró la puerta con estrépito.

—¿Te encuentras ya mejor? —le pregunté con tranquilidad mientras añadía un poco más de carbón.

Se hizo un silencio que se prolongó durante tanto tiempo que tuve que darme la vuelta para ver por qué. Volvía a tener la cara morada y avanzaba hacia mí con los brazos cruzados.

—Te ruego que abandones tu trato condescendiente hacia mí. Dado que me habías calmado, acabo de contestar a una llamada de mi hermano. Me ha asegurado que has aceptado un trabajo como ama de llaves y niñera en High Weald.

—Yo...

—¡No me mientas, Star! ¿Has aceptado la propuesta que se planteó o no?

—Marguerite estaba desesperada porque tiene un encargo pendiente, así que le dije que me...

—¿Abandonarías y cambiarías de chaqueta para trabajar con el enemigo?

—¡Dije que iría de vez en cuando y ayudaría a Marguerite cuidando de Rory! Eso es todo. Me dijo que te preguntaría si te importaba que me tomara prestada alguna que otra vez cuando no hubiera mucho trabajo en la librería. Esto no tiene nada que ver con Mouse.

—¡Dios santo, mujer! Pues claro que tiene que ver con mi hermano. Él le hace todo el trabajo sucio, incluyendo llamarme hace un momento con la excusa de comprobar que estaba bien. Para luego anunciarme que te necesitarán en High Weald el fin de semana.

—Orlando, la verdad es que no tengo ni idea de qué estás hablando.

—No, claro que no. Y yo pensando que estabas de mi parte…

—Y así es, Orlando. De verdad.

—No, no es cierto. ¿No ves que a él le va muy bien? ¡Pero a mí no!

Guardó silencio y respiró profundamente varias veces, pues lo necesitaba. Y mucho.

—Lo siento —me disculpé con impotencia.

—Y yo mucho más —dijo con la mirada clavada en mí; la rabia había desaparecido, pero no fui capaz de interpretar la emoción que la había sustituido en sus ojos—. Bueno, vete.

—¿Adónde me voy?

—Vete a casa, adonde esté la madriguera en la que vives, y haz las maletas para irte a High Weald. Marguerite y Mouse te necesitan.

—Por favor, soy empleada tuya, mi lealtad es para contigo. Aquí estoy muy bien…

—Lo lamento, pero si esperas que luche por ti después de que me hayas traicionado, no lo haré.

Se encogió de hombros con dramatismo, cruzó los brazos con más fuerza aún sobre el pecho y me dio la espalda como un crío enfurruñado.

—No iré a High Weald. Quiero quedarme aquí.

—Y yo te estoy despidiendo.

—¡Eso no es justo!

—Como tú misma has dicho hace un rato, Star, la vida no es justa.

—Sí, pero…

—Star, ha resultado cegadoramente obvio desde el momento en que cometí el error de meterte en la boca del lobo que te has enamorado a primera vista de High Weald y de los miembros más zafios de mi familia. ¿Quién soy yo para mantenerte apartada de ellos? Es un canto de sirena, querida niña, y has dejado que te atrape por completo. Vuela, pero no esperes que no te muerdan.

280

Si sus palabras no me hubieran hecho tanto daño, me habría reído ante el cariz de melodrama eduardiano de la situación. Noté el escozor de las lágrimas en los ojos.

—De acuerdo —dije, y pasé a su lado para recoger mi bolsa de viaje y mi mochila—. Adiós, Orlando. Lo siento mucho.

Continué hasta la puerta en silencio, y acababa de posar la mano en el pomo cuando Orlando volvió a hablar.

—Al menos Rory se beneficiará de tus tiernos cuidados. Me alegro por ello. Adiós, señorita Star.

Abrí la puerta y salí a la calle neblinosa; el cielo ya se estaba apagando. Caminé como una autómata hasta la parada de autobús que había al otro lado de la calle. La parada de autobús desde la que había visto Libros Arthur Morston por primera vez.

Me quedé de pie junto a ella, mirando hacia la librería, y allí, entre las sombras, detrás de los mapas expuestos en el escaparate, atisbé la silueta de un hombre que me observaba.

Volví la cabeza, incapaz de soportar el silencioso escarnio de Orlando.

23

Por suerte, el apartamento estaba vacío cuando llegué. Dejé caer mi bolsa de viaje en nuestra habitación compartida, que me pareció aún más sofocante después de haber pasado las últimas cinco noches sola, y fui a darme una larga ducha. Mientras el agua caliente se derramaba sobre mi cuerpo, no dejé fluir solo mis lágrimas, sino también mi voz, y aullé preguntándome cómo era posible que me las hubiera ingeniado para estropearlo todo en un período de veinticuatro horas.

Salí de la ducha, me envolví en una toalla blanca esponjosa y supe la respuesta. Había sido avariciosa. Y egoísta. Como una mujer que se hubiera enamorado apasionadamente, no había visto las repercusiones de mis actos, pues la avidez por mi presa me había superado.

Y mi presa, tal como Orlando había expresado tan sucintamente, era High Weald. Y sus ocupantes.

Sin duda, jamás debería haber dicho que aceptaría cualquier empleo que me ofrecieran allí, y menos bajo las recientes circunstancias. No, debería haber dicho que lo hablaría con Orlando, quien, al fin y al cabo, era la persona que en un principio me había introducido en aquel país de las maravillas, antes de poder acceder a nada.

Pero no lo había hecho. Y allí estaba, sin trabajo una vez más. Porque si me iba a High Weald, la boca del lobo, según la había descrito Orlando, el mejor amigo que había hecho en toda mi vida me consideraría una traidora. Y ni siquiera podía soportar pensarlo.

Mientras vaciaba la mochila en busca de mi cepillo de pelo, vi que las llaves de latón de la librería todavía estaban guardadas en el bolsillo interior y se me cayó el alma a los pies. Recordé aquel maravilloso momento en el que, hacía solo unas semanas, Orlando me las había puesto en la mano con una sonrisa, pero rápidamente lo desterré de mi memoria. Decidí, desafiante, que o venía él a recogerlas o ya se las dejaría yo si alguna vez pasaba cerca de la tienda. Pero estaba claro que no iría a devolvérselas por propia voluntad.

Bajé la escalera para ir a hacerme una taza de té y me encontré la cocina, habitualmente prístina, convertida en un caos. Los platos de los últimos cinco días estaban acumulados en el fregadero, a pesar de que justo al lado, debajo de la encimera, había un lavavajillas. El suelo se veía lleno de migas y salpicaduras, y cuando fui a la caja donde las guardábamos en busca de una bolsita de té para ponerla en una taza que me había lavado, descubrí que estaba vacía.

—¡Por Dios, CeCe! —murmuré enfadada y buscando desesperadamente en los armarios para saciar mi ansia.

Al final, introduje una infusión de hierbas en el agua hirviendo y, dejando la cocina tal como estaba, salí a mi terraza. Por suerte, la mayor parte de las plantas que había allí se hallaban hibernando o no necesitaban riego gracias al abundante rocío. Me di cuenta de que tenía que meter la camelia dentro antes de que se congelara, pero dado su tamaño y su peso, me sentí demasiado débil para arrastrarla, de modo que por aquella noche tendría que conformarse con que una bolsa de basura cubriera sus delicadas flores.

Volví al interior del apartamento y decidí que, como ya eran más de las seis de la tarde, no pasaba nada porque me tomara una copa de vino. Me serví una y me senté en el centro de uno de los enormes sofás de color crema. Al mirar a mi alrededor hacia el espacio perfecto y estéril —diametralmente opuesto a todo lo que representaba High Weald—, los ojos se me volvieron a llenar de lágrimas.

Porque sabía que no pertenecía a ninguno de los dos mundos: ni a aquel que había creado mi hermana y que tenía poco o nada de mí ni al de High Weald.

Estaba en la cama cuando oí un portazo en la entrada un par de horas más tarde. Le había dejado a CeCe una nota escrita con letra enorme en el frigorífico para que la viera. Le había dicho que había pillado un catarro horrible y que me había acostado en la habitación libre para no pegárselo. Como era de esperar, tras haberla oído llamarme a gritos al llegar, seguí el ruido de sus pasos hasta la cocina, donde me habría encontrado un día normal. Se produjo un silencio durante el que me la imaginé leyendo la nota y a continuación oí que subía la escalera. Llamaron a la puerta.

—¿Star? ¿Estás bien? ¿Puedo entrar?

—Sí —contesté con patetismo.

La puerta se abrió y la sombra de CeCe apareció en la grieta de luz.

—No te acerques mucho. Estoy fatal.

Tosí tan guturalmente como pude.

—Pobrecita. ¿Quieres que te traiga algo?

—No. Me he medicado.

—Si me necesitas durante la noche, ya sabes dónde estoy.

—Sí.

—Intenta dormir. Puede que ahora que estás en casa te pongas mejor.

—Sí. Gracias, Cee.

Entreabrí el ojo izquierdo y vi que mi hermana continuaba merodeando junto a la puerta, observándome.

—Te he echado de menos —dijo.

—Y yo a ti.

La puerta se cerró y me di cuenta de que acababa de sumar otra mentira a las que ya había dicho aquel día. Me di la vuelta y recé para poder dormir. Y, gracias a Dios, mi plegaria obtuvo respuesta.

A la mañana siguiente me desperté sintiéndome tan drogada como le había dicho a CeCe que estaba la noche anterior. Salí de la cama tambaleándome y vi que habían metido una nota por debajo de la puerta.

Me he ido a la unibersidad. Llama si me cenesitas. Te qiero.
Cee

Bajé a la planta baja y vi que mi hermana había limpiado la cocina, que volvía a lucir su habitual aspecto inmaculado, cosa que me hizo sentir culpable por haberle mentido la noche anterior. Encendí el hervidor y después recordé que nos habíamos quedado sin bolsitas de té.

Vagué hasta el salón y miré por la ventana hacia un día que parecía considerablemente más soleado que el anterior.

En aquel momento, mis pensamientos se trasladaron de manera espontánea hasta High Weald. Me pregunté si Rory se habría levantado ya y qué tomaría para desayunar ahora que yo ya no estaba allí para preparárselo. «Venga, Star, está con su madre, es feliz…»

Y aun así —aunque puede que fuese más vanidad que instinto—, sentí que el niño me echaba de menos.

«No.»

—Esa no es tu vida. No son tu familia. Rory no es tu hijo —me dije a mí misma en voz alta.

Subí al piso de arriba y, por falta de algo que llenara el vacío, adopté la política de rutina de Orlando y me di otra ducha, tras lo cual me vestí y bajé para sentarme ante el escritorio. Aquel día, pensé para mí, intentaría comenzar mi novela. Hacer algo por mí, empezar a forjar mi propio destino. Así que cogí mi libreta y mi pluma estilográfica y empecé a escribir.

Unas cuantas horas más tarde, volví en mí y vi que un encendido crepúsculo estaba cayendo ya. Solté la pluma y me masajeé los dedos que la habían aferrado con tanta fuerza. Después me puse en pie para servirme un vaso de agua. Miré mi teléfono móvil y vi que había varios mensajes de texto y dos de voz. Los ignoré aplicadamente hasta que tanto la curiosidad como el miedo de que le hubiera ocurrido algo a Orlando, o tal vez a Rory, acabaron con mi determinación.

«Hola, Star, soy Mouse. No sé si Orlando te ha dado el mensaje, pero Marguerite se marcha a Francia este fin de semana. Me ha dicho que posiblemente estarías dispuesta a hacerte cargo de Rory y de la casa durante su ausencia. ¿Puedes ponerte en contacto conmigo lo antes posible? El teléfono fijo de High Weald no funciona, algo relacionado con una factura sin pagar, así que Marguerite me ha pedido que te llame yo. Gracias.»

El siguiente mensaje era de Shanthi, que me preguntaba cómo y dónde estaba y me decía que sería fantástico que nos viéramos pronto. El dulce sonido de su voz me tranquilizó y tomé nota mental de que debía devolverle la llamada y fijar una fecha y una hora. Miré los mensajes de texto y vi dos más de un Mouse obviamente desesperado. Con Orlando fuera de juego en aquellos momentos, la tarea de cuidar de Rory recaería inevitablemente sobre él. Estaba a punto de dejar el móvil cuando Mouse volvió a llamar. En aquella ocasión decidí que debía contestar.

—Star, gracias a Dios. Estaba empezando a pensar que tenía mal tu número. He intentado llamar a Orlando, pero él tampoco me contesta.

—No, no creo que te conteste.

—¿Has recibido mis mensajes de antes?

—Sí.

—¿Y puedes venir a High Weald la semana que viene?

—No, me temo que no.

—Vale. —Se hizo un silencio al otro lado de la línea—. ¿Puedo preguntarte por qué no? Marguerite me había comentado que parecías bastante entusiasmada con la idea de trabajar para ella de vez en cuando.

—Sí, pero solo con el consentimiento de Orlando. Y él no me lo ha dado.

—¿Estás segura de que no puede prescindir unos días de ti por el bien de su sobrino?

—Sí, claro que sí. Me echó ayer después de recibir tu llamada. Me llamó traidora —añadí súbitamente.

—Dios. —Mouse soltó un prolongado suspiro—. Lo siento, Star. Este lío no tiene nada que ver contigo, y no deberíamos haberte involucrado en él. No lo pensé antes de llamarlo…

—Sí, bueno, así son las cosas.

—¿Y no te planteas venirte aquí, aunque solo sea para el fin de semana?

—Lo siento, pero no puedo. Orlando se ha portado muy bien conmigo. No quiero traicionar esa bondad.

—No, lo entiendo. Vaya, bueno… probablemente estés mejor alejada de las locuras de nuestra familia. Rory se va a quedar destrozado… nos tiene a todos aburridos con sus elogios hacia ti.

—Dale recuerdos de mi parte.

—Lo haré, cómo no. Y puede que, cuando las cosas se hayan asentado, cambies de opinión.

—No lo creo. Lo siento.

—Muy bien. Te dejaré en paz. Solo una cosa: ¿puedes darme tu dirección para que al menos pueda enviarte lo que te debemos por cuidar de Rory la semana pasada?

—No importa, de verdad. Lo hice encantada.

—A mí sí me importa, sin duda, así que si no te molesta…

Le di nuestra dirección y me dijo que me enviaría un cheque por correo.

—De acuerdo, pues entonces mis complicados parientes y yo te dejaremos en paz. Quizá Orlando se calme y vaya a suplicarte de rodillas que vuelvas.

—Lo dudo. Tú mismo me dijiste lo tozudo que es, y le he hecho mucho daño.

—No, Star, he sido yo quien se lo ha hecho. Todo esto es culpa mía. En cualquier caso, buena suerte en tu búsqueda de empleo, y mantente en contacto con nosotros. Adiós.

—Adiós.

Cortó la comunicación. Y, a pesar de la firmeza de mi posición, me sentí como si aquel fuera el final de una hermosa historia de amor. Con una casa, una familia y lo que podría haber sido, o no, mi propio pasado. Tragué saliva para tratar de contener las lágrimas y después me fui a la cocina a preparar la cena para mi hermana y para mí. Las dos solas otra vez.

Mientras cortaba las verduras para un salteado con mucha más agresividad de la necesaria, me di cuenta de que había retrocedido a la casilla de salida a casi todos los niveles. Esperé a que llegara CeCe confiando en que mi fingida enfermedad la disuadiera de emprender una ofensiva retardada por olvidarme de avisarla de que iba a quedarme más tiempo en High Weald. Después le envié un mensaje de texto a Shanthi —tenía que empezar por algún sitio a construirme una vida propia— y la invité a venir a tomar un café cuando le fuera bien. Me contestó de inmediato diciéndome que estaría encantada de pasarse al día siguiente a las cuatro. Me alegré de que aquello me proporcionara al menos una magnífica excusa para elaborar un bizcocho. De lo que fuera menos de limón, pensé malhumoradamente cuando oí que la puerta principal se abría y cerraba.

—Hola, Sia, ¿cómo te encuentras?

—Mucho mejor, gracias.

Me escudriñó el rostro con el cejo fruncido.

—Todavía estás muy pálida.

—Yo siempre estoy pálida, Cee —dije entre risas—. Te lo prometo, estoy bien. ¿Cómo estás tú?

—Bueno, bien, más o menos —contestó, y supe que mentía—. ¿Quieres una cerveza? —me preguntó de camino al frigorífico para coger una.

—No, gracias.

—¿Cómo te ha ido lo de ser niñera y doncella? —se interesó al sentarse frente a mí.

—Bien, gracias. Rory es un encanto.

—¿Volverás a marcharte?

—No. Ha sido una excepción.

—Me alegro. Por Dios, Star, posees una licenciatura en Literatura Inglesa, hablas dos idiomas con fluidez y eres la persona más inteligente que conozco. Tienes que dejar de subestimarte.

Era el estribillo habitual de CeCe y la verdad es que no tenía ningún interés en seguirle la corriente.

—¿Qué hay de ti? ¿Qué te pasa?

—¿Cómo has sabido que me pasa algo? —CeCe se acercó y me dio un abrazo—. Menos mal que te tengo a ti —suspiró con intensidad.

—Entonces ¿qué es?

—Es difícil de explicar, pero es como estar otra vez en el colegio; todos los demás alumnos están haciendo amigos y yo siento que no encajo ni por asomo. En realidad, es aún peor que en el colegio, porque tú no estás. Intento no darle importancia, pero lo cierto es que pensaba que con un grupo de artistas las cosas serían distintas. Pero no lo son. Y duele, Sia, duele mucho.

—Claro que sí.

—Los profesores critican mi trabajo sin parar. Es decir, ya sé que les pagan por hacerlo, pero no estaría mal que me hicieran algún que otro cumplido de vez en cuando. En estos momentos me siento completamente desmoralizada y a punto de mandarlo todo al garete.

—Creía que lo que más te importaba era la exposición de final de curso. ¿No se supone que la universidad invitaba a críticos de arte y coleccionistas eminentes para ver tu trabajo? Por muy duro que sea ahora, no puedes renunciar a eso, estoy segura.

—No quiero hacerlo, Sia, pero Pa siempre decía que la vida es demasiado corta para ser infeliz.

—También decía que nunca debíamos rendirnos —le recordé.

Me asombraba que todas las hermanas fuéramos capaces de adaptar los muchos consejos sabios de Pa como más nos conviniera ahora que él ya no estaba.

—Sí. —CeCe se mordió el labio y me sorprendió ver que tenía los ojos llenos de lágrimas—. Lo echo mucho de menos. Pensaba que lo superaría, pero hay un vacío, ¿sabes?

—Lo entiendo —dije con suavidad—. Cee, prácticamente acabas de empezar. ¿Por qué no le das un poco más de tiempo y ves cómo va?

—Haré todo lo que pueda, pero lo estoy pasando mal, Sia, de verdad. Sobre todo porque tú has estado mucho tiempo fuera.

—Bueno, ahora ya he vuelto.

CeCe subió a darse una ducha y yo comencé a mezclar los ingredientes del salteado en un wok. Y pensé que tal vez las dos estuviéramos destinadas a ser siempre marginadas, dos lobos solitarios que tan solo se tenían el uno al otro. Por más que yo hubiera tratado de escapar últimamente, la historia y la literatura estaban llenas de historias de hermanas solteras que habían buscado consuelo la una en la otra. Tal vez tuviera que rendirme y aceptar mi sino.

Cenamos juntas y, por primera vez en meses, la presencia de CeCe me reconfortó en lugar de irritarme. Y mientras me enseñaba en su móvil fotos de los últimos cuadros que había pintado en la universidad, que de verdad me parecieron los mejores que había creado desde hacía tiempo, pensé en cómo un cambio de perspectiva y la aceptación podían modificarlo todo.

Nos acostamos pronto aquella noche, ambas agotadas, aunque por razones muy distintas.

Tal vez fuéramos más parecidas de lo que yo quería creer, pensé mientras contemplaba la luna a través de la ventana. Las dos teníamos miedo del mundo cruel que había más allá de nuestro acogedor nido.

24

Por razones probablemente relacionadas con el viejo tópico del orgullo, no le había contado a CeCe que me habían despedido del trabajo. Así pues, al día siguiente me levanté a la misma hora que ella, sabiendo que se marchaba de casa media hora antes que yo, y seguí mi acostumbrada rutina matinal.

—Que tengas un buen día —gritó CeCe al salir.

—Tú también.

Le dije adiós con la mano mientras fingía tomarme el café con prisa.

En cuanto se cerró la puerta, me puse a rebuscar entre mis libros de cocina alguna receta para hacerle un bizcocho a Shanthi. Opté por probar con algo típicamente inglés, un bizcocho de malta, pero con alguna especia añadida como guiño a su ascendencia. Después fui al supermercado a comprar los ingredientes y bolsitas de té.

El timbre sonó exactamente a las cuatro, así que pulsé el botón del interfono para que Shanthi pudiera entrar en el edificio. El hecho de que alguien se hubiera tomado la molestia de visitarme hacía que me sintiera bien. Cuando salió del ascensor, estaba esperándola en el umbral.

—¡Star! —Se abalanzó sobre mí y me estrechó con fuerza entre sus brazos—. Hace demasiado tiempo que no nos vemos.

—Sí es cierto. Pasa.

—¡Uau! —exclamó mientras examinaba el gigantesco salón—. Vaya piso. No me habías dicho que eras «hija de fondo fiduciario».

—En realidad no lo soy. Lo ha comprado mi hermana. Yo no soy más que una inquilina.

—Qué suerte la tuya —dijo con una sonrisa al tomar asiento.

—¿Té? ¿Café?

—Mejor agua. O cualquier infusión de hierbas que tengas en las profundidades de tus armarios. Verás, estoy ayunando.

Miré el bizcocho de malta, esponjoso y reciente, esperando para ser devorado, y suspiré.

—Bueno, ¿qué tal estás, *ma petite étoile*?

—¿Hablas francés?

—No —contestó con una carcajada—, creo que es la única frase que conozco, y da la casualidad de que contiene tu nombre.

—Estoy bien —dije mientras le acercaba la bandeja con su infusión, el bizcocho de malta y un poco de mantequilla fresca para untarla en él.

La costumbre de Orlando de tomar un dulce por la tarde se me había pegado y yo pensaba comerme un trozo de todas maneras.

—¿Qué has hecho últimamente?

—He estado trabajando en una librería.

—¿En cuál?

—Ah, en una de la que nunca has oído hablar. Vende libros raros y no tenemos muchos clientes.

—Pero ¿te gusta lo que haces?

—Me encanta. O al menos me encantaba.

—¿Ya no estás trabajando allí?

—No. Me pidieron que me marchara.

—Star, lo siento muchísimo. ¿Qué pasó?

Me debatí entre explicárselo y dejarlo pasar. A fin de cuentas, ni siquiera había conseguido contárselo a CeCe todavía. Pero el caso es que Shanthi sabía hacerme salir de mí misma. Y para ser sincera, esa era la razón por la que me había mostrado tan ansiosa de verla. Necesitaba hablar con alguien.

—Es una larga historia.

—Entonces soy toda oídos —dijo mientras me observaba mordisquear un trozo de bizcocho de malta especiado—. Vale —añadió—, me rindo. Ese bizcocho tiene una pinta deliciosa.

Después de cortarle un pedazo, empecé a contarle mi odisea con la familia Vaughan/Forbes. Ella solo me interrumpía de vez en cuando para confirmar si había entendido bien las cosas, hasta que llegué al desenlace de mi triste historia.

—Así que aquí estamos. —Me encogí de hombros—. Vuelvo a estar sin trabajo.

—Parecen personas absolutamente fascinantes —suspiró Shanthi—. Siempre he pensado que esas antiguas familias inglesas tienen mucho carácter.

—Sí, podría decirse así.

—¿Y puede que estés emparentada con ellos de alguna forma?

—Si lo estoy, ahora nunca me enteraré. Dudo que vuelva a saber nada de ellos.

—Yo estoy absolutamente convencida de que sí tendrás noticias de esa familia, y muy pronto. Sobre todo de uno de sus miembros en particular.

—¿De Orlando? —le pregunté con impaciencia.

—No, Star. De Orlando no. Pero si no eres capaz de ver de quién podría tratarse, entonces no voy a decírtelo. Y… también me da la sensación de que están escondiendo algo.

—¿Ah, sí?

—Sí, hay algo que simplemente no encaja. La casa parece estupenda, por lo que cuentas.

—Lo es. Me encontré muy a gusto allí. Aunque mi hermana me aseguró que me estaban utilizando y que merecía más… me gusta estar en casa y cuidar de la gente. ¿Crees que está mal?

—¿Hablas de estos tiempos en los que todas las mujeres tenemos que ser profesionales y abrirnos paso a cabezazos a través del techo de cristal?

—Sí.

—No creo que esté mal en absoluto, Star.

—Bueno, me gustan las cosas sencillas. Adoré cocinar, encargarme del jardín, mantener la casa limpia… y me encantó cuidar de Rory. Me hizo feliz.

—Entonces es a eso a lo que debes aspirar, Star. Aunque, cómo no, necesitarías un ingrediente más para que se diera la magia.

—¿Cuál?

—¿No sabes de qué se trata?

La miré y caí en la cuenta.

—Sí, es el amor.

—Exactamente. Y, como sabes, puede tener muchas formas y maneras distintas; no tiene por qué surgir en el tradicional escenario hombre/mujer. Fíjate en mí: tengo una sarta de amantes de ambos sexos bastante continuada.

Me sonrojé a pesar de mí misma. Shanthi estudió mi reacción con una sonrisa dibujada en los labios.

—¿Te resulta incómodo hablar de sexo, Star?

—Yo… no… es decir…

—Entonces no te importará que te lo pregunte, porque me muero de ganas de hacerlo desde que te conocí, ¿prefieres a los hombres o a las mujeres? ¿O a ambos, como yo?

La miré con fijeza, horrorizada, deseando que los cojines blandengues del sofá me tragaran o que en aquel mismo instante se produjera algún desastre natural para no tener que enfrentarme a sus preguntas.

—Soy hetero —mascullé al fin—. Es decir, me gustan los hombres.

—¿De verdad? —Shanthi asintió reflexivamente—. Entonces me había equivocado. No te preocupes, te tacharé de mi lista de posibles conquistas.

Rio suavemente.

—Sí —farfullé, consciente de que tenía la cara muy roja—. ¿Más té?

Quisiera o no, iba a irme a enchufar el hervidor. Cualquier cosa con tal de alejarme de aquella mirada inquisitiva.

—Eres preciosa, Star, y sin embargo pareces no tener ni idea de ello. El aspecto físico no es nada de lo que avergonzarse, ¿sabes? Es un regalo de los dioses, y es libre. Eres joven y hermosa. Deberías disfrutar del placer que tu cuerpo puede proporcionarte.

Me quedé de pie en la cocina, incapaz de volver al sofá y de que su mirada se clavara en mí. Simplemente, no podía continuar con aquella conversación. Entonces pedí —más bien supliqué— una intervención divina de cualquier tipo o manera. Y, para mi sorpresa, unos cuantos segundos después llegó en forma de timbrazo.

Sin importarme si la persona que estaba al otro lado de la puerta era un asesino con un hacha o, más probablemente, CeCe, que a menudo llamaba para ahorrarse tener que hurgar en su bolso en busca de la llave, contesté al interfono.

—¿Hola?

—¿Star? Soy yo, Mouse. Pasaba por aquí y he pensado que en

293

lugar de enviarte el cheque por correo podría entregártelo en persona.

—Ah.

—Quizá quieras bajar a recogerlo. No parece que haya ningún buzón fuera.

Tenía razón, los constructores se habían olvidado de instalarlo y el portero siempre estaba llamativamente ausente cada vez que entraba en el portal. Tras una agonía de indecisión, mi miedo a tener que seguir charlando con Shanthi ganó.

—Sube —le dije—. Es el tercer piso, la puerta de justo enfrente del ascensor.

—Gracias.

—Lo siento —me disculpé mientras regresaba torpemente al sofá y me quedaba de pie a su lado, incómoda—. Un amigo ha decidido pasarse.

—Tengo que marcharme, de todas formas —dijo levantándose.

La acompañé a la puerta, incapaz de disimular mi alivio ante su rápida partida.

—Ha sido un placer volver a verte, Star. Lamento haberte incomodado.

—No pasa nada.

Oí el zumbido del ascensor que subía y me di cuenta de que tendría que presentarlos.

—Bueno, adiós, Estrellita mía.

Shanthi me abrazó y me estrechó contra su generoso pecho. Y así fue como nos encontró Mouse cuando se abrieron las puertas del ascensor.

—Disculpad —dijo cuando Shanthi me soltó—. No estaré interrumpiendo nada, ¿verdad?

—En absoluto —le contestó ella con una sonrisa agradable—. Ya me marchaba. Star es toda tuya. —Nos dejó a los dos atrás y se introdujo en el ascensor—. A todo esto, ¿cómo te llamas? —le preguntó mientras pulsaba el botón que la llevaría al portal.

—Mouse.

—¡Ja! Te lo dije, Star.

Shanthi levantó los pulgares a espaldas de Mouse antes de que las puertas se cerraran y oí que su risa ronca retumbaba por todo el edificio mientras el ascensor descendía.

—¿Cuál era la broma? —me preguntó mientras lo conducía hacia el interior del apartamento—. No la he pillado.

—No te preocupes, yo tampoco —le dije con sinceridad.

—Parece un personaje interesante. ¿Amiga tuya?

—Sí. ¿Puedo ofrecerte una taza de té o café?

—No tendrás una cerveza, ¿verdad?

—Sí, claro.

—Este sitio es asombroso —comentó Mouse mientras se acercaba a los ventanales tras los que las luces de Londres parpadeaban en el crepúsculo cada vez más profundo—. Ahora sé con seguridad que no eres una cazafortunas que va detrás de High Weald. ¿Quién necesita ese montón de ruinas cuando tiene esto?

—La dueña es mi hermana —expliqué por segunda vez aquel día.

—Bueno —me dijo cuando le pasé la cerveza—, por los parientes ricos. Ojalá yo también tuviera alguno por ahí —añadió antes de beber un sorbo y de que lo invitara a sentarse en el sofá.

Miró el bizcocho de malta con avidez.

—¿Puedo? No he comido nada en todo el día.

—Claro que sí.

Le corté un trozo y se lo unté con mantequilla.

—Está absolutamente delicioso, como todo lo que cocinas. Tienes un verdadero don.

—Gracias —mascullé preguntándome con malicia adónde conduciría aquella ofensiva amistosa y qué querría exactamente.

Porque nadie «pasaba» sin más ante nuestra puerta de entrada. De hecho, se necesitaban un mapa y una brújula para encontrarla.

—Antes de que se me olvide, aquí tienes. —Se sacó un sobre del bolsillo del Barbour—. Espero que te parezca suficiente. También he añadido el sueldo correspondiente a dos semanas en la librería.

—No era necesario, de verdad —dije, puesto que era plenamente consciente de la mala situación financiera que estaba atravesando—. ¿Cómo está Orlando?

—Beligerante y poco comunicativo… razón por la que he venido a Londres. No había tenido noticias de él desde que le llamé para hablarle de ti. Obviamente, me sentía preocupado. La tienda estaba cerrada cuando he llegado esta tarde. Pero por suerte tengo otro juego de llaves. Sigue refugiado en esa habitación suya y se niega a dejarme entrar. La única manera de conseguir hablar con él ha sido amenazarlo con llamar a la policía y tirar la puerta abajo para comprobar si todavía estaba vivo.

—Entonces no ha cambiado nada.

—No. También he ido a ver a un agente de la propiedad para iniciar el proceso de sacar el edificio al mercado. Con suerte, si el banco ve que estamos haciendo movimientos para vender y que les pagaremos lo que debemos, se abstendrán de quitárnoslo ellos mismos, al menos durante un tiempo.

—¿Le has explicado eso a Orlando?

—Dios, no, pensé que a lo mejor se tiraba por la ventana del desván si se lo decía. Es una lástima que se niegue a readmitirte. Se pasa todo el día allí sentado, sin hacer más que darle vueltas a la cabeza. Bueno, terminará por superarlo. Todos tenemos que hacerlo cuando perdemos cosas que amamos.

—Pero puede llevar un tiempo, ¿verdad? —Me pregunté si mi comentario daría en el blanco—. Al fin y al cabo, solo han pasado unos días.

—Entendido —contestó Mouse y, por la expresión de su cara, me di cuenta de que se estaba planteando si sentirse ofendido o no. Sinceramente, me daba igual que se enfadase.

—Tienes razón —dijo al cabo de un largo silencio—. Escucha, Star, hay otro motivo por el que he venido a verte, y no tiene nada que ver ni conmigo ni con mi familia, sino contigo.

—¿Conmigo?

—Sí. A fin de cuentas, la razón por la que entraste por primera vez en la librería fue que querías descubrir más acerca de tu propio pasado. Y ahora todos nosotros te hemos complicado la vida, sin que tú tengas ninguna culpa, podría añadir. Así que he pensado que era de justicia venir y ofrecerme a contarte el resto de lo que sé acerca de Flora MacNichol. Y al menos explicarte de dónde creo que procede el gato originalmente.

—Entiendo.

—Está en Sotheby's, por cierto. Lo he dejado antes. Me llamarán cuando hayan hecho sus averiguaciones, pero están bastante seguros de que es un Fabergé. Y debería decirte que, si lo autentifican, vale una fortuna. Incluso una figura tan minúscula como Pantera puede salir a subasta por cientos de miles.

—¿De verdad?

No daba crédito.

—Sí, de verdad. Parece que es muy posible que acabes de cobrar conciencia de tu propia herencia. Bien… —Mouse sacó varios volúmenes finos y forrados en seda de otro de sus amplios bolsillos. Vi que eran idénticos a los que yo había encontrado en el estante de la librería—. Este —le dio unos golpecitos con las yemas de los dedos— continúa desde el punto en que acaba mi transcripción. Por unas razones u otras, no he tenido tiempo de hacer lo mismo con él, pero lo he leído. Star, ¿quieres que te cuente más? La verdad es que es una historia absolutamente fascinante. Con lo que podríamos llamar un desenlace dramático.

Dudé. El día anterior y aquella misma mañana había hecho un gran esfuerzo para dejar atrás las últimas semanas y avanzar con determinación hacia un futuro construido por mí misma. ¿Era bueno que volvieran a arrastrarme hasta High Weald y sus residentes hacía tiempo fallecidos? Si se establecía un vínculo entre nosotros, estaría inextricablemente unida a ellos durante el resto de mi vida. Y ya no estaba segura de que aquello fuera lo que quería.

—Adelante, entonces —dije al final, pues sabía que me daría de bofetadas si rechazaba la oferta.

—Puede que nos lleve bastante tiempo. La caligrafía de Flora es difícil de descifrar, así que te lo leeré en voz alta, puesto que yo ya estoy acostumbrado a su escritura. No nos molestarán, ¿verdad? —me preguntó al abrir el diario.

—Al menos no durante un rato.

—Bien. Entonces empiezo.

Flora

Londres

Diciembre de 1909

25

Los Keppel no habían sido invitados a la boda de Archie y Aurelia, que iba a celebrarse en High Weald, la mansión de los Vaughan en Kent. A Flora le había sorprendido tal omisión, ya que parecían gozar de gran popularidad en Londres. La propia señora Keppel se lo había tomado con mucha naturalidad.

—La verdad es que apenas conocemos a los Vaughan —dijo haciendo un gesto de desdén con la mano—. Suelen ceñirse a la sociedad rural.

Flora aceptó su explicación, aunque sabía que los Keppel tenían una casa de campo en Kent y probablemente formaran parte de esa «sociedad».

Habían tenido la gentileza de poner a su disposición un automóvil durante el fin de semana de la boda. Iba sentada en el asiento trasero y, mientras Freed conducía por las afueras de Londres, ella se preguntaba cómo sería capaz de afrontar las siguientes cuarenta y ocho horas. Había trazado infinidad de planes que imposibilitaran su asistencia a la boda: desde plantarse en el descansillo de las escaleras e intentar reunir el valor suficiente para arrojarse por ellas y alegar que se había roto una pierna, hasta permanecer en el parque pese al frío viento de noviembre y la lluvia torrencial con el deseo de coger una pulmonía. Al parecer era indestructible, al menos en cuanto a su salud física. De modo que allí estaba, camino de la boda de su hermana con Archie Vaughan, el hombre al que Flora amaba.

Y lo peor de todo era que tendría que ver High Weald y los amados jardines de Archie, aquellos que tan apasionadamente le había descrito durante el verano. Aunque no podía olvidar que había sido ella misma quien había propiciado el desarrollo de los acontecimientos.

Flora recordó la cara de felicidad de su madre en la fiesta de compromiso que la tía Charlotte había organizado en su casa de Londres para la feliz pareja. Se notaba claramente el alivio de que el sacrificio de Esthwaite Hall hubiera merecido la pena. Sus padres se hallaban ya en High Weald, preparados para los festejos de la boda.

En total serían ocho damas de honor, aunque Elizabeth, la hermana de Archie, no podría asistir. En noviembre, tras casarse, había puesto rumbo a Ceilán junto a su marido, y ya había un heredero para la plantación de té en camino.

«Dentro de cuarenta y ocho horas, todo habrá pasado y regresaré a casa», pensó Flora con determinación mientras se alejaban de los barrios residenciales y empezaban a aparecer campos arados y arrayanes caducos a ambos lados de la carretera.

Una hora más tarde, Flora atisbó varias chimeneas altas de aspecto frágil que despuntaban sobre los esqueletos de los árboles. Cuando el automóvil se internó en la vía de entrada, se encontró frente a un encantador edificio de ladrillos.

«No quiero enamorarme de esta casa», se dijo al tiempo que observaba su delicada fachada. Las ventanas, de una irregularidad elegante, habían cedido parcialmente al paso de los años, sus goznes y marcos se retorcían e inclinaban en determinados puntos, como personas ancianas. Aunque hacía un frío glacial, el sol brillaba y la escarcha de los setos perfectamente podados resplandecía bajo su luz. Parecía la entrada al país de las hadas.

—Hemos llegado, señorita MacNichol —anunció Freed, tras lo cual se dirigió con aplomo a la puerta trasera del vehículo y la abrió para ella.

Flora salió del coche y contempló los portones de roble, grandes y arqueados, con la inquietud de un reo al que conducen a prisión. Estos se abrieron mientras avanzaba por el sendero de grava y tras ellos apareció Aurelia.

—¡Querida! Has llegado. Espero que no estés muy fatigada por el viaje.

—Apenas han sido dos horas, está muy cerca de Londres.

—Y sin embargo es otro mundo, ¿no crees? Y mucho menos

escarpado que los alrededores de Esthwaite. Bueno —dijo entrelazando un brazo con el de su hermana—, como hay mucho que hacer y tantos invitados por llegar, he pensado que durante un rato deberíamos fingir que no estamos aquí; así podré disfrutar de ti en exclusiva.

Entraron en un vestíbulo de techo bajo en cuya chimenea refulgía un fuego que extendía su calidez sobre el desgastado suelo de piedra.

—Sube conmigo y nos esconderemos en mi habitación —añadió Aurelia entre risas y mientras tiraba de su hermana para que la siguiera por las anchas escaleras de madera engalanadas con una profusión de tallas estilo Tudor.

La hizo recorrer un pasillo largo, al final del cual abrió una puerta que daba acceso a una habitación pequeña con dos camas de latón individuales. Las paredes estaban recubiertas con los mismos paneles de roble de color intenso que otorgaban una reconfortante calidez al resto de la casa, incluso bajo la fría luz invernal que se derramaba a través de las estrechas ventanas.

—Aquí es donde dormiré esta noche. Esperaba que durmieras conmigo, en la otra cama.

—Por supuesto que dormiré aquí, si así lo quieres —respondió Flora.

—Gracias. Todo esto es bastante abrumador, como podrás imaginar. Y apenas he visto a Archie desde que llegamos. Los dos hemos estado muy ocupados.

Flora advirtió que el rostro de Aurelia se demudaba durante unos segundos, pero después la joven se recompuso y sonrió alegremente.

—Antes que nada, ponme al día de todo lo que has hecho en Londres. Por lo que he oído, has estado muy ajetreada.

Flora relató brevemente los incontables bailes, cenas y veladas a los que había asistido durante los últimos dos meses.

—Ya, ya. —Aurelia desdeñó los detalles con un gesto de la mano—. Pero lo que realmente quiero es que me cuentes cosas sobre Freddie Soames.

—Ah, sí, Freddie —dijo Flora con un gesto de hastío—. Es el faro de la escena social londinense.

—Eso ya lo sé, pero quiero saber cómo va vuestra relación.

—Nuestra relación es inexistente.

—Vamos, Flora, puede que esté enclaustrada en el campo, pero incluso yo he oído los rumores.

—No significa nada para mí, en serio, Aurelia.

—No seas tímida. En Londres no se habla más que de cómo te corteja; todos dicen que está a punto de pedirte matrimonio.

—Me trae sin cuidado lo que diga Londres.

—¡Flora, es ni más ni menos que un vizconde! ¡Y algún día será conde!

—Que sea lo que quiera. Pero yo jamás me casaré por un título, lo sabes perfectamente.

—¿Ni siquiera por inmensas extensiones de terreno fértil en Hampshire y una tiara? ¿Sabes que vendrá mañana? Es primo lejano de los Vaughan, primo segundo, signifique eso lo que signifique.

—No lo sabía. Pero la verdad es que he arrojado todas sus cartas al fuego.

—¡Flora! Casi todas las mujeres con las que hice mi presentación se casaron con sus actuales maridos porque no pudieron conseguir a Freddie. No solo es rico, sino que además es endiabladamente guapo. ¡Y ahí lo tienes, a tus pies!

«El diablo es una comparación acertada», pensó Flora con un suspiro.

—Cuando le enviamos la invitación a la boda contestó que no asistiría —continuó Aurelia—. Después, cuando se enteró de que serías la primera dama de honor, escribió a lady Vaughan para aceptarla. ¿Estás segura de que no estás ni un poquito enamorada de él?

—Completamente.

—Oh, vaya, qué decepción. Esperaba que estuvieras en pleno enamoramiento y ser la primera en conocer todos los detalles.

—Simplemente, no hay detalles que contar.

—Bueno, ¿no podrías fingir que sí? Al menos para la boda.

—No —respondió Flora riendo—. Bueno, ¿puedo ver tu vestido de novia?

Para gran alivio de Flora, habían enviado al novio a pasar la velada previa a la boda a la casa de los Sackville-West en Knole, no muy lejos de High Weald. Se ofreció una cena para los invitados en el alargado comedor, iluminado por candelabros con cientos de velas. Flora ya había conocido a las otras damas de honor en Londres, pero a pesar del gusto que le había cogido a tales ocasiones, su cabeza estaba en otra parte y tenía que esforzarse para involucrarse en la conversación.

Su madre parecía más contenta que nunca, e incluso su padre lucía un aspecto jovial. Su hija favorita había capturado el pez que él había buscado con tanto ahínco para ella. Había sacrificado el hogar familiar para asegurarse la presa.

Agradeció el momento en que la futura novia anunció que se retiraba a sus aposentos y pidió que la acompañara.

—Esta será la última noche que duerma sola —dijo Aurelia cuando se sentó frente al tocador y Flora la ayudó a peinarse los largos cabellos rubios.

—¿En serio? Yo creía que una vez que una se casaba tenía derecho a dormir sola siempre que le apeteciera —comentó Flora secamente—. El señor y la señora Keppel duermen separados.

—Eso no hay quien lo dude.

—¿A qué te refieres?

Flora lo sabía perfectamente, pero quería oírlo de boca de su hermana.

—Bueno, ¿te imaginas estar en el lugar del pobre señor Keppel? Todo Londres conoce la relación que Alice mantiene con el rey. Y tú también debes de saberlo.

—Es cierto que son amigos íntimos, sí.

El rostro de Flora no dejaba traslucir nada.

—¿No serás tan ingenua como para creer que son solo amigos? Todo el mundo sabe que…

—Todo el mundo sabe lo que quiere saber. Yo convivo bajo su mismo techo a diario y no he visto nada inapropiado en su relación. Además, ¿cómo iba a aprobar el señor George eso que das a entender? Es un hombre de gran integridad, y la señora Keppel lo adora.

—Si tú lo dices.

—Lo digo. Y al igual que a la señora Keppel, me importan muy poco las habladurías. Son como la bruma, tan insustanciales que se las lleva el viento.

—Pues la bruma de la señora Keppel y el rey planea sobre Londres como la niebla. —Sus miradas se cruzaron en el espejo y la expresión de Aurelia se suavizó—. Olvidémonos de los matrimonios imperfectos y centrémonos en este, que espero perfeccionar tanto como pueda.

Se levantó del escabel y caminó hacia la cama. Flora retiró las mantas y la arropó.

—Buenas noches.

La besó en la frente con delicadeza, se metió en su cama y apagó la lámpara.

—¿Flora? —preguntó tímidamente la voz de Aurelia en la inmensa oscuridad de la habitación.

—¿Sí?

—¿Crees que dolerá?

A Flora se le encogió el corazón al pensar en la intimidad a la que aludía su hermana. Lo pensó antes de contestar.

—Para ser sincera, no lo sé. Pero creo que Dios es bueno y no nos haría sufrir por demostrar nuestro amor a un hombre. Ni para darle hijos.

—Me han contado algunas historias.

—Eso también son rumores, nada más.

—Quiero satisfacerlo.

—Estoy segura de que lo harás. Simplemente intenta no tener miedo. Dicen que esa es la clave.

—¿Eso dicen?

—Sí.

—Gracias, Flora. Buenas noches de nuevo, querida hermana. Te quiero.

—Y yo a ti.

Ambas cerraron los ojos y se quedaron dormidas, las dos soñando con estar en brazos del mismo hombre.

—Estoy lista. ¿Cómo me ves?

Flora miró a su hermana. Los encajes color crema del vestido contrastaban con su piel de melocotón y la tiara de los Vaughan resplandecía sobre sus rizos dorados.

—Estás absolutamente radiante.

Flora sonrió y le entregó un ramillete de rosas rojo oscuro.

—Gracias, querida hermana. Bueno —suspiró Aurelia—, ha llegado la hora.

—Sí. Papá está esperándote al pie de la escalera.

—Deséame suerte.

Buscó la mano de Flora y se la apretó.

—Buena suerte, querida.

Aurelia caminó hasta la puerta de la habitación y después dio media vuelta.

—Tú fuiste quien me convenció para que este día se hiciera realidad. Y jamás lo olvidaré.

Cuando su hermana salió del cuarto, Flora se miró en el espejo y vio el dolor y la culpa que le surcaban el rostro.

En el momento en que la novia, su padre y las damas de honor entraron en el pequeño vestíbulo de la parte de atrás, cuatrocientos invitados abarrotaban la antigua capilla de la finca.

—Flora —susurró Aurelia mientras las damas de honor le estiraban el largo velo—. ¿Ha llegado ya? ¿Puedes mirar?

La joven se acercó a la puerta que los separaba del resto de la congregación y la abrió un par de centímetros para echar un vistazo. Dos ojos negros se volvieron hacia ella desde su posición ante el altar de la iglesia. Cerró la puerta a toda prisa, se volvió hacia su hermana y asintió.

—Sí, está ahí.

Al oír la señal, el organista empezó a tocar los primeros compases de la marcha nupcial. Entonces las puertas se abrieron de par en par y Flora siguió los pasos de su padre y su hermana por el pasillo. Escuchó los votos matrimoniales y se estremeció bajo el fino vestido de seda de color marfil cuando vio que su hermana se convertía en esposa de Archie a los ojos de Dios. Cuando los novios salieron de la sacristía tras firmar el registro, se obligó a mirar a su cuñado a los ojos cuando este pasó por delante de ella con Aurelia del brazo. Se colocó detrás de ellos para seguirlos al exterior de la iglesia y enfrentarse al frío de aquel día de invierno.

Mal que le pesara, Flora no pudo evitar apreciar la belleza del banquete de bodas de su hermana. Apenas faltaban tres semanas para Navidad, de modo que el gran salón de High Weald estaba decorado con velas titilantes y había ramitas de acebo y muérdago colgando de las vigas de madera del techo, caldeadas con el fuego de la enorme chimenea. Al parecer, según le había contado uno de los invitados, el propio Enrique VIII había cortejado a Ana Bolena en aquel mismo salón. Los discursos se habían pronunciado brindando con vino en lugar de champán, y sirvieron pasteles de picadillo de frutas, no el tradicional *trifle*.

Flora se sentía amodorrada por el calor y la ingente cantidad de comida y vino. Agradeció que Archie se levantara y anunciara un receso en el banquete mientras la orquesta se preparaba para los bailes de la velada. Aprovechó la oportunidad para salir en busca del aire fresco que tanto necesitaba. Recogió su capa de terciopelo y salió al frío de la noche incipiente. La oscuridad lo había invadido todo y la terraza ancha y el majestuoso jardín amurallado situado tras ella palpitaban con las luces de los candiles que habían situado a lo largo de sus numerosos contornos. A Flora le habría gustado poder apreciar aquello en pleno verano y no adornado mediante luces artificiales. Bajó la escalinata y se ajustó la capa mientras se adentraba en los jardines y el ruido de los festejos se desvanecía en la lejanía. Se detuvo al llegar a una pared alta de ladrillos y observó la cristalización de su aliento a causa del frío.

—Bastante hermoso, ¿verdad?

Flora, sobresaltada, se dio la vuelta y vio una silueta sombría, de pie junto a un enorme tejo. El corazón le dio un vuelco al oír su voz.

—Sí.

—¿Cómo estás, Flora? —dijo la voz desde la oscuridad.

—Estoy bien. ¿Y tú?

—Casado, como me pediste.

—Gracias.

—Te amo —susurró él.

Flora se quedó clavada en el mismo sitio.

—¿No piensas responderme? Acabo de decir que te amo.

—Esa declaración no merece respuesta. Te has casado con mi hermana hace apenas unas horas.

—Solo por tu expreso deseo.

—¡Por Dios santo! ¿Qué quieres, castigarme?

—Tal vez, sí.

—Entonces, te lo ruego, si me amas como dices hacer, para ya.

Lo que sucedió entre nosotros durante aquellos pocos días ya no existe.

—Si de verdad crees eso, te engañas a ti misma. Jamás dejará de existir.

—¡Basta!

Flora dio media vuelta para regresar a la casa, pero Archie estiró una mano y la agarró para acercarla a él. Flora, incapaz de gritar por miedo a llamar la atención, se encontró en brazos de Archie, cuyos labios se posaron sobre los de ella.

—Dios mío, Flora, no sabes cómo anhelaba volver a hacer esto...

Flora se abandonó durante más tiempo del que habría deseado admitir al completo goce de estar entre sus brazos y disfrutar de su beso. Al final, su cerebro recobró parte del sentido común y, con gran esfuerzo, consiguió desembarazarse de él.

—Pero ¡qué hemos hecho! —susurró—. Déjame marchar, te lo ruego.

—Perdóname, Flora. Te he visto caminar hacia los jardines desde la terraza y he recordado todo lo que hablamos cuando estuve en Esthwaite contigo y... no te culpes por esto.

—Recemos para que Aurelia no llegue a tener que perdonarnos nunca —replicó ella con un estremecimiento—. Te lo suplico, haz feliz a mi hermana.

Sin esperar respuesta, Flora volvió sobre sus pasos en dirección a la casa.

Archie permaneció bajo la sombra del tejo vetusto observando a su amor escapar de él.

26

Flora corrió escalera arriba y entró en su dormitorio. Cerró de un portazo, con la respiración agitada y entrecortada, y se sentó en la cama para intentar apaciguar su pulso acelerado.

—Que Dios me perdone —murmuró, demasiado aterrorizada y avergonzada para permitirse siquiera el alivio que proporcionan las lágrimas. Al cabo de un instante llamaron a la puerta. Flora se desprendió de la capa y abrió.

—¿Dónde estabas?

—Yo...

Al ver a Aurelia, que parecía extrañamente tensa y enfadada, Flora pensó que se desmayaba.

—Bueno, no importa. ¡Te he estado esperando para que vinieras a ayudarme a quitarme el vestido y ponerme el traje de noche!

—¡Oh, Dios! ¡Claro! He debido de quedarme traspuesta...

—¿Puedes darte prisa, por favor? Tengo que encontrarme con Archie a las puertas del gran salón a las siete y ya son casi las seis y media.

Flora continuó disculpándose una y otra vez mientras seguía a Aurelia por el pasillo hasta una habitación descomunal presidida por una enorme cama con un dosel de cuatro postes. Estaba hecha de una madera oscura y recia, y Flora apartó la mirada de ella inmediatamente intentando no pensar en su inminente propósito. El fuego calentaba ya la alcoba del lecho conyugal y su luz danzaba sobre los tapices espesos que decoraban las paredes.

Mientras forcejeaba con los botones de perla de la espalda del vestido de Aurelia, Flora rezaba por que los dedos entumecidos se le desmembraran por congelamiento; no se merecía menos.

—Y, por supuesto, todos se han percatado de que Freddie Soames no te ha quitado ojo durante el banquete —parloteaba Aurelia mientras Flora la ayudaba a ponerse un traje de noche de color rosa palo—. Es obvio que bebe los vientos por ti. Mamá dice que está a punto de cumplir los veinticinco y que pronto tendrá que casarse. ¿Aceptarías si te pidiera en matrimonio?

—No me lo he planteado nunca.

—Flora, a pesar del tiempo que has pasado en casa de los Keppel, eres muy ingenua en lo que concierne a los hombres. Bueno, creo que debería dejarme la melena suelta por detrás. ¿Tú qué opinas?

—Creo que te quedaría estupendo.

Flora solo deseaba que Aurelia no se percatara del intenso rubor de culpa que le trepaba desde el cuello como un sarpullido.

—¿Puedes ir a buscar a Jenkins? Al parecer será mi doncella permanente, es un regalo de boda de la madre de Archie. No estoy segura de que me caiga muy bien, pero el pelo se le da de fábula. Después tendrás que ir tú a ponerte guapa. Estoy segura de que Freddie te va a pedir muchos bailes esta noche.

Flora buscó a Jenkins y luego se encargó de su propio aseo. No porque le importara mucho el aspecto que tuviera esa noche. A pesar de sus reniegos con Aurelia, lo cierto era que Freddie Soames la había perseguido incansablemente durante los últimos dos meses. Aunque la mayoría de las mujeres de la sociedad londinense suspiraban por su gallardía, a Flora le parecía un pesado arrogante e indecente que, siempre que lo había visto, le había dado la impresión de estar como una cuba. En caso de que poseyera un cerebro, ella no había tenido el placer de comprobarlo.

Sin embargo, sí parecía embelesado con ella, y a la sociedad londinense no le sorprendería que anunciaran un compromiso…

Cuando entró en el gran salón unos minutos más tarde, vio que habían quitado las mesas y retirado las sillas para hacer espacio para el baile.

—¡Hagan silencio para recibir a los recién casados, lord y lady Vaughan!

Flora observó a Archie llevar a Aurelia a la pista de baile entre el clamor de los aplausos. El novio rodeó a su esposa por la cintura para realizar el tradicional primer baile mientras la orquesta atacaba. Otras parejas comenzaron a llenar la pista, y la sala, impregnada en las embriagadoras esencias de los perfumes, se convirtió en un colorido remolino de vestidos preciosos.

—¿Me concede el honor del primer baile?

Flora se sobresaltó al sentir un brazo pesado sobre su hombro. Al alzar la vista, se encontró con la mirada vidriosa de Freddie Soames.

—Buenas noches, lord Soames.

—Supongo que sentirá que su destino es ser la eterna dama de honor y nunca la novia, ¿no, señorita MacNichol? —La tomó de la mano y la condujo hasta la pista de baile a trompicones—. He de confesar que me gusta bastante su vestido —le susurró al oído.

—Gracias.

Flora volvió la cabeza, mareada por el tufo a alcohol de su aliento.

—No habrá estado intentando evitarme, ¿verdad? Cada vez que iba a su encuentro, parecía haberse esfumado.

—Soy la primera dama de honor, he estado atendiendo a la novia.

—Por supuesto. Entonces ¿no era usted la persona que he visto en el jardín con el novio cuando he ido a buscarla hace un rato?

—No… —Flora tragó saliva y luchó por mantener la compostura—. Yo estaba arriba con Aurelia ayudándola a cambiarse.

—¿En serio? Vaya, vaya, habría jurado que se trataba de usted, pero fuera quien fuese, no es un buen presagio para el matrimonio de su hermana.

—¡No diga esas cosas! ¡Archie y Aurelia solo tienen ojos el uno para el otro! Ha debido usted de equivocarse.

—No había equivocación posible, pero puede confiar en que el secreto estará a salvo conmigo —añadió mientras finalizaba el baile—. No me extraña que se haya mostrado tan esquiva estas últimas semanas, señorita MacNichol.

—Está usted completamente confundido.

—Entonces, demuéstrelo diciendo que se casará conmigo. —Freddie le sepultó el rostro entre los cabellos al tiempo que la orquesta empezaba a tocar otro vals—. De lo contrario, puede que no la crea.

Flora tragó con dificultad, mirando primero a Archie y Aurelia y después la expresión presuntuosa de Freddie, que parecía muy satisfecho de sí mismo. La había visto, y ambos eran conscientes de ello. El corazón se le había desbocado y, si hasta entonces había albergado dudas acerca de cuál debía ser el curso de sus acciones, tuvo que deshacerse de ellas. Aquel era su justo castigo y debía aceptarlo.

—Sí, lo haré.

—¿Qué? ¿Se casará conmigo?

Freddie se tambaleó brevemente antes de volver a enderezarse.

—Sí.

—Vaya, vaya. He de admitir que eso sí que no me lo esperaba.

—En serio, si solo se estaba burlando de mí, le ruego que lo diga y…

—No, no es eso —se apresuró a decir—. Suponía que tendría que seguir teniendo paciencia con usted.

Freddie dejó de bailar de repente, causando un embotellamiento a su alrededor. Alzó un dedo hasta la mejilla de Flora y la acarició mientras la joven hacía cuanto podía por no estremecerse.

—Es usted una joven dama de lo más enigmática, señorita Mac-Nichol. Nunca sé muy bien lo que está usted pensando. ¿Está segura de querer aceptar mi propuesta?

—Sí. Totalmente.

—¿Y puedo preguntarle si esa decisión se debe solo a que siente algo por mí?

—¿A qué otra cosa podría deberse?

—A ninguna otra cosa, por supuesto —dijo entre risas—. Bueno, me temo que aquí no tengo un anillo que ofrecerle.

De repente, Freddie parecía nervioso e inseguro.

—¿Bailamos o nos hacemos a un lado?

Flora se sentía demasiado expuesta en medio de la pista de baile.

—Bailamos. Me encanta que discutamos nuestra unión al compás de la música de Strauss. Por supuesto, debe conocer a mis padres; ya están al corriente de mis intenciones respecto a usted.

—¿Y están contentos?

—Están un poco intrigados, como toda la ciudad de Londres desde que usted llegó aquí. Espero de corazón que dé su visto bueno al que será su nuevo hogar. Es una finca enorme.

—Eso dicen.

—¿Y la asusta?

—Hay pocas cosas que me asusten, milord.

—Ya veo. Y eso es lo que me entusiasma de usted. La pregunta es: ¿llegaré a domesticarla algún día?

—No se me habría ocurrido pensar que una mujer «domesticada» pudiera entusiasmarlo.

Freddie echó la cabeza atrás y rio.

—Dios mío, va a ser todo un desafío. Pero un desafío al que ansío enfrentarme.

Flora sintió que Freddie apretaba los dedos sobre su cintura y le estrujaba las carnes con fuerza.

—Anunciaremos nuestro compromiso tan pronto como podamos. Casi podríamos anunciarlo aquí mismo, dado que la mayor parte de Londres está en esta sala.

—Sí, deberíamos.

Flora quería desechar cualquier posible escapatoria tras aquella noche.

Freddie la miró fijamente.

—¿Está segura, señorita MacNichol? ¿No le incomodaría que anunciara nuestro compromiso ahora mismo?

—En absoluto. Importa poco que lo hagamos ahora, mañana o la semana próxima. Usted me ha pedido en matrimonio y yo he aceptado.

—Pues que así sea.

El vals finalizó justo en el momento adecuado. Freddie la guio a través de la multitud y habló con el director de la orquesta. Atrajo a Flora hacia sí y pidió la atención de los presentes.

—Milords, damas y caballeros, quiero anunciarles algo. Aprovechando la ocasión que nos brinda el matrimonio de lord Vaughan con su hermana, la señorita Flora MacNichol ha aceptado mi propuesta de matrimonio.

Los testigos contuvieron el aliento cuando Freddie besó la mano de su prometida, y a continuación prorrumpieron en aplausos. Aurelia se acercó a ellos.

—¡Lo sabía! —dijo con gran alegría.

—Así pues, estamos impacientes por verles en Selbourne Park para planear nuestra boda, que tendrá lugar esta primavera —prosiguió Freddie, que había hecho señas a un sirviente para que le llevara una copa de champán—. ¡A la salud de mi prometida!

Freddie alzó su copa para brindar mientras la concurrencia se apresuraba en dar con algo con lo que poder imitarlo.

Archie, arrastrado por Aurelia, apareció frente a ellos. Flora percibió su mirada antes de que se volviera para dirigirse a sus propios invitados.

—Esta ha sido una noche maravillosa que solo podía mejorar con la nueva que nos da mi querida hermana política. ¡Por Freddie y Flora!

—¡Por Freddie y Flora! —corearon los invitados.

Cuando Archie hizo una señal a la orquesta para que continuara, Flora se vio rodeada por todos los que querían darle la enhorabuena, incluidos sus padres.

—¡Cielo santo! —exclamó Rose mientras besaba a Flora—. Esto es algo que jamás de los jamases habría imaginado. La señora Keppel tenía razón: mandarte a Londres fue una idea excelente. Ahora vas a convertirte en vizcondesa. Mi querida Flora, no mereces menos.

Se abrazaron y, al separarse, Flora vio que los ojos de su madre estaban llenos de lágrimas.

—Por favor, mamá, no llores.

—Perdóname, te he infravalorado. Espero que algún día me perdones.

—¿Perdonarte por qué, mamá?

—Por nada —respondió enseguida Rose—. Simplemente has de saber que esta noche estoy más orgullosa de ti que ninguna otra madre en el mundo.

Ahora incluso su madre le hablaba con acertijos, pero Flora estaba demasiado turbada para intentar descifrarlos.

—Gracias, mamá.

Después se acercó su padre, que la abrazó brevemente, como siempre avergonzado por las muestras de afecto en público.

—Bien hecho, mi querida Flora, bien hecho.

El siguiente en darle la enhorabuena fue Archie.

—Felicidades, cuñada.

—Gracias —contestó Flora con el corazón en un puño.

Archie se apartó de ella sin volver siquiera a mirarla.

—¿Así que vuelves a mí como una mujer prometida?

La señora Keppel abrazó a Flora en cuanto entró en su salita al día siguiente.

—Así es.

—¿Y estás contenta? Al fin y al cabo, el vizconde Soames es la presa más codiciada de Londres.

—Estoy muy contenta.

—Deja la bandeja ahí —ordenó la señora Keppel a Mabel antes de volverse hacia Flora—. Acerca tu silla al fuego y cuéntame cómo te pidió matrimonio Freddie. ¿Fue romántico a más no poder?

—Supongo que lo fue, sí. Me lo pidió mientras bailábamos.

—¡En la boda de tu hermana! ¡Ay, Flora, cómo me alegro por ti!

—Mis padres le mandan todo su amor y agradecimiento.

—Es una lástima que no vayamos a verlos por Navidad. Como sabes, iremos a Crichel. ¿Has decidido ya si vendrás con nosotros? Sé que tu hermana te ha invitado a pasar las fiestas en High Weald.

—Estaré encantada de acompañarlos a Crichel, señora Keppel. Se lo comenté a Freddie y dice que la finca de su familia está bastante cerca, en New Forest.

—Ciertamente, así es. Tal vez Freddie y su padre quieran sumarse a la cacería que celebrarán los hombres el día de San Esteban. Así podré presentarte a su madre, la condesa. Muy bien, entonces está decidido. A los Arlington les entusiasmará tenerte como invitada.

—Gracias, será un honor.

La señora Keppel la miró con atención.

—No tienes el aspecto que debería tener una prometida.

—¿Qué aspecto debería tener?

—De felicidad. Y sí, tengo que admitir que me sorprendió cuando me lo contaron. Ya sabía que el vizconde Soames estaba prendado de ti, pero...

—Soy feliz —la interrumpió Flora—. Mucho. Y quiero agradecerle todo lo que ha hecho para que esta situación fuera posible.

—Querida niña, nada de esto habría sucedido si tú no fueras simplemente tú. Entonces ¿vas a conocer a los padres de Freddie?

—Creo que están preparando el encuentro.

—A pesar de su intachable abolengo y de contar con un apellido que se remonta muy atrás en la historia británica, son una familia...

inusual. El conde no tiene pelos en la lengua en la Cámara de los Lores. Y a Daphne le tengo especial cariño. Es todo un personaje, como pronto descubrirás. Con un pasado bastante atrevido. —La señora Keppel alzó su taza hacia Flora y sonrió—. Supongo que seguirás viviendo aquí hasta el día de la boda, ¿no?

—Mi madre no me ha indicado lo contrario.

—Entonces le escribiré una carta para ver si podemos celebrar aquí tu fiesta de compromiso. Estoy segura de que todos nuestros amigos querrán asistir.

Flora se dio cuenta de que a la señora Keppel se le iluminaba el rostro al pensar en ello y se preguntó si, en su futuro papel de vizcondesa, disfrutaría alguna vez con la organización de eventos sociales. Por algún motivo, lo dudaba.

—¿Me disculpa, señora Keppel? La noche de ayer fue extremadamente larga y me encuentro bastante fatigada por todas las emociones.

—Por supuesto. ¿Anunciarán tus padres el acontecimiento en el *Times* o debería hacerlo yo misma?

—No hemos hablado de ello.

—Entonces incluiré este tema en la carta que escribiré a tu madre. Nos veremos a la hora de cenar. Estoy segura de que George y el resto de los invitados querrán felicitarte en persona.

Flora salió del saloncito y subió con fatiga la escalera que conducía a su habitación. Anuncios de compromisos, más fiestas... lo único que quería era que todo acabara cuanto antes. Ni siquiera la habían presentado ante la corte, y para colmo carecía de dote, pues sus padres no podían permitírsela. ¿Cómo iba a ser vizcondesa?

—Pantera se ha estado preguntando dónde estabas.

Violet, con el gato acurrucado en los brazos, apareció como un fantasma en el descansillo en penumbra pese a la lámpara de gas.

—Gracias por cuidarlo, Violet.

—No pasa nada, parece que le caigo bien. Mamá dice que te has prometido con el vizconde Soames.

—Sí.

—He de admitir que me ha sorprendido.

—¿Por qué?

—No quiero ser irrespetuosa con el hombre con quien quieres

casarte, pero siempre que lo he visto aquí parecía estar borracho. Y cuando hablas con él se comporta como un verdadero idiota. Y tú no lo eres.

—Gracias por decírmelo, pero te aseguro que es lo más adecuado para mí.

—¿Porque tienes miedo de convertirte en una vieja solterona?

—No, porque quiero casarme con Freddie.

—De acuerdo, entonces buena suerte, pero a mí no me verás doblegarme ante las convenciones sociales.

Violet dejó a Pantera en brazos de su dueña y subió airada la escalera que conducía a los dormitorios de las niñas.

—No, Violet, seguro que no —suspiró Flora mientras la observaba alejarse antes de cerrar la puerta de su habitación.

Permaneció allí durante un rato, acariciando a su gato ronroneante, invadida por una sensación de desamparo.

Lo hecho hecho estaba. Había perdido todo el derecho a seguir los dictados de su corazón.

El día de Nochebuena, Flora salió de Londres con los Keppel y, unas horas más tarde, llegaron a Crichel House, en Dorset, una vasta mole de estilo georgiano hecha de piedras de color beis claro y que, por comparación, dejaba Esthwaite a la altura de una simple casa de campo. Un enorme árbol de Navidad resplandecía en el vestíbulo iluminado por las velas que el servicio encendía en cuanto empezaba a caer el crepúsculo.

—Cielo santo, voy a necesitar un mapa para encontrar mi habitación —comentó Flora a la señora Keppel mientras el grupo de treinta personas se reunía en uno de los elegantes salones para tomar una copa antes de la cena.

—¡Querida, si esto te parece una casa grande, espera a ver Selbourne Park!

El día de Navidad llegó y el grupo al completo se dirigió a pie a la iglesia, que estaba convenientemente situada en el jardín de la casa, algo que sorprendió a Flora. Después comenzó una extravagante ronda de regalos. Flora advirtió que todas las mujeres recibían broches de bella factura o miniaturas de animales, flores y árboles. Fabricados, según informó la señora Keppel, por Fabergé.

—Y este es para ti —dijo la señora Keppel ofreciéndole una caja envuelta con primor—. Es de tu amigo, Bertie —susurró—. Desea que tengas una muy feliz Navidad. Ábrelo.

Flora obedeció y se encontró con un estilizado gatito negro de ónice, con los ojos ambarinos hechos de piedras semipreciosas, según descubrió al mirarlos de cerca.

—¡Es Pantera! —gritó Flora al leer su nombre en la peana de metal—. ¡Y me encanta!

—Lo ha mandado hacer especialmente para ti —añadió la señora Keppel mientras Flora acariciaba la figurita.

Freddie llegó acompañado de sus padres el día de San Esteban. Padre e hijo se unieron inmediatamente a la partida de caza, en tanto que la señora Keppel llevó a Flora y a la condesa a la sala de estar para que se conocieran.

—Ven y siéntate conmigo, querida. Y por favor, llámame Daphne, ya que yo espero llamarte Flora.

—Por supuesto —contestó la joven al sentarse en el pequeño sofá junto a la mujer, mucho más voluminosa que ella.

—Iré a buscar a una doncella para que nos traigan un refrigerio —anunció la señora Keppel saliendo de la sala.

—Ah, mi querida Alice —comentó Daphne—, tan discreta y servicial. Bueno, querida, ya puedes imaginar mi alivio al saber que al fin Freddie ha elegido una esposa. Seguramente ya estés al corriente de su temperamento apasionado, pero sé que serás capaz de dominarlo. Él necesitaba una mujer inusual, y tengo la sensación de que, dado tu exótico pasado, tú estarás a la altura.

—Yo… gracias.

—Nosotros mismos somos una familia poco corriente, pero al fin y al cabo ¿qué familia no lo es de puertas adentro? —dijo la condesa guiñándole un ojo—. Obviamente, hemos tenido que convencer al conde, pero ahora ya se ha hecho a la idea. A fin de cuentas, no se puede pedir un linaje mejor, ¿verdad? —La condesa profirió una risa empalagosa y palmeó la rodilla de Flora—. Eres sin duda una joven muy atractiva —continuó mientras la estudiaba a través de unas gafas que le colgaban del cuello robusto mediante una cadena.

Flora se fijó en la espesa capa de polvos cosméticos que le cubría el rostro, y las mejillas brillantes y el carmín de los labios la hicieron pensar en un personaje de alguna de las farsas georgianas de Sheridan.

—Antes de que nos marchemos mañana, deberíamos concertar una fecha para que visites Selbourne. ¿Tal vez el tercer fin de semana de enero? Ese mes me resulta bastante deprimente, ¿a ti no?

Esa misma noche, durante la cena, Daphne y ella hablaron sobre la fecha de la boda.

—Bueno, mamá —intervino Freddie pegando su pierna a la de Flora por debajo de la mesa—. En lo que a mí concierne, nunca será demasiado pronto.

—¿Tienes tú alguna preferencia, querida Flora?

—¿Junio? —sugirió Flora sin darle importancia.

—Personalmente, siempre me ha dado la impresión de que las bodas de junio son un tanto vulgares, y mayo es mucho más fresco —argumentó Daphne—. ¿La fijamos para el segundo viernes? Así coincidirá justamente con el inicio de la temporada social.

—Como gustes, Daphne.

Flora bajó la mirada.

—Entonces ¡no se hable más! Pediré que las invitaciones se impriman en la tienda del señor Smythson, en Bond Street. Por supuesto, las enviaremos con solo seis semanas de antelación, pero a todo aquel que necesite saberlo se lo diremos mucho antes. ¿Te parece mejor en vitela de color crema o blanca?

—Ya queda poco, querida —le susurró Freddie a Flora antes de marcharse con el resto de los hombres para disfrutar del brandy y los puros—. Estoy impaciente por que llegue nuestra noche de bodas. ¿Dónde te gustaría ir de viaje de novios? Tengo amigos en Venecia, ¿o tal vez al sur de Francia? De hecho, olvida lo dicho, ¡planearemos una gira y pasaremos fuera todo el verano!

Cualquier idea que Flora hubiera podido tener al respecto quedó elegantemente descartada, igual que había ocurrido con su madre. No cabía duda de que aquella familia estaba acostumbrada a hacer las cosas a su manera. Sin embargo, lo único que Flora sentía mientras recorría los largos pasillos de Crichel en dirección a su habitación era alivio por no estar en High Weald teniendo que sufrir la visión de Archie y Aurelia recién llegados de su luna de miel.

27

En la ciudad enero transcurrió bajo un velo de granizo, nieve y fango, los parientes menos agraciados de las prístinas láminas blancas que cubrían las laderas y colinas del Distrito de los Lagos. Flora apenas tuvo tiempo para reflexionar sobre su pasado o su futuro. Pasaba los días tomando decisiones y sumida en los preparativos para la boda, aunque tal vez sería más justo decir que accediendo a cualquier cosa que propusiera su futura suegra. Y cuando no estaba enfrascada en la lectura de menús, listas de invitados y de distribución de los mismos, tenía que verse con la modista para probarse no solo su vestido nupcial, sino también el ajuar. La señora Keppel había escrito a sus padres para ofrecerse a pagar el nuevo vestuario de Flora como regalo de bodas. Cuando tanto su madre como ella protestaron por su generosidad, la señora Keppel desechó sus quejas con un gesto de la mano.

—Es lo mínimo que mereces, dadas las circunstancias. Te aseguro que mis arcas no sufrirán ningún descalabro. No podemos permitir que nuestra nueva vizcondesa parezca una desarrapada, ¿no? —dijo con una sonrisa mientras la señorita Draper colocaba sobre la desconcertada cabeza de Flora un sombrero con unas plumas de avestruz escandalosamente largas—. Haremos que dejes de ser Cenicienta para convertirte en la princesa que realmente eres.

Flora había viajado hasta Hampshire para visitar Selbourne Park en enero y sus descomunales dimensiones la habían dejado estupefacta. Le pareció tan grande como Buckingham Palace, aunque, según había recalcado la condesa, Selbourne era mucho más antiguo que esa residencia real «de reciente construcción». Cuando acompañaron a Flora al interior del inmenso vestíbulo de suelos de mármol, flanqueada a ambos lados por dos atentos lacayos, se preguntó cómo diantres sería capaz de aprender a dirigir a aquella legión de empleados.

—No tienes de qué preocuparte, Flora —dijo Daphne mientras entraban en un salón tan grande como dos pistas de tenis—. Seguiré a vuestro lado durante muchos años todavía. No cabe duda de que eres una muchacha muy espabilada, y aprenderás como hice yo cuando me casé con Algernon.

La cena de aquella noche fue bastante tensa, dado que el conde refunfuñaba incesantemente sobre los últimos alborotos de la Cámara de los Lores mientras miraba su sopa de tortuga, al tiempo que Freddie intentaba tocarla bajo la mesa como un pulpo lujurioso. Al menos Daphne le iba cayendo mejor. La condesa era una mujer de mediana edad, pero Flora intentaba imaginar a la belleza tempestuosa y joven que debía de ser cuando, según los rumores, había huido a Gretna Green con un «hombre poco apropiado». Su familia la arrastró de vuelta a Hampshire entre gritos y pataleos y acabó casándola con el conde.

Les sirvieron un plato con gelatina panaché y Flora observó al conde mientras se la metía en la boca malhumorada a grandes cucharadas.

—Si ese maldito Asquith consigue que aprueben ese proyecto de ley…

—¡Ay, Algy, calla ya, en la mesa no! —gritó Daphne antes de volverse hacia Flora y dedicarle un suspiro de hastío—. Volvamos a temas más agradables. La lista de invitados va muy bien, aunque siento decirte que lamentablemente tus abuelos se han visto obligados a declinar la invitación…

—¿Mis abuelos?

Flora estaba tan acostumbrada a su pequeña familia que casi se había olvidado de su existencia.

—Sí, por parte de tu madre, los Beauchamp.

—Si de mí dependiera —susurró Freddie a Flora mientras le manoseaba la falda—, huiríamos de aquí esta misma noche.

Una desapacible mañana de febrero en Portman Square, justo dos días después de su vigésimo cumpleaños, que se celebró con una fastuosa cena, llamaron a la puerta de su habitación y entró la señorita Draper.

—Señorita Flora, la señora Keppel la espera en su salita.

Bajó al piso inferior, como le habían pedido.

—Mi querida Flora, tengo la impresión de que apenas nos hemos visto durante las últimas semanas.

Cuando la señora Keppel se volvió para saludarla, Flora advirtió la palidez de su rostro y la expresión de angustia que subyacía tras su resplandeciente sonrisa de bienvenida.

—He estado completamente inmersa en los preparativos de boda.

—Me temo que eso es mucho más agotador que el matrimonio en sí. Siéntate y cuéntame cómo van esos preparativos.

Flora relató con diligencia las circunstancias y los números relativos al acontecimiento y la señora Keppel asintió, mostrando su aprobación.

—No cabe duda de que será el evento de la temporada social. Y estaré tan orgullosa como tu propia madre cuando recorras el pasillo para encontrarte con tu prometido. Bueno, Flora, tengo una propuesta que hacerte: me preguntaba si sería posible arrastrarte conmigo a Biarritz unos días el mes próximo. Violet, Sonia y yo viajamos allí todos los años y nos alojamos en Villa Eugénie con el señor Cassel. El rey también estará residiendo en la ciudad, en el Hôtel du Palais. Creo que te resultará revitalizante tras el largo invierno de Londres. El aire del mar les dará algo de color a tus mejillas antes de la boda.

—Gracias, pero dudo que la condesa vea con buenos ojos que tome unas vacaciones a escasas semanas de la boda. No tengo valor para abandonarla cuando quedan tantas cosas por hacer.

—En realidad a ella le encanta dedicarse a esas cosas. Además, ya me ha dado su aprobación. Y Freddie también.

—Entiendo. —No era la primera vez que Flora sentía que su vida no estaba en sus propias manos y que debía acceder a todo lo que su benefactora hubiera dispuesto para ella—. Entonces, ya que está todo arreglado, los acompañaré con mucho gusto.

—¡Excelente! Decidido, pues. Estoy segura de que Sonia y Violet se pondrán muy contentas. Ya sabes que las dos te adoran. Y Bertie también se alegrará. Pobrecito, me preocupa. Ha estado bajo mucha presión por parte del gobierno y su salud continúa maltratándolo. Yo...

Flora percibió que se le inundaban los ojos de lágrimas. Era la primera vez que veía vulnerabilidad en ellos.

—Estoy preocupada —acabó diciendo. Después se recompuso y consiguió esbozar una sonrisa tímida—. Ha sido un invierno largo y frío y nuestras emociones se han contagiado del gris de las nubes. Pero ahora llega la primavera y sé que Biarritz te va a encantar. Bueno, ahora cuéntame cosas sobre Freddie.

Daphne dio su beneplácito al viaje a Biarritz, tal como la señora Keppel había prometido.

—Debes ir, por supuesto —le había dicho durante su última visita a Portman Square—. El aire del mar y la buena compañía lograrán que resplandezcas el día de la boda. ¿Y quién sabe? Tal vez tengamos que alterar la distribución de los asientos para dar cabida a un nuevo invitado. Necesitaremos una silla de las grandes —concluyó Daphne, riendo su propia broma interna.

Freddie también se había mostrado partidario del viaje.

—Siempre hay que ceder ante las causas de fuerza mayor —le había dicho besándole la mano, ya dispuesto a marchar junto a sus padres tras la cena en casa de lord y lady Darlington—. El 13 de mayo serás mía. Toda mía —había añadido paseando la vista sobre su corpiño.

Flora ayudó a las chicas a hacer las maletas para el viaje. Ellas se marcharían unos días antes para pasar primero una semana en París. Después se reunirían todas en Villa Eugénie, donde serían las invitadas de sir Ernest Cassel, huésped regular en casa de la señora Keppel y también principal asesor financiero del propio rey, según la había informado la niñera.

Las hijas de los Keppel llevaban cada una un baúl enorme, además de diversas canastas, que contenían su vestuario y posesiones. Parecía que fueran a pasar fuera seis meses en lugar de uno solo.

—¿Crees que Pantera podría esconderse en mi cesta como se ocultó en la tuya cuando partiste para venir a Londres? —preguntó Violet.

—Creo que tendría que tomar la decisión por sí mismo. Tal vez debas dejarla abierta esta noche y ver qué pasa.

—Sí. —Violet se dejó caer sobre su cama con el rostro invadido por la melancolía—. Me gustaría llevarme algo que aprecie mucho, al menos.

—Tendrás a la tata, a tu hermana y a tu madre, Violet. Y diría que las aprecias mucho.

—Claro que sí, pero son parte de la familia. No son... mías.

Empezaron a temblarle los hombros y las lágrimas a rodarle quedamente por las mejillas.

—¿Se puede saber qué te pasa? —preguntó Flora sentándose a su lado.

—Nada... todo... ¡Ay, Flora! La quiero tanto...

—¿A quién?

—¡A Mitya, obviamente! Pero Rosamund también la desea, y hará todo lo que pueda para robármela mientras esté fuera. ¡No sé si seré capaz de soportarlo!

Las lágrimas continuaron fluyendo y Flora revisó sus recuerdos en busca de quién podía ser la tal «Mitya». La verdad es que se sentía identificada con la angustia que sentía Violet.

—¿Y Mitya también te quiere?

—¡Por supuesto que sí! Aunque todavía no se ha dado cuenta.

—Tal vez la distancia la ayude a hacerlo. A veces ocurre.

—¿Tú crees?

Violet alzó la vista para mirarla con una desesperación descarnada en los ojos.

—Sí, eso creo.

—Porque, entiéndeme, jamás podría ser feliz sin ella.

—Lo entiendo, Violet.

—Ya lo sé, por eso me alegro de que vengas a Biarritz.

Cuando Flora se dispuso a acostarse aquella noche, cayó en la cuenta de que «Mitya» era el apodo cariñoso que Violet utilizaba para referirse a Vita Sackville-West, la chica de rostro cetrino que había comido un día con ellas. Reflexionó sobre la obsesión de Violet con su amiga. Sabía que enamorarse de otras chicas era algo relativamente común, pero Violet tenía quince años y Vita era dos años mayor que ella. Se preguntó si alguien más en aquella ajetreada casa se habría percatado de ello. La señora Keppel estaba sin duda demasiado absorta en sus propias circunstancias para advertirlo, así que Flora se planteó comentárselo a la niñera. Pero no era el tipo de cosa que pudiera hablarse con una solterona escocesa de mediana edad.

Al día siguiente Flora observó el proceso de carga del furgón delante de la casa. El vehículo, que partiría rumbo a Victoria Station, quedó colmado de baúles tachonados casi tan altos como ella misma, docenas de cajas con zapatos y sombreros y un joyero de viaje. Un mensajero de palacio esperaba en silencio en el vestíbulo principal con las manos cruzadas sobre el regazo. En cuanto aparecieron la señora Keppel y las chicas, preparadas para salir hacia la estación y tomar el tren que las llevaría hasta el puerto de Dover, se irguió.

—Queridísima Flora, nos veremos en Biarritz. Moiselle te acompañará y cuidará de ti.

—Sí, señora Keppel. Espero que lo pase de maravilla.

Resultaba evidente que su benefactora estaba muy emocionada.

—Gracias. Vámonos ya, chicas, no debemos retrasar el tren.

—Adiós, Flora, nos vemos la semana próxima —se despidió Sonia, que estaba preciosa con su nuevo abrigo de viaje de color rosa—. Qué pena no poder enseñarte nuestro propio vagón privado, que hasta tiene sillas y mesas de verdad. En Francia tratan a mamá como si fuera la reina de Inglaterra, ¿sabes?

Flora y Moiselle llegaron a Biarritz una semana más tarde. Había sido un viaje muy largo, pues habían cruzado el Canal para llegar a Calais y tomado un tren hasta el sudoeste de Francia. Flora estaba completamente exhausta.

—*Bienvenues à Biarritz, mesdemoiselles!*

—*Merci, monsieur* —contestó Moiselle al lacayo que las había ayudado a bajar hasta el andén.

Cuando salieron de la estación, Flora hizo una mueca al ver el cielo plomizo que amenazaba lluvia. En todos los cuadros y fotografías del sur de Francia que había visto, aparecía un sol espléndido, pero aquel día parecía Inglaterra.

—No estamos muy lejos de Villa Eugénie —dijo el lacayo mientras las invitaba a entrar en el majestuoso Rolls-Royce antes de sentarse junto al conductor.

Flora miró por la ventanilla, entusiasmada con la idea de contemplar el océano Atlántico. Apenas había tenido oportunidad de visitar la costa, y no lo hacía desde que era muy pequeña. Transitaron por la ciudad dormida; sus amplios paseos estaban desiertos, tal vez a causa de las inclemencias del clima, y admiró los tamariscos y hortensias que crecían a las puertas de las elegantes casas de tonalidades ocres y rosadas. Estiró el cuello para atisbar el paseo marítimo, donde las olas espumosas rompían sobre la arena.

El Rolls-Royce abandonó las calles empedradas del centro de la ciudad y enseguida se internó por el camino de entrada a una imponente mansión. El lacayo las ayudó a bajar del vehículo motorizado y un mayordomo las recibió junto a la escalinata que llevaba hasta las magníficas puertas de color blanco.

Flora siguió los pasos de Moiselle a través del espacioso vestíbulo palaciego y por un amplio tramo de escaleras con la sensación de ser un animal al que habían transportado de un zoológico a otro. El único sonido que se oía era el eco de sus pisadas sobre los escalones embaldosados. Unos brazos pequeños la rodearon por la cintura justo en el momento en que una doncella abría la puerta de su habitación.

—¡Flora! ¡Ya estás aquí!

—Sí, así es.

Flora se dio la vuelta esbozando una sonrisa para toparse con la cara de felicidad de Sonia.

—Me alegro mucho —dijo la niña entrando en el cuarto tras Flora y la doncella.

Las ventanas estaban abiertas y el aire del mar era cuando menos fresco y purificador. Sonia subió de un salto a la cama mientras la sirvienta comenzaba a deshacer el baúl de Flora.

—Desde que llegamos a Francia ha sido todo muy triste. Reyecito no se encuentra muy bien, ¿sabes? Mamá ha estado cuidando de él.

—¡Oh! ¿Qué le pasa?

—Mamá dice que cogió un resfriado en París y, desde que llegó hace dos noches, no los hemos visto a ninguno de los dos. Estamos

327

aquí enclaustradas, las dos solas. —Sonia se estiró sobre la enorme cama, cuyo cabecero de seda celeste tenía bellotas doradas en las esquinas—. Este colchón es muy cómodo —observó—. ¿Puedo dormir contigo esta noche?

—Si la niñera te deja hacerlo, por supuesto.

—¡La tata está tan preocupada por la preocupación de mamá con el rey que podríamos pasar todo el día sin lavarnos las manos y no se daría ni cuenta!

Tras aquel comentario, Flora supo que el rey debía de estar gravemente enfermo.

—Es una casa muy bonita, ¿verdad?

Flora se sentó en la cama con Sonia una vez que la doncella cerró la puerta.

—Supongo, pero ha llovido mucho desde que llegamos y todo el mundo está bastante triste.

—Pues a mí me hace ilusión estar en Francia. Es la primera vez que vengo.

—No es tan diferente —aclaró la experta de nueve años—. Solo hablan una lengua diferente y comen cosas raras para cenar, como caracoles.

La niñera apareció buscando a la niña y se la llevó de la habitación. Flora se tumbó en la cama y los ojos se le cerraron solos.

Se despertó al oír un insistente golpeteo en la puerta.

—*Entrez* —dijo incorporándose.

—Mademoiselle Flora, la he dejado descansar todo lo posible.

Era Moiselle.

—Gracias, me he… ¿qué hora es?

—Más de las tres de la tarde. Madame Keppel ha preguntado si se reuniría con ella en el Hôtel du Palais a las cinco. Quería que tuviera tiempo suficiente para cambiarse de ropa.

—¿Será para cenar?

—No lo especificó, pero lo más seguro es que el rey también esté presente. Haré venir a la doncella para que la ayude a vestirse.

—Gracias.

Mientras cerraba la ventana y se apresuraba para prepararse, se le revolvió el estómago al pensar en cenar con el rey. No había vuelto a verlo desde que tomaron el té juntos en octubre.

Después de que la embutieran en un vestido de noche de color

328

verde esmeralda, la acompañaron hasta el vehículo y la condujeron al Hôtel du Palais, que estaba situado frente al mar. El edificio, con una opulenta fachada blanca y roja y ventanales altos, hacía honor al palacio al que se refería su nombre. Un hombre elegantemente vestido la recibió a la entrada.

—¿Señorita MacNichol?

—Sí.

—Soy sir Arthur Davidson, el caballerizo del rey. Yo la escoltaré hasta sus aposentos.

La guiaron con presteza a través del palaciego vestíbulo de entrada y subieron al piso superior en ascensor. Al salir se encontró con un espacioso pasillo alfombrado y se dirigieron hacia un mayordomo uniformado que aguardaba ante una puerta de doble hoja.

—Tenga la bondad de comunicarle a la señora Keppel que la señorita MacNichol ha llegado —dijo su escolta.

El mayordomo asintió y desapareció en el interior de la habitación. Flora esperó en silencio, ya que no sabía cómo debía conversar con un caballerizo real.

—¡Flora, querida mía! —exclamó la señora Keppel, que franqueó la puerta doble y le dio un abrazo espontáneo—. Pasa, pasa —añadió cerrándole la puerta al caballerizo y haciéndola entrar en una sala de estar exquisitamente amueblada y con largas ventanas que ofrecían una maravillosa vista del océano—. Ahora mismo el rey está durmiendo, pero se levantará a tiempo para la cena. Desea cenar aquí, en nuestro comedor privado. He de advertirte que no se encuentra nada bien. Me…

Un terrible acceso de tos proveniente de la habitación contigua acalló las palabras de la señora Keppel.

—Ven, sentémonos y tomemos una copa de jerez. A mí, al menos, me vendrá muy bien.

La señora Keppel se acercó a los decantadores dispuestos sobre el aparador y sirvió una copa para cada una. Cuando le entregó la suya con las manos temblorosas, Flora advirtió que lucía unas ojeras pronunciadas.

—¿Es grave la enfermedad del rey? —se atrevió a preguntar con nerviosismo.

—Se resfrió en París y ha pasado los dos últimos días con un ataque de bronquitis terrible. El doctor Reid, que es su médico personal, y yo nos hemos hecho cargo de él, pero gracias a Dios la enfermera Fletcher, que ya lo ha cuidado en otras ocasiones, acaba de llegar de Inglaterra.

La señora Keppel se bebió la copa de un trago.

—¿Hay alguna mejoría?

—Al menos no ha empeorado, aunque, obviamente, el muy insensato no se deja ayudar. Insiste en continuar con su rutina en lugar de guardar reposo en la cama, pero como mínimo he conseguido confinarlo en estas habitaciones.

Se oyó otro espeluznante ataque de tos procedente del dormitorio y Flora también tomó un largo trago de jerez.

—¿Está segura de que mi visita es apropiada estando el rey tan enfermo?

—Querida mía, como te decía, el rey se niega a dejarse vencer por la enfermedad y dudo que haya cenado solo alguna vez en su vida. El marqués de Soveral, embajador de Portugal, también estará con nosotros, pero, claro, el rey no se contentaría con nuestra presencia y la de su doctor a la mesa. Cuando le he dicho que habías llegado hoy mismo, ha insistido mucho en que nos acompañaras.

—Entonces será todo un honor.

—Al menos no ha estado fumando esos condenados puros. El doctor Reid está convencido de que son la causa de sus problemas bronquiales. Sin duda, volverá a fumar en cuanto se recupere. Pero ¿qué podemos hacer? Es el rey, al fin y al cabo.

A Flora le entraron ganas de preguntar por qué la reina no asistía a su marido si este estaba tan enfermo, pero no le pareció apropiado hacerlo.

—Supongo que estará exhausta si lleva dos noches sin dormir —dijo Flora.

—Y que lo digas. He pasado toda la noche sentada junto a él, bajándole la fiebre con una esponja cuando le subía. Si te soy sincera, Flora, ha habido momentos en que he temido por su vida. Pero ahora que la enfermera Fletcher ha llegado, está en buenas manos. —Un nuevo ataque de tos les llegó desde la puerta contigua—. Disculpa, Flora, tengo que atenderlo.

Durante los siguientes quince minutos, las puertas del dormitorio se abrieron y cerraron sin cesar para hacer llegar al rey cuencos humeantes y cataplasmas de extraños olores. Flora se escondió en el rincón más alejado del salón en un intento de hacerse invisible.

Al final, cuando la luz empezaba a difuminarse sobre el mar y el sol iluminaba las nubes en una sinfonía de rojos y naranjas, aparecieron la señora Keppel y el doctor Reid, enfrascados en una conversación.

—La pregunta es: ¿deberíamos alertar a la reina? —preguntó el doctor Reid.

—El rey ya ha asegurado que no quiere alarmar a su esposa —replicó la señora Keppel—. Además, ella odia Biarritz.

—Es posible, pero sería ciertamente trágico si… —El doctor Reid se retorció las manos, presa de la agitación—. Obviamente, tendría que estar en un hospital, pero no quiere ni oír hablar de ello.

—Yo diría que es mejor así. ¿Imagina el furor si esto llega a oídos de la prensa?

—Madame, ya hay varios periodistas abajo preguntando por qué el rey no sale nunca a caminar por el paseo marítimo ni a cenar por las noches como es su costumbre. Dudo que podamos mantenerlos a raya durante mucho tiempo.

—Entonces ¿qué hacemos?

—Esta noche me quedaré con él y lo examinaré cada hora, pero si no respira mejor por la mañana… tendremos que contactar con palacio, quiera el rey o no que su esposa y el resto del mundo conozcan su indisposición.

Ambos se dieron la vuelta al oír que llamaban a la puerta. Flora se levantó para ir a abrirla.

—Flora, querida, había olvidado que estabas aquí.

Las mejillas de la señora Keppel se tiñeron de rojo al percatarse de que alguien había oído su conversación.

El caballerizo entró en la sala.

—Han venido las camareras para preparar la mesa del rey para la cena.

—Sí, sí, hágalas pasar —dijo la señora Keppel con un suspiro y lanzando una mirada de desolación a Flora—. Sigue insistiendo en levantarse para cenar con nosotros esta noche.

La señora Keppel se marchó a su propio dormitorio para ponerse el traje de noche y el doctor Reid desapareció en el interior de los aposentos del rey. Flora observó a las tres camareras mientras ponían la mesa, colocando los platos de porcelana con ribetes dorados y disponiendo con cuidado la pesada cubertería de plata en el ángulo exacto respecto a las copas de vino de cristal. Después, salieron de la estancia con la misma discreción con la que habían entrado.

Agradeció sobremanera que, al parecer, la tos procedente de la habitación contigua hubiera cesado; tal vez el rey hubiese conseguido conciliar el sueño al fin. Flora se volvió con inquietud al oír que se abría la puerta de la alcoba, esperando encontrar al doctor Reid. Sin embargo, fue el propio rey quien apareció en la sala, completamente vestido y respirando con dificultad.

—Majestad.

Flora se apresuró a levantarse y ejecutó una reverencia elegante y avergonzada. Notó que el rey la escrutaba entornando los ojos desde el otro extremo de la inmensa sala de estar.

—Vaya, que Dios acoja mi alma, si es la pequeña señorita Flora MacNichol —dijo jadeando.

—Sí, majestad.

—Venga y ayúdeme a sentarme, si es tan amable. He escapado aprovechando que mis carceleros están ocupados en el baño, sin duda preparando alguna cataplasma horrible y apestosa o una inyección.

Flora se acercó a él escuchando su respiración irregular y rogando porque no exhalara su último aliento en su presencia. El rey le tendió el antebrazo y Flora lo tomó del codo tímidamente.

—¿Dónde le gustaría sentarse? —preguntó mientras avanzaban lenta y esforzadamente por la sala.

El esfuerzo de caminar lo había dejado sin habla, así que solo fue capaz de señalarle su asiento preferido. Flora tuvo que hacer acopio de todas sus fuerzas para soportar el peso y ayudarlo a sentarse mientras él luchaba por contener otro ataque de tos. Se le llenaron los ojos de lágrimas y comenzó a respirar agitadamente.

—¿Llamo al doctor Reid, majestad?

—¡No! —siseó—. ¡Solo sírvame un poco de brandy!

Flora se dirigió a la bandeja de decantadores deseando que el rey tuviera un ataque de tos que alertara al médico de que había escapado de la habitación. Siguiendo la dirección que apuntaba el dedo rechoncho, asintió, cogió uno de los decantadores, le sirvió una pequeña cantidad y se volvió hacia él.

—¡Más!

Flora hizo lo que el rey ordenaba y llenó la copa hasta arriba, se la llevó y lo observó mientras se bebía el brandy de un solo trago.

—Otro —susurró, y Flora no tuvo más remedio que repetir el mismo ejercicio—. Ahora sí —dijo el rey devolviéndole la copa—, a eso sí lo llamo yo una buena medicina. ¡Chis! —añadió llevándose un dedo a los labios mientras Flora depositaba la copa en la bandeja—. Siéntese.

El rey le señaló la silla más cercana y ella se acomodó junto a él.

—Bueno, señorita MacNichol, Flora... me gusta ese nombre. Es escocés, como sabrás.

—Sí, majestad.

—Extraño, ¿no te parece?

—¿El qué, majestad?

Se produjo un silencio prolongado hasta que el rey fue capaz de volver a pronunciar palabra.

—Que tú y yo nos encontremos juntos a solas. En una ocasión en la que es posible que no vuelva a ver la luz del sol.

—¡Se lo ruego, majestad, no diga eso!

—Yo...

Flora se dio cuenta de que el corpulento hombre luchaba por respirar y de que las lágrimas le anegaban los ojos.

—He cometido muchos errores.

—Estoy segura de que no es así.

—Los he cometido... sí.

Otra pausa larga.

—No soy más que un hombre, ya ves. Y he amado...

Flora decidió que lo mejor sería apartar la mirada mientras el rey continuaba su soliloquio entrecortado.

—A las mujeres —consiguió decir—. Estás a punto de casarte, ¿no?

—Sí, así es.

—Con un vizconde, según dicen.

El rey esbozó una sonrisa súbita.

—Sí, majestad, con Freddie Soames.

—Y... ¿lo amas?

—Creo que llegaré a hacerlo, sí.

Al oírla, el rey empezó a reírse, y después, al percatarse de que su condición no se lo permitía, logró controlar su júbilo.

—Eres fuerte, como yo. Ven aquí.

Flora se acercó a él y tomó la mano que le tendía, oyendo el estertor de muerte de su pecho.

—Yo no estaba seguro, ¿sabes?

—¿Acerca de qué, majestad?

—Cuando la señora Keppel lo sugirió. Una mujer inteligente, la señora Keppel… nunca se equivoca.

En ese momento se abrió la puerta del dormitorio y el doctor Reid entró seguido por una enfermera.

—Creíamos que lo habíamos dejado durmiendo, majestad. —El doctor Reid le dedicó a Flora una mirada de reprobación—. Sabe que esa es la mejor medicina de todas.

—Eso me dice usted —carraspeó el rey—. Pero también lo es… la buena compañía.

Entonces el rey guiñó un ojo a Flora, justo antes de que el ataque de tos que había estado intentando contener resultara ya imposible de evitar.

Le llevaron agua y más vapores y la señora Keppel reapareció luciendo un vestido de noche de terciopelo azul, con un aspecto más calmado y revitalizado.

—Señora Keppel, ¿dónde diantres estaba?

—Bertie, en serio, deberías estar en la cama —lo reprendió.

—¿Dónde está Soveral? Llega tarde para la cena. Y yo estoy… muerto de hambre.

Flora salió de la suite del hotel dos horas más tarde para emprender el corto camino de vuelta a Villa Eugénie. La cena que había sufrido —y «sufrir» era la única palabra adecuada para ello— había resultado de una tensión agonizante. Los invitados del rey habían escuchado el empeoramiento paulatino de su respiración fingiendo que no sucedía nada excepcional, al tiempo que temían que se desplomara a causa de las convulsiones de la tos. Su Majestad había ingerido lo que a Flora le pareció comida suficiente para alimentar a dos comensales y también había bebido una considerable cantidad de vino tinto, a pesar de las miradas reprobatorias de algunos de sus invitados.

—Yo me quedaré con él esta noche —había dicho la señora Keppel a Flora—. Diles a las niñas que las quiero y que las veré cuando Reyecito mejore.

Tras la despedida, acompañaron a Flora al Rolls-Royce que aguardaba a la entrada del hotel. Una vez en su interior, recostó la cabeza sobre el mullido asiento de cuero sintiéndose física y mentalmente agotada por los acontecimientos del día.

28

Flora no vio a la señora Keppel durante los tres días siguientes, de modo que las niñas y ella se entretuvieron saliendo a dar vigorizantes caminatas por el paseo marítimo y regresando a Villa Eugénie para el almuerzo. Cuando salía el sol, pasaban el tiempo dibujando y pintando las inusuales plantas que crecían en los jardines de la mansión.

Aunque Violet no había mostrado demasiado interés por el dibujo hasta el momento, estaba muy unida a Flora. Y lo cierto es que en sus delicadas acuarelas revelaba verdadero talento. Pero ambas hermanas estaban inquietas y se preguntaban los motivos que habían alterado su rutina habitual en Biarritz. Flora no podía desvelárselos, ya que la señora Keppel le había dejado muy claro que no podía ni mencionar la gravedad de la enfermedad del rey.

—¿Por qué no salimos de pícnic con mamá y Reyecito? Quedarse en casa es muy aburrido, y ni siquiera he estrenado mis vestidos nuevos —se quejó Sonia.

—Porque el clima es demasiado húmedo y el rey no quiere coger un resfriado.

—Pero hoy ha salido el sol, Flora, y hace días que no vemos a mamá. Ella también debe de estar aburrida.

—Seguro que la veremos muy pronto, y también al rey —respondió la joven con una seguridad que no sentía.

Esa noche, tras haber cenado antes de lo habitual, la niñera se llevó a Sonia al piso de arriba para darle un baño y Violet se quedó con Flora garabateando en el cuaderno del que nunca se separaba.

—¿Flora?

—¿Sí?

—Reyecito está muy enfermo, ¿verdad? ¿Va a morir?

—No, por Dios, solo tiene un catarro fuerte. Todos actúan con mucha cautela simplemente porque es el rey.

—Sé que mientes, pero no importa.

Violet volvió a centrar su atención en el cuaderno y mordisqueó el extremo de su lápiz.

—¿Qué escribes?

—Poesía, aunque yo soy malísima comparada con Vita. Creo que algún día se convertirá en escritora. Parece estar pasándolo en grande en Londres preparándose para la temporada social, y me atrevería a decir que no piensa en mí en absoluto.

—Seguro que no es así —la tranquilizó Flora al ver la oscuridad que siempre precedía en sus ojos a los momentos de tristeza.

—Claro que sí. Es tan hermosa, como un purasangre indomable... salvaje y libre. Pero, obviamente, la vida, y los hombres, acabarán por amansarla.

—Tal vez la vida nos amanse a todos. Tal vez deba ser así.

—¿Por qué? ¿Por qué las mujeres tenemos que casarnos con alguien que otros han elegido por nosotras? ¡Las cosas están cambiando, Flora! ¡Solo tienes que ver lo que las sufragistas están haciendo por los derechos de las mujeres! Seguro que puede ser diferente. Y el matrimonio en sí... —Violet se estremeció—. No puedo entender que dos personas que apenas se conocen tengan que pasar juntas el resto de su vida y hacer... esa cosa innombrable, a pesar de ser unos completos extraños.

—Estoy segura de que lo entenderás cuando te hagas mayor, Violet.

—No, no lo entenderé —terció sin más—. Todo el mundo me dice lo mismo, pero a mí no me gustan los hombres. Es como pedirle a un perro y un gato que vivan y duerman juntos. No tenemos nada en común. Mira a papá y mamá.

—¡Vamos, mujer! Por lo que he visto, tus padres son muy felices juntos, y muy buenos amigos.

—Entonces explícame por qué, en este preciso momento, mi padre está en Londres en el despacho mientras mamá está aquí cuidando a un rey enfermo.

—Tal vez sea demasiado pedirle a tu esposo que te proporcione todo lo que necesitas.

—No estoy de acuerdo. Vita me llena en todos los sentidos. Jamás me aburriría de ella.

—Pues tienes suerte de haber encontrado una amiga así.

—Es mucho más que mi amiga. Es mi... todo. No espero que lo entiendas, ni tú ni nadie, la verdad. —Violet se puso de pie abruptamente—. Me voy a la cama. Buenas noches, Flora.

La señora Keppel se presentó en Villa Eugénie a primera hora de la mañana siguiente. Flora se cruzó con ella en la escalera cuando bajaba a desayunar.

—¿Cómo está el rey? —susurró Flora.

—Ya ha pasado el peligro, gracias a Dios. Le ha bajado la fiebre y esta noche ha dormido tranquilamente por primera vez.

—Es una noticia estupenda.

—Sin duda. Y hoy insiste en reunirse con unos amigos para el almuerzo, así que tengo que subir a prepararme. Han sido unos días muy largos y, para ser sincera, estoy completamente agotada. ¿Las niñas siguen en su habitación?

—Sí.

—Entonces iré a tranquilizarlas. Ahora que cree que se ha recuperado de nuevo, no me cabe duda de que Bertie querrá que todo vuelva a la normalidad. Y también que el mundo se entere de ello. Incluso ha encendido uno de sus odiosos puros esta mañana.

Tras eso, la vida volvió realmente a la normalidad. Flora ayudaba a vestir a las chicas para que salieran con su madre y el rey todos los días.

—Es terriblemente extraño, Flora. Mira que hay sitios bonitos para sentarnos a comer, ¡y sin embargo el rey insiste en que hagamos el pícnic al pie de la carretera! —dijo Sonia al regresar de una de esas salidas mientras se quitaba el sombrero de paja.

—Es porque quiere que toda Francia lo vea, que le hagan reverencias y le bailen el agua —respondió Violet cínicamente—. Tal vez crea que así enoja al rey de Francia.

—Bueno, eso no lo sé —dijo Sonia—, pero la verdad es que ha envejecido mucho. Y parece muy enfermo.

—Lo mismo podría decirse de César. Ese perro huele a mil

demonios —se quejó Violet sacudiéndose los pelos de perro de la falda.

Al día siguiente el mayordomo le entregó una carta a Flora.

Mi querida Flora:

Sé que ahora mismo estás con la señora Keppel, y el señor Rolfe, de Portman Square, ha tenido la amabilidad de darme vuestra dirección en Biarritz. Puesto que, mi querida hermana, quiero que seas la primera en saber que ¡serás tía antes de que acabe el año! ¡Sí, espero un hijo! Confieso que estoy aterrorizada y me encuentro fatal, algo que según mi médico es normal en los primeros estadios de embarazo.

Querida Flora, tengo muchas ganas de verte y de preguntarte si sería posible que vengas y te quedes conmigo una temporada cuando regreses a Inglaterra. Mamá no puede viajar desde las Highlands para hacerme compañía, ya que papá ha sufrido una caída por culpa de la pierna mala y se ha roto el tobillo. Paso sola la mayor parte del día, dado que en estos momentos me encuentro demasiado mal para salir. Me siento sola, querida hermana. Sé que queda poco para tu boda, así que no te alejaré de los preparativos, pero ¿podrías pasar al menos unos días conmigo? Por favor, escríbeme en cuanto puedas y dime cuándo podré recibir tu ansiada visita.

Tu hermana que te quiere,

AURELIA

Flora, que leyó la carta durante el desayuno, se sintió tan mal como aseguraba estarlo su hermana. La prueba material de la unión de Aurelia y Archie bastó para hacer que se levantara de la mesa y se encerrara en su habitación.

La mera idea de quedarse en High Weald era una tortura. «¡Deja de ser tan egoísta! —se reprendió mientras caminaba de un lado a otro—. Aurelia te necesita y tu deber es estar con ella.»

Flora se sentó ante el escritorio y sacó el papel y la pluma para escribirle.

Villa Eugénie
Biarritz
Francia
19 de marzo de 1910

Mi querida hermana:

La felicidad que siento por ti no tiene límites. Regresaré a Inglaterra dentro de poco más de una semana. A pesar de los preparativos para la boda, por supuesto que sacaré tiempo para estar contigo. Iré a verte directamente en cuanto llegue a Inglaterra.

Tu hermana que te quiere,

Flora

La última noche de Flora en Villa Eugénie coincidió con la primera visita del rey a la casa. Cuando bajó la escalera, el salón ya estaba lleno de invitados, muchos de ellos hablando en un francés rápido e indescifrable. La señora Keppel, que lucía una tiara resplandeciente entre sus exuberantes rizos caoba, era el centro de atención. Al observarla con detenimiento, Flora se percató de que aquella era la corte de la señora Keppel. Durante un mes al año, lejos de Inglaterra, era la reina que tanto ansiaba ser.

La presencia de César, el fox terrier, que atravesó las puertas de doble hoja trotando delante de él, y el habitual olorcillo punzante del humo de su puro anunciaron la llegada del rey. Flora sintió alivio al ver que al menos el rey era capaz de respirar, aunque sus ojos continuaban vidriosos y estaba muy pálido.

—Me han dicho que se va mañana.

Un caballero cuyo parecido con el rey resultaba desconcertante apareció junto a ella. Desde la barba y el bigote canosos hasta la considerable panza, podría haber pasado por su doble.

—Sí.

—El rey parece bastante recuperado de su enfermedad, ¿no cree?

—Sí, es cierto —respondió Flora, deseando que el caballero se presentara, ya que no recordaba su nombre—. Gracias a Dios.

—El rey me ha comentado que usted le ha supuesto un gran consuelo durante su enfermedad.

—No creo haberlo sido, señor, no...

—El rey piensa de otro modo. Y todos nosotros le estamos agradecidos.

—Perdóneme, señor —dijo Flora dándose por vencida—, pero no estoy segura de que nos hayan presentado formalmente.

—Mi nombre es Ernest Cassel, es usted mi invitada en esta casa.

El señor Cassel sonrió mirándola con aire jocoso.

—Le debo una disculpa, señor. He visto tantos rostros nuevos durante los últimos meses...

—No tiene por qué disculparse. Lo bueno es que yo sí la conozco a usted. Permítame que le ofrezca mi tarjeta. Tal vez en un futuro necesite contactar conmigo. No soy solo su anfitrión en Villa Eugénie, sino también amigo íntimo y consejero del rey y de la señora Keppel. Y ahora, ¿me permite que la acompañe a la cena?

No fue hasta más tarde, en el momento en que el rey y su séquito se marchaban, cuando el monarca fue a su encuentro. Flora le sonrió tras ejecutar una reverencia.

—Me alegro mucho de verle con tan buen aspecto esta noche, majestad.

—Gracias, señorita MacNichol. Volveremos a vernos cuando regrese a Londres, si Dios quiere. Adiós, querida.

Después le besó la mano y se marchó con una sonrisa.

Flora llegó a High Weald dos días después. Aurelia la recibió en la puerta y la hizo entrar a toda prisa en el salón para tomar un té reconstituyente.

—Bueno, háblame del rey. ¡No me puedo creer que lo hayas conocido!

—Estaba bien y alegre, como siempre —respondió Flora.

—Ah, claro, no era la primera vez que lo veías. Dada... la posición que la señora Keppel ocupa en su vida.

—No cabe duda de que son amigos íntimos.

—No pasa nada si la señora Keppel te ha hecho jurar que guardarías el secreto.

—La verdad es que no.

—¡Arabella dice que incluso tiene influencia en el gobierno! Flora, perdóname, olvido lo inocente que eres y que solo confías en la bondad natural de los seres humanos y los animales. De todas formas no seguiré comprometiendo tu discreción, así que en lugar de eso te contaré todo lo que ha sucedido por aquí desde la última vez que nos vimos.

Flora escuchó la entusiasmada charla de su hermana acerca de los cuidados que Archie le procuraba debido a su estado, y se odió a sí misma por lo dividido que en realidad tenía el corazón.

—Me cuesta creer que pronto tendré un hijo que me mantendrá ocupada. Aquí todos rezan por que sea niño, pero yo prefiero que sea una niña. Y que esté sana, por supuesto.

—Entonces ¿Archie se alegra de que estés embarazada?

—Sí, sí, y creo que incluso he conseguido que Arabella sonría. ¿Sabes?, a veces me pregunto cómo es posible que mamá y ella fueran tan amigas. —Aurelia bajó la voz—. Tal vez en aquella época fuera más simpática. O quizá se deba a que perdió al padre de Archie en la guerra. Pero la verdad es que no es una persona agradable.

—Me temo que no puedo opinar, ya que solo me ha dirigido la palabra en un par de ocasiones. Para ti, pobre, debe de ser difícil vivir bajo su mismo techo.

—Al menos ahora ella también está fuera, así que tenemos toda la casa para disfrutar de nuestra compañía mutua. ¡Y tengo más noticias! Aunque mamá no puede venir por el tobillo roto de papá, me escribió para contarme que la madre de Sarah murió hace unos meses y sugerirme que le preguntara si quería venir a vivir aquí de manera permanente para ser mi doncella personal y asistirme durante el embarazo y cuando nazca el bebé. Para alegría mía, contestó de inmediato diciendo que estará encantada de hacerlo. Así que Sarah llegará a High Weald mañana y sentiré que al menos tengo a una persona de mi lado en esta casa.

—¡Eso es maravilloso! Pero ¿no decías que Archie estaba siendo muy atento contigo?

—Y lo es, cuando no tiene la cabeza metida en algún libro de botánica o está estudiando una de sus plantas en el invernadero. Por desgracia, se ha marchado a Londres para atender algunos asuntos. Dijo que volverá en algún momento de la semana que viene. Dependiendo de cuándo te marches, dudo que os encontréis, lo cual es una pena.

—Sí. —Flora sintió que el alivio le levantaba el ánimo, que después se hundió traicioneramente debido a la decepción—. Por lo menos podré tenerte toda para mí.

—Sé que nunca te ha caído demasiado bien, Flora, pero es un buen hombre y se porta bien conmigo.

—Pues eso es lo único que importa.

—Sí. Y ahora tendrás que disculparme, Flora, pero creo que necesito un descanso.

—Por supuesto. ¿Te acompaño a la habitación? —preguntó cogiendo del codo a una Aurelia totalmente mareada mientras se levantaba.

—Sí, por favor. Por las tardes siempre me encuentro mejor.

Flora subió al piso superior con su hermana. Mientras ella llamaba a su doncella y le pedía que preparase té, Flora desplegó la sábana y la manta de la enorme cama con dosel en la que Aurelia y, sin lugar a dudas, Archie dormían.

—Gracias —dijo su hermana mientras la ayudaba a meterse en la cama—. Dicen que estas náuseas no duran mucho. Y ayuda enormemente que estés aquí conmigo.

Flora se sentó en una silla junto a ella y esperó a que cerrase los ojos y se durmiera. Salió de puntillas y fue hasta su habitación para asearse, pero se sorprendió mirando por la ventana hacia el jardín iluminado por los rayos de sol. Sabía que una mujer en estado podía sentirse mal durante los primeros dos o tres meses, pero Aurelia estaba ya en el cuarto mes de embarazo y debería haberlo superado. Rezó por que todo saliera bien.

La corpulenta presencia de Sarah llegó al día siguiente para reconfortarlas. Parecía estar agobiada y abochornada por el largo viaje desde Esthwaite, si bien encantada de reencontrarse con sus dos chicas.

—Mamá dice que vendrá para el parto, pero Sarah es un regalo caído del cielo —comentó Aurelia esa noche cuando se reunió con Flora en el comedor para la cena—. Creo que le encanta su nuevo uniforme de doncella, aunque tendrán que arreglárselo. Lo que espero es que el resto del servicio no la acose ni la desprecie. Al parecer piensan que cualquiera que haya nacido en el norte es inferior a ellos, incluyéndome a mí —dijo riendo con desgana.

—No digas tonterías, querida Aurelia. Estoy segura de que son imaginaciones tuyas.

—Y yo estoy segura de lo contrario. Incluso mi propio marido me llama gallina y me dice que no debo permitir que ni los sirvientes ni Arabella me mangoneen. Puede que no esté hecha para gobernar una casa.

—Que seas cariñosa y amable no significa que no tengas autoridad, ni, de hecho, que no merezcas respeto. Simplemente te sientes vulnerable debido a tu estado, eso es todo.

—Y yo vuelvo a repetirte que no es así. Es muy raro porque, y perdóname por lo que voy a decir, en casa tú siempre parecías quedar a la sombra, en tanto que aquí, en esta casa, soy yo quien lo está. Cómo han cambiado las cosas en este último año.

—Pero eres feliz con Archie, ¿no?

—Por supuesto. Ya sabes que lo adoro, pero ahora, como estoy embarazada, ha dejado de visitarme. Y… —Aurelia suspiró— es difícil de explicar, pero solo me siento en plena posesión de él en esos momentos. Pronto te casarás con Freddie y entenderás lo que te digo.

—Sí, estoy segura de ello —respondió Flora, reprimiendo el usual estremecimiento—. Y si crees que tienes problemas para gobernar esta casa, tendrías que ver mi futuro hogar. Doy gracias por que la condesa siga dirigiéndolo, porque no sabría ni por dónde empezar.

—Mi hermana, la vizcondesa… —Aurelia negó con la cabeza—. ¿Quién lo habría dicho?

—Sí, ¿quién lo habría pensado?

Flora agradeció que Sarah les llevara el tan necesitado aire fresco de la Tierra de los Lagos, tanto en lo metafórico como en lo físico. Y durante los siguientes días, gracias a sus competentes y cariñosas manos, Aurelia mejoró considerablemente.

—Nunca pensé que llegaría el día en que volvería a tener a mis niñas juntas. Una de ellas casada y esperando un hijo y la otra a punto de convertirse… ¡prácticamente en parte de la realeza! —exclamó Sarah mientras acomodaba a Aurelia en la cama para que se echara la siesta—. Siempre me cayó bien lord Vaughan, siempre, un hombre muy agradable. ¿Recuerda, señorita Flora, cuando fue a visitarla a Esthwaite el pasado verano y les cayó aquella tromba de agua subiendo el Scafell?

A Flora se le heló la sangre en las venas al oír su comentario. No le había contado nada a Aurelia ni a ninguna otra persona acerca de dónde había estado aquel día que apareció completamente empapada en la cocina de Esthwaite.

—¡Con los pantalones y la gorra de su padre! ¡Nunca había visto nada igual! La señora Hillbeck y yo no podíamos parar de reírnos cuando la vimos.

—¿Archie fue a visitarte a Esthwaite el verano pasado? —preguntó Aurelia mirando a su hermana con desconcierto.

—Sí. —Flora recobró la compostura—. Había estado de caza en Escocia y decidió pasarse por allí. Estoy segura de que te lo conté, querida.

—Si lo hiciste no me acuerdo. —Aurelia tenía los labios fruncidos—. ¿Escalasteis el Scafell juntos?

—Eso hicieron, y por la noche se fue a dormir antes de que le preparara el baño —cacareó Sarah—. Con ese vestuario tan raro, que parecía un hombre, ¡y dentro de un par de semanas será vizcondesa!

—Eso sí que no me lo contaste —dijo Aurelia.

—No. Me daba vergüenza, como puedes imaginar. Sarah tiene razón, volví a casa hecha un desastre, pero Archie quería ver las montañas, y no tuve más remedio que enseñárselas. Bueno, ¿estás ya lista? Te dejaremos tranquila. —Flora se acercó a la cama y besó a su hermana en la mejilla—. Que duermas bien, yo estaré leyendo en mi cuarto.

Flora se dirigió hacia la puerta antes de que el mínimo gesto pudiera traicionarla.

Una vez a salvo en su habitación, se llevó las manos a la cabeza y se puso a pasear con nerviosismo sobre el suelo de madera con la respiración entrecortada. En ese momento le habría gustado que Archie estuviera allí para poder hablar con él sobre lo que acababa

345

de suceder. Sin duda Sarah conocía al tabernero que le había prestado a Archie la ropa para la excursión, o quizá alguien la hubiera visto subir en el automóvil de su ya cuñado a la entrada de la casa; en aquella pequeña comunidad se conocían todos. Poco importaba cómo Sarah hubiera averiguado que había pasado aquel día con Archie. Lo importante era explicar por qué no se lo había contado a Aurelia.

Su hermana no mencionó nada al respecto aquella noche durante la cena. Tampoco le pidió más detalles después, cuando la acompañó a la cama y le dio un beso de buenas noches. Sin embargo, aunque tal vez fueran solo imaginaciones suyas, había notado que Aurelia estaba algo distante.

Esa noche Flora no durmió bien. Agradeció con todo su ser recibir una carta de la condesa en la que le pedía que viajara a Selbourne y pasara unos días con ella para planificar la boda.

Aurelia apenas pronunció palabra cuando Flora le preguntó si le importaba que se marchara para acudir a Hampshire.

—Por supuesto que no. Ya me siento mucho mejor. —Aurelia miró a Sarah con cariño mientras esta ordenaba la habitación—. Y Archie volverá pronto a casa.

—Saldré por la mañana temprano, así que puede que no te vea antes de marcharme. Pero regresaré dentro de tres días, lo prometo.

—Gracias. Ahora que Sarah está conmigo todo irá bien. Dales recuerdos a la condesa y a Freddie.

Aurelia esbozó una sonrisa forzada y se volvió para disponerse a dormir.

A Flora no le cupo ninguna duda de que su hermana sospechaba algo. Entró en su habitación, se dirigió directamente al escritorio y sacó papel y pluma para escribir.

High Weald
Ashford, Kent
2 de abril de 1910

Aurelia se ha enterado de tu visita a los Lagos. Se lo ha contado Sarah, nuestra vieja doncella, que ha venido a High Weald para encargarse de sus cuidados. Te ruego que hagas todo lo posible por asegurarle que no sucedió nada inapropiado. Temo por el estado mental de mi hermana y no quiero comprometer su salud. Nunca ha sido una mujer fuerte. Pronto serás padre y es de vital importancia que tu hijo llegue al mundo sano y salvo.

F.

29

¡Por fin! —exclamó Freddie cuando la recibió en el vestíbulo de Selbourne Park y le besó la mano—. Empezaba a preguntarme si me habrías abandonado a este lado del Canal para siempre. ¿Qué tal en Biarritz? ¿Y el rey? En Londres se rumorea que su enfermedad ha sido mucho más grave de lo que se le ha dicho a sus súbditos.

—Bueno, estaba bastante bien cuando me marché —consiguió responder Flora casi haciendo honor a la verdad—. Tenía un resfriado, eso es todo.

—Bien, bien. Mamá tiene la esperanza de que asista a nuestro enlace. Le han enviado la invitación. ¿Te comentó algo cuando lo viste?

Freddie le ofreció el brazo y se dirigieron hacia el inmenso salón de festejos.

—No, su secretaria privada se encarga de la agenda, así que incluso en el caso de que fuera a asistir, tal vez ni lo sepa. ¿No está tu madre?

—Ahora mismo no. Ha salido a visitar una de sus obras sociales en Winchester. Y papá ha subido a Londres. Así que estamos solos tú y yo, mi querida Flora.

Freddie bajó las manos hasta su cintura y la atrajo hacia sí. Posó los labios sobre los de ella y la obligó a abrir la boca con su lengua.

—¡Freddie, por favor! —Flora intentó desembarazarse de él—. El servicio podría aparecer en cualquier momento.

—¿Y qué pasaría? Sin duda, han visto cosas mucho peores —dijo riendo mientras trataba de besarla de nuevo.

—¡No! No puedo. Todavía no estamos casados.

—Como gustes. —Freddie dejó de apretarla y esbozó un mohín—. No sé qué cambian un anillo y una firma en el registro de la vicaría. Espero que no me niegues tu pasión después de eso.

—Por supuesto que no. Estaremos unidos a ojos de Dios —repuso bajando la mirada en un gesto casto.

—Maldita sea —dijo él—. Estoy deseando que llegue el momento. Y viendo que hasta que no estemos casados me mantendrás alejado como a un leproso, haré que nos traigan el té y me contarás todas tus aventuras francesas.

Flora se alegró de que la condesa llegará una hora después. Intentar mantener a raya las manos de Freddie era como evitar los zarpazos constantes de un tigre hambriento. Tras el almuerzo su prometido fue a —según sus propias palabras— descargar un poco de energía con el caballo, en tanto que Daphne y ella se sentaron a planificar los detalles de la boda.

Daphne se quitó las gafas y le sonrió.

—Supongo que estarás pensando en lo ridículo que es todo esto, querida. Y si no es tu caso, yo sí lo pienso. Pero, claro, hay que adaptarse a las convenciones. ¿Cómo está la joven Violet Keppel? —preguntó cambiando de tema.

—Está bien, tanto ella como su hermana tienen muchas ganas de ser damas de honor en la boda.

—Siempre he considerado que era una niña muy singular... Lady Sackville, una amiga muy querida para mí, me dijo la semana pasada mismo que Violet parece tener una extraña obsesión con su hija Vita. ¿Tú qué opinas?

—Por lo que sé son amigas.

—En cualquier caso, Victoria se ha negado a invitar a la señora Keppel a Knole. Algo que me sorprende bastante, dado el escandaloso pasado de su propia madre. Pero la verdad es que los que han sido señalados son los que parecen más determinados a arrojar la primera piedra contra otros. Ciertamente Victoria no ve con buenos ojos que las niñas de los Keppel formen parte de tu cortejo nupcial. Me ha costado mucho convencer a Algernon de que era lo correcto. No le gusta adaptarse a los nuevos tiempos, está hecho un carcamal, Dios lo bendiga. Bueno —dijo la condesa dando unas palmaditas en la mano a Flora—, yo creo que ya es hora de tomar un jerez, ¿no te parece?

Poco más tarde, Flora se encontraba frente a uno de los ventanales de la habitación observando los enormes jardines que se extendían ante ella. Tras el seto de tejos había una reserva de ciervos donde los animales se movían como sombras recortadas contra el crepúsculo. Las dimensiones desproporcionadas de todo lo que había en aquella finca la hacían sentir como una muñeca diminuta sacada de una casa de juguete y trasplantada a una de seres humanos.

Entonces pensó en High Weald, que, a pesar de ser grande, resultaba acogedora y agradable. Esperaba que Archie recibiera su carta antes de marcharse de Londres.

En caso contrario, si Aurelia lo interrogaba y él acababa confesando, todos los esfuerzos que Flora había hecho para mantenerse al margen de su vida y la de su hermana habrían sido en vano.

Después de tres días con Freddie, el período de tiempo más largo que había pasado junto a él, Flora se había percatado de que su futuro esposo carecía de concentración; a veces le preguntaba algo y, antes de que ella tuviera oportunidad de responderle, ya había apartado la vista y perdido todo el interés. Un día, para ponerlo a prueba, había empezado a contarle cosas de su infancia, y cuando vio que Freddie ya se había despistado, se puso a cantar una nana. Él ni siquiera se percató.

Flora había decidido que no malgastaría su energía en conversar con él. La bebida era el pasatiempo favorito de su prometido, por encima de todos los demás. Ella sabía que, cuando estaba ebrio, podría hacer el pino sobre la mesa del comedor y enseñar los pololos sin que él se enterara de nada. Durante su última noche en la casa, Freddie invitó a cenar con ellos a su grupo de amigos calaveras. Cuando se sentaron a la mesa, todos ellos ya medio borrachos, Flora fue objeto de todo tipo de bromas indecentes.

Daphne la alcanzó en la escalera cuando escapaba de sus estridentes juegos de bebedores; sus risas groseras les llegaban desde el salón.

—Querida, confieso que el comportamiento de mi hijo esta noche ha estado lejos de lo que ambas desearíamos. Pero créeme si te digo que será su último coletazo. Freddie entiende sus futuras responsabilidades para contigo y Selbourne, y se adecuará a ellas.

—Por supuesto.

Flora bajó la mirada por deferencia.

La condesa la tomó de la mano.

—Tú simplemente recuerda que el matrimonio no es el final de la vida de una mujer. En cierto modo, es solo el principio. Y en tanto que aportes un heredero y seas discreta, puede convertirse en algo más que disfrutable. Solo tienes que mirar a tu benefactora y aprender. Buenas noches, querida.

Daphne le estrechó la mano y puso rumbo a sus aposentos.

Volvió a High Weald sintiéndose a medio camino entre el alivio y la turbación.

—Aurelia está durmiendo en este momento. No se ha encontrado nada bien desde que usted se marchó —la informó Arabella, que ya había regresado de Londres, cuando la recibió en el vestíbulo de entrada—. Esa nueva doncella suya insiste en darle todo tipo de brebajes funestos, pero estoy segura de que no la ayudan.

—Yo he tomado los remedios de Sarah desde que era un bebé y siempre me parecieron muy útiles —replicó Flora a la defensiva.

—Seguro que sí. Bueno, Cissons la acompañará a su habitación.

—Gracias.

—No creo que la cocinera haya preparado nada para usted, señorita MacNichol, pero estoy segura de que podrá improvisar una sopa si es necesario —comentó el ama de llaves mientras la guiaba hasta su dormitorio.

—De momento no tengo hambre, gracias.

Flora esperó unos minutos y después recorrió el pasillo hasta el cuarto de Aurelia. Abrió la puerta haciendo una mueca al oír el crujido de la madera pesada. La habitación estaba a oscuras, pero cuando sus ojos se acostumbraron a la penumbra, entrevió a Sarah, que dormía en una silla junto a la ventana. Salió de la alcoba sintiendo una repentina necesidad de aire fresco, desanduvo el camino y bajó la escalera.

En cuanto estuvo fuera, captó los primeros olores de la primavera. Las verjas estaban cubiertas de narcisos, cosa que le recordó a Esthwaite, y cuando se adentró en el jardín amurallado advirtió con deleite que este empezaba a despertar de su largo sueño invernal.

Por fortuna, el jardín estaba desierto, aunque, de camino a High Weald, Flora se había soltado una severa reprimenda y afrontaba con calma su encuentro con Archie. No podían volver a mencionar lo que había ocurrido. No solo era su cuñado, sino que además pronto sería el padre de su sobrino o sobrina. Y ella misma se casaría al cabo de unas semanas. Ahora formaban parte de la misma familia y no podrían evitar pasar tiempo juntos. Había decidido que mantendrían una relación platónica, ya que esa era la única posibilidad que cabía.

«Y cuando lo vea, se lo haré saber», se dijo Flora mientras recorría los senderos. Apreciaba la forma en que Archie había planificado el jardín amurallado, colocando flores cargadas de néctar para atraer el mayor número posible de abejas, que zumbaban satisfechas y orondas sobre los eléboros rosados y los viburnos blancos. El aire vibraba lleno de vida, como si el jardín estuviera tan encinta como su hermana. Flora deseó poder verlo en verano, cuando hubiera dado a luz a lo que imaginaba que sería una fragante profusión de colores.

—Flora.

Una voz sonó a su espalda y la hizo dar un respingo.

—Archie —dijo cuando se volvió para mirarlo—. ¿Por qué siempre me sorprendes cuando menos lo espero?

—Porque siempre estás concentrada en otras cosas. Recibí tu carta en Londres.

—Gracias a Dios. Tenía miedo de que cayera en las manos equivocadas. Quería avisarte por si Aurelia te mencionaba nuestro… encuentro en Esthwaite.

—Gracias. Regresé ayer y por el momento no ha dicho nada.

—Entonces esperemos que lo haya olvidado. No tiene buen aspecto.

—No, es cierto. Pero tú sí. ¿Damos un paseo?

Flora asintió y ambos comenzaron a recorrer los senderos. Cuando Archie empezó a hablarle de sus planes futuros para los jardines, Flora tuvo que recordarse la promesa que se había hecho anteriormente; era capaz de mantener una relación de amistad con su cuñado, y así sería.

—¿Y tú cómo estás?

Archie se detuvo de repente bajo el majestuoso tejo. Flora distinguió el renacer de los pequeños talles verdosos en las puntas de las ramas e intentó librarse del recuerdo de la última vez que había estado a su sombra.

—Estoy bien. Acabo de pasar unos días en Selbourne para ver a Freddie.

—¿Y va todo según lo planeado?

Flora vaciló un momento antes de asentir, y Archie lo captó al vuelo.

—¿No crees que, precisamente conmigo, puedes sincerarte? A pesar de que a Freddie se le considere el mejor partido de Londres, no es más que una ilusión debida a su estatus y a su aspecto físico. El auténtico Freddie, como estoy seguro de que ya sabrás a estas alturas, es un borracho alocado y vocinglero. Personalmente, creo que se cayó de la cuna cuando era un bebé y se golpeó la cabeza.

—La verdad es que es... diferente, sí.

Flora reprimió la sonrisa.

—Vaya situación en la que nos hemos metido todos. Créeme, no lo digo solo de manera egoísta, pero desearía con todo mi corazón que no te casaras con él, por tu propio bien.

—Las cosas son como son. Su madre, sin embargo, sí me cae bien.

—No será con ella con quien tengas que acostarte por las noches. Pero en estas nos vemos.

—¡Cómo te atreves a hablarme de ese modo!

Flora sintió que el bochorno le subía por el cuello hasta las mejillas.

—Perdóname. No puedo evitarlo, solo de pensar que estarás con él... Dios, Flora. Seguro que entiendes cómo me siento. Te he echado mucho de menos estos últimos meses.

—No pronuncies ni una palabra más. Lo digo en serio.

Dio media vuelta y comenzó a alejarse, pero él la cogió de la mano antes de que pudiera escapar. El tacto de Archie hizo que un escalofrío involuntario le recorriera la columna, pero se forzó a controlarlo.

—Déjame marchar, Archie —murmuró—. Tengo que regresar junto a Aurelia. Tu esposa.

—Sí, por supuesto. —Suspiró hondo y luego asintió con brevedad y le soltó la mano—. Te veré en la cena.

Flora se dirigió directamente al piso superior para ver si Aurelia se había despertado ya. Sarah salió de la habitación en ese preciso instante y se llevó un dedo a los labios.

—Hoy se encuentra mal, pobrecilla; se queja de un dolor de cabeza terrible. Me ha pedido que le diga que la deje tranquila, pero seguro que querrá que venga después a verla.

Flora fue a su dormitorio a vestirse para la cena sintiéndose fatal tras comprobar que Aurelia le negaba la entrada. Pensó en todas las veces que había permanecido junto a su cama en el pasado, siempre que Aurelia se había puesto enferma, y se le formó un nudo de preocupación en el estómago. Una vez vestida para cenar, bajó a reunirse con Arabella y Archie en el salón.

—Parece que tu esposa vuelve a estar indispuesta —murmuró Arabella sobre su copa de jerez—. Espero que esta fase se le pase pronto. Cuando yo te llevaba a ti en el vientre, querido, continué con mi vida como de costumbre. Las chicas de ahora son muy diferentes.

—Tal vez sea porque todas las personas son diferentes, mamá —repuso Archie—. No creo que Aurelia tenga ganas de sentirse tan mal.

—Es casi seguro que será una niña. Todas las de mi quinta que tuvieron niñas parecían tísicas durante el embarazo.

—Pues a mí me encantaría tener una hija —dijo Archie—. Estoy seguro de que son más fáciles que los chicos.

—Fáciles, tal vez, pero no útiles. ¿Pasamos al comedor?

Cuando los tres se sentaron juntos al extremo más alejado de la larga mesa del comedor revestido de roble, Flora pensó en lo irónico que era estar sentada frente a Archie con su madre entre ambos, consciente de que había ocupado el lugar de su hermana. Justo cuando estaban a punto de servir la sopa, se abrió la puerta y apareció Aurelia.

—Perdonad que llegue tarde, pero está claro que el descanso me ha sentado bien, porque me siento bastante recuperada.

Cuando Aurelia se acomodó junto a su marido y la doncella se apresuró a colocar otro servicio, Flora vio lo pálida que estaba. Aun así, los ojos azules le brillaban con una extraña intensidad.

—¿Estás segura de que te encuentras en condiciones de sentarte a la mesa, querida? —preguntó Archie posándole una mano sobre el hombro.

—Claro, por supuesto. ¡De hecho, tengo un apetito voraz! —contestó entre risas, con un tono de voz agudo e impostado.

Flora se alegró de que Archie se deshiciera en atenciones con ella, incluso le cortó la ternera y —para obvio descontento de Arabella— fue alimentándola a base de pequeños bocados.

—No podemos dejar que te desvanezcas, cariño. Estás terriblemente delgada.

—Ya te lo recordaré dentro de unos meses cuando parezca una vaca.

A medida que transcurría la velada y Flora se percató de que las mejillas de su hermana recobraban el color, se permitió relajarse.

—Bueno, cuéntame, ¿cómo será tu futuro hogar? Por lo que he oído es una casa majestuosa.

Aurelia miró a su hermana de soslayo.

—En efecto, así es. Y sin duda representará todo un desafío para mí.

—El matrimonio es un desafío al que todos tenemos que enfrentarnos.

—Sí.

—Y Freddie parece estar ya completamente entregado a ti. Es todo lo que una esposa puede pedir, ¿no?

Aurelia se volvió hacia Archie y le dedicó una enorme sonrisa.

En silencio, Flora vio que se llevaban el postre de Aurelia intacto. Arabella sugirió que pasaran al salón para tomar café.

—¿Os importaría que me retirara ya? Me siento mucho mejor, pero no quiero extralimitarme. ¿Te apetece acompañarme arriba, Flora?

—Por supuesto.

Flora se levantó mientras Aurelia daba las buenas noches a su marido, y ambas salieron de la habitación.

Su hermana no pronunció palabra durante todo el recorrido. Cuando Aurelia abrió la puerta de su dormitorio, Sarah ya avanzaba hacia ellas por el pasillo.

—¿La ayudo a ponerse el camisón, señorita Aurelia?

—No, gracias, Sarah. Seguro que Flora podrá ayudarme esta noche. Puedes irte a la cama.

—Para cualquier cosa que necesite, ya sabe dónde estoy. Buenas noches, señorita.

—¿No te parece divertido que siga llamándome «señorita»? A pesar de que ya soy una mujer casada. De hecho, hace varios meses que tengo el título de lady —comentó Aurelia mientras cerraba la puerta tras ellas con firmeza.

—¿Te ayudo a desabrocharte el vestido?

—Gracias.

Aurelia se sentó en el taburete que había frente al tocador y, cuando Flora se colocó tras ella, contempló la imagen de su hermana en el espejo.

—¿No te resulta interesante lo diferentes que pueden ser las cosas dependiendo de cómo una las perciba?

—¿A qué te refieres? —preguntó Flora con nerviosismo mientras empezaba a desabotonarle el vestido.

—Por ejemplo, el hecho de que yo estuviera convencida de que Archie y tú no podíais veros el uno al otro. Y luego descubro que, en realidad, pasasteis tres días enteros juntos en Esthwaite este verano mientras yo estaba en Londres.

—Como ya te dije, Archie simplemente regresaba de Escocia y decidió pasar por allí.

Flora se esforzó por que sus manos continuaran desabrochando los botones uno a uno.

—Sí. —Aurelia se levantó para que Flora pudiera bajarle el vestido por los hombros—. Eso me dijiste hace unos días y no lo dudé —añadió mientras Flora empezaba a aflojarle los cordones del corsé—. Hasta que me puse a pensar.

—¿En qué?

—Bueno, en esto y en lo otro. Pásame el camisón, hermana querida. Hace frío aquí.

Flora, aturdida, cogió el camisón de seda que habían dejado extendido sobre la cama y Aurelia alzó los brazos para que la prenda se deslizara sobre su torso y el diminuto bulto que sobresalía de su vientre.

—Fue algo que Freddie me dijo la noche de la boda, justo después de que anunciara vuestro compromiso —prosiguió Aurelia.

—¿Y qué fue?

Flora retiró las sábanas para que Aurelia pudiera meterse en la cama.

—Me besó y me dio la enhorabuena por mi matrimonio, y yo

hice lo propio por vuestro futuro enlace. Entonces él se echó a reír y me susurró que sería mejor que ambos tuviéramos cuidado con nuestros respectivos cónyuges, ya que ambos parecían tenerse mucho aprecio. Yo, obviamente, tuve que corregirle y decirle que no podía estar más equivocado y que, en todo caso, lo que me preocupaba era que mi hermana y mi marido se cayeran mal desde pequeños. «Ya, pero eso no es cierto», susurró mientras me llevaba hacia la pista de baile. Y tenía razón, ¿verdad, Flora?

En las pálidas mejillas de Aurelia habían aparecido dos manchas sonrosadas y los ojos le centellearon cuando se recostó sobre la almohada.

—No lo creo, Aurelia. Freddie estaba muy borracho esa noche.

—Eso mismo pensé yo en aquel momento, así que lo olvidé por completo. Hasta que descubrí la visita de Archie al Distrito de los Lagos.

—Perdona que no te lo contara. Se me pasó, eso es todo, yo…

—Lo dudo mucho, querida hermana. Poco después, cuando nos vimos en Londres, te pedí que me dijeras qué pasaba por la cabeza de Archie y también te pregunté por qué pensabas que todavía no me había pedido matrimonio. Contestaste que no tenías ni idea, y sin embargo habías pasado tres días en su compañía hacía apenas unas semanas. Si había alguien que pudiera saberlo eras precisamente tú.

—No hablamos de ello… de verdad, solo hablamos de plantas…

—¡Sí! —Aurelia esbozó una sonrisa forzada—. Un interés común por la botánica. Pero incluso en el caso de que no te hablara de sus futuras intenciones hacia mí, comprenderás que me parezca extraño que no mencionaras la visita de mi marido ni una sola vez.

—Sí… ahora, visto en retrospectiva, sí lo entiendo. Pero yo acababa de llegar a Londres y estaba abrumada. Perdóname, Aurelia. Me olvidé de contártelo, en serio.

—Tal vez podría haber seguido pasándolo por alto, incluso a pesar de lo que Freddie me había dicho el día de mi boda. Lamentablemente, ha seguido rondándome la cabeza. De modo que hoy, mientras Sarah creía que dormía y sabiendo que Archie estaba en los jardines, he ido al vestidor de mi marido. Y ¿a que no sabes lo que he encontrado en el bolsillo del abrigo que trajo ayer de Londres? —Aurelia metió la mano bajo la almohada, sacó una carta y se la entregó a Flora—. ¿Reconoces en ella tu propia letra, querida hermana?

Flora la leyó apresuradamente. Se trataba de la nota que había enviado a Archie para avisarle de que Aurelia se hallaba al corriente de que se habían visto en Esthwaite.

—¡Esto no es prueba de nada! Solamente estaba preocupada porque pudiera parecértelo. Y eso es justamente lo que ha pasado.

—¡No me sermonees, por favor! —La furia latente de Aurelia le quebró la voz—. Esta carta indica por sí misma una intimidad obvia, una relación entre vosotros dos de la cual yo no tenía ni idea. Y por si no fuera suficiente, mientras la leía a la luz de la ventana de la habitación os he visto juntos en el jardín. Flora, mi marido te estaba cogiendo de la mano.

—Yo... —Flora negó con la cabeza; ya no le quedaban palabras con las que defenderse—. Perdóname, querida hermana. Solo puedo jurarte, a pesar de que las pruebas sean condenatorias, que entre Archie y yo no ha sucedido nada... inapropiado.

—Y yo que creía que no os soportabais. —Aurelia rio con tristeza—. Bueno, más de un poeta sabio ha dicho que hay una delgada línea entre el amor y el odio. Y al parecer eso es cierto en lo que concierne a la relación entre mi marido y mi hermana. ¡Por Dios santo, os debéis de haber reído con ganas de mi estupidez!

—¡Jamás! Yo siempre he querido que Archie se casara contigo.

—¡Por pena! —espetó Aurelia. Flora dio un paso atrás para apartarse de la cama—. A lo mejor él siempre quiso casarse contigo, pero tú le rogaste que no lo hiciera cuando me viste tan afectada en Londres. ¿Y bien, hermana querida? ¿Lo concertaste con él para mitigar tu propia culpa?

Sus palabras permanecieron flotando en el aire. Flora se quedó de piedra ante la inquina de su hermana y la certeza de sus reproches.

—Entiendo —asintió Aurelia con los primeros rastros de lágrimas aflorando a sus ojos—. Bueno, pues no puedo darte las gracias por ello, porque me has condenado a una vida desgraciada, casada con un hombre a quien amo y que jamás podrá corresponderme. Y ahora llevo a su hijo en mi vientre y ya no hay escapatoria para ninguno de nosotros. Flora, ¿qué me has hecho? ¿Qué te he hecho yo a ti para merecer tal crueldad? —Aurelia sacudió la cabeza con desesperación—. Preferiría estar muerta.

Se le quebró la voz y comenzó a llorar. Cuando Flora se acercó a consolarla, su hermana alzó la mano con agresividad.

—Te lo ruego, Aurelia, te repito que no quería que nada de esto sucediera. Haría cualquier cosa con tal de no verte sufrir. Me... me marcharé, a pesar de que entre Archie y yo no haya nada...

—¡Mi marido te ha agarrado de la mano esta misma tarde en el jardín! —masculló entre lágrimas—. ¡No te atrevas a contarme más mentiras! ¡Me tratas como a una niña pequeña cuando soy una mujer casada a punto de tener un hijo! ¿Y sabes qué es lo peor de todo? ¡No es la relación que puedas haber tenido con mi marido, sea la que sea, sino el hecho de que siempre he confiado en ti más que en ninguna otra persona sobre la faz de la tierra! Creía que me querías, que velabas por mis intereses de corazón. Te he tenido en un pedestal desde el día que nací. No he perdido solo a mi marido, si es que alguna vez he llegado a tenerlo, sino también a mi amada hermana.

—Te lo ruego, Aurelia, piensa en tu estado —suplicó Flora al ver que la histeria iba apoderándose de su hermana.

—¿Estabas tú hoy pensando en mi «estado» cuando cogías a mi marido de la mano en el jardín?

—Me la ha cogido él, no he podido evitarlo...

—¡No lo culpes a él! He visto que te quedabas ahí plantada mucho más tiempo del necesario, mirándolo a los ojos como una niña enamorada.

Flora se volvió y se dirigió al taburete del tocador, pues tenía la sensación de que iba a desfallecer si no se sentaba. El silencio separó a ambas hermanas durante largo rato.

—Jamás he tenido intención de hacerte daño, Aurelia. Me responsabilizo por completo de mi vergonzoso comportamiento y nunca me lo perdonaré.

—¡Es que no deberías hacerlo! La pregunta es ¿qué demonios hago yo ahora?

—Entiendo tu dolor y lo que sientes, pero te juro que Archie te tiene un profundo cariño.

—Pero es a ti a quien ama realmente. Tal vez deberíamos compartirlo, tal como tu benefactora comparte al rey con su siempre sufrida reina. ¿Quieres ser tú la querida mientras yo me limito a dar a luz a sus hijos? ¿Te va bien el arreglo?

Flora se levantó temblando de la cabeza a los pies.

—Me marcharé mañana por la mañana. A pesar de que no puedas creerme, sé que Archie y tú podéis tener un matrimonio feliz y exitoso. Le diré que...

—¡No le dirás nada! Lo menos que puedes hacer es garantizarme que no volverás a hablar con mi marido ni a contactar con él de ninguna forma. Si queremos tener alguna posibilidad de futuro juntos, él debe quedar al margen de esta conversación. Diré que han reclamado tu presencia en Londres.

—¿No asistirás a mi boda?

—No. Diré que estoy indispuesta por el embarazo. Y me consolaré con el hecho de que casi con total seguridad serás tan desdichada como yo, casada con un hombre al que no puedes amar, y al que sinceramente nadie podría amar.

—¿Estás diciendo que no quieres volver a verme nunca más?

—Jamás. Has dejado de ser mi hermana —contestó Aurelia entre dientes.

Se produjo otro silencio hasta que Flora se puso de pie.

—¿No puedo decir o hacer nada para resarcirte?

—No. Ahora vete, por favor. Adiós, Flora.

—Pensaré en ti todos los días durante el resto de mi vida y jamás me perdonaré el daño que te he hecho. Adiós, querida Aurelia.

Flora, con los ojos anegados por unas lágrimas que la culpa no le permitía derramar, miró por última vez a su hermana para grabársela eternamente en la memoria y salió de la habitación.

30

¡Dios mío! No esperaba que regresara tan pronto, señorita Flora —comentó la niñera cuando la vio entrar en la sala de día de las niñas en Portman Square.

—Tengo que ir a probarme el vestido de novia y el ajuar —mintió.

—Me parece que echa de menos las luces radiantes de Londres, ¿eh? Y usted que no paraba de cantar las alabanzas del campo… Se ha convertido en una auténtica chica de ciudad —rio la mujer.

—¿Están las niñas y la señora Keppel?

—No, todavía no han vuelto de Francia. Regresarán la semana que viene. —Se detuvo a escrutar la expresión de Flora—. ¿Se encuentra bien, señorita? Parece un poco decaída.

—Sí, estoy muy bien, gracias —dijo, y salió de la sala sintiendo que jamás volvería a estar «bien».

Flora recibió con alivio la tranquilidad que reinó en la casa durante los siguientes días, pues le permitió padecer su desdicha a solas. Se dedicó a dar largas caminatas por los florecientes parques de Londres con la esperanza de que la naturaleza la reconfortara. Pero lo único que conseguía era recordar a Archie, y después, irremediablemente, a Aurelia. Mientras caminaba con determinación, desesperada por extenuarse para poder sumirse en un sueño que aturdiera sus sentidos, el dolor de perder a la persona que más quería en el mundo la desgarraba por dentro. No podía descansar y tampoco podía comer. Su culpa no conocía límites, y preparándose para casarse con un hombre que la repelía, Flora pensaba que estar condenada a la infelicidad de por vida era un castigo justo.

La señora Keppel y las chicas regresaron de Francia apenas tres semanas antes de la boda.

—¡Querida mía, has adelgazado mucho! —exclamó la señora Keppel mientras tomaban el té juntas en su salita—. Debe de ser por el estrés de la boda. Recuerdo que yo perdí cinco centímetros de cintura antes de casarme con George.

—¿Cómo está el rey? —preguntó Flora para cambiar de tema.

—Está mucho mejor que la última vez que lo viste, pero bajo una presión terrible por parte del gobierno, que está decidido a embrollarlo, o más bien a chantajearlo, para que acceda a unos cambios constitucionales con los que no está de acuerdo. Me alegro de que haya estado fuera y distanciado de todo eso, al menos. No cabe duda de que la presión le ha afectado a la salud, por no hablar de su estado mental. No tiene fuerzas, como pudiste ver en Biarritz. Me siento tremendamente apenada por él, pobrecillo. Es mucho mejor rey y hombre de lo que se le reconoce.

Flora salió de la salita con la sensación de que la señora Keppel tampoco parecía ella misma. Y se preguntó qué secretos albergaría ella.

Durante las dos semanas siguientes, a medida que se acercaba la temida fecha, Flora agradeció estar atareada. Las siete damas de honor la habían acompañado a la última prueba en Worth y la propia Flora le había explicado a Daphne que Aurelia no se sentía en condiciones de asistir a la boda debido a su estado de embarazo. Violet había oído la conversación y fue a su encuentro más tarde, ya en casa.

—Flora, lamento saber que *votre soeur* no podrá ser la primera dama de honor.

Su nuevo hábito de salpicar sus frases con retazos de francés irritaba a toda la casa y Flora esbozó una sonrisa burlona.

—Gracias.

—Solo me gustaría decirte que, dado que ahora soy la mayor de tus damas, si quieres que desempeñe en la ceremonia el papel de primera dama de honor, lo haré encantada.

—Es muy amable de tu parte, Violet, y estoy segura de que necesitaré tu ayuda. Me he probado la tiara que llevaré en la boda y no sé cómo voy a ser capaz de soportar su peso —dijo Flora, emocionada por el gesto de la muchacha.

Violet se sentó en la cama de Flora y la observó mientras se preparaba para cenar en el piso de abajo.

—¿Flora?

—¿Sí, Violet?

—¿Puedo ser sincera contigo?

—Depende.

—Bueno, no quiero que pienses que soy grosera, pero en este momento pareces completamente *misérable*. ¿No tienes ganas de casarte?

—Claro que sí, pero estoy nerviosa, como cualquier otra chica.

—¿Amas a Freddie?

La franqueza de Violet se merecía una respuesta sincera.

—Yo... no lo conozco lo suficiente para amarlo. Pero estoy segura de que llegaré a hacerlo con el tiempo.

—Yo creo que simplemente me negaré a casarme. Preferiría con mucho quedarme soltera a tener que casarme con alguien a quien no amo. Todos me dicen que cambiaré, pero yo sé que no será así. No como Vita... —Se le demudó el rostro—. Es una auténtica chaquetera.

—¿A qué te refieres?

—Se presenta en sociedad este verano y no hace más que hablar de sus vestidos nuevos y de los jóvenes que empiezan ya a visitarla en Knole. Y después de todas las cosas que me ha dicho...

—Las personas cambian, Violet. A veces el mundo no es como a nosotros nos gustaría.

—Cuando era pequeña, creía en los cuentos de hadas. ¿Tú también?

—Todos los niños los creen.

—Puede que para mí haya sido diferente; me he criado con una madre que lleva tiara y pasa las vacaciones con el rey de Inglaterra. Siempre me han tratado como a una princesa. ¿Por qué tendría que pensar de otra forma ahora que soy mayor? Yo solo... —Violet suspiró y se estiró teatralmente— quiero estar con la persona que amo. ¿Es eso malo?

—No. —Flora tragó saliva con dificultad—. Al menos quererlo no es malo. Que suceda realmente ya es otra historia.

—Y no un cuento de hadas.

Violet se incorporó y dejó las piernas colgando del borde de la cama.

—Tal vez no todo el mundo merezca un final feliz —respondió Flora casi para sí.

—Bueno. —Violet se puso de pie y se dirigió hacia la puerta—. Pues yo sí.

Sin más, salió de la habitación y Flora pensó en cómo era ella cuando estaba en Esthwaite, una niña que también había creído en los cuentos de hadas.

Un día lluvioso de principios de mayo, llamaron a Flora para que se presentara en la salita de la señora Keppel.

—Déjanos solas, por favor —espetó su benefactora a la doncella—. No queremos que nos molesten.

Una Mabel sobresaltada se escabulló de la estancia y Flora se preguntó qué estaba pasando. La señora Keppel siempre se había mostrado respetuosa con su servicio.

—Siéntate, por favor.

Flora obedeció y la señora Keppel se dirigió a la chimenea, cogió el atizador de su soporte y la emprendió a golpetazos con las ascuas.

—Aquí dentro sigue haciendo frío a pesar de que ya estamos en mayo, ¿no te parece? Y el rey, según me han dicho, ha cogido otro resfriado. Aun así, ¿a que no sabes dónde cenará esta noche? ¡En casa de la mujer de Keyser! Acaba de llegar a Londres y se va a jugar al bridge con ella. Solo Dios sabe lo que ve en esa mujer. Perdona, Flora —se disculpó la señora Keppel sentándose—. Tal vez no sea apropiado que te hable de mis preocupaciones, pero ¿con qué otra persona podría hacerlo?

Flora no tenía ni idea de quién era «la mujer de Keyser», pero supuso que tal vez la señora Keppel no era la única de las «acompañantes» femeninas del rey.

—¿Puedo servirle un jerez? —ofreció sin mucha convicción.

—Me vendrá mejor un brandy. Yo también estoy resfriada, como el rey. Por lo general, claro está, cuando vuelve de Francia se va directamente de crucero por el Mediterráneo. Pero debido a la actual crisis política ha tenido que regresar antes para que los que están deseosos de criticar su ausencia no puedan hacerlo. ¿Y dónde está su esposa? ¡Lo ha abandonado para irse a navegar por las islas griegas! ¿Es que a ninguna mujer le importa realmente ese pobre hombre?

Flora le entregó el brandy que había pedido y su benefactora lo aceptó con las manos temblorosas.

—Gracias, querida. Perdona que esté tan afectada.

—No creo que su preocupación por el bienestar del rey necesite disculpa.

—Hay mucha gente en esta ciudad que me ha crucificado por la relación que mantengo con Bertie, pero nada de lo que he hecho ha sido por egoísmo. Lo hago simplemente porque lo quiero. ¿Es eso un crimen?

—No creo que lo sea, no.

—Sí, ha cometido errores —continuó la señora Keppel dejando la copa sobre la mesa—, pero cuando su propia madre le dice a alguien que no le llega a su padre a la altura de los zapatos y luego le niega la posición que le corresponde como rey por el simple hecho de que no confía en esa persona para ocupar el trono, ¿qué tipo de legado es ese para un hijo? Y más cuando se trata del príncipe de Gales. ¿Qué debía hacer Bertie durante todos esos años, mientras esperaba mano sobre mano para ocupar el lugar que le tocaba? Y todo por el amor ciego que ella profesaba a su «perfecto» padre. Te diré una cosa, Flora, ningún ser humano es perfecto. Bertie ha sufrido mucho por culpa de ese constante desdén de su madre hacia él.

Flora se quedó estupefacta ante la diatriba de la señora Keppel. Había nacido bajo el reinado de la reina Victoria, la soberana más poderosa de la cristiandad, la personificación de la maternidad, con su enorme familia y su devoto marido. Lo que la señora Keppel decía contrastaba tanto con la imagen virginal que Flora tenía de la anterior reina que era incapaz de asimilarlo.

—Y ahora que ha dedicado todos sus esfuerzos a convencer al mundo de que podría ser un buen rey, está extenuado y su salud empeora por momentos. Flora —la señora Keppel la cogió de la mano y se la apretó con los dedos fríos—, temo por su vida. De verdad.

—Pero en palacio hay muchas personas que se encargan de él y lo cuidan, ¿no?

—Te sorprenderías. Bertie está rodeado de hombres y mujeres débiles que solo hacen lo que él ordena y viven para satisfacer los deseos de él o de quienquiera que ocupe el trono. Conocer bien a un soberano es aprender que, a pesar de la infinidad de gente a la que parece importarle, en realidad es el puesto más solitario del mundo.

La noche siguiente, Flora solo atisbó brevemente a la señora Keppel a través de la ventana de la sala de las niñas cuando esta salía de casa. Las plumas de su enorme sombrero de terciopelo se estremecían con cada paso enérgico que daba. Violet, con Pantera en los brazos, se acercó también a la ventana.

—Mamá está muy rara últimamente. ¿Ha vuelto a enfermar Reyecito?

Flora no quiso alarmarla.

—Seguro que todo va bien.

El día después no la vio en ningún momento; quizá hubiese salido, o tal vez permaneciera enclaustrada en sus aposentos. Flora solo podía desear que el rey no sufriera otro ataque de bronquitis como el que había padecido en Biarritz.

A la mañana siguiente, cuando bajaba la escalera con Sonia para disfrutar de aquel glorioso día soleado de mayo y dibujar los delfinios en flor en el parque de enfrente, se encontró con la señora Keppel en el vestíbulo principal.

—¿Cómo se encuentra? —susurró mientras se dirigían juntas a la entrada.

—El doctor Reid dice que está extremadamente grave. Ha estado administrándole oxígeno y me ha pedido que vaya a atenderlo. La reina sigue fuera.

Dicho esto, entró en su berlina y Flora y Sonia continuaron su camino hacia el parque.

A las cinco y media, Flora vio que la berlina se acercaba a la casa y que la señora Keppel salía de ella. Más tarde, cuando bajó para cenar, se encontró con que el señor George estaba solo a la mesa. La recibió con una sonrisa hastiada.

—Me temo que la señora Keppel está indispuesta esta noche y cenará en su habitación —dijo—. Supongo que ya habrás oído que el rey no se encuentra bien.

—Sí, me lo han dicho.

—Han colocado un anuncio a las puertas del palacio de Buckingham diciendo que «Están inquietos por la enfermad de Su Majestad». Mi esposa ha estado hoy con él allí y confirma que está gravemente enfermo. Gracias a Dios, la reina ha regresado de su crucero y se encuentra ya en palacio.

—Lo único que podemos hacer es rezar —terció Flora.

—Sí —asintió con tristeza el señor George—. Eso es exactamente lo que ha dicho mi esposa antes.

—Señorita Flora, ¿está despierta?

Flora abrió los ojos de golpe, sin saber qué hora era.

—¿Qué pasa? —preguntó al ver la silueta de Barny a la entrada de su habitación.

—La señora Keppel está histérica. Si pudiera ir a verla...

—Por supuesto. ¿Dónde está?

—En su tocador. Vaya a ver si puede calmarla.

En realidad no habría sido necesario que le dijeran dónde estaba la señora Keppel, ya que los tristes sollozos que surgían de detrás de la puerta la habrían conducido hasta ella de todos modos. Convencida de que llamar a la puerta no tenía mucho sentido, lo intentó un par de veces por pura educación y abrió.

La señora Keppel caminaba con nerviosismo de un lado a otro de la habitación vestida con un camisón y una bata de seda. El voluminoso cabello cobrizo le caía despeinado sobre los hombros, tan alborotado como su estado mental.

—¿Qué pasa? ¿Es por el rey?

—No. —La señora Keppel se detuvo para ver quién le había hecho la pregunta, vio a Flora y reanudó la marcha cuando esta cerró la puerta—. ¡Es por la reina! ¡Anoche llegó a casa después de haber abandonado a Bertie durante varias semanas mientras él estaba enfermo y me ha prohibido la entrada a palacio! ¡Ahora no tengo permiso para verlo en su última hora! ¿Cómo es posible? ¿Cómo es posible?

La señora Keppel se dejó caer sobre un trozo mullido de la alfombra y se puso a llorar. Flora se acercó a ella y se arrodilló a su lado. Al final, su benefactora se calmó lo suficiente para volver a hablar.

—Flora, yo lo quiero. ¡Y él me quiere a mí! ¡Y me necesita! ¡Yo sé que él desea que esté allí! —La señora Keppel hurgó en un bolsillo de la bata, sacó una carta y la desdobló—. ¡Mira! —exclamó fusilando el papel con el dedo índice—. ¡Léela!

Flora tomó diligentemente el papel de las temblorosas manos de la mujer.

> Mi querida señora Keppel:
>
> En caso de que cayera gravemente enfermo, espero que venga a levantarme el ánimo, pero si no existiera posibilidad de que me recuperase, espero que me haga una visita para que pueda despedirme y darle las gracias por su amabilidad y amistad desde que tengo la suerte de conocerla. Estoy convencido de que todos aquellos que sientan algún afecto por mí acatarán los deseos que he expresado en estas líneas.

—Entiendo —dijo Flora en voz baja.

—¿Qué se supone que debo hacer?

—Bueno —contestó despacio—, creo que él es el rey y usted su súbdita. Y… esta carta decreta que desea que acuda a su lado.

—Pero ¿puedo mostrársela a la reina? ¿Su esposa? ¿No estaría fuera de lugar hacerlo, usar la nota para suplicar que me permitan comparecer ante un hombre al que le quedan pocas horas de vida y así poder despedirme? Yo solo… quiero decirle… adiós.

Flora nunca había sentido el peso del mundo sobre sus hombros como en aquella ocasión. No le correspondía a ella decirle a la amante del rey si debía correr a su lado en su lecho de muerte haciendo caso omiso de la contrariedad de la reina. Solo podía ponerse en la posición de una mujer que amaba a un hombre y quería verlo antes de que muriera.

—Creo —dijo Flora respirando hondo— que yo iría a palacio. Sí, lo haría —reiteró—. Simplemente porque, incluso en el caso de que no consiga entrar a ver al rey, siempre sabrá que intentó hacer lo que su soberano le pedía. Sí. —Flora miró a la señora Keppel a los ojos—. Eso es lo que yo haría.

—Mis detractores dentro de palacio me odiarán aún más por ello.

—Tal vez. Pero él no lo hará.

—Solo Dios sabe qué será de mí cuando él se haya ido… Prefiero no pensarlo.

—Todavía no se ha ido.

—Mi querida Flora. —La señora Keppel alzó los brazos temblorosos hacia ella—. Eres una alegría para mí. Y para el rey. —La estrechó entre sus brazos y la apretó contra sí—. Le mandaré tu cariño.

—Hágalo, se lo ruego. Le tengo mucho afecto.

—Y él también a ti. —La señora Keppel se enjugó las lágrimas y se levantó del suelo—. Iré a palacio y, si no me permiten ver a mi amor, que así sea. Pero al menos lo habré intentado. Gracias, Flora. ¿Puedes pedirle a Barny que entre para ayudarme a vestirme? No debería ir de negro —dijo con un escalofrío—, sino de algún color alegre que le levante el ánimo.

—Por supuesto. Buena suerte.

Flora salió de la habitación.

Durante el resto del día, los residentes del número 30 de Portman Square guardaron vigilia esperando a que la señora Keppel regresara a casa. La niñera les transmitía regularmente los informes sobre la salud del rey que le proporcionaba la señora Stacey, que captaba los rumores que esparcían los comerciantes que acudían a la puerta de la cocina para entregar las mercancías de la casa.

Sonia se sentó junto a Flora en la sala de día de las niñas.

—¿Crees que Reyecito se irá hoy al cielo? Todos los sirvientes dicen que va a morir.

—Si es así, estoy segura de que irá al cielo —dijo Flora—. Es un hombre muy bueno.

—Sé que hay gente que le tiene miedo, pero él siempre jugaba conmigo. Se pasaba trocitos de tostada por las perneras de los pantalones para que yo lo viera y se ponía perdido de mantequilla. Y es amable, aunque su perro no me gusta mucho, así que creo que a

Reyecito le saldrán alas y se marchará a vivir con Dios en una nube. Al fin y al cabo, Él también es rey.

—Sí, lo es —dijo Flora mientras Sonia se aovillaba junto a ella y se introducía el pulgar en la boca.

Casi había oscurecido cuando finalmente Flora oyó que la berlina se detenía delante de la casa y, por la ventana, vio que sacaban a una figura prácticamente a rastras de ella. Corrió hasta la escalera y se asomó por encima de la balaustrada agudizando el oído para escuchar la voz de la señora Keppel. Solo oyó silencio.

—El señor y la señora Keppel tomarán la cena en sus aposentos, señorita Flora. Le llevaré la suya a su habitación en una bandeja —dijo la señora Stacey, que iba vestida de luto.

«O tal vez siempre vaya de negro y nunca me haya fijado en ello», pensó Flora.

A medianoche todavía seguía despierta y oyó las campanadas de la iglesia cercana, que parecían tañer el toque de difuntos. A pocos minutos para la una de la madrugada, oyó el clamor de las campanas de muerte resonando por todo Londres.

—Ha muerto, que Dios lo bendiga, Dios bendiga al rey —dijo la niñera cuando Flora se presentó en el piso de las niñas la mañana siguiente—. Las pequeñas están desoladas. ¿Podría entrar a verlas?

—Por supuesto.

Flora entró en la sala de día y se las encontró a las dos acurrucadas en un sillón con Pantera estirado sobre sus regazos.

—¡Oh, Flora, Reyecito ha muerto esta noche! Qué horror, ¿verdad? —gritó Sonia.

—Sí, es muy triste.

—¿Qué hará ahora mamá? Ya no volveremos a Biarritz y nunca será reina de nuevo —dijo Violet.

—Reyecito siempre será rey, y vuestra madre siempre será reina —las consoló Flora mientras las atraía hacia ella y se fundían en un abrazo.

—Hay miles de personas reunidas en el exterior de palacio, pero también hay muchas a las puertas de nuestra casa —explicó la niñera, que estaba junto a la ventana mirando hacia la calle—. Quieren que la señora diga algo, pero ¿qué podría decirles? La señora Keppel era la reina del pueblo, como ve, pero, obviamente, no está aquí.

—¿Dónde está? —preguntó Flora.

—Se ha ido esta noche con el señor George para alojarse en casa de los James en Grafton Street —susurró la mujer—. Pronto nos reuniremos con ellos. Usted quédese con las niñas y yo haré las maletas.

Flora asintió.

—Quiero ver a mamá —gimoteó Sonia sobre su hombro—. ¿Por qué se ha ido con papá y nos ha dejado solas?

—Muchas veces, cuando las personas están tristes, quieren estar solas.

—¿Y por qué no podemos echar las cortinas de nuestra casa y estar tristes aquí, sin más?

—Tal vez sea difícil con tanta gente haciendo ruido fuera, querida —dijo acariciándole el pelo.

Violet se apartó de Flora y se levantó.

—¿Por qué han ido a casa de los James? Esa casa y esas personas son las más horribles del mundo. —Violet frunció los labios al mirar a la muchedumbre congregada en la puerta principal—. ¿Por qué hacen tanto ruido? ¿Es que no pueden dejarnos en paz?

—Ellos también están de duelo y quieren estar cerca de las personas que querían al rey.

—Ojalá pudiera irme con los que están en la puerta de palacio... ser invisible y llorar por él.

—Bueno, sois quienes sois, y poco puede hacerse para remediarlo. Vuestra tata está preparando las maletas, y las dos tenéis que comportaros como las chicas mayores y valientes que al rey le habría gustado que fuerais.

—Lo intentaremos, pero todavía no somos adultas, Flora, sino simples *enfants* —replicó Violet con arrogancia mientras salía de la sala.

Flora la siguió para encontrarse con la niñera.

—¿Sabe si hay alguna directriz para mí? ¿Debo ir con las niñas?

—La señora Keppel no la mencionó, señorita Flora. Solo me dio instrucciones de que llevara a las niñas y a Moiselle a Grafton Street.

—Entiendo.

—Bueno, usted se casará la semana que viene. ¿Tal vez haya pensado que se iría a casa de su hermana o de la familia de su prometido?

—Sí, por supuesto.

—Este es el fin de una era, señorita Flora. —La niñera negó con la cabeza y suspiró amargamente—. Después de hoy nada volverá a ser lo mismo para nosotros.

Flora despidió a las niñas desde el vestíbulo con lágrimas en los ojos. Las vio entrar en la berlina con la niñera y Moiselle mientras la policía hacía retroceder al gentío y a los periodistas. El señor Rolfe cerró la puerta del coche y Flora pensó en el parecido que guardaban con los buitres todos aquellos espectadores vestidos de luto. Mientras subía la escalera, se preguntó si volvería a ver a la familia Keppel.

Una vez en su habitación, con la casa sumida en un silencio escalofriante, Flora escribió un telegrama a Freddie para preguntarle si habría inconveniente en que llegara a Selbourne al día siguiente. Después se lo entregó al señor Rolfe para que lo enviara. Sabía que ya no encontraría refugio en High Weald.

Metió su ropa en las maletas, se acercó de nuevo a la ventana y vio que la muchedumbre empezaba a dispersarse. Y cuando cayó la noche, la calle se quedó en silencio. «Callada como una tumba», pensó Flora. Procuró no sentirse herida ni abandonada. A fin de cuentas, como había dicho la niñera, era muy probable que la señora Keppel hubiera asumido que tenía al menos dos santuarios a los que acudir, si es que había sido capaz de pensar algo en medio de su tremendo dolor.

Flora abrió la ventana de su dormitorio y se sentó en el alféizar con Pantera en los brazos. Alzó la vista hacia el despejado cielo nocturno.

—Adiós, querido rey. Y vaya con Dios —dijo a las estrellas que dominaban el firmamento.

31

Tiene una visita, señorita Flora —anunció Peggie al entrar en su habitación.

—¿Quién es?

—La condesa de Winchester. La he hecho pasar a la sala de estar y le he servido té.

—Gracias.

Para alivio de Flora, la condesa había respondido a su telegrama solo un día después de que se lo hubiera enviado, pero le sorprendió que Daphne acudiera a verla en persona. Bajó al piso inferior y abrió la puerta de la sala de estar para encontrarse a Daphne sentada en la chaise longue luciendo un suntuoso vestido de terciopelo oscuro y una diadema de zafiros negros que resplandecían sobre sus cabellos canosos.

—Querida Flora, lamento mucho tu pérdida.

Daphne se levantó y le dio un abrazo.

—No es tanto una pérdida personal como una para el país y el resto del mundo.

—Bueno, todos lo hemos perdido —dijo Daphne, que invitó a Flora a sentarse adoptando su papel natural como anfitriona—. Una auténtica tragedia, ¿verdad? Y no podría haber llegado en peor momento.

—Tal vez ningún momento sea bueno para perder al rey de Inglaterra.

—Por supuesto, pero ahora está claro que la boda no podrá celebrarse la semana próxima. Cualquier forma de celebración se verá como una ofensa contra el rey.

—Comprendo que habrá que posponerla.

—Sí, estoy segura de ello. Especialmente si tenemos en cuenta las... circunstancias.

Flora no llegó a entender un comentario sin duda punzante, pero continuó a pesar de ello.

—Deduzco que has recibido mi telegrama. Los Keppel se han marchado de casa y siento que yo tampoco debería quedarme aquí. Esperaba poder alojarme en Selbourne hasta que Freddie y yo nos casemos.

—¿No puedes quedarte en Kent con tu hermana?

—Eso no sería... conveniente.

—¿En serio? —Daphne la observó con atención—. Creía que nuestra querida Aurelia disfrutaba con tu compañía.

—Y así es, sí, siempre hemos estado muy unidas... —Flora trató de encontrar una explicación adecuada, pero le resultó imposible—. No puedo quedarme allí, eso es todo.

—Entiendo. —El silencio se apoderó de la habitación. Daphne acabó soltando un suspiro—. Querida, dado el estado actual de las cosas tras la muerte del rey, debo informarte de que la boda jamás podrá llegar a celebrarse. Estoy segura de que lo entenderás.

Flora miró a Daphne completamente confundida.

—¿Se cancela?

—Sí.

—Yo... ¿puedes decirme por qué?

La condesa se tomó un tiempo para ordenar sus pensamientos antes de hablar.

—¿Te sirvo un poco de té?

—No, gracias. Te ruego que me expliques por qué mi matrimonio con Freddie no puede celebrarse. Entiendo que sea necesario posponerlo, pero...

—A causa de quién eres, querida. Seguro que comprendes que, en un momento en el que todo el mundo sufre por la reina y su terrible pérdida, sería absolutamente inapropiado.

—Ah —dijo Flora cayendo al fin en la cuenta—, debido a la señora Keppel.

—Sí, también por eso.

—Entiendo.

—No creo que lo entiendas de verdad, querida, pero por mi parte lo único que puedo decir es que estoy desolada con este inesperado giro de los acontecimientos. Creía que serías capaz de darle a Freddie la estabilidad que necesitaba y estaba deseando darte la bienvenida a nuestra casa. Pero en estas circunstancias mi marido no puede aprobar que su heredero se case contigo. Como sabes, las mujeres solo podemos hacer lo que ordenan nuestros maridos. Dicho esto, querida, te ruego que no estés afligida. Las cosas han salido así, y tú no tienes la culpa.

Flora guardó silencio, pues se sentía como una hoja zarandeada por el viento, totalmente incapaz de controlar su propio destino.

—Tal vez puedas regresar a Escocia y quedarte con tus padres, si no puedes ir a casa de tu hermana —sugirió Daphne.

—Tal vez pueda, sí.

—Bueno, entonces no creo que haya más que decir. Puedo asegurarte que Freddie está devastado, como todos nosotros, pero sin duda se recobrará, y tú también. —Daphne se levantó y caminó hasta la puerta—. Adiós, querida, y que Dios te bendiga.

Flora se quedó petrificada en el asiento hasta tiempo después de que Daphne se hubiera marchado. No sentía nada… ni alivio ante su repentina liberación ni miedo de lo que le esperaba a partir de aquel momento. Su vida parecía haber comenzado y acabado en aquella casa.

—O tal vez haya acabado y comenzado de nuevo —murmuró intentando reponerse de su pena por el rey, la abrupta partida de los Keppel y la conmoción de que su futuro hubiera alcanzado un repentino punto muerto.

Empezó a anochecer, un crepúsculo que el rey jamás vería. Fuera, las calles permanecían sumidas en un silencio sepulcral, como si toda la ciudad se hubiera encerrado en sus casas a llorar al monarca fallecido. Se recostó en la silla y una lágrima le surcó el rostro al recordarlo en aquella misma casa, su imponente presencia y sus ansias de vida. Debió de quedarse dormida, ya que la campanilla de la entrada la hizo despertar sobresaltada y, al abrir los ojos, vio que todo estaba en penumbras. Buscó a oscuras la puerta de la sala, la abrió tímidamente y escuchó a través de la rendija.

Oyó que Peggie y la señora Stacey subían la escalera.

—Ve a buscar a la señorita Flora a su habitación y yo encenderé las luces de la sala de estar. Sería bueno saber cuándo tiene intención de marcharse; ha venido un mensajero de parte del señor

George para pedir que clausuremos la casa hasta que decidan qué hacer. He enviado a un lacayo al ático a buscar los guardapolvos.

—Yo en su lugar, me marcharía de Londres en cuanto pudiera. Aunque solo fuera por respeto a la reina.

—Yo creo que ella ni siquiera lo sabe todavía —contestó la señora Stacey.

—Pues si no lo sabe, debería, porque todo Londres parece estar ya al tanto —susurró Peggie.

—¡Bueno, vete ya! Mira a ver si está ahí arriba mientras yo enciendo las lámparas.

Flora se apartó de la puerta al ver que la señora Stacey se acercaba. La mujer emitió un grito agudo cuando la vio frente a ella en la oscuridad.

—¡Por Dios santo, señorita Flora! Casi me mata del susto.

—Perdone —se disculpó ella mientras la señora Stacey empezaba a encender las lámparas.

—Tiene usted una visita —dijo—. Le diré que suba y haré que Mabel venga a avivar el fuego. Aquí hace mucho frío.

—¿Quién es?

—Sir Ernest Cassel, señorita Flora.

La señora Stacey salió de la habitación y Flora se dirigió al enorme espejo dorado que colgaba sobre la chimenea para arreglarse el pelo. Se preguntaba a santo de qué la visitaba sir Ernest y, además, qué habría querido decir Peggie con que debería marcharse de Londres por respeto a la reina. Y mientras deducía que tal vez se la señalara por su relación con la señora Keppel...

—Buenas noches, mi querida señorita MacNichol.

Sir Ernest Cassel entró en la sala y se acercó para besarle la mano. Flora advirtió que tenía los ojos enrojecidos y la tez pálida.

—Le ruego que se siente, sir Ernest.

—Gracias. Siento inmiscuirme en este momento de duelo. Es sin duda un día terrible para todos los que conocíamos y amábamos al rey. Y, por supuesto, para sus súbditos. Estaría realmente sorprendido y agradecido por el torrente de muestras de afecto de su amado imperio. Todavía hay miles de personas velándolo a las puertas del palacio de Buckingham. Y él que pensaba que jamás podría seguir la estela de su madre ni de su padre. Yo... bueno... —Tragó saliva—. Es el tributo que merece.

—¿Puedo preguntarle a qué se debe su visita, señor? La señora Keppel ya no reside aquí.

—Estoy al corriente de ello. La he visitado en Grafton Street para ofrecerles mi más sentido pésame a ella y a su familia. Se encontraba indispuesta y la dulce Sonia me ha contado que su madre está consumida por la pena y no ve ni a sus propias hijas.

—Lo quería mucho.

—Eso creo, sí. Y si le soy sincero, señorita MacNichol, puede que también llore por sí misma. Su «reino» ha caído junto con el del rey.

—Es un momento muy difícil para ella.

—Y para sus hijas. Aunque, conociéndola como la conozco, estoy seguro de que la señora Keppel renacerá de sus cenizas, pero ahora lo correcto es que pase desapercibida.

—¿No sabrá por casualidad si consiguió audiencia con el rey antes de su fallecimiento?

—Sí, yo estaba allí. Y todo el episodio fue bastante desafortunado. Cuando la señora Keppel vio al rey se puso completamente histérica. La reina tuvo que pedir que la sacaran de la habitación. No hizo gala del comportamiento decoroso al que nos tiene acostumbrados, pero, por otro lado —añadió sir Ernest con un suspiro—, ¿qué decoro puede encontrarse en la muerte? El caso es que cuando estuve en Grafton Street pregunté si podía verla a usted y me llevé una gran sorpresa al saber que la habían dejado aquí. Al parecer la han abandonado por completo.

—Oh, estoy segura de que no ha sido a propósito. Como usted dice, la señora Keppel ha perdido la cabeza de dolor. En el peor de los casos, ha sido un descuido y en el mejor se ha debido a que sabía que podría encontrar refugio en casa de mi hermana o de mi prometido.

—Admiro su lealtad, pero puedo asegurarle que todo cuanto la señora Keppel ha hecho a lo largo de su vida ha estado cuidadosamente calculado. ¿Entiende usted por qué le ha parecido tan importante que no se la relacionara con su persona en este momento?

—No. —Flora rio con desgana—. Aunque usted no es la primera visita que he recibido hoy. La condesa de Winchester, madre de mi prometido, el vizconde Soames, ha venido esta tarde para comunicarme que la boda que iba a tener lugar la semana próxima no se posponía debido a la muerte del rey, sino que se cancelaba. Para siempre.

—Entonces el rey es sin duda un hombre sabio, porque lo previó.

—¿En serio? ¿Ha sido por mi relación con la señora Keppel?

—En parte, pero no solamente por eso.

—Sir Ernest. —Flora se levantó y se calentó las manos al fuego, vencida por la frustración, el cansancio y la pena—. Desde que me hicieron venir a Londres hace siete meses para vivir bajo este techo, me he sentido como un peón inocente en un juego cuyas reglas conocían todos menos yo. Perdone mi franqueza, pero le suplico que me cuente por qué me trajeron a Londres para empezar. Yo era una chica de diecinueve años de una familia buena pero a duras penas aristocrática, cuyos padres ni siquiera tuvieron dinero para que su hija mayor fuera presentada en sociedad. Y de repente me encuentro en los círculos más exclusivos de la sociedad, apadrinada por la señora Keppel ¡y tomando el té con el mismísimo rey! Y que un vizconde me pide en matrimonio, lo cual significaba que algún día me convertiría en condesa, casada con un conde y presidiendo una de las fincas más grandes de Inglaterra.

Flora, sin aliento por la emoción, calló y se volvió para mirarlo directamente a los ojos.

—Y ahora que el rey ha muerto, la señora Keppel me ha dejado aquí y mi boda se cancela. ¡Sinceramente, no comprendo ninguno de estos bruscos giros del destino y me estoy volviendo loca! Siempre he sentido que todos sabían algo que yo desconocía. Yo...

—Señorita MacNichol, ahora entiendo perfectamente por qué se ha descrito a sí misma como un peón inocente. Yo, como muchos otros, daba por sentado que usted lo sabía. Permítame que nos sirva un brandy, se lo ruego.

—La verdad es que no bebo brandy.

—Tómeselo como algo medicinal. Va a necesitarlo.

Sir Ernest se puso de pie y se dirigió a la bandeja de los decantadores mientras Flora, avergonzada por haber perdido el control de sus emociones, se esforzaba por recobrar la compostura.

—Aquí tiene, querida, beba. La reconfortará.

—Se lo ruego, sir Ernest, yo nunca quise venir a Londres, y al verlo en retrospectiva, estoy encantada de haberme librado de casarme con un hombre al que nunca habría podido amar. De modo que no tenga miedo de herir más mis sentimientos. El simple hecho de que usted esté aquí conmigo esta noche, el día de la muerte de nuestro rey, confirma que debe de tener las respuestas que necesito.

—Discúlpeme, porque, en esta precisa noche, todo esto me emociona sobremanera. El año pasado el rey me comentó las dudas que le creaba el hecho de que la señora Keppel quisiera traerla a vivir con ella a Londres. Pero luego, como es obvio, se encariñó de usted y, tal como deseaba la señora Keppel, eso hizo que la apreciara más a ella por haberla introducido en su vida, especialmente en un momento en el que sus días estaban contados. Y él lo sabía, ¡ay, claro que lo sabía! Justo después de que se vieran en Biarritz, me hizo llamar y me pidió que me encargara de usted en caso de que él falleciera. Me rogó que le entregara esto.

Sir Ernest abrió su maletín, sacó un sobre fino y se lo dio. Al aceptarlo, Flora vio que tenía su nombre escrito en una caligrafía errática y afilada.

—Además, me había pedido que, cuando fuera a verlo ayer por la noche, le llevara dinero, una cuantiosa suma que debía conseguir en billetes. Hice lo que me había demandado y dejé el montante junto a su cama. El rey asintió, me dio las gracias y dijo que esperaba lograr que ese dinero llegara adonde era preciso. Poco después, lamentablemente, entró en coma. Uno de sus consejeros me devolvió el sobre, pues le parecía poco apropiado que esa enorme suma descansara junto a la cama del rey. Eran casi diez mil libras. Yo sabía quién tenía que recibir ese dinero. Así que aquí estoy.

Volvió a introducir la mano en el maletín y sacó un paquete envuelto en papel marrón que depositó en las temblorosas manos de Flora.

—¿No querrá decir que ese dinero era para mí? Apenas conocí al rey. Solo lo vi en un par de…

—Mi querida jovencita, estoy realmente sorprendido de que la señora Keppel nunca se lo dijera. Y me gustaría no ser yo a quien le correspondiera el deber de desvelárselo. —Sir Ernest se bebió el resto del brandy de un trago mientras Flora lo observaba con impaciencia—. Señorita MacNichol… Flora…

—¿Sí?

—Usted es su hija.

Flora supo que recordaría esa breve frase durante el resto de su vida. Se quedó mirando la noche a través de la ventana y comenzó a preguntarse por qué jamás habría contemplado esa posibilidad anteriormente. Aunque sabía que, aun en caso de haberlo hecho, la habría desechado por absurda. En aquel momento, al ver los sobres que reposaban sobre su regazo y al que fuera hombre de confianza del rey sentado frente a ella, todo cobró sentido.

Tal vez lo hubiera sabido en lo más recóndito de su conciencia, pero la idea era tan inconcebible que jamás habría permitido que aflorase a la superficie.

«La amante y la hija ilegítima del rey...»

Flora decidió que, sin duda, el brandy era imprescindible y bebió un trago del vaso que antes había ignorado.

—Discúlpeme, señor, es una noticia bastante desconcertante. Y obviamente, no habrá prueba alguna que lo corrobore, ¿verdad?

—Todos los afectados saben que es verdad. Y, aún más importante, así lo aceptaba su padre. Su verdadero padre —se corrigió—. Entenderá que, tras la relación que su madre mantuvo con el rey, no podía reconocerse su... situación. Ella accedió a casarse inmediatamente y marcharse fuera de Londres.

—Y esa es la razón por la que mis abuelos no querían verme ni asistir a mi boda...

—También es el motivo por el que no fue presentada en sociedad. ¿Cómo iban a presentarla en la corte ante la reina, que sabría casi con certeza quién era usted?

—No era posible, señor, estoy totalmente de acuerdo. Y mi padre, es decir, el marido de mi madre... Ahora entiendo por qué apenas podía mirarme a los ojos. Debía de saberlo.

—Estoy seguro de que acierta con esa suposición. Si contrastara el certificado de matrimonio de sus padres con su partida de nacimiento, vería que hay una... imprecisión de tres meses entre las fechas.

Flora volvió a pensar en la carta que había encontrado en la cómoda de su padre.

—Sí. Y también sé que existió cierto intercambio monetario. Creo que mi... padrastro recibió una compensación por casarse con mi madre. ¿El rey...? ¿Quiso el rey a mi madre?

—Discúlpeme, no puedo hablar de ello, pero puedo asegurarle que a usted le tenía mucho cariño.

—¿Conocía la señora Keppel la relación que mantuvieron mi madre y el rey?

—Fueron presentadas en sociedad juntas. Eran amigas.

—Todo Londres sabía quién era yo —susurró—. Y yo no sabía nada.

—Al menos, gracias al patronazgo de la señora Keppel, su fortuna se ha visto incrementada.

—Yo también formaba parte de la corte «alternativa» del rey…

—Una corte que lo hacía muy feliz.

—¿Por qué me trajo a Londres la señora Keppel?

—Una vez más, no estoy seguro de si quiso presentarle a su padre por el bien de usted o por el del rey. Aunque en realidad también pudo ser para beneficiarse a sí misma y ganarse el favor del rey. En cualquier caso, el resultado ha sido este y el rey me comentó en numerosas ocasiones lo mucho que disfrutaba de su compañía. Sin duda, apreciaba un gran parecido entre ambos. Que usted apareciera en su vida, señorita MacNichol, fue una gran alegría para él. Estoy seguro de que su relación habría sido más cercana si el rey hubiera seguido viviendo.

—Y gracias a esto me convertí en un bien codiciado por los demás, ya que ellos sabían que yo era hija del rey. Una hija recientemente aceptada, además, aunque ilegítima… —Flora caviló en silencio—. Por eso Freddie quería casarse conmigo. La condesa siempre hablaba de mi «buena cepa» e incluso mencionó la posibilidad de que el rey asistiera a nuestra boda…

—Tal vez influyera de algún modo en los acontecimientos, sí. Pero, claro está, ahora el rey ha muerto y la reina vive…

—Y la ilusión creada por la varita mágica de la señora Keppel ha desaparecido como un sueño. Bueno… —Flora se permitió un atisbo de sonrisa—, independientemente de lo que haya ocurrido y de lo que esté por venir, me alegro de haber pasado al menos algún momento con él.

—Él estaba orgulloso de usted, señorita MacNichol, pero tenía que mantenerlo en secreto. Espero que lo entienda.

—Lo entiendo.

—Y ahora, como usted misma ha insinuado, se acerca una nueva era; la vieja corte ha llegado a su fin y a los que hemos servido en ella nos han borrado del mapa y debemos tratar de sobrevivir al futuro. Yo, en nombre del rey, espero que el contenido de ese sobre le permita hacerlo. Y le sugiero que no lo use con falso orgullo. Siempre la consideró un espíritu libre, un ser inocente liberado de todas las cargas con las que él tuvo que lidiar desde que nació. Sea cual sea su futuro, use su legado sabiamente. Entonces ¿se marchará a casa de su hermana?

—No puedo.

—¿Ya le han cerrado allí las puertas?

—Sí —contestó decidiendo no elaborar su respuesta.

—Le ruego que recuerde que no es en absoluto responsable de la posición en la que se encuentra. No debe sentirse culpable. Las maquinaciones que han tenido lugar a su alrededor no han sido cosa suya. Es un simple accidente de nacimiento. Ese ha sido su infortunio y, espero sinceramente, que también le haya reportado alguna alegría reciente.

—Ha sido un gran placer para mí conocer al rey, sin duda.

—Y ahora, señorita MacNichol, debo irme. Como puede imaginar, aún tengo mucho que hacer, pero sé que usted ocupaba un lugar importante en los pensamientos del rey cuando se acercaba su hora.

—Gracias por tomarse la molestia de venir a verme.

Flora se levantó y Ernest Cassel hizo lo propio.

—No me lo agradezca. Me siento fatal por tener que dejarla sola en esta casa.

—No, sir Ernest, la verdad es que se lo agradezco. Para bien o para mal, me ha dado las respuestas que buscaba desde mi llegada a Londres. Ahora que sé la verdad, podré seguir adelante.

—Y yo siempre quedaré a su servicio. Si desea que la ayude a invertir su herencia, no dude en contactar conmigo. Y permita que le diga que la elegancia con que se ha tomado usted lo que he tenido que desvelarle esta noche demuestra que es una gran princesa. Digna hija de su padre. Buenas noches, señorita MacNichol.

Ernest Cassel se inclinó levemente ante ella y después salió de la habitación a gran velocidad, algo que Flora reconoció instintivamente como un intento de ocultar sus propias emociones. Aturdida, subió la escalera hasta su dormitorio seguida por Pantera, como si aquel fuera un día más. Habían encendido las lámparas de gas y se tumbó en la cama para estudiar el voluminoso sobre. Una extraña sensación de calma se había apoderado de ella; lo que acababan de contarle no era más surrealista que los sucesos de los últimos siete meses. Aquella última pieza completaba el rompecabezas.

Consiguió conciliar el sueño; la naturaleza se compadeció de ella y concedió un descanso a su mente aturdida. Se despertó muy temprano, justo antes del amanecer. Y, con el ronroneo de Pantera a su lado, abrió la carta.

26 de abril de 1910

Mi querida Flora:

(Felicito a tu madre por haberte llamado así, ya sabes que siempre he sentido debilidad por Escocia.)

Si estás leyendo esta carta, ya sabrás que soy tu verdadero padre. Si lo pones en duda, como te aseguro que yo mismo hacía antes de que la señora Keppel sugiriese que te conociera, no lo hagas más. Querida mía, ¡incluso tienes mi misma nariz! Lo siento por ti porque es poco atractiva, pero tu rostro la acepta con nobleza. Reconozco en ti muchos aspectos de mi persona y, para serte sincero, Flora, no estaba especialmente predispuesto a ello a pesar de que los hechos relativos a tu concepción no dejan lugar a dudas: estoy en posición de confirmar que tu madre era pura cuando comenzamos nuestra breve relación.

En primer lugar, debes disculpar mi comportamiento hacia ella y, en consecuencia, hacia ti. Espero que comprendas la situación en la que me vi comprometido. Poco más puede decirse, aparte de que recibí con alegría la noticia de que tu madre había conseguido casarse y ponerse a salvo.

Ernest Cassel te habrá visitado y entregado esto junto con una suma de dinero que ojalá sirva para asegurar tu futuro. Te ruego que te consideres afortunada por no tener que llevar la vida de tus hermanastros. Pongo mis esperanzas en que al menos uno de mis hijos pueda vivir libre de las cadenas del protocolo y las exigencias propias de la realeza. Vive tu vida con la libertad del anonimato, como me habría gustado hacer a mí. Y, sobre todo, sé fiel a ti misma.

Ahora, mi querida Flora, te deseo felicidad, amor y plenitud. Me entristece no haber tenido más tiempo para conocerte mejor. Recuerda los breves momentos que compartimos.

Y te suplico que quemes esta carta por el bien de todos los implicados.

La carta estaba firmada con la caligrafía del rey Eduardo y estampada con el sello real.

A continuación, Flora abrió el sobre más pesado, sospechando ya lo que contendría. De él escaparon cientos de billetes cuyo valor contaría más tarde.

Volvió a meter el dinero dentro del sobre y la carta en el bolsillo de seda de la cubierta trasera de su diario. Entonces, se levantó de la cama y tocó la campanilla para llamar a Peggie y decirle que necesitaría que Freed la llevara a la estación de Euston en breve.

Tras subirse al tren y acomodarse en su asiento, miró por la ventanilla hacia la estación que dejaban atrás. Pantera maulló en su cesta y, dado que no había ningún pasajero más en su compartimento, lo sacó y lo cogió en brazos.

—No llores, pequeño —le susurró—. Nos vamos a casa.

Star

High Weald, Kent
Octubre de 2007

*Rubus fruticosus
(zarzamora — familia Rosaceae)*

32

Y aquí estamos. Una historia interesante, ¿verdad?

Había algo tranquilizador en la voz de Mouse que me había hecho cerrar los ojos y olvidarme de dónde estaba mientras me hacía retroceder casi cien años. El lenguaje rico y descriptivo de Flora, esa clase de discurso que Orlando adoraba y que él continuaba utilizando, no hacía más que realzar la imagen que yo me había creado en la cabeza.

«El verdadero padre de Flora… un rey.» Pero eso no era lo importante. Las emociones que ella había experimentado y descrito de manera tan conmovedora en su diario me habían provocado un nudo en la garganta. Y me pregunté cómo me sentiría yo si me hubiera ocurrido lo mismo.

—¿Star? ¿Hola?

Hice todo lo posible por centrarme en la persona que tenía sentada en el sillón de enfrente.

—Esta… historia. ¿Crees que es cierta? Es decir, estamos hablando del rey de Inglaterra…

—Es muy posible. El rey Eduardo VII fue conocido por las numerosas amantes que tuvo a lo largo de su reinado. He comprobado los hechos históricos y he encontrado el registro de un embarazo aparentemente atribuido a su persona. Y dado el nivel de uso de anticonceptivos en la época, o la ausencia absoluta de ellos, yo creo que sería un milagro que no hubiera más de los que no se tenga constancia.

—Qué terrible para la reina. Me sorprende mucho que la señora Keppel fuera un pilar tan importante para la sociedad.

—Lo cierto es que entre las clases altas de Inglaterra la monogamia se ha convertido en prerrequisito del matrimonio hace relativamente poco tiempo. En la época de Flora, los matrimonios concertados entre las grandes familias de Inglaterra eran simplemente eso: un acuerdo económico. Una vez que aparecía un heredero en escena, tanto hombres como mujeres tenían libertad para buscarse amantes siempre que mantuvieran la discreción.

—¿Eres historiador?

—Estudié arquitectura en la universidad. Pero lo curioso es que las necesidades y deseos de la humanidad tienen mucho que ver con los edificios en los que viven. Pasajes secretos que llevaban de una alcoba a otra, por ejemplo... —Mouse estudió mi expresión—. Pareces escandalizada, Star. ¿Te has escandalizado?

—Tengo moral —respondí con tanta calma como pude.

Esa no era la pregunta que tocaba hacerme tras mi anterior conversación con Shanthi.

—De acuerdo. Bueno, ¿no te emociona saber que podrías estar emparentada con la familia real británica? Al fin y al cabo, tu padre te dejó un gato de Fabergé como pista, y en su diario Flora dice que se lo regaló Eduardo VII.

—No mucho —admití.

—Quizá si fueras inglesa te haría más ilusión. Conozco un montón de gente que daría lo que fuera por tener pruebas de su vínculo con la realeza. Los británicos tendemos a ser una panda de esnobs y trepadores sociales de lo más horrible. Seguro que en Suiza todo es más igualitario.

—Sí. Me interesa más saber lo que le sucedió a Flora cuando regresó al Distrito de los Lagos.

—Bueno, lo único que puedo decirte es...

En ese momento oí el ruido de la tarjeta en la cerradura y me levanté de inmediato.

—¿Tu hermana?

—Sí.

—De todos modos, ya tenía que irme.

Mouse se estaba incorporando cuando CeCe entró en la habitación.

—Dios, Sia, he tenido un día terrible...

CeCe se detuvo súbitamente al ver a Mouse junto al sofá.

—Hola, soy Mouse —se presentó.

—CeCe, la hermana de Star.

—Encantado de conocerte —dijo mientras CeCe pasaba a su lado camino de la cocina—. Bueno, supongo que es hora de irse.

Seguí a Mouse hasta el vestíbulo.

—Toma. Quédatelos. —Me puso los diarios de Flora en las manos—. Quizá quieras releerlos. Y también —añadió inclinándose para susurrarme al oído— echar un vistazo al interior del forro de seda de la cubierta trasera.

—Gracias —respondí honrada porque confiara en mí para cuidar de lo que, en esencia, era un importante archivo de la historia de Inglaterra.

—¿Sia? ¿Has hecho algo para cenar? ¡Me muero de hambre! —se oyó un grito desde la cocina.

—Será mejor que vayas para allá —dijo—. Adiós, Star.

Entonces se agachó y me besó levemente en la mejilla.

—Adiós —contesté, y cerré la puerta de golpe en cuanto Mouse atravesó el umbral, con la mejilla todavía ardiendo por su beso.

A la mañana siguiente me levanté antes que CeCe y, cuando bajó, le preparé un plato de tostadas con miel para hacer las paces, pues sabía que era uno de sus desayunos favoritos.

—Tengo que irme corriendo —dijo tras comérselo—. Luego nos vemos.

Subí al piso de arriba para recuperar los diarios. Estaba impaciente por leerlos desde que Mouse se había marchado la noche anterior. Decidí no mortificarme por lo grosera que mi hermana había sido con él, ni por el hecho de que ni siquiera me hubiera preguntado de quién se trataba.

Fui abriendo una por una las cubiertas traseras de los diarios y pronto encontré lo que estaba buscando. Saqué con cuidado la frágil hoja de papel guardada en el bolsillo de seda de la parte de atrás de uno de los volúmenes. La desdoblé con cuidado y leí la carta que el rey de Inglaterra había escrito a Flora, su hija ilegítima. Y me maravillé ante el hecho de que hubiera permanecido oculta durante casi cien años. Volví a colocarla en su lugar y después leí las últimas páginas del diario esforzándome al máximo por descifrar la caligrafía. Reflexioné sobre mi posible vínculo con las más altas esferas de aquellas tierras. Pero conocía lo suficiente a Pa Salt para saber que mi ruta del descubrimiento estaría salpicada de giros y vueltas de tuerca. Y algo me decía que aquel viaje no había acabado todavía.

El problema era que no podía hacerlo yo sola. Y de las únicas dos personas del mundo que podían ayudarme una de ellas se encontraba en paradero desconocido. Y la otra... bueno, de Mouse no tenía ni idea.

Entonces me percaté de que podría haberle dado las llaves de la librería la noche anterior. Tenía que devolverlas y romper el último lazo que me unía a Orlando y al mundo mágico de Libros Arthur Morston. También necesitaba, y creía que merecía, una carta de recomendación. Escribí una nota a Orlando y decidí que, si la tienda estaba cerrada, la deslizaría por el buzón de la puerta junto con las llaves. Además, me urgía salir del apartamento, o me pasaría el día dándole vueltas a lo que Shanthi me había dicho la tarde anterior.

Subí al autobús y pensé que no había sido su interrogatorio acerca de mi sexualidad lo que me había desestabilizado. Al fin y al cabo, durante mis viajes con CeCe mucha gente había asumido que éramos pareja. No parecíamos hermanas ni de lejos: ella era de piel morena y de estatura diminuta, características que contrastaban con mi altura y palidez. Además, nos mostrábamos afecto de una manera obvia y natural. Ni siquiera se trataba de que Shanthi me hubiera dejado claro que le parecía atractiva... lo que me había desestabilizado era otra cosa. Su percepción de rayo láser había penetrado hasta el núcleo de mi problema más profundo.

Bajé del autobús y caminé hasta la puerta de la librería rezando por que Orlando siguiera enclaustrado en el piso de arriba para poder meter la nota y las llaves por el buzón y salir corriendo. Al empujar la puerta principal la encontré abierta. Se me revolvió el estómago ante la idea de enfrentarme a él.

Afortunadamente, no había rastro de él en la tienda, así que dejé la nota y las llaves sobre la mesa y deshice el camino en dirección a la puerta. Cuando estaba a punto de salir, me detuve y pensé en lo irresponsable que era dejar a plena vista las llaves de una librería repleta de libros raros. Volví a cogerlas y las puse en el nicho oculto del fondo de la tienda. Las metí en un cajón y decidí que le enviaría un mensaje a Orlando para decirle dónde las había dejado.

Ya me volvía para salir de allí lo antes posible cuando vi que la puerta que conducía al piso de arriba estaba entreabierta. Tras ella se veía un pie cubierto por un zapato de costura inglesa, negro y bien lustrado, que había quedado atrapado en una extraña posición. Reprimí un grito y, después, respiré hondo y abrí la puerta por completo.

Y allí estaba Orlando, tirado en el minúsculo rellano que daba paso a la escalera, con la cabeza descansando sobre el último escalón y su pastel de las tres todavía en la mano.

—¡Dios mío!

Me agaché, oí su respiración débil y vi el feo corte que lucía en plena frente.

—Orlando, soy Star. ¿Me oyes?

No obtuve respuesta, así que me senté y saqué el móvil para llamar a emergencias. Le conté lo sucedido tan sucintamente como pude a la mujer que cogió el teléfono. Entonces me preguntó si el herido padecía alguna enfermedad importante y lo recordé de pronto.

—Sí, tiene epilepsia.

—De acuerdo. Enviaremos una ambulancia enseguida.

A continuación me explicó cómo colocar a Orlando en posición de recuperación. Seguí sus instrucciones lo mejor que pude. Puede que Orlando estuviera delgado, pero su metro ochenta había quedado atrapado en un espacio minúsculo al final de una escalera. Por suerte, al cabo de unos minutos oí que se acercaba la ambulancia y al alzar la vista vi las luces de emergencia centelleando tras el escaparate.

—¡Está aquí! —exclamé haciendo señas a los sanitarios cuando los vi entrar—. No puedo despertarlo…

—No se preocupe, señorita, nos encargaremos de él —dijo uno de ellos mientras yo me levantaba para que pudieran acceder al paciente.

Mientras ellos reconocían su estado y le colocaban un pulsioxímetro en el dedo para monitorizar sus constantes, marqué el número de Mouse. Saltó el buzón de voz y expliqué lo más calmadamente que pude lo que había sucedido.

—Está volviendo en sí, señorita. Se ha dado un buen golpe en la cabeza, de modo que lo meteremos en la ambulancia para que lo examinen en el hospital. ¿Quiere venir con nosotros?

Cuando colocaron a Orlando en la camilla, cogí las llaves de la librería del cajón donde las había metido, cerré la tienda y seguí a los sanitarios hasta la ambulancia.

Al cabo de unas horas, Orlando ya estaba incorporado en la cama, aturdido y pálido, pero consciente. Un médico me había explicado que había sufrido un ataque epiléptico y que lo más probable era que se hubiera caído por las escaleras y quedado inconsciente.

—El golpe de la caída le ha provocado una fuerte contusión, pero no hemos detectado nada en el escáner cerebral. Esta noche se quedará en observación y seguramente mañana ya podremos darle el alta.

—Lo siento —dijo una voz ronca desde la cama.

—Orlando, no tienes por qué disculparte.

—Te has portado de maravilla conmigo, y ahora me has salvado la vida. —Una lagrimita le resbaló por la mejilla—. Eternamente agradecido, señorita Star, eternamente agradecido.

Tras esto se quedó dormido y yo salí a tomar el aire y enviarle un mensaje a CeCe para decirle que mi jefe había tenido un accidente y que tal vez llegara tarde a casa porque estaba con él en el hospital. Justo cuando me disponía a volver a entrar, mi teléfono empezó a sonar.

—Star, disculpa. He estado todo el día subido a ese maldito tractor y allí nunca hay cobertura —dijo Mouse con voz tensa—. Ahora mismo estoy en la estación de Ashford. Te veré dentro de una hora más o menos. ¿Cómo se encuentra?

—Se siente bastante mal consigo mismo, pero está bien.

—Te garantizo que no se ha tomado la medicación regularmente. Tal vez sea su forma de protestar contra mi decisión de vender la librería. No me extrañaría nada.

—No creo que Orlando arriesgara su vida a propósito, Mouse.

—Tú no lo conoces como yo. De todas formas, gracias a Dios que lo encontraste.

—Vuelvo adentro. Nos vemos luego.

Apagué el teléfono y regresé al interior del hospital.

Trasladaron a Orlando a una habitación individual en planta y, una vez que los enfermeros lo exploraron de nuevo y estuvo acomodado, me permitieron visitarlo.

—Todo suyo —masculló una de las enfermeras al pasar delante de mí para marcharse.

—¿Qué has hecho ahora, Orlando? —pregunté en cuanto me senté.

—¿Quién, yo? Simplemente he preguntado si tenían Earl Grey en lugar de esa agua sucia que llaman té. Y no tienen tarta, por lo que parece.

—Hace tiempo que han pasado las tres de la tarde.

—Supongo —respondió estudiando la oscuridad que se cernía tras la ventana—. Mi estómago debe de llevar dos horas de retraso debido a mi… incidente. Está claro que sufre jet lag.

—Probablemente.

—Creí que te habías marchado a casa y me habías abandonado —añadió Orlando.

—Tenía que hacer unas llamadas. Mouse viene de camino.

—Entonces informaré a las enfermeras de que no deseo que le permitan la entrada.

—¡Orlando, es tu hermano!

—Bueno, no tiene por qué preocuparse por mí. Pero seguro que tú te alegras de verlo.

Guardé silencio. A pesar de que Orlando se estaba comportando como un niño mimado, en el fondo me alegraba de que volviera a ser el de siempre.

—Mis sinceras disculpas, señorita Star —dijo finalmente—. Soy consciente de que toda esta situación no tiene nada que ver contigo. Y de que mis palabras del otro día fueron crueles e innecesarias. La verdad es que he echado de menos tu compañía. De hecho, hoy iba a subir la escalera para llamarte, pedirte perdón y preguntarte si volverías al trabajo. A menos, claro está, que hayas aceptado el puesto en High Weald.

—No, no lo he hecho.

—¿Has encontrado ya otro empleo?

—No. Sigo estando a tu servicio.

—¿A pesar de que, en mi desesperación, actuara a la ligera y te despidiera?

—Sí.

—Vaya, esto sí que es bueno. —Orlando consiguió esbozar una sonrisa débil—. Entonces ¿volverás a la librería? ¿O regresarás al menos el tiempo suficiente para enderezar el rumbo de la «nave» hasta que se hunda por completo?

—Sí. La he echado de menos. Y a ti también.

—Vaya, vaya. ¿En serio? Caramba, señorita Star, eso es muy amable de tu parte. Eres un auténtico ángel de bondad para todos nosotros. Y, por supuesto…

Calló y cerró los ojos durante tanto tiempo que temí que hubiera vuelto a perder el conocimiento.

—¿Sí, Orlando? —lo invité a continuar.

Abrió los ojos.

—Entiendo que sería egoísta quererte toda para mí cuando hay otros, concretamente Rory, que te necesitan. He decidido que debo anteponer su felicidad a la mía y compartirte con él. —Volvió a cerrar los ojos y alzó una mano desfallecida—. Tienes mi beneplácito para acudir a High Weald siempre que sea necesario.

Llamaron brevemente a la puerta y apareció la enfermera.

—Su hermano ha venido a visitarlo, señor Forbes.

—Déjalo pasar. Solo quiere comprobar que estás bien —dije antes de que Orlado abriera la boca para oponerse.

Se quedó mirándome y luego obedeció como un niño sumiso. Si el hecho de que lo regañara con firmeza lo había sorprendido, no había sido el único.

—Hola, amigo. ¿Cómo te encuentras?

Mouse entró en la habitación y se dirigió hacia nosotros. Parecía exhausto; tenía bastante peor aspecto que su hermano, tumbado en la cama del hospital.

—Verte no ayuda —respondió Orlando secamente, y volvió la cabeza para mirar por la ventana.

—Entonces ya está mejor —me dijo Mouse con una mirada burlona.

—Sí —respondí levantándome para ofrecerle mi silla.

—No tienes que marcharte por culpa de mi hermano —comentó Orlando con mordacidad.

—Tengo que irme.

—Claro —dijo Mouse.

—Comportaos, o al menos intentadlo. —Sonreí y besé a Orlando en la frente evitando el vendaje que le cubría la herida. Cogí la mochila y me encaminé hacia la puerta—. Mantenme al corriente del estado del paciente —dije a Mouse.

—Lo haré. Y gracias de nuevo, Star. Eres una heroína.

Esa misma noche recibí una llamada mientras cenaba con mi hermana.

—Perdona, tengo que cogerlo.

Me levanté sintiendo el peso de la mirada de CeCe a mi espalda y salí a la terraza.

—Hola, Star —dijo Mouse—. Solo llamo para ponerte al día. Si todo va bien, Orlando recibirá el alta mañana. Pero al médico le inquietaba que estuviera solo durante los próximos días, dadas la lesión en la cabeza y la epilepsia. Es posible que sea más propenso a los ataques, sobre todo porque, como sospechaba, mi hermano ha reconocido que se ha «olvidado» de tomar la medicación estos días. La conclusión es que, le guste o no, voy a tener que llevármelo a Kent.

—¿Necesitáis que vaya a echar una mano? Orlando está de acuerdo.

—Star, si pudieras, serías fantástico. Marguerite vuelve a marcharse a Francia el domingo por la noche y Orlando me ha dejado muy claro que no se quedará conmigo en Home Farm, así que Orlando y Rory estarían contigo en High Weald. Envíame un mensaje diciendo a qué hora llega tu tren el domingo e iré a recogerte a la estación.

—De acuerdo, eso haré. Adiós.

Colgué y regresé a la mesa.

—¿Qué quiere ahora de ti esa familia? —quiso saber CeCe.

—Tengo que irme a High Weald el domingo. Mi jefe estará recuperándose allí y necesita mi ayuda.

—Te refieres a que necesita una enfermera gratis —espetó CeCe—. Por Dios, Sia, te pagan una miseria y, seamos francos, eres una simple empleada de la librería, nada más.

—Ya te lo he dicho, me encantan esa casa y la familia. No me cuesta nada. —Amontoné los platos uno sobre otro y los llevé al fregadero—. ¿Podemos dejarlo estar? Iré, y no hay más que decir.

—¿Sabes qué, Sia? —dijo CeCe tras una pausa—. Has cambiado desde que conociste a esa familia. Has cambiado mucho.

33

Tal vez fuera cierto lo de que había cambiado. Y como con cualquier adicción, ya sea a narcóticos o a personas, hubiese dado luz verde a mi regreso a High Weald, dejando que todas las razones que tenía para no hacerlo se disipasen como el humo que corre con la brisa. Estaba limpiando los restos del desayuno cuando me sonó el móvil y vi que era Orlando.

—Hola, ¿cómo te encuentras? —le pregunté.

—Al menos ya no estoy confinado, pero me han desterrado sin miramientos a las condiciones árticas de High Weald. En contra de mi voluntad, he de añadir. Me encuentro perfectamente, puedo cuidar de mí mismo y siento que me tratan como a un niño de tres años.

—Seguro que Mouse no hacía más que seguir las órdenes del médico.

—El único rayo de esperanza en el horizonte es que me han dicho que pronto te reunirás con nosotros. Al menos podré consolarme con comida decente en este páramo de miseria.

—Sí, iré enseguida.

—Gracias a Dios. En serio, no sé cómo sobrevive el pobre Rory. No me sorprendería que sufriera de malnutrición y escorbuto. Kent es conocido como el jardín de Inglaterra, y sin embargo nos alimentamos a base de tostadas y judías en lata. Llamaré a la tienda del pueblo y haré que nos traigan provisiones de inmediato, así cuando vengas comeremos como reyes. También me preguntaba si podía pedirte un favor.

—¿Qué favor?

—¿Podrías pasar por la librería y recoger mi portátil? Creo que está arriba, encima de mi cama. Tengo un par de clientes que buscan un Trollope y un Fitzgerald para regalar a sus seres queridos el día de Navidad. Estoy seguro de que en Tenterden tienen internet, y cuando la necesidad aprieta, el diablo manda.

—Mouse tiene internet en Home Farm —le recordé.

—Eso ya lo sé, señorita Star, ya que técnicamente también es mi residencia familiar. Pero dadas las circunstancias, no atravesaría ese umbral aunque me estuviera debatiendo entre la vida y la muerte, y mucho menos para vender un libro.

—Sí, puedo ir —dije haciendo caso omiso a su comentario.

—Gracias, ya tengo ganas de verte mañana.

—Adiós, Orlando.

Tomé un autobús hasta Kensington High Street y, camino de la librería, me compré tres jerséis de lana gruesa, calcetines para dormir y una bolsa de agua caliente para contrarrestar el frío.

Cuando llegué a la tienda, subí la escalera y abrí la puerta de la habitación de Orlando. No quedaba un solo centímetro donde apilar más libros. Una columna de volúmenes hacía las veces de mesita de noche y una lámpara reposaba precariamente sobre *Robinson Crusoe*. El portátil estaba en medio de la cama, sobre el edredón desgastado y rodeado de aún más libros, tantos que me pregunté cómo encontraría Orlando espacio para dormir por las noches.

Bajé la escalera con el portátil pensando que no cabía duda alguna respecto a cuál era el verdadero amor de la vida de Orlando. Un amor de lo más complaciente: solo tenía que pasar una página para transportarse al lugar donde quisiera escapar, lejos de la monotonía de la realidad.

Al cruzar la librería, se me ocurrió una idea y repasé la sección de FICCIÓN BRITÁNICA, 1900-1950. Me sorprendió ver que toda aquella parte de la estantería estaba vacía y solo quedaba una fina pátina de polvo visible sobre la madera donde antes descansaban los diarios de Flora MacNichol. Mientras salía de la tienda me pregunté si Orlando los habría trasladado a otro lugar o si tendría algún otro plan para ellos.

Ya me había acostumbrado a viajar a High Weald y no me sobresalté cuando llegué a Ashford y no encontré el coche de Mouse esperándome. Al final llegó, me saludó con un lacónico «Hola» y salimos de la estación a toda velocidad.

—Me alegro de que ya estés aquí. No ha sido nada fácil hacer de enfermero con mi hermano. Ya sé que le tienes cariño, pero solo Dios sabe lo difícil que se pone cuando quiere. Sigue negándose a dirigirme la palabra.

—Terminará superándolo, seguro.

—Puede que tenga que hacerlo antes de lo que cree. Me han llamado los propietarios de la tienda contigua a Libros Arthur Morston. Venden antigüedades de Extremo Oriente y al parecer el negocio va viento en popa gracias a todos los rusos que están comprando propiedades en Londres. Han hecho una oferta por el local. Es sustanciosa, y el agente cree que puede conseguir más si amenaza con sacarlo al mercado abierto.

—¿Y qué pasará con los libros? ¿Dónde acabarán? Por no hablar de Orlando —dije.

—Dios dirá —respondió Mouse con seriedad—. No esperaba tener que pensar en esas cosas tan pronto. Pero dado lo complicado que está vender, tenemos que considerar la oferta.

—¿Quedará algo de dinero para que Orlando busque otro sitio para él y sus libros?

—Una vez vendamos la tienda y paguemos las deudas, dividiremos el resto de las ganancias entre los dos. De hecho, teniendo en cuenta que Orlando posee un fondo bibliotecario valorado en cientos de miles de libras en esa librería, no saldremos mal parados del todo. Tendrá más que suficiente para alquilar otras instalaciones, si eso es lo que quiere.

—Bien.

—Siendo justos, hay que decir que nuestra situación no es únicamente culpa de Orlando. También se debe a lo mal que yo he administrado la granja. En cualquier caso —añadió con un suspiro—, no vendamos la piel del oso antes de cazarlo. Tendremos que esperar a ver si nuestro postor va en serio. Bueno. —Mouse hizo girar el coche hacia el camino de entrada a High Weald—. Espero que no te importe que te deje aquí y me vaya volando, pero tengo un montón de cosas que hacer en casa esta noche.

—No pasa nada.

Salí del coche y Mouse se dirigió al maletero para darme mi bolsa de viaje.

—¿Tendrás a Rory preparado mañana para llevarlo al colegio a las ocho y media? Está a apenas un kilómetro de aquí, en un sitio que recibe el exagerado nombre de villa de High Weald. ¿Sabes conducir, Star?

—Sí, me saqué el carnet en Suiza hace ocho años.

—Genial. Sería de gran ayuda que tuvieras movilidad y condujeras el Fiat de Marguerite. Te incluiré en el seguro.

—De acuerdo.

Tragué saliva al pensar en mi falta de práctica, y más teniendo que conducir por la izquierda.

Mouse se marchó y yo llevé mi bolsa de viaje hasta la puerta principal, que se abrió de inmediato para dar paso al pequeño grupo de bienvenida.

—¡Star! —exclamó Rory arrojándose a mis brazos y casi tirándome al suelo.

—¡Estamos salvados! ¡Demos gracias a los dioses! —dijo Orlando detrás de él.

Después cogió mi bolsa de viaje para dejarla al pie de la escalera.

A continuación encabezó la marcha hacia la cocina, cuya mesa estaba atestada de las provisiones que había encargado en la tienda. Suspiré para mis adentros al ver el gasto que debía de haber hecho Orlando; a pesar de la crisis económica que estaban pasando, daba la impresión de que la familia Forbes nunca había aprendido a economizar.

—No sabía exactamente qué querías, así que compré todo lo que se me ocurrió. Confieso que albergábamos la esperanza de cenar pata de cordero esta noche. De hecho, Rory y yo ya hemos recogido el romero. ¿Sabías que una vez que plantas un arbusto en tu jardín da una mala suerte terrible cortarlo? —dijo mientras se ponía un trozo bajo la nariz a modo de bigote y provocaba las risas de Rory—. Recuerdo que este romero ya estaba aquí cuando yo era un mocoso como tú. Bueno, señorita Star, ¿en qué podemos ayudarte?

Nos sentamos a cenar al cabo de dos horas, y después jugamos una partida de Scrabble que Orlando ganó con mucha ventaja.

—El tío Lando es muy listo —signó Rory cuando lo llevé a su habitación—. Dice que Mouse quería obligarlo a vender la librería.

—Puede. Bueno, ahora te meteremos en la cama y llamaré a Orlando para que te lea un cuento.

—Buenas noches, Star, me alegro de que hayas vuelto.

—Yo también me alegro. Buenas noches, Rory.

—Buenos días —saludó Mouse cuando subí con Rory al Land Rover.

Me aventuré a mirarlo mientras salíamos del camino de entrada y volví a pensar que estaba muy desmejorado.

—Presta atención a la ruta que seguimos, ¿vale, Star? Si practicas un poco con el Fiat, creo que podrías llevar a Rory al colegio a partir de ahora.

Me concentré en el itinerario, un trayecto de apenas siete minutos, pero que contaba con numerosos giros a derecha e izquierda. Nos detuvimos a la entrada de una vieja escuela con encanto situada junto a una zona verde del centro del pueblo.

—Entra conmigo, Star —me indicó Rory por signos, y después tiró de mí para que saliera del coche.

Franqueamos la verja de entrada y nos sumamos a las madres que acompañaban a sus hijos mientras cruzaban el patio. Los demás niños empezaron a colgar los abrigos en los percheros, pero Rory se acercó a mí para abrazarme.

—¿Vendrás a recogerme después? —preguntó al tiempo que una niña se acercaba y le tendía la mano.

—Venga, Rory —dijo la chica—. Vamos a llegar tarde.

El niño se despidió de mí con un gesto de la mano y desapareció por el pasillo.

—¿Todo bien ahí dentro? —preguntó Mouse cuando entré en el coche.

—Sí. Está claro que Rory es feliz aquí.

—Al menos de momento. En este colegio se han portado estupendamente con él, pero otra cosa es que pueda continuar en una escuela convencional cuando sea mayor —dijo cuando volvíamos a tomar la carretera secundaria—. ¿Te ves capacitada para recogerlo esta tarde? Tengo una reunión a las tres y media.

—Luego haré unas prácticas con el coche.

—Las llaves están en el bote que hay junto al teléfono. Llámame si tienes algún problema.

Bajé del vehículo cuando llegamos a la puerta de la casa y él se marchó a toda prisa sin decir una palabra más. Al entrar en la cocina encontré a Orlando sentado a la mesa.

—Hay un beicon maravilloso en la nevera y setas recogidas en la zona. Me encantan las setas —dijo mirándome de soslayo.

—¿Cómo te encuentras? —pregunté mientras cogía de la despensa y el frigorífico los ingredientes que había solicitado.

—Más sano que un roble, o que un toro. Aunque te juro que no entiendo esos dichos. ¿Acaso no hay robles y toros enfermos? ¿Qué planes tienes hoy?

—Hacer prácticas de conducción con el Fiat. Tengo que recoger a Rory del colegio a las tres y media.

—¡Perfecto! Entonces tal vez puedas incluirme en tus planes. Tengo que ir a Tenterden, un pueblito precioso que está aquí cerca. Tiene una librería maravillosa, mi madre me llevaba allí de pequeño. —Se quedó callado al hacerse cargo de su situación actual—. Bueno —se apresuró a decir—, estoy seguro de que habrá algún sitio donde tengan banda ancha, y en el local de al lado hacen la mejor mousse de salmón ahumado que haya probado nunca.

De modo que, tras convencer al reticente motor del Fiat para que arrancara y completar un par de trayectos de práctica arriba y abajo por el camino de entrada para acostumbrarme a una palanca de cambios que parecía un enorme chupachups negro, llevé a mi pasajero, que estaba tan nervioso como yo, a Tenterden. Las indicaciones que me daba Orlando eran tan poco fiables como el coche que conducía, así que recorrimos las carreteras comarcales entre baches, chirridos y frenazos. Para cuando llegamos al pueblo, tenía los nervios a flor de piel. Conseguí encontrar un hueco para aparcar junto al parque del pueblo, cuyos árboles de hoja caduca protegían una hilera de cuidadas casas de pizarra.

—Te aseguro que el horripilante viaje que acabamos de hacer merecerá la pena —afirmó Orlando mientras cruzaba el parque y yo lo seguía con la sensación de que, efectivamente, nos habíamos transportado a una era mucho más agradable.

La torre de una iglesia se erguía entre los viejos edificios de madera y los lugareños charlaban a las puertas de establecimientos coloridos o descansaban en los bancos del parque.

Mi guía se detuvo abruptamente delante de una cafetería con un escaparate dividido en parteluces y lleno de dulces y sostuvo la puerta para que yo entrara antes. Una mujer que servía a un cliente alzó la vista y esbozó una enorme sonrisa al verlo.

—¡Señor Orlando! Qué alegría verle por aquí.

—Igualmente, querida señora Meadows. ¿Cómo la trata la vida últimamente?

—Son tiempos duros para los comercios pequeños como el nuestro. Ya habrá visto lo que ha pasado aquí al lado —dijo señalando hacia la izquierda con el pulgar.

—No, hemos venido por la otra parte. ¿Qué ha ocurrido?

—El señor Meadows ha tenido que cerrar la librería. Los dos alquileres nos estaban matando. Y la cafetería es el establecimiento que hace negocio.

Pareció que a Orlando le hubieran dado un puñetazo en el estómago.

—¿Han cerrado la librería?

—Sí, hace ya dos meses, pero de momento no hemos encontrado nadie que quiera quedarse el traspaso. ¿Van a comer aquí?

—Sí, por supuesto —dijo Orlando—. ¿Qué tenemos hoy?

—Pastel de pollo y puré de patatas.

—Pues, si no le importa, tomaremos dos de esos, señora Meadows. Con dos copas de...

—Sancerre —respondió la señora Meadows por él—. Está usted tan escuálido como siempre, señor Orlando. ¿Esa jovencita suya no le da de comer? —preguntó señalándome con la cabeza y dirigiéndome una sonrisa.

—Le aseguro que me alimenta tan bien como lo hacía usted antes. Vamos, señorita Star.

Nos sentamos a una nudosa mesa de pino y Orlando se dejó caer sobre su silla de madera negando con la cabeza.

—Qué tragedia. Otra parte más de mi vida anterior que ha desaparecido. La librería de Meadows era un faro de paz y tranquilidad que iluminaba mis recuerdos de la infancia. Y ahora ya no está.

Tras comernos los pasteles de pollo, que ciertamente estaban deliciosos, Orlando le preguntó a la señora Meadows si «el establecimiento contaba con conexión de banda ancha». Ella respondió llevándoselos a él y su portátil a un despacho en la trastienda.

Mientras tanto me entretuve explorando Tenterden y saboreando su particular aire inglés, con sus casas y tiendas pintorescas alineadas a lo largo de calles estrechas y adoquinadas. Me quedé mirando el escaparate de una tienda de juguetes repleta de telarañas de mentira, arañas de plástico y escobas de bruja. Quedaban dos días para Halloween, y decidí que sería divertido celebrarlo con Rory, como mis hermanas y yo siempre habíamos hecho en Atlantis. Pa Salt nos había contado que las Siete Hermanas de las Pléyades estaban en lo más alto del cielo el día de Halloween, así que lo vivíamos como nuestra fiesta particular. Cuando estaba en casa, nos llevaba al observatorio y nos dejaba mirar, por turnos, el cúmulo de estrellas a través del telescopio. Siempre era yo la que tenía problemas para encontrar mi estrella, Astérope. No parecía brillar con la misma fuerza que las de mis hermanas.

—Pero tú tienes dos estrellas con tu nombre, cariño. Solo que están tan juntas que parecen una. ¿Las ves? —había dicho Pa Salt en una ocasión.

Entonces volvió a cogerme en brazos. Y las vi.

—Tal vez yo sea tu estrella gemela —intervino CeCe.

—No, CeCe, tú tienes tu propia estrella —respondió él con cariño—. Y está muy cerquita de las suyas.

Escogí un disfraz de Harry Potter para Rory, compré una capa y un sombrero de bruja para mí y un traje de mago para Orlando. Al menos sabía que a él no me costaría convencerlo de que se lo pusiera. Entonces me detuve ante un par de orejas de ratón, unos bigotes y una larga cola. Y los llevé también a la caja riendo para mis adentros. Volví a recorrer la calle mayor con mi abultada bolsa y me paré a comprar una calabaza.

—¡Por Dios santo! Deja a una mujer suelta cerca de las tiendas y arruinará a su familia en un abrir y cerrar de ojos.

Orlando me estaba esperando fuera de la cafetería.

—He comprado unas cosillas para Halloween.

—High Weald ya está llena de fantasmas del pasado, pero supongo que podrá asumir alguno más. Vaya, mira eso —dijo señalando el local contiguo, en cuyo escaparate destacaba un enorme letrero de SE ALQUILA—. Es muy triste —suspiró—. Triste, triste, triste.

Para cuando llegó Halloween, ya me había habituado a las excentricidades del Fiat. Llevé a Rory al colegio y le dije que habría una sorpresa esperándolo cuando volviera a High Weald. De regreso a casa, continué conduciendo varios metros más y giré a la izquierda para entrar en Home Farm. «Lo peor que puede pasar es que diga que no», pensé mientras me dirigía a la puerta trasera y llamaba con los nudillos.

—Está abierto —dijo una voz desde el interior.

Mouse estaba sentado a la mesa con la cabeza inclinada sobre los libros de cuentas.

—Hola, Star —me saludó dirigiéndome la primera sonrisa desde hacía varios días—. ¿Cómo estás?

—Bien, gracias.

—Pues la verdad es que yo también lo estoy. Me han dado buenas noticias. Voy a poner la tetera al fuego. —Se levantó, llenó con agua una vieja tetera de hierro y la puso a hervir—. Nuestros vecinos de Londres han aumentado su oferta por la librería y quieren cerrar el trato cuanto antes. Hasta es posible que tengamos el dinero en el banco para Navidad.

—Oh.

—No pareces muy entusiasmada.

—Solo pienso en Orlando, eso es todo.

—Mejor esto a que ambos acabemos en la calle y sin un penique. Y ahora ya es seguro que tendremos suficiente para que Orlando alquile una librería por aquí, e incluso para que se compre una casita si así lo quiere.

—Había venido a pedirte que esta noche cenes con nosotros en High Weald. Es Halloween y vamos a disfrazarnos.

—Buena idea. —Su respuesta afirmativa me sorprendió—. Dios mío, Star, qué alivio. No tienes ni idea de lo mal que estaban las cosas económicamente.

—¿Puedo pedirte que no se lo digas a Orlando esta noche? Quiero que Rory se lo pase bien hoy.

—Vale. ¿Cómo está?

—Está bien.

—¿Y tú? Tú también tienes buen aspecto. Ese jersey te sienta bien. Te hace juego con los ojos. Por cierto, no habrás encontrado esos diarios en High Weald, ¿verdad? —preguntó de pronto.

—No, lo siento —contesté mintiendo a medias.

Al fin y al cabo, habían vuelto a desaparecer. Y no precisamente de High Weald.

—Bueno, quién sabe adónde habrán ido a parar. La pena es que no puedo confirmar lo que mi padre me dijo antes de morir. Aunque tal vez sea mejor no remover el pasado. ¿Habéis tenido noticias de Marguerite?

—Sí, llamó anoche. Dijo que el trabajo iba bien.

—Y estoy seguro de que no ha regresado a Francia atraída solo por los murales, el dinero y el vino sacado directamente de la *cave*. Yo diría que ha conocido a alguien.

—¿En serio?

—No la había visto tan animada desde hacía años. Es sorprendente lo que el amor es capaz de hacer, ¿no te parece? Te ilumina desde el interior. —Mouse esbozó una sonrisilla de tristeza—. ¿Has estado alguna vez enamorada, Star?

—No —respondí sinceramente.

—Es una pena.

—Cierto. —Me levanté de inmediato, incómoda por el tono íntimo que iba adoptando la conversación—. Nos vemos esta noche a las siete en punto para cenar. Por cierto —dije mientras caminaba hacia la puerta—, también tenemos un disfraz para ti.

Cuando Rory volvió del colegio encendimos la calabaza y la colocamos en la puerta de entrada. Después, los dos nos pusimos nuestros disfraces.

—Nunca antes había jugado a Halloween —comentó Rory muy emocionado—. Marguerite decía que es un concepto estadounidense y que no deberíamos celebrarlo.

—No creo que importe mucho de dónde venga la idea, siempre que sea buena. Además, disfrazarse es muy divertido.

Bajamos la escalera para enseñarle el disfraz de Harry Potter a Orlando, que ya estaba en la cocina ataviado con una capa, un sombrero y una barba larga y blanca. Me di cuenta de que también podría ganarse la vida como doble del profesor Dumbledore.

—Tienes un aspecto realmente maléfico —dijo Orlando al ver mi disfraz de bruja.

—Star es una bruja blanca, así que es buena —repuso Rory abrazándome.

En cuanto dijo eso, Mouse apareció por la puerta y Orlando me fulminó con la mirada.

—No me habías dicho que él también vendría —dijo en un susurro teatral que su hermano pudo oír perfectamente.

—¿Mouse también tiene disfraz? —preguntó Rory.

—Por supuesto. Toma.

Saqué la bolsa de un armario y se la entregué. Miró en el interior y frunció el cejo.

—En serio, Star, estas cosas no me van.

—¿Por Rory? —le susurré—. Aunque solo sean las orejas.

Las saqué de la bolsa y se las ofrecí.

—¡Ahora serás un ratón de verdad! —gritó Rory, encantado con la idea—. Yo te ayudo.

Seguí removiendo la sopa de calabaza sin atreverme a mirar si Mouse cedía a las dotes persuasivas de Rory.

—¿Cómo estás, Orlando? —preguntó Mouse mientras se dirigía a la despensa.

No hubo respuesta, de modo que volvió con una botella de cerveza y otra de vino y me ofreció una copa. Tuve que reprimir la risa al verlo con las orejas de ratón. Rory se las había puesto en la cabeza de cualquier manera y alargué el brazo para recolocárselas.

—Te sientan bien —sonreí.

—Gracias —murmuró al tiempo que volvía a la mesa.

A pesar de la tensión entre los hermanos, la emoción de Rory era contagiosa. Comimos la sopa y luego les serví «hamburguesas fantasma» y unas «patatas de araña» que había moldeado con puré y después frito. Tras el pudin fui al cajón y saqué el DVD de *Harry Potter* que había comprado en el pueblo.

—¿Queréis que la veamos? —pregunté a los tres.

—¿No es *Superman*? —signó Rory.

—No, pero creo que esta te gustará —lo animé—. ¿Te importaría ponerla, Dumbledore?

—En absoluto. Llevo un año intentando convencer a Rory para que me deje leerle el libro. —Orlando se levantó y agitó su varita—. Vamos, Harry, permite que te conduzca al mundo de Hogwarts y de todas sus glorias.

—Yo tengo que irme. —Mouse se quitó las orejas y las puso sobre la mesa—. Gracias por esta noche, Star. A Rory le ha encantado.

—Me alegro.

—Tienes muy buena mano con él, en serio.

Entonces se acercó a mí y, después de una pausa, me dio un abrazo fuerte y repentino. Alcé la vista y vi la expresión de sus ojos mientras bajaba la cabeza hacia la mía. Y entonces, como si hubiera cambiado de opinión, me plantó un sentido beso en medio de la frente.

—Buenas noches.

—Igualmente —dije yo.

Me soltó, puso rumbo a la puerta de la cocina y se marchó.

A pesar de que la primera parte de la película de *Harry Potter* era uno de mis clásicos favoritos, apenas le dediqué atención, ya que no paraba de darle vueltas al momento en que Mouse me había buscado los labios.

—Vamos, jovencito, hace tiempo que deberías estar en la cama.

Levanté del sofá a mi reacio Harry Potter mientras salían los títulos de crédito.

—Está noche no hay cuento, amigo, es tarde —dijo Orlando—. A dormir bien y a soñar con los angelitos.

Le di un beso de buenas noches a Rory y volví al piso de abajo con la intención de limpiar la cocina.

—¿Adónde vas ahora? —preguntó Orlando señalándome con su varita cuando recogí del salón las tazas donde habíamos tomado el chocolate caliente—. No paras nunca, ¿verdad? Por favor, señorita Star, siéntate. Tengo la sensación de que hace días que apenas hablamos.

—Vale. —Me acomodé en el sillón, junto al fuego, imitando la manera en que nos sentábamos en la librería—. ¿De qué quieres que hablemos?

—De ti.

—Ah —dije, puesto que ya me había preparado para otro torrente de lamentaciones por la venta de la librería.

—Sí, señorita Star, de ti —repitió—. Me da la impresión de que has hecho mucho por esta familia, en especial por Rory y por mí. Luego siento que debo ofrecerte algo a cambio.

—De verdad, Orlando, no es necesario. Yo…

—No es precisamente una compensación económica, pero, en mi opinión, se trata de algo mucho más importante.

—¿En serio?

—Sí. En serio. Verás, señorita Star, no he olvidado el auténtico motivo por el que llegaste a Libros Arthur Morston en un principio: tu padre te mandó allí en busca de tus verdaderos orígenes.

—Cierto.

—Al comienzo me inquietó, por supuesto, como le pasaría a cualquiera cuando un extraño anuncia que tiene un vínculo con su familia. Sobre todo si se trata de una familia con una historia tan compleja como la nuestra. Me preguntaste quién era Flora MacNichol, y yo te dije que era la hermana de nuestra bisabuela, o dicho de otro modo, nuestra tataratía, algo que es completamente cierto. Pero esa no es toda la verdad.

—Entiendo.

—Dudo mucho que lo hagas. De hecho, no creo que nadie aparte de mí lo entienda, señorita Star, porque durante los terribles años de mi enfermedad infantil lo único que podía hacer para escapar era leer.

—Mouse me lo ha contado.

—Seguro que sí. Pero ni siquiera él podría saber que durante mi voraz periplo por las estanterías de Home Farm leí todo cuanto había en ellas. Incluidos los diarios de Flora MacNichol. —Orlando hizo una pausa dramática—. Todos ellos.

—De acuerdo. —Decidí participar en el pequeño juego de Orlando—. ¿Y sabes que se han perdido algunos? Mouse ha estado buscándolos para continuar investigando el pasado de la familia. ¿Sabes dónde están?

—Por supuesto que lo sé.

—Entonces ¿por qué no se lo has dicho?

—La verdad es que no me parecía que su investigación tuviera buenas intenciones. Señorita Star, debes comprender que, desde que su mujer y nuestro padre murieron, mi hermano se ha convertido en un hombre amargado y afligido. Tenía la sensación de que poner a su disposición la información de esos diarios habría arrojado aún más leña a su fuego interno. Te aseguro que estaba tan atrapado en su propia miseria que costaba un mundo arrancarle una sola palabra educada.

—¿Y por qué habría empeorado eso con la lectura de los diarios?

—Estoy seguro de que Mouse ya te habrá informado de que nuestro padre le dio cierta… información antes de morir. Mouse se obsesionó con encontrar la verdad acerca de su pasado. Simplemente porque no tenía un futuro al que aferrarse. ¿Me entiendes?

—Sí. Pero ¿qué tiene que ver todo eso conmigo?

—Bueno, veamos… —Orlando cogió una bolsa de lona que había junto a su asiento. Hurgó en su interior y sacó varios de los reconocibles cuadernos forrados de seda—. ¿Sabes qué son?

—Los diarios de Flora MacNichol.

—Exacto, exacto. —Orlando asintió—. Por supuesto, fui yo quien los recuperó hace un tiempo de Home Farm y los ocultó entre los miles de libros de la tienda. Como sabes, harían falta años para localizarlos allí —añadió con cierto regodeo.

Opté por dejarlo disfrutar de su momento de gloria y me abstuve de contarle que ya los había encontrado.

—De modo que aquí los tienes, señorita Star. La vida de Flora MacNichol entre los años 1910 y 1944. Contienen la prueba escrita del engaño acontecido en nuestra familia, algo que ha tenido graves consecuencias a lo largo del tiempo. Y también podría decirse que contribuyó enormemente a la situación en la que nosotros tres nos hallamos en este momento.

Permanecí en silencio, asumiendo que se refería a Mouse, Marguerite y él mismo.

—Así pues, dado que has mostrado tanta nobleza en tus actos para con los desdichados Forbes, me siento en el deber de guiarte por el camino correcto desde donde lo dejó mi hermano.

—De acuerdo, gracias.

—Bueno, ¿dónde se quedó Mouse exactamente?

—Flora había averiguado quién era su verdadero padre. Y huía de Londres para regresar a casa.

—Entonces te propongo retomar la historia a partir de ahí. Perdóname si no leo cada una de las palabras, pero tenemos que repasar unos treinta años. —Señaló el montón de volúmenes finos—. Algunas partes son excesivamente aburridas, pero no cabe duda de que nos preparan para un clímax de gran altura. Así que comencemos. No te equivocas al pensar que Flora regresó a su «hogar» en los Lagos aquel día. Consiguió llegar hasta Near Sawrey y se puso en manos de Beatrix Potter, que la acogió y le ofreció refugio. Después, unos meses más tarde, usó el legado de su padre para comprar una pequeña granja cercana. Y durante los siguientes nueve años vivió prácticamente en reclusión, cuidando de sus animales y sus tierras.

—Todavía era muy joven, tenía poco más de veinte años —susurré.

—Todo a su tiempo; paciencia, señorita Star. Ya acabo de decirte que a partir de aquí su vida se anima.

Orlando cogió el primer diario y pasó sus páginas, tras lo cual lo soltó y buscó otro entre los que había en la pila.

—Bueno, estamos en los Lagos, en una mañana nevada de febrero de 1919, con un frío tremendo…

Flora

Near Sawrey, Distrito de los Lagos

Febrero de 1919

34

Flora despejó un estrecho sendero en la nieve desde la puerta de su casa, una tarea inútil, ya que los cielos encapotados indicaban que su trabajo quedaría sepultado bajo una nueva ventisca en cualquier momento. No obstante, necesitaba salir de la granja y recorrer el camino para ver a Beatrix, quien recientemente había sufrido un ataque de bronquitis. No tenía sentido llevar a Giselle, su poni de raza Northumbria, que, aunque debería servirle en esas circunstancias, se quejaba cuando la nieve le llegaba a los carpos y se negaba en redondo a avanzar.

Ataviada con unos gruesos pantalones a cuadros que se había hecho ella misma —mucho más prácticos que las faldas— y unas pesadas botas, cogió la cesta llena de provisiones y se dispuso a descender la pendiente helada hasta el camino oculto bajo los montones de nieve.

Como siempre, se detuvo al ver los destellos de las ventanas de Esthwaite Hall al otro lado del lago, cuya superficie estaba tan congelada que Flora se veía capaz de ponerse unos patines y atravesarlo en unos minutos. Era el peor invierno que recordaba en los nueve años que llevaba allí. Y para mayor tristeza, había perdido un gran número de ovejas, como todos los granjeros del distrito.

A lo lejos se distinguía Castle Cottage, la casa a la que Beatrix se había trasladado al casarse con el entrañable William Heelis, su simpático marido abogado. Fue la propia Beatrix quien le comentó que la granja Wynbrigg estaba en venta y le sugirió que la comprara. Flora había hecho grandes esfuerzos para reformar la casa y reabastecer la granja de ganado.

Beatrix ya no era tan joven como antaño, aunque ella continuaba negándose a aceptarlo y todavía se la encontraban de vez en cuando en la cima de una colina buscando una oveja o nuevas especies de flores silvestres que todavía no había cultivado en su jardín. Muchas de esas plantas acababan en los propios parterres de Flora, pues su amiga acostumbraba a darle esquejes.

Beatrix fue quien la salvó aquella funesta noche de 1910 cuando Flora había huido de Londres con la única certeza de que debía regresar a sus queridos Lagos. A muchas personas del pueblo la escritora les parecía una vieja estrafalaria y malhumorada. Pero Flora había visto y sentido la bondad que albergaba su corazón.

Beatrix era su amiga más cercana; la única, de hecho. La adoraba.

Y la soledad era un precio bajo a pagar por vivir de manera independiente, pensó Flora mientras avanzaba con la nieve a la altura de las rodillas. Al menos a ella la Gran Guerra —el armisticio no se había declarado hasta noviembre— no la había afectado tanto como a la mayoría, ya que no tenía ningún allegado a quien perder. Aunque mentiría si dijera que no había pensado constantemente en las personas a las que todavía amaba. Archie Vaughan se le aparecía en sueños y pesadillas, a pesar de su firme resolución de no pensar en él durante las horas de vigilia.

La granja la mantenía, cuando menos, ocupada, y con la guerra no le había quedado más remedio que aprender el arte de la autosuficiencia. Su vaquería se había quedado sin leche, ya que lo que extraía de sus pocas reses iba destinado a los chicos que estaban en Francia, de modo que Flora había comprado una cabra para abastecerse a sí misma. Los caballos de tiro de la región habían sido requisados para la guerra y solo había podido conservar a Giselle, el poni. Las verduras también escaseaban, así que había empezado a cultivar su propio huerto y a criar gallinas para tener huevos. A pesar del hambre, jamás había tenido la tentación de retorcerle el pescuezo a ninguna de ellas. No había comido un solo trozo de carne desde su regreso a los Lagos.

—¿Estás vivo? —preguntó en voz alta al aire gélido cuando conjuró la imagen de Archie en la cabeza.

Lo cierto era que la agonía de la incertidumbre le resultaba insufrible. Beatrix, a quien Flora había contado toda su triste historia cuando había llegado allí hacía tantos años, le había rogado que contactara con su hermana para comunicarle dónde estaba y preguntar tanto por ella como por su esposo. «La guerra lo cambia todo», le había dicho. Pero Flora sabía que nada podría cambiar la horrible traición que había cometido. Ni la expresión de Aurelia cuando le dijo que no quería volver a verla jamás.

Ocasionalmente, los cotilleos locales le proporcionaban noticias de sus progenitores, y sintió un profundo pesar cuando, hacía dos años, se enteró de que su padre había muerto. Escribió una carta a su madre, pero nunca llegó a enviarla a Escocia. El resentimiento que sentía hacia Rose por haberla abandonado tras la muerte del rey la incapacitaba para comunicarse con ella. Hacía poco que había llegado a sus oídos que su madre había dejado las Highlands para marcharse al extranjero; nadie parecía saber exactamente adónde.

El invierno siempre era la época del año más dura para ella, ya que no podía agotarse a base de trabajo físico para alejar de su mente los oscuros pensamientos que la acuciaban. Recibiría con gusto la llegada de la primavera, cuando las tareas volvieran a llenar sus días. Flora llegó a Castle Cottage jadeando por el esfuerzo y llamó a la puerta. Como siempre, los primeros en saludarla fueron la pareja de pekineses de Beatrix.

—Querida Flora, entra —dijo Beatrix al tiempo que una oleada de aire cálido envolvía a su invitada—. Acabo de sacar del horno un pastel que he hecho con el último huevo que me quedaba. Vas a ser tú quien lo disfrute, porque William se ha ido a su despacho de Hawkshead a pesar de la nevada. Que no te dé miedo probar este, pues la señora Rogerson me ha ayudado a hacerlo.

—Muy amable de tu parte. Y mira, te he traído huevos frescos. —Flora se quitó los guantes y colocó los tres huevos con mucho cuidado sobre la mesa—. ¿Te encuentras mejor, querida Beatrix?

—Mucho mejor, gracias. Un resfriado de los malos. Y últimamente se me cogen al pecho.

—También te he traído alcanfor —dijo sacándolo de la cesta—. Y un bote de la miel que extraje de mis panales el año pasado.

Se sentó a la mesa de la cocina mientras Beatrix le cortaba un trozo del pastel, cuyas finas capas de arriba y abajo se veían excelentemente compensadas por la cantidad de mermelada que llevaba en medio. Cuando se llevó la porción a la boca y apreció su olor, cayó en la cuenta de algo.

—¿Qué día es hoy? —preguntó.

—Dieciséis de febrero.

—¡Cielos! —Flora se reclinó en la silla y rio—. No te lo vas a creer, pero hoy es mi cumpleaños. ¡Y me has dado pastel!

—¡Querida! Entonces no podría haber tenido razón mejor para hacerlo. —Beatrix se sentó y la tomó de la mano—. Feliz cumpleaños, Flora.

—Gracias.

—Recuérdamelo: ¿cuántos años cumples?

—Tengo… —Flora tuvo que pensarlo unos instantes— veintinueve años.

—Todavía eres muy jovencita. Casi te doblo la edad —dijo Beatrix—. Siempre pienso que eres mayor. Por favor, tómatelo como un cumplido, si puedes.

—Oh, lo comprendo. Tengo la sensación de haber vivido ya mucho.

—Sabes que soy una mujer de campo, pero hasta yo necesito regresar de vez en cuando a la civilización de Londres, y a veces me pregunto si no te iría bien a ti también. Sobre todo ahora que la guerra ha acabado.

—Ya soy feliz aquí —comentó Flora, que sintió irritación.

—Lo sé, querida, pero la otra noche William y yo hablamos de que nos preocupa tu situación. Todavía eres joven y hermosa…

—Por favor, Beatrix, no hay necesidad de halagos.

—No es eso, no son halagos. Me limito a señalar los hechos. ¿No piensas contactar con tu familia? ¿Sugerir una visita al sur para enterrar el hacha de guerra?

—Ya hemos hablado de esto, y la respuesta sigue siendo no. Aurelia no quiere volver a verme. ¿Qué podría aportar yo a su vida aparte de un doloroso recuerdo del pasado?

—¿Y qué me dices del amor, Flora?

La joven se quedó mirando a Beatrix, confundida. No entendía por qué su amiga, que no era nada sentimental, le hablaba de tal cosa. Se comió el resto del bizcocho apresuradamente y se levantó.

—Tengo que irme ya. Gracias por tus buenos deseos, pero te aseguro que estoy bien y feliz. Adiós.

Beatrix se quedó mirando a su joven amiga mientras esta abandonaba la cocina, y cuando la vio adentrarse en la nieve para llegar hasta el camino, la soledad y el aislamiento de la vida de Flora continuaron turbando sus pensamientos.

Cuatro meses después, un soleado día de junio, una Flora llorosa abrió la puerta de su casa ante los repetidos golpes de Beatrix.

—¡Cielo santo! —exclamó la mujer al ver la desolación de su rostro—. ¿Qué demonios ha pasado?

—¡Pantera! Anoche se durmió en mi cama como de costumbre, pero esta mañana no ha… despertado.

—Oh, querida —se lamentó Beatrix, que entró en la casa y cerró la puerta—. Lo siento en el alma.

—¡Lo quería tanto! Era el único vínculo que me unía al pasado. De hecho, era lo único que tenía…

—Venga, venga. —Beatrix llevó a Flora a la cocina, la hizo sentarse y puso la tetera al fuego—. Ha vivido una vida buena y larga.

—Solo tenía diez años. Sé que otros gatos viven mucho más.

Flora agachó la cabeza; los hombros le temblaban a causa de los sollozos silenciosos.

—Bueno, ha vivido feliz y sano todos estos años. Y ambas sabemos que no hay nada peor que ver a un animal viejo sufrir una muerte lenta y dolorosa.

—Pero ¡ha pasado tan de repente! ¡No lo entiendo!

—Nadie puede entenderlo, salvo el Señor que está en los cielos. —Beatrix vertió el agua en un recipiente de cerámica—. ¿Dónde está ahora?

—Sigue en mi cama. Parece tan cómodo que no quiero moverlo.

—Tendrás que ser pragmática, Flora. Hay que enterrar a Pantera. ¿Te ayudo?

—Sí… —Los ojos de Flora volvieron a llenarse de lágrimas—. Perdona que me ponga sentimental. Ya sabes que he perdido muchos animales durante este tiempo, pero Pantera era especial.

—Claro que sí. Con algunos animales nos pasa eso.

—¿Sería ridículo decir que sin él me siento tremendamente sola?

—En absoluto. —Beatrix puso una taza de té delante de ella—. Seguro que tienes alguna caja en la despensa. ¿Qué te parece si subo con una y coloco a Pantera en su interior? Lo bajaré y podrás despedirte de él antes de cerrar la caja. Después podemos salir y decidir en qué parte del jardín quieres poner su tumba.

—Gracias.

Flora le dedicó una tímida sonrisa a su amiga, que salió de la cocina.

Tras enterrar a Pantera y hacer cuanto pudo por consolar a la desolada Flora, Beatrix dejó Wynbrigg Farm y regresó a Castle Cottage por el camino. Abrió un cajón de su escritorio, sacó la carta que había recibido días atrás y la leyó de nuevo. Su contenido la hizo llorar, una rareza en los días posteriores a la Gran Guerra, causa de tantas tragedias. Durante la cena, comentó la situación con William, su marido.

—He ido a ver a Flora esta mañana para explicarle la idea, pero no me pareció el momento más apropiado. Estaba destrozada por la muerte de su gato.

William limpió su pipa con aire reflexivo.

—Por lo que me has contado, creo que eso da incluso más valor a tu sugerencia. Yo me inclinaría por presentárselo simplemente como un hecho consumado. En el peor de los casos, diría que no.

—Seguramente tengas razón. Gracias, querido.

Una semana más tarde, Flora, todavía desconsolada, vio que Beatrix volvía a subir por el camino con un bulto grande en los brazos.

—Buenos días, Flora —la saludó su amiga al entrar en la casa—. Los parterres de tu jardín están preciosos, sobre todo la estrella de Persia, una aportación excelente.

—Gracias —respondió Flora, a pesar de que desde que había muerto Pantera no se había ocupado prácticamente de nada—. ¿Qué es... eso?

Beatrix levantó la manta que protegía el fardo.

—Esto, querida mía, es un bebé.

—Cielo santo. —Flora se acercó a Beatrix y estudió con más detenimiento el rostro diminuto, con los ojos cerrados por el sueño—. ¿Y qué hace aquí contigo exactamente?

—Es un niño, y tiene dos semanas. Como sabes, ayudo a financiar el hospital local y a este bichito nos lo llevaron pocas horas después de nacer. Una vecina lo oyó llorar desde la casa de al lado, en Black Fell. Por desgracia, se encontró con que la madre había muerto tras el parto, pero esta cosita seguía entre sus piernas berreando de lo lindo. Nadie había cortado el cordón que une al bebé con la madre. La mujer lo seccionó con un cuchillo para el pan, hizo que su marido llamara al enterrador y bajó al bebé desde la montaña al hospital. ¿Puedo sentarme? Pesa más de lo que parece. Es un niñito muy fuerte, ¿a que sí? —dijo arrullando con ternura el bulto que sostenía en brazos.

Flora llevó a Beatrix a la cocina y le sacó una silla, maravillada ante la nueva faceta maternal de su amiga.

—¿Dónde está el padre del niño?

—Bueno, es una historia realmente trágica. El padre era pastor y lo enviaron a Francia a combatir hace tres años. Disfrutó de su último permiso en agosto y, poco después de regresar al frente, pereció en las trincheras durante la batalla de Épehy. Cuando tan solo quedaban unas semanas para el armisticio. No repatriaron el cadáver. —Beatrix sacudió la cabeza con un gesto de tristeza—. Y ahora ninguno de los dos está aquí para ver a su hijo. Solo puedo rezar por que se hayan reunido en el cielo, que Dios acoja sus almas.

—¿El bebé no tiene ningún otro familiar?

—Nadie, que la vecina sepa. Lo único que pudo decir al personal del hospital es que la madre era de Keswick y que se llamaba Jane. Cuando realicé mi visita mensual al hospital me contaron la historia del bebé y su trágico destino. Fui a visitarlo y, aunque no se encontraba bien en ese momento, he de admitir que me quedé prendada con él y con su infortunio.

—Ahora tiene muy buen aspecto.

Ambas se quedaron mirando al bebé, que se desperezó y expresó su descontento haciendo un puchero con los labios de rosa y succionando ruidosamente después.

—Pronto se despertará y habrá que alimentarlo. Ahí, en mi cesta, encontrarás un biberón. ¿Te importaría calentarlo? Me han dicho que no les gusta si está frío.

—¿Es leche humana? —preguntó Flora, fascinada, mientras

cogía el biberón de la cesta y se disponía a calentarlo en un cazo con agua caliente que puso al fuego.

—A todos los niños se les desteta a base de leche animal aguada, aunque me han dicho que la de vaca a veces les provoca cólicos, en cuyo caso se les alimenta con leche de cabra.

—Sí... —Flora titubeó—. ¿Por qué está aquí contigo? ¿Estáis pensando en adoptarlo William y tú?

—¡No, por Dios bendito, no! Por más que me apene que ya no podré ser madre, acepto que no sería justo adoptar a un bebé ahora. Querida Flora, tal vez olvides que tengo cincuenta y dos años; podría ser la abuela de este pequeño. Menuda idea —dijo Beatrix riendo—. William y yo estaremos ya muertos cuando alcance la mayoría de edad.

—Entonces ¿solo te encargas de él por hoy?

—Sí. —El bebé empezó a retorcerse con ganas y sacó los bracitos de debajo de la manta para estirarse—. Cuando visito el hospital —continuó Beatrix—, veo muchos bebés y niños enfermos, pero este pequeño es un luchador. Las enfermeras me han dicho que a pesar de las traumáticas circunstancias de su nacimiento se ha recobrado completamente. ¿Te importaría sostenerlo un momento? Me duelen muchísimo los brazos.

—Yo... nunca he cogido a un bebé. No quiero hacerle daño o que se me caiga.

—No se te caerá. Las dos fuimos bebés en su momento y conseguimos sobrevivir, aunque estoy segura de que nuestras madres no eran más que unas ineptas con buenas intenciones. Toma. Voy a coger el biberón.

Beatrix alzó el bebé para entregárselo a Flora.

La solidez del crío la sorprendió. Parecía muy pequeño, pero cuando empezó a moverse a un lado y a otro y a maullar igual que hacía Pantera cuando pedía comida, su absoluto propósito de seguir viviendo hizo que se le cayera una lagrimita.

—He comprobado la temperatura del biberón con la mano para asegurarme de que no se queme ni se asuste porque está fría —dijo Beatrix mientras se lo entregaba.

—¿Qué tengo que hacer? —preguntó Flora mientras el bebé, tal vez oliendo la leche, tan cerca pero fuera de su alcance, empezó a berrear con fuerza.

—¡Pues ponérselo en la boca, claro está!

Flora le pasó la tetina por los labios, que se negaban tercamente a abrirse.

—No lo quiere.

—Entonces ponle una gota de leche en los labios. Flora, te he visto cuidar muchos corderos y hacerlos beber en multitud de ocasiones. No tienes más que emplear la misma técnica.

Hizo lo que le decía su amiga y, al cabo de unos segundos de tensión, consiguió introducirle el biberón en la boca y el niño empezó a succionar. Ambas mujeres suspiraron aliviadas al ver que la paz volvía a reinar en la cocina.

—¿Qué será de él? —preguntó Flora al cabo de un rato.

—¿Quién sabe? Ahora que se ha recuperado, no podrá quedarse en el hospital. Me han escrito una carta para que pregunte por aquí, pero si no le encontramos un hogar, lo enviarán a un orfanato de Liverpool. —Beatrix se estremeció—. Me han dicho que es un lugar horrible. Y después, cuando tenga la edad suficiente, le buscarán algún tipo de empleo, si tiene suerte en una fábrica de algodón, si no, en las minas de carbón.

—¿Y eso es lo mejor a lo que puede aspirar este niño inocente?

Horrorizada, Flora bajó la mirada hacia la sosegada expresión de satisfacción del bebé.

—Sí, por desgracia. Tal vez hubiera sido mejor que corriera la misma suerte que su madre. Hay poca esperanza de futuro, dado que el número de niños abandonados aumenta exponencialmente cada mes. Hay muchas mujeres que sufren sin encontrar ningún medio de sustento para sus hijos, ya que sus maridos no han regresado de Francia.

—¿Es que no hemos tenido ya suficientes pérdidas de vidas humanas?

—Las pérdidas traen más pérdidas, querida niña. El mundo entero intenta recuperarse tras quedar prácticamente destruido. Perdóname por lo que voy a decir, pero aquí, arropaditas delante de nuestras chimeneas bien surtidas, es muy fácil llegar a desentenderse de lo que sucede más allá. Cuando viajo a Londres, veo la desesperación de los soldados lisiados que piden en las esquinas, la pobreza que es el epílogo de esta guerra terrible.

—Ha terminado, se está quedando dormido. —Flora puso el biberón sobre la mesa—. Beatrix, ¿por qué has traído al niño aquí?

—Porque quería que lo vieras.

—¿Solo por eso?

—En gran parte sí. Y también...

—¿Qué?

—A veces me preocupa que te hayas aislado completamente del mundo exterior.

—A lo mejor es lo que quiero. Al igual que tú, prefiero los animales a las personas.

—Eso no es cierto, Flora, y lo sabes. Mi principal fuente de alegrías es otro ser humano. Si no fuera por mi marido, mi vida estaría más que vacía.

—Toma. —Flora le dio al niño dormido—. Ya está alimentado.

—Por ahora. —Beatrix volvió a acogerlo en brazos y se levantó—. ¿Me pasas la cesta?

Flora se la entregó y se quedó mirando cómo envolvía al bebé en las mantas, preparándose para marchar.

—Gracias por traerlo —dijo mientras salían de la casa y recorrían el camino de entrada—. ¿Cómo se llama? —preguntó cuando abrió la verja.

—Lo llaman Teddy, como a los osos de peluche, porque todas las enfermeras quieren hacerle carantoñas. —Beatrix esbozó una sonrisa triste—. Adiós, Flora.

Esa misma noche, la joven se sentó a escribir su diario, pero le resultaba imposible concentrarse. No dejaba de pensar en los enormes ojos del bebé y su mirada desinhibida. Al final, se dio por vencida y empezó a deambular por su inmaculado salón. Todo estaba en su preciso lugar, justo donde ella lo había colocado. Nadie iba nunca a perturbar esa calma segura que había creado para sí misma.

Se preparó una taza de chocolate en polvo, lo mismo que la niñera solía hacerles a Violet y Sonia antes de acostarlas.

Violet... su querida Violet, tan apasionada y sin embargo esclava del incontrolable amor que sentía por su amiga, Vita Sackville-West. Sabía que esta última se había casado hacía unos años, pero Beatrix le había dicho que en Londres se rumoreaba que la relación entre ambas mujeres se había restablecido. Flora seguía haciendo oídos sordos a las habladurías sobre su vida pasada, pero aun así había averiguado lo suficiente para comprender que el amor entre las dos amigas de infancia había evolucionado hasta convertirse en algo más profundo.

Suspiró al pensar que nadie mejor que Violet, digna hija de su madre, para erigirse en protagonista del último escándalo amoroso de Londres. Había aprendido de la mejor maestra, y su educación hacía que viera la mala reputación como algo natural.

Flora, en cambio, había decidido huir...

Ya en el piso de arriba, acostada, oyó el ulular de un búho, la única criatura todavía en activo y despierta cuando ya se acercaban las largas horas muertas de la noche. La soledad la envolvió como un manto oscuro y decidió bajar de nuevo y regresar a su escritorio. De uno de los cajones sacó una llave que abría un pequeño casillero y, tras hacerla girar en la cerradura, metió la mano en el compartimento secreto. Encontró el diario, lo abrió y rebuscó con los dedos en el interior del bolsillo de seda de la cubierta trasera. Sacó la carta que su padre —Eduardo— le había enviado a través de sir Ernest Cassel.

> Vive tu vida con la libertad del anonimato, como me habría gustado hacer a mí. Y, sobre todo, sé fiel a ti misma.

Se quedó mirando la firma un instante. «Eduardo...»

—Teddy —dijo súbitamente.

Y entonces Flora MacNichol rio por primera vez desde hacía tanto tiempo que ni lo recordaba.

—Por supuesto —dijo—. Obviamente.

35

El bebé Teddy se trasladó a casa de Flora dos días después, y los dos hicieron cuanto pudieron y más para acostumbrarse el uno al otro. Flora intentaba verlo como si fuera un corderito huérfano que necesitaba calor, amor y, sobre todo, leche. Pero la asombraba sentir náuseas cada vez que tenía que cambiarle los pañales pese a ser capaz de limpiar cualquier forma de estiércol animal sin inmutarse.

Teddy no era un bebé tranquilo en absoluto. Como haría con cualquier cachorro que ha perdido a su madre, Flora lo tumbaba en su cuna improvisada —un cajón lleno de mantas situado cerca del fuego— después de que se tomara el último biberón. Entonces ella se preparaba para ir a la cama, subía la escalera, se deslizaba entre las sábanas y cerraba los ojos con alivio. Pero solo unos minutos más tarde, comenzaban los berridos.

Había intentado ignorarlos, ya que Beatrix le había dicho que a los bebés había que «enseñarlos como a los animales», pero Teddy no parecía muy dispuesto a aceptar las reglas. A medida que subían los decibelios, que retumbaban contra los gruesos muros de piedra de la casa de campo, Flora se concienciaba de que aquello era una guerra de desgaste, y Teddy siempre salía vencedor.

El único momento en que parecía encontrar paz era cuando lo acurrucaba junto a ella en su cama. Y al final, aunque sabía que aquello terminaría por volverse en su contra, estaba tan exhausta física, mental y emocionalmente que había dejado de importarle y le permitía dormir junto a ella por las noches.

Tras tomar esa decisión, la casa alcanzó cierto grado de paz. Aun así, la granja estaba algo desatendida, por lo que decidió contratar a un joven del pueblo que hacía las labores básicas para las que ella ya no tenía tiempo. Y a pesar de que la rutina que había construido con tanto esfuerzo se había ido al traste, el hecho de tener cada noche entre sus brazos el latido de otro corazón hizo que el suyo comenzara a descongelarse.

En cuanto apareció el sol del verano, Flora decidió sacar a Teddy de paseo usando un retazo de algodón a modo de bandolera para llevarlo pegado al cuerpo, ya que los senderos irregulares y el terreno escarpado no eran aptos para un cochecito. No prestaba atención a las miradas curiosas de los lugareños, aunque se imaginaba los chismorreos y se reía de lo que pensarían. Y según fueron pasando los días, empezó a experimentar una sensación de paz y plenitud que jamás pensó que llegaría a encontrar. Así fue hasta el caluroso día de julio en que recibió una visita.

Acababa de dejar a Teddy para que echara su siesta vespertina y se estaba ocupando del jardín, donde los parterres que había plantado con tanto esmero pero descuidado durante meses reclamaban su atención con gritos tan desesperados como los del propio bebé. Mientras quitaba las malas hierbas de los plantíos, sudando bajo el recio sol de la tarde, pensó que la naturaleza recuperaba el control inmediatamente si se le dejaba el más mínimo espacio.

—Hola, Flora.

Las manos, llenas de tierra y hierbas, se le quedaron paralizadas.

—Me llamo Archie Vaughan. ¿Me recuerdas?

«Debe de haberme dado un golpe de calor», pensó. ¿Que si lo recordaba? ¿A ese hombre cuya imagen la había perseguido durante los últimos nueve años? Era la pregunta más absurda que su mente solitaria había formulado en la vida.

—¿Puedo pasar, por favor?

Se volvió para poner fin a la ridícula alucinación, pero estudió la silueta que esperaba pacientemente tras la verja, sacudió la cabeza varias veces y parpadeó otras tantas, y la imagen se negó a desaparecer.

—¡Es ridículo! —exclamó en voz alta.

—¿Qué es ridículo? —preguntó la alucinación.

—Tú —contestó ella mientras se levantaba y caminaba hasta la verja, pues había leído suficientes libros para saber que, cuando alguien se deshidrataba, el oasis imaginado desaparecía al aproximarse a él.

—¿Yo?

Flora se había detenido junto a la verja, a tan poca distancia de él que percibía su familiar fragancia e incluso la ligerísima caricia de su aliento en la mejilla.

—¡Vete, por favor! —ordenó con desesperación.

—Flora, te lo ruego… soy yo, Archie. ¿No me recuerdas?

Entonces el espejismo alargó la mano y le tocó la mejilla provocándole unas sensaciones que no podían ser ni por asomo producto de un sueño.

Aquel roce pareció absorberle hasta la última gota de sangre de las venas. Flora se tambaleó y se agarró a la verja para guardar el equilibrio cuando la cabeza empezó a darle vueltas.

—Por Dios bendito, Flora…

Y de repente, la tierra vino a su encuentro y la joven se derrumbó sobre el camino.

—Perdóname —oyó vagamente mientras sentía que una brisa fría le acariciaba el rostro—. Tendría que haber enviado un telegrama para avisar de mi llegada. Pero me temí que harías todo lo posible para que no te encontrara.

Su voz suave la hizo abrir los ojos y vio lo que parecía un abanico tricolor moviéndose de un lado a otro ante su cara. Cuando pudo enfocar la vista, se percató de que se trataba de su propio sombrero y que tras él había un rostro: más delgado de lo que recordaba, casi demacrado, con una franja de cabellos canos creciéndole en las sienes. Ya no tenía aquella mirada de brillo claro, sino la de un hombre atormentado.

—¿Puedes levantarte? Tengo que ponerte a la sombra.

—Sí.

Se apoyó fuertemente sobre Archie y este la ayudó a entrar en la casa. Flora le señaló dónde se encontraba la cocina.

—¿No necesitas tumbarte?

—¡No, por Dios! —exclamó, sintiéndose tan afectada y tonta como cualquier heroína de novela rosa—. ¿Puedes traerme agua del cántaro que hay en la despensa?

Archie hizo lo que le pedía y Flora se bebió el agua con avidez bajo la mirada insistente de aquellos ojos tan serios. De pronto imaginó lo que él debía de ver: una mujer de rostro marcado por las arrugas, la pena, la soledad y el duro clima de los Lagos. Iba tan despeinada como de costumbre, con el moño medio deshecho, y vestía un delantal sucio y mal cosido. Unos pantalones de algodón llenos de manchas de hierba y unos zuecos de madera completaban su atuendo. En resumen, estaba hecha un espantajo.

—Estás preciosa —murmuró Archie—. Has mejorado con los años.

Ella rio sin ganas, pensando que tal vez la fuerza del sol lo hubiera cegado también a él. Por suerte, Flora iba recuperando las facultades, que volvían a ella a regañadientes, como un ejército exhausto bajo su comando.

—¿Qué haces tú aquí? —preguntó sin rodeos—. ¿Cómo me has encontrado?

—Contestaré primero a la última pregunta, y te diré que tu familia conoce tu paradero desde hace años. No te sorprenderá saber que Stanley, el viejo mozo de cuadra de Esthwaite Hall, informó a tu madre de tu presencia aquí casi en cuanto llegaste. Y Rose, ajena al drama que se había desarrollado hacía poco entre sus dos hijas, escribió a Aurelia.

—Entiendo.

—Comprenderás que, para la supervivencia de nuestro matrimonio, lo mejor era que los tres dejáramos que se calmaran las aguas y evitásemos todo contacto. No obstante, Aurelia velaba por ti, desde la distancia.

—Pues es toda una sorpresa.

—Lo de que el tiempo lo cura todo es verdad, Flora. Y durante los últimos años todos nos hemos percatado del poco tiempo que posiblemente nos queda.

La mirada de Archie se enturbió.

—Sí.

Se produjo un silencio durante el que ambos se quedaron mirando al vacío, embargados rápidamente por los recuerdos.

—He venido porque Aurelia quería hacer las paces contigo —acabó por decir Archie.

—Pero si los culpables de todo esto somos nosotros.

—Estoy de acuerdo, pero fue ella quien te apartó de su vida. El mes pasado, cuando nació nuestro hijo, lo primero que pensó fue en escribirte. Sintió que había llegado el momento.

—¿Otro hijo? ¿Cuántos tenéis ahora?

—Solo este. Yo…

Flora advirtió que se le quebraba la voz y leyó la expresión de su rostro. No necesitó que dijera más.

—No —susurró.

—Aurelia murió hace tres semanas, diez días después de dar a luz. Lo siento mucho, Flora. Ya sabes que nunca fue fuerte, y el embarazo resultó letal para su salud.

Flora cerró los ojos para contener las lágrimas. Su bella y bondadosa hermana ya no estaba con ellos. Jamás podría volver a mirarla a los ojos azul claro, tan llenos de esperanza y alegría. A pesar del exilio al que ella misma se había sometido, siempre había sentido a su hermana con ella. Le horrorizaba pensar que aquello era definitivo. Y se odió a sí misma por todos los años desperdiciados.

—Oh, Dios… Dios mío… —murmuró—. No puedo soportarlo. ¿Y nosotros… contribuimos a ello? Habría muerto con gusto en su lugar, tienes que saberlo.

—Lo sé mejor que nadie, Flora. Sacrificaste tu propia felicidad por la suya. Y lo cierto es que el inicio de nuestro matrimonio fue… difícil. Especialmente, debido a las dificultades que tuvimos para conseguir lo que nuestra unión necesitaba para fortalecerse: un hijo. Aurelia perdió a nuestro primer bebé y después sufrió más abortos. Poco después se declaró la Gran Guerra. Me alisté en el Real Cuerpo Aéreo y he estado fuera de High Weald durante prácticamente los últimos tres años y medio. Seguíamos intentando tener descendencia, pero era en vano. El médico nos advirtió de que lo más recomendable para la salud de Aurelia sería que abandonáramos, pero ella no quería ni oír hablar de eso. Y el otoño pasado descubrió que volvía a estar embarazada. Tenemos… tengo —se corrigió— una niña.

—Yo… Dios, Archie…

Flora se sacó un pañuelo sucio del bolsillo y se sonó la nariz.

—Me entristece mucho estar aquí debido a estas horribles noticias. Pero Aurelia insistió.

—¿Insistió en qué?

—En que viniera en persona para darte esto. Fue su última petición antes de morir.

Extrajo un sobre del bolsillo de su chaqueta y se lo entregó.

A Flora empezó a darle vueltas la cabeza en cuanto reconoció la caligrafía de su hermana.

—¿Sabes qué dice?

—Pues… me hago una idea, sí.

Ella acarició el sobre con los dedos, temblando por el terror que le inspiraba pensar en las palabras de condena que contendría. Entonces, notó que una mano cálida la tocaba.

—No tengas miedo. Ya te he dicho que quería hacer las paces. ¿Vas a abrirla ahora?

—Discúlpame.

Flora se levantó y salió de la cocina para cruzar el vestíbulo y llegar hasta el salón. Se sentó en un sillón y rompió el lacre de cera.

High Weald
Ashford, Kent
16 de junio de 1919

Mi queridísima hermana:

Me gustaría decirte muchas cosas, pero como sabes, no soy tan buena artesana de la palabra como tú. Y cada día estoy más débil, así que perdona la relativa brevedad de esta carta.

Te he añorado muchísimo, mi querida hermana. No ha habido un solo día que no haya pensado en ti. Sí, al principio te odié, pero recientemente he empezado a recriminarme las acciones que mi naturaleza celosa me llevó a realizar hacer nueve años. Hemos perdido mucho tiempo, y ahora ya no podremos recuperarlo.

Así pues, mientras contemplo a mi querida hija, que duerme tranquilamente en la cuna junto a mí sin saber que no estaré a su lado cuando crezca, tengo que intentar arreglar las cosas. Flora, no quiero que mi niña se críe sin una madre. Por más que Archie quiera a Louise, jamás podrá ofrecerle la ternura de unos brazos femeninos ni un oído atento que le sirva de guía y apoyo a medida que vaya haciéndose mujer.

Nuestra querida Sarah seguirá aquí, por supuesto, y se encargará de las necesidades básicas de Louise, pero se está haciendo mayor. Y ambas sabemos que su educación y visión del mundo son limitadas, aunque no se la pueda culpar por ello.

431

Esto me lleva al favor que debo pedirte: hace poco pregunté a mis espías de Esthwaite cómo te encontrabas y me dijeron que vivías sola. Si sigue siendo el caso y estás dispuesta a salir de tu aislamiento, te ruego que te plantees trasladarte a High Weald para criar a mi niña como si fuera tuya.

Estoy segura de que la amarás con todo el cariño de tu enorme corazón. Y también que reconfortarás a mi pobre marido en su duelo. Flora, no te imaginas lo que padeció durante la guerra, y que ahora tenga que enfrentarse a la muerte de su esposa y a criar solo a nuestra hija es algo que me parte el corazón.

Te ruego que al menos consideres la posibilidad de aceptar este arreglo y permitas que mi alma inmortal quede limpia de mi error egoísta. Llevas demasiado tiempo sufriendo. Tal vez esta carta te sorprenda, pero con el tiempo he llegado a darme cuenta de que no podemos decidir a quién amamos. Y Archie ha confesado que es culpable de gran parte de lo que sucedió por aquel entonces. Me ha contado que no paró de insistirte y que no te desveló el acuerdo que ya había alcanzado con nuestro padre en Escocia.

Mi querida Flora, estoy exhausta y no puedo escribirte mucho más. Pero créeme si te digo que últimamente ha habido demasiado dolor en el mundo y que mi último deseo ferviente es aliviar el dolor que las personas que quiero puedan sentir en el futuro. Y mi esperanza es que sean felices.

Rezo por que encuentres la forma de comprenderme y perdonarme. Y si estás dispuesta a ello, por que críes a mi hija en su hogar, con amor y compasión.

Con todo el amor de mi corazón, querida hermana.

Reza por mi alma.

AURELIA

Flora, aturdida por aquella carta extraordinaria, miró hacia el exterior por la ventana. La generosidad que había encontrado en ella era en cierto modo peor que las recriminaciones que creía merecer.

—¿Flora? ¿Te encuentras bien? —preguntó una voz desde la puerta.

—Me pidió que la perdonara —susurró—. Dios mío, Archie,

no tendría que haberlo hecho. Fuimos nosotros quienes le causamos dolor a ella.

—Sí, aunque la mayor parte de la culpa es mía. Mi amor por ti me cegaba.

—¿Cómo consiguió llegar a tener un corazón tan comprensivo? Dudo que yo lo hubiera logrado de haberme encontrado en su lugar. Y —añadió haciendo una pausa para recobrarse— ahora nunca podré contarle que vuestro matrimonio no fue la única razón por la que me vi obligada a huir y venir a vivir aquí sola.

—¿Ah, no?

Flora vaciló y después, tras decidir que no debía guardar más secretos, se dirigió a su escritorio. Sacó la carta que había en el bolsillo de seda del diario de 1910 y se la entregó a Archie.

—También fue por esto.

Observó atentamente a Archie mientras la leía arqueando las cejas de vez en cuando a causa de la sorpresa.

—Vaya —dijo al devolvérsela—. Vaya, vaya.

—¿Lo sabías? Creo que todo Londres ya lo sabía en aquel momento.

—Para serte sincero, sí había oído rumores sobre tu... relación con cierta familia, pero nunca me los había terminado de creer. Además, cuando el rey anterior murió y Jorge V subió al trono, las habladurías sobre la vieja corte se enterraron con su ataúd y los cortesanos se dedicaron a tratar de obtener relevancia en el nuevo régimen. Entonces —un asomo de sonrisa apareció por primera vez en su rostro—, ¿ahora tendré que llamarte «princesa Flora»? Por Dios bendito, apenas sé qué decir, aunque esto explica muchas cosas.

—No tienes que decir nada, pero ahora comprenderás por qué abandoné Londres de inmediato. Todo el mundo estaba de luto por la reina, así que yo, exactamente igual que la señora Keppel, no era más que un recordatorio indeseado de los devaneos de su esposo.

—Pero, al contrario que la señora Keppel, tú no tuviste ninguna culpa de ellos —replicó Archie—. Y mientras que tú has tenido la dignidad suficiente para mantenerte apartada de la vida social, ella ha regresado a Londres y sigue medrando. En cuanto a su hija, ahora mismo está en el candelero por su mala reputación. Violet y Vita huyeron juntas a Francia tras el armisticio, aunque para ello esta última tuvo que abandonar a su marido y sus dos hijos. El chismorreo está en boca de todo Londres; incluso se dice que Violet la animó a hacerlo. La familia Keppel no tiene vergüenza, en tanto que tú te comportaste con honor y elegancia, como la princesa que eres.

—Lo dudo.

También ella consiguió sonreír al echarle un vistazo a su propio atuendo.

—Esas cualidades proceden de tu interior, Flora. Bueno, ¿puedo preguntarte cómo te sientes respecto a las últimas voluntades de Aurelia?

—Archie, no sé ni por dónde empezar a procesar lo que siento. Y además…

En ese justo momento, como a propósito, un fuerte berrido les llegó desde el piso de arriba.

—¿Qué es ese ruido? —preguntó Archie frunciendo el cejo.

—Disculpa —dijo levantándose—. Teddy tiene hambre.

Flora dejó escapar una risa mientras subía para recoger lo que sin duda sería una masa sudorosa y maloliente de ruidos incesantes. Aunque era cierto que durante los últimos nueve años su vida había estado estancada, ahora sería ella quien daría una sorpresa a Archie Vaughan. «Y menuda sorpresa», pensó al bajar la escalera con Teddy en brazos, y se dirigió a la cocina para darle el biberón.

Archie, azuzado por la curiosidad, la siguió unos minutos después.

—Tienes un hijo —afirmó mientras ella se concentraba en sostener el biberón en la posición que a Teddy le gustaba.

—Sí.

—Entiendo.

Flora oyó el largo suspiro que se escapó de sus labios.

—¿Vive el padre aquí con vosotros? —preguntó finalmente.

—No, murió.

—¿Era tu marido?

—No.

—Entonces…

Flora guardó silencio unos instantes para que la imaginación de Archie se desatara a pesar de que ella no había dicho nada que no fuera cierto. Solo entonces se decidió a hablar.

—Es huérfano. Lleva poco menos de un mes viviendo conmigo. Espero poder adoptarlo.

Entonces alzó la vista y tuvo que esforzarse para contener la risa al ver la cara de alivio de Archie.

—Se llama Teddy —añadió para rematarlo.

—Por supuesto... en honor a Eduardo —dijo entendiendo inmediatamente el vínculo con el nombre del verdadero padre de Flora—. He de admitir que me he quedado de una pieza.

—Igual que yo cuando me decidí a adoptarlo. Pero ahora... —dijo mirando a Teddy, que se retorcía de gusto con el estómago lleno. Le dio un beso afectuoso en la cabeza—. No podría pasar sin él.

—¿Y qué tiempo tiene?

—Va a cumplir seis semanas. Nació a finales de mayo.

—Entonces fue solo unos días antes de que Louise naciera a principios de junio. Podrían ser gemelos.

—Pero proceden de mundos bastante diferentes. El padre de este pequeño era un pastor que murió en la Gran Guerra.

—Flora, te aseguro que la muerte no entiende de barreras sociales, da igual que seas un lord o un mendigo. No importa el origen del padre de Teddy; si luchó y murió por su país, fue un héroe. Eso es lo que deberías contarle cuando llegue el día —terció Archie con convicción.

—Todavía no he decidido qué voy a decirle.

—Entonces, ahora que estás versada en cuidados infantiles...

Las palabras de Archie se quedaron flotando en el aire y Flora supo lo que quería decirle.

—¿Dónde está Louise ahora? —preguntó.

—Sarah está cuidando de ella en High Weald. Y si a causa de tu... cambio de circunstancias, te resulta imposible considerar la idea de mudarte para cuidar de Louise, entonces yo haré todo lo que pueda para ejercer como padre y madre de mi hija, con la ayuda de Sarah.

—Pero incluso en el caso de que acepte la propuesta, ¿qué pasaría con Teddy? ¿Lo aceptarías en High Weald? Porque si no te sientes capaz de acoger a mi hijo, tendría que decirte que no accedería a mudarme bajo ninguna circunstancia.

—Flora, ¿no te das cuenta? ¡No podría ser más adecuado!

Louise tendría un compañero de juegos, un hermano, nada más y nada menos. Crecerían juntos…

Fue entonces cuando ella se percató de la desesperación que transmitían los ojos de Archie. Aunque no pudo descifrar si se debía a su hija, a su difunta esposa o a sí mismo.

—¿Puedo cogerlo? —preguntó súbitamente.

—Por supuesto.

Flora alzó a Teddy y se lo puso en los brazos.

—Es un niño precioso, con esos enormes ojos azules y el pelo rubio. Louise, irónicamente, ha salido a mi familia y es morena. Teddy se parece más a Aurelia. Hola, amiguito —murmuró mientras le ofrecía un dedo que el bebé agarró firmemente con su puño menudo—. Me parece que tú y yo vamos a llevarnos muy bien.

Flora se levantó con la sensación de que estaban forzándola a tomar una decisión que aún no había tenido tiempo de meditar.

—Me temo que ahora tengo que pedirte que te vayas —dijo volviendo a coger a Teddy—. Todavía no estoy preparada para darte una respuesta. Aunque pueda parecerte que aquí llevo una existencia vacía, tendría que sacrificar muchas cosas. Dirijo una granja, muchos animales dependen de mis cuidados. Y a pesar de los momentos de soledad, me encantan mi casa y gran parte de mi vida, sobre todo ahora que disfruto de esta maravillosa compañía. Me estás pidiendo que lo abandone todo sin pensarlo dos veces.

—Disculpa mi egoísmo, Flora. Ya sabes que siempre voy a corazón abierto, y entiendo que, aunque a mí me parezca una solución ideal, tú no tienes por qué pensar del mismo modo.

—Gracias por venir a verme. Te escribiré para comunicarte mi decisión.

—Y aunque la espere con ansia, debes tomarte todo el tiempo que necesites.

Se acercaron a la puerta de entrada y Flora la abrió para despedirlo.

—Adiós, Archie.

—Antes de marcharme, solo quiero reiterar que aceptaría tu presencia en High Weald bajo cualquier condición que fijaras. Y no se me ocurriría pensar de ningún modo que vaya a haber algún tipo de… relación entre nosotros. Aunque deseo aclararte que mi amor por ti sigue intacto. No puedo evitarlo, por más culpable que me haga sentir. Simplemente forma parte de mí. Pero la persona más importante en toda esta desdichada historia es mi hija huérfana de madre. Ahora, haré lo que me pides y te dejaré sola. Adiós.

Flora lo observó alejarse por el camino y por vez primera se percató de que sufría una pronunciada cojera.

Durante los dos días siguientes, leyó la carta de su hermana una y otra vez. Llevaba a Teddy de paseo por las montañas y pedía consejo y orientación a las briznas de hierba que le acariciaban la nariz cuando se tumbaban a la sombra de un árbol, a las alondras que gorjeaban sobre sus cabezas y a los mismos cielos.

Pero todos ellos respondían con un silencio tan absoluto como el de su propia alma. Al final, desesperada porque su mente exhausta alcanzara una resolución, metió a Teddy en la bandolera y bajó por el camino para visitar a su mejor amiga y consejera.

—Vaya, vaya —dijo Beatrix después de que se hubieran sentado juntas en el jardín a tomar el té. Había escuchado el último capítulo de la vida de Flora al completo sin interrumpirla ni una sola vez—. He de admitir que pareces poseer una capacidad innata para atraer el drama. Pero lo cierto es que ya tus orígenes fueron extraordinarios. Primero, tengo que darte el pésame por la muerte de tu pobre hermana. Tan joven y generosa, según la carta que me has leído. E inteligente, podría añadir.

—¿A qué te refieres?

—¿No te das cuenta de que el regalo de despedida que les hace al marido y la hermana a los que tanto amaba ha sido encontrar una forma de reuniros? Por lo que me has contado otras veces, ella era plenamente consciente de lo que sentíais el uno por el otro. Y al mismo tiempo, eso le permitiría ofrecer una madre verdadera a su querida hija, que no tendría que criarse con una niñera anciana. ¿No ves que lo que quería era garantizaros a los tres la felicidad que creía que merecéis?

—Sí, pero aun en el caso de que decidiera ir, ¿qué pensaría la gente?

—¡Como si a alguna de nosotras dos nos hubiera importado eso alguna vez! —exclamó Beatrix riendo—. ¿Y no sería de lo más

437

natural que la hermana solterona de la madre difunta fuera a hacerse cargo de su sobrina? Te aseguro que a nadie le extrañaría en absoluto.

—¿Y si...?

—¿Archie y tú retomáis vuestra relación? —finalizó Beatrix por ella—. Una vez más, creo que tras un período de tiempo suficiente todos se alegrarían por la niña sin madre y el pobre viudo que, recién regresado de la guerra como un héroe, ha sufrido otra trágica pérdida.

—¿Y Archie? No entiendo cómo puede mirarme a la cara sin que la culpa le nuble la vista.

—Flora, una de las cosas que he aprendido a lo largo de mis muchos años en este mundo es que uno debe seguir siempre adelante sin mirar atrás. Y te aseguro que tu lord Vaughan ha visto suficiente muerte y destrucción en la guerra para haberse convencido de lo mismo. Como tu hermana dice en su carta, no podemos elegir a quien amamos. No solo cuenta con la bendición de su esposa para vivir ese futuro, sino que incluso lo ha animado a perseguirlo. Ya no quedan secretos, nada por lo que sentirse culpable. Ya sabes que soy una persona pragmática, así que pienso que, por desgracia, los muertos ya no volverán y que no tendría sentido tomar una decisión equivocada inspirada por la culpa.

—Entonces ¿crees que deberíamos mudarnos a High Weald?

—Flora, querida, resulta totalmente obvio que deberíais. Un ser humano sin amor es como un rosal sin agua. Sobrevive un tiempo, pero jamás llegará a florecer por completo. Y no puedes negar que tú lo quieres.

—No, no puedo. Lo quiero.

Era la primera vez que Flora pronunciaba aquellas palabras en voz alta.

—Y si dices que él todavía te quiere a ti, me parece algo afortunado en todos los sentidos. Louise necesita una madre y Teddy un padre. Lo único triste es que te perderé como vecina.

—Te echaré de menos terriblemente, Beatrix. Y a mis animales y mis queridos Lagos.

—Bueno, siempre hay que hacer algún sacrificio. Compraría Wynbrigg Farm con gusto si quisieras venderla. Mi catálogo de propiedades es cada vez mayor. Acabo de redactar mi testamento y cuando muera los terrenos irán al National Trust para que se los devuelva a la gente de los Lagos y los conserven en perpetuidad. Ahora volvamos a tu rompecabezas. No puedo decirte nada más para ayudarte, salvo que no tardes mucho en tomar la decisión. Resulta muy fácil acabar convenciéndose para no cambiar las circunstancias a mejor. Sobre todo cuando la perspectiva asusta. Recuerda que cada día que pasa es un día de tu futuro que pierdes. Ahora, me temo que debo seguir con lo mío. Me ha llegado otra saca de cartas de mis jóvenes lectores de Estados Unidos preguntándome por mi querido Juanito Ratón de Ciudad. Me gusta mucho contestar en persona a todos y cada uno de esos niños.

—Por supuesto. —Flora se levantó y fue a recoger a Teddy, que estaba tumbado a la sombra de un árbol, haciendo gorgoritos a los pájaros que cantaban sobre él—. Gracias por todo, Beatrix. No sé dónde estaría de no ser por ti.

Sintió que se le formaba un nudo en la garganta al contemplar la vida sin tener a su amiga íntima cerca.

Y en ese preciso momento supo que ya había tomado la decisión.

36

Flora no había viajado al sur de Inglaterra desde la muerte del rey, su padre. Al adentrarse en el vestíbulo de High Weald, la asaltó una oleada de recuerdos. También se vio embargada por la sorpresa cuando se percató del estado en que se encontraban la casa y los terrenos que había idealizado en su memoria. Archie le mostró los antaño mágicos jardines preocupándose de guardar una distancia decorosa entre ambos. Mientras él cojeaba a su lado, Flora se dio cuenta de que la maleza lo había invadido todo desde su última visita.

—Como sabes, la familia Vaughan siempre ha tenido dificultades con las finanzas —dijo Archie con tristeza—. A Aurelia le resultó complicado mantener la finca en funcionamiento mientras yo estaba en Francia, luchando con los jóvenes del pueblo. Sobre todo, después de que mi madre muriese a los pocos meses de estallar la guerra.

Sarah la recibió con alegría y un mar de lágrimas cuando la vio en las dependencias de los niños del piso superior.

—Una tragedia —dijo entre sollozos mientras conducía a Flora a la cuna para que conociera a su sobrina—. Después de tanto tiempo, Aurelia consigue tener la hija que tanto ansiaba y ella no está aquí para verla. Es una hermosura, además, y con el mismo carácter tierno de su madre.

Flora cogió a Louise y enseguida la invadió un sentimiento de amor protector hacia la niña.

—Hola, pequeñita —la arrulló, mientras el bebé se acomodaba plácidamente entre sus brazos.

En ese momento, Teddy, tal vez sintiendo que Flora centraba

su atención en otros asuntos, empezó a gritar en su canasto de viaje. Sarah lo cogió en brazos.

—Es un muchacho fuerte —dijo—. Lord Vaughan me ha contado que su familia ha muerto. Es muy generoso por su parte haberlo acogido, señorita Flora, se lo digo de corazón. Y sé que su hermana también lo habría apoyado.

Durante las dos primeras semanas, Flora pasó la mayor parte del tiempo con los bebés, aunque Teddy era el que le exigía más atención. Ahora que tenía a Sarah para ayudarla, Flora, que no estaba dispuesta a seguir llevándoselo a su cama, lo había instalado en el cuarto de los niños con Louise. Por las noches lloraba a rabiar de indignación mientras Flora paseaba con nerviosismo de un lado a otro ante la puerta. Hasta que una noche Sarah dijo que ella se encargaría del turno de noche. Flora se fue a la cama agradecida y se despertó a la mañana siguiente tras su primera noche tranquila desde hacía semanas. Corrió al cuarto de los niños en estado de pánico, preguntándose si Teddy habría muerto mientras dormía, y vio a Sarah sentada en una silla junto a la ventana haciendo punto.

—Buenos días, señorita Flora —la saludó mientras la veía acercarse a toda prisa al moisés de Teddy para encontrarlo vacío.

—¿Dónde está? —preguntó.

—Mire ahí —respondió Sarah señalando la cuna de Louise.

Allí estaba Teddy, con su menuda cabeza acurrucada junto a la de Louise, ambos profundamente dormidos.

—Supongo que no le gusta estar solo —dijo Sarah—. Empezó a llorar y lo metí en la cuna con la niña. No los he oído decir ni mu desde entonces.

—Sarah, eres una maravilla —suspiró Flora aliviada.

—Es lo que solía hacer con Aurelia cuando se alteraba por las noches. La metía en la cuna con usted. Estos dos parecen gemelos, con eso de que son de la misma edad.

—Sí, es verdad —coincidió Flora.

Archie apareció más tarde por allí para dar los buenos días a su hija y descubrió a los dos bebés en la cuna.

—Qué paz —dijo—. Tal vez el destino quería que las cosas fueran así.

Rozó levemente a Flora en el hombro y salió de la habitación.

Cuando Sarah empezó a responsabilizarse de cada vez más tareas relacionadas con los niños, Flora se encontró con que disponía de más tiempo. Acostumbrada a pasar el día al aire libre en los Lagos, desde el amanecer hasta el crepúsculo, comenzó a dar paseos por los terrenos y jardines para disfrutar del verano, anhelando poder ensuciarse las manos en los parterres, cuya belleza quedaba sofocada y oculta tras las malas hierbas.

Pero los jardines eran territorio de Archie, no suyo. Hasta ese momento, ambos habían llegado al acuerdo tácito de mantener las distancias por respeto a Aurelia, un empeño que no resultaba difícil, dadas las dimensiones de la casa. Por las noches cenaban juntos la comida mal cocinada por una anciana del pueblo, la única que había aceptado la mísera suma que Archie podía ofrecer.

A pesar de que ambos tenían mucho que decirse, cuando se sentaban a la mesa del comedor discutían hasta el último detalle relacionado con el bienestar de los niños, un tema de conversación neutral que llenaba los silencios. Flora se excusaba inmediatamente después de que sirvieran el postre y se iba a la cama.

Obviamente, no estaba cansada. Pero bastaban unos segundos en compañía de Archie para que se le encendieran los sentidos. Y durante las calurosas noches de agosto, con la ventana abierta para que entrara una mínima brisa, incluso echaba de menos que Teddy se despertara y gritase. Al menos eso habría roto la monotonía de los pensamientos impuros que le rondaban la cabeza hasta el amanecer.

Sin embargo, a medida que se aproximaba septiembre, el momento en que la naturaleza —sobre todo en su variedad domesticada— necesitaba atención si quería sobrevivir al invierno, Flora decidió hablar con Archie. Lo encontró en el huerto, llenando un carro con las hojas caídas de los ciruelos.

—Hola —la saludó él casi con timidez.

—Hola.

—¿Están bien los niños?

—Perfectamente. Están durmiendo la siesta.

—Genial. Es maravilloso que se tengan el uno al otro.

—Sí, lo es. Archie, ¿podemos hablar?

—Por supuesto. ¿Ocurre algo?

—No, no es nada. Simplemente es que... bueno, si voy a quedarme aquí, en High Weald, y esta va a ser también mi casa... me gustaría contribuir con algo.

—Flora, tú ya contribuyes.

—Me refiero a una aportación económica. La finca necesita una inversión financiera y yo, gracias al... legado de mi padre y la venta de Wynbrigg Farm, dispongo de esos fondos.

—Te agradezco la oferta, pero debo recordarte que tu familia ya ha contribuido al pozo sin fondo de High Weald con la venta de Esthwaite Hall. Tal vez no seas consciente del dinero que cuesta tan solo mantener la finca, y de mejorarla ya ni hablamos.

—Entonces ¿no podría al menos ofrecer mis propios servicios gratuitos en los jardines? ¿Y tal vez contratar a un par de jóvenes para que nos ayuden?

—Si encuentras a alguno que siga vivo... —murmuró Archie con voz sombría—. Entiendo que ya no soy... el mismo de antes.

Se señaló la pierna.

—Me gustaría intentarlo, porque si no hacemos algo antes de que llegue el invierno, todo tu trabajo se irá al traste. Y eso me mantendrá ocupada. Sarah se molesta cada vez más ante mis constantes visitas al cuarto de los niños durante el día.

—Entonces, agradecería cualquier ayuda que puedas ofrecerme. Gracias —añadió Archie con una sonrisa.

Durante el resto del mes de septiembre, ambos trabajaron durante todo el día en el jardín amurallado. Además, Flora había conseguido encontrar un par de excombatientes del pueblo que se mostraron encantados de echarles una mano con la limpieza.

De vuelta en su elemento, y con una vestimenta de jardinería más apropiada para una dama que Sarah le había cosido, Flora se calmó un poco. Ahora, en lugar de forzar charlas sin relevancia durante la cena, Archie y ella hablaban de podar y quitar hierbajos y miraban catálogos de semillas. Y, poco a poco, el eco de las risas volvió a resonar entre los muros de High Weald.

Algunas tardes Flora dejaba el cochecito bajo el enorme tejo mientras trabajaban, y Teddy y Louise dormían plácidamente uno al lado del otro.

—Parecen realmente gemelos —dijo Archie al mirarlos una apacible tarde de septiembre—. ¿Quién lo habría creído?

«En efecto, ¿quién?», pensó Flora mientras se derrumbaba sobre la cama aquella noche, exhausta por la dura jornada en el jardín. Al menos eso la ayudaba a dormir, aunque se preguntaba cuánto tiempo podría continuar reprimiendo sus sentimientos. Pasar más tiempo con Archie la había hecho tomar plena conciencia de los cambios que la guerra había obrado en él. Aquel joven exuberante al que había amado se había convertido en un adulto contemplativo y atento. A menudo se percataba de que se abstraía y los ojos se le llenaban de tristeza, tal vez al revivir algún recuerdo de lo sufrido. Y de lo que había visto sufrir.

Archie poseía una nueva vulnerabilidad que lo había despojado de cualquier atisbo de su antigua arrogancia. Algo que la atraía aún más hacia él, si cabe. Su comportamiento para con Flora durante los dos meses que esta llevaba residiendo allí había sido intachable, y ella empezó a preguntarse si no habría soñado que le había dicho que todavía la amaba.

Además, aún caminaban bajo la sombra que la muerte de Aurelia proyectaba sobre High Weald. A pesar de lo que había escrito en su carta, Flora dudaba que llegara a desaparecer.

Los días empezaron a hacerse más cortos, de modo que, cuando anochecía, Archie y Flora, desesperados por acabar el trabajo antes de que llegaran las heladas del invierno, seguían afanándose en los jardines a la luz de los faroles.

—Ya no doy para más —anunció Archie una fría noche de octubre después de erguirse, cosa que le costaba cierto esfuerzo.

Flora lo miró mientras se encendía un cigarrillo, un hábito que había adoptado durante la guerra, y se encaminaba hacia el tejo.

—Entra tú. Yo acabaré con esto —sugirió Flora.

—¿Sabes? La luz de los faroles y el aire fresco me recuerdan a la noche en la que te besé aquí mismo—comentó Archie.

—No me lo recuerdes —murmuró Flora.

—¿El beso o las circunstancias?

—Lo sabes perfectamente, Archie.

Flora se volvió hacia los parterres.

—Sí.

Se produjo un silencio.

—Ojalá pudiera besarte otra vez, Flora.

—Yo…

Una repentina caricia en el hombro hizo que se sobresaltara al percatarse de que Archie estaba detrás de ella. La cogió de la mano y la hizo levantarse y darse la vuelta para mirarlo.

—¿Me permites? El amor nunca es malo, querida Flora, solo el momento puede serlo. Pero este es perfecto —musitó.

Se quedó mirándolo, intentando formular una respuesta, pero Archie la besó antes de que consiguiera hacerlo. Y cuando la rodeó con los brazos para acercarla aún más hacia sí, todas las razones que Flora pudiera tener para no devolverle el beso se desvanecieron de su mente.

Después de aquello, entre ellos se estableció una relación doméstica un tanto extraña. Mantuvieron su romance en secreto ante el resto de la casa, aunque Archie estaba deseando casarse con ella cuanto antes.

—Ya hemos desperdiciado suficiente tiempo —suplicaba, pero Flora no daba su brazo a torcer.

—Tenemos que esperar al menos un año para anunciar el compromiso —le dijo—. No quiero que nadie se oponga ni haya chismorreos.

—Por Dios santo, Flora. —Archie la abrazó. Sus encuentros amorosos solo podían producirse en el invernadero, algo que a Flora le suponía una excitación añadida—. ¿Por qué te importa tanto? Soy el señor de estas tierras y, si me salgo con la mía, serás mi señora en menos de un año. Y te advierto que, independientemente de lo que hagamos, siempre habrá chismorreos.

—Entonces esperaremos para honrar la memoria de Aurelia —repuso.

Al final, Flora convenció a Archie de que le permitiera usar su legado para encontrar la ayuda que necesitaban la casa y sus tierras. Mientras se iban contratando empleados y los albañiles se paseaban por los pasillos de la vivienda arreglando el tejado y las humedades y empapelando los interiores para adecentar las habitaciones, la joven acabó comprendiendo lo que Beatrix decía que le faltaba en la vida. Aunque habitaban en pleno caos, Flora se sentía más feliz que nunca, a pesar de que nadie más que ellos conocía la verdadera naturaleza de la relación que mantenían.

—Querida, tengo que confesarte una cosa… Una sorpresa, si quieres verlo así —anunció Archie una noche durante la cena—. Hace poco recordé que todavía no había inscrito a Louise en el registro civil. El encargado fue de lo más amable y, dadas las traumáticas circunstancias de la muerte de Aurelia, incluso me perdonó la multa por no inscribirla dentro de los cuarenta y dos días posteriores al nacimiento. Y… —Archie continuó, tomando una gran bocanada de aire— mientras estaba allí, para hacerlo todo más fácil, decidí inscribir el nacimiento de Teddy en la misma fecha que el de Louise. Ahora Teddy estará a salvo, querida, y nadie podrá arrebatárnoslo. A todos los efectos, es hijo mío y hermano gemelo de Louise.

—Pero… —comenzó a decir una Flora atónita mirando a los ojos negros de Archie—. ¡Ahora ya no podré seguir siendo su madre legal! ¡Y has mentido en un documento oficial!

—Por Dios, querida, el amor no tiene nada de deshonroso. ¡Pensé que te haría ilusión! Nos ahorraremos hacer todo el papeleo necesario dados los orígenes de Teddy, por no hablar de las veces que tendríamos que presentarnos en los juzgados para conseguir adoptarlo. Y ahora nuestros bebés podrán crecer creyendo que son gemelos de verdad.

—¿Y qué pasa con Sarah? ¿Y el médico? —Flora se preguntó si Archie no habría perdido la cabeza—. Ambos conocen la verdad.

—A Sarah ya se lo conté y le pedí opinión sobre lo que había decidido hacer. Coincidió en que era la forma más sencilla de lograr que Teddy estuviera a salvo. En cuanto al médico que atendió el parto, se ha trasladado a otro consultorio… en Gales.

—Por Dios santo, Archie, me habría gustado que me preguntaras también a mí qué opinaba antes de tomar una decisión tan importante.

—Creí que sería mejor presentártelo como un hecho consumado, porque sé que tu corazón y tus ideas son honrados y que me habrías convencido para no hacerlo. Te ruego que no olvides que soy yo quien le está ofreciendo en bandeja de plata mi título y los terrenos a Teddy. Algún día, el hijo de un pastor de la Tierra de los Lagos será el próximo lord Vaughan. —Archie sonrió con tristeza—. Y no se me ocurre una mejor forma de honrar a un hombre que cayó en las trincheras que convertir a su hijo en lord.

Flora guardó silencio, comprendiendo al fin el razonamiento de Archie. Cada vez era más consciente de lo culpable que se sentía por haber sobrevivido cuando tantos otros habían muerto en la guerra. Aquel era su regalo para compensar todas las vidas perdidas. Y se lo había dado a Teddy.

Sabía que no había nada más que decir. Ya estaba hecho. Para bien o para mal. Y se percató de que también ella sería cómplice de aquel engaño.

Archie y Flora anunciaron al fin su compromiso el otoño siguiente, en 1920, con la intención de casarse tres meses después, en Navidad.

Tras los cuidadosos y agónicos esfuerzos de Archie por convencerla, Flora había decidido invitar a Rose a la boda. Esta había regresado recientemente de la India, donde había pasado una temporada con su prima tras la muerte del marido de esta. A su vuelta, había vendido la casa de las Highlands y alquilado un elegante piso en Londres, en Albemarle Street. Cuando recibió la invitación para la boda escribió a su hija animándola a visitarla. Y allí, Rose lloró y se disculpó por haberla tenido engañada y por su difícil infancia. Y por la subsiguiente falta de apoyo tras la muerte del rey.

—Entiendes que yo, igual que la señora Keppel, tenía que mantenerme al margen, ¿verdad? Cualquier contacto contigo, dada la sospecha bajo la que ya te encontrabas, por no hablar del continuo resentimiento de Alistair por la situación... Tuve la sensación de que era lo mejor para todos. Además, tenía miedo de volver a verte, de las terribles cosas que tal vez dijeras. ¿Podrás perdonarme?

Y al final Flora acabó perdonándola. Se sentía tan dichosa que podría haberle perdonado cualquier cosa a quien fuera. Al menos habían podido compartir el duelo por la pérdida de Aurelia.

—No me enteré de su muerte hasta dos meses más tarde. El servicio postal de Pune funciona fatal —dijo Rose—. Ni siquiera pude asistir al funeral de mi propia hija.

Aunque al principio su madre había cuestionado el hecho de que Archie solo hubiera mencionado a Louise en la carta que la informaba de la muerte de Aurelia, terminó por achacarlo a un descuido debido a la pena que lo embargaba en aquel momento. Y en cuanto Rose llegó a High Weald para asistir a la celebración de la boda y vio a los «gemelos» gateando y jugando juntos, cualquier posible duda quedó disipada.

—El pequeño Teddy es igualito a su madre —había comentado la mujer enjugándose las lágrimas.

El niño estaba sentado en su regazo, mirándola con esos inocentes ojos azules que a Flora también le recordaban a su hermana.

—¿Quién iba a pensarlo? —murmuró Rose el día de la boda mientras la ayudaba a ponerse su vestido de novia de color crema—. Todos creíamos que odiabas a Archie Vaughan. Estoy segura de que Aurelia estaría feliz si pudiera ver cómo han evolucionado las cosas. Y sus bebés están creciendo a tu cargo.

La boda se celebró en la misma vieja iglesia donde Flora había visto a su nuevo marido casándose con su hermana. Por respeto a Aurelia, la ceremonia fue íntima y con pocos invitados. El recuerdo de la expresión con que Archie la miró cuando por fin le colocó el anillo en el dedo no la abandonaría jamás.

—Siempre te querré —susurró antes de besarla.

—Yo también te quiero.

Flora no vio el daño que la Gran Guerra había infligido en el cuerpo de Archie hasta la misma noche de bodas. Tenía ambas piernas deformadas por las cicatrices de las quemaduras sufridas cuando se estrelló con el Bristol 22. Él había conseguido escapar del amasijo en llamas, pero su copiloto pereció minutos después, consumido por las llamas.

Flora solo pudo amarlo aún más por su valor y bravura, mientras él, con gran ternura, le hacía el amor por primera vez.

Durante el primer año de su matrimonio, Flora apenas podía contener la felicidad que sentía teniendo a Archie a su lado y a Teddy y Louise criándose en una casa llena de amor y sentimientos positivos.

Louise era cariñosa y dulce, igual que su madre, aunque también había heredado la inteligencia aguda y el aire de autoridad inherentes a su padre. Y a pesar de que Teddy tenía un carácter más irascible, ella no solo lo toleraba, sino que adoraba y defendía al niño que ella, y todos los demás, consideraban su hermano gemelo.

Una noche durante la cena, Archie le contó a Flora que había llevado al pequeño, que ya tenía dos años, al establo y lo había montado en su caballo.

—¿Sabes que no ha llorado ni una sola vez, ni siquiera cuando empezamos a trotar? No paraba de gritar «¡Más, papá! ¡Más!» —relató con orgullo.

Flora se alegraba de ver que los lazos entre ambos se estrechaban y hacían más fuertes. Y pensó que tal vez Archie hubiera tomado la decisión correcta al mentir sobre los auténticos orígenes de Teddy.

La familia Vaughan disfrutó de los años dorados de entreguerras en el paraíso de su hermoso hogar. Los «gemelos» crecían sanos y fuertes, y todo el que vivía en la casa o la visitaba comentaba lo unidos que ambos estaban.

Sin embargo, cuando cumplieron diez años Flora no pudo seguir soportando la incomodidad que le producía que los niños pensaran que ella era su madre biológica.

—Me siento una farsante —dijo a Archie desconsolada—. Al menos Louise debe saber que Aurelia era su verdadera madre. Además, la gente del pueblo podría mencionársela cuando sean mayores. Pero eso significa que tendríamos que mentir a Teddy sobre quién lo tuvo a él.

—Como hemos hablado otras veces, es un pequeño precio a pagar por la seguridad y comodidad de la que disfruta con nosotros —repuso Archie—. Aunque estoy de acuerdo: debemos contarles lo de Aurelia.

A resultas de esto, unos días después, Teddy y Louise aparecieron cogidos de la mano en el salón, como dos pequeños querubines, recién salidos del baño. Cuando los sentaron con ellos y les contaron que Aurelia era su verdadera madre, Flora sintió una punzada en el corazón al ver la expresión confiada de Teddy. Ambos niños parecían sorprendidos e inseguros.

—¿Podemos seguir llamándote «mamá»? —preguntó Louise con timidez y mirando fijamente a Flora con sus ojitos marrones.

—Por supuesto que podéis, cariño.

—Porque tú siempre has sido nuestra madre —añadió Teddy con los suyos anegados de lágrimas.

—Así es. —Flora los atrajo hacia sí—. Y siempre os querré y os cuidaré a los dos, os lo prometo.

Mientras Teddy iba acercándose a la edad adulta, Archie le contaba todo cuanto sabía acerca de las particularidades de la vida en el campo. Teddy, como buen niño de los Lagos, se sentía como pez en el agua en ese ambiente. Pero cuando cumplió trece años, Archie insistió en que siguiera sus propios pasos y lo envió a Charterhouse, un internado cercano, contra los fervientes deseos de Flora y Louise. Allí fue donde Teddy comenzó a rebelarse contra el academicismo y la rutina imperantes en ese tipo de instituciones. Flora intentó convencer a Archie de que Teddy era más feliz viviendo al aire libre, de que vagar por los campos era algo que llevaba en la sangre, pero él no quiso ni oír hablar de ello.

—Debe hacer lo que todo joven de su clase social y aprender a comportarse como un caballero —insistió.

La infelicidad de Teddy y su rebeldía constante eran la única espinita que Flora tenía clavada. Sabía que Archie, igual que el resto de los habitantes de High Weald, había olvidado quién era realmente Teddy.

37

Diciembre de 1943

«¡Beatrix ha muerto!»

Lady Flora Vaughan, incapaz ya de distinguir las páginas de su diario, dejó caer la pluma y rompió a llorar. Había recibido el telegrama hacía solo unas horas y apenas podía creer que estuviera entre las destinatarias de las comunicaciones que los habitantes de High Weald recibían por cable regularmente dando cuenta de la renovada ola de muerte y destrucción de la guerra.

«Mi querida amiga, mi queridísima amiga…» Resultaba casi inconcebible que una fuerza de la naturaleza como aquella, la mujer, la escritora, la persona más inteligente y bondadosa que había conocido, no volviera a pasear por sus amadas montañas de los Lagos.

—Cariño, ¿qué pasa?

Archie se inclinó sobre ella para leer el telegrama.

—Lo siento mucho. Sé que era muy importante en tu vida.

—En nuestras vidas. Beatrix fue quien me convenció para que viniera aquí a vivir con Louise y contigo. Además, también fue ella quien me llevó a Teddy.

—Sí, es una pérdida terrible. ¿Quieres que me quede contigo? Tengo una reunión en el Ministerio del Aire, pero puedo cancelarla.

—No. —Flora le besó la mano que la agarraba del hombro con firmeza—. Como decía Beatrix: cuando alguien muere la vida sigue. Pero gracias por ofrecerte a hacerlo. ¿Volverás para la cena?

—Espero que sí. Ahora mismo los trenes van fatal. —Archie besó tiernamente a su esposa en la mejilla—. Si me necesitas, ya sabes dónde estoy.

—¿Va a llevarte Teddy a la estación?

—Conduciré yo mismo —respondió Archie con brusquedad—. Nos vemos luego, querida.

Su marido salió del despacho y Flora se quedó mirando el jardín amurallado que habían reconstruido entre ambos. En aquel momento, una gruesa capa de escarcha ocultaba su belleza, y aquello le recordó al día de diciembre de hacía treinta y cuatro años cuando Archie la había besado bajo el tejo. Ahora sus dos hijos eran mayores que ellos mismos por aquel entonces. Y la Navidad volvía a estar a la vuelta de la esquina.

Consciente de que ese día apenas tenía tiempo para llorar la muerte de Beatrix, Flora rezó una breve oración por su amiga fallecida y consultó su lista de quehaceres. A las cinco en punto darían comienzo las celebraciones previas a la Navidad con una fiesta en honor de las chicas del Ejército Femenino de la Tierra y tendría que ayudar a la señora Tanit a preparar la sidra casera que acompañaría a los pasteles de fruta que habían elaborado. Flora quería que las chicas lo pasaran bien esa tarde. Habían llegado el año anterior para reemplazar en el trabajo a los hombres que luchaban en el extranjero y se empleaban a fondo en las tierras de High Weald. A primera hora de la mañana siguiente partirían en un autobús fletado especialmente para que disfrutaran de la Navidad junto a sus familias.

Y después, el día de Nochebuena, su madre iría a pasar las vacaciones con ellos. Flora estaba maravillada por el giro que había dado su relación. Rose siempre era bienvenida en High Weald, y ahora que el racionamiento estaba causando estragos en Londres los visitaba más a menudo. Flora daba gracias a Dios por tener gallinas que ponían huevos, aunque la más grande de todas ellas desaparecería del gallinero esa misma noche. De vez en cuando se veía obligada a ceder a las exigencias carnívoras de su familia, y ese año Dottie sería la sacrificada.

Decidió animarse recordando lo afortunada que era porque su familia no hubiera sufrido como otras. Ninguno de sus queridos varones había tenido que ir al frente: Archie debido a que había quedado incapacitado en la Gran Guerra y era muy mayor para alistarse y Teddy gracias al ridículo milagro de sus pies planos. Flora todavía no entendía cómo ese defecto podía inhabilitarlo para ejercer como soldado, sobre todo teniendo en cuenta lo vital que se mostraba a pesar de ello, pero tampoco le importaba. Ese impedimento había salvado a su hijo de una probable muerte.

Archie se había inquietado un tanto al conocer la noticia, ya que al fin y al cabo el joven hacendado de la finca tenía que dar ejemplo. Pero tampoco podía culpar a Teddy, que además se había comprometido a desempeñar desde casa el papel más activo que le fuera posible.

Por desgracia, sus intentos nunca acababan de cuajar. Su marido aludía a falta de disciplina, pero Flora lo achacaba al exultante ánimo de un joven que se había hecho hombre en tiempos de guerra. Una vez que enviaron a combatir a sus compañeros de Oxford, el entusiasmo de su hijo por los estudios decayó y, tras un trimestre que el jefe de estudios de su facultad había descrito como de «comportamiento inapropiado para un estudiante de Oxford», lo habían expulsado.

A partir de entonces había intentado enrolarse en la Guardia del Interior, pero le había resultado complicado aceptar órdenes y calificó a las fuerzas de apoyo de «un hatajo de carcamales gruñones». Después Flora accedió a su petición de dirigir la granja, ya que su capataz, Albert, se había alistado en el ejército. Sin embargo, la incapacidad de Teddy para levantarse al amanecer había terminado irritando al escaso personal de confianza que tenía a sus órdenes.

Archie le consiguió a continuación un puesto administrativo en el Ministerio del Aire de Kingsway, donde trabajaba él mismo, pero aquello tampoco duró mucho. Ella no estaba al tanto de los pormenores; su marido se había limitado a decirle con el rostro compungido que habían decidido que Teddy buscara otro empleo. Flora, leyendo entre líneas, había deducido que tenía algo que ver con una chica.

No resultaba sorprendente que las mujeres suspiraran por él. Lo raro habría sido que no se fijaran en Teddy, dado que era alto, fuerte, rubio y de ojos azules, y eso por no hablar de su encanto. Pronto cumpliría veinticinco años y todavía no había sentado la cabeza. Ella estaba convencida de que, cuando lo hiciera, su querido hijo compensaría todas esas faltas y sería digno del título y la hacienda que algún día heredaría.

Flora caminó por el pasillo gélido hasta el interior de la cocina caldeada, donde la señora Tanit preparaba un plato que olía a pastel de frutas, aunque había sido astutamente creado a base de todo tipo de ingredientes alternativos.

—¿Cómo lo llevas? —preguntó Flora.

—Muy bien, gracias, señora. ¿Qué querrán luego para cenar? Había pensado hacer un sabroso pastel para los demás con lo que sobrara de masa. Tengo espinacas, puré y unos huevos para freírles —dijo con su suave acento.

—¡Cielos, un pastel! Eso sería todo un regalo. Siempre que tengamos algo que ponerle dentro.

—El señor Tanit ha encontrado un poco de morcillo de ternera que sobraba en el pueblo. Había pensado usarlo.

Flora sabía que era mejor no preguntar de dónde había salido la carne. El mercado negro de carne estaba muy extendido. Y por una ocasión, no pudo resistirse.

—Por supuesto que sí —convino agradeciendo una vez más poder contar con los Tanit.

La joven pareja no rehuía el trabajo duro y el marido no solo ejercía de chófer, sino que también ayudaba a Flora a cuidar de los jardines y el huerto, a recoger las manzanas caídas y a atender al conjunto de animales que Flora había ido acogiendo bajo su protección a lo largo de los años.

—¿Podrás encargarte también de prepararle a mi madre la habitación de siempre? —preguntó Flora a la señora Tanit—. Ah, y claro, necesitaremos vino caliente para la gente del pueblo durante la comida de mañana. Sube vino tinto de la bodega, aunque tendremos que pasar sin la naranja.

Solo de pensar en naranjas se le hacía la boca agua.

—Sí, señora.

—Y esta tarde a las cinco en punto Louise traerá a las mujeres del Ejército Femenino de la Tierra —añadió casi al tiempo que lo recordaba.

Salió de la cocina y regresó a su despacho para escribir una carta de condolencia a William, el marido de Beatrix. Acababa de soltar la pluma cuando oyó que llamaban a la puerta.

—Entra.

—Hola, madre, ¿te molesto?

Louise asomó la cabeza por detrás de la puerta. Sus cabellos cobrizos, armoniosamente recogidos por medio de dos peinetas, le llegaban a la altura de los hombros y sus ojos negros eran la viva imagen de los de Archie.

—Por supuesto que no. Aunque acabo de recibir una noticia horrible. Mi amiga Beatrix murió ayer.

—Oh, lo siento muchísimo, mamá. Sé que le tenías mucho cariño. Y, además, todos perdemos su enorme talento. Recuerdo que nos leías sus cuentos de animales cuando éramos pequeños.

—El mundo perderá mucho con su marcha, sin duda.

—Qué pena que no viva para ver el proceso de paz. Estoy segura de que no tardará en llegar. O, al menos, eso espero —se corrigió Louise.

—¿Para qué querías verme, cariño?

—Ah… no es nada. Puede esperar hasta otro día. Todas las chicas están muy emocionadas con la fiesta de esta tarde —continuó diciendo alegremente.

—Y haremos todo lo posible para divertirnos tanto como podamos.

—He cosido bolsitas de lavanda para que se las lleven de regalo —dijo—. ¡Y vamos a vestirnos todas de gala!

—Fantástico. Y por favor, no pienses que estaré triste esta tarde. A Beatrix no le habría gustado que lloráramos por ella.

—Ya, pero perder a alguien siempre es complicado y sé que solo estás haciéndote la fuerte. —Louise se acercó a ella y la besó en la mejilla—. Nos vemos a las cinco en punto.

—¿Sabes si Teddy vendrá esta tarde? Le pedí que asistiera a la fiesta.

—Dijo que lo intentaría, pero hoy estaba muy ocupado.

«¿Haciendo qué?», se preguntó Flora cuando Louise salió de la habitación. Después desechó el pensamiento. Era su hijo y tenía que confiar en él.

Las chicas del Ejército Femenino de la Tierra se reunieron aquella tarde en el salón para beber sidra y comer el excelente tributo que la señora Tanit había rendido al pastel de frutas a partir de las ciruelas y manzanas secas que habían recogido del huerto en otoño. Animaron a Louise para que se sentara al piano y disfrutaron cantando villancicos para acabar entonando la pieza *We'll Meet Again*, de Vera Lynn.

Cuando Louise acompañó a las chicas al vestíbulo para que recogieran los abrigos y regresaran a las dos casas cercanas a los establos que ocupaban, Flora advirtió la expresión de preocupación de su hija.

—¿Pasa algo, Louise?

—Tessie, una de las chicas, no sabemos dónde está. No importa, seguro que tarde o temprano aparece. —Louise besó a su madre en la mejilla—. Esta noche, si no te importa, no cenaré con vosotros. Quiero pasar la velada con las chicas.

—Por supuesto. Entonces ¿Teddy no ha dado señales de vida?

—No. Buenas noches, mamá.

Louise hizo salir a las chicas y Flora se quedó mirando por la ventana cómo las guiaba con la ayuda de una linterna. Se congratuló de la enorme ayuda que había supuesto su hija dirigiendo ella sola a las chicas del Ejército Femenino de la Tierra de una manera amistosa y natural, sin mostrarse altanera en absoluto. Flora sabía que todas la adoraban.

Se encaminó a la cocina, miró dentro del horno y descubrió el pastel de carne con puré de patatas y repollo que la señora Tanit había dejado calentándose antes de marcharse a su casa.

Pensando de nuevo en que su antigua vida solitaria y sin sirvientes de los Lagos la había preparado perfectamente para los tiempos de guerra, recogió del salón una bandeja de vasos de sidra vacíos y se dispuso a lavarlos mientras esperaba a que Archie y Teddy volvieran. Desde hacía un tiempo, cenaban en la mesa de la cocina, ya que era el lugar más cálido de la casa y, aunque había árboles apropiados para hacer leña, tanto su marido como ella coincidían en que no debían vivir por encima de quienes sufrían tantas privaciones en otras partes del mundo.

Archie entró por la puerta trasera al cabo de veinte minutos, y a pesar de que parecía cansado, tenía cierto brillo en la mirada.

—¿Cómo estás, cariño? —dijo besándola tiernamente—. ¿Y cómo ha ido la fiesta? Perdona que me la haya perdido, pero estaba en una reunión. Y traigo buenas noticias.

—Lo hemos pasado muy bien. —Flora se puso un delantal y empezó a servir la cena, pues calculó que si esperaban a Teddy el pastel se echaría a perder—. ¿Cuáles son esas noticias?

—Basta decir que ya no tendré que hacer el largo trayecto hasta Londres. Van a destinarme a la base aérea de Ashford, a pocos kilómetros de distancia. Ya habrás leído en los periódicos que allí tenemos escuadrones de las fuerzas aéreas británicas y canadienses, y también de los estadounidenses, por supuesto.

—Sí.

Flora sonrió al recordar cuánto se emocionaron todas las chicas del Ejército Femenino de la Tierra a principios de año cuando se enteraron de que destinarían allí a los escuadrones canadienses, estadounidenses y británicos. Se habían celebrado varios bailes de los que las chicas regresaban con bombones y medias de nailon.

—Es una noticia estupenda, cariño. ¿Qué puesto ocuparás?

—Solo puedo decirte que se avecinan grandes cosas. Seré el oficial de enlace entre los escuadrones y tendré que organizar los turnos de vuelo, ayudar con las tácticas y cosas por el estilo. ¿Sabes, cariño? Por primera vez hoy siento que el fin de la guerra podría estar cerca.

—Nos alegraremos mucho si estás en lo cierto.

Flora colocó un plato delante de su marido y lo miró con cariño.

—Esto tiene muy buen aspecto, gracias —dijo cogiendo el cuchillo y el tenedor— ¿No cenará con nosotros ninguno de los niños?

—No, Louise ha bajado a las casas de las chicas y Teddy está… fuera.

—Como siempre —murmuró Archie.

Eran las dos de la madrugada cuando la insomne Flora oyó el crujir del suelo de madera y una puerta que se cerraba en el otro extremo del pasillo. Entonces supo que finalmente su hijo había regresado a casa.

—¿Dónde estuviste anoche? —preguntó a Teddy cuando este entró en la ajetreada cocina, donde Flora y la señora Tanit estaban en plenos preparativos para las fiestas, horneando y troceando alimentos al son de los villancicos de la radio.

—Fuera. ¿Tienes algún problema al respecto, mamá? Hace tiempo que alcancé la mayoría de edad. —Teddy les birló un par de tartaletas que se estaban enfriando en una rejilla sobre la mesa—. ¿Y cómo se encuentra usted en este hermoso día, señora Tanit?

—Bien, gracias, señor —contestó ella.

Flora se había percatado de que su ama de llaves era la única de las pocas mujeres que conocía que se negaban a sucumbir a los considerables encantos de su hijo.

—Genial —dijo él dedicándole una enorme sonrisa—. Entonces ¿qué planes tenemos para hoy, mamá?

—A la hora de comer serviremos bebidas para los del pueblo y tu abuela llegará a Ashford a las cinco. ¿Serías tan amable de recogerla en la estación?

—Eso depende —repuso Teddy, que atravesó la cocina para apoyarse contra el fogón, cerca de donde la señora Tanit removía el vino caliente—. Los chicos del pueblo me han pedido que nos veamos en el pub antes de la cena. Al fin y al cabo, es Nochebuena.

—Si pudieras recogerla nos harías un gran favor.

—¿No puede hacerlo ese marido suyo? —preguntó Teddy a la señora Tanit, que se estremeció al sentir el ligero contacto de su mano en la espalda.

—Les he dado la noche libre para que puedan celebrar la Navidad juntos, ya que la señora Tanit estará aquí mañana ayudándome a cocinar y servir el almuerzo. Estoy segura de que tu abuela apreciará tu esfuerzo.

—¿Hay pan? —Teddy miró por toda la cocina—. Tengo un hambre que me comería un caballo.

Flora señaló la despensa.

—Hay tres hogazas recién sacadas del horno, pero no cojas más de una rebanada, por favor. Las necesitamos para los bocadillos de la gente del pueblo.

Cuando su hijo fue a buscar el pan, Flora suspiró. En ocasiones incluso ella perdía la paciencia.

—Creo que serán unas Navidades estupendas —dijo Teddy mientras salía de la despensa con un trozo enorme de pan en la boca.

—Eso espero.

—Y por supuesto que iré a recoger a la abuela. —Teddy sonrió súbitamente, se acercó a su madre y la abrazó—. Solo estaba bromeando.

Y al final, resultaron ser unas Navidades felices. Hacía mucho tiempo que Flora no veía a Archie de tan buen humor, algo sin duda motivado por su nuevo puesto en Ashford. Louise, como siempre, se comportó como una hija atenta asegurándose de que todos estuvieran cómodos y contentos. E incluso Teddy consiguió vencer su impulso de reunirse con sus amigos en el pub del pueblo y permaneció en casa hasta el día de San Esteban.

Aquella noche Flora y Archie se desplomaron sobre la cama, extenuados por el sinfín de celebraciones navideñas.

—Me siento como si hubiéramos entretenido a todo el vecindario, a los ricos y a los pobres, a nuestras expensas.

—Eso hemos hecho. —Flora rio al pensar en todas las personas que habían acogido en High Weald durante los últimos días—. Pero así es como tiene que ser, ¿no? Al fin y al cabo, en Navidad hay que ser generosos.

—Sí, y tú eres la más generosa de todos. Gracias, querida. —Archie la besó con ternura—. Y ojalá que el Año Nuevo nos traiga la paz que todos merecemos.

38

A Flora, el invierno de 1944 le pareció más largo que ningún otro. Tal vez porque, igual que el resto del mundo, estaba cansada de la guerra, de las malas noticias y de la alegría impostada de la voz de la radio que no paraba de decirles que mantuvieran la moral alta.

Además, un mal presagio se cernía sobre ella como la nieve compacta que cubría los jardines. La única alegría de aquel duro mes de febrero había sido una carta de William Heelis.

Castle Cottage
Near Sawrey
15 de febrero de 1944

Mi querida lady Vaughan, ¿o puedo llamarte Flora?:

Espero sinceramente que te encuentres bien al recibir esta carta. Aquí arriba una nieve densa lo rodea todo y, ahora que no tengo a mi querida Beatrix para reprenderme, el silencio es terrible. Te escribo para contarte que leí su testamento solo y con nuestro gato como único testigo —el cual, debo informar, ha recibido una lata de sardinas a modo de pequeña herencia—. Ese fue el procedimiento legal que habían requerido su abogado (yo mismo) y su albacea (ídem). Cuando llegue el momento oportuno, se celebrará una reunión formal con todos los fiduciarios y beneficiarios, pero dadas las actuales inclemencias del clima he decidido que no tenga lugar hasta que se derrita la nieve. Se llevará a cabo en Londres, sede residencial de la mayoría de los beneficiarios, incluido el National Trust. Como podrás imaginar, la lista es extensa y tal vez tenga que alquilar una sala de festejos para acomodarlos a todos. Bromeo, pero se trata de un documento complejo y exige cierta organización, algo que por tratarse del testamento de la propia Beatrix resultará más duro aún para este humilde procurador.

El caso es que quería informarte de que Beatrix también te ha incluido entre sus herederos. Y adjunto la breve misiva que escribió para explicártelo. ¡Espero que tengas a bien aceptarlo!

Mientras tanto, mi querida Flora, recemos para que acabe este interminable invierno y la primavera nos traiga a todos nuevas esperanzas de futuro. He de admitir que, por el momento, me resulta muy difícil aceptar que lo tendré sin mi querida esposa.

Mantengamos el contacto, querida amiga.

WILLIAM HEELIS

Flora sacó el otro sobre, lo abrió y se armó de valor para leer la carta.

Castle Cottage
Near Sawrey
20 de junio de 1942

Mi querida Flora:

Seré lo más breve posible, pues sé que las cartas desde el más allá pueden resultar sensibleras.

Así que vayamos al grano: te he dejado en herencia una librería que compré hace unos años en Londres debido a que la familia propietaria pasaba por dificultades económicas. Decidí adquirirla a la muerte de Arthur Morston —es decir, el bisnieto del homónimo original—, dado que fue mi librería de confianza cuando vivía en Kensington de niña y apreciaba mucho a su dueño. Lamentablemente, tuve que cerrarla al comienzo de la guerra debido a la falta de personal, y hasta la fecha no ha vuelto a abrir.

Querida Flora, puedes hacer con ella lo que te parezca. Al menos el edificio tiene cierto valor. Si decides quedártela, podrás ser mejor jefa y propietaria de lo que lo fui yo en su día, ya que tú vives más cerca de Londres. Y si la vendes, seguro que una amante de los libros como tú sabrá darle buen uso a su fondo bibliotecario. Parece un milagro que haya sobrevivido a la guerra (hasta hoy) a pesar de todos los edificios que han sido destruidos a su alrededor. Es un rinconcito maravilloso, de modo que te recomiendo que lo visites antes de tomar tu decisión.

Así que ahora, querida Flora, llega el momento de despedirse. Siempre recordaré con cariño los ratos que pasamos juntas. Sigue en contacto con mi querido William. Me temo que, cuando llegue la hora, se sentirá perdido sin mí.

BEATRIX

—¡Qué generoso y considerado de su parte! —exclamó Archie aquella noche durante la cena—. Cuando recibas las escrituras y las llaves, deberíamos ir a Londres a verla.

—Solo espero que siga en pie. No podría soportar encontrarme con un montón de ruinas.

—Puede que a Teddy le interese encargarse de ella. No parece tener mucho más en lo que centrarse ahora mismo. Ni siquiera es capaz de levantarse antes de la hora de comer. Y en el pueblo dicen que no falta ni una sola noche en la taberna.

—Ha tenido un resfriado horrible, ya lo sabes.

—Todos hemos sufrido resfriados este invierno, Flora, pero eso no nos impide hacer algo útil con nuestro tiempo.

—Creo que está deprimido. La guerra ha ensombrecido sus años de juventud.

—Al menos le quedan otros muchos años por delante, al contrario que a la mayoría de sus coetáneos —replicó Archie intentando no enojarse demasiado—. Últimamente he estado pensando que deberíamos revisar mi testamento. No he cambiado nada desde que nos casamos. Ahora dice que High Weald quedaría en manos de Teddy, ya que es nuestro hijo mayor y el único varón, y por lo tanto el heredero primogénito, pero tengo que admitir que empiezo a dudar que sea la persona apropiada. Hoy he pensado que, aunque no pueda impedir que el título pase directamente a él, sí podría dejarte a ti la finca en perpetuidad, querida. Así podrías decidir cuál sería la mejor opción, dependiendo del comportamiento futuro de Teddy y de la posibilidad de que Louise conciba un hijo varón. La forma en que Teddy se comporta actualmente me hace preguntarme si...

—¿Podemos hablar de esto en otro momento? ¿Tal vez cuando acabe la guerra y se hayan calmado las aguas? Ahora mismo con Beatrix recién enterrada me resulta insoportable pensar en estas cosas.

—Claro que sí, cariño. —Archie la tomó de la mano desde el otro lado de la mesa—. Y cuando haya acabado podremos celebrar que todos hemos vivido para verlo.

Flora empezó a animarse cuando el invierno fue batiéndose en retirada de Inglaterra y los primeros signos de la primavera hicieron acto de presencia. Le hacía ilusión ver que las semillas que el señor Tanit y ella habían plantado el pasado otoño comenzaban a crecer. Con guerra o sin ella, un jardín, igual que un niño, necesitaba cuidados constantes. Y el simple tacto de la tierra sólida entre sus manos la hacía sentirse viva.

A pesar de que se tomaba con mucho cinismo la sesgada propaganda positiva que el Ministerio de la Guerra difundía por todas partes, incluso ella tenía la sensación de que la suerte de los aliados estaba cambiando radicalmente. Por lo que Archie decía —y por la información que omitía—, sabía que preparaban algún tipo de ofensiva organizada en Europa. Su marido pasaba en la base largas jornadas que con frecuencia se extendían hasta la madrugada, pero Flora entreveía la esperanza en su mirada.

También había buenas noticias para Louise, que, después de que Flora se esforzara mucho en convencerla, había asistido a un baile de fin de año acompañada de Teddy.

—Te vendrá bien ir a la ciudad y descansar de tu trabajo en High Weald —había insistido a su hija.

Le prestó un vestido de noche que la propia Louise arregló; sus dedos ágiles volaban sobre la tela con la misma habilidad que los de Aurelia mostraban en su momento. Teddy y ella se desplazaron en tren a la ciudad, y cuando Louise regresó a casa al día siguiente, Flora advirtió un brillo nuevo en sus ojos.

El jovencito en cuestión era un tal Rupert Forbes, un ratón de biblioteca cuya miopía crónica le había impedido luchar por su país. Teddy lo conocía vagamente de Oxford, y Louise los había informado de que ahora realizaba labores para el servicio de inteligencia.

—Obviamente, no puede decir de qué se trata, pero estoy segura de que es algo de suma importancia. Es muy inteligente, mamá. Obtuvo una beca para estudiar Filología Clásica en Oxford.

—Demasiado sereno para mi gusto —la interrumpió Teddy—. Prácticamente abstemio, ¡incluso se negó a aceptar una segunda copa de champán el día de fin de año!

—No todos tenemos que dejar la barra seca para encontrar la felicidad —le había espetado su hermana.

Resultaba extraño que Louise replicara de esa manera, y más aún a su querido hermano, así que Flora se preguntó si el comentario se debía a la necesidad de defender a Rupert o a que el comportamiento de Teddy la irritaba cada vez más.

El romance entre Rupert y Louise no tardó en convertirse en una relación más profunda. El chico cayó bien tanto a Flora como a Archie en cuanto lo conocieron, y ambos se alegraron al ver que el amor florecía entre la pareja. A resultas de esto, hacía exactamente dos semanas que Louise y Rupert habían anunciado su compromiso, y el novio, que había visitado High Weald durante el fin de semana para celebrarlo, había quedado fascinado con la herencia que Flora había recibido de Beatrix y rogado que le permitieran acompañarla cuando visitara la librería al cabo de unas semanas. Ya les habían confirmado que el edificio no había sido derribado durante los bombardeos y Flora esperaba que las escrituras le llegaran en cualquier momento.

Rupert era de buena familia, pero no tenía ingresos propios, de modo que Archie y Flora habían acordado que la joven pareja se trasladara a Home Farm, la casa del otro lado del camino que había permanecido deshabitada desde la marcha del capataz de la granja. Ella sabía que, tras una mano de pintura, algunos complementos y cortinas nuevas, que Louise confeccionaría sin problemas con sus hábiles dedos, la casa sería ideal para los recién casados. Y Flora incluso ya tenía pensado el regalo de bodas perfecto para la joven pareja.

—Mamá, ¿puedo hablar contigo? —preguntó Louise a Flora una soleada mañana de mayo cuando la encontró en el jardín.

—Por supuesto. —Flora se levantó y estudió el preocupado rostro de su hija—. ¿Qué pasa?

—¿Podemos sentarnos?

Louise le señaló un banco a la sombra de una pérgola cubierta de rosas que el señor Tanit había construido recientemente.

—¿Qué ocurre?

Louise, inquieta, no dejaba de abrir y cerrar los puños.

—Es… un asunto delicado. Tiene que ver con una de mis chicas del Ejército Femenino de la Tierra. Y con Teddy.

—Entonces será mejor que me lo cuentes.

—Desde Navidad sé que hay algo entre los dos. ¿Recuerdas que Tessie había desaparecido la tarde de la fiesta?

—Sí, me acuerdo.

—Bueno, pues esa noche volvía desde las casas de las chicas cuando vi que Teddy y Tessie salían del camino que lleva a Home Farm. Eran más de las doce y aquello me confirmó lo que varias de las muchachas ya me habían comentado.

—¿Quieres decir que las demás ya sabían dónde estaba?

—Sí, y con quién.

—Entiendo.

—Esperaba que la relación no fuera a más… Estoy segura de que ya sabes lo voluble que es Teddy, sobre todo respecto a las mujeres. Y al parecer no me equivoqué.

—Entonces ¿por qué me lo cuentas ahora?

Louise suspiró profundamente y miró al otro lado del jardín.

—Porque ayer Tessie acudió a mí llorando a mares. Y me anunció que estaba «en estado de buena esperanza», según sus propias palabras. Está embarazada, mamá, y jura que el niño es de Teddy.

—Oh, Dios… —Entonces fue Flora quien cerró los dedos en un puño—. ¿Y es cierto?

—Está de cuatro meses aproximadamente, y su prometido lleva seis luchando en Francia sin disfrutar de ningún permiso. Todas las demás sabían que esa tarde estuvo con Teddy hasta media noche y la encubrieron. Me temo que las fechas cuadran. Así que diría que es suyo, sí.

—¿Y Teddy? ¿Qué dice él?

—Tessie todavía no se lo ha dicho. La dejó después de que, según ella, Teddy consiguiera lo único que quería.

—Entonces, supongo que tendrá que casarse con esa chica.

—No lo hará. No la quiere, de hecho ¡ya ni siquiera le gusta! Además, Tessie es una jovencita inteligente y muy guapa, pero procede del East End de Londres. No tienen nada en común. Y su hijo, si fuera varón, sería el heredero de High Weald. ¿Qué diantres diría papá?

Flora pensó en las consecuencias de la despreciable conducta de su hijo y luego en cómo reaccionaría Archie si se enteraba de la noticia. Sería la gota que colmara el vaso de la ya tensa relación entre padre e hijo.

—¿Dices que esa mujer está comprometida?

—Sí, así es. Son amigos de infancia y salen juntos desde hace años.

—¿Crees que es posible que él la quiera tanto como para perdonarla y aceptar ese hijo como propio? Al fin y al cabo, no será la primera chica que sufre ese mismo destino en tiempos de guerra.

—No sabría decir, madre, pero lo dudo. ¿Tú no? —contestó Louise con prudencia, sugiriendo mediante el tono de voz que la desesperación de Flora la estaba haciendo pensar como una ingenua—. Es decir, si fuera Rupert, me abandonaría sin pensárselo dos veces. Y no se trata solo de lo que su prometido sienta por Tessie, sino de lo que ella siente por Teddy. Cree que está enamorada de él.

—Por lo que dices, está claro que él no siente lo mismo.

—¿No podrías hablar con él? Eres la única persona a la que parece escuchar. Te juro, mamá, que su conducta durante estos últimos meses ha sido bastante desenfrenada. Y papá se escandalizaría si la fama que empieza a ganarse por sus parrandas llegara a sus oídos. Perdona que te traslade esta carga, pero hay que hacer algo, y rápido.

—Gracias por contármelo, Louise. Deja que me yo encargue; pensaré cuál es la mejor manera de actuar.

—Le contaré a Tessie que he hablado contigo y que tú lo discutirás con Teddy.

Flora pasó el resto del día en el jardín, deseando que Teddy se pareciera más al tranquilo y reposado señor Tanit, que, aunque hablaba poco, trataba con suma delicadeza las plantas y los animales.

«Tiene compasión», pensó al tiempo que se preguntaba si su hijo aprendería algún día el significado de esa palabra.

Aquella larga noche, mientras observaba a Archie dormir plácidamente junto a ella, Flora trató de decidir qué debía hacer. Sabía cómo reaccionaría su marido si averiguaba las espantosas fechorías de su hijo. El honor era lo más importante para él, y no le sorprendería que echara a Teddy de High Weald y lo dejara en la calle con lo puesto.

Al día siguiente por la tarde, Flora le pidió a Louise que llamara a Tessie. Cuando la chica se presentó ante ella en el despacho, su delicado rostro estaba pálido y sus enormes ojos azules mostraban una expresión de terror. Flora advirtió la ligera curva de su vientre y experimentó un dolor repentino en el suyo. Archie y ella habían intentado concebir un hijo, pero jamás lo habían logrado. Lo cierto era que tenía ya treinta años cuando pasó por la vicaría y, pocos años más tarde, Flora supo que había perdido ese tren.

Mientras observaba a la chica, un momento de locura la hizo imaginarse a sí misma con el bebé en brazos y criándolo como si fuera suyo. El hijo de Teddy... destinado a ser otro niño sin padre.

—Hola, Tessie. Ven y siéntate.

—Gracias, señora. Siento involucrarla en esto, sobre todo sabiendo lo buena que ha sido conmigo y las chicas. ¿Ha hablado con Teddy? ¿Qué ha dicho?

Flora se preparó para mentir.

—Sí, he hablado con él y, por desgracia, niega por completo vuestra relación. Y vuestro encuentro.

—¿Cómo es posible? Todas saben que estuvimos viéndonos durante meses, desde el otoño y todas las Navidades. Pregúnteles a las demás, ellas se lo dirán. Yo... —Tessie estalló en un llanto estruendoso.

Flora se levantó, se acercó a ella, se sacó un pañuelo de encaje de la manga y se lo ofreció. Su corazón estaba con aquella pobre chica, pero su familia era lo primero.

—Venga, tranquila —dijo con ternura—. Nada es nunca tan malo como parece.

—¡Sí lo es! Usted perdone, señora, pero ¿cómo podría ser peor? Un bebé en camino, un padre que niega que él tuviera algo que ver y un prometido que, como hay Dios, me dará la espalda en cuanto vea el bizcocho que tengo en el horno. Y mis padres ya tienen siete bocas que alimentar... me echarán de casa sin pensárselo. Seré una indigente, me veré en la calle. ¡Lo mejor sería que me tirara al río y acabara con esto de una vez!

—Tessie, por favor, entiendo que estés disgustada, pero siempre se puede hacer algo, te lo prometo.

—¿Y qué podría hacerse, señora, si no le importa que se lo pregunte?

—Bueno, lo más importante es que el bebé y tú durmáis bajo techo, ¿no? Me refiero a que tengáis una casa propia.

—Por supuesto. Pero con mi salario sería imposible pagarme un lugar donde vivir.

—Sí. Y por eso estoy dispuesta a ofrecerte una suma de dinero con la que podrías comprarte una casita. También te permitirá disponer de unos pequeños ingresos anuales hasta que el niño vaya a la escuela y puedas encontrar trabajo por ti misma.

—Usted perdone, señora, pero ¿por qué? —Tessie la miró con suspicacia—. Es decir, si su hijo le ha dicho que el niño no es suyo y que ni siquiera me ha… conocido nunca íntimamente, ¿por qué no me echa de aquí sin más?

—Mi hijo me ha asegurado que el bebé no puede ser suyo, pero eso no significa que yo no pueda ayudar a una joven en apuros, ¿verdad? Yo también fui joven en su día, Tessie, y estuve desesperada. Y encontré ayuda y amabilidad cuando más lo necesitaba. Lo único que estoy haciendo es devolver bondad con bondad —respondió Flora con calma.

—Pero una casa cuesta mucho dinero.

Tessie se sonó la nariz en el pañuelo con gran escándalo.

—Podrías comprar algo decente cerca de tus padres, si quieres. ¿Dónde viven ellos?

—En Hackney.

—Estoy segura de que entrarán en razón cuando el niño nazca. Tal vez incluso tu prometido actúe del mismo modo. Si es que te quiere, claro está.

—Oh, sí que me quiere. Me llama la luz de su vida. Y mire cómo se lo he pagado yo. No. —Tessie negó con la cabeza—. Jamás me lo perdonará, jamás. Entonces ¿qué quiere usted a cambio?

—Nada. Salvo, tal vez, alguna que otra fotografía del bebé. Y la promesa de que no arrastrarás por el fango la reputación de mi hijo contando mentiras sobre él.

—Le juro por lo que más quiera que Teddy es el padre del niño, señora. Y me da la sensación de que usted también lo sabe y por eso está haciendo esto por nosotros. Llevo a su nieto aquí dentro. —Se colocó una mano sobre el vientre—. Si es un varón, podría ser el heredero de todo esto.

—Sabes perfectamente que no hay manera de demostrar si es verdad o no. Así que aquí tienes mi oferta. ¿La aceptas?

—Está encubriéndolo, protegiéndolo, ¿verdad? Su querido hijo… Todo el mundo sabe que es su ojito derecho y que jamás tolerará que nadie diga una palabra en su contra. ¿Dónde está? —Tessie se puso de pie, temblando de rabia—. Me da que ni siquiera ha hablado con él. Quiero hacerlo yo misma. ¡Ahora!

—Como gustes. —Flora se encogió de hombros con tanta naturalidad como pudo antes de dar media vuelta y dirigirse hacia el escritorio—. Pero en cuanto salgas de esta habitación retiraré mi oferta. Y te garantizo que de sus labios no saldrá nada diferente. Pregunta a Louise. A ella también se lo ha negado —añadió para asegurarse. Se sentó a su escritorio y sacó el talonario de cheques—. ¿Cómo quieres arreglarlo? Puedes salir de aquí con un cheque a tu nombre por valor de mil libras, volver a la casa y recoger tus cosas. Le pediré al señor Tanit que te lleve a la estación de Ashford dentro de una hora. Por otro lado, también puedes salir de aquí con las manos vacías y encomendarte a la clemencia de mi hijo. Una cualidad que, como tú y yo sabemos, en él brilla por su ausencia.

La estancia se sumió en el silencio. Flora esperaba haber hecho lo suficiente para convencerla, pero Tessie era una chica orgullosa e inteligente y Flora no podía sino admirar su espíritu.

—Esto es chantaje…

Flora no dijo nada; se limitó a coger la pluma y desenroscar el capuchón lentamente. Un largo suspiro de derrota atravesó la habitación.

—Como usted bien sabe, no tengo elección. Aceptaré su dinero y me marcharé.

—Entonces, que así sea —dijo Flora mientras escribía el cheque con una oleada de alivio—. Has tomado la decisión correcta, Tessie.

—No había ninguna decisión que tomar, ¿no es cierto, señora? Yo lo quería, usted lo sabe —dijo con tristeza—. Siempre fui una buena chica, pero él me embaucó diciéndome todo tipo de cosas, como que se casaría conmigo.

—Aquí tienes el cheque y el nombre de mi abogado, que se encargará de cualquier correspondencia futura. También te ayudará a adquirir una casa si es preciso.

—Gracias, señora —consiguió decir Tessie—. Usted es una mujer bondadosa, de eso no cabe duda. Teddy no sabe lo afortunado que es por tener una madre como usted que le haga el trabajo sucio. Es un mal bicho; lo es, se lo aseguro.

—Adiós, Tessie. Cuídate, y también al niño.

—Haré todo lo posible, señora. Se lo juro.

Tessie salió de la habitación y Flora se dejó caer en la silla, invadida por una sensación de alivio y asco en igual medida.

«El amor no tiene nada de deshonroso...»

Recordó las palabras que Archie le había dicho hacía tantos años. Pero el amor que ella profesaba a Teddy y su necesidad de protegerlo la habían convertido en una persona que no reconocía. Y Flora se odiaba por ello.

—¿Qué pasa, madre? A las cinco tengo que estar en una reunión —dijo Teddy malhumorado cuando se presentó en el despacho de Flora.

—Y ya vas diez minutos tarde, así que será mejor que entremos rápidamente en materia.

—¿Qué he hecho ahora? ¿Qué chismes has oído?

—Creo que sabes muy bien de qué se trata.

—Ah. —Teddy rio—. Imagino que has oído hablar de mi supuesta relación con esa tal Smith.

—Sí, cierto. Me lo han contado las otras chicas del Ejército Femenino de la Tierra y también tu hermana, que dice haberos visto salir del camino de Home Farm la víspera de Nochebuena. Y también la propia Tessie, hoy mismo.

—¿Ha venido a verte?

—Yo le pedí que viniera.

—Por Dios santo, mamá. Pareces olvidar que tengo veinticuatro años y soy capaz de arreglar solo mis desastres.

—Entonces ¿admites que esto es uno de tus «desastres»?

—No, yo... —tartamudeó Teddy—. No necesito que mi madre se inmiscuya en mi vida. ¿No te das cuenta de que toda esa historia es una sarta de mentiras?

—La verdad, tras hablar hoy con Tessie, lo dudo mucho. Voy a ir directa al grano. Sabes que Tessie está embarazada y que es muy probable que el niño sea tuyo. Te has negado a aceptar ninguna responsabilidad por tus actos, puesto que no aceptas responsabilidades por nada. Mientes descarada y habitualmente para salvar tu propio pellejo.

—Mamá... yo...

—Por favor, no me interrumpas. Eres un vago y un borracho insolente. Sinceramente, eres una vergüenza para esta familia. La semana pasada, sin ir más lejos, tu padre me habló de volver a redactar su testamento.

—¿Para desheredarme?

—Sí. —Flora supo, por la cara que puso Teddy, que había dado en el blanco—. Y comprendo que quisiera hacerlo. No te engañaré: si tu padre oyera un solo susurro del rumor que corre por ahí acerca de Tessie, sería el golpe de gracia.

—Entiendo —dijo Teddy desplomándose en el sillón.

—Te sugiero que a partir de ahora no haya más mentiras entre nosotros, si es que queremos revertir esta situación.

Teddy miró por la ventana que había detrás de su madre.

—De acuerdo.

—He despedido a Tessie y le he dado dinero suficiente para asegurar su estabilidad y la del bebé.

—Mamá, no tenías por qué hacer eso, en serio, yo...

—Yo creo que sí. No cabe duda de que se trata de tu hijo, del nieto de tus padres. Admítelo, Teddy, por el amor de Dios.

—Sí —reconoció finalmente—. Es posible, pero...

—Los «peros» no me interesan. No puedes continuar por ese camino, y punto. Comprendo que te aburres y no sabes qué hacer con tu vida, pero tu reputación de mujeriego y borracho aumenta más con cada día que pasa.

—Me aburro soberanamente. Y no me sorprende en absoluto sentirme así. Hace años que me habría marchado para cumplir con mi obligación y servir a mi país si no fuera por estos estúpidos pies planos.

—Tus excusas no importan, tienes que tomar una decisión. Puedes quedarte aquí y convertirte en un hijo del que tu padre y yo estemos orgullosos. De lo contrario, sugeriré a tu padre que te enviemos a Ceilán con tu tía Elizabeth y el tío Sidney. Allí podrías ayudarlos con la plantación de té. En cualquier caso, tendrás que demostrarle a tu padre que eres un digno heredero.

El silencio se apoderó de la habitación, igual que había sucedido antes con Tessie.

—¿Me mandarías al extranjero? Pero si estamos en guerra, mamá —dijo Teddy con la voz un tanto quebrada—. Bombardean y hunden barcos constantemente.

Flora respiró hondo antes de continuar.

—Lo haría, por la simple razón de que ya no puedo seguir encubriendo ni excusando tus actos. Si la situación con tu padre no ha alcanzado todavía el punto de no retorno, se debe solo a mis constantes intervenciones a tu favor. Sin embargo, por más que te quiera, la cara que ha puesto hoy esa mujer en ese mismo sillón cuando le he contado que negabas haber mantenido cualquier tipo de relación con ella me ha hecho percatarme de que ya no puedo seguir perdonando tu comportamiento reciente. ¿Me entiendes, Teddy?

—Sí, mamá. Te entiendo —respondió él con la cabeza gacha.

—Sigo creyendo que hay un buen hombre en tu interior. Eres joven, y todavía puedes resarcirte y probarle a tu padre que un día podrás heredar esta finca.

—Sí. Me quedaré, mamá —acabó diciendo—. Y te prometo que no volveré a decepcionaros a papá y a ti.

Y así, sin una mirada ni una palabra más, Teddy salió del despacho.

39

Durante las dos semanas siguientes, pareció que, en efecto, Teddy había hecho propósito de enmienda. Colaboraba en todo lo que podía tanto en la casa como en el jardín. Y había mucho que hacer, ya que el día después de la charla que Flora mantuvo con Teddy el señor Tanit anunció que su esposa y él se marchaban de High Weald inmediatamente. No hubo manera de sonsacarle los motivos, y cuando Flora le preguntó si podía hacer algo para convencerlos de que se quedaran, Tanit ni siquiera despegó los labios.

—Es lo mejor, señora. Mi esposa ya no se siente cómoda en High Weald.

Se fueron aquella misma noche y Flora se quedó en vela hasta el amanecer preguntándose qué habría hecho para ofender a su encantadora ama de llaves.

Louise se encogió de hombros con desaliento al enterarse de la noticia en la cocina al día siguiente.

—Tienes que haberte dado cuenta de la razón, mamá —susurró—. Teddy no ha dejado de acosarla durante los últimos meses. Es decir, no estoy segura del todo, pero si yo hubiera sido esa pobre mujer creo que tampoco habría podido soportarlo.

Flora cerró los ojos y recordó a su hijo tocándole la espalda a la señora Tanit mientras estaban junto a los fogones de la cocina.

La noche siguiente Flora cenó sola, ya que Archie había telefoneado desde la base para decir que se retrasaría, algo común en aquellos días. Cuando ya estaba en la cama, oyó el zumbido de los bombarderos alemanes aproximándose, pero no le dio mayor importancia. Aquel ruido le resultaba ya tan familiar como el canto de los pájaros al amanecer. No obstante, aquella noche parecían estar más cerca y Flora suspiró irritada al pensar que si seguían acercándose tendrían que bajar a dormir al sótano.

Como era de esperar, justo antes de la medianoche, empezaron a sonar las sirenas de ataque aéreo y Teddy, Louise y ella corrieron escalera abajo. Dos horas más tarde, cuando oyeron la alarma que decretaba la vuelta a la normalidad, regresaron a la cama, y Flora supo casi con total certeza que Archie pasaría la noche en una litera de la base aérea.

—¡Mamá! ¡Mamá, levántate! —la despertó el grito de Louise a la mañana siguiente—. Al teléfono hay un hombre llamado capitán de escuadrón King. Quiere hablar contigo urgentemente.

Flora bajó la escalera con el corazón en la boca y estuvo a punto de caerse en su prisa por coger el teléfono. Aunque ya sabía el motivo de la llamada.

El capitán de escuadrón le transmitió la noticia de que Archie y otros catorce miembros de la Real Fuerza Aérea habían muerto a consecuencia del impacto de una bomba que había caído de lleno sobre el área de acampada destinada a los pilotos de la reserva y otros miembros del personal.

A pesar de la fortaleza que Flora había mostrado siempre ante la adversidad, en aquella ocasión se derrumbó. La ironía de la situación le resultaba insufrible… Archie había sobrevivido hasta ese momento y ambos se habían alegrado de que lo hubieran destinado a Ashford en lugar de seguir trabajando en Londres, que era el principal objetivo de los bombardeos alemanes, y acababa perdiendo la vida a pocos kilómetros de casa… Estaba tan desconcertada que no era capaz de asimilar la situación.

Louise llamó al médico, que le recetó sedantes, y Flora permaneció en cama durante varios días, sin voluntad ni energía para levantarse. Sin su amado Archie, habría preferido morir. Ni siquiera el rostro atormentado de su hija bastaba para hacerla salir de la habitación. Permanecía allí tumbada, reviviendo todos y cada uno de los momentos que había pasado junto a Archie y maldiciendo a ese Dios en el que ya no podía creer por haberlos separado para siempre.

Y lo peor de todo es que ni siquiera habían tenido la oportunidad de despedirse.

La sexta mañana tras la fatídica llamada, un golpeteo en la ventana despertó a Flora de su sueño narcotizado. Alzó la cabeza y vio una cría de tordo que debía de haberse caído del nido del viejo castaño que había junto a la ventana. Había sobrevivido a la caída gracias al alféizar, pero su vida seguía corriendo peligro, ya que buscaba a su madre piando con histerismo y dando saltos sin cesar.

—Ya voy, pequeñito —susurró mientras abría la ventana con cuidado y se las ingeniaba para atrapar al diminuto animal entre sus manos—. No pasa nada, no pasa nada —lo arrulló Flora—. Ahora estás a salvo. Conseguiremos una escalera y te reunirás con tu madre enseguida.

Con el pajarillo en las manos, bajó hasta la cocina, donde Teddy y Louise estaban sentados a la mesa.

—¡Mamá, te has levantado! Estaba a punto de llevarte un té —dijo Louise.

—No te preocupes por eso. Esta cosita se ha caído del nido del castaño. Teddy, ¿puedes traer una escalera para que suba a devolverlo antes de que se muera de miedo?

—Por supuesto, mamá.

Louise miró a Teddy, que guiñó un ojo a su hermana mientras se ponía de pie.

—A partir de ahora estará bien —dijo en voz baja mientras salía detrás de su madre.

El funeral se celebró en la iglesia de la finca en presencia de numerosos familiares, amigos y vecinos del pueblo. Archie era una figura conocida que contaba con el respeto de los lugareños, así que Flora se sentó entre sus dos hijos, sonriendo a pesar de las lágrimas al oír los panegíricos que le dedicaban sus colegas de la Real Fuerza Aérea en ambas guerras. Durante la ceremonia, tuvo que recurrir a toda su fortaleza y valentía. La semana de duelo en solitario le había permitido, al menos, expulsar de su sistema el torrente de dolor, y por eso en aquel momento fue capaz de apoyar a sus hijos en su propio luto. Tal vez su vida —o cuando menos su principal fuente de felicidad— hubiera quedado sesgada para siempre, pero sus hijos todavía tenían que vivir las suyas y no pensaba abandonarlos a su suerte.

El día después del funeral recibió una llamada del señor Saunders, el abogado de la familia. Tras las debidas condolencias, se dispusieron a hablar de negocios.

—Seguramente estará al corriente de que lord Vaughan no había cambiado su testamento desde 1921 —comenzó el señor Saunders sacando de su vetusto maletín un ordenado montón de papeles—. ¿Debo asumir que su voluntad seguía siendo legar la finca a su hijo Teddy?

—Eso debo pensar... sí —contestó Flora, que sintió la presión de la culpa en el pecho.

—Entonces activaré los mecanismos para ponerlo todo a nombre de Teddy, como habíamos hablado. Por desgracia, dado que no existe documento alguno que garantice su acomodo en la finca de High Weald, debo advertirle que su hijo está en su derecho legal de, ejem, echarla. No digo que vaya a hacerlo, por supuesto que no, pero he vivido situaciones de ese tipo en ocasiones anteriores.

—Hablaré con Teddy al respecto —dijo Flora con firmeza—. Estoy segura de que podremos resolverlo entre nosotros. Solo tengo una pregunta para usted, señor Saunders: si mi hermana Aurelia hubiera dado a luz solamente a Louise, es decir, a una niña, o Teddy hubiera muerto en la guerra —añadió en voz baja—, ¿qué habría sucedido entonces?

—Bueno, las cosas se habrían complicado. Primero buscaríamos a un heredero varón para la finca. Y, al no encontrarlo, casi con toda seguridad Louise habría recibido High Weald en usufructo hasta el momento en que tuviera un hijo varón. Cuando este alcanzara la mayoría de edad, heredaría las tierras y el título nobiliario. Si Louise diera a luz a una hija, esta tendría garantizado el mismo usufructo hasta que hubiera un heredero varón en la familia. A menos, claro está, que una de las hermanas de lord Vaughan tuviera un hijo varón antes que ella. Etcétera, etcétera.

—Entiendo.

—Como supongo que habrá comprendido, tenemos que dar gracias a Dios de que en realidad sí haya un heredero varón. —Soltó una risa sarcástica—. Conozco a numerosas familias que carecen de él debido a las generaciones de padres e hijos devastadas por ambas guerras. Tiene suerte, lady Vaughan. El linaje genuino podrá permanecer en High Weald en un momento en que muchas familias en una situación parecida no han podido disfrutar de una transición tan sencilla.

—Señor Saunders, me preguntaba si sería posible destinar a Louise al menos una parte de la finca. Está a punto de casarse y su marido no es un hombre rico. Como mujer que soy —añadió Flora con prudencia—, no estoy de acuerdo con el hecho de no poder reclamar parte alguna de los bienes familiares por el simple hecho de no ser varón. Sobre todo, teniendo en cuenta que Teddy y ella son gemelos.

—Estoy de acuerdo, lady Vaughan. Las reglas a este respecto son arcaicas y solo puedo esperar que, con el paso del tiempo, las mujeres tengan los mismos derechos a las tierras y los títulos nobiliarios. Sin embargo, me temo que ahora la decisión quedará en manos de su hijo. Lamento informarla de que ninguna de ustedes dos tiene poder sobre lo que suceda con High Weald. Es frustrante que su marido no viviera para reescribir su testamento. Ahora está usted a merced de su hijo. Igual que su hija.

—Gracias por su consejo, señor Saunders. Teddy y yo volveremos a ponernos en contacto con usted, sin duda.

—A partir de este momento, cualquier comunicación a este respecto se le remitirá directamente a Teddy sin pasar por usted —respondió el señor Saunders mientras volvía a meter los papeles en su maletín—. Una vez más, la acompaño en el sentimiento. Su difunto marido era un buen hombre. Esperemos que su hijo pueda ser un digno heredero de su legado. Que tenga buen día, lady Vaughan.

Con un hondo suspiro que daba a entender que los rumores sobre Teddy se habían extendido por los alrededores, el señor Saunders se levantó para marcharse.

Flora permaneció sentada donde estaba, mirando a través de la ventana hacia el jardín que ya no volvería a estar bajo su tutela. Y se percató de que Archie, con sus nobles intenciones de aquel momento, había despojado a Louise prácticamente de cualquier posibilidad de reclamar lo que le pertenecía por derecho. Y a pesar de sus recientes comentarios acerca de la incapacidad de Teddy para relevarlo al frente de High Weald como heredero, no podía hacerse absolutamente nada sin exponer el engaño original de Archie.

Agradecía haber tenido al menos el sentido común de invertir sabiamente la mayor parte del legado de su verdadero padre, en un principio con el consejo y ayuda de sir Ernest Cassel. A partir de ahí, se había interesado mucho en la bolsa de valores y sus fondos habían capeado bien los vaivenes de los volubles mercados financieros. En resumen, su situación económica era muy buena.

En cuanto a Home Farm, ya estaba en proceso de pasar a nombre de Rupert y Louise. Archie había firmado la autorización para transferir las escrituras y disponer que la joven pareja se trasladara a ella tras la celebración de su boda en agosto. Era imposible que Teddy se opusiera a eso, ¿verdad?

Flora sabía que el mero hecho de que tuviera que planteárselo subrayaba la gravedad de la situación.

Esa noche se sentó a hablar con Teddy y Louise y les relató la conversación que había mantenido con el señor Saunders. Observó con atención la expresión de Teddy y la consoló apreciar que se mostraba tan apenado como aliviado.

—Bueno, Rupert y yo seremos muy felices en Home Farm —dijo Louise con buen talante—. Es una casa bonita y estoy segura de que podremos convertirla en nuestro hogar.

—Sí, yo también estoy segura de ello —contestó Flora, que adoraba a Louise por su naturaleza agradecida y amable.

Por otra parte, suponía que su sobrina tampoco esperaba otra cosa, ya que ignoraba las circunstancias verdaderas.

—Bueno, Teddy, todo esto será tuyo —añadió alegremente Flora abarcando la cocina con un gesto—. ¿Cómo te sientes?

—Mamá, no es más que lo que me corresponde por derecho, ¿no es cierto? —repuso él con cierta arrogancia.

—Sí, pero sabes perfectamente que la finca de High Weald supone mucho trabajo. Como el señor Saunders te explicará, no queda mucho dinero para mantenerla. Especialmente en el caso de la granja. Tendrás que contratar a un capataz nuevo —prosiguió—. Y alguien para que te ayude en la casa, sobre todo a partir del verano, cuando Louise se traslade a la suya.

—Tú estarás aquí conmigo para solucionar todo eso, mamá. Es

decir, hasta que me case. —Teddy sonrió con astucia—. Y puede que ya tenga a alguien en mente.

—¿En serio? —A Louise se le iluminó el rostro—. Sería fantástico si los dos tuviéramos hijos de edad similar que pudieran crecer juntos. ¿No te parece, querido Teddy?

—No estoy seguro de que le entusiasme la idea de tener hijos, pero a mí me tiene enamorado.

—Qué hermético eres, Teddy. ¿Cómo se llama? —preguntó Louise.

—Os lo revelaré todo a su debido tiempo. No es de por aquí.

—Por supuesto, yo me mudaré en cuanto te cases —intervino Flora—. Tal vez pueda residir temporalmente en la casa de Londres hasta que reformemos la vivienda destinada a la viuda, ¿no? Lleva demasiados años deshabitada.

—A partir de ahora la casa de Londres será para mi uso exclusivo. Supongo que cuando vayas a la ciudad podrás quedarte con tu madre en Albemarle Street. Bueno —dijo Teddy mirando su reloj—, tengo que irme. El tren a Londres sale dentro de media hora. Yo mismo conduciré el Rolls-Royce de papá hasta la estación de Ashford.

—Pero hacía años que no lo usaba, Teddy. Consume demasiada gasolina y necesitamos los cupones para la maquinaria de la granja —dijo Louise mirando con nerviosismo a su madre.

—Estoy seguro de que mi fortuna podrá permitírselo por esta vez. Volveré a casa dentro de un par de días.

Se levantó, besó a su madre y a su hermana en la coronilla y salió de la cocina.

Madre e hija se quedaron mudas de estupefacción.

—No te preocupes, mamá —dijo Louis volviéndose hacia ella—. Siempre habrá un sitio para ti en Home Farm.

Flora dedicó el mes siguiente a prepararse para decirle adiós a High Weald. Teddy pasaba la mayor parte del tiempo en la casa de Londres y apenas lo veían. Flora y Louise se esforzaron en superar la pena por la muerte de Archie y dirigir la hacienda entre ellas. El señor Saunders había escrito una carta a Flora, más por diplomacia que por necesidad, para informarla de que el proceso de transferencia de la finca, la casa de Londres y el título nobiliario a nombre de Teddy iba muy bien y quedaría resuelto para el mes de noviembre como muy tarde.

Si Flora y Louise albergaban dudas respecto a la herencia de Teddy, ninguna de ellas quiso admitirlas. En cualquier caso, el mes de junio trajo con él un cambio de aires inesperado debido al éxito del desembarco de Normandía. Flora se empeñó en centrarse en la futura boda de Louise y decidió entregarle a la pareja su regalo ese mismo fin de semana, cuando Rupert los visitara para discutir los planes previos a la boda. Se sintió muy dichosa por la alegría que mostraron al recibir la noticia de que les cedería Libros Arthur Morston.

—¡Por Dios santo! —Rupert sacó un pañuelo y se enjugó las lágrimas—. Y yo que estaba preocupado por cómo podría darle a su hija el estilo de vida al que está acostumbrada. Y usted acaba de darme la respuesta. Jamás podré agradecérselo lo suficiente. Estoy… completamente abrumado.

A Flora se le anegaron los ojos de lágrimas al ver abrazarse a los novios, tan felices y enamorados. Y tuvo la certeza de que había hecho lo correcto.

—También hay un pequeño apartamento en el piso de arriba. Podéis modernizarlo y usarlo cuando estéis en la ciudad —dijo—. Aunque estoy segura de que tu hermano os ofrecerá su casa de Londres.

—Lo dudo, mamá —repuso Louise—. Y aunque lo hiciera, creo que en las dependencias de la librería nos sentiremos mucho más cómodos, sin importar el estado en que se encuentren.

Al cabo de unos días, Flora recibió un telegrama de Teddy:

ME HE CASADO HOY CON DIXIE EN REGISTRO DE
CHELSEA. STOP. MUY FELIZ. STOP. AHORA VIAJE
DE NOVIOS A ITALIA. STOP. NOS VEMOS PRONTO PARA
CELEBRAR. STOP. DILE A LOUISE QUE LE HE TOMADO
LA DELANTERA. STOP. TEDDY. STOP

Louise leyó el telegrama en silencio sin poder evitar que su rostro reflejara todo lo que sentía.

—¡Por Dios! —exclamó.

—¿Conoces a esa chica?

—No muy bien, no. Pero sí he oído hablar de ella. Está en boca de todo Londres. Teddy me la presentó brevemente en Año Nuevo.

—¿Quién es?

—Lady Cecilia O'Reilly. Es irlandesa de nacimiento, y procede de una buena familia, aunque ciertamente... bohemia. Es una belleza sin igual, de eso no cabe duda. Todos los hombres de la sala se volvieron locos en cuanto entró en el Savoy en fin de año. Tiene una melena cobriza que le llega hasta la cintura y su carácter, al parecer, es igual de salvaje. Teddy se quedó prendado de ella aquella noche, y supongo que esa es la razón de que haya pasado tanto tiempo en Londres últimamente —añadió Louise—. No cabe duda de que formarán una pareja... interesante.

—Ya veo.

Flora leyó entre líneas los comentarios de Louise y se deprimió aún más.

—Discúlpame, mamá. Como siempre me has dicho, nunca hay que juzgar un libro por su portada. O por su reputación. Puede que Dixie tenga fama de mujer «fácil», pero eso no quiere decir que no sea buena persona. Y sin duda le dará vida a High Weald y meterá a Teddy en cintura —añadió sonriendo con timidez.

Aquella noche en la cama, Flora añoró como nunca el calor y el consuelo del cuerpo que solía yacer junto al suyo. Recostada sobre los cojines, comenzó a hacer planes sobre su propio futuro... y se preguntó cómo podría liberarse de la culpa que sentía por la situación de Louise.

Al cabo de un mes, el flamante heredero de High Weald llevó consigo a casa a su igualmente flamante esposa. Al contrario de lo que Flora esperaba, la joven Dixie le cayó bien de inmediato. Su risa ronca, sin duda generada por los fuertes cigarrillos franceses que fumaba constantemente, su precioso cutis blanco como la luna y su cuerpo esbelto, hacían de ella una mujer de armas tomar. Además, a juzgar por cómo atacaba a Teddy cuando hacía algún comentario poco afortunado, también parecía poseer una inteligencia sagaz.

Tras una noche de celebración en la que el alcohol fluyó a espuertas y la pobre Louise se quedó de piedra oyendo a Dixie airear sus opiniones sobre todas las materias, desde la situación irlandesa hasta la guerra, pasando por su conocimiento «íntimo» de la personalidad depresiva de Churchill, Flora dio las buenas noches y subió al piso de arriba a acostarse. Saber que Archie habría apreciado la vivaracha compañía de su nueva nuera la consolaba.

Al día siguiente, llamó a Teddy a su despacho. Le dio un beso afectuoso y le pidió que se sentara.

Tomó la iniciativa de la conversación, antes de que él pudiera pronunciar palabra.

—Felicidades, Teddy. Creo que Dixie es una chica completamente adorable. Has hecho una buena elección y estoy seguro de que ambas nos convertiremos en buenas amigas. Solo quería decirte que yo misma pagaré con gusto las reformas necesarias en la casa de la viuda. Y me gustaría saber si quieres venderme las ochenta hectáreas de tierras de cultivo que la rodean, ya que los terrenos están situados al otro lado del camino y colindan con Home Farm. Estoy dispuesta a ocuparme de ellos y cultivarlos en tu lugar. He consultado con un agente de la propiedad local y puedo ofrecerte un buen precio. Eso te proporcionaría ciertos fondos para los gastos de mantenimiento de High Weald y la casa de Londres.

—Entiendo —dijo Teddy sorprendido—. Primero tendré que hablarlo con Dixie y con mi abogado.

—Hazlo, claro. Yo me marcharé de High Weald tras la boda de Louise.

—Por supuesto.

—Es todo cuanto tenía que decir.

—De acuerdo. —Teddy se levantó—. Por favor, no dudes en llevarte todo lo que quieras de la casa.

—Me basto con poco y se me da muy bien empezar de nuevo. Tan solo diré que has recibido un hermoso legado. High Weald es un lugar muy especial, y espero que Dixie y tú lo cuidéis tanto como hemos hecho tu padre y yo.

Y antes de que pudiera echarse a llorar, Flora salió de la habitación.

Un sofocante día de agosto, Flora presenció la boda de Louise y Rupert Forbes en la misma iglesia en la que hacía tan poco había enterrado a su marido. Mientras rezaba por la pareja, rogaba también con todas sus fuerzas a los poderes superiores que le proporcionaran la paz tantas veces prometida. Tanto en su propia vida como en el mundo.

A finales de otoño, Flora se encontró deambulando por High Weald, sintiéndose ridícula por despedirse de una casa que visitaría muchas veces en el futuro, aunque ya no sería suya. Pero lo cierto era que jamás lo había sido, pensó con tristeza. Ni de ella ni de nadie. Se pertenecía únicamente a sí misma, como todos los edificios antiguos. Y permanecería en pie largos años, mucho después de que sus actuales ocupantes murieran.

Contempló el jardín amurallado a través de la ventana de la cocina y recordó los innumerables momentos de felicidad que había compartido allí con Archie.

«"Momentos de felicidad…" —citó Flora para sí—. Contrariamente a lo que los seres humanos querríamos, nada es para siempre —reflexionó—. Lo único que se puede hacer es disfrutar del momento mientras sea posible.»

El poni y la carreta, cargada con sus posesiones más preciadas, aguardaban fuera. Salió por la puerta principal y se encaramó a ella.

—Adiós —dijo lanzando un beso a High Weald, a Archie y a todos los recuerdos.

Entonces volvió la vista, se tomó unos instantes para perdonarse por todos los errores que había cometido, dio una palmadita al poni en el flanco y se alejó por el camino en busca de un nuevo futuro.

Star

Noviembre de 2007

Rosa x centifolia
(rosa repollo — familia Rosaceae)

40

Las campanadas del reloj de pared me hicieron regresar al presente sobresaltada. Miré el mío y vi que eran las cuatro de la mañana. Orlando, aún sentado frente a mí, tenía los ojos cerrados y el rostro demacrado por el cansancio. Intenté concentrarme en todo lo que me había contado, pero me di cuenta de que necesitaría dormir para poder encontrarle algún sentido.

—¿Orlando? —susurré intentando no asustarlo—. Es hora de irse a la cama.

Abrió los ojos de golpe, con la mirada vidriosa.

—Sí —convino—. Mañana hablaremos de lo que te he contado. —Se levantó y avanzó hasta la puerta a trompicones, como si estuviera drogado. Después se volvió y me miró—. Entiendes por qué pensaba que era mejor mantener a mi hermano al margen de esto, ¿verdad? Mouse estaba muy resentido. Y saber que nuestra parte de la familia había sido expulsada de High Weald arteramente solo habría hecho que se sintiera peor.

—Creo que sí. ¿Los escondo en alguna parte? —pregunté señalando los diarios.

—Llévatelos. Mi irrisorio intento de narrarte una historia tan compleja solo puede haberte dado una idea somera. Con el texto podrás conocer los pormenores. Buenas noches, señorita Star.

—Pero sigo sin comprender cuál es mi papel en esta historia.

—¡Madre mía! —dijo evaluándome con la mirada—. Vaya sorpresa. Habría jurado que tu inteligencia y perspicacia ya lo habrían deducido con exactitud. Hasta mañana.

Y así, despidiéndose con la mano, salió de la habitación.

A la mañana siguiente Orlando no apareció por la cocina hasta después de las once.

—Hoy siento el peso de cada uno de mis treinta y seis años, y como si me hubieran echado cincuenta más encima —dijo derrumbándose sobre una silla.

Yo también estaba cansada, ya que había pasado el resto de la noche dando vueltas en la cama. Solo había conseguido dormir media hora antes de que sonara la alarma para levantarme a las siete, hacerle el desayuno a Rory y llevarlo al colegio.

—¿Qué te parece hacer un almuerzo tardío? ¿Unos huevos a la benedictina y salmón ahumado? —sugerí a Orlando.

—No podría imaginar nada más adecuado. Podemos fingir que estamos en el hotel Algonquin de Nueva York y que hemos llegado allí después de pasar la noche en un tugurio clandestino bailando hasta el amanecer. ¿Y cómo te encuentras tú hoy, señorita Star?

—Meditabunda —respondí sinceramente mientras me disponía a preparar los huevos.

—Estoy seguro de que solo tendrás que ingerir el desayuno para digerir los hechos.

—Lo que no entiendo es por qué Mouse me hizo creer que Flora MacNichol era una mujer calculadora. A mí me parece una persona maravillosa.

—Completamente de acuerdo. Si no hubiera sido por la inyección de fondos que aportó para restaurar la casa y los jardines a la muerte de la bisabuela Aurelia, por no hablar de sus propios esfuerzos por reformar y gobernar la hacienda durante la Segunda Guerra Mundial, ni los Vaughan ni los Forbes residiríamos en ella a día de hoy. Además, les dejó en herencia a Louise y Rupert las tierras de labranza que le había comprado a Teddy. Esas tierras son la principal fuente de ingresos de Home Farm actualmente.

—Hizo cuanto estuvo en su mano por compensar a Louise —reflexioné.

—Sí, y de qué manera. Mi padre decía que Flora fue quien mantuvo a la familia unida durante los difíciles años de posguerra. Llevaba las cuentas de Libros Arthur Morston y ayudó a Dixie a criar a su hijo Michael y en el gobierno de High Weald. Como podrás imaginar, Teddy no contribuyó mucho a ninguno de esos dos aspectos. Flora vivió una vida larga y plena.

—¿Qué edad tenía cuando murió?

—Estaba cerca de los ochenta. Mi padre me dijo que la encontraron sentada bajo la pérgola de rosas disfrutando del sol vespertino.

—Me alegra que sus últimos días fueran felices. Se lo había ganado. ¿Cómo puede Mouse echarle a ella la culpa de todo? Al fin y al cabo, fue Archie quien tomó la decisión de registrar a Teddy como gemelo de Louise en el certificado de nacimiento.

—Y por unas razones altruistas y muy comprensibles —añadió Orlando—. A su propio modo, estaba rindiendo homenaje a todos los caídos en la guerra. Ten en cuenta que Mouse solo sabe los fundamentos de la historia que le contó mi padre cuando voló a Grecia para verlo antes de su muerte. Volvió a casa desconsolado, porque no sé si recuerdas que te dije que nuestro padre murió solo dos años después que Annie. Fue entonces cuando me llevé a la librería los diarios más relevantes. Tenía la sensación de que lo peor que podía pasar era que Mouse se regodeara todavía más en el pasado.

—Él creía que lo habían despojado de todo injustamente —murmuré—. De su esposa, de su padre y de la herencia que le pertenecía.

—Sí. La depresión es terrible, señorita Star —suspiró Orlando—. Al menos parece que ese es uno de los pocos males de los que he conseguido librarme.

—Quizá tu hermano debería leerlos, Orlando, y descubrir lo que sucedió realmente. A mí me da la sensación de que fue la propia Flora quien perdió más.

—Coincido con ello, aunque es una vergüenza lamentable que las tierras no pasaran a la abuela Louise en usufructo a la espera de que tuviera hijos en el futuro, como por ejemplo Laurence, nuestro padre. Y Rupert, mi abuelo, era un tipo genial.

—Tal vez el amor por un hijo ciegue a cualquiera.

—En muchos casos es así —aceptó Orlando—. Flora era una mujer sensata y pragmática. Era consciente de que tanto Archie como ella misma, por extensión, eran culpables de mentir respecto a los derechos naturales de Teddy. Se crio pensando que era el heredero legítimo y, a fin de cuentas, no tenía culpa de ello. Flora podría haber intentado negarle la herencia, pero lo más probable es que lo hubiera perdido para siempre en los antros londinenses y que Teddy hubiese pasado el resto de su vida entre naipes, mujeres y vino. Aunque tampoco es algo de lo que se privara en High Weald, según cuentan los diarios. La que salvó la situación fue su esposa, Dixie. Ella dio a luz al padre de Marguerite, Michael, y mantuvo la finca en marcha mientras Teddy se alcoholizaba hasta la muerte. Tengo la impresión de que High Weald siempre ha subsistido gracias a generaciones de mujeres fuertes.

—Y ahora Rory heredará el patrimonio y el título a través de Marguerite —añadí mientras depositaba el desayuno en la mesa y me sentaba.

Orlando cogió los cubiertos y empezó a comer.

—Ah, el reconstituyente perfecto. Yo, personalmente, estoy encantado de que lady Flora donara la librería a Louise y Rupert, que consiguió administrarla cuidadosamente a lo largo de los sombríos años de posguerra. Gracias a él, yo he terminado recibiendo un legado maravilloso. Mouse dice que ese inmueble es seguramente más valioso que lo que queda de High Weald.

—Flora no tuvo hijos propios, ¿verdad? —dije articulando uno de los pensamientos que me habían rondado de madrugada.

—No. —Orlando me miró con fijeza—. ¿Has atado cabos ya?

—Creo que sí.

—Bueno, la verdad es que es una verdadera pena, señorita Star, porque siento que habrías sido una aristócrata británica de extremada elegancia. Pero los hechos que tenemos a nuestra disposición parecen corroborar que no tienes un solo mililitro de sangre real en las venas.

—Entonces ¿por qué me dio mi padre el gato de Fabergé como pista?

—¡Ajá! Eso es lo que más me ha intrigado desde el momento en que me informaste de tu búsqueda. Tal como hablas de tu padre, siempre he pensado que debía de tener alguna razón en particular para hacerlo. Y ten en cuenta que he escuchado todo lo que has dicho; e incluso lo que no has dicho, podría añadir.

—¿Qué motivo crees tú que podría haber?

Yo creía haberlo descubierto, pero antes quería oírlo de boca de Orlando.

—Necesitaba algo que te vinculara definitivamente con el linaje de los Vaughan y no el de los Forbes. Y Teddy era el hijo adoptivo de Flora. Por lo que habría que mirar en su descendencia...

—¿Te refieres al hijo ilegítimo de la chica del Ejército Femenino de la Tierra? —dije pronunciando al fin mi sospecha en voz alta.

—¡Bingo! Sabía que no me defraudarías. —Orlando apoyó la barbilla sobre los puños y se quedó observándome—. Cuando aquel fatídico día volviste a la librería para recuperar tu preciada carpeta de plástico, me contaste que las coordenadas de la esfera armilar situaban tu nacimiento en Londres.

—Sí.

—¿Y dónde vivía nuestra chica del Ejército Femenino de la Tierra?

—En el East End de Londres.

—Sí. ¿Y qué dirección señalaban tus coordenadas cuando las buscaste en internet?

—Mare Street, E8.

—¿Y eso está en...?

—Hackney.

—Sí. ¡En el East End de Londres!

Orlando echó la cabeza atrás y dio un golpe sobre la mesa, entusiasmado por su propia perspicacia e ingenio. Me ofendí, ya que mis orígenes no eran asunto de risa.

—Discúlpame, señorita Star, pero me resulta imposible no encontrar divertida la ironía. Viniste a mí con un gato de Fabergé que te vinculaba a un rey de Inglaterra. Y ahora averiguamos que casi con total certeza no estás emparentada ni con la realeza ni con los Vaughan, sino que posiblemente seas la nieta ilegítima de nuestra siempre difamada oveja negra de la familia.

Sentí que los ojos se me inundaban de lágrimas. Aunque podía entender la mente analítica carente de emoción de Orlando, el hecho de que lo encontrara tan gracioso me dolía profundamente.

—No me importa cuál sea mi origen —respondí enfadada—. Yo... —Y sintiendo que una miríada de respuestas plausibles acudían a mi exhausto cerebro, decidí levantarme—. Perdona, voy a salir a dar un paseo.

Cogí una vieja chaqueta Barbour y un par de botas de agua del vestíbulo, me las puse y me aventuré a salir al frío matutino. En cuanto crucé la verja, maldije a Pa Salt, que estaría sentado en algún lugar de los cielos, y cuestioné su lógica. En el mejor de los casos, era, por lo que parecía, la nieta bastarda de un hombre que sin saberlo había arrebatado High Weald a su heredera legítima. En el peor de los casos, no era nadie. Nadie que tuviera nada que ver con todo aquello.

Giré a la derecha por el camino y mis pasos me llevaron automáticamente al sendero de las zarzamoras, como Rory y yo lo habíamos bautizado. La risa de Orlando me resonaba en los oídos y hacía aflorar las lágrimas. ¿Había pretendido humillarme? ¿Había disfrutado del hecho de poder demostrar sin margen de error que yo provenía de la nada, de que lo que él llamaba su «sangre aristocrática» lo hacía superior a mí? ¿Por qué estaban los británicos tan obsesionados con la posición social?

—El simple hecho de que hayan avasallado al mundo entero para formar un imperio y tengan una familia real no significa nada. Todas las personas son iguales, sean cuales sean sus orígenes —dije con enfado a una urraca, que se volvió hacia mí, parpadeó y salió volando.

«En Suiza eso no tiene importancia —me dije—. A Pa Salt no le habría importado, lo sé perfectamente. Entonces ¿por qué?»

Recorriendo el sendero a grandes zancadas, me aborrecí por mi desesperada necesidad de pertenecer a algún lugar o persona que no fueran CeCe ni el surrealista mundo de fantasía que Pa Salt había creado en Atlantis para su variopinta bandada de palomas. Por la necesidad de forjar un mundo propio que solo me perteneciera a mí.

Llegué a un campo abierto, me senté sobre el tocón de un árbol y, con la cabeza hundida entre las manos, lloré desconsoladamente. Al final, conseguí reponerme y me enjugué las lágrimas con brusquedad. «Vamos, Star, controla tus emociones. Esto no te va a llevar a ninguna parte.»

—Hola, Star. ¿Estás bien?

Al volver la vista vi a Mouse a escasos metros de mí.

—Sí, estoy bien.

—No lo pareces. ¿Una taza de té?

Me encogí de hombros como habría hecho una adolescente recalcitrante.

—Bueno, acabo de hervir el agua —dijo señalando a su espalda, y entonces me percaté de que me había internado sin darme cuenta en los terrenos de Home Farm.

—Lo siento —murmuré.

—¿Lo sientes, por qué?

—Me he metido aquí sin darme cuenta.

—No importa. ¿Quieres una taza de té o no?

—Tengo que volver a casa para fregar los platos.

—No seas ridícula.

Se acercó y me llevó hasta la casa cogida por el codo sin ningún miramiento. Una vez que estuvimos en la cocina, me hizo sentarme en una silla.

—Quédate ahí. Serviré el té. Con leche y tres de azúcar, ¿no?

—Sí. Gracias.

—Toma.

Colocó frente a mí una taza de té humeante. Yo no era capaz de alzar la vista, así que me quedé mirando fijamente las vetas de madera de la vieja mesa de pino. Oí que Mouse se sentaba frente a mí.

—Estás temblando.

—Hace frío fuera.

— Sí, es verdad.

Después permanecimos en silencio durante un buen rato. Bebí un sorbo del té.

—¿Quieres que te pregunte qué ha pasado?

Volví a encogerme de hombros en el papel de la adolescente recalcitrante.

—Bueno, como quieras.

Con la taza entre las manos, empecé a sentir que la calidez de la habitación penetraba en mis venas heladas. Debían de haber llenado el depósito de aceite desde mi última visita.

—Creo que ya sé por qué mi padre me condujo hasta Libros Arthur Morston —acabé diciendo.

—Vale. ¿Eso es bueno?

—No lo sé —dije pasándome el dorso de la mano por la nariz, pues estaba a punto de gotearme sobre la taza muy poco elegantemente.

—Orlando me llamó la primera vez que apareciste por la librería y le contaste tu historia.

—Vaya, fantástico —repliqué secamente, pues me molestaba mucho que los dos hermanos hubieran hablado de mí a mis espaldas.

—Star, ya vale. No sabíamos quién eras. Es normal que me lo contara. ¿Tú no se lo habrías contado a tu hermana?

—Sí, pero…

—Pero ¿qué? A pesar de lo que hayas podido ver u oír recientemente, Orlando y yo siempre hemos estado muy unidos. Somos hermanos; pase lo que pase, estamos ahí el uno para el otro.

—Claro, la sangre siempre tira, ¿verdad? —respondí con tristeza pensando en que yo era la única persona de mi propia sangre que conocía.

—Entiendo que te sientas así en este momento. Por cierto, ya sabía que Orlando se había llevado los diarios.

—Yo también.

Intercambiamos una mirada desde lados opuestos de la mesa y compartimos la más tibia de las sonrisas.

—Supongo que todos hemos estado jugando con todos. Tenía la esperanza de que pudieras sonsacarle dónde estaban. También sabía por qué se los había llevado.

—Yo no, hasta anoche. Creía que era porque estaba enfadado contigo por la venta de la librería —admití—. Pero parece que intentaba protegerte.

—Entonces ¿quién cree Orlando que eres?

—Puede contártelo él mismo. Es tu hermano.

—Seguramente habrás notado que en estos momentos no me habla.

—Lo hará. Ya te ha perdonado. —Me levanté, cansada ya de aquellas conversaciones—. Tengo que irme.

—Star, por favor.

Me dirigí hacia la puerta, pero él me cogió del brazo cuando estaba a punto de alcanzar el pomo.

—¡Suéltame!

—Oye, lo siento.

Negué con la cabeza. Me había quedado sin palabras.

—Entiendo cómo te sientes.

—No, no lo entiendes —dije con los dientes apretados.

—Te entiendo, de verdad. Debes de sentir que todos te hemos

utilizado. Que, como Flora, eres un peón en un juego cuyas reglas desconoces.

Ni yo misma podría haberlo descrito mejor. Intenté contener las lágrimas y me aclaré la garganta.

—Tengo que regresar a Londres. ¿Puedes decirle a Orlando que me he ido y recoger a Rory a las tres y media, por favor?

—Sí, pero, Star...

Quiso retenerme, pero me desembaracé de él violentamente.

—De acuerdo —dijo con un suspiro—. ¿Quieres que te lleve a la estación?

—No, gracias. Llamaré a un taxi.

—Como prefieras. Lo siento mucho. No te merecías... toparte con nosotros.

Salí por la puerta y la cerré a mi espalda con elegancia, haciendo todo lo posible por controlar el impulso de estamparla contra el marco. Después me fui caminando hasta High Weald. Orlando, gracias a Dios, no estaba en la cocina y vi que había recogido los restos del desayuno. Llamé a la centralita para que enviaran un taxi lo antes posible y subí corriendo al piso de arriba para meter mis cosas en la bolsa de viaje.

Al cabo de quince minutos, ya me alejaba de High Weald en el coche, diciéndome que lo único que importaba en la vida era el futuro, no el pasado. Me dolía que Pa Salt, la persona a quien más quería y en quien yo más confiaba del mundo, solo me hiciera más daño. Lo único que había aprendido era que no podía confiar en nadie.

Cuando llegué a Charing Cross, caminé automáticamente hacia la parada de autobús que me llevaría a Battersea. Mientras lo esperaba, la idea de volver de nuevo a casa con CeCe tras otro intento frustrado por encontrar mi propia vida se me hizo insoportable. «Y sin duda se alegrará de que no lo haya conseguido», pensé con malicia.

Me reprendí por pensar eso, ya que, a pesar de que en parte se alegraría de volver a tenerme solo para ella, también sabía que era la persona que más me quería en este mundo y que querría consolarme en un momento de angustia. Pero eso significaba que tendría que contarle lo que había descubierto, y la verdad era que todavía no estaba preparada para contárselo a nadie, ni siquiera a ella.

Así que al final me subí al autobús de Kensington y me bajé delante de Libros Arthur Morston, donde había comenzado toda aquella penosa historia. Encontré las llaves en mi mochila, abrí la puerta y entré en una sala donde hacía más frío que en la calle. Estaba a punto de hacerse completamente de noche, de modo que tanteé la pared en busca de las luces y luego cerré las antiguas contraventanas. A continuación encendí el fuego con las manos temblando de frío. Una vez sentada en mi sillón habitual calentándome los dedos con las llamas, intenté racionalizar la tristeza que sentía. Porque en el fondo sabía que era algo irracional. Orlando no había tenido intención de herirme, sino que, al contarme la historia, había querido ayudarme. Pero estaba tan cansada, confundida y sensible que mi reacción había sido exagerada.

Al final, saqué mis jerséis de la bolsa de viaje para taparme con ellos, me acurruqué sobre la alfombra frente al fuego y me dormí.

Desperté en esa misma posición y me asombré al ver que eran casi las nueve de la mañana. Al parecer había dormido como un bebé. Me levanté, hice café para intentar reanimarme, me lo bebí caliente, solo con azúcar, y al fin empecé a sentirme más tranquila. «Podría quedarme aquí escondida durante unos días», pensé con ironía. Paz y espacio eran precisamente lo que necesitaba en ese momento.

Saqué mi portátil de la bolsa de viaje y lo encendí. La conexión no era muy buena en la planta de abajo, pero al menos funcionaba. Entré en Google Earth para volver a introducir mis coordenadas y asegurarme de que no había cometido ningún error.

Y allí estaba: Mare Street, E8.

Bueno… después de todo lo que había descubierto, ¿existía alguna posibilidad de que el hecho de que Tessie Smith hubiera vivido en Hackney fuese una simple coincidencia?

No.

Saqué el cuaderno en el que había comenzado a escribir mi novela y lo abrí por la última página, pensando en que mi propia historia estaba empezando a convertirse en algo mucho más interesante que cualquier ficción que pudiera escribir.

Apunté todos los nombres en dos columnas, una para el linaje de Louise y otra para los descendientes de Teddy. Y me percaté de que, obviamente, la actual estirpe masculina de los Forbes estaba también relacionada con Flora a través de su hermana, Aurelia, la tatarabuela de Orlando y Mouse.

Por otro lado… si yo era bisnieta de Tessie, estaba directamente emparentada con Marguerite a través de Teddy. Y por lo tanto, era familia de Rory. Al menos esa idea me hizo sonreír. El siguiente dilema al que me enfrentaba era si quería llevar todo aquello hasta sus últimas consecuencias, ya que había muchas posibilidades de que mis padres estuvieran vivos.

Me levanté y deambulé por la librería intentando decidir si quería localizarlos. Dado que conocía el nombre de Tessie y la zona en la que había vivido, no me costaría demasiado averiguar algo sobre el bebé al que había dado a luz en 1944. Ni sobre cualquier otro que concibiera en fechas posteriores.

Pero… ¿por qué me habían dado en adopción mis padres?

Detuve abruptamente mis digresiones mentales al oír voces en la entrada de la tienda y que introducían una llave en la cerradura.

—¡Mierda!

Corrí hacia la chimenea en un desesperado intento por ocultar la prueba de que había pernoctado allí. La puerta principal se abrió y Mouse entró seguido de un hombre chino y menudo al que reconocí de la tienda de antigüedades de al lado.

—Hola, Star —dijo Mouse, sorprendido de verme.

—Hola —contesté abrazada a un cojín.

—Señor Ho, esta es Star, nuestra ayudante en la librería. No sabía que hoy estarías por aquí.

—No. Bueno, se me ocurrió venir a ver cómo estaba todo —dije mientras caminaba hasta la ventana y abría los postigos apresuradamente.

—Gracias.

Echó un vistazo a la chimenea, junto a la que descansaban amontonados los jerséis que había usado para taparme por la noche y mi bolsa de viaje abierta.

—¿Enciendo el fuego? —pregunté—. Hace frío.

—Por nosotros no. El señor Ho solo quiere ver el piso de arriba.

—De acuerdo. Bueno, ahora que estás aquí, me marcharé —dije agachándome para meter mis cosas en la bolsa de viaje.

—En realidad, pensaba pasarme por tu apartamento de todas formas. Orlando me ha dado una cosa para ti. Espérame un momento, no tardaremos mucho —pidió, y después se dio la vuelta y acompañó al señor Ho hasta el fondo de la tienda, donde los oí subir por la escalera.

Encendí el fuego de todas formas. Las mejillas me ardían por lo bochornoso de la situación. Una vez regresaron, me entretuve en el otro extremo de la librería mientras ellos hablaban en la entrada e intenté no atender a los detalles de su conversación.

La puerta se abrió para que el señor Ho saliera y, cuando se cerró, Mouse se dirigió hacia mí.

—Has dormido aquí esta noche, ¿verdad?

No pude descifrar si sus ojos verdes mostraban enfado o preocupación.

—Sí, lo siento.

—No pasa nada. Solo me interesa saber por qué no volviste a casa.

—Simplemente quería... un poco de paz.

—Entiendo.

—¿Cómo está Rory?

—Te echa de menos. Ayer lo recogí del colegio y, cuando se acostó, Orlando y yo nos sentamos y tuvimos una larga charla. Lo informé sobre la oferta del señor Ho. Lo cierto es que se lo tomó mucho mejor de lo que yo esperaba. Parecía mucho más preocupado por haberte hecho sentir mal.

—Bien. Me alegro por los dos.

Advertí el tono petulante de mi voz.

—Star, para ya. Estás cayendo en la autocompasión, y te lo digo por experiencia propia —repuso con cariño—. Orlando estaba muy preocupado por cómo te lo habías tomado, y yo también. Los dos te hemos dejado mensajes en el móvil, pero no has contestado.

—No se permite usar el móvil en la tienda. Así que no lo he hecho.

Un esbozo de sonrisa le asomó a los labios.

—Bueno... —Mouse hurgó en el bolsillo de su Barbour—. Esto es para ti —dijo entregándome un sobre marrón y grande—. Orlando me ha contado que ha estado indagando en tu pasado.

—De acuerdo. Muy bien —respondí al tiempo que guardaba el

sobre en el bolsillo delantero de mi mochila y recogía la bolsa de viaje—. Dale las gracias.

—Star, por favor… cuídate. Al menos tienes a tu hermana.

No respondí.

—¿Habéis reñido? —preguntó finalmente—. ¿Por eso no volviste a casa anoche?

—Creo que no deberíamos depender tanto una de otra —contesté casi sin querer.

—La verdad es que cuando la conocí me pareció muy posesiva contigo.

—Lo es. Pero me quiere.

—Igual que nos queremos Orlando y yo, aunque nos peleemos. No puedo ni imaginar qué habría hecho si mi hermano no hubiera estado ahí estos últimos años. Tiene un corazón enorme, lo sabes. No le haría daño ni a una mosca.

—Lo sé.

—Star, ¿por qué no abres el sobre que te ha enviado?

—Lo abriré.

—Quiero decir aquí y ahora. Creo que te vendría bien estar con alguien.

—¿Por qué te muestras tan amable conmigo de repente? —pregunté en voz baja.

—Porque veo que lo estás pasando mal. Y quiero ayudarte. Igual que tú me has ayudado durante las últimas semanas.

—No creo que lo haya hecho.

—Eso me corresponde decidirlo a mí. Has sido amable, paciente y tolerante con todos nosotros cuando yo, particularmente, no lo he merecido. Eres una buena persona, Star.

—Gracias.

Yo seguía vacilante, cargada con la bolsa de viaje.

—Escucha, ¿por qué no vas a sentarte junto al fuego mientras yo subo a recoger los trastos que Orlando me ha pedido que lleve a High Weald?

—Vale —dije dándome por vencida simplemente porque me temblaban las piernas.

Cuando Mouse desapareció por la puerta de atrás, saqué el sobre de la mochila y lo abrí.

Mi querida Star:

Escribo para rogarte que me perdones la falta de tacto con la que te hablé ayer. Créeme, no quería burlarme de ti, ni mucho menos. Esa ironía de la genética y el destino me pareció divertida, solo eso.

He de admitir que desde el momento en que entraste en la librería y me mostraste el gato de Fabergé y tus coordenadas he estado intentando averiguar tus orígenes. Ya que, por supuesto, podrían estar inextricablemente vinculados a los nuestros. Adjunto otro sobre con todo lo que necesitas saber sobre tu familia verdadera.

No diré nada más (aunque no sea típico de mí), pero ten por seguro que estoy aquí para ayudarte si necesitas alguna otra explicación al respecto.

Te pido disculpas de nuevo. Y Rory también te manda recuerdos.

Tu amigo y admirador,

ORLANDO

Acaricié el costoso sobre de vitela, que estaba lacrado con cera. De modo que ahí lo tenía: la verdad sobre mis orígenes. Empezaron a temblarme los dedos y me sentí terriblemente revuelta y mareada.

—¿Estás bien? —preguntó Mouse al encontrarme con la cabeza apoyada sobre los nudillos.

—Sí... no —confesé.

La cabeza me daba vueltas. Él se acercó a mí y me puso una mano en el hombro.

—Pobre Star. El doctor Mouse diagnostica que la paciente sufre de conmoción, emociones y, casi con toda certeza, hambre. Así que, como es la hora del almuerzo, voy a pasarme por la cafetería de enfrente y, para variar, seré yo quien se ocupe de alimentarte. No tardaré nada.

Cuando lo vi salir, sonreí a pesar de mí misma, porque la imagen de rata de alcantarilla que tenía de él se convirtió —al menos por aquel día— en la de una criatura peludita, blanca, de nariz rosada y con unas orejas muy monas.

—Siéntate ahí y no te muevas —dijo cuando volvió con nuestra comida en un recipiente de aluminio—. Hoy me toca a mí cuidarte.

Aunque me resultara ligeramente sospechoso dado su historial pasado, me sentó bien que se ocupara de mí. Mientras comíamos y me bebía una copa de Sancerre que se me subió instantáneamente a la cabeza, intenté averiguar cuáles podrían ser sus motivos ocultos, pero no encontré ninguno. Entonces se me ocurrió algo.

—¿Quién recogerá a Rory esta tarde?

—Marguerite. Llegó anoche de Francia. Y nunca la había visto tan feliz. ¿No te parece increíble que a veces nos mantengamos simplemente a flote sin que nada cambie y de repente haya una oleada de acontecimientos que te empuja a mar abierto o te lleva dulcemente a la orilla? En estos últimos tiempos se ha producido un cambio radical y evidente en todos nosotros, los Vaughan y los Forbes. Y tú pareces haber sido la catalizadora.

—Yo creo que es pura coincidencia.

—O el destino. ¿Crees en el destino, Star?

—Probablemente no. La vida es lo que tú decides hacer con ella.

—Ya. Pues yo durante los últimos siete años he creído que mi destino era sufrir. Y lo he aceptado al cien por cien. De hecho, me he regodeado en ello. Y jamás podré compensar a mi familia por el daño que les he causado. Es demasiado tarde.

Vi que se le oscurecía la mirada y que la expresión tensa reaparecía.

—Podrías intentarlo.

—Sí, podría, ¿no es cierto? Pero bueno, basta ya de hablar de mí. ¿Vas a abrir el sobre para que podamos comentarlo o no?

—No lo sé. Lo único que me dirá es que mis padres me entregaron en adopción, ¿no crees?

—No tengo ni idea.

—Si no es eso, será que están muertos. Pero si es verdad que me dieron en adopción, ¿cómo podría perdonarlos? ¿Cómo puede un padre o una madre abandonar a sus hijos? Sobre todo si se trata de un bebé indefenso, como era mi caso cuando llegué a Atlantis.

—Bueno —dijo Mouse con un suspiro hondo—, tal vez deberías conocer las razones antes de juzgar. Algunas personas no están en sus cabales cuando hacen esas cosas.

—¿Te refieres a la depresión posparto o algo parecido?

—Supongo, sí.

—Eso no es lo mismo que no tener qué llevarte a la boca o un sitio donde cobijarte.

—No, la verdad es que no. Bueno, será mejor que vuelva. Mucho que hacer. Ya sabes.

—Sí.

—Si te puedo ayudar en algo —dijo poniéndose en pie—, llámame.

—Gracias. —Yo también me levanté; el repentino cambio en sus emociones no me había pasado desapercibido—. Y gracias por el almuerzo.

—No tienes que agradecerme nada, Star. No lo merezco. Adiós.

Y se marchó.

Me quedé allí sentada, negando con la cabeza y maldiciendo mi ingenuidad. ¿Cuál era su problema? Mouse pasaba de un extremo al otro en un abrir y cerrar de ojos. Lo único que sabía era que le sucedía algo... algo que lo atormentaba.

41

L a cena de aquella noche con CeCe estuvo marcada por una fuerte tensión entre ambas. Normalmente mi hermana habría soltado cuanto le pasara por la cabeza, pero en aquella ocasión sus ojos eran como una fortaleza impenetrable.

—Me voy a la cama. Mañana será un día largo —dijo cuando se levantó para subir al piso de arriba—. Gracias por la cena.

Lavé los platos y salí al frío de la noche para contemplar el río que fluía bajo la terraza. Y pensé en Mouse y su analogía de las olas. Yo también estaba sumida en un cambio drástico. Incluso mi relación con CeCe empezaba a evolucionar finalmente. Entonces pensé en el sobre sin abrir que iba quemando mi mochila poco a poco y supe que tenía que hablar urgentemente con alguien en quien confiara. Una persona que no me juzgara, que me aconsejara de manera sensata y calmada.

Ma.

Me saqué el móvil del bolsillo trasero, marqué el número de casa, de mi verdadera casa, y esperé a que contestara al teléfono como hacía siempre que sus chicas la llamaban, aunque fuera tarde. Aquella noche saltó directamente el contestador y un mensaje automático me informó de que no había nadie en casa. El corazón me dio un vuelco. ¿A qué otra persona podría llamar?

¿A Maia? ¿Ally? ¿Tiggy? Sin duda a Electra no… A pesar de que la quería y la admiraba por cuanto había conseguido en la vida, la empatía no era uno de sus dones. Pa siempre había dicho de ella que era una chica «muy nerviosa». En secreto, CeCe y yo la llamábamos simplemente «malcriada».

Al final, me decidí por Ally, sabiendo que ella, al contrario que Maia, al menos se encontraba en el hemisferio norte.

Contestó al tercer tono.

—¿Star?

—Hola. No te habré despertado, ¿verdad?

—No. ¿Estás bien?

—Sí. ¿Tú?

—Me va bien.

—Me alegra oírlo.

—Ya te contaré los detalles cuando nos veamos. Bueno, ¿qué puedo hacer por ti? —continuó.

Sonreí ante la reacción automática de mi hermana mayor. Sabía que cuando las pequeñas la llamábamos no era para interesarnos por su salud. Y lo aceptaba, porque ese era su papel como «líder» de nuestra familia.

—Tengo un sobre —dije—. Y me da miedo abrirlo.

—Ah. ¿Y por qué?

Se lo expliqué de la manera más sucinta posible.

—Entiendo.

—¿Qué crees que debería hacer?

—¡Abrir el sobre, por supuesto!

—¿En serio?

—Star, te prometo que por más doloroso que pueda resultar, Pa quería ayudarnos a encontrar nuestro camino. Además, si no lo abres ahora, lo único que harás será posponerlo. Acabarás abriéndolo en algún otro momento, ya lo verás.

—Gracias, Ally. ¿Cómo te va por Noruega?

—Es… maravilloso. Fantástico. Tengo… muy buenas noticias.

—¿Qué pasa?

—Estoy embarazada. De Theo —añadió rápidamente—. Ma lo sabe, pero todavía no se lo he dicho a ninguna de nuestras hermanas.

—¡Ally! —dije con la voz tomada por la emoción—. ¡Es una noticia maravillosa! ¡Dios mío! ¡Es increíble!

—¿A que sí? Y además he encontrado a mi familia biológica aquí, en Bergen. Así que, aunque las dos personas más importantes ya no están, tengo apoyo y hay una nueva vida en camino.

—Me alegro muchísimo por ti, Ally. Te lo mereces, eres muy valiente.

—Gracias. Y Star, voy a tocar la flauta en un concierto en el Grieg Hall de Bergen el 7 de diciembre. Invitaré a todas las hermanas, claro, pero me haría especial ilusión que tú pudieras venir. Y CeCe, si está por ahí.

—Iré, te lo prometo.

—Ma me ha dicho que también vendrá, así que tal vez puedas hablar con ella para organizar el viaje. Soy feliz, Star, a pesar de que pensé que jamás volvería a serlo después de... lo que pasó. Pero bueno, volvamos a lo tuyo. Lo único que puedo decirte es que ahora tienes que ser valiente si quieres que tu vida cambie.

—Eso es justo lo que busco.

—Te advierto de que tal vez no sea exactamente lo que quieres escuchar; Atlantis era un cuento de hadas... pero eso era el pasado y las cosas ya no son así. Simplemente recuerda que tú eres la única que controla tu destino. ¿Me entiendes?

—Sí. Gracias, Ally. Te veré a principios de diciembre.

—Te quiero, Star. Siempre estaré aquí para lo que necesites, ¿lo sabes?

—Lo sé. Que todo vaya bien.

—Igualmente.

Cuando entré después de haber finalizado la llamada tenía los dedos morados a causa del frío. Revisé los mensajes del contestador y escuché los que Orlando y Mouse habían dejado. Después, me di una ducha rápida y entré de puntillas en la habitación, donde CeCe dormía plácidamente.

—Un cambio radical —murmuré agradeciendo el suave roce de la almohada en mi cabeza.

Me pondría en la piel de mi hermana mayor.

Y sería valiente.

CeCe tuvo una pesadilla alrededor de las cuatro de la mañana, y después de meterme en su cama para tranquilizarla me desvelé por completo. Me levanté y bajé a hacerme una taza de té. Escruté la aterciopelada oscuridad londinense en busca de las Siete Hermanas de las Pléyades, ya que en el hemisferio norte es en invierno cuando brillan con más fuerza, y las vi resplandecer sobre mi cabeza. Seguí el río en dirección este, y me pregunté si mis «verdaderos» parientes estarían dormidos por allí y si les gustaría saber cómo estaba. O dónde.

Apreté los dientes, saqué el sobre de la mochila y lo abrí sin detenerme a pensar en lo que hacía, con la ciudad dormida como único testigo de mis actos.

Dentro había dos hojas de papel. Las desdoblé y las coloqué sobre la mesita de cristal. En una de ellas había un árbol genealógico escrito a mano con la pomposa caligrafía de Orlando, con flechas que señalaban hacia sus múltiples comentarios. La segunda era una copia de una partida de nacimiento.

Fecha y lugar de nacimiento: 21 de abril de 1980
Hospital de las Madres del Ejército de Salvación, Hackney
Nombre y apellidos: Lucy Charlotte Brown
Padre: ———————————
Madre: Petula Brown

—Lucy Charlotte —murmuré—. Nacida el día de mi cumpleaños.

¿Sería yo esa?

Consulté el árbol genealógico que Orlando había dibujado minuciosamente y lo estudié. «Tessie Eleanor Smith» había dado a luz en octubre de 1944 a una niña llamada «Patricia» cuyo apellido también era «Smith». En el árbol no se mencionaba al posible padre, aunque Orlando había escrito al margen «¿La hija de Teddy?». Aquello indicaba que Tessie no había conseguido hacer las paces con su prometido. Y que había criado a su hija Patricia ella sola…

Después, en agosto de 1962, Patricia había dado a luz a una hija a la que llamó «Petula». El padre de la criatura era un tal «Alfred Brown». Y el 21 de abril de 1980, «Petula», a la edad de dieciocho años, había tenido a «Lucy Charlotte».

Volví a revisar el árbol genealógico y vi que Orlando había registrado la muerte de Tessie en 1975, y la de Patricia hacía muy poco, en septiembre del año vigente. Lo cual significaba que probablemente mi madre —y solo de pensar en esas dos palabras me entraban escalofríos— siguiera viva.

Oí que la puerta del baño se cerraba de golpe en el piso de arriba y me levanté para empezar a preparar el desayuno preguntándome si debería pedirle consejo a CeCe.

—Buenos días —dijo cuando bajó recién duchada—. ¿Has dormido bien?

—No muy mal —mentí.

CeCe nunca recordaba sus pesadillas y yo las obviaba para ahorrarle la vergüenza. Cuando se sentó a desayunar, la vi más pálida y decaída de lo habitual.

—¿Estás bien?

—Sí —asintió, pero yo sabía que no era cierto—. ¿Has vuelto a casa para quedarte?

—No lo sé. Es decir, puede que tenga que volver si me necesitan.

—Me siento sola aquí sin ti, Sia. No me gusta.

—Tal vez podrías invitar a algunos amigos de la universidad cuando yo no esté en casa.

—No tengo amigos, ya lo sabes —contestó de mal humor.

—Cee, estoy segura de que sí tienes.

—Será mejor que me vaya —dijo al levantarse.

—Ah, por cierto, anoche hablé con Ally y nos ha invitado a Bergen para que la escuchemos tocar en un concierto a principios de diciembre. ¿Crees que podrás venir?

—¿Tú vas?

—¡Sí, claro! He pensado que podríamos hacer el viaje juntas.

—Vale, ¿por qué no? Nos vemos luego, entonces.

Se puso la chaqueta de cuero, cogió el maletín con sus trabajos de la facultad y me gruñó un somero «adiós» mientras salía del apartamento.

«Ni el roble ni el ciprés crecen el uno a la sombra del otro.»

Era cierto que mis esfuerzos por apartarme de la sombra de CeCe estaban resultando desastrosos, pero al menos yo lo intentaba. Y seguía convencida de que, a pesar de que mi hermana todavía no fuera capaz de percatarse de ello, sería algo positivo para ambas.

Me di una ducha y después revisé mis mensajes en el contestador. Había uno de Orlando, que avisaba de que volvería de Kent para visitar la librería y quería saber si estaría por allí.

«Mi querida muchacha, te ruego que vengas. Tengo muchas ganas de hablar contigo. Gracias. Ah, por cierto, soy Orlando Forbes», añadió innecesariamente, cosa que me hizo sonreír.

Decidí que tenía que ir, dado que oficialmente seguía siendo su empleada. Pero cuando subí al autobús que me llevaba a Kensington, admití que eso no era más que una excusa. Necesitaba hablar con Orlando sobre la familia que había encontrado para mí.

—Buenos días, señorita Star. Qué maravilla volver a verte por aquí. Y ¿cómo estás en este bonito día de niebla? —me saludó Orlando en el umbral, con aspecto de estar bastante animado.

—Estoy bien.

—«Bien» no me parece suficiente. Mi objetivo es mejorar esa horrible palabra de inmediato. Bueno, siéntate, que tenemos mucho de qué hablar.

Mientras tomaba asiento, me percaté de que el fuego ya estaba encendido y olí café recién hecho. Orlando iba en serio. Sirvió café para ambos y después colocó un grueso archivador de plástico ante nosotros, sobre la mesa.

—Lo primero es lo primero: ¿aceptarás mis disculpas por mi falta de tacto a la hora de abordar tu actual crisis familiar?

—Sí.

—La verdad es que debería limitarme a hablar conmigo mismo o gritarle a los personajes de los libros. No parezco estar dotado de mucha empatía.

—Con Rory se te da muy bien.

—Bueno, él es un caso aparte, aunque por suerte no me toca a mí resolverlo. Entonces ¿has abierto el sobre?

—Sí. Esta mañana.

—¡Dios santo! —Orlando se puso a aplaudir como un niño entusiasmado—. Me alegro. Y permite que te diga, señorita Star, que eres mucho más valiente que yo. Después de haberme llamado Orlando toda la vida, sería muy duro descubrir que mi nombre es en realidad Dave, o Nigel, o peor aún, ¡Gary!

—Lucy me gusta bastante. Tenía una amiga encantadora que se llamaba así —repuse, pues no estaba humor para tolerar el esnobismo de Orlando.

—Sí, pero tú, Astérope, estás destinada a ascender a las estrellas. Igual que tu madre antes que tú —añadió misteriosamente.

—¿A qué te refieres?

—Bueno, aparte de su partida de nacimiento, no he podido encontrar constancia de ninguna Petula Brown en mis largas y arduas indagaciones sobre tu pasado. Ningún registro en internet, algo extraño, dado que es un nombre de pila bastante inusual. Al final, acabé escribiendo al Archivo Nacional y a todo el que se me ocurrió para averiguar qué había sucedido con ella. Y ayer, por fin, recibí una respuesta. ¿Adivinas adónde me llevó?

—La verdad es que no tengo ni idea, Orlando.

—Esa «Petula» cambió de nombre legal. Tampoco me extraña, después de que le endosaran un nombre así. Ya no se llama Petula Brown, sino Sylvia Gray. Señorita Star, la persona que calificaría casi indudablemente como tu madre es actualmente ¡catedrática de literatura rusa en la Universidad de Yale! Bueno, ¿qué te parece eso?

—Yo...

—Según dice su biografía en la página de la Universidad de Yale... —Orlando hojeó el archivador que había sobre la mesa y sacó un papel—. La profesora Sylvia Gray nació en Londres y obtuvo una beca para estudiar en Cambridge. Eso es un logro ciertamente insólito para una chica del East End, señorita Star. Se licenció, se doctoró y permaneció allí durante los cinco años siguientes, hasta que le ofrecieron un puesto en Yale, «donde conoció y se casó con su marido, Robert Stein, profesor de astrofísica en esta misma universidad. Actualmente reside en New Haven, Connecticut, con sus tres hijos y cuatro caballos, y está centrada en la redacción de su nuevo libro», citó Orlando directamente de la hoja de papel.

—¿Es escritora?

—Ha publicado varios textos de crítica en Yale University Press. ¡Toma! ¿No te parece alucinante cómo se manifiestan los genes?

—Odio los caballos. Siempre los he odiado —mascullé.

—No seas tan pedante. ¡Creía que estarías entusiasmada!

—No especialmente. Al fin y al cabo, me entregó en adopción.

—Pero seguro que, por el árbol genealógico que te he dibujado con tanto esmero, has entendido que Petula, ahora Sylvia, solo tenía dieciocho años cuando dio a luz. Nació en 1962.

—Sí, ya lo había calculado.

—Debía de estar en su primer año en Cambridge, lo cual significa que se quedó embarazada en algún momento del verano anterior.

—Orlando, por favor, más despacio. Estoy haciendo cuanto puedo para asimilar todo esto, pero es difícil.

—Perdóname. Como te decía antes, debería atenerme a la ficción y olvidarme de la realidad.

Entonces se sumió en un silencio de niño castigado mientras yo intentaba procesar lo que acababa de contarme.

—¿Puedo hablar? —preguntó tímidamente.

—Sí —suspiré.

—Hay algo que deberías ver, señorita Star.

—¿De qué se trata?

Me entregó una fotocopia.

—Estará aquí, en Inglaterra, la semana próxima. Dando una conferencia en Cambridge, su vieja *alma mater*.

—Ah.

La leí sin prestarle atención y volví a soltarla.

—¿No te parece increíble? Alcanzar la posición que tiene ahora sin pertenecer a la clase privilegiada… Es un hecho que, por sí solo, demuestra cómo ha avanzado el mundo.

—Algo que te horripila.

—Admito —dijo— que he estado en contra de la marcha del progreso. Pero justo como hablaba con mi hermano la otra noche, tú me has ayudado a cambiar. A mejor, debería añadir. Investigar tus orígenes… bueno, me ha enseñado muchas cosas. Gracias, señorita Star. Estoy en deuda contigo por múltiples motivos. ¿Irás?

—¿Adónde?

—A conocerla en Cambridge, por supuesto.

—No lo sé. No lo he pensado, yo…

—Claro, no has tenido tiempo todavía. —Orlando entrelazó sus largos dedos, captando al fin la indirecta—. Bueno, ¿qué te parece si te cuento lo que he decidido respecto a mi propio futuro?

—Muy bien.

—Vale, ya te he comentado que Mouse y yo hablamos largo y tendido la otra noche. Y te alegrará saber que hemos hecho las paces.

—Sí, ya me lo había dicho Mouse.

—Entonces también sabrás que el señor Ho nos ha ofrecido una suma de dinero asombrosamente saludable por el local. Lo cual nos permitirá tanto a Mouse como a mí cubrir las deudas acumuladas en nuestros varios bienes inmuebles. Y yo podré encontrar una localización alternativa para los libros y mi propia persona. La buena noticia es que creo haberla encontrado ya —anunció.

—¿En serio?

—Totalmente.

Entonces me contó que se había ofrecido como arrendatario para continuar con la librería del señor Meadows en Tenterden y que este había aceptado inmediatamente.

—También tiene unas dependencias en la planta de arriba donde podré vivir —añadió—. Y creo que después de todo este tiempo en el negocio, me he ganado el derecho a llamarla «Libros Raros O. Forbes Esquire». ¿Qué te parece?

—¿La idea o el nombre?

—Ambos.

—Creo que son perfectos.

—¿De verdad? —dijo Orlando, cuyo rostro se iluminó como un rayo de sol—. Bueno, yo también. Y tal vez sea hora de que todos hagamos borrón y cuenta nueva en la familia. Lo cual te incluye a ti. Al fin y al cabo, eres pariente de nuestra querida Marguerite.

—Y de Rory —añadí.

—Mouse y yo hemos hablado de si deberíamos contarle lo que sabemos sobre nuestro pasado. Es decir, ya tampoco importa mucho, dado que ocurrió hace muchos años, pero lo irónico es que, de todas formas, ella nunca quiso High Weald. Después del extravagante período de gobierno de Teddy, la finca quedó completamente arruinada. Para mantenerla a flote, Michael, el primo de mi padre, hijo de Teddy y Dixie, tuvo que vender parcelas de las tierras de cultivo que quedaban, aparte de la residencia de la viuda y las casas de labranza. Pero, claro está, no quedó nada para remodelarla. Mouse y yo hemos hablado de ofrecerle a Marguerite una parte de las ganancias de la venta para ayudarla con cosas básicas, como la calefacción y las cañerías. ¿Quién lo habría pensado…?

—¿Quién habría pensado qué? —pregunté viendo que Orlando se perdía en su propio mundo.

—Que más de sesenta años después seríamos nosotros, los parientes pobres del otro lado del camino, meros tenderos y granjeros, los que ofreceríamos caridad a la actual señora de la mansión.

Pero ese es el poder del tiempo. Igual que ha pasado con el ascenso social de tu madre, las cosas pueden cambiar mucho en solo dos generaciones.

—Sí, es cierto.

—¿Irás a Cambridge a escuchar su conferencia?

—Orlando. —Puse los ojos en blanco al darme cuenta de cómo había conseguido darle la vuelta a la conversación—. No puedo aparecer allí de repente y decirle que soy su hija desaparecida tanto tiempo atrás.

—Insisto en que veas otra prueba más. Podría decirse que es el desenlace de mi exhaustiva labor de detective. A ver, ¿dónde la he metido? —Volvió a repasar el montón de papeles—. ¡Ajá! ¡Toma! —exclamó entregándomela con una reverencia.

Miré la hoja y me encontré con un rostro que me miraba a los ojos. Su cara, aunque mayor y mejor cuidada, me resultaba tan conocida como la mía propia. Tenía los ojos azules realzados mediante un sutil maquillaje y la piel de alabastro enmarcada por una reluciente media melena rubia platino. Sentí el peso de la mirada de Orlando sobre mí y casi pude palpar su emoción.

—¿De dónde la has sacado?

—De internet, obviamente. De una de esas páginas de relaciones laborales. Dime ahora que la profesora Sylvia Gray no es tu madre, señorita Star.

Observé de nuevo la apariencia que sin duda tendría mi rostro cuando pasara de los cuarenta. A pesar de todas las pruebas escritas que Orlando había reunido para mí, era su fotografía lo que lo convertía en realidad.

—Es muy guapa, ¿verdad? —comentó—. Exactamente igual que tú. Y el destino ha conspirado para que la tengamos ante nuestras propias narices dentro de unos pocos días. ¿No te parece que deberías aprovechar la oportunidad que se te presenta? A mí, personalmente, me encantaría hablar con ella. Es una de las autoridades más destacadas en el campo de la literatura rusa, una disciplina por la que siento debilidad, como sabes. Según su biografía, estuvo un año viviendo en San Petersburgo mientras hacía el doctorado.

—¡No, Orlando, déjalo estar, por favor! Es demasiado pronto. Necesito tiempo para pensarlo…

—Claro, por supuesto, y te pido disculpas de nuevo por emocionarme tanto.

—¡No puedo entrar sin más en una conferencia de la Universidad de Cambridge! Ni siquiera estudio allí.

—Cierto —aceptó Orlando—. Pero por fortuna tenemos la suerte de conocer a alguien que sí lo es. O al menos lo fue.

—¿Quién?

—Mouse. Estudió arquitectura allí y sabe cómo funcionan esas cosas. Ha dicho que puede colarte.

—¿Él también está al tanto de esto?

—Mi querida niña, pues claro que sí.

Me levanté abruptamente.

—Ya basta, Orlando, por favor.

—A partir de ahora, este tema queda cerrado hasta que desees reabrirlo. Espero que sea antes del próximo martes —añadió con una sonrisa pícara—. Y ahora, volvamos al trabajo. El señor Meadows no tiene ningún problema en que nos traslademos a nuestro nuevo hogar tan pronto como queramos. Yo le he sugerido hacerlo dentro de dos semanas para no perder el negocio prenavideño. El traspaso se está cerrando en este mismo momento. Esto —añadió señalando las estanterías— habrá que empaquetarlo cuidadosamente en unas cajas numeradas que ya he pedido y llegarán aquí mañana. Les he dicho tanto a Marguerite como a Mouse que no pueden disponer de tu tiempo hasta que hayamos acabado. Tendremos que trabajar día y noche, señorita Star, día y noche.

—Por supuesto.

—Ha sucedido todo muy deprisa, ya estamos a punto de vender la librería... El señor Ho está totalmente decidido y quiere completar la operación antes de Navidad. Deberías venir a ver el interior de la librería Meadows. Yo diría que es incluso más peculiar que esta. Y, aún más importante, tiene una chimenea. Cuando hagamos las cajas tendremos que realizar una criba del fondo, ya que por desgracia hay menos estanterías, pero Marguerite ha accedido amablemente a almacenar el resto en High Weald. Y además también está el fondo del señor Meadows, que he decidido comprar. ¡Estaremos inmersos en letra impresa!

Intenté centrarme en Orlando y alegrarme por la emoción y el alivio que le proporcionaba ese giro en los acontecimientos. Pero mi mirada no dejaba de volver al papel que tenía ante mí: la fotografía de la profesora Sylvia Gray, mi madre...

Le di la vuelta a la hoja y me obligué a sonreír.

—Vale, ¿por dónde empezamos?

Empaquetar los contenidos de la librería me mantuvo, cuando menos, ocupada física y mentalmente. Y a medida que los días transcurrían y el martes se iba acercando, me aislé de cualquier pensamiento que pudiera surgirme sobre ese tema. Y así llegamos al lunes por la mañana, extenuados y cubiertos de polvo tras días enteros haciendo cajas.

—Llegó la hora del descanso, señorita Star —dijo cuando volvió del sótano, donde había estado empaquetando meticulosamente los ejemplares más valiosos de la vieja caja fuerte—. Por Dios bendito, no estoy acostumbrado en absoluto a este tipo de trabajo físico. Y tampoco estoy hecho para ello. Paréceme que nos merecemos una copa de buen vino tinto por nuestras cuitas.

Mientras Orlando subía al piso de arriba, yo me derrumbé sobre mi sillón para refugiarme en el oasis que la chimenea proporcionaba entre la ciénaga de cajas amontonadas a nuestro alrededor.

—Lo descorché hace un par de horas para dejarlo respirar —anunció Orlando mientras avanzaba con una botella y dos copas por el estrecho pasillo que formaban las cajas y se sentaba frente a mí.

—Chinchín —dijo cuando brindamos—. No tengo palabras para agradecer tu ayuda. Sencillamente, sin ti no podría haberlo hecho. Y, por supuesto, espero que estés preparada para trasladarte conmigo a las nuevas dependencias.

—Uy.

—¿Uy? ¿Ni siquiera se te había pasado por la cabeza hasta ahora? Además, tengo intención de tentarte ofreciéndote un ascenso de encargada, con el aumento que tal puesto merece.

—Gracias. ¿Puedo pensármelo?

—No demasiado. Ya sabes cuánto valoro tus aptitudes. Creo que somos un equipo imbatible. Y seguramente ya te habrás percatado de lo que eso significa.

—¿Qué significa eso?

—Que las dos ramas dispares de la familia Vaughan/Forbes vuelven a unirse, sesenta años después, en una empresa conjunta.

—Supongo que es cierto, sí.

—Y al fin y al cabo, dado que esta librería perteneció en su día a Flora MacNichol y que ella es técnicamente tu tatarabuela, aunque no haya consanguinidad, tienes tanto derecho como yo a estar aquí. ¿Ves? Al final todo encaja.

—¿Ah, sí?

—Vamos, señorita Star, no te va nada esto de ser negativa. Bueno, debo preguntarte si…

—¡No! —Ya sabía lo que estaba a punto de decir—. No pienso ir mañana. No… puedo.

—¿Puedo preguntar por qué no?

—Porque… —Me mordí el labio—. Tengo miedo.

—Pues claro que tienes miedo.

—Tal vez contacte con ella en un futuro. Pero ahora mismo es demasiado pronto para mí.

—Lo entiendo.

Orlando suspiró con aire derrotado mientras yo me terminaba la copa y me levantaba.

—Será mejor que me marche, son más de las ocho.

—Entonces ¿nos vemos mañana a primera hora? Y piensa en mi oferta. Ya le he preguntado a Marguerite si puedes quedarte en High Weald hasta que encuentres tu propia casa en la zona. Le ha encantado la idea. Y a Rory también.

—¿No le habrás contado ya lo de mis… vínculos con ella?

—No, pero tal vez Mouse sí. Además, ella vive para el presente y no le importa el pasado. Sobre todo en este momento. Bueno, entonces, buenas noches, señorita Star.

—Buenas noches.

Mentiría si no admitiera que pasé todo el día siguiente —y la noche— pensando en la profesora Sylvia Gray y odiándome por ser tan cobarde. A las siete y media en punto, la imaginé subiendo al estrado entre el rumor de los aplausos.

Para mi propia vergüenza, era consciente de que había otra razón por la cual no había hecho ese viaje a Cambridge: la oportunidad que había perdido diez años atrás al rechazar la plaza que me ofrecieron. Me quedé despierta hasta mucho después que mi hermana fuera a dormir y tuve que confesarme que sentía celos de esa madre que nunca había conocido. Esa madre que no había permitido que nada le impidiese asistir a Cambridge, lo cual había facilitado su camino hacia la excelencia en el mundo académico literario. Nada, ni tan siquiera yo, su bebé…

Su determinación por conseguir ser alguien a pesar de sus orígenes humildes me hacía sentir que yo había alcanzado muy poco en la vida en comparación con ese parangón: madre de tres hijos de una inteligencia y compostura probablemente excepcionales, esposa, criadora de caballos y con una carrera que la había llevado a lo más alto de su profesión.

«Se avergonzaría de mí tanto como yo misma.»

Me acerqué a la ventana y miré el cielo despejado y gélido, salpicado de estrellas.

—Ayúdame, Pa —susurré—. Ayúdame.

42

Bueno, entonces necesitaré que vengas este fin de semana a Kent para ayudarme a desempaquetar los libros en la tienda nueva —dijo Orlando al día siguiente mientras nos comíamos el pastel de las tres—. Yo me voy mañana por la mañana para supervisarlo todo, y espero que cuando llegues la fachada ya esté pintada y el rotulista haya empezado su tarea. Entonces podré darte la bienvenida a Libros Raros O. Forbes Esquire. —Orlando resplandecía de emoción en tanto que yo sentía que mi propia estrella se parecía cada vez más a un agujerito deslucido en medio del firmamento—. Nos pondremos todos manos a la obra —continuó—. Mouse ha dicho que vendrá, y también Marguerite, quien, por cierto, volverá a marcharse a Francia el domingo. Así que nos iría estupendamente bien si quisieras quedarte en High Weald un tiempo para ayudarnos a Rory y a mí. Quizá te lo podrías tomar como una prueba de fuego más para decidir si quieres trabajar conmigo de manera más permanente, ¿no crees?

—Sí, aceptaré —acepté.

Al fin y al cabo, ¿qué diantres iba a hacer yo allí cuando la librería estuviera definitivamente cerrada?

—¡Maravilloso! Entonces está decidido.

Acordamos que yo supervisaría desde Londres la carga de las cajas en la furgoneta mientras Orlando trasladaba el fondo bibliotecario de menor interés desde las nuevas dependencias a High Weald y las preparaba para la llegada del vehículo.

Esa misma noche le dije a CeCe que me marcharía a Kent dos días más tarde.

—Y después volverás, ¿verdad?

Si sus palabras no eran de súplica, la expresión de su rostro no dejaba lugar a dudas.

—Por supuesto.

—Es decir, no estarás pensando en mudarte allí, ¿no? Por Dios bendito, Star, no eres más que una dependienta; estoy segura de que podrías encontrar un trabajo mejor pagado en Londres. El otro día pasé por la librería Foyles y vi que estaban buscando personal. No te costará mucho encontrar algo.

—No, seguro que no.

—Ya sabes como odio estar aquí sola sin ti. ¿Me prometes que volverás?

—Lo intentaré —contesté.

Había llegado la hora de pensar en mí y no quería darle falsas esperanzas a CeCe. Al fin y al cabo, ella no era un bebé indefenso como lo era yo cuando mi madre antepuso su vida a la mía…

Como CeCe se enfurruñó, pasé el día siguiente en la librería desde el amanecer hasta bastante después de que cayera la noche. Así que el viernes por la mañana, cuando la furgoneta aparcó en la puerta de la tienda, lo tenía todo preparado. Orlando insistía en llamar cada pocos minutos para dar órdenes y al final acabé rompiendo la regla de oro y contesté el móvil en la tienda.

Algunos de los clientes habituales pasaron por allí y se quedaron mirando con tristeza cómo cargaban los libros en la furgoneta. Aquello también estaba previsto, ya que Orlando y yo habíamos elegido un libro para cada uno de ellos como regalo de despedida. Cuando se marchó la furgoneta, con las pocas pertenencias del piso de Orlando apretujadas en la parte trasera, deambulé por la librería desierta con la sensación de que aquello era realmente el fin de una etapa que se remontaba hasta la propia Beatrix Potter a través de sus vínculos con los antepasados de la familia.

Mi última tarea fue descolgar la carta enmarcada que Beatrix le había escrito a Flora cuando era joven y envolverla en papel de embalaje para llevarla personalmente a Kent. Mientras lo hacía, me prometí que algún día visitaría el Distrito de los Lagos para ver donde había vivido Flora. Aunque sabía que no compartíamos ningún vínculo de sangre, sentía cierta afinidad. También ella había sido una persona inusual, una paria que no pertenecía a ningún lugar y había sobrevivido gracias a su gran coraje y determinación.

Y había acabado encontrando el sitio que le correspondía, junto al hombre al que amaba.

—Adiós —susurré a la penumbra mientras contemplaba por última vez la sala en que mi vida había cambiado para siempre.

Aquella noche, cuando llegué en taxi a Tenterden, me quedé fuera contemplando la nueva librería, cuyas luces resplandecían en la bruma nocturna. Me fijé en la fachada recién pintada. Orlando había elegido un color verde botella, el mismo que lucía en el local de Kensington. Sobre la ventana se distinguían los contornos vagos del primer esbozo del rotulista. Y me alegré al pensar que al menos uno de los miembros de la familia Forbes/Vaughan estaría contento esa noche.

Orlando serpenteó entre las cajas para llegar hasta mí.

—Bienvenida a mi nuevo hogar, señorita Star. Mouse y Marguerite deben de estar al llegar. He pedido champán a nuestros vecinos, los Meadows, que también se sumarán a nosotros. ¿Sabes? Yo creo que incluso prefiero esta librería a la antigua. Mira qué vistas.

Vi los árboles del parque que había al otro lado de la calle estrecha y las farolas anticuadas que parpadeaban gentilmente entre ellos.

—Son preciosas.

—Incluso tiene una puerta que conecta con la cafetería, así que se acabaron los recipientes de aluminio para llevar. Ahora nuestra comida vendrá en platos humeantes y recién salidos del horno. ¡Ah! —Orlando miró detrás de mí y saludó con la mano—. Ya han llegado.

Vi que Mouse aparcaba el viejo Land Rover en la calle. Marguerite y Rory siguieron sus pasos hasta el interior del local.

—Justo a tiempo —anunció Orlando cuando una mujer que reconocí como la señora Meadows apareció por una puerta que había al fondo del local cargada con una bandeja llena de copas y champán y acompañada de un hombre mayor, achaparrado y con una pajarita de lunares—. Señor y señora Meadows, creo que ya conocen a mi hermano y a mi querida prima Marguerite. Y a Rory, por supuesto. Usted ya se encontró brevemente con mi ayudante, señora Meadows —añadió Orlando al tiempo que me empujaba hacia delante—. Esta es la perfectamente denominada Astérope D'Aplièse, más conocida como Star. Como la estrella que sin duda es —finalizó mirándome con cariño.

Orlando me dejó con los Meadows para ir a recibir al resto de su familia. Di unos sorbos a mi copa de champán mientras charlaba con los ancianos, que estaban más que encantados de que Orlando tomara el relevo de la librería.

—Hola, Star.

—Hola —dije al ver a Mouse junto a mí.

Y entonces sentí a mi espalda un par de brazos delgados que me rodeaban la cintura.

—Hola, Rory —saludé esbozando una sonrisa sincera.

—¿Dónde has estado?

—En Londres, ayudando a Orlando a traer todos estos libros.

—Te he echado de menos.

—Yo también a ti, Rory.

—¿Podemos hacer brownies mañana?

—Por supuesto que sí.

—Mouse intentó hacerlos conmigo, pero quedaron fatal. Muy pegajosos. ¡Puaj! —exclamó Rory fingiendo que vomitaba.

—La verdad es que tiene razón —coincidió Mouse encogiéndose de hombros—. Pero al menos lo intenté.

—¡Star! —Recibí un abrazo de Marguerite, que me besó no una, ni dos, sino tres veces en las mejillas—. ¡Así es como se saludan en Provenza! —rio.

Miré a Marguerite, con sus enormes ojos de color violeta y su cuerpo de extremidades larguiruchas, maravillándome por nuestro vínculo genético. Nuestro aspecto exterior era completamente diferente, aunque sí era cierto que tenía una complexión similar a la mía. Pero, por otro lado, eso era algo que compartía con muchas personas con las que no estaba emparentada.

—Mouse dice que has tenido unos días de lo más interesante —se agachó para susurrarme al oído—. Bienvenida a nuestra familia de locos —dijo entre risas—. No me extraña que todos te aceptáramos tan rápido. Tu sitio está aquí, con nosotros. Es así de simple.

Y esa noche, mientras estuve en la nueva librería de Orlando rodeada de «familiares», sentí provisionalmente que aquello era cierto.

La mañana siguiente me levanté más tarde de lo acostumbrado, probablemente debido al cansancio mental y físico de los últimos días. Bajé a la cocina desierta, que en mi ausencia había recuperado rápidamente su habitual estado caótico, y encontré una nota sobre la mesa.

> Hemos ido todos a la librería a ayudar a Orlando. Mouse pasará a recogerte a las once, así que prepárate para esa hora. Besos. M. y R.

Vi que eran más de las nueve y media y subí a darme un breve baño de agua helada mientras me preguntaba si sería capaz de construirme una vida allí, en Kent. Me sequé lo más rápido que pude, me froté el pelo con la toalla y lo escurrí con los dedos, para después ponerme unos tejanos y el jersey azul.

El que Mouse había dicho que me quedaba bien…

Tampoco es que su opinión importara, claro está.

«Entonces ¿por qué intentas agradarle?»

Mandé callar a mi psique para someter su rebelión y cuando oí que se aproximaba un coche y que Mouse llegaba a la puerta de la cocina con su característico caminar pesado, me encontraba ya junto al fogón con una bandeja de brownies recién hechos.

—Hola, Star —saludó cuando entró.

—Hola. ¿Nos vamos ya? He hecho brownies y el café está casi a punto.

—Eso suena de maravilla —dijo una voz que me resultaba conocida y al mismo tiempo era completamente nueva para mí.

Sonaba igual que la mía, pero hablaba con acento estadounidense.

—He traído a una persona para que la conozcas —dijo Mouse con una expresión de culpa en el rostro.

Y entonces, a su espalda, un duplicado de la fotografía que Orlando me había mostrado dejó atrás el vestíbulo y pasó a la cocina.

—Hola, Star —dijo mi doble.

Me quedé mirándola, la rostro, el cuerpo, y después ya no pude ver nada más, porque las lágrimas me cegaron los ojos, y no supe si eran de ira, de miedo, o de amor.

—Star —dijo Mouse con cariño—, esta es Sylvia Gray. Tu madre.

No recuerdo mucho de los minutos siguientes, solo los brazos de Mouse, que me protegían mientras yo lloraba sobre su hombro.

—Lo siento mucho —me susurró al oído—. Fui a Cambridge a escuchar su conferencia y después me presenté. Estaba desesperada por venir a conocerte. Dime qué hago.

—No lo sé —dije, y su Barbour atenuó mi voz.

Entonces sentí otro par de brazos que me rodeaban.

—Yo también lo siento mucho —dijo ella—. Perdóname, Star, perdóname. Jamás te he olvidado ni por un momento. Lo juro. He pensado en ti cada día.

—¡NO! —grité liberándome de su abrazo.

Atravesé el vestíbulo corriendo y salí al revitalizante aire de noviembre hasta llegar al jardín, donde comencé a deambular por el laberinto de plantas y malas hierbas. No necesitaba un pasado, no necesitaba una madre… Lo único que quería era un futuro, uno en el que estuviera a salvo, que fuera real y limpio. Y esa mujer que esperaba para abalanzarse sobre mí en High Weald no era ninguna de esas cosas.

Sin pensarlo, me dirigí al invernadero donde en su día Archie cuidaba de sus retoños, los que después Flora había plantado con tanto cariño para que crecieran fuertes y firmes al abrigo de su amor. Y me desplomé en el suelo temblando de frío.

«¡Cómo se atreve a venir a buscarme! ¡Y cómo se atreve Mouse a traerla! ¿Es que esta familia realmente piensa que puede controlar mi vida a su antojo?»

—¿Star? ¿Estás aquí?

No sé cuánto tiempo había pasado cuando oí a Mouse entrar en el invernadero.

—Lo siento mucho, Star. Ha sido una mala idea. Tendría que haberte avisado, pedirte permiso… Cuando fui a Cambridge la otra tarde y luego vi a Sylvia y le conté que Orlando y yo creíamos que eras su hija, me rogó que la trajera a High Weald para conocerte.

—Seguramente lo que quiere es ver la casa que perteneció a su abuelo, no a mí —espeté.

—Bueno, tal vez también quisiera conocerla, pero te juro que es a ti a quién tenía más ganas de ver.

—Si no ha querido hacerlo en veintisiete años, ¿por qué ahora?

—Porque su madre le mintió y le dijo que habías muerto cuando eras un bebé. Hasta tiene un certificado de defunción a tu nombre, falso, que la madre le entregó.

—¿Qué? —pregunté alzando la vista para mirarlo por primera vez.

—Es verdad. Pero... —Emitió un profundo suspiro—. Creo que a quien le corresponde explicarte todo esto es a ella, no a mí. Star, perdóname. Todo esto ha sido un error... tendríamos que haber respetado tu decisión. Pero cuando la vi, su desesperación por conocerte me superó.

No respondí. Tenía que pensar.

—Bueno, te dejaré en paz. Y, de nuevo, te pido mil disculpas.

—Está bien. —Me limpié la nariz con la manga y me levanté—. Iré contigo.

Hice acopio de fuerzas para que me ayudaran a levantarme y lo conseguí. Me tambaleé hasta él y Mouse me rodeó con un brazo firme para acompañarme de nuevo por el jardín amurallado hasta el interior de la casa.

Al llegar a la cocina, me di cuenta de que Sylvia había estado llorando. El maquillaje sutil y perfecto se le había corrido bajo los ojos, y de repente su aspecto era mucho más frágil que cuando había llegado.

—¿Qué os parece si pongo la tetera a hervir? —sugirió Mouse.

—Buena idea —contestó la mujer que al parecer era mi madre.

Mouse preparó el té mientras yo temblaba de espaldas a los fogones e intentaba recuperar la compostura.

—¿Quieres venir a sentarte?

—¿Por qué me diste en adopción? —solté de pronto.

Se le descompuso el rostro y permaneció en silencio mientras hurgaba en las profundidades de su alma en busca de las palabras adecuadas.

—No lo hice, Star. Cuando naciste durante las vacaciones de Semana Santa, mi madre insistió en que tenía que volver a Cambridge para hacer los exámenes del primer curso. Tenía muchas expectativas depositadas en mí. Yo era una alumna brillante, inteligente... Veía en mí el futuro que ella no había podido tener. Había tenido una vida dura, mi padre murió joven y tuvo que criarme ella sola... Estaba resentida, Star. Muy resentida.

—Así que ahora culpas a tu madre, ¿verdad? —repliqué, horrorizada al oír la animadversión de mi propia voz.

—Tienes todo el derecho a enfadarte. Pero te juro que cuando ese mayo te dejé al cuidado de mi madre eras un bebé precioso y sano que rebosaba vitalidad. El plan era que ella te cuidase hasta que yo acabara la universidad y completara mis estudios. Ni siquiera se me había pasado por la cabeza entregarte en adopción. Ni una sola vez, lo juro. Pero sí, si quieres que te diga la verdad, necesitaba conseguir que nuestras vidas fueran mejores. Entonces, solo unos días después de terminar los exámenes, recibí una carta diciendo que habías fallecido, al parecer de muerte súbita. —Metió la mano en su delgado bolso de cuero y sacó un sobre—. Este es el certificado de defunción que mi madre me dio. Échale un vistazo.

—¿Cómo puede falsificarse un documento así? —exigí saber, sin aceptar el papel que me tendía.

—Muy sencillo, si resulta que estás prácticamente casada con el médico del vecindario. Una vez que murió mi padre, mi madre fue su querida durante años. Lo más probable es que él tuviera tantas ganas de ayudarla como ella de engañarme. Era un hombre horrible, un miembro acérrimo de la comunidad católica del barrio; seguramente también pensara que yo me merecía ese castigo.

—¿El castigo de decirte que tu bebé había muerto? —Negué con la cabeza—. Esto es muy difícil de creer. Y si pensabas que había muerto... ¿cómo sabías que ahora estaba viva?

—Porque mi madre murió hace unas semanas. No asistí a su funeral. De hecho, llevaba casi veintisiete años sin hablar con ella. Pero recibí una carta de su abogado que solo debía abrirse una vez ella hubiera muerto. Allí me confesaba lo que había hecho tanto tiempo atrás. Claro que lo reconoció —dijo mi madre más para ella misma que para mí—. Probablemente creyera que iba directa al infierno después de haberme mentido así.

—¿Decía la carta quién me había adoptado?

—Decía que el médico te había entregado al cura de la iglesia, el cual te había llevado a un orfanato del East End. Pero cuando lo encontré hace solo un par de días, justo antes de conocer a Mouse, me dijeron que no había ningún bebé registrado bajo el nombre de Lucy Charlotte Brown.

—Mi padre jamás me habría adoptado si hubiera conocido las verdaderas circunstancias —repliqué a la defensiva.

—Estoy segura de ello. Pero mi madre siempre fue una mentirosa muy eficaz. Gracias a Dios, me parezco más a mi abuela, Tessie, que fue una mujer extraordinaria. Trabajó muchísimo toda la vida, y jamás se quejó.

Me flaquearon las piernas. Me arrastré por el fogón hasta el suelo y me quedé allí, cruzada de brazos.

—No entiendo cómo me encontró Pa Salt.

—¿Pa Salt es tu padre adoptivo?

Ignoré su comentario.

—¿Cómo es que no encontraste mi nombre en el orfanato?

—Es posible que el cura te registrara con uno diferente, pero lo más curioso es que no consta ni un solo ingreso durante las dos semanas posteriores a que me informaran de tu supuesta muerte. Revisé el registro junto a la secretaria cuando estuve allí. La verdad es que no lo sé, Star. Lo siento.

—Y ahora mi padre también está muerto y nunca podré preguntarle.

La cabeza me daba vueltas. Me rodeé las rodillas con los brazos y apoyé la cabeza sobre ellas.

—Bueno —oí decir a Mouse—, tus coordenadas señalan Mare Street, que es donde Patricia Brown, tu abuela, vivió hasta su muerte. La carta de tu padre te enviaba allí, no a un orfanato. Tal vez concertaran alguna forma de adopción privada. Es irónico, ¿verdad? —añadió tras un silencio—. Que las dos empezarais a buscaros mutuamente casi al mismo tiempo.

—Si es que me está diciendo la verdad —musité.

—No miente, Star. Confía en mí. Yo me presenté a ella en cuanto finalizó la conferencia, y nadie podría improvisar una historia así en el acto —murmuró mientras colocaba una taza de té humeante en el suelo junto a mí.

—Y Mouse jamás me habría permitido acercarme a ti si no me hubiera creído —dijo Sylvia—. Incluso revisó el Archivo Nacional para comprobar si tu muerte había sido registrada oficialmente. Y no la encontró. ¡Oh, Star, me puse muy contenta! Había intentado dar contigo sin éxito y adelanté este viaje a Inglaterra para volver a probar suerte. Había perdido la esperanza por completo cuando apareció tu chico.

—No es mi chico.

—Bueno, tu amigo —se corrigió.

—¿Por qué cambiaste de nombre?

—Cuando mi madre me contó que habías muerto, se me fue la cabeza durante un tiempo. En serio, la creía capaz de haberte asesinado con sus propias manos. Incluso me dijo que se había encargado del funeral ella misma para ahorrarme el sufrimiento. Ni que decir tiene que volví a casa de inmediato para asegurarme de que no estaba mintiendo, y fue entonces cuando me entregó el certificado de defunción. La acusé de no haberte cuidado… —Mi madre se mordió el labio y vi en sus ojos una mirada de auténtico dolor—. Y ella me echó de la casa. Juré que jamás volvería. Y no lo hice. Me quedé en Cambridge, trabajando durante las vacaciones para mantenerme. Quería desvincularme de ella por completo. Y pensé que si me cambiaba de nombre no podría volver a localizarme.

—¿Quién era mi padre?

—Era mi jefe en la fábrica textil en la que trabajé durante el verano para ahorrar dinero antes de irme a Cambridge. Casado, por supuesto… ¡Dios! Me da tanta vergüenza contarte esto…

La vi enterrar la cabeza entre las manos y llorar. No la consolé. No podía hacerlo. Al final, se recuperó y continuó:

—No soy yo la que debería llorar. No tengo excusa, pero en aquel momento me parecía tan atractivo… Me llevaba a cenar a restaurantes de moda, me decía que era guapa… ¡Señor! Era tan ingenua. No te puedes imaginar cómo era mi madre: me protegía demasiado, y siempre con esas monsergas de la iglesia que me inculcó durante toda la infancia. Yo no tenía ni la más remota idea de cómo evitar un embarazo. Créeme, la versión católica no funciona. Tú fuiste el resultado inevitable de ello.

—¿Habrías abortado si hubieras podido?

—No… lo sé. Estoy intentando ser lo más honesta posible, Star. El caso es que después de ese verano entré en Cambridge y en noviembre al fin me di cuenta de que algo no iba bien. Pregunté a una amiga y me compró un test de embarazo. Un médico me confirmó que ya estaba de más de cuatro meses.

Cuando cogió la taza de té para darle un sorbo, vi que las manos le temblaban violentamente. Y empecé a sentir cierta pena por ella. «No tendría por qué obligarse a pasar por todo esto», me dije. Podría haberle dicho a Mouse que no sabía de qué le hablaba.

—Te pido disculpas si estoy siendo grosera —cedí.

—Normalmente no lo es —contribuyó Mouse—. Tu hija nos ha cambiado a todos desde que llegó a nuestras vidas.

Alcé la vista y vi que Mouse me miraba con algo muy parecido al afecto.

—Bueno, os dejaré para que podáis hablar.

Al verlo salir de la cocina, sentí la necesidad imperiosa de pedirle que volviera.

—Toma, te he traído una cosa que pedí que te hicieran cuando volví a Cambridge justo después de tu nacimiento. Pensaba ponértela en la muñeca la siguiente vez que fuera a casa a verte. —Sylvia se levantó y se acercó para arrodillarse junto a mí—. Una cosita para que me recordaras cuando no pudiera estar contigo.

Me entregó un pequeño estuche de piel. Al abrirlo, vi el nombre de un joyero de Cambridge impreso en letras doradas en el interior. Sobre el terciopelo azul reposaba una pulsera diminuta. La saqué y observé el dije en forma de corazón que pendía de ella.

Lucy Charlotte
21/04/1980

—Pensaba añadir un dije cada vez que cumplieras años, pero no llegué a tener la oportunidad de dártelo. Hasta ahora. Toma.

Volvió a coger la cajita, le quitó el expositor de terciopelo y sacó un papel amarillento que me pasó para que lo leyera. Era el recibo de la pulsera, por una cantidad de treinta libras, fechado el 20 de mayo de 1980.

—Era un dineral en aquellos tiempos.

Esbozó una tímida sonrisa y yo me fijé en la enorme sortija de diamantes que resplandecía en su dedo y en el olor dulce de su perfume caro. Tuve que admitir que, si se trataba de una farsa, estaba muy bien orquestada.

—Lucy… Star, ¿harías el favor de mirarme? —Acercó la mano y me tomó de la barbilla—. Te quería entonces y te quiero ahora. Por favor, créeme. Por favor.

Me sonrió, con los ojos azules todavía inundados de lágrimas. Y entonces, la creí.

—¿Podría…? ¿Podrías darme un abrazo? Llevo tanto tiempo esperándolo… —me suplicó.

No fui capaz de negarme, así que se acercó a mí y me rodeó con los brazos. Tras vacilar un largo instante, los míos se movieron solos y enseguida me encontré correspondiendo a su gesto.

—Es un milagro —me susurró al oído mientras me acariciaba el pelo con sus manos suaves—. Mi bebé… mi niña preciosa…

—¿Estás bien? —me preguntó Mouse cuando volvió a la cocina al cabo de más de una hora y nos encontró a ambas todavía sentadas en el suelo con las espaldas pegadas al calor del horno.

—Sí —respondí sonriéndole—. Estamos bien.

—Bueno —dijo mientras nos examinaba—, llamadme si necesitáis algo. —Se dirigió hacia la puerta y después se volvió—. Sois como dos gotas de agua.

Y salió de la cocina.

—Ese Mouse es un buen tipo —dijo mi madre mientras continuaba acariciándome los dedos como si quisiera grabárselos a fuego en la memoria. Había pasado la última hora tocándome y disculpándose por ello, diciendo que tenía que convencerse de que yo era real y ella no estaba soñando—. ¿Es pariente nuestro?

—No.

Había intentado relatarle brevemente mi historia y la de mi infancia en Atlantis con mis cinco hermanas. Tras eso, habíamos pasado a High Weald y las complejidades de la familia Forbes/Vaughan.

—Me han dicho que Mouse tiene un hermano bastante curioso. Orlando, creo que se llama —dijo.

—Sí, y es fantástico.

—Creo que Mouse te tiene un cariño muy especial, Star. Y por cierto, me alegra que tu padre adoptivo te pusiera un nombre tan bonito. Encaja a la perfección contigo. ¿Sabes que Lucy quiere decir «luz»?

—Sí.

—Así que eres una estrella que resplandece —sonrió.

Continuamos charlando sin evitar las digresiones que surgían cada vez que se nos ocurría alguna pregunta. Me habló de mis tres hermanastros, todos ellos mucho más jóvenes que yo, que se llamaban James (por Joyce), Scott (por Fitzgerald) y Anna (por la heroína trágica de Tolstói). Me contó que estaba felizmente casada con Robert, el padre de los tres. La verdad es que su vida parecía idílica.

—Robert sabe de tu existencia, por supuesto. Me apoyó mucho cuando recibí la carta del abogado de mi madre hace unas semanas. Le va a hacer una ilusión tremenda cuando le diga que he conseguido encontrarte. Es un buen hombre —añadió—. Te caerá bien.

—Me ofrecieron una plaza en Cambridge —confesé súbitamente.

—¿En serio? ¡Uau! Eso es un verdadero logro en estos tiempos. En los míos era mucho más fácil, sobre todo si venías de lo que llamaban las «clases menos favorecidas». Por entonces el gobierno estaba muy empeñado en promover el igualitarismo. Lo tuyo tiene mucho más mérito. ¿Por qué no la aceptaste?

—Habría tenido que abandonar a mi hermana. Y nos necesitábamos la una a la otra.

—¿A CeCe? ¿La hermana con la que vives en Londres?

—Sí.

—Bueno, si quisieras, podrías volver ahora. Nunca es demasiado tarde para cambiar tu destino, ¿sabes?

—Hablas igual que Pa Salt —sonreí—. Siempre decía ese tipo de cosas.

—Cada vez me gusta más tu Pa Salt. Es una pena que no pueda conocerlo.

—Sí, fue un padre maravilloso para todas nosotras.

La sentí estremecerse ligeramente a mi lado, pero se recobró enseguida.

—Bueno, ¿sabes qué quieres hacer con tu vida, ahora que te has establecido en Inglaterra?

—No, la verdad es que no. Es decir, quería escribir, pero es más difícil de lo que parece y no estoy segura de que se me dé bien.

—Tal vez ahora no sea el momento y suceda más tarde, como en el caso de otros muchos escritores. Al menos a mí me pasó.

—En realidad me gustan mucho las cosas sencillas de la vida: cuidar de la casa, cocinar, la jardinería… —Me volví hacia ella de repente—. No soy muy ambiciosa. ¿Está mal eso?

—¡Por supuesto que no! Es decir, todos nos alegramos de que la emancipación femenina haya avanzado, y deja que te diga que, en los años ochenta, las chicas fuimos verdaderas pioneras, la primera generación de mujeres con educación superior que plantó los pies (o, mejor dicho, los tacones) con firmeza en un ámbito laboral dominado por los hombres. Pero, en mi opinión, el verdadero logro fue ofrecerles una opción a las mujeres que venían detrás. En otras palabras, permitirles ser quienes quisieran ser.

—Entonces ¿no pasa nada si digo que, de momento, no quiero tener una carrera profesional?

—No pasa nada, cariño —dijo mientras me estrechaba la mano y me plantaba un beso sobre la cabeza—. Esa es la libertad que mi generación os ha ofrecido, y no hay nada malo en ser ama de casa, aunque la experiencia me dice que resulta mucho más sencillo si encuentras a alguien que esté preparado para apoyarte mientras tú crías a los niños.

—Bueno, yo eso no lo tengo —dije riendo.

—Lo tendrás, cariño, lo tendrás.

—Eh… Hola… —dijo Mouse desde la puerta de la cocina—. Solo quería avisar de que ha llamado Orlando y dice que está volviendo de Tenterden con Marguerite y Rory.

—Entonces será mejor que me vaya.

Cuando hizo ademán de levantarse, la agarré para que no lo hiciera.

—¿Te importa si se queda, Mouse?

—No, Star —respondió él sonriendo—. Me parece perfecto.

43

A quella misma noche, cuando me metí en la cama mucho más tarde, decidí que había sido una de las mejores de mi vida. Los Vaughan y los Forbes habían acudido en masa y, obviamente animados por Orlando y Mouse, habían acogido a Sylvia con los brazos abiertos.

—Al fin y al cabo, es de la familia —había dicho Marguerite entre risas cuando se dispuso a encender uno de sus infinitos Gitanes entre las incontables copas de vino tinto que se bebió mientras yo preparaba un guiso con el cordero que Orlando había ido a buscar a la granja.

Durante la cena, entre todos terminamos de explicarle a Sylvia cómo encajábamos ambas en el rompecabezas familiar. Y a medida que el vino fluía, sentí como si cierta paz se filtrara al fin a través de los muros viejos y húmedos de High Weald. Como si el viento hubiera sacudido los secretos del pasado igual que si fueran una ráfaga de nieve y hubiese depositado sus copos plácidamente sobre el suelo.

Y después, mientras retorcía los pies para encontrar un punto de calor entre aquellas sábanas congeladas, me percaté de que aquella noche, con mi madre al lado, al fin había sentido que pertenecía a alguna parte.

—¡Dios santo! —exclamó mi madre a la mañana siguiente al entrar en la cocina y verme ya junto al fuego dispuesta a preparar el desayuno—. Tengo una resaca de mil demonios. Había olvidado cómo beben los ingleses —dijo mientras se acercaba a mí y me daba un abrazo espontáneo—. Huele bien por aquí —comentó mirando las salchichas que estaba friendo para Rory, que había aprovechado que no había nadie para impedírselo y se había escabullido al salón a ver *Harry Potter*, su nueva película favorita—. Eres una cocinera increíble, Star, en serio. Igual que tu bisabuela Tessie. Todavía sueño con sus patatas fritas caseras.

—También sé hacerlas —dije.

—Pues me encantaría probarlas algún día. —Se le fueron los ojos hacia la cafetera—. ¿Puedo tomar café?

—Sírvete.

—Gracias. Anoche Marguerite y yo nos quedamos levantadas cuando todos os fuisteis a dormir. Pasamos casi todo el tiempo intentando descifrar qué tipo de parentesco nos une. Al final, concluimos que debemos de ser medio primas segundas, pero ¿quién sabe? ¿Y qué importa? Señor, esa mujer bebe como una cosaca. —Se sentó a la mesa y, a pesar de su declarada resaca, se la veía igual de elegante que el día anterior vestida con unos vaqueros y un jersey de cachemira—. Me contó que se ha enamorado de la propietaria del palacete de Francia donde está pintando sus murales. Y que ya está harta de High Weald y de intentar mantenerla a flote. Me da la sensación de que quiere mudarse.

—¿Adónde?

—¡Pues a Francia, por supuesto!

—¿Y qué pasaría con Rory? Tendría que aprender la lengua de signos francesa, que no tiene nada que ver con la versión británica…

—La verdad es que no lo sé, Star, pero supongo que te lo contará ella misma. ¿Sabes?, al venir aquí me he percatado de lo normal que soy. Y de que llevo una vida muy sencilla comparada con la de mis recién descubiertos primos ingleses.

—¿Cuándo vuelves a Estados Unidos?

—Cogeré el último vuelo de esta noche. Así que, si no te importa, me gustaría que pasáramos juntas el tiempo que me queda aquí.

—Me encantaría —dije.

Tras servir el desayuno y lavar los platos, confiamos a Rory la tarea de enseñarnos los jardines. Pedaleaba delante de nosotras por los senderos duros y helados y me signaba la palabra «tortuga» cada vez que nos rezagábamos mucho.

—Ese niño es una preciosidad. Y muy listo —comentó mi madre—. Por no hablar del cariño que te tiene.

—Yo también lo quiero mucho. Es un niño muy positivo.

—Es cierto. Que Dios lo bendiga, solo espero que la vida lo trate bien en el futuro.

—Tiene a su familia cerca para protegerlo.

—Sí, así es. Al menos de momento —añadió mi madre con una sonrisa de tristeza.

Pasado el mediodía, le pedí el coche prestado a Marguerite para llevar a mi madre a Tenterden, donde Orlando, que también parecía tener resaca, estaba colocando libros en las estanterías.

—¡Ah! Las ociosas damas se dignan a visitarme en mi humilde morada. Bienvenida, profesora Gray. Tal vez ahora pueda decir que mi primera clienta ha sido una catedrática de literatura de Yale, ¿no? Antes tengo que mostrarle mi maravillosa primera edición de *Anna Karénina*.

—Orlando, ya te dije anoche que me llames Sylvia, por favor.

Mientras Orlando y mi madre se deleitaban en su pasión compartida, yo lo relevé colocando libros en los estantes, ya que me sentía como Rory intentando descifrar de qué hablaban.

—Obviamente, nuestra experta en literatura inglesa de principios del siglo XX es Star. —Orlando me dirigió una mirada y demostró tener la sensibilidad suficiente para percatarse de que me había quedado fuera de la conversación—. Puedes preguntarle cualquier cosa sobre el Círculo de Bloomsbury, y en particular sobre la que fue vecina de High Weald, nuestra querida Vita Sackville-West, y las amantes que se le atribuyen. Algo ciertamente irónico, teniendo en cuenta el propio pasado de lady Flora Vaughan.

—Star me contó algo sobre esa relación anoche —comentó mi madre.

—La próxima vez que vuelvas por nuestras costas, señorita Sylvia, debes leer los diarios al completo. Facilitan una fascinante inmersión en la Inglaterra eduardiana.

—Bueno, tal vez Star quiera editarlos. Estoy segura de que al mundo le fascinaría la historia de Flora.

—¡Caray! Señorita Sylvia, me parece una idea excelente. Entre su profundo conocimiento sobre la literatura de esa época y su vínculo personal con lady Flora, no se me ocurre nadie mejor cualificado para ello —coincidió Orlando, y sentí que dos pares de ojos me miraban.

—Tal vez dentro de un tiempo —dije encogiéndome de hombros.

—Si lo haces, estoy segura de que Yale University Press tendría gran interés en publicarlo.

—Además de numerosas editoriales comerciales de por aquí —añadió Orlando—. Ese relato tiene todos los elementos de lo que llaman «novela rosa». ¡Y encima es una historia verdadera!

Mi madre miró su reloj.

—Me temo que tengo que volver a la casa. El tren para Londres sale pronto.

Ya en High Weald, mi madre bajó la escalera con la maleta.

—Mouse te llevará a la estación —anuncié.

—Oh, Star. —Me abrazó y me apretó fuertemente contra ella—. Por favor, mantén el contacto conmigo todo lo que puedas. O empezaré a pensar que todo esto ha sido un sueño. ¿Tienes todos los números de teléfono? ¿Y mi correo electrónico?

—Los tengo, sí.

Se oyó el sonido de un claxon en el exterior.

—De acuerdo. Tendré que despedirme. Pero en cuanto llegue a casa habrá que planear otro viaje. O vienes tú a Connecticut para conocer a tus hermanastros o vuelvo yo aquí, ¿vale?

—Me encantaría.

Me estrechó con fuerza entre sus brazos, me lanzó un beso mientras salía por la puerta y se subió al Land Rover junto a Mouse. En cuanto el coche se alejó, sentí un repentino vacío en mi corazón. Aquella mujer parecía conocerme profundamente, como ninguna otra persona, y sin embargo yo apenas empezaba a conocerla a ella.

Más tarde, cuando Rory se fue a la cama, serví el trinchado que había preparado con las sobras y cenamos en un cómodo silencio, todos exhaustos por los acontecimientos de los dos últimos días. Orlando se excusó y se fue a dormir, en tanto que Mouse subió a la habitación de Marguerite para supervisar una gotera que esta había descubierto en el techo.

—Por lo pronto he puesto una cazuela debajo —dijo exasperada mientras me ayudaba a recoger la mesa—. Por cierto, mañana a primera hora vuelvo a Francia. Mouse te dará dinero para las compras que tengáis que hacer mientras esté fuera.

—¿Cuándo volverás?

—Nunca, si de mí dependiera, pero aquí estamos. Dios, cómo odio esta casa. Es como cuidar a un pariente anciano y achacoso por el que ya no se puede hacer nada. —Tras secar un plato, Marguerite cogió su paquete de Gitanes, encendió un cigarrillo y se dejó caer sobre una silla—. Le decía a Mouse que debería plantearme seriamente la posibilidad de venderla. Sé que se supone que Rory debería heredarla, pero estoy segura de que habrá algún ricachón de la City con una esposa pretenciosa a quienes les encantaría desperdiciar sus millones en una casa de campo como esta. Por suerte, Mouse me ha dicho que Orlando y él piensan pasarme parte del dinero de la venta de la librería. Nada que no merezca, dadas las circunstancias —añadió en tono sombrío.

—Rory es feliz aquí.

—Sí, lo es, porque se ha convertido en su casa. Toda una ironía, la verdad…

Clavó la mirada en la ventana mientras suspiraba pesadamente y dejaba escapar una nube de humo.

—Bueno, el caso es que a partir de mañana no estaré aquí durante un tiempo y en gran parte te lo debo a ti, Star. En serio, has dado estabilidad a esta casa y a sus ocupantes. Especialmente a Mouse.

—No creo que sea cierto —murmuré.

—Tú no sabes cómo era antes de que llegaras. Es otro, Star, y eso me ha dado esperanzas de que las cosas puedan cambiar en el futuro. De hecho, se está esforzando con Rory, lo cual es casi un milagro para mí. Incluso Orlando parece menos apartado del mundo real desde que llegaste a su vida. Muchas veces me he preguntado si sería homosexual, pero nunca lo he visto con nadie, ni hombre ni mujer. Supongo que es asexual. ¿Tú qué crees?

—Yo creo que está enamorado de sus libros. Y eso es todo lo que necesita —contesté incomodada por tener que hablar de la sexualidad de mi jefe.

—¿Sabes qué? Creo que has dado en el clavo —dijo Marguerite con una sonrisa.

—Rory te echará de menos cuando te vayas —comenté intentando que la conversación volviera a aguas más seguras.

—Y yo lo echaré de menos a él, pero lo bueno es que siempre ha estado acostumbrado al vaivén de cuidadores. Tuvo infinidad de niñeras hasta que decidí que había llegado el momento de encargarme yo de ello. Ahora, si no te importa, dejaré que te ocupes tú de él. —Se levantó y apagó el cigarrillo en el desventurado cactus—. Aquí va un consejo: enamorarse es maravilloso. Nos ilumina la vida a todos. Buenas noches, Star.

Dicho eso, me tiró un beso y me dejó con las manos llenas de espuma y la cabeza dándome vueltas.

Cuando acabé de fregar los platos, salí al pasillo y me dirigí al salón con una taza de chocolate caliente en las manos y la sensación de que necesitaba un tiempo para recuperar el aliento.

—Hola —dijo Mouse, que entró en la sala justo cuando me senté.

—Hola.

—Tendré que llamar a un fontanero para que venga mañana a mirar esa gotera. Aunque no creo que pueda hacer mucho. Me da que se trata del tejado.

—Oh —dije mientras me concentraba en las llamas que desprendía la leña del hogar.

—¿Te importa si me siento?

—No. ¿Quieres un chocolate caliente?

—No, gracias. Quiero… hablar contigo, Star.

—¿De qué?

—Bueno, de todo un poco en realidad —respondió mientras se sentaba frente a mí en un sillón con aspecto de sentirse tan incómodo como yo—. Bueno —suspiró—, han pasado muchas cosas desde que apareciste por primera vez en la librería, ¿verdad?

—Sí, muchas.

—¿Cómo te sientes ahora que has encontrado a tu madre?

—Bien. Mil gracias por tomarte la molestia de ir a Cambridge por mí.

—No fue ninguna molestia, la verdad. De hecho, me vino muy bien volver a un lugar donde fui muy feliz. Allí fue donde conocí a Annie.

—¿En serio?

—Sí. Llegué a Cambridge un par de horas antes de la conferencia y me tomé una cerveza en el pub donde hablé con ella por primera vez.

—Debió de resultarte reconfortante —me atreví a decir.

—No. La verdad es que no. Fue horrible. Me senté allí y lo único que oía era lo que ella pensaba del comportamiento que he tenido desde su muerte. Y del ser humano egoísta y básicamente cruel en que me he convertido desde que se fue. He sido una mala persona, Star, te lo digo en serio.

—Estabas de duelo. Eso no es ser una mala persona.

—Lo es cuando afecta a todos los que te rodean. He estado a punto de destruir esta familia, y no exagero —añadió Mouse con vehemencia—. Y luego, más tarde, conocí a tu madre y vi el amor que había continuado sintiendo por ti todos estos años, a pesar de que hasta hace unas semanas creía que estabas muerta. Y me imaginé que Annie me miraba desde algún lugar de ahí arriba, tanto a mí como las cosas que he hecho. O he dejado de hacer —se corrigió—. Me quedé plantado en el puente de King's College y estuve a punto de arrojarme al río Cam. Hace tiempo que soy consciente del caos que mi comportamiento ha provocado, pero no sabía cómo arreglarlo, igual que un alcohólico que sabe que es un borracho asqueroso y se toma otra copa para sentirse mejor.

—Lo entiendo —dije en voz baja, y era cierto.

—Esa noche en Cambridge resultó trascendental —continuó—. Entendí que tenía que olvidarme del pasado y despedirme de Annie para siempre. Y dejar de regodearme en la autocompasión. ¿Qué sentido tenía seguir aferrándose a su memoria cuando afectaba de manera tan negativa a los que siguen vivos? Y entonces volví a casa con un nueva determinación de intentar arreglar las cosas.

—Eso es bueno —lo animé.

—Y la primera parada obligada eres tú. Aquella noche en el puente me reconocí que siento algo… por ti. Algo que me resultaba desconcertante, pues estaba completamente seguro de que jamás volvería a amar. El sentimiento de culpa me desgarraba; tras haber pasado los últimos siete años poniendo a mi difunta esposa en un pedestal, me parecía que de alguna forma la estaba traicionando, que el hecho de que me sintiera feliz en tu compañía era malo. Y estaba, estoy —continuó— muerto de miedo. Puede que ya te

hayas dado cuenta de que cuando amo me doy por completo.
—Esbozó una media sonrisa burlona—. Y Star, aunque estoy seguro de que esto te llega en mal momento, me he dado cuenta de que estoy enamorado de ti. Eres hermosa en todos los aspectos.

—No lo soy, Mouse, te lo aseguro —me apresuré a decir.

—Bueno, para mí sí lo eres, aunque incluso yo imagino que también tendrás tus fallos, como los tenía Annie. Escucha… —Se acercó a mí para cogerme las manos y se lo permití a regañadientes, con el corazón latiéndome tan deprisa que pensé que se me iba a salir del pecho—. No tengo ni idea de lo que tú sientes por mí. Esa calma exterior tuya me resulta impenetrable. Anoche se lo pregunté a Orlando, que es quien parece conocerte mejor. Me dijo que creía que mi comportamiento contigo ha sido tan errático, pasando constantemente del amor a la culpa por amar, que lo más probable era que, aun en el caso de que sintieras algo por mí, estuvieras demasiado aterrada para permitirte sentirlo.

Mouse, que normalmente era muy elocuente y conciso, se atropellaba con las palabras.

—Así que decidí que lo primero que tenía que hacer en mi camino hacia la rehabilitación, y espero que hacia la creación de un nuevo y mejorado «yo», era demostrar valentía y decírtelo. ¿Entonces? ¿Crees que podrías? ¿Sentir algo por mí?

Lo que sentía era que la epifanía que Mouse había experimentado en el puente suponía una ventaja injusta. Él había tenido tiempo para poner sus sentimientos, ya fueran reales o imaginarios, en orden, pero yo no había dispuesto ni de un minuto.

—No… lo sé.

—Bueno, no es exactamente un pasaje de *Romeo y Julieta*, pero al menos no es un «no» directo. Y —me soltó las manos, se levantó y comenzó a deambular— antes de que decidas si sientes algo por mí o no, quiero contarte otra cosa. Y es tan terrible que, aunque descubras que sientes algo por mí, es posible que dejes de hacerlo inmediatamente. Pero no puedo engañarte desde el principio, Star, y si hay alguna esperanza de que compartamos un futuro juntos, has de saberlo.

—¿Qué es?

—De acuerdo… —Mouse dejó de pasearse y se volvió hacia mí—. El caso es que Annie era sorda.

Alcé la vista para mirarlo mientras él me conminaba a atar los cabos. Sabía que eso significaba algo, pero no era capaz de discernir qué.

—En otras palabras, Rory es nuestro... mi hijo.

—Oh, Dios mío —susurré al tiempo que todo lo que no había entendido hasta el momento sobre aquella familia encajaba en su lugar en un duro momento de revelación.

Me quedé mirando la chimenea mientras oía a Mouse suspirar y desplomarse pesadamente sobre el sillón.

—Cuando se quedó embarazada nos emocionamos mucho. Después fue a hacerse las primeras pruebas y descubrieron que tenía cáncer de ovarios. Obviamente, no podía recibir ningún tipo de tratamiento, ya que eso dañaría al feto, así que nos vimos ante una horrible tesitura: continuar con el embarazo y aceptar las consecuencias de una quimioterapia tardía o abortar y empezar el tratamiento de inmediato. Annie, que era una persona optimista, optó por lo primero, consciente de que, viviera o no, aquella sería su única oportunidad de tener un hijo. Los médicos le dijeron que en cuanto diera a luz habría que vaciarla por completo. ¿Me sigues, Star?

—Sí.

—Rory nació y a Annie le practicaron la operación prácticamente de inmediato. Pero para entonces el cáncer ya se había extendido a las glándulas linfáticas y el hígado. Murió un par de meses después.

Oí que se le rompía la voz antes de que pudiera continuar.

—Lo cierto es que, cuando descubrieron su enfermedad, le rogué que abortara y se permitiera tener más opciones de sobrevivir. Ya sabes cómo la adoraba. Así que, cuando se fue, cada vez que miraba a Rory no lo veía como un bebé inocente, sino como el asesino de su madre. Star, lo odiaba. Lo odiaba por haber matado a su madre... el amor de mi vida. Ella lo era todo para mí.

Se le atragantaron las palabras y tardó un tiempo en recuperarse. Yo me quedé paralizada en la silla, sin apenas atreverme a respirar.

—Tras eso, la verdad es que no recuerdo mucho, pero sufrí algún tipo de crisis nerviosa y estuve hospitalizado durante un tiempo. Fue entonces cuando a Marguerite, bendita sea, no le quedó más opción que encargarse de Rory y traérselo a High Weald. Yo acabé saliendo del hospital con un montón de medicación asignada, y entonces me devolvieron a Rory con una niñera para que cuidara de él. Me animaban a «crear un vínculo» con él, como decía mi psiquiatra. Pero no podía. Ni siquiera soportaba mirarlo. Entonces murió mi padre y aquello fue la gota que colmó el vaso. Al final, tras una serie fallida de niñeras a las que asustaba con mi comportamiento agresivo, Marguerite sugirió que Rory viniera a vivir a High Weald con ella de manera permanente. Todos me dieron por perdido. Y no se equivocaban. Malogré mi trabajo de arquitecto y la granja. El resultado de eso es que Marguerite ha tenido que cargar con la obligación de cuidar a Rory durante los últimos cinco años y no ha podido avanzar en su propia vida ni en su carrera. Y Rory… Por Dios, Star, ¡cree que soy su tío! Y lo peor de todo: ¡no sabe nada de su propia madre! ¡No he permitido que nadie le mencione a Annie en toda su vida! Se parece tanto a ella… Annie también era una artista con talento… ¿Cómo voy a poder compensarlo por todo lo que le he hecho?

Tras eso se produjo un silencio durante el cual Mouse se quedó allí sentado, respirando profundamente y con la cabeza apoyada entre las manos.

—Bueno —dije al final—, al menos el otro día le hiciste brownies.

Mouse alzó una mirada sin duda agonizante. A continuación levantó las manos.

—Es cierto. Y te doy las gracias —signó perfectamente.

44

Le dije a Mouse que necesitaba irme a dormir. Estaba agotada por el trauma personal que había sufrido durante los últimos días, y ahora también por el suyo. Me tumbé en la cama y me fabriqué una vaina protectora envolviéndome con la manta y el edredón. Necesitaba analizar los hechos antes de que mi corazón tomara una decisión.

Aunque sentía profundamente la pérdida que Mouse había sufrido y comprendía su complejidad, también compadecía a Orlando, Marguerite y, sobre todo, a Rory, inocente de todos los cargos. Culpable por el simple hecho de haber nacido.

Y sin embargo... Rory era un ser feliz y sin complejos que generaba amor gracias a la generosidad con la que él mismo lo repartía. Había aceptado sus inusuales circunstancias sin planteárselo, como solo los niños saben hacer, como yo misma lo había hecho. Y a pesar del comportamiento de su padre, siempre había contado con otras personas para apoyarlo, igual que había sucedido conmigo.

En cuanto a la declaración de amor de Mouse, procuré no tomarla demasiado en serio. Había tenido un momento de epifanía debido a su regreso a Cambridge. Y seguramente todos sus años de soledad y pena se habían canalizado hacia un amor equivocado por la única figura femenina que tenía a su alcance: yo, que había trabajado para su hermano, que lo había alimentado y había cuidado de su hijo...

Era un error muy comprensible.

«Sí, ese es el motivo», pensé. Y de ninguna manera estaba dispuesta a abrir mi tierno corazón y permitir que derramara sus sentimientos en las aguas turbulentas de la tormenta emocional de Mouse.

«Pero me quedaré aquí —pensé al cerrar los ojos—. Por Rory.»

A la mañana siguiente, acababa de regresar de llevar a Rory al colegio cuando Mouse apareció por la puerta. Me percaté de que llevaba la misma ropa de la noche anterior, como si ni siquiera se hubiera acostado.

—Hola.

—Hola —contesté mientras cogía los huevos y el beicon de la despensa para hacerle el desayuno a Orlando.

De camino hacia los fogones, le lancé una mirada breve y pensé que aquella mañana parecía totalmente destrozado. Una parte de mí sintió que se lo merecía.

—¿Has pensado en lo que te dije anoche? —me preguntó.

—Sí.

—¿Y?

—Mouse, por favor, he tenido que asimilar muchas cosas durante los últimos días. Ahora mismo no puedo enfrentarme a esto.

—Claro.

—Además, no tiene nada que ver contigo ni conmigo. Sino con Rory. Tu hijo.

—Lo sé. Mira, yo también he pensado en ello. Y tienes razón. No puedo esperar que confíes en mí, y mucho menos que me quieras, después de cómo me he comportado con los dos. Pero… ¿vas a quedarte?

—Sí. Rory necesita estabilidad. Además, ahora tengo trabajo aquí, en la librería.

—Bueno, entonces… —Lo vi cambiar el peso del cuerpo de un pie a otro, incómodo—. Lo que me gustaría hacer, con tu ayuda, es intentar arreglar mi relación con Rory, o al menos empezar a establecerla. No tendré mucho que hacer hasta que se materialice la venta de la librería de Londres e ingresen el dinero en la cuenta, así que he pensado que podría dedicarme a pasar tiempo con Rory. Sé que no lo haré muy bien, pero estoy seguro de que iré mejorando.

—Está claro que, si quieres hacerlo, puedes.

—Quiero, Star, créeme. Quiero hacerlo.

—Bueno, eso soluciona uno de mis problemas. Podrías recoger tú a Rory del colegio y traerlo a casa para que yo pueda ayudar a Orlando en la librería durante más horas. Hay mucho que hacer allí antes de la inauguración.

—Genial —respondió de inmediato—. Aunque no creo que se me vaya a dar muy bien la cocina.

—Yo cocinaré cuando vuelva, pero está la hora del baño...

—Y la del cuento. Lo sé —repuso con una sonrisa vacilante.

—Buenos días a todos —saludó Orlando al entrar en la cocina. Se quedó mirándonos y notó la tensión en el ambiente—. ¿He llegado en mal momento?

—En absoluto —respondí—. El desayuno está casi listo. ¿Recogerás a Rory a las tres y media? —confirmé con Mouse, pues no tenía ni la más mínima intención de ofrecerme a hacerle el desayuno a él también.

—Allí estaré. Adiós —musitó antes de marcharse a toda prisa.

Orlando ladeó la cabeza y me interrogó con la mirada.

—Mouse me lo contó anoche. Que Rory es su hijo.

—Ah. Bueno, eso es sin duda un avance, dado que hasta hace poco ni siquiera se lo reconocía a sí mismo. Señorita Star, has obrado un milagro, te lo digo en serio.

—Yo no he hecho nada, Orlando —repliqué mientras le servía el plato de huevos con beicon.

—Entonces, tal vez debería decir que el amor ha obrado un milagro. Por supuesto, desde el primer momento en que te puso los ojos encima he sabido que...

—Ya basta, Orlando.

—Perdóname, pero te lo ruego, señorita Star, al menos dale la oportunidad de subsanar sus errores y hacer que te encariñes de él.

—Me interesa más que sea Rory quien se encariñe de él —contesté arrojando la sartén dentro del fregadero para lavarla.

—¿Es fuego eso que al fin veo crecer en tu interior? Tal vez Mouse no sea el único que haya cambiado por aquí últimamente debido a asuntos del corazón.

—Orlando...

—No diré nada más. Solo apuntaré el hecho de que cuando los pecadores se arrepienten e intentan expiar sus errores, tenemos el deber cristiano de perdonarlos. Yo, al menos, lo he hecho. Mi hermano es muy buen tipo, y si no hubiera sido por la muerte de Annie…

—¡Basta! —exclamé volviéndome hacia él con la sartén mojada en la mano.

Orlando levantó las manos en un fingido acto de rendición.

—Ya paro, lo prometo. Mis labios están sellados. Ahora todo está en manos de Mouse.

—Sí —coincidí fervientemente—. Así es.

A lo largo de los siguientes días, Mouse hizo exactamente lo que había prometido. Llevaba a Rory al colegio todas las mañanas y lo recogía después. Llegaban a casa un par de horas antes que yo, ya con la comida de la lista de la compra que yo misma les daba antes de que salieran de casa. Yo acompañaba a Orlando a Tenterden y después preparaba la cena para los cuatro, mirando de reojo a Mouse mientras hacía cuanto estaba en sus manos para recuperar los años perdidos con su hijo. Cuando terminábamos, lo llevaba arriba para bañarlo y contarle un cuento. Rory aún estaba asombrado por el súbito talento que Mouse mostraba para usar la lengua de signos.

—Es incluso mejor que tú, Star. Aprende rápido, ¿verdad?

—Sin duda le pone mucho empeño, porque te quiere —dije mientras le daba el beso de buenas noches.

—Y yo lo quiero a él. Buenas noches, Star. Que sueñes con los angelitos.

Me dirigí hacia la puerta para apagar la luz. Pensé que, durante todos aquellos años, Mouse siempre había sabido signar, ya que había aprendido la lengua para comunicarse mejor con Annie. Y esperé que algún día Rory empezara a conocer cosas de esa madre que lo había amado tan incondicionalmente que incluso llegó a dar su vida por él.

El jueves Mouse me informó de que Marguerite había llamado mientras yo estaba en la librería.

—Le gustaría quedarse en Francia hasta principios de diciembre y volver para la inauguración de la librería. Le dije que yo cuidaría de Rory durante el fin de semana. Tú seguramente tendrás que regresar a Londres, ¿verdad?

—Sí, tengo que volver —dije asintiendo.

Era importante que Mouse y Rory pasaran el mayor tiempo posible sin nadie más a su alrededor.

—Vale, entonces mañana por la noche, cuando termines en la librería, te llevaremos a la estación.

—Gracias. ¿Podríais echarle Rory y tú una mano a Orlando durante el fin de semana? Quiere mudarse al piso de la librería este domingo.

—Lo haremos. Buenas noches.

—Buenas noches.

A la noche siguiente, cuando bajé del tren en Londres y me senté en el autobús de vuelta a Battersea, vi que ya habían puesto la decoración navideña en las calles. Y me pregunté vagamente dónde celebraría la Navidad. Después de las gloriosas fiestas que habíamos pasado en Atlantis o a la luz de la luna en playas del otro confín del mundo, no se me ocurría nada peor que pasarlas en aquel piso frío y aséptico.

«La Navidad en High Weald sería perfecta...»

Hice callar a mi últimamente díscola conciencia. Y también me negué a reconocer lo que había sentido al ver a Mouse pacientemente sentado con Rory sobre sus rodillas, leyéndole un libro en lengua de signos. Sí... había sentido algún tipo de emoción por él. Pero era muy pronto, demasiado, para abrirle mi corazón y dejar salir lo que tanto me temía que contenía.

CeCe se alegró muchísimo de verme cuando llegué al apartamento y enseguida acordamos que pasaríamos juntas ese fin de semana.

—También me gustaría ir a cortarme el pelo —dijo—. Ya lo tengo demasiado largo.

Miré a CeCe y recordé la preciosa melena de rizos morenos que le caía por los hombros cuando era pequeña. Hasta que, a los dieciséis años, un día llegó a casa diciendo que se lo había cortado porque suponía demasiada molestia.

—No te lo cortes, Cee —dije pensando en lo guapa que estaba esa noche, con los rizos suaves enmarcándole los preciosos ojos marrones—. Te queda bien así de largo.

—Vale —aceptó, cosa que me sorprendió—. También necesito comprarme ropa de abrigo, pero ya sabes que odio ir de compras.

—Te acompañaré. Será divertido.

Así que a la mañana siguiente, nos aventuramos por Oxford Street para batallar con el resto de los compradores navideños. Yo tiré la casa por la ventana y me compré un vestido para el concierto de Ally, e incluso convencí a CeCe para que se llevara una bonita blusa de seda que podría combinar con unos pantalones sastre grises y unos botines con tacones.

—No es mi estilo —gruñó mientras se miraba en el espejo del probador.

—Estás estupenda, Cee —dije con sinceridad admirando su esbelta figura.

Debía de haber perdido peso durante las últimas semanas, pero no me había percatado hasta ese momento porque siempre llevaba sudaderas enormes y pantalones anchos. Además, pasaba tanto tiempo en High Weald que apenas la veía.

El domingo cociné el tradicional asado británico para comer, respiré hondo y le conté que había conocido a mi madre.

—¡Por el amor de Dios, Sia! ¿Por qué demonios no me habías contado nada hasta ahora?

Su mirada transmitía lo dolida que estaba.

—No lo sé. Quizá porque tenía que hacerme a la idea yo misma antes de poder contárselo a cualquiera.

—Yo no soy «cualquiera» —repuso—. Antes nos lo contábamos todo, sobre todo si se trataba de algo «íntimo».

—Al principio fue muy raro, Cee —intenté explicarle—, pero parece un encanto. Tal vez vaya a visitarla a Estados Unidos. De hecho, esta mañana he recibido un correo suyo invitándome a pasar allí la Navidad y el Año Nuevo.

—No te marcharás, ¿no? —dijo mirándome horrorizada—. Ya es bastante horrible que no estés aquí en toda la semana para que además pases fuera las fiestas. Nunca las hemos pasado separadas. ¿Qué haría yo?

—Pues claro que las pasaremos juntas —la consolé.

—Bien. De hecho, yo también tengo algo que contarte. Estoy pensando en dejar la universidad.

—¡Cee! ¿Por qué?

—Porque la odio. No creo que se me dé muy bien el mundo institucional, sobre todo después de nuestros años de espíritus libres.

—¿Qué harás?

—Intentar ganarme la vida como artista, supongo. —Se encogió de hombros—. Bueno, olvídalo. Me alegra mucho que hayas encontrado a tu madre. Ahora puedo contarte que...

Miré el reloj y vi que eran las tres en punto.

—Lo siento mucho, Cee, pero tengo que coger el tren. Hablaremos de esto cuando vuelva, ¿vale?

—Claro.

CeCe me observó con desolación mientras subía la escalera. Cuando bajé tras hacer la maleta a toda prisa, la encontré pintando en su estudio.

—Bueno, adiós —dije alegremente mientras me dirigía a la puerta—. Ya te diré si vengo el próximo viernes. Que pases buena semana.

—Igualmente —la oí decir a lo lejos.

De vuelta en Kent, estuve bastante atareada preparando lo que Orlando llamaba su «gran inauguración», que tendría lugar dos semanas después. Cuando lo vi vestido con su mejor traje de terciopelo ante la fachada de la tienda mientras el periódico local le hacía unas fotografías para complementar la entrevista que publicarían, me sentí tremendamente orgullosa de él.

La vida en High Weald continuaba por los mismos derroteros, y advertí que tanto Rory como Mouse comenzaban a tomarse su nueva rutina con más naturalidad. Yo hacía cuanto podía para no interferir cuando, de vez en cuando, Mouse perdía la paciencia con su hijo, ya que era algo perfectamente natural. Aunque él todavía tenía que aprender qué significaba esa palabra.

Dado que la «gran inauguración» tendría lugar un sábado, opté por actuar como una cobarde y enviarle un mensaje a CeCe desde

Tenterden explicándole que no volvería a casa ese fin de semana. Recibí una respuesta bastante brusca:

Vale. ¡Llámame! Quiero hablar contigo.

Me negué a permitir que me hiciera sentir culpable. Me daba cuenta de que, en cierto modo, aquello era algo tan doloroso como una ruptura amorosa —un abandono gradual, un dejarse ir poco a poco—, pero que al final acabaría siendo bueno para ambas. Y era fundamental que sucediera, aun en el caso de que al día siguiente tuviera que marcharme de High Weald para siempre. Porque no podía volver a mi antigua vida. Y CeCe tampoco debía hacerlo. Solo me cabía esperar que nuestra relación evolucionara hasta transformarse en algo diferente y más natural.

Mouse había respetado el período de tiempo que le había pedido para pensar en lo que me había dicho. Todas las noches, después de despedirse de Rory, salía por la puerta de la cocina con un «mañana nos vemos» y diciendo adiós con la mano. Con Orlando ya instalado en su piso diminuto sobre la librería de Tenterden, empecé a aburrirme como una ostra por las noches y me percaté de que era tan novata en el arte de estar sola como la propia CeCe.

Bueno, sería cuestión de aprender, y aunque muchas veces tenía en la punta de la lengua pedirle a Mouse que se quedara a tomar una cerveza, no lo hice. Encendía el fuego del salón y me sentaba frente a la chimenea a leer los diarios de Flora, planteándome si sería capaz de editar todos esos años detallados de su vida y convertirlos en un libro que resultara interesante para los demás. Pero me distraía constantemente, ya que mis pensamientos volaban hasta Home Farm. Y me preguntaba qué estaría haciendo y pensando Mouse en ese preciso instante...

Ese hombre torturado y dañado que me había confesado su amor.

La pregunta era: ¿lo amaba yo?

Posiblemente.

Pero... yo también tenía un secreto. Y no era capaz de contemplar la idea de contárselo a Mouse... Ni a nadie.

—¿Todo a punto? —me preguntó Orlando, que tenía un aspecto fabuloso.

Lucía una levita eduardiana comprada para la ocasión y un plastrón de color marrón sobre una camisa con cuello almidonado.

—Sí.

—Estupendo —dijo mientras echábamos un último vistazo a la inmaculada librería.

Seguí sus pasos hasta la puerta. Albergaba la esperanza de que hubiera alguien en la calle para verlo cortar la cinta roja que me había pedido encarecidamente que colocara bajo el umbral a primera hora de la mañana.

Cuando abrió la puerta, vi a Mouse, Rory y Marguerite esperando junto a una rubia bajita a la que no conocía. Tras ellos, había un grupo de transeúntes fascinados que se habían detenido con sus bolsas de compra, asombrados por el aspecto de Orlando con su curioso traje.

—Damas y caballeros, me complace anunciar la apertura de Libros Raros O. Forbes Esquire. Y ahora, entregaré las tijeras a la encargada de la librería, sin cuya ayuda no estaría aquí. Cógelas —me susurró a punto de clavármelas en el estómago.

—¡No, Orlando! Deberías hacerlo tú.

—Te lo ruego, señorita Star, tú has sido mi pilar y quiero que cortes la cinta.

—Vale —suspiré.

De modo que hice los honores y nuestra «familia» reunida aplaudió y lanzó estruendosos vítores, igual que los transeúntes. La gente invadió la tienda y un fotógrafo acudió a hacer más fotografías mientras bebíamos champán.

—Hola, Star. —Marguerite me besó en ambas mejillas—. Por cierto, esta es Hélène, la propietaria del palacete y lo que podríamos llamar mi media naranja —dijo sonriéndole con cariño y apretándole la mano.

—Me alegra mucho estar aquí —respondió ella con un inglés vacilante.

—Star, además de tener otras grandes cualidades, habla francés perfectamente —la informó Marguerite.

Hélène y yo charlamos sobre su palacete cercano a Gigondas, un pueblo en pleno valle del Ródano, de los maravillosos murales de Marguerite y de lo maravillosa que era Marguerite en general.

—Me ha contado que has sido tú quien ha hecho posible que pasemos más tiempo juntas —añadió Hélène—. Gracias, Star.

—Hola —dijo una voz detrás de mí.

—Hola.

Cuando me volví, Mouse me besó formalmente en las mejillas. Rory estaba a su lado.

—¿Qué te parece la nueva librería de Orlando? —pregunté al niño.

—Le he pintado un cuadro para regalárselo.

—Y yo lo he enmarcado. ¿No te parece estupendo? —dijo Mouse mientras Rory me lo entregaba para que lo admirase.

Era una acuarela de la fachada de la librería.

—Uau, Rory, es fantástico —signé—. Tiene mucho talento —le comenté a Mouse.

—¿A que sí?

El orgullo sincero de su voz estuvo a punto de hacerme llorar.

—Oye… —se inclinó para susurrarme al oído—, ¿puedo invitarte a tomar algo esta noche? Estoy seguro de que en High Weald podrán apañárselas solos por una vez.

—Sí —respondí sin dudarlo.

«Tal vez antes haya aceptado su invitación por beber champán a media mañana», pensé sombríamente aquella tarde mientras repasaba mi escaso fondo de armario. La cosa estaba entre mis dos jerséis y dos pantalones vaqueros distintos. Me decidí por el azul y fui a la cocina, donde los habitantes de la casa seguían celebrando la inauguración de la librería.

—Mouse acaba de llamar para decir que vendrá a buscarte en unos minutos.

—Gracias —respondí.

Enseguida noté el olor a salchichas quemadas de la sartén e, instintivamente, me acerqué para sacarlas del fuego. Se oyó el sonido del claxon junto a la puerta principal.

—Pasadlo bien —dijo Marguerite con una sonrisa burlona.

Hélène le pasó un brazo por encima del hombro y Rory, sentado sobre su regazo, despachaba con fruición un tubito de Smarties.

—Y no te atrevas a volver a casa antes del amanecer —añadió.

Ante lo cual todos los presentes en la cocina prorrumpieron en carcajadas.

Ruborizada, me dirigí al vestíbulo principal y abrí la puerta con la sensación de ser el cordero proverbial que envían al matadero.

—Hola —dijo Mouse cuando entré en el coche.

Seguidamente, me dio dos besos. Se había afeitado y sentí su piel suave sobre la mía durante unos instantes.

—¿Lista para marcharnos?

—Claro. ¿Adónde vamos?

—Al pub del pueblo. ¿Te parece bien? Hacen una comida estupenda.

The White Lion estaba abarrotado. El fuego que rugía en la chimenea y el techo de grandes vigas le daban un aspecto encantador al local. Mouse pidió una cerveza para él y un vino blanco para mí, cogió un par de cartas y me condujo a una mesa situada en un rincón tranquilo junto a la barra principal.

—Gracias por venir, te lo agradezco mucho —dijo—. Me parecía que debíamos hablar sobre algunas cosas.

—¿Cómo por ejemplo…?

—Como por ejemplo que Marguerite quiere irse a vivir a Francia con Hélène. Para siempre.

«Así que esto es una cena de negocios, no una "cita"», pensé.

—¿Qué le has dicho?

—Que me parece bien, por supuesto. Al fin y al cabo, Rory es mi hijo. Y tengo que asumir mis responsabilidades. Rory heredará el título… Pasó a mí cuando mi tío murió, porque Marguerite es hija única. Irónicamente, si ella muriera antes que yo, High Weald pasaría a pertenecerme a mí, dado que a sus cuarenta y tres años es poco probable que tenga descendencia. Pero, al final, todo le quedará a Rory.

—¿Así que en realidad eres lord Vaughan? —pregunté con una sonrisa.

—Técnicamente sí, aunque, por supuesto, no lo uso. Esta panda de aquí jamás me permitiría olvidarlo —dijo esbozando una media sonrisa mientras señalaba a la concurrencia—. Bueno, para abreviar: Marguerite me ha sugerido que intercambiemos nuestras casas. Cree que es lo mejor, dado que ella piensa pasar el menor tiempo posible aquí y que High Weald es el hogar de Rory, que además le pertenecerá en un futuro. Marguerite se quedará con Home Farm y, entre lo que quede de la venta de la librería de Kensington y lo que saquemos con la venta de las tierras de cultivo, tendremos bastante para reformar ambas propiedades. Te aseguro que ya estoy hasta las narices de «tractorear», como dice Rory. Además, Orlando y yo hemos pactado que, si llegamos a ese acuerdo, el fondo de la librería pasará a ser exclusivamente suyo. ¿Qué te parece?

—Bueno, a Rory le encanta High Weald, así que probablemente lo mejor para él sea quedarse allí.

—Y restaurarlo será un proyecto fantástico para mí. Aunque también podría venderlo y encontrar algo más asequible.

—No —dije—. Es decir, puedes hacerlo, pero creo que no deberías. Es parte de ti... de tu familia.

—Star, la pregunta es... ¿y de ti?

—Ya sabes cómo me gusta esa casa...

—No me refiero a eso. Mira, llámame impaciente, pero estas tres últimas semanas han sido una tortura. Tenerte en High Weald, tan cerca pero tan lejos, está volviéndome loco. Así que te he traído aquí esta noche para preguntarte qué piensas del tema. Me refiero a nuestra relación. Si no quieres estar conmigo, tengo que aceptarlo. Pero, si es así, creo que sería mejor que buscaras un sitio para vivir en Tenterden. No es una amenaza —se apresuró a decir—, pero supongo que sí es un ultimátum. —Mouse se pasó una mano por el pelo—. Star, por favor, comprende que me enamoro más con cada día que pasas en esa casa con nosotros. Y por el bien de Rory, no puedo permitir que se me vaya la cabeza de nuevo.

—Lo entiendo.

—¿Entonces?

Me miró desde el otro lado de la mesa.

«Vamos, Star, sé valiente, dile que Sí...»

—No lo sé —volví a oírme decir.

—Vale. Bueno. —Se quedó mirando al vacío—. Eso ya lo dice todo.

«No dice nada en absoluto, aparte de que me aterroriza expresar mis sentimientos, confiar en ti... y en mí misma.»

—Lo siento —añadí con torpeza.

—Está bien. —Se bebió la pinta de un trago—. Bueno, como no hay nada más que decir, te llevaré a casa.

Se dirigió a la salida y lo seguí, olvidando por completo la comida que íbamos a pedir. Hacía apenas veinte minutos que habíamos llegado al pub, y entré en el Land Rover sintiéndome terriblemente triste. Hicimos el camino de vuelta en completo silencio, hasta que Mouse giró para internarse por el camino de entrada y se detuvo abruptamente frente a la casa.

—Gracias por la copa.

Abrí la puerta y ya estaba a punto de salir cuando me agarró de la mano.

—Star, ¿de qué tienes miedo? No te vayas, por favor... ¡Háblame, por el amor de Dios! ¡Dime lo que sientes!

Me quedé entre dos tierras, tanto física como metafóricamente, y cuando abrí la boca para responder, las palabras no acudieron a ella. Permanecieron encerradas en mi interior, como siempre había ocurrido. Al final, Mouse emitió un largo y profundo suspiro.

—Toma —dijo—. Pensé que tal vez te apeteciera. —Me colocó un sobre en la mano—. Si cambias de opinión... si no... gracias por todo. Adiós.

—Adiós.

Tras cerrar de un portazo, me dirigí a la entrada principal decidida a no mirar atrás mientras él daba marcha atrás para salir a la carretera. Abrí la puerta con sigilo y oí las risas que llegaban de la cocina. Estaba tan avergonzada que no quería que nadie advirtiera mi presencia, así que subí directamente al piso de arriba y recorrí el pasillo para asegurarme de que no habían olvidado acostar a Rory. Entré a darle un beso suave en la mejilla y el niño se desperezó y abrió los ojos.

—Has vuelto. ¿Te lo has pasado bien con Mouse?

—Sí, gracias.

—¿Star?

—¿Sí?

—¿Vais a casaros? —Imitó un besuqueo y sonrió—. Por favor.

—Rory, los dos te queremos...

—¿Star?

—¿Sí?

—Mag se ha enfadado cuando se ha estropeado el teléfono y ha dicho que tendría que pagarlo Mouse, porque es mi padre. ¿Es verdad?

—Yo… tendrás que preguntárselo tú, Rory. Ahora, duérmete —dije antes de volver a besarlo.

—Ojalá sea verdad —susurró con voz somnolienta—. Así tú podrías ser mi mamá.

Salí de allí maravillada ante la capacidad de los niños para el perdón. Y también por lo sencillo que les parecía todo. Una vez en mi habitación, me acurruqué bajo las mantas sin molestarme en desvestirme, ya que tenía demasiado frío para hacerlo. Entonces, abrí el sobre que Mouse me había entregado.

> Querida Star:
>
> Me gustaría que pasáramos un par de días juntos el próximo fin de semana. Ya he pensado en un sitio. Creo que necesitamos pasar un tiempo a solas y aislados de todo lo que sucede por aquí. Sin compromiso. Ya me dirás. Besos, E.
>
> P. D.: Perdona por escribirte, es solo en caso de que no tenga valor para preguntártelo en persona en el pub.

A la mañana siguiente, me desperté sobresaltada, con las imágenes de la noche anterior todavía en la cabeza. Mientras me ponía otro jersey encima para no pasar frío, pensé que lo que tenía que hacer era cruzar el camino y decirle a Mouse que sí, sin más.

«Hazlo, Star, hazlo de una vez…»

Me vestí, bajé la escalera apresuradamente y entré en la cocina, que estaba desierta, pero llena de platos y sartenes sucios, por no mencionar las copas de vino y las numerosas botellas vacías. Me dirigía ya a la puerta trasera, consciente de que debía ir a hablar con Mouse antes de que me flaqueara el valor, cuando vi que me habían dejado una nota en la mesa.

> ¡Star! Anoche llamó tu hermana a casa. ¿Puedes contactar con ella? ¡Dijo que era urgente!
>
> P. D.: Espero que lo pasarais bien. Besos, M.

—¡Mierda!

Cualquier idea acerca de un posible futuro con Mouse se desvaneció en cuanto me dirigí al teléfono y marqué el número del apartamento con los dedos temblorosos. Sonó y sonó. También lo intenté con el móvil de CeCe, pero saltó directamente el contestador. Solté el auricular diciéndome que seguramente mi hermana habría desconectado el teléfono móvil y no habría oído el del piso, aunque normalmente CeCe era capaz de oír la caída de un alfiler a un kilómetro de distancia. Volví a probar una y otra vez con ambos números sin obtener resultados.

Subí a mi habitación a toda prisa y busqué mi móvil rezando por que tuviera cobertura, solo por esa vez, para poder comprobar si me había dejado algún mensaje. Pero no había señal, claro está. Metí mis cosas en la bolsa de viaje, bajé como un rayo y llamé a un taxi para que fuera a buscarme inmediatamente.

Solo conseguí acceder a mis mensajes cuando ya estaba en el tren. La señal de aviso sonó una y otra vez, hasta el punto de que los demás pasajeros empezaron a mirarme con fastidio.

«Star, soy CeCe. ¿Puedes llamarme, por favor?»

«Star, ¿estás ahí?»

«Me han dicho que has salido. Necesito hablar contigo… Llámame.»

«Estoy fatal…»

«¡POR FAVOR! ¡LLÁMAME!»

¡Joder, joder, joder!

Rogué al tren que acelerará el pesado trayecto hasta Londres. Se me llenaron los ojos de lágrimas al pensar que durante las últimas semanas me había comportado como una auténtica egoísta. Había abandonado a mi hermana. No había otra forma de describirlo. No había estado con ella para apoyarla cuando me había necesitado. «¿Qué tipo de persona soy?», me pregunté.

Abrí la puerta del apartamento con el corazón en un puño. Vi que la cocina y el salón estaban vacíos y más limpios de lo habitual, así que subí corriendo a la habitación, pero tampoco la encontré allí. Su cama, cosa extraña, estaba hecha, como si no hubiera dormido en ella.

Tras comprobar el baño, la habitación de invitados e incluso el armario, que me pareció sorprendentemente vacío aun para el exiguo vestuario de mi hermana, volví al piso de abajo y miré en la terraza por si acaso.

Entonces vi la nota que había sobre la mesita del salón.

—Por favor, por favor, por favor —supliqué mientras me aproximaba para cogerla con las manos temblando de miedo. Me hundí en el sofá y la leí a toda prisa para asegurarme de que no se trataba de una nota de suicidio. Aliviada tras descartar esa posibilidad, volví a leerla con más calma.

Sia:

Llamé a esa casa donde te estás quedando pero dijeron que habías salido. Supongo que no has recibido mis mesnajes. Queria halbar contigo porque he dedicido dejar la universidad. Y queria saber qué pesnabas. Al final la he dejado. Ha sido una epoca estraña desde que murió Pa, ¿verdad? Sé que nesecitas vivir tu propia vida. Y supongo que yo tambien. Me siendo sola aquí y te echo de menos. Y he dedicido que necesito irme un tiempo arpa pensar bien las cosas. Te deseo lo mejor, de verdad. Así que espero que seas feliz. Espero que las dos podamos serlo.

No te preocupes por mi. Estoy bien.

Te quiero.

CEE

P. D.: Dile a Ally que lo siento. No podré ir a Noruega. Y he metido tu camelio dendro porque parecía helado.

Mis lágrimas iban mojando el papel a medida que lo leía. Era consciente de cuánto le costaba a CeCe, a causa de su dislexia, redactar una frase y más aún una carta. Era la primera que me escribía; nunca lo había necesitado, porque yo siempre había estado ahí para ella. Fui a echarle un vistazo al estudio y vi el camelio allí dentro, junto a una de las ventanas. Había una flor en el suelo, y sus delicados pétalos blancos empezaban a marchitarse adoptando el tono marrón de la putrefacción. La planta también había sido víctima de mi abandono y se la veía tan decaída como debía de sentirse su salvadora cuando me había escrito esa carta. Aquello hizo que me odiara aún más a mí misma.

Enseguida le envié a CeCe otro mensaje para contrarrestar los que había escrito desde el tren, presa del pánico. Pero no obtuve respuesta. Y mirando al río desde aquel apartamento vacío y silencioso imaginé las interminables noches que había pasado allí ella sola mientras yo descansaba arropada en el dramático pero afectuoso seno de mi nueva familia.

Cayó la noche y yo seguía esperando a que mi hermana se pusiera en contacto conmigo, pero mi teléfono móvil permanecía tan callado como en High Weald, donde no tenía cobertura. En cierto modo, el hecho de que en aquel momento sí tuviera señal solo empeoraba las cosas, porque entonces era una persona, y no un aparato, la que quería guardar silencio. Al final, acabé metiéndome en la cama, en la suya, para ser más precisos, y me quedé allí temblando a pesar de la agradable temperatura del piso.

No era CeCe quien tenía un problema. Era yo. Después de todo lo que mi hermana había hecho por mí —quererme, protegerme e incluso hablar por mí—, la había abandonado a su propia suerte sin mirar atrás. Recordé la indiferencia con que le había contado que había encontrado a mi madre y la prisa con que me había marchado a High Weald sin preocuparme siquiera de escuchar su historia. Entonces me percaté de lo mucho que debió de dolerle.

Cuando amaneció, como era inevitable que sucediera, dejé un mensaje en el contestador de Orlando para avisar de que no podría ir al trabajo debido a una crisis familiar. Para mi sorpresa, respondió a los pocos minutos:

Lo entiendo.

Su inusual brevedad me molestó aún más si cabe. Quizá hubiera visto a Mouse y este le hubiese contado que me había pedido que me marchara de High Weald si no quería estar con él. Aturdida, me dirigí al supermercado más cercano, consciente de que, aunque no me entrara nada en el estómago, mi cerebro sí necesitaba alimento. Los adornos navideños se burlaban de mí con su estrafalario colorido, y por los altavoces de la tienda sonaban unos villancicos insoportables. De vuelta en casa, preparé unos huevos revueltos que comí sin apetito y contesté una llamada de Ma, que quería concretar los detalles para vernos en el hotel que había reservado en Bergen para las dos. Le dije que al final CeCe no podría ir, pero evité contarle que me moría de preocupación por ella, ya que no quería tener que darle explicaciones. Me daba demasiada vergüenza.

Cuando mi teléfono volvió a sonar aquella tarde, corrí a contestarlo y me llevé una decepción terrible al oír la voz melosa de Shanthi al otro lado de la línea.

—Star, solo te llamaba para saber cómo estás. Hace tiempo que no tengo noticias tuyas. Y he tenido un presentimiento de que... te pasaba algo.

—Estoy... bien.

—El tono de tu voz dice lo contrario. ¿Quieres que hablemos?

—Mi... mi hermana se ha ido —dije.

Y, animada por la dulzura de Shanthi, le conté todo lo sucedido, sintiendo a cada palabra una punzada de dolor por la pérdida de CeCe.

—Yo no... ¿crees que podría hacer una estupidez?

—Por lo que dice en la carta que te ha dejado, no parece que vaya a hacerla. Star, siento mucho que estés pasando por esto, pero me da la impresión de que CeCe simplemente está haciendo lo que tú ya has hecho: encontrarse a sí misma. Seguramente solo necesita pasar un tiempo a solas. Escucha, ¿quieres pasarte por aquí a tomarte una copa de vino? Te vendría bien salir un poco.

—No, gracias —dije tragando saliva con dificultad—. CeCe podría volver. Y tengo que estar aquí.

Transcurrieron tres días interminables sin que CeCe regresara. Redacté mil veces el borrador de la carta que dejé en el piso por si volvía mientras yo estaba en Noruega. Y a pesar de la retahíla de mensajes que le había enviado y dejado en el contestador, seguía sin tener noticias suyas. Me torturé preguntándome si, como un animal herido, CeCe necesitaría estar sola para hacer algo horrible. En cierto momento, incluso pensé en llamar a la policía para denunciar su desaparición, pero el sentido común me decía que mi hermana había dejado una carta explicando su ausencia y que, dado que tenía veintisiete años, la policía no se interesaría mucho en el asunto.

Además, echaba de menos High Weald. Pensaba en Rory constantemente... y también en Mouse. Caí en la cuenta de que, a lo largo de aquellas últimas y turbulentas semanas, siempre había estado ahí para mí en el momento justo en que lo había necesitado.

Bueno, en aquel preciso instante no estaba conmigo, y a pesar de que el fin de semana anterior había decidido ir a su casa a decirle que sí, el hecho de no haber tenido noticias suyas desde entonces me hizo pensar que se había dado por vencido.

A finales de semana, lo que quedaba de mí recogió la bolsa de viaje que ya había preparado días atrás por entretenerme con algo. Justo cuando salía para el aeropuerto de Heathrow, mi móvil comenzó a sonar y me apresuré a contestar la llamada.

—¿Hola?

—¿Star? Soy Mouse. Perdona que te moleste, pero he ido a High Weald esta mañana. No había estado allí desde el fin de semana pasado. Marguerite quería pasar tiempo con Rory antes de marcharse a Francia. Además, he estado ocupado con la venta de la librería y todas las idas y venidas de último momento entre los abogados. Cuando llamé a principios de semana para preguntar por Rory me dijeron que te habías ido a Londres el domingo.

—Ah.

—Bueno, el caso es que esta mañana me he presentado allí y he visto que la nota que te habían dejado seguía sobre la mesa de la cocina. ¿Ha pasado algo? Con tu hermana, quiero decir.

—Sí… bueno… no, se ha marchado y no soy capaz de localizarla.

—Entiendo. Debes de estar bastante preocupada.

—Un poco, sí.

—¿Por eso te marchaste el domingo?

—Sí.

—En serio, ¡no habría estado mal que alguien me hubiera explicado que había sido por eso! Ya puedes imaginarte lo que pensé. Menos mal que son mi familia, ¿verdad?

—Sí —dije tragando saliva con alivio.

—Oye, ¿quieres que vaya a Londres? Marguerite se quedará con Rory hasta el próximo martes, así que estaré libre.

—Estoy a punto de salir para Noruega para ver a mi hermana tocar en un concierto.

—¿A cuál de ellas?

—Ally. La que perdió a su prometido. Resulta que está embarazada —añadí.

—Ah. —Se produjo un silencio—. ¿Es una buena noticia para ella?

—Sí, por supuesto —dije con convicción—. Ally está emocionadísima.

—Star…

—¿Sí?

—Te echo de menos. ¿Tú no me añoras en absoluto?

Asentí y después me di cuenta de que no podía verme, así que respiré hondo y abrí la boca.

—Sí.

Hubo otro largo silencio. Y después:

—¡Uf! Entonces ¿has leído lo que había dentro del sobre?

—Sí.

—¿Y nos marcharemos juntos un par de días cuando vuelvas de Noruega?

—¿Puedo… pensármelo un poco?

Desde el otro lado de la línea me llegó un suspiro de frustración.

—Vale, pero ¿podrías contestarme antes de mañana a la hora de comer? Marguerite se va el martes, así que tendré que volver a Kent a media tarde para recoger a Rory. Si decides venir, pasaré a recogerte el domingo.

—De acuerdo, te contestaré mañana.

—En fin, que tengas buen viaje, y espero que recibas noticias de tu hermana pronto.

—Gracias, adiós.

—Adiós.

Bajé la escalera corriendo y rezando para que el taxi que había pedido siguiera esperándome. Cuando salimos hacia el aeropuerto, oí el tono que indicaba que había recibido un mensaje.

Lo seinto, Sia, acabo de recibir todos tus mesnajes. Estaba de viaje. Estoy bien. Te llamo cuando vuelva a casa. Te quiero, Cee.

Respondí inmediatamente.

¡Cee! ¡Gracias a Dios! Estaba preocupadísima. Siento mucho todo lo que ha pasado. Yo también te quiero. SIGAMOS EN CONTACTO. XXX

Y entonces me recosté sobre el asiento del taxi eufórica de alivio.

45

Las luces del auditorio se apagaron y vi a mi hermana levantarse de su asiento en el escenario. Distinguí, bajo su vestido negro, el contorno de la nueva vida que crecía en su interior. Ally cerró los ojos un momento, como si estuviera rezando. Cuando finalmente se llevó la flauta a los labios, una mano se posó en la mía y la estrechó con suavidad. Y supe que Ma estaba sintiendo lo mismo que yo.

Cuando la hermosa y familiar melodía, que había formado parte de mi infancia y de la de mis hermanas en Atlantis, reverberó en el auditorio, sentí que algo de la tensión de las últimas semanas me abandonaba con el fluir de la música. Mientras la escuchaba, supe que Ally estaba tocando para todos aquellos a los que había querido y había perdido, pero asimismo entendí que, igual que el sol sale después de una noche larga y oscura, en aquellos momentos ella también tenía una nueva luz en su vida. Y cuando la orquesta se unió a ella y la bella música alcanzó su punto culminante, celebrando el comienzo de un nuevo día, yo sentí exactamente lo mismo.

Sin embargo, otros habían sufrido con mi propio renacimiento, y aquella era la parte con la que todavía tenía que reconciliarme. Hacía muy poco que había comprendido que existen muchas clases diferentes de amor.

En el intermedio, Ma y yo fuimos al bar y Peter y Celia Falys-Kings, que se presentaron como los padres de Theo, se sumaron a nosotras para tomar una copa de champán. Cuando vi el ademán protector con que el brazo de Peter descansaba sobre la cintura de Celia, pensé que parecían dos jóvenes enamorados.

—*Santé* —dijo Ma brindando conmigo—. ¿No es una noche fantástica?

—Lo es —respondí.

—Ally ha tocado de maravilla. Ojalá tus hermanas hubieran podido verla. Y tu padre, naturalmente.

Advertí que, de repente, Ma fruncía el cejo con preocupación, y me pregunté qué secretos escondía. Y hasta qué punto le pesaban. Como a mí los míos.

—Entonces, ¿CeCe no ha podido venir? —preguntó vacilante.

—No.

—¿La has visto últimamente?

—Hace días que no paro mucho por el apartamento, Ma.

—¿De modo que usted es la «madre» que crio a Ally desde pequeña? —preguntó Peter.

—Sí —respondió ella.

—Pues ha hecho un trabajo excelente —le aseguró.

—El mérito es de Ally, no mío —respondió Ma con modestia—. Estoy muy orgullosa de todas mis chicas.

—¿Y usted es una de las famosas hermanas de Ally?

Peter clavó en mí su mirada penetrante.

—Sí.

—¿Cómo se llama?

—Star.

—¿Y qué lugar ocupa?

—Soy la tercera.

—Interesante. —Me miró de nuevo—. Yo también era el tercero. Nadie nos escuchaba, nadie nos hacía caso, ¿verdad?

No respondí.

—Apuesto a que dentro de esa cabeza suya pasan muchas cosas, ¿verdad? —prosiguió—. En mi caso, por lo menos, así era.

Aunque tuviera razón, no pensaba decírselo. En lugar de eso, me limité a encogerme de hombros.

—Ally es una persona muy especial. Los dos hemos aprendido mucho de ella —me dijo Celia cambiando de tema con una sonrisa cálida.

Me di cuenta de que la mujer pensaba que mis silencios se debían a que Peter me incomodaba.

—Ya lo creo. Y ahora vamos a ser abuelos. Su hermana nos ha hecho un gran regalo, Star —dijo Peter—. Y esta vez voy a estar ahí para ese pequeño. La vida es demasiado corta, ¿no cree?

Sonó el timbre que anunciaba que faltaban dos minutos para la segunda parte y todos los que me rodeaban apuraron sus copas, por muy llenas que estuvieran. Regresamos al auditorio para ocupar nuestros asientos. Ally ya me había puesto al día de sus descubrimientos en Noruega por correo electrónico. Observé detenidamente a Felix Halvorsen cuando salió al escenario y decidí que el vínculo genético con él había influido poco en los rasgos físicos de Ally. También reparé en su andar tambaleante cuando se dirigía al piano y me pregunté si estaba borracho. Recé por que no lo estuviera. Sabía, por lo que Ally me había contado, lo mucho que significaba aquella noche para ella y para su recién descubierto gemelo. Thom me había caído bien nada más verlo.

Cuando Felix levantó los dedos hacia el teclado y se detuvo, noté que todos y cada uno de los demás espectadores contenían el aliento conmigo. La tensión no se rompió hasta que apoyó los dedos en las teclas y los acordes iniciales de *El concierto de Hero* sonaron por primera vez delante de un público. Según el programa, poco más de sesenta y ocho años después de haber sido escritos. Durante la media hora siguiente, todos fuimos obsequiados con una actuación hermosa y singular fruto de una alquimia perfecta entre compositor e intérprete: padre e hijo.

Y mientras mi corazón se elevaba hacia las alturas con la belleza de la música, vi un atisbo del futuro.

—«La música es el amor en busca de una voz», susurré citando a Tolstói.

Había llegado el momento de que yo encontrara mi propia voz. Y también el valor para expresarme a través de ella.

El aplauso fue merecidamente ensordecedor. El público se puso en pie para aclamar con entusiasmo a la orquesta y patear el suelo. Felix saludó varias veces e hizo señas a Ally y a Thom para que lo acompañaran. Luego pidió silencio y dedicó su actuación a sus hijos y a su difunto padre.

En aquel gesto vi una prueba clara de que era posible pasar página. Y hacer un cambio que los demás terminarían por aceptar, por mucho que les costara.

Cuando el público empezó a desfilar, Ma me tocó el hombro y me dijo algo.

Asentí mecánicamente, sin apenas escucharla, y luego le susurré que me reuniría con ella en el vestíbulo. Y me quedé allí sentada. Sola. Pensando. Y mientras lo hacía, miré distraídamente al público que subía por el pasillo. Y de pronto, por el rabillo del ojo, vislumbré una figura familiar.

Se me aceleró el corazón y mi cuerpo, sin que yo lo quisiera, se levantó de un salto y echó a correr por el auditorio vacío hacia la multitud congregada en las salidas. Con la mirada, busqué desesperadamente a aquella figura, rogando que aquel perfil inconfundible reapareciera entre el gentío.

Me abrí paso por el vestíbulo y salí al aire gélido de diciembre. Me detuve en mitad de la calle con la esperanza de volver a atisbarla, únicamente para cerciorarme, pero sabía que la figura había desaparecido.

—¡Aquí estás! —exclamó Ma cuando apareció detrás de mí—. Creíamos que te habíamos perdido. ¿Star? ¿Estás bien?

—Creo… creo que lo he visto, Ma. En el auditorio.

—¿A quién?

—¡A Pa! Estoy segura de que era él.

—Oh, *chérie* —dijo Ma rodeándome con los brazos mientras yo permanecía en estado catatónico a causa de la impresión—. Lo siento mucho. Estas cosas pasan cuando un ser querido muere. A mí me parece verlo continuamente en Atlantis, en su jardín, en el Laser… Y siempre tengo la sensación de que está a punto de salir de su despacho.

—Era él, sé que era él —susurré contra el hombro de Ma.

—Entonces, tal vez su espíritu haya estado presente en el auditorio escuchando a Ally. ¿No te ha parecido una interpretación preciosa? —dijo Ma mientras me guiaba con firmeza por el sendero.

—Sí. Ha sido una noche estupenda, hasta que…

—Intenta no pensar en ello. Solo servirá para disgustarte. La pobre Ally creyó oír su voz al teléfono cuando estuvo en Atlantis. Era el contestador, obviamente. Bueno, tenemos un coche preparado para llevarnos al restaurante. Los padres de Theo ya nos esperan dentro.

Durante el trayecto, aún recuperándome de la impresión, dejé la conversación en manos de Ma. Sin duda, ella tenía razón; no había sido más que un hombre mayor y de complexión similar al que, dado que estaba a cierta distancia, mi desesperado corazón había transformado en Pa Salt.

Llegamos a un restaurante acogedor e iluminado por velas, y cuando Ally apareció junto a su hermano gemelo, Thom, todos nos levantamos para aplaudirles.

—¿Falta alguien? —preguntó Ma mirando el asiento vacío a la cabecera de la mesa.

—Ese sitio es para nuestro padre —contestó Thom en un perfecto inglés mientras se sentaba junto a mí—. Pero dudamos que haga acto de presencia, ¿verdad, Ally?

—Por esta noche, creo que podemos perdonarlo —dijo ella con una sonrisa—. Cuando salimos, estaba rodeado de periodistas y admiradores que cantaban sus alabanzas. Ha esperado mucho tiempo para conseguirlo. Es su noche.

—Ally me obligó a darle otra oportunidad —dijo Thom dirigiéndose a mí—. Y tenía razón. Esta noche me siento muy orgulloso de él. *Skål!* —exclamó brindando con mi copa.

—Todo el mundo merece una segunda oportunidad, ¿no es cierto? —murmuré casi para mí.

Pasé el resto de la noche entretenida con el relato de Thom acerca de la visita de Ally y de cómo descubrieron que eran gemelos.

—Y se lo debemos todo a esto —dijo rebuscando en su bolsillo y colocando una ranita sobre la mesa—. Todos los miembros de la orquesta llevaban una esta noche como homenaje al gran hombre.

Ya era tarde cuando salimos del restaurante y nos despedimos en la calle.

—¿A qué hora os vais mañana? —nos preguntó Ally a Ma y a mí mientras nos fundíamos en un abrazo.

—Mi vuelo a Ginebra sale a las diez, pero el de Star no se va hasta las tres —contestó Ma.

—Entonces, podrías venir a verme a casa para que nos pongamos al día como es debido, ¿no? —sugirió Ally—. Después puedes coger un taxi directamente al aeropuerto.

—O la llevo yo —se ofreció Thom.

—Mañana lo organizamos. Buenas noches, querida Star. Que duermas bien.

Se despidió de mí con un gesto de la mano mientras subía a un coche que había aparcado fuera. Thom la siguió inmediatamente.

—Nos vemos mañana —dijo él con una sonrisa, y se marcharon.

A la mañana siguiente, observé con atención el recorrido del taxi hasta la casa de Ally y Thom. La noche anterior estaba demasiado oscuro para ver los picos cubiertos de nieve que circundaban Bergen, pero ahora se apreciaba su perfección de postal navideña. Subimos y subimos hasta alcanzar una carretera estrecha y detenernos frente a una típica casa de madera, recién pintada de color crema y con las persianas azul celeste.

— Star, entra —dijo Ally, que me estaba esperando en la puerta. El vestíbulo era cálido y acogedor.

—¡Ally, esto es precioso! —dije mientras mi hermana me conducía hasta un salón luminoso con un sofá mullido y muebles de pino escandinavo de tonos claros.

Un piano de cola descansaba junto al enorme ventanal con vistas al lago que había más abajo y a las colinas nevadas que se extendían tras él.

—Vaya vistas —dije—. Me recuerda a Atlantis.

—A mí también, aunque en cierto modo me parece más amable, como todo lo que hay en Bergen, incluyendo a sus residentes. ¿Café o té?

Le pedí un café y me senté frente a una moderna chimenea de cristal en cuyo interior crepitaban alegremente unos troncos.

—Aquí tienes. —Ally me sirvió una taza de café y se sentó junto a mí en el sofá—. Dios, Star, ¿por dónde empezamos? Tenemos tantas cosas que contarnos. Thom dice que ya te ha contado prácticamente toda nuestra historia. Me gustaría que me hablaras de ti. A todo esto, ¿cómo le va a CeCe? Es más, ¿dónde está? No estoy acostumbrada a veros por separado.

—No lo sé. Se ha ido de Londres y no sé dónde está. Y… es culpa mía —confesé.

—¿Habéis reñido?

—Sí… Bueno… En realidad, he estado intentando hacer mi propia vida.

—¿Y CeCe todavía no lo ha conseguido?

—No, y me siento fatal, Ally.

—Bueno, tal vez ella también necesite encontrar su camino. Algo tenía que cambiar. A todas las hermanas nos preocupaba vuestra relación.

—¿En serio?

—Sí. Y personalmente, me parece muy importante que sigáis cada una vuestro camino. Estoy segura de que solo será algo temporal.

—Eso espero. Solamente me gustaría saber dónde está. Se enfadó porque no le conté que he conocido a mi madre.

—¿Has encontrado a tu madre? ¡Uau, Star! ¿Quieres hablarme de ella?

Y eso hice, con dificultades para encontrar las palabras adecuadas, como siempre, pero Ally me animó y conseguí ofrecerle una versión abreviada y bastante aproximada.

—Dios mío, y yo que pensaba que mi viaje había sido complicado y traumático —suspiró Ally—. ¿Y qué pasa con ese Mouse? ¿Vas a darle otra oportunidad?

—Creo que… sí.

—Inténtalo mientras puedas —dijo con convicción—. Sé demasiado bien que nada dura para siempre.

—Sí —dije cogiéndole instintivamente la mano—. Me necesitan. Los dos. Tanto el padre como el hijo.

—Y todos queremos sentirnos necesitados, ¿no? —Ally se pasó fugazmente una mano por el vientre abultado—. Será mejor que te llame un taxi. Thom se ha disgustado mucho por tener que ir al trabajo a repasar las claves del triunfo de anoche. —Sonrió y después se levantó para ir a por el teléfono—. Le has calado hondo, eso te lo aseguro. ¿Debería decirle que ya estás cogida?

—Sí —dije—. Creo que deberías.

En el aeropuerto de Bergen, durante el embarque, saqué el móvil. Y justo antes de despegar, escribí a Mouse:

Sí, por favor.

A la mañana siguiente, ya en Londres, desperté y vi que eran las nueve y media. Mouse pasaría a recogerme a las once.

Mientras me duchaba el estómago me dio un vuelco y después

un doble mortal al pensar en su llegada. Y en el día y la noche que vendrían después. Volví a organizar la bolsa de viaje, conservando por si acaso el vestido negro que había llevado la noche del concierto y el grueso jersey de lana que me había comprado en Bergen. Añadí las botas de montaña y luego puse sobre ellas un par de mudas de ropa interior limpias, estremeciéndome al hacerlo.

«Cuando lo sepa, puede que ni siquiera me deje entrar en el coche», pensé para mí cuando el pánico empezó a invadirme.

El timbre sonó a las once en punto y presioné el botón del intercomunicador para abrirle la puerta. El corazón me latía como un tambor por encima del ruido del ascensor y de sus pasos por el estrecho pasillo.

—La puerta está abierta —dije como si una pitón me estuviera estrangulando las cuerdas vocales.

—Hola —dijo ofreciéndome una sonrisa. Se acercó a mí y después se detuvo a unos metros—. Star, ¿qué te pasa? ¿Ha sucedido algo? Pareces muerta de miedo.

—Lo estoy.

—¿Por qué? ¿Es por mí?

—No… y sí. —Intenté respirar mientras reunía todo el valor del que disponía—. ¿Puedes sentarte, por favor?

—Vale —dijo dirigiéndose hacia el sofá—. ¿Has cambiado de opinión? ¿Es por eso?

—No. Lo que pasa es que… necesito contarte algo.

—Soy todo oídos.

—El caso es que… —En aquel momento me tocó a mí ponerme a dar vueltas por la habitación—. El caso es que…

—Star, sea lo que sea, no puede ser peor que lo que yo te conté. Por favor, dímelo ya.

Le di la espalda, cerré los ojos y pronuncié las palabras:

—Soy… virgen.

El silencio pareció prolongarse una eternidad mientras esperaba su respuesta.

—De acuerdo. ¿Eso es todo? Es decir, ¿era eso lo que tenías que contarme?

—¡Sí! —exclamé sobresaltada al sentir el suave roce de su mano sobre el hombro.

—¿Has tenido alguna vez una relación?

—No. CeCe y yo… siempre estábamos juntas. Nunca he tenido la oportunidad.

—Lo entiendo.

—¿De verdad?

—Sí.

La vergüenza me abrasaba por dentro. Mouse me hizo volverme y me rodeó con los brazos.

—Me siento tan estúpida —murmuré—. Tengo veintisiete años y…

Nos quedamos en silencio durante un momento, mientras él me acariciaba el pelo cariñosamente.

—¿Star? ¿Puede decirte una cosa?

—Sí.

—Tal vez suene raro, pero para mí el hecho de que, a falta de una expresión mejor, nadie más te haya tocado es un regalo y no algo negativo. Además, respecto a este… «tema» en particular, hace años que yo no… Bueno, el caso es que puedo decir sinceramente que no eres la única que ha pasado las noches en vela pensando en ello.

Sin duda, que Mouse confesara su nerviosismo me hizo sentir mejor. Se apartó de mí y me cogió de las manos.

—Star, mírame. —Alcé los ojos—. Antes de que esto vaya más lejos, has de saber que yo nunca, jamás, intentaré forzarte o presionarte, siempre y cuando tú me garantices ese mismo favor. Tenemos que tratarnos con ternura, ¿cierto?

—Sí.

—Entonces… —Bajó la mirada hacia mí—. ¿Te parece que lo intentemos? ¿Como dos personas que han sufrido e intentan recomponerse mutuamente?

Miré por la ventana y vi el río, que seguía su inexorable curso hacia delante, sin que nadie se diera cuenta de ello. Y sentí que el dique de contención que había construido alrededor de mi corazón comenzaba a resquebrajarse. Volví a mirar a Mouse y sentí que el amor finalmente empezaba a filtrarse por las fisuras. Y deseé que algún día se convirtiera en un verdadero torrente.

—Sí —dije.

—¿Dónde estamos exactamente? —pregunté mientras Mouse sacaba nuestro equipaje del maletero y un botones se acercaba desde la entrada para llevárnoslo.

—¿No lo reconoces por las descripciones de Flora?

Miré aquella inmensa casa gris, la cálida luz que se proyectaba hacia el crepúsculo por sus ventanas. Y de pronto, la reconocí.

—¡Es Esthwaite Hall, la casa donde se crio Flora MacNichol!

—Acertaste. Estaba buscando alojamiento aquí, en los Lagos, y descubrí que la habían transformado en un hotel hacía poco. —Mouse me plantó un beso en la coronilla—. Aquí es donde comenzó tu historia y, en cierto modo, la mía. ¿Entramos?

Una vez en la recepción, tuvo la cortesía de ofrecerme dormir en habitaciones separadas, pero al final acordamos reservar una suite, y Mouse pidió una cama auxiliar para el salón y dijo que dormiría en ella.

—No quiero que te entre el pánico —dijo para tranquilizarme.

Ya en la habitación, me puse mi nuevo vestido negro para la cena en el restaurante del hotel. Cuando salí del baño, Mouse silbó.

—Star, estás guapísima. Nunca te había visto las piernas al aire, y son tan largas y esbeltas... Perdón —se contuvo—. Solo quería decirte que estás preciosa. ¿Te molesta?

—No me molesta. —Sonreí.

Durante la cena, Mouse me explicó que, como en su día había sido arquitecto, no tendría que pagar a nadie para hacer los planos de los trabajos de renovación de High Weald. Los vivaces ojos verdes se le iluminaban al hablar sobre el futuro de la casa y, de repente, me percaté de que él también la amaba. Al ver que la llama de la pasión que debió de poseer una vez volvía a encenderse, sentí que el reguero que brotaba de mi corazón empezaba a manar como un grifo totalmente abierto.

—Antes de que se me olvide —dijo llevándose una mano al interior de la americana y sacando una cajita de joyería que me resultó conocida—. Acabo de recuperar esto de Sotheby's. En efecto, es un Fabergé, encargado por el mismísimo rey Eduardo VII. Vale un montón de dinero, Star.

Cuando me lo entregó, saqué la pequeña figurita y me maravillé pensando en Flora MacNichol, que una vez lo había atesorado, y en su azaroso viaje.

—No estoy segura de que me pertenezca.

—Pues claro que sí. Si te soy sincero, daba por hecho que Teddy la habría empeñado hace años. Es lo que hizo con el resto de los tesoros familiares. Eres la bisnieta de Teddy, así que poco importa cómo llegara a ti. Es tu legado, Star... No he parado de darle vueltas al pasado, ¿sabes? —dijo Mouse sin apartar la mirada de Pantera, que descansaba sobre la palma de mi mano—. Y entiendo lo que Archie intentó hacer al aceptar a Teddy como su hijo... el trauma que había experimentado durante la guerra... —Negó con la cabeza—. Cualesquiera que fueran las consecuencias, él quiso compensar toda aquella muerte y destrucción sin sentido que había presenciado dejando High Weald en herencia al hijo de un soldado desconocido. Y yo espero renovarla para compensar a Rory del mismo modo.

—Sí. Creo que fue un gesto muy bonito.

Tras la cena, volvimos a nuestra suite.

—Muy bien —dijo cuando entramos—. Entonces, te daré las buenas noches.

Lo observé mientras se quitaba la chaqueta en el salón. Después me acerqué a él y, poniéndome de puntillas, le di un beso en la mejilla.

—Buenas noches.

—¿Puedo darte un abrazo? —preguntó, y sentí su aliento en la piel.

—Sí, por favor.

Cuando lo hizo, noté un estremecimiento repentino en mi interior.

—¿Mouse?

—¿Sí?

—¿Podrías besarme?

Me levantó la barbilla para que lo mirara y sonrió.

—Me veo capaz de hacerlo, sí.

Cuando nos despertamos a la mañana siguiente, los gloriosos paisajes de la Tierra de los Lagos se presentaron ante nosotros como un regalo sin envoltura a través de las ventanas de nuestra suite. Pasamos el día explorando los terrenos y visitando Hill Top Farm, la antigua casa de Beatrix Potter, que se había convertido en un museo. Después condujimos hasta encontrar Wynbrigg Farm, la casa en la que Flora había sufrido tantos años de soledad. Y le apreté la mano a Mouse con mucha fuerza, agradecida por haber conseguido escapar a su mismo destino por tan poco.

Regresamos al hotel y caminamos entre los árboles a orillas de Esthwaite Water. Una alondra planeaba entre la niebla mientras el sol se ponía sobre el lago. Permanecimos allí, cogidos de la mano, con las narices enrojecidas por el frío y contemplando la absoluta serenidad de la vista, embargados en el silencio que su belleza nos imponía.

Esa noche fuimos al Tower Bank Arms, el pub del pueblo donde Archie Vaughan pernoctó cuando fue a visitar a Flora.

—Quizá tendría que haber reservado una habitación aquí, como él —dijo Mouse esbozando una sonrisa pícara.

—Me alegro de que no lo hayas hecho —respondí con sinceridad.

A pesar de que después de nuestro beso había permitido que Mouse durmiera solo, había permanecido despierta en la cama sintiendo un delicioso cosquilleo que me recorría todo el cuerpo. Y sabía que solo necesitaba algo de tiempo —y confianza— para llegar hasta allí. De hecho, es probable que incluso disfrutara del viaje.

Al día siguiente abandonamos Esthwaite Hall y Mouse condujo hasta el valle de Langdale, donde recorrimos el majestuoso paso entre las montañas.

De repente, se me ocurrió una cosa.

—¿Mouse?

—¿Sí?

—¿Cuál es tu verdadero nombre? Solo sé que empieza por «E».

Sus labios se curvaron en una sonrisa burlona.

—Creí que nunca me lo preguntarías.

—¿Y bien?

—Es Enómao.

—¡Por Dios!

—Lo sé. Ridículo, ¿verdad?

—¿Tu nombre?

—Bueno, claro, eso también. La culpa es de mi padre, que estaba obsesionado con la mitología griega. Pero me refería a la coincidencia. Según el mito, Enómao estaba casado con Astérope, aunque hay otras versiones que dicen que era su hijo.

—Sí, conozco las leyendas relacionadas con mi nombre. ¿Por qué no me lo habías dicho antes?

—Una vez te pregunté si creías en el destino, y me dijiste que no. Yo, en cambio, supe que estábamos destinados uno a otro desde el primer día que te vi en High Weald y escuché tu nombre real.

—¿En serio?

—Sí. Estaba escrito en las estrellas —dijo en tono de burla—. Así que parece que tienes a tus pies tanto al padre como al hijo.

—Bueno, espero que no te importe que siga llamándote Mouse.

Y el eco de nuestras risas resonó por todo el valle de Langdale mientras Enómao Forbes, lord Vaughan de High Weald, me estrechaba con fuerza entre sus brazos.

—¿Entonces? —dijo.

—¿Entonces, qué?

—¿Volverás a High Weald conmigo esta noche, Astérope?

—Sí —dije sin dudarlo—. Recuerda que tengo que trabajar mañana.

—Por supuesto que sí, romántica empedernida. Muy bien —dijo soltándome y agarrándome de la mano—. Ha llegado la hora de que tú y yo volvamos a casa.

CeCe

Diciembre de 2007

Camelia (familia Theaceae)

46

E staba sentada en el aeropuerto de Heathrow esperando a que mi vuelo embarcara y observando entretanto a los demás pasajeros que pasaban junto a mí conversando con sus niños o con sus compañeros de viaje. Todos parecían felices, llenos de esperanza. Y aun cuando viajaban solos, imaginaba que seguramente alguien los esperaba en sus destinos.

Pero yo ya no tenía a nadie, ni aquí ni allí. Y de repente me identifiqué con todos aquellos viejos que había visto sentados en los parques de Londres cuando iba y venía de la facultad. Antes pensaba que disfrutaban viendo pasar la vida ante ellos bajo el sol del invierno… pero en aquel momento me di cuenta de lo horrible que era sentirse solo entre la multitud. Y me arrepentí de no haberme parado a saludarlos. Igual que me habría gustado que alguien se detuviera a hablar conmigo en esos instantes.

«Sia, ¿dónde estás?

»Ojalá pudiera escribir lo que me ronda la cabeza y enviártelo para que pudieras leer las cosas que verdaderamente siento. Pero ya sabes que las palabras me salen mal cuando las escribo; he tardado una eternidad en escribir la carta que te he dejado en el piso y aun así era un desastre. Y no estás aquí para contártelo, así que tendré que pensarlo todo yo solita en la Terminal 3 del aeropuerto.

»Creía que oirías mi grito de socorro. Pero no ha sido así. Durante estas semanas, he visto cómo te ibas alejando de mí y he intentado con todas mis fuerzas dejarte marchar, que no me importase que me abandonaras para irte con esa familia ni lo enfadada que estabas conmigo, como todo el mundo.

»Contigo siempre he podido ser yo misma. Y creía que tú me

querías por ello. Que me aceptabas como era. Que apreciabas lo que intentaba hacer por ti.

»Sé lo que los demás piensan de mí. No estoy segura de en qué punto me equivoco, porque en mi interior hay muchas cosas buenas, amor y ganas de cuidar a la gente y hacer amigos. Es como si hubiera un desajuste entre lo que soy por dentro y lo que se percibe de mí en el exterior por fuera. Por cierto, ya sé que no es una buena frase, porque "fuera" y "exterior" significan lo mismo y solías corregir esas repeticiones en mis trabajos escolares antes de que los entregara a los profesores.

»Nos portábamos bien una con otra. A ti no te gustaba hablar, pero yo podía pronunciar las palabras por ti, igual que tú las escribías mejor por mí. Formábamos un buen equipo.

»Creía que te alegrarías mucho cuando compré ese piso para las dos. Estaríamos a salvo para siempre. Diríamos adiós a los viajes, porque yo sabía que ya estabas harta de ellos; tendríamos tiempo para establecernos y convertirnos en lo que quisiéramos, las dos juntas. Pero parece que solo sirvió para empeorar las cosas.

»Y no he sido capaz de comprenderlo hasta estos últimos días que he pasado sola en el apartamento esperando tu llamada. Te hacía sentir como un tigre enjaulado que no podía escapar. He sido antipática con tus amigos, ya fueran chicos o chicas, porque me daba mucho miedo perder a la única persona que parecía quererme aparte de Pa y Ma…

»Así que me he marchado, Sia. Te dejaré tranquila durante un tiempo, porque sé que ese es tu deseo. Porque te quiero más que a nadie en el mundo, pero creo que tú has encontrado a otra persona que te quiere y ya no me necesitas…»

Alcé la vista y vi que mi vuelo estaba embarcando. El estómago me dio un vuelco, porque jamás había subido a un avión sin tener a Sia a mi lado. Yo me sentaba en el asiento de en medio y ella en el de la ventana, porque le gustaba estar entre las nubes. Yo siempre había preferido sentir la tierra bajo los pies y ella tenía que darme una pastilla veinte minutos antes del despegue para que me quedara dormida inmediatamente y no pasara miedo.

Hurgué en el bolsillo de la mochila en busca del monedero donde estaba segura de haber metido la pastilla antes de salir del piso, pero había desaparecido.

Tendría que pasar sin ella, decidí mientras seguía buscando entre la mugre del bolsillo para encontrar el pasaporte y la tarjeta de embarque. A partir de ese momento tendría que pasar sin muchas cosas. Rocé con los dedos el sobre que contenía la carta de Pa Salt. Al sacarlo advertí que tenía pegados restos de un viejo donut de mermelada. El sobre estaba manchado y cubierto de azúcar. Típico de mí, pensé: ni siquiera era capaz de mantener limpia la carta más importante que me habían escrito en la vida. Sacudí el azúcar, saqué la pequeña fotografía en blanco y negro y la miré por enésima vez. Sabía que uno de ellos ya estaba muerto, pero el otro…

Bueno, al menos una vez había existido una persona en el mundo de la que había formado parte en toda regla. Y me quedaba el consuelo de saber que seguía teniendo mi arte, la única cosa que nadie podría arrebatarme nunca.

Volví a meter el sobre en el bolsillo delantero, me levanté y me eché la mochila a la espalda. Seguí la marea humana hacia la puerta de embarque, despacio, preguntándome qué diablos hacía echando por tierra todo cuanto había planeado. Aunque, para ser sincera, Sia no era la única a quien le había costado adaptarse al cambio. Al cabo de unas cuantas semanas en Londres, ya sentía un cosquilleo en los pies y el gusanillo viajero que me instaba a ponerme en marcha de nuevo. No se me daba nada bien permanecer en el mismo sitio más de unas semanas, siempre había sido así, y me había percatado de que padezco un terror innato a la institucionalización.

«Tendrías que habértelo pensado antes de inscribirte en la facultad de Bellas Artes, cabeza hueca…»

No había nada en el mundo que me gustara más que llevar mi casa a cuestas y la emoción de no saber dónde acabaría durmiendo aquella noche. Ser libre. Y la buena noticia era, suponía, que así sería como viviría a partir de ese momento.

Pensé en lo extraño que resultaba que el lugar al que me dirigía fuera uno de los dos únicos sitios del mundo que siempre había evitado visitar.

Después de atravesar el vestíbulo y subir a la cinta transportadora, vi un cartel que anunciaba un banco y me burlé mentalmente de la falta de imaginación del director de arte. Justo en ese instante, atisbé un destello de un rostro muy familiar que pasaba ante mí. Casi se me salió el corazón del pecho cuando volví la cabeza para buscarlo. Pero él se alejaba y yo avanzaba rápidamente en la dirección opuesta.

Empecé a correr por la cinta sin preocuparme por los empujones que, en mi desesperación por bajar de ella, daba a la gente con mi mochila. Al llegar al final, di media vuelta y volví sobre mis pasos con la respiración entrecortada a causa de la impresión y el peso de la mochila. Serpenteé entre las personas que caminaban hacia mí hasta que al final conseguí llegar a la entrada de la zona de salidas.

Desesperada, escudriñé la multitud para tratar de localizarlo de nuevo, pero cuando oí la última llamada de mi vuelo, supe que era demasiado tarde.

Agradecimientos

Este proyecto no habría sido posible sin la amable ayuda de muchas personas con las que estoy en deuda por apoyarme en la maratón de esta serie de siete libros.

En el Distrito de los Lagos: agradezco enormemente la labor de Anthony Hutton, del Tower Bank Arms —el pub del pueblo de Beatrix Potter, Near Sawrey—, por su profundo conocimiento de la historia local y su cálida hospitalidad. También doy las gracias a Alan Brockbank, que a sus noventa y cinco años se tomó la molestia de conceder una entrevista acerca de cómo era la vida en el pueblo cuando Beatrix todavía estaba viva y que nos hizo morir de la risa por el humor socarrón con que relataba sus aventuras. También a Catherine Pritchard, la directora de la casa Hill Top Farm en el National Trust, por su saber en todo lo referente a la señora Potter. Nada me habría gustado más que incluir en estas páginas todos los detalles extravagantes de la vida de Beatrix, dado que se mantuvo muy activa hasta el día de su muerte: como esposa, granjera, escritora, ilustradora, investigadora, conservadora de la naturaleza, amante de los animales, y con sus numerosos amigos.

Doy las gracias a Marcus Tyers, propietario de St. Mary's Books, en Stamford, por su inestimable conocimiento de los intríngulis del negocio de los libros raros y por orientarme sobre lo que habría podido costarle ese *Anna Karénina* a Orlando: ¡una auténtica fortuna!

También me gustaría darle las gracias a mi fantástica ayudante personal, Olivia, que ascendió valientemente, en solitario y bajo la lluvia, los picos del Distrito de los Lagos para encontrar un monumento a Eduardo VII que yo insistía en que se encontraba allí, ¡y me equivocaba! Y a mi denodado equipo editorial y de investigación formado por Susan Moss y Ella Micheler, que me ayudaron a familiarizarme con las recetas de Star, así como con la lengua de signos británica y la cultura de los sordos.

A mis treinta editores internacionales de todo el mundo, a los cuales tengo el honor de incluir ahora entre mis amigos. Especialmente a Catherine Richards y Jeremy Trevathan, de Pan MacMillan UK; Claudia Negele y Georg Reuchlein, de Random House Germany; al equipo de Cappelen Damm Norway: Knut Gørvell, Jorid Mathiassen, Pip Hallen y Marianne Nielsen; Annalisa Lottini y Donatella Minuto, de Giunti Editore en Italia; y a Sarah Cantin y Judith Curr de Atria, en Estados Unidos.

Escribir la historia de Star ha sido un placer absoluto, ya que, por una vez, he podido hacerlo desde la comodidad de mi propio hogar y con el apoyo de mi familia. Han aprendido a ignorarme mientras deambulo por la casa como un espectro a todas horas del día y de la noche, hablando con mi dictáfono y entretejiendo los hilos de la trama de *La hermana sombra*. Harry, Bella, Leonora y Kit, ya sabéis cuánto significáis para mí. Y gracias a ti, Stephen, mi marido y agente, que siempre me lleva por el buen camino en todos los aspectos. ¿Qué haría yo sin ti? Un agradecimiento especial para Jacquelyn Heslop, que guarda el fuerte Riley con gran eficacia y cuida de todos nosotros. A mi hermana, Georgia, y a mi madre, Janet. Y a Flo, a quien está dedicado este libro. Te echo de menos.

Y por último, a mis lectores. Escribir una serie de siete libros parecía una locura en el año 2012. Jamás imaginé que las historias de mis hermanas llegaran a tantas personas de todo el mundo. Ha sido un honor y me llena de humildad recibir todos vuestros correos, cartas y muestras de apoyo, así como haber tenido la suerte de conoceros a algunos durante mis giras por diferentes países. Gracias.

Bibliografía

La hermana sombra es una obra de ficción situada en un contexto histórico. Aquí muestro la lista de fuentes que he usado para investigar la época y los detalles de las vidas de mis personajes:

Andrews, Munya, *The Seven Sisters of the Pleiades*, Spinifex Press, North Melbourne, Victoria, 2004.

Denyer, Susan, *Beatrix Potter at Home in the Lake District*, Frances Lincoln, Londres, 2000.

Hattersley, Roy, *The Edwardians*, Abacus, Londres, 2014.

Jullian, Philippe y John Phillips, *Violet Trefusis: Life and Letters*, Hamish Hamilton, Bristol, 1976.

Keppel, Sonia, *Edwardian Daughter*, Hamish Hamilton, Londres, 1958.

Lamont-Brown, Raymond, *Edward VII's Last Loves: Alice Keppel and Agnes Keyser*, Sutton Publishing, Londres, 2005.

Lear, Linda, *Beatrix Potter: The extraordinary life of a Victorian genius*, Penguin, Londres, 2008.

Linder, Leslie, *A History of the Writings of Beatrix Potter*, Frederick Warne, Londres, 1971.

Longville, Tim, *Gardens of the Lake District*, Frances Lincoln, Londres, 2007.

Marren, Peter, *Britain's Rare Flowers*, Academic Press, Londres, 1999.

McDowell, Marta, *Beatrix Potter's Gardening Life*, Timber Press, Londres, 2013.

Plumptre, George, *The English Country House Garden*, Frances Lincoln, Londres, 2014.

Priestley, J. B., *The Edwardians*, Penguin, Londres, 2000.

Ridley, Jane, *Bertie: A Life of Edward VII*, Chatto & Windus, Londres, 2012.

Sackville-West, Vita, *The Edwardians*, Virago, Londres, 2004. [Hay trad. cast.: *Los eduardianos*, Espasa Libros, Madrid, 1989.]

Souhami, Diana, *Mrs Keppel and her Daughter*, HarperCollins, Londres, 1996.

Taylor, Judy, *Beatrix Potter: Artist, Storyteller and Country-woman*, Frederick Warne, Londres, 1986.

Trefusis, Violet, *Don't Look Round*, Hamish Hamilton, Londres, 1989.

Nota de la autora

Cuando me planteé escribir una saga basada en las Siete Hermanas de las Pléyades, no tenía ni idea de adónde me conduciría. Me atraía mucho el hecho de que cada una de las hermanas mitológicas fuera, según la leyenda, una mujer fuerte y única. Se dice que fueron las Siete Madres que sembraron nuestra tierra —¡y no cabe duda de que, de acuerdo con sus historias, todas fueron sumamente fértiles!— y tuvieron numerosos hijos con los diferentes dioses que quedaron fascinados por su fuerza, su belleza y su etéreo aire de misticismo.

Además, quería rendir homenaje a los logros de las mujeres, sobre todo a los del pasado, puesto que entonces era frecuente que sus contribuciones a convertir este mundo en el lugar que es ahora se vieran eclipsadas por los logros documentados de los hombres.

La definición de «feminismo», no obstante, es igualdad, no dominación, y las mujeres sobre las que escribo, tanto las del presente como las del pasado, aceptan que quieren y necesitan a los hombres en su vida. Quizá lo masculino y lo femenino sean el verdadero yin y yang de la naturaleza y deban esforzarse por alcanzar el equilibrio; básicamente, aceptar las fortalezas y debilidades propias de uno y otro.

Y, por supuesto, todos necesitamos amor, no obligatoriamente en la forma tradicional del matrimonio y los hijos, pero creo que el amor es la fuente de vida sin la cual los humanos nos marchitamos y morimos. La serie de «Las Siete Hermanas» celebra sin reservas la interminable búsqueda del amor y explora las devastadoras consecuencias que se derivan de su pérdida.

Mientras recorro el mundo siguiendo los pasos de mis personajes femeninos reales y ficticios para investigar sus historias, la tenacidad y el coraje de las generaciones de mujeres que me preceden me impresionan y me dan constantes lecciones de humildad. Tanto si lucharon contra los numerosos prejuicios sexuales y raciales de tiempos pasados como si perdieron a sus seres queridos a causa de los estragos de la guerra o la enfermedad o construyeron una vida en regiones remotas y semiáridas, esas mujeres nos allanaron el camino para que gozáramos de la libertad de pensamiento y acción que disfrutamos hoy... y que tan a menudo damos por sentada.

El mundo, por desgracia, sigue sin ser un lugar perfecto, y dudo que algún día llegue a serlo, pues siempre surgirán nuevos retos. Aun así, creo sinceramente que los seres humanos, y en especial las mujeres, se crecen ante ellos. ¡Al fin y al cabo, somos las reinas de la multitarea! Y cada día, con un niño en una mano y un manuscrito en la otra, celebro el hecho de que miles de generaciones de mujeres extraordinarias, que tal vez se remonten hasta las mismísimas Siete Hermanas, conquistaran la «libertad» de la que yo misma gozo ahora.

Espero de corazón que hayáis disfrutado con el viaje de Star. Muchas veces, la valentía silenciosa del día a día, la bondad y la fuerza interior no reciben reconocimiento. Star no ha cambiado el mundo, pero sí la vida de quienes la rodeaban, y para mejor. Y a través de ese proceso, se ha encontrado a sí misma.

Toda gran historia comienza con una mujer extraordinaria

Continúa leyendo la serie
Las Siete Hermanas

www.penguinlibros.com
esp.lucindariley.co.uk